LA PRISONNIÈRE DU TEMPS

DU MÊME AUTEUR
CHEZ LE MÊME ÉDITEUR

Les Brumes de Riverton
Le Jardin des secrets
Les Heures lointaines
La Scène des souvenirs
L'Enfant du lac

Kate Morton

LA PRISONNIÈRE DU TEMPS

Roman

Traduit de l'anglais (Australie)
par Anne-Sylvie Homassel

PRESSES
DE LA CITÉ

Titre original : *The Clockmaker's Daughter*
L'édition originale de cet ouvrage a paru en 2018 chez Mantle, Pan Macmillan, Londres.

Ce livre est une œuvre de fiction. Les noms, les personnages, les lieux et les événements sont le fruit de l'imagination de l'auteur ou sont utilisés fictivement. Toute ressemblance avec des personnes réelles, vivantes ou mortes, serait pure coïncidence.

ISBN 978-2-258-11565-1
Dépôt légal : avril 2019

Presses de la Cité
un département **place des éditeurs**

place des éditeurs

Pour Didee, car elle a été
de ces mères qui emmènent leurs enfants
vivre au sommet d'une montagne.
Et parce qu'elle m'a donné le meilleur conseil
d'écriture que j'aie jamais reçu.

PREMIÈRE PARTIE

La sacoche

I

Si nous nous sommes retrouvés à Birchwood Manor, c'est que les lieux, disait Edward, étaient hantés. Ce n'était pas le cas – pas encore –, mais il faut être bien revêche pour s'abstenir de raconter une bonne histoire sous prétexte qu'elle est fausse. Edward était tout sauf revêche. Sa passion, sa foi aveugle en ce qu'il défendait, même les idées les plus absurdes, constituaient deux des raisons pour lesquelles j'étais tombée amoureuse de lui. Il avait la ferveur du prêcheur : dans sa bouche, n'importe quelle opinion revêtait la puissance d'une parole d'évangile. Il avait aussi le don d'attirer à lui des hommes et des femmes et d'allumer en eux des enthousiasmes incendiaires – brasiers devant lesquels tout pâlissait, hormis Edward et ses convictions.

Mais Edward n'était pas un prêcheur.

Je me souviens de lui. Je n'ai rien oublié.

L'atelier dans le jardin de sa mère, à Londres, avec son toit de verre, l'odeur des couleurs qu'il venait de mélanger, le crissement des soies du pinceau sur la toile, tandis que son regard frôlait ma peau. Ce jour-là, j'avais les nerfs à vif. J'étais si désireuse de l'impressionner, de lui donner à voir une jeune femme que je n'étais pas, pendant qu'il me jaugeait et que l'injonction de Mme Mack me trottait dans la tête. « Ta mère était une vraie dame, ta famille des plus honorables : ne va pas l'oublier, ça, hein ! Si tu joues les bonnes cartes, nous recueillerons le fruit de nos efforts. »

Alors je m'étais redressée sur la chaise en bois de rose, ce jour-là, dans l'atelier aux murs passés à la chaux, sous le buisson de pois de senteur aux rougeurs subtiles.

Lorsque j'avais eu faim, la plus jeune de ses sœurs m'avait servi du thé et des gâteaux. Puis sa mère avait descendu l'étroite allée pour le regarder peindre. Elle adorait son fils. Elle voyait en lui s'accomplir les espoirs de la famille. Membre distingué de la Royal Academy, il était fiancé à une demoiselle généreusement dotée avec laquelle il engendrerait bien vite une portée d'héritiers aux yeux bruns.

Une fille comme moi n'était pas faite pour lui.

Sa mère par la suite s'est reproché le cours des événements. Mais il lui aurait été plus facile d'empêcher la lune de se lever que de nous séparer. J'étais, disait Edward, sa muse, son destin. Il l'avait su, compris, à la seconde où il m'avait vue sous la lumière trouble des becs de gaz, dans le vestibule du théâtre de Drury Lane.

J'étais sa muse et son destin. Et lui, il était mien.

C'était il y a si longtemps. Et c'était hier.

Oh, je me souviens de l'amour.

Ce recoin à mi-chemin du grand escalier est mon lieu de prédilection.

La maison est singulière : bâtie, semble-t-il, pour semer la confusion dans les esprits. Les escaliers tournent quand on ne s'y attend pas, tout en coudes et articulations étranges, en marches irrégulières. On a beau plisser les yeux, les fenêtres ne sont pas alignées. Les planchers, les boiseries sont truffés de cachettes astucieuses.

Ce recoin-ci recèle une chaleur presque anormale. Nous l'avions tous remarqué lors de notre premier séjour. Au cours des premières semaines de l'été, nous avons, chacun à notre tour, tenté d'en deviner l'explication.

Je l'ai trouvée – il m'a fallu un certain temps, tout de même, mais du moins en ai-je appris la vraie raison. Je connais cet endroit comme ma poche.

Ce n'était pas la maison qu'Edward utilisait pour attirer les visiteurs, c'était la lumière. Les jours de beau temps, on peut voir s'étirer la Tamise depuis les fenêtres du grenier et s'élever les montagnes du pays de Galles par-delà les champs. Des rubans mauves et verts, des pics crayeux qui montent, vacillants, vers les nuages, et une atmosphère tiède qui donne à tout ce paysage un reflet irisé.

Voici ce qu'il avait proposé : un mois d'été, du premier au dernier jour voué à la peinture, à la poésie, aux pique-niques, aux histoires, aux expériences scientifiques, aux inventions. Sous la lumière venue des cieux. Loin de Londres, loin des regards indiscrets. Rien d'étonnant à ce que les autres aient accepté avec tant de célérité. S'il l'avait voulu, Edward eût fait allumer un cierge au diable.

À moi seule il avait confié la raison qui le conduisait à Birchwood Manor. Certes, l'attraction de la lumière était bien réelle, mais Edward avait un secret.

Nous sommes remontés à pied de la gare.

Un parfait mois de juillet, une journée qui ne l'était pas moins. La brise faisait danser le bas de ma jupe. Quelqu'un avait apporté des sandwichs que nous avons mangés en chemin. Quel spectacle devions-nous offrir ! Les hommes, cravates desserrées, les femmes, longs cheveux au vent. Rires, douces moqueries, gaieté.

Un magnifique prélude ! Je me souviens du chant du ruisseau tout proche, des roucoulements d'un pigeon ramier. Un homme qui menait son cheval au licol, une charrette pleine de bottes de foin, sur lesquelles trônait un jeune garçon, l'odeur de l'herbe fraîchement coupée – comme elle me manque, cette odeur ! Des oies de basse-cour grassouillettes nous regardèrent traverser le ruisseau de leurs petits yeux brillants, attendant que nous eussions franchi le Rubicon pour se remettre à cacarder courageusement.

Tout était lumière, mais cela n'a pas duré.

Vous le savez déjà, bien sûr, car il n'y aurait pas d'histoire à raconter si la chaleur avait persisté. Personne ne s'intéresse aux étés sereins et joyeux qui finissent comme ils ont commencé. Leçon qu'Edward m'a enseignée.

L'isolement a joué son rôle – cette demeure échouée sur le bord de la rivière tel un grand navire ensablé. Le temps, de même : la brûlure constante du soleil, jour après jour, puis l'orage d'été, cette nuit-là, qui nous avait tous confinés dans la maison.

Les rafales, les arbres gémissants, le tonnerre déferlant sur la rivière pour s'emparer de la demeure… Entre ses murs, les conversations évoquaient maintenant les esprits, les enchantements. Un feu crépitait dans l'âtre ; les flammes des bougies vacillaient ; dans l'obscurité, dans cette atmosphère d'effroi délicieux, propice aux confessions, une présence mauvaise fut appelée.

Pas un fantôme – oh non, pas du tout. Le geste une fois commis n'avait rien que d'humain.

Deux invités imprévus.

Deux secrets longtemps réprimés.

Une détonation dans l'obscurité.

La lumière s'est éteinte. Les ténèbres ont régné.

L'été a caillé, tel le lait tourné. Les premières feuilles, les plus impatientes, sont tombées, ont pourri dans les flaques et sous les haies toujours plus nues. Edward, qui adorait cette maison, s'est mis à errer dans les couloirs, prisonnier.

Finalement, cela lui est devenu insupportable. Il a fait ses bagages. Je n'ai pas pu l'en empêcher.

Les autres ont suivi, comme toujours.

Et moi ? Je n'avais pas le choix. Je suis restée.

Chapitre 1

Elodie, été 2017

C'était, pour Elodie Winslow, le meilleur moment de la journée. Londres en été : à une heure bien précise de la toute fin de l'après-midi, le soleil semblait hésiter dans sa course céleste, si bien que ses rayons se répandaient à travers les petits carreaux de verre du trottoir pour tomber directement sur le bureau d'Elodie. Pour couronner le tout, Margot et M. Pendleton étaient rentrés chez eux et l'instant n'appartenait qu'à elle.

L'entresol des locaux de Stratton, Cadwell & Co., sur le Strand, n'avait rien de romanesque, à la différence de la salle des actes de New College dans laquelle Elodie avait travaillé tout un été, après son master. Il n'y faisait jamais chaud : malgré la canicule qui s'était abattue sur Londres, Elodie ne se séparait pas de son chandail. Et pourtant, de temps en temps, lorsque les étoiles étaient favorables, le bureau, avec son odeur de poussière, de vieilles choses et d'humidité – la Tamise était toute proche –, n'était pas loin de dégager un certain charme.

Dans la minuscule kitchenette, de l'autre côté du rempart de classeurs à tiroirs, Elodie versa un peu d'eau bouillante dans une tasse et renversa le sablier. Précision excessive, estimait Margot, mais Elodie n'appréciait vraiment son thé que lorsqu'il avait infusé pendant trois minutes et trente secondes.

Tandis que les grains de sable filaient dans l'isthme de verre, Elodie repensa au message de Pippa. Elle l'avait écouté à la pause de midi en traversant la rue pour s'acheter un sandwich. Pippa l'invitait au vernissage d'un artiste à la mode, proposition qui tentait Elodie autant que patienter une demi-heure dans la salle d'attente d'un dentiste. Par bonheur, elle était déjà prise : elle avait promis de passer récupérer chez son père, à Hampstead, les enregistrements qu'il avait mis de côté pour elle. Inutile de chercher une excuse !

Il était difficile de refuser quoi que ce soit à Pippa – la meilleure amie d'Elodie, depuis leur troisième année en primaire à l'école de Pineoaks. Elodie adressait fréquemment de silencieuses actions de grâces à Mlle Perry, qui leur avait attribué le même pupitre : Elodie, la « petite nouvelle », encore mal à l'aise dans son uniforme, avec ses tresses de guingois que son père avait toutes les peines du monde à remettre en place, et Pippa, sourire chaleureux, fossettes aux joues, Pippa qui parlait perpétuellement avec les mains.

Elles étaient restées inséparables, primaire, collège et lycée ensemble, et même si Elodie était ensuite partie pour Oxford et Pippa pour Central Saint Martins, leur amitié n'avait pas faibli. Elles se voyaient moins souvent ces dernières années. Rien d'étonnant à cela : le monde des arts était un tourbillon mondain. Pippa était l'unique pourvoyeuse des invitations qui ne cessaient d'envahir le répondeur d'Elodie et qui ponctuaient sa propre existence, d'ouverture de galerie en inauguration d'installation.

Le monde des archives semblait, par contraste, un étang aux eaux dormantes. Pas un tourbillon à l'horizon, du moins pas dans le sens que Pippa donnait à ce terme, tout en étincelles. Elodie, travailleuse acharnée, fréquentait elle aussi de nombreux membres de l'espèce humaine : simplement, la plupart avaient cessé de respirer depuis un certain temps. Les sieurs Stratton et Cadwell qui avaient fondé la maison avaient parcouru la planète à une époque où elle commençait tout juste à se rétrécir ; l'invention du téléphone n'avait pas encore incité les individus à se détourner de la correspondance écrite. Si bien qu'Elodie passait ses journées à communier avec les pages poussiéreuses et piquées de rousseurs rédigées par des personnes mortes depuis des lustres, partageant tel récit d'une soirée à bord de l'Orient-Express ou telle rencontre entre aventuriers victoriens à la recherche du passage du Nord-Ouest.

Ces rendez-vous avec des temps révolus faisaient le bonheur d'Elodie. Certes, elle n'avait pas beaucoup d'amis, en tout cas bien peu encore de ce monde. Mais cela ne lui pesait pas. Elle trouvait épuisants les sourires des vivants, leurs bavardages, leurs considérations météorologiques. Elle quittait invariablement leurs soirées, si amicales et intimes soient-elles, avec un sentiment de vide, comme si elle s'était, sans le vouloir, dépouillée de quelques bribes vitales de son être, qu'elle ne récupérerait jamais.

Elle sortit le sachet de la tasse, le pressa dans l'évier pour en extraire le surplus d'humidité et ajouta au breuvage un infime soupçon de lait.

Elle emporta son thé dans son bureau, où les prismes du soleil de fin d'après-midi commençaient tout juste leur lente progression. Et tandis que les volutes de fumée dansaient voluptueusement dans les airs et que ses paumes se réchauffaient contre la tasse, Elodie considéra ce qu'il lui restait à faire avant de rentrer chez elle. Elle n'avait pas encore fini d'indexer le récit que James Stratton avait laissé de son voyage sur la côte ouest de l'Afrique, en 1893, ni commencé à rédiger son article pour le numéro à venir du *Stratton, Cadwell & Co. Monthly*. En outre, M. Pendleton lui avait laissé les épreuves du catalogue de la prochaine exposition de la maison, à relire une dernière fois avant de les envoyer à l'imprimeur.

Elodie cependant avait passé la journée à prendre des décisions impliquant les mots et leur agencement ; elle sentait son cerveau se rétracter de fatigue. Son regard tomba sur une boîte en carton ciré, qu'elle avait posée par terre, sous son bureau. La boîte attendait depuis le lundi précédent : à cause d'un dégât des eaux à l'étage supérieur, il avait fallu évacuer l'ancien vestiaire, un réduit bas de plafond dans lequel Elodie ne se souvenait pas d'avoir jamais pénétré depuis son entrée chez Stratton, Cadwell & Co., dix ans plus tôt. La boîte avait été extraite d'un tas de tentures en brocart passablement poussiéreuses, dans le tiroir inférieur d'un vieux chiffonnier. Le couvercle portait une étiquette rédigée à la main : « Contenu d'un tiroir de secrétaire trouvé dans un grenier, 1966 – non répertorié ».

Du matériel à archiver oublié dans un vestiaire désaffecté – pis encore, des dizaines d'années après qu'on l'eut confié à Stratton, Cadwell & Co. –, voilà qui était inquiétant. Comme il fallait s'y attendre, M. Pendleton avait perdu son calme. Il était très à cheval sur la procédure, M. Pendleton. Heureusement pour elle, la personne qui avait réceptionné la boîte en 1966 ne faisait plus partie du personnel. Margot et Elodie en étaient convenues un peu plus tard dans la journée.

Cela ne pouvait arriver à un pire moment : depuis que les ressources humaines avaient envoyé un consultant chargé de « dégraisser la maison », M. Pendleton était dans tous ses états. Non seulement il lui fallait supporter une invasion dans ses propres locaux, mais la remise en cause de son efficacité professionnelle lui paraissait une insulte impardonnable. « C'est comme si quelqu'un vous empruntait votre montre pour vous dire l'heure qu'il est », avait-il grommelé, les lèvres pincées, après la réunion d'équipe organisée à la demande du consultant.

L'apparition peu protocolaire de la boîte avait bien failli lui donner une crise d'apoplexie, si bien qu'Elodie, qui n'aimait pas plus les dissonances que le désordre, s'était proposée pour mettre rapidement fin à cette aberration. Elle s'était emparée de la boîte pour la dérober aux regards.

Dans les jours qui avaient suivi, elle avait pris soin de ne pas l'exhiber, de peur d'occasionner une nouvelle crise. À présent, enfin, dans la solitude et la tranquillité de son bureau, elle put s'agenouiller sur la moquette et sortir la boîte de sa cachette…

Les brusques coups d'épingle de la lumière du jour la prirent par surprise ; la sacoche, tassée au fond de la boîte, respira. Le voyage avait été bien long ; elle était lasse, ce qui se comprend. Son cuir était usé, ses boucles oxydées ; une odeur de renfermé s'était, détail malheureux, concentrée dans ses profondeurs. Et que dire de la poussière… Une épaisse patine opacifiait le grain jadis si fin. La sacoche était maintenant de celles que l'on tient à bout de bras, la tête penchée, à soupeser les possibilités. Trop vieille pour qu'on puisse encore s'en servir, mais trop chargée d'histoire pour qu'on ose la jeter.

La sacoche autrefois avait été tendrement aimée, louée pour son élégance et, chose plus importante, pour les services rendus. Elle avait été indispensable à une personne en particulier, à une époque donnée : en ces temps, ce type d'accessoire était hautement prisé. Depuis, elle avait été cachée, ignorée, dissimulée, rejetée, perdue, retrouvée, oubliée.

À présent, les objets empilés sur la sacoche depuis des dizaines d'années étaient retirés un par un. La sacoche renouait avec la lumière du jour dans cette pièce où l'électricité bourdonnait doucement, où les canalisations cliquetaient au passage de l'eau. Lumière jaune et diffuse, odeur de papier, gants blancs au doux contact.

De l'autre côté des gants, une femme : jeune, longs bras minces menant à un cou délicat surmonté d'un visage qu'encadraient de courts cheveux bruns. Elle tenait la sacoche à bout de bras, mais ce n'était pas par dégoût.

Toucher délicat des mains gantées. Les lèvres de la femme s'étaient contractées en une petite moue bien nette, exprimant l'intérêt ; ses yeux gris se plissèrent un instant, avant de s'écarquiller tandis qu'elle étudiait les raccords cousus main, le beau fil de coton des Indes, la précision des points.

La femme effleura du pouce les initiales sur le rabat principal, ternies et tristes ; la sacoche eut un frisson de plaisir. L'attention que lui accordait cette jeune femme suggérait que ce voyage, bien plus long que prévu, touchait peut-être à sa fin.

Ouvre-moi, lui enjoignit la sacoche. *Regarde à l'intérieur.*

Jadis, elle avait été pimpante, flambant neuve, cette sacoche. Confectionnée sur mesure par M. Simms en personne, dans les ateliers de W. Simms & Fils, fournisseur de la Cour, sur Bond Street. Les initiales dorées avaient été gravées à la main et marquées à chaud dans le cuir, le tout en grande pompe. Le moindre de ses rivets d'argent, la moindre de ses boucles avaient été sélectionnés, vérifiés et passés au chiffon ; le cuir de première qualité avait été découpé, assemblé et cousu avec soin, huilé et poli avec orgueil. Des épices d'Extrême-Orient, provenant de la parfumerie voisine – clou de girofle, santal, safran –, s'étaient introduites dans les veines de la maison Simms et avaient imprégné le cuir de la sacoche de leurs suggestions d'un monde lointain.

Ouvre-moi...

La femme aux gants blancs défit la boucle d'argent terni et la sacoche retint son souffle.

Ouvre-moi, ouvre-moi, ouvre-moi...

Elle souleva le rabat de cuir et, pour la première fois depuis plus d'un siècle, la lumière pénétra dans les recoins obscurs de la sacoche.

Une avalanche de souvenirs, fragmentés, désordonnés, déferla à sa suite : une cloche qui tintait au-dessus de la porte d'entrée de chez W. Simms & Fils ; le froufrou de la jupe d'une jeune femme ; le martèlement sourd des sabots des chevaux dans la rue ; une odeur de peinture fraîche et de térébenthine ; la chaleur ; le désir ; des murmures. Des becs de gaz sur des quais de gare. Une rivière qui serpentait, interminable. Le parfum de blé mûr de l'été.

Les mains gantées se retirèrent et, avec elles, le fardeau de la sacoche.

Les sensations anciennes, les voix, les imprégnations, tout cela s'envola. Le monde redevint vide et calme.

Le voyage avait pris fin.

Elodie étala le contenu de la sacoche sur ses genoux avant de poser celle-ci par terre. C'était une belle pièce de maroquinerie, et les autres objets dénichés dans la boîte étaient loin d'avoir le même charme : quelques accessoires de bureau sans grand intérêt – une perforatrice, un encrier, un vide-poches en bois destiné à recevoir stylos et trombones –, un étui à lunettes en cuir, façon crocodile, pourvu d'une étiquette qui annonçait fièrement « Propriété de L. S.-W. ». Ce détail laissait entendre que le secrétaire avait appartenu à Lesley Stratton-Wood, une petite-nièce du premier James Stratton. L'époque correspondait (Lesley Stratton-Wood était morte dans les années 1960) et cela expliquait également le fait que la boîte ait été confiée à Stratton, Cadwell & Co.

La sacoche, elle, à moins qu'il ne s'agît d'une copie d'excellente qualité, était bien trop ancienne pour avoir appartenu à Mlle Stratton-Wood : tout ce qu'elle renfermait semblait dater d'avant 1900. Un premier examen mit au jour un agenda de cuir noir à la tranche marbrée et portant les initiales suivantes, E. J. R. ; un étui de stylo à plume en laiton fin XIXe siècle et un porte-documents en cuir, d'un vert que le temps avait pâli. Impossible de déterminer le propriétaire de la sacoche. Sous le rabat du porte-documents, en revanche, Elodie trouva une étiquette sur laquelle était imprimé en lettres d'argent le nom de « James W. Stratton, esq., Londres, 1861 ».

Le porte-documents semblait si mince qu'Elodie, au premier abord, le crut vide. Mais l'ayant ouvert, elle y découvrit un seul objet, un cadre en argent, d'un travail délicat, assez petit pour tenir dans sa paume. Y était insérée la photographie d'une jeune femme aux cheveux longs, assez clairs sans être blonds, pour partie relevés en un chignon désordonné sur le sommet de la tête. Son regard était franc, son menton légèrement dressé, ses pommettes hautes. La moue de ses lèvres suggérait l'intelligence, peut-être même le défi.

Elodie se sentit traversée par le frisson familier de l'impatience : ces teintes sépia promettaient invariablement une vie attendant d'être redécouverte. La robe de la jeune femme était moins ajustée que la période ne l'exigeait généralement : blanche, lui couvrant les épaules et formant un décolleté en V, munie de manches amples et transparentes dont l'une avait été remontée jusqu'au coude. La femme avait les poignets fins. Une main, posée sur la hanche, soulignait la courbure de la taille.

Le traitement était aussi singulier que le modèle : elle ne posait pas dans un intérieur, assise sur quelque canapé ou devant l'un de ces panoramas peints si fréquents dans les portraits victoriens. La jeune femme avait été captée à l'extérieur, dans un paysage où la verdure était dense – un arrière-plan qui revendiquait le mouvement, la vie. La lumière était diffuse, le résultat enivrant.

Elodie posa le portrait sur son bureau pour examiner l'agenda. Sous la couverture monogrammée, un papier pur coton couleur ivoire, visiblement coûteux. L'écriture était belle, mais elle n'était qu'un simple complément aux nombreux croquis à la plume et au crayon qui emplissaient les pages – visages, paysages et autres sujets dignes d'intérêt. Ce qu'elle venait de découvrir n'était pas un journal, mais un carnet de dessins.

Un bout de papier, arraché à un autre carnet, surgit entre deux pages. Y était inscrite une unique et fébrile ligne : « Je l'aime, je l'aime, je l'aime et si elle ne peut pas être mienne je vais devenir fou, car quand je ne suis pas près d'elle je crains… »

Les mots lui sautèrent au visage comme s'ils avaient été prononcés à voix haute. Elodie retourna le bout de papier : nulle indication sur ce que l'auteur de cette confession avait tant redouté.

De sa main gantée, elle effleura l'encre des lettres. En brandissant ce bout de papier dans les derniers rayons du soleil, elle put distinguer les vergeures et les minuscules points qu'avait percés dans le papier la pointe acérée du stylo à plume, à présent touchés par la lumière.

Elle réinséra délicatement la feuille entre deux pages du carnet.

Même s'il avait sans doute plus d'un siècle, le message avait gardé une troublante urgence : il parlait avec force, avec ardeur, d'une histoire encore loin de son dénouement.

Elodie continua à parcourir le carnet d'une main précautionneuse : les pages étaient couvertes d'études aux ombres hachurées, agrémentées parfois de profils croqués dans les marges.

Puis elle s'arrêta net.

Ce dessin-là était plus travaillé que les autres, plus complet. Un bord de rivière, avec un arbre à l'arrière-plan et un bois qu'on devinait, après un immense champ. À droite, au-delà d'un bosquet, les pignons jumeaux d'une maison, hérissée de huit cheminées et d'une girouette ornementale représentant le soleil, la lune et quelques autres emblèmes célestes.

L'œuvre était fort réussie, mais ce n'était pas cela qui lui avait coupé le souffle. Elle avait ressenti devant la maison une impression de déjà-vu si intense qu'elle en avait la poitrine serrée.

Elle connaissait cet endroit. Le souvenir était aussi puissant que si elle s'y était trouvée, et cependant elle savait qu'elle ne l'avait jamais visité que dans les profondeurs de son esprit.

Les mots lui vinrent, aussi clairs qu'un chant d'oiseau à l'aube. *Ils s'en furent par la sente qui serpente, ils traversèrent la prairie ; ils parvinrent à la rivière, armés de leurs secrets et de leurs épées.*

Soudain la chose lui revint. C'était un conte que sa mère aimait lui raconter. Un récit pour endormir les enfants, romanesque, embrouillé, peuplé de héros, bons et méchants, et même pourvu d'une reine des fées. L'action se déroulait dans une maison perdue au milieu des bois sombres, encerclée par les méandres d'une rivière interminable.

Néanmoins, il n'y avait ni livre ni illustrations. Le récit était de ceux que l'on transmet oralement. Elle était avec sa mère dans son petit lit d'enfant, dans sa chambre au plafond oblique…

L'horloge suspendue dans le bureau de M. Pendleton se mit à sonner sur un ton grave et vaguement prémonitoire. Elodie jeta un coup d'œil à sa montre. Elle était en retard. Le temps de nouveau avait perdu sa consistance ; sa flèche s'était désagrégée. Elle considéra une dernière fois le paysage familier avant de ranger le carnet de dessins dans la boîte, avec tout ce qu'elle y avait trouvé. Elle referma le couvercle et replaça la boîte sous son bureau.

Elodie avait pris ses affaires ; elle avait éteint les lumières et s'apprêtait, après les ultimes vérifications d'usage, à quitter l'entresol lorsqu'une irrésistible impulsion l'envahit. Incapable d'y résister, elle revint sur ses pas, rouvrit le couvercle de la boîte, s'empara du carnet et le glissa dans son sac à main.

Chapitre 2

Elodie attrapa le bus 24, Charing Cross-Hampstead. Le métro aurait été plus rapide, mais elle ne le prenait jamais. Trop de monde, et pas assez d'air. Elodie ne se sentait pas à l'aise dans les espaces confinés, phobie dont elle souffrait depuis l'enfance. Elle y était habituée mais, dans ce cas précis, la chose était regrettable. Avec ses carreaux de céramique et sa typographie d'époque, son histoire, sa poussière, l'*idée* du métro, reflet du bel esprit d'entreprise du XIXe siècle, l'avait toujours séduite.

La circulation était infernalement lente, surtout vers Tottenham Court Road : les travaux du Crossrail avaient mis à nu l'arrière d'une rangée de maisons victoriennes en briques rouges. C'était l'un des spectacles favoris d'Elodie car il lui offrait, ne fût-ce que pour quelques secondes, un voyage dans un passé soudain presque tangible. Elle s'imagina un moment, comme à son habitude, l'existence de ceux qui avaient vécu dans ces maisons des dizaines d'années plus tôt, à l'époque où la partie sud de St Giles hébergeait encore la Rookery, un quartier surpeuplé et sordide de ruelles tortueuses et de fosses d'aisances, de débits de boissons et de salles de jeu, de prostituées et de gosses des rues – à l'époque où Dickens déambulait tous les jours dans Londres et où les alchimistes exerçaient leur profession sans obstacles dans les allées de Seven Dials, où les eaux usées coulaient à ciel ouvert.

James Stratton le jeune, qui, comme tant de ses contemporains de l'ère victorienne, s'intéressait vivement à l'ésotérisme, s'était plusieurs fois dans son journal épanché sur ses visites à une voyante de Covent Garden, avec laquelle il avait entretenu une longue liaison. James Stratton, tout banquier qu'il fût, avait une belle plume. Ses journaux fournissaient des aperçus pleins de souffle, de compassion et parfois même d'humour sur la vie à Londres. L'homme lui-même semblait d'une grande gentillesse, d'une exquise bonté, ne négligeant rien pour adoucir le sort des pauvres et des indigents. Il pensait, comme il put l'écrire à des amis qu'il voulait gagner à ses causes philanthropes, que « l'existence et les perspectives de n'importe quel être humain seraient assurément fort améliorées s'il était certain d'avoir un toit sous lequel se réfugier tous les soirs ».

Il était, dans sa vie sociale et professionnelle, un homme respecté et même apprécié de ses pairs : brillant causeur, que l'on aimait à inviter dans les dîners en ville ; ayant voyagé de par le monde, riche ; accompli de toutes les manières dont un homme de son temps pouvait chercher à l'être. Néanmoins, sa vie privée était plus solitaire. Il s'était marié sur le tard, après toute une série d'aventures sentimentales aussi courtes qu'improbables. Au nombre de ses conquêtes, on comptait une actrice qui s'était enfuie avec un inventeur italien ou un modèle des Beaux-Arts qui attendait l'enfant d'un autre. À quarante-cinq ans bien sonnés, il avait conçu une affection profonde et durable pour une de ses femmes de chambre, une discrète jeune fille du nom de Molly, qu'il couvrait régulièrement de menus présents sans jamais oser lui déclarer sa flamme. Il semblait à Elodie qu'il avait délibérément décidé de n'aimer que des femmes qui ne voulaient ou ne pouvaient le rendre heureux.

« Mais pourquoi s'enferrer de cette manière ? » avait demandé Pippa un soir, tandis qu'elles se régalaient de tapas et de sangria.

Elodie venait de conter à son amie les malheurs de Stratton. Elle-même n'en comprenait pas la cause. Mais bien qu'il n'y eût dans les échanges épistolaires du banquier ni aveu d'amour non réciproque ni confession d'un désespoir profond, elle ne pouvait s'empêcher de percevoir sous la surface affable de sa correspondance privée une certaine mélancolie. Stratton était un homme en quête d'un Graal qui, en dépit de ses efforts, lui était constamment refusé.

Elodie avait pris l'habitude désormais de voir apparaître un sourire sceptique sur le visage de Pippa chaque fois qu'elle exprimait ce type de considérations à haute voix. Jamais elle ne serait capable de décrire la sensation de familiarité qui se crée en vous lorsque vous travaillez des jours entiers au milieu des objets personnels d'un individu. Elodie ne comprenait pas la manie qu'avaient ses contemporains de partager en permanence leurs sentiments les plus intimes. Elle préservait jalousement sa vie privée et adhérait de tout cœur à la notion française de *droit à l'oubli**[1]. Et cependant, elle avait pour tâche de préserver, voire de ranimer, les vies de gens qui ne pouvaient plus donner leur avis sur la question. Tâche qui s'était faite passion. Elle avait lu les pensées les plus intimes de James Stratton, confiées à un journal que ce dernier n'avait jamais eu l'intention de publier ; lui, bien sûr, n'avait jamais entendu le nom d'Elodie.

« Tu es amoureuse de ce type, évidemment », disait Pippa chaque fois qu'Elodie essayait de s'expliquer.

Mais ce n'était pas de l'amour. Elodie admirait simplement James Stratton ; elle voulait protéger son héritage,

1. Les mots en italique suivis d'un astérisque sont en français dans le texte original. *(Toutes les notes sont de la traductrice.)*

qui survivrait longtemps à son existence physique. Elodie était là pour s'assurer que ses volontés étaient respectées.

Respectées. Au moment où ce terme se forma dans son cerveau, elle songea immédiatement au carnet à dessin qui gisait au fond de son sac : elle s'empourpra.

Que diable lui était-il arrivé ?

Une attaque de panique à laquelle se mêlait une merveilleuse impatience – terrible, aussi, et chargée de culpabilité. Depuis dix ans qu'elle travaillait aux archives de Stratton, Cadwell & Co., jamais elle n'avait désobéi si manifestement aux diktats de M. Pendleton. Ses règles ne souffraient pas de contestation : sortir un objet de la chambre forte ou, pis encore, le fourrer dans son sac et lui faire subir – ô sacrilège – un ou plusieurs voyages dans un bus londonien du XXIe siècle, ce n'était pas un manque de respect, mais tout simplement un affront impardonnable.

Pourtant, tandis que le 24 longeait la station de Mornington Crescent et s'engageait dans Camden High Street, Elodie, après avoir vérifié que personne ne la regardait, prit le carnet sur ses genoux et le feuilleta rapidement pour arriver le plus vite possible à la maison du bord de la rivière.

La sensation de familiarité était toujours aussi forte. Elodie connaissait les lieux. Dans le conte de sa mère, la maison faisait littéralement office de passage vers un autre monde. Pour la petite Elodie, cependant, lovée sur les genoux de sa mère, les narines pleines de l'exotique parfum de narcisse de cette dernière, c'était le récit lui-même qui servait de sas – une incantation qui l'arrachait à l'ici et au maintenant pour l'emmener dans le monde de l'imagination. Après la mort de sa mère, le monde décrit par le conte était devenu le pays secret d'Elodie. Que ce fût dans sa nouvelle école, ou chez elle au cours des longs et silencieux après-midi, ou le soir quand l'obscurité menaçait de l'étouffer, elle n'avait qu'une chose à faire : se soustraire au réel, fermer les yeux.

Alors, elle traversait la rivière, s'aventurait dans les bois et entrait dans la maison enchantée…

Le bus arriva à South End Green. Elodie en descendit, fit un détour par le kiosque qui jouxtait la station de l'Overground avant de remonter en hâte Willow Road, direction Gainsborough Gardens. La chaleur était encore suffocante. Le temps d'atteindre la porte de la toute petite maison de son père, un ancien logement de fonction pour les jardiniers, et Elodie avait déjà l'impression d'avoir couru un marathon.

— Salut, papa ! Je t'ai apporté un petit quelque chose.

— Oh, mon Dieu ! s'exclama-t-il après avoir embrassé sa fille.

Il lança un regard dubitatif à la plante en pot.

— Tu n'as pas peur, après ce qui s'est passé la dernière fois ?

— Je crois en toi. En plus, la dame qui les vend m'a dit que celle-là n'avait besoin d'être arrosée que deux fois par an.

— Allons bon, deux fois par an ? Vraiment ?

— C'est ce qu'elle dit.

— Un vrai miracle.

En dépit de la chaleur, il avait préparé un canard à l'orange, sa spécialité. Ils dînèrent dans la cuisine, autour de la petite table, comme à leur habitude. Ils n'avaient jamais vraiment prisé les salles à manger, sauf pour les occasions particulières – Noël, les anniversaires, ou le jour où la mère d'Elodie avait décidé d'inviter le violoniste américain en tournée et sa femme, pour Thanksgiving.

Pendant le dîner, père et fille parlèrent de leurs projets en cours : Elodie mentionna l'exposition qu'elle organisait pour Stratton, Cadwell & Co. et son père, le chœur qu'il dirigeait et les leçons de musique qu'il avait données récemment dans une école primaire du quartier. Comme son visage s'illuminait lorsqu'il parlait de la fillette dont le violon était presque aussi long que le bras ! Et du gamin au regard ardent qui était venu de sa propre initiative dans la salle de musique pour réclamer des leçons de violoncelle !

— Ses parents ne connaissent pas grand-chose à la musique, tu sais.

— Voyons, voyons. J'imagine que vous avez trouvé un accord, tous les deux ?

— Je n'ai pas eu le cœur de lui dire non.

Elodie sourit. En matière de musique, son père avait un vrai cœur d'artichaut. Jamais il n'aurait refusé à un enfant la possibilité de partager sa grande passion. Il pensait que la musique pouvait changer la vie des gens – « et même ce qu'ils ont dans la tête, Elodie ». Rien ne le rendait plus heureux que de discuter de la malléabilité du cerveau et des IRM, qui montraient la relation entre musique et capacité d'empathie. Quand Elodie l'accompagnait au concert, elle avait souvent la gorge serrée à la vue de son père transfiguré par la musique. Il avait été musicien professionnel autrefois… « Second violon », expliquait-il lorsque le sujet était abordé. Et sa voix s'imprégnait de révérence lorsqu'il poursuivait, presque invariablement : « Mais rien à voir avec elle. »

Elle. Le regard d'Elodie se mit à errer jusqu'à la salle à manger, de l'autre côté du vestibule. De sa chaise, elle n'apercevait que les angles de un ou deux cadres, mais elle n'avait pas besoin de se trouver dans ladite pièce pour savoir exactement où se trouvait tel ou tel portrait. Son père ne les changeait jamais de place. C'était le mur dédié à sa mère. Ou plutôt, à Lauren Adler : remarquables portraits photographiques en noir et blanc d'une ardente jeune femme aux longs cheveux raides, étreignant son violoncelle.

Elodie avait étudié ces portraits des centaines de fois quand elle était enfant. Sa mère, empoignant son violoncelle dans des positions variées, la concentration accordant ses traits à la musique : les pommettes hautes, le regard intense, les doigts agiles et puissants sur les cordes de l'instrument, scintillant sous les projecteurs.

— Tu veux un peu de gâteau ?

Son père avait extrait du réfrigérateur une tremblante confection à la fraise. Qu'il était vieux, songea soudain Elodie, en comparaison des représentations de sa mère, dont la jeunesse et la beauté étaient figées dans l'ambre de sa mémoire.

Comme la soirée était somptueuse, ils emportèrent leurs verres de vin et leur gâteau sur la terrasse, qui donnait sur le parc. Trois petits garçons jouaient au frisbee ; le benjamin courait sur l'herbe entre ses deux aînés, tandis que leurs parents assis à proximité, penchés l'un vers l'autre, semblaient en pleine conversation.

Le crépuscule nimbait le paysage d'une lumière hypnotique ; Elodie n'avait guère envie de troubler cette sérénité. Il lui fallut cependant courir le risque, après quelques minutes d'un silence bienveillant dont ils étaient, elle et lui, spécialistes depuis la nuit des temps.

— Tu sais à quoi j'ai pensé aujourd'hui ?

— Non, à quoi ?

Il avait une goutte de crème sur le menton.

— À ce conte que maman me racontait le soir, avec la rivière et la maison dont la girouette représentait le soleil, la lune et les étoiles. Tu t'en souviens ?

Il se mit à rire, surpris.

— Doux Jésus ! Voilà qui me rajeunit. Mais oui, bien sûr, tu l'aimais beaucoup, celui-là. Ça fait longtemps que je n'y ai pas songé. Je me suis toujours demandé s'il n'était pas un peu trop effrayant pour une petite fille, mais ta mère disait toujours que les enfants sont beaucoup plus courageux qu'on ne le croit. L'enfance, pour elle, c'était un moment de grandes peurs. En écoutant ces contes horrifiques, tu te rendrais compte que tu n'étais plus seule. Et tu étais sûrement d'accord avec elle, car lorsqu'elle était en tournée tu ne te satisfaisais pas vraiment des livres que je te lisais. D'ailleurs, je me sentais rejeté. Tu cachais même ces livres sous ton lit, pour que je ne puisse pas les retrouver, et tu réclamais à cor et à cri l'histoire de la clairière dans les bois sombres et de la maison ensorcelée au bord de la rivière.

Elodie sourit.

— Mes pauvres tentatives n'avaient aucun succès. Tu trépignais, tu protestais ! « Non ! » « Ce n'est pas ça du tout ! »

— Mon Dieu !

— Ce n'était pas ta faute ! Ta mère était une merveilleuse conteuse.

Le père d'Elodie sombra dans un silence mélancolique. Elodie, qui prenait soin en général de ne pas s'immiscer dans ce chagrin si durable, s'y risqua cette fois-ci, prudemment.

— Papa, je me demande… Tu crois qu'elle avait trouvé cette histoire dans un livre ?

— J'aurais tant aimé ! Cela m'aurait épargné des heures et des heures passées à consoler cette inconsolable enfant. Non, c'était une complète invention, une histoire qu'on se racontait chez elle, en famille. Ta mère m'avait dit qu'elle l'avait entendue quand elle était petite.

— Oui, c'est ce que je pensais. Mais elle n'avait peut-être pas bien compris ? Peut-être que ceux qui lui avaient raconté cette histoire l'avaient eux-mêmes lue dans un livre ? Tu sais, l'un de ces livres illustrés pour enfants de l'époque victorienne.

— Oui, pourquoi pas ? répondit-il, les sourcils froncés. Mais où veux-tu en venir ?

Avec un sursaut nerveux, Elodie sortit le carnet de son sac à main et le tendit à son père, ouvert à la page qui l'avait tant fascinée.

— J'ai trouvé ce carnet à dessin au bureau, dans une vieille boîte.

— C'est très joli… visiblement, l'artiste a du talent… un coup de crayon magnifique…

M. Winslow contempla le dessin en silence avant de lancer un regard hésitant à sa fille.

— Papa, tu ne te rends donc pas compte ? C'est la maison du conte. Exactement telle qu'elle est décrite dans l'histoire.

Il baissa les yeux vers le croquis.

— Certes, c'est bien une maison… et je vois aussi la rivière.

— Et les bois sombres, et la girouette avec le soleil et la lune.

— Oui, bien sûr… mais, ma chérie, si je puis me permettre, il y a des dizaines de maisons qui correspondent à cette description.

— Avec autant d'exactitude ? Mais non, papa. C'est la même maison. Les mêmes détails. Plus encore, l'artiste a réussi à reproduire le *sentiment* que dégage la maison du conte. Je suis sûre que tu le ressens, toi aussi.

Submergée par une vague de possessivité, elle reprit le carnet des mains de son père. Elle avait été on ne peut plus claire dans ses explications : elle était instinctivement certaine que la maison esquissée par l'artiste était celle du conte de sa mère.

— Je suis désolé, ma chérie.

— Ce n'est pas la peine, papa.

En prononçant ces mots, elle sentit des larmes lui brûler les paupières. Que c'était absurde ! Pleurer comme une gamine pour une stupide histoire de conte. Elle s'empara du premier sujet qui lui vint à l'esprit pour détourner la conversation.

— Au fait, tu as eu des nouvelles de Tip ?

— Non, pas encore. Mais tu le connais. C'est un ennemi du téléphone.

— J'irai le voir ce week-end.

Le silence reprit ses droits, mais cette fois-ci il n'était pas du tout bienveillant. Elodie observa la chaude lumière du crépuscule qui dansait dans le feuillage. Pourquoi diable se sentait-elle si nerveuse ? Quand bien même la maison du conte et celle du carnet ne faisaient qu'une, quelle importance cela pouvait-il avoir ? Soit l'artiste avait réalisé les illustrations d'un livre que sa mère avait lu, soit la maison existait vraiment et quelqu'un l'avait vue et intégrée à l'histoire. Il ne fallait plus y penser, trouver plutôt quelque chose à dire qui soit anodin, agréable…

— Apparemment, ce beau temps va durer, dit M. Winslow, au moment même où sa fille s'exclamait :

— Regarde, papa ! La maison a huit cheminées. Huit, papa !

— Ma chérie !

— C'est la maison de l'histoire de maman. Regarde les pignons…

— Ma chère petite !

— Papa !

— Je commence à comprendre.

— À comprendre quoi ?

— C'est le mariage.

— Quel mariage ?

— Mais le tien, bien sûr ! répondit-il avec un bon sourire. Les événements cruciaux de l'existence ont le don de nous ramener au passé. Et ta mère te manque. J'aurais dû m'attendre à ce qu'elle te manque encore plus maintenant.

— Non, papa, je…

— D'ailleurs, cela me fait penser que j'ai quelque chose pour toi. Tu m'attends ici ? J'en ai pour une minute.

Tandis que son père disparaissait dans l'escalier métallique, Elodie soupira. Avec son tablier soigneusement noué autour de la taille et son canard à l'orange trop sucré, M. Winslow n'était pas le genre de personne contre lequel on pouvait rester longtemps fâché.

Perché sur une des deux cheminées, un merle fixait la jeune femme. Il poursuivit ce manège quelques secondes avant de s'envoler, répondant à un appel qu'elle n'entendit pas. Sur la pelouse, le plus jeune des trois frères éclata en sanglots. Elodie songea à ses propres accès de colère lorsque son père avait voulu lui raconter l'histoire de la maison. Puis aux longues années qu'ils avaient vécues – sans *elle*.

Ça n'avait pas dû être facile.

— Je l'ai gardé tout ce temps pour toi, annonça M. Winslow en réapparaissant sur la terrasse.

Elodie avait cru que son père était allé chercher les fameuses cassettes qu'elle lui avait demandé de mettre de côté, mais la boîte que ce dernier brandit en arrivant n'était pas assez grande. On aurait pu y loger une paire de chaussures, tout au mieux.

— Je savais qu'un jour… le temps viendrait…

Ses yeux s'embuèrent et il tendit la boîte à sa fille en secouant la tête.

— Tiens, je te laisse découvrir.

Elodie ôta le couvercle.

La boîte contenait une brassée d'organza de soie blanc crème dont l'ourlet était festonné d'une fine soutache de velours. Elodie l'identifia immédiatement. N'avait-elle pas contemplé des dizaines de fois la photographie en noir et blanc dans son cadre doré ?

— Elle était si belle ce jour-là, dit son père. Je n'oublierai jamais le moment où elle est apparue sous le porche de l'église. J'avais fini par me persuader plus ou moins qu'elle ne viendrait pas. Mon frère n'avait pas arrêté de me taquiner à ce sujet. Il trouvait cela très drôle et il faut dire que j'offrais une cible de premier choix. Je n'arrivais pas à croire qu'elle m'avait bel et bien dit oui. C'était une blague, un quiproquo. Trop beau pour être vrai.

Elodie prit la main de son père. Lauren était morte depuis vingt-cinq ans : pour lui, cela aurait aussi bien pu être la veille. Elodie se rappelait très bien la manière dont il regardait sa femme, la façon dont ils se tenaient la main, doigts entrelacés, lorsqu'ils se promenaient. Elle se souvenait tout aussi bien, en dépit de son jeune âge – elle avait six ans –, du coup à la porte, des policiers qui parlaient à voix basse, du cri atroce que son père avait poussé.

— Il se fait tard, dit M. Winslow en lui assenant une petite tape sur le poignet. Tu devrais rentrer chez toi, ma chérie. Viens, descends. Je vais également te donner les cassettes que tu voulais.

Elodie referma la boîte. Elle l'abandonnait au lourd fardeau de ses souvenirs, mais il n'avait pas tort : un long chemin l'attendait. De plus, elle savait depuis longtemps qu'elle n'était pas de force à apaiser son chagrin.

— C'est gentil d'avoir gardé sa mantille pour moi, papa, dit-elle en lui effleurant la joue d'un baiser.

— Elle serait si fière de toi.

Elodie sourit de nouveau à son père puis lui emboîta le pas dans l'escalier, tout en se demandant s'il ne se trompait pas.

Chez elle, c'était un petit appartement impeccablement tenu au dernier étage d'un immeuble victorien, dans le quartier de Barnes. Grâce au *fish and chips* du rez-de-chaussée, la cage d'escalier empestait la friture. Une fois sur le palier d'Elodie, cependant, ce fumet n'était plus qu'un mauvais souvenir. L'appartement consistait essentiellement en un salon pourvu d'une cuisine à l'américaine et une chambre à coucher biscornue reliée à une salle de bains. Mais c'était la vue qui ravissait le cœur d'Elodie.

L'une des fenêtres de la chambre donnait sur l'arrière d'une rangée d'immeubles de la même époque que le sien : vieilles briques, fenêtres à guillotine aux montants blancs et toits tronqués coiffés de cheminées en terre cuite. Dans les interstices, entre les gouttières, on voyait luire la Tamise. Encore mieux : de l'appui de fenêtre, on pouvait même, en se tenant bien droit, suivre le cours du fleuve jusqu'au coude qu'enjambait le pont ferroviaire.

L'autre fenêtre donnait sur la rue. Et sur un immeuble identique au sien. Le couple qui vivait au dernier étage était encore à table lorsque Elodie rentra. Ils étaient suédois, avait-elle appris, ce qui expliquait non seulement leur aspect, mais également l'exotique coutume nordique qu'ils avaient de manger après dix heures du soir. Une lampe était suspendue au-dessus du banc de leur cuisine : sous l'abat-jour de crêpe, la lumière faisait scintiller leur peau.

Elodie tira les rideaux, alluma et sortit la mantille de sa boîte. Contrairement à Pippa, elle ne connaissait pas grand-chose à la mode, mais elle était consciente d'avoir entre les mains une pièce de musée. Vénérable par son âge, désirable par son association avec Lauren Adler, précieuse pour Elodie parce que Lauren était sa mère et que, chose étrange, cette dernière n'avait pas laissé grand-chose derrière elle. Pas grand-chose en tout cas de sa vie privée.

Après une brève hésitation, Elodie leva la mantille à bout de bras et la posa d'un geste timide sur sa tête. Puis elle ajusta le peigne et le fin tissu retomba en cascade sur ses épaules. Elle baissa les bras, les mains contre les cuisses.

La demande en mariage d'Alastair avait flatté Elodie. Il l'avait faite un an, jour pour jour, après leur première rencontre (ils avaient été présentés par un ancien condisciple d'Elodie, désormais collègue d'Alastair). Alastair l'avait invitée au théâtre puis à dîner dans un restaurant à la mode de Soho ; lorsque l'employé du vestiaire s'était emparé de leurs manteaux, Alastair lui avait murmuré à l'oreille que la plupart des gens devaient patienter *des semaines* avant de pouvoir réserver. Juste avant que la serveuse ne leur apporte les desserts, il avait exhibé la bague dans son écrin bleu-vert. Une vraie scène de film, à laquelle Elodie avait assisté soudain en simple spectatrice : Alastair et son beau visage plein d'espoir, son sourire d'une parfaite blancheur ; Elodie dans la robe neuve que Pippa lui avait confectionnée pour la cérémonie des cent cinquante ans du groupe Stratton – c'était Elodie qui avait été chargée du discours de présentation.

Une dame d'âge mûr, assise à la table voisine, s'était penchée à l'oreille de son mari. « Oh, comme c'est mignon ! Regarde. Elle est si amoureuse qu'elle est rouge comme une pivoine. » *Je suis rouge comme une pivoine parce que je suis amoureuse*, s'était répété Elodie. Et lorsque Alastair avait haussé les sourcils, elle s'était vue lui sourire et lui répondre oui.

Dehors, sur le fleuve sombre, un bateau fit mugir sa corne de brume ; Elodie ôta la mantille.

C'était ainsi que les choses se passaient, supposait-elle. C'était ainsi que les gens se fiançaient. À en croire les invitations, le mariage aurait lieu dans six semaines, lorsque les jardins du Gloucestershire, selon la mère d'Alastair, seraient « au pic de leur splendeur aoûtienne ». Elodie intégrerait la tribu des couples mariés qui se retrouve le week-end pour parler immobilier, prêts bancaires et écoles pour les enfants. Car il y en aurait, bien sûr, des enfants. Elle serait leur mère. Une mère qui n'aurait rien à voir avec la sienne, talentueuse, étincelante, ensorcelante, fuyante. Mais ses enfants feraient toujours appel à elle pour des conseils, du réconfort ; elle saurait toujours que dire et que faire, car c'était toujours le cas, n'est-ce pas ?

Elodie reposa la boîte sur le fauteuil de velours marron qui trônait dans un coin de sa chambre, puis se décida à la ranger en dessous.

La valise qu'elle avait rapportée de chez son père était encore contre la porte, là où elle l'avait posée en rentrant.

Elle avait prévu de commencer à travailler sur les cassettes le soir même, mais une fatigue soudaine s'était abattue sur elle. Intense, impérieuse.

Après une douche rapide, elle se glissa sous ses draps et éteignit la lampe de chevet, non sans un sentiment de culpabilité. Ces satanées cassettes… Il allait pourtant bien falloir s'y mettre. Penelope, la mère d'Alastair, avait appelé trois fois dans la journée et Elodie l'avait laissée affronter le répondeur. Mais le moment était proche où Alastair lui annoncerait que « maman » l'attendait pour un déjeuner dominical. Elodie se retrouverait dans la Rover, à la place du mort ; bientôt l'auto s'engagerait dans l'allée bordée d'arbres qui menait à l'immense demeure où l'attendait l'inquisition pénélopienne.

Elodie s'était vu confier trois tâches pour son mariage, dont le choix de la musique. Il lui faudrait également visiter le lieu où se dérouleraient les noces, propriété d'une amie de Penelope : « Il ne s'agit que de te présenter, ma chérie ; je me charge du reste. » Enfin, elle devait entrer en contact avec Pippa pour sa robe de mariée, que son amie d'enfance avait proposé de créer. À six semaines de la cérémonie, aucune de ces tâches n'était achevée.

Demain, je m'en occupe, se promit-elle en chassant de son esprit toute pensée matrimoniale. Demain.

Elle ferma les yeux. Le brouhaha des clients nocturnes du *fish and chips* montait du rez-de-chaussée ; sans le vouloir, elle se surprit à songer à l'autre boîte, celle qu'elle avait laissée chez Stratton, Cadwell & Co., sous son bureau. La photographie de la jeune fille au regard si franc. Le dessin de la maison.

De nouveau, cette étrange et inquiétante sensation s'empara d'elle, semblable à un souvenir fugitif, insaisissable. Elle revit le croquis en esprit et entendit une voix qui était celle de sa mère – et pourtant différente. *Ils s'en furent par la sente qui serpente, ils traversèrent la prairie ; ils parvinrent à la rivière, armés de leurs secrets et de leurs épées…*

Lorsque enfin elle s'endormit, le croquis de la maison se désagrégea, et se recomposa : arbres illuminés par le soleil, Tamise aux flots argentés, vent tiède qui lui caressait les joues en un lieu inconnu que, d'une certaine manière, elle connaissait aussi bien que son propre foyer.

II

La vie n'a guère été mouvementée, ici, à Birchwood. De nombreux étés sont passés depuis le nôtre : et je suis devenue un être de routine, suivant jour après jour un programme immuable. Je n'ai pas réellement le choix. Les visiteurs sont rares et ceux qui viennent ne restent jamais longtemps. Je ne suis pas une bonne hôtesse. Les lieux ne rendent pas la vie facile aux habitants.

Les gens en général n'aiment pas les vieilles maisons, de même qu'ils craignent les personnes âgées. La Randonnée de la Tamise est désormais un itinéraire apprécié des marcheurs et parfois, le soir, ou tôt le matin, des passants s'arrêtent sur le chemin et regardent par-dessus le mur du jardin. Je les vois, tout en demeurant soigneusement invisible.

Je ne quitte que rarement la maison. Autrefois, je traversais en courant la prairie, le cœur battant contre les côtes, les joues brûlantes, les membres puissants et audacieux, mais je n'en suis plus physiquement capable.

Ces gens sur le chemin ont entendu dire des choses sur mon compte ; ils se penchent les uns vers les autres comme le font les commères partout dans le monde. « C'est là que ça s'est passé, disent-ils. C'est là qu'il a vécu. » Et aussi : « Tu crois qu'elle est coupable ? »

Mais quand le portail est fermé, ils n'osent pas entrer. Ils ont entendu dire que l'endroit était hanté.

Je dois avouer que je n'avais pas prêté attention à la conversation de Clare et d'Adele sur les esprits. J'étais occupée, je ne les ai pas écoutées. J'ai eu maintes occasions de regretter cette distraction passagère. Ces récits m'auraient été bien utiles par la suite, surtout lorsque mes « visiteurs » ont commencé à se manifester.

J'en ai un qui vient à peine d'arriver. Comme toujours, j'ai d'abord *senti* sa présence. Une prise de conscience, un changement subtil mais incontestable dans la façon dont les courants d'air viennent lécher les marches de l'escalier, la nuit. J'ai gardé mes distances, espéré que le trouble serait de courte durée ; j'attendais que le calme revienne.

Mais le calme n'est pas revenu. Ni le silence. L'individu – c'est un homme, je peux le dire, car je l'ai vu, ça y est – n'est pas bruyant, au contraire de certains autres. Mais je sais maintenant comment écouter, quels sons capter. Lorsque ses mouvements se sont calqués sur un certain rythme, une régularité, j'ai compris qu'il avait l'intention de rester.

Cela fait longtemps que je n'ai pas eu de visiteur. Autrefois, je les trouvais odieux, avec leurs murmures et leurs bruits de pas. J'avais l'impression que mes affaires et mon espace ne m'appartenaient plus vraiment. J'ai continué à suivre mon bout de chemin tout en gardant l'œil sur eux, comme Edward l'aurait fait sans doute, et j'ai fini par apprendre comment les faire partir. Ce ne sont pas des créatures si imprévisibles que cela et je suis passée maître dans l'art de les chasser.

Pas tous, cela dit, car certains m'inspirent de la sympathie. Les Élus. Le pauvre soldat si triste, qui hurlait la nuit. La veuve dont les larmes de rage coulaient entre les planches du parquet. Et les enfants, bien sûr. La fillette solitaire qui voulait à tout prix rentrer chez elle, le petit garçon si solennel qui voulait réparer le cœur brisé de sa mère. J'aime bien les enfants. Ils perçoivent mieux les choses. Ils n'ont pas encore appris comment ne pas voir. Je ne sais que penser de ce nouveau venu. Pourrons-nous cohabiter, et pendant combien de temps ? Lui, de son côté, ne m'a pas encore remarquée. Il s'intéresse essentiellement à sa propre activité. Toujours la même : il arpente le sentier jusqu'à la cuisine de la malterie, un sac de toile marron sur l'épaule.

Au début, ils sont toujours comme ça. Ils ne voient rien, absorbés qu'ils sont par leur parcours en boucle, par la tâche dont ils sont persuadés qu'elle doit être exécutée. Mais je suis patiente. Je n'ai pas grand-chose à faire que de les observer et attendre.

Attendre : mais qui ? Il y a tant de monde dans ce cimetière.

J'ai toujours été curieuse. Mon père le disait : cette enfant est née une question sur les lèvres. Et selon Mme Mack, je finirais certainement un jour comme le chat du proverbe.

Ah. Il est reparti, il a franchi le monticule, si bien que je ne peux plus dire vers quelle direction le portent ses pas, ni ce qu'il a dans son sac, ni ce qu'il est venu faire.

Je me demande si cette présence nouvelle ne m'excite pas. Comme je l'ai dit, cela faisait longtemps. Et j'aime bien m'interroger sur les nouveaux venus. Cela me remonte le moral et détourne mon esprit des os de l'habitude, qu'il passe des heures à dépiauter.

Des os comme ceux-là…

Quand ils ont tous fait leurs bagages, quand ils ont levé le camp, les calèches volant comme autant de démons de l'enfer sur la route, Edward s'est-il retourné ? A-t-il aperçu derrière le carreau illuminé par le crépuscule une vision qui aurait pu remplacer son cauchemar ?

Revenu à Londres, derrière son chevalet, a-t-il parfois cligné les yeux pour chasser mon visage de sa vue ? A-t-il rêvé de moi pendant ses longues nuits, de la même façon que mes pensées ne le quittent jamais ?

S'est-il alors souvenu, comme je m'en souviens maintenant, de la lumière des bougies qui tremblait sur la tenture violette ?

Il y en a d'autres. Des os que je me suis interdit de picorer davantage. Mais à quoi bon ces questions quand on n'a plus personne à qui les poser ?

Ils sont tous partis. Ils ne sont plus depuis longtemps. Et je reste avec mes questions. Nœuds qu'on ne peut pas dénouer. On les tourne et les retourne en tous sens ; mais il n'y a que moi pour m'en souvenir. Car je n'oublie rien, en dépit de tous mes efforts.

Chapitre 3

Elodie, été 2017

Le lendemain matin, le curieux trouble d'Elodie ne s'était toujours pas dissipé. Elle passa son trajet en train à écrire tout ce que sa mémoire avait gardé du récit de sa mère. Tandis que les immeubles de Londres se confondaient dans le flou de la vitesse et qu'une troupe de collégiens, à l'autre bout du wagon, regardaient l'écran d'un téléphone en ricanant, Elodie posa son carnet de notes sur ses genoux. Le monde réel disparut ; le stylo se mit à courir sur la page. Pourtant, comme le train approchait de Waterloo, son enthousiasme faiblit – et de même son rythme. Elodie relut rapidement ses griffonnages : la maison à la girouette céleste, la rivière imprévisible, inlassable, les scènes merveilleuses et terrifiantes qui se produisaient dans les bois la nuit. Elle se sentit un peu gênée : comment une adulte comme elle pouvait-elle s'intéresser à ce qui n'était qu'un conte de fées ?

Le train s'arrêta en gare. Elodie ramassa son sac, qu'elle avait posé entre ses pieds. Elle lança un bref regard au carnet à dessin emballé dans un torchon propre. Une vague d'hésitation déferla en elle au souvenir des événements de la veille – son imprudence, l'impulsion qui l'avait incitée à s'emparer du carnet, la conviction grandissante que le croquis de la maison était l'indice de quelque mystère. Elle avait même caressé un instant la certitude (elle avait heureusement eu la présence d'esprit de ne pas en faire part à son père) que ce dessin l'avait élue, qu'il l'attendait depuis un siècle.

Le téléphone d'Elodie sonna tandis qu'elle passait devant St Mary le Strand ; le nom de Penelope s'afficha sur l'écran. Un papillon battit des ailes dans le creux de son estomac : après tout, son père avait peut-être raison. N'était-ce pas le mariage, plutôt que ce troublant dessin, qui réveillait ses inquiétudes ? Elle glissa le portable dans sa poche. Elle rappellerait sa future et redoutable belle-mère dans l'après-midi, après avoir conféré avec Pippa, histoire de lui fournir des éléments concrets.

Pour la millième fois, Elodie regretta que sa mère ne fût plus à son côté, pour rétablir l'équilibre. Elle savait de source sûre, et pas uniquement par son père, que Lauren Adler avait été une femme exceptionnelle. À dix-sept ans, Elodie s'était lancée dans une débauche de recherches : elle avait d'abord arpenté Internet, avant de prendre une carte de lectrice à la British Library. Là, elle avait recueilli toutes les interviews, tous les articles relatifs à la carrière étincelante de sa mère. Elle les avait dévorés, le soir, dans sa chambre, reconstruisant ainsi l'image d'une jeune femme exubérante au talent stupéfiant, une virtuose maîtrisant parfaitement son instrument. Mais c'étaient les interviews qui l'avaient réellement ensorcelée : là, enfin, entre les guillemets, elle avait découvert la vraie voix de sa mère. Son esprit, son ton, sa manière de parler.

Elle repensa à un livre qu'elle avait trouvé sous le lit d'une chambre d'hôtel, en Grèce – l'histoire d'une femme aux portes de la mort qui rédige pour ses enfants une série de conseils sur la manière de vivre sa vie, ce qui lui permet de continuer à guider sa progéniture par-delà le gouffre de la mort. Lauren, faute d'avoir vu sa fin venir, n'avait pas pu laisser à sa fille unique d'aussi sages recommandations. Cependant, ces interviews en tenaient presque lieu. L'adolescente Elodie les avait étudiées dans le détail, les apprenant même par cœur et s'en récitant à voix basse quelques extraits de choix devant le miroir ovale de sa coiffeuse. Elle avait chéri ces phrases éparses comme des poèmes, en avait fait ses propres commandements. En effet, contrairement à Elodie qui luttait à cette époque contre une acné rebelle et une insécurité adolescente de grade 4, Lauren Adler, à dix-sept ans, était un être de lumière, aussi modeste que talentueux. Elle s'était déjà produite en soliste aux Proms, ce qui lui avait valu le statut de petite fiancée musicale de la nation britannique.

Une aura qui éblouissait jusqu'à Penelope, dont l'assurance était pourtant aussi ancienne, aussi avérée, que son éternel collier de perles sans défaut. Penelope parlait toujours de Lauren Adler sur un ton empreint d'admiration et d'inquiétude, ne l'appelant que par son nom complet. Ce n'était jamais « ta mère », mais : « Lauren Adler avait-elle une œuvre qu'elle aimait particulièrement jouer ? » Ou : « Lauren Adler avait-elle une salle de concert préférée ? » Elodie répondait à ces questions du mieux qu'elle pouvait. Elle n'avoua jamais à sa future belle-mère que la plupart de ce qu'elle savait de « Lauren Adler » lui venait d'interviews en libre accès, consultables par n'importe qui. La curiosité de Penelope était flatteuse ; Elodie s'y cramponnait. Face à l'immense propriété des parents d'Alastair, à leur solennité si vieille Angleterre, au poids de la tradition dans une famille dont l'antique demeure était tapissée de portraits ancestraux, Elodie se devait de revendiquer tous les avantages auxquels elle avait droit.

Aux premiers temps de leur relation, Alastair lui avait confié que sa mère était une passionnée de musique classique. Elle avait joué elle-même, jeune fille, mais avait abandonné toute pratique en entrant dans le monde. Les souvenirs d'Alastair avaient touché une corde sensible en Elodie : concerts auxquels il avait assisté en compagnie de sa mère, joie des musiciens du London Symphony Orchestra lors de la première soirée de la saison au Barbican, arrivée du chef d'orchestre sur l'estrade du Royal Albert Hall. C'était un moment exceptionnel que la mère ne partageait qu'avec son fils. (« Mon père trouve ça un peu excessif, je le crains. Sa distraction culturelle favorite, c'est le rugby. ») Alastair et Penelope se retrouvaient encore une fois par mois pour un concert classique suivi d'un dîner.

Rite qui avait fait hausser les sourcils à Pippa lorsque Elodie l'avait évoqué, d'autant, avait-elle avoué, qu'elle-même n'était jamais conviée à ces soirées. Mais Elodie avait répondu d'un haussement d'épaules. N'avait-elle pas lu un jour que les hommes qui sont gentils avec leur mère font les partenaires les plus agréables ? Et puis, pour une fois qu'on ne la considérait pas automatiquement comme une mordue de classique ! Combien de fois avait-elle dû, depuis son plus jeune âge, répondre à la question « Mais de quel instrument jouez-vous ? » par un « Aucun » qui remplissait ses malheureux interlocuteurs de confusion. « Ah bon ? Même pas un petit peu ? »

Alastair, lui, avait bien compris. « On ne peut guère t'en vouloir, avait-il déclaré. À quoi bon rivaliser avec la perfection ? » Et même si Pippa s'était récriée en entendant cette réflexion (« Ta perfection, c'est d'être toi-même ! »), Elodie savait bien qu'Alastair ne la mettait nullement en cause et que sa remarque n'avait rien d'une critique.

L'idée d'intégrer une vidéo de Lauren Adler à la cérémonie de mariage venait de Penelope. Lorsque Elodie lui avait appris que son père avait conservé toute une collection des concerts filmés de sa femme et qu'il pouvait les retrouver sans mal dans ses archives, si tel était le souhait de Penelope, cette dernière avait enveloppé sa future belle-fille d'un regard qui exprimait une affection quasiment sincère.

Elle avait tendu la main pour toucher celle d'Elodie – c'était la première fois qu'elle s'autorisait cette familiarité. Puis : « Je l'ai vue une seule fois en concert. Elle était stupéfiante. Si concentrée. Une technicienne hors pair, mais avec ce quelque chose de plus qui permettait à son interprétation de s'élever au-dessus de toutes les autres. Ce qui lui est arrivé est affreux, affreux. J'étais inconsolable. »

Confidence qui avait laissé Elodie sans voix. Chez Alastair, on tendait rarement la main. Et on ne parlait pas de chagrin, de deuil et autres manifestations sentimentales dans des conversations à bâtons rompus. Ce moment de faiblesse n'avait pas duré, bien sûr : Penelope avait aussitôt reporté son attention sur des sujets anodins, tels que l'arrivée précoce du printemps et les conséquences de ce phénomène sur l'exposition florale de Chelsea. Elodic, maîtrisant moins bien cet art du coq-à-l'âne, avait gardé pendant un moment le souvenir tangible de la main de Penelope sur la sienne. Le souvenir de la mort de sa mère l'avait poursuivie tout le week-end.

Lauren Adler avait pris place dans une voiture que conduisait le violoniste américain, de passage en Grande-Bretagne. Ils rentraient à Londres après un concert à Bath. Les autres membres de l'orchestre étaient partis la veille, juste après la prestation, mais la mère d'Elodie était restée à Bath pour animer une séance de travail avec des musiciens de la ville. « Elle était très généreuse », avait maintes fois répété M. Winslow – cela faisait partie de l'antienne du veuf éploré sur son épouse tant aimée. « Les gens en étaient surpris, venant de quelqu'un de si célèbre, mais elle adorait la musique et elle ne ménageait pas ses efforts pour passer du temps avec d'autres passionnés, qu'ils fussent professionnels ou amateurs. »

Le rapport du coroner, qu'Elodie avait retrouvé dans les archives du comté lors de son été de recherches intensives, expliquait l'accident par la combinaison de deux éléments :

gravillons sur la petite route de campagne, erreur de jugement du conducteur. Pourquoi n'avaient-ils pas pris l'autoroute ? s'était demandé Elodie. Les coroners cependant se livrent rarement à des spéculations sur les choix de trajet. Donc : le violoniste américain avait abordé un virage en épingle à une allure excessive ; le véhicule avait dérapé sur les gravillons avant d'effectuer une sortie de route ; dans l'impact, Lauren Adler avait été projetée à travers le pare-brise, un choc qui avait occasionné d'innombrables fractures. Eût-elle survécu qu'elle n'aurait plus jamais joué de violoncelle : c'était du moins ce qu'avaient dit deux ou trois collègues musiciens de Lauren lors de la veillée mortuaire, conversation que l'enfant Elodie avait entendue de sa cachette derrière le canapé. Quelle chance donc qu'elle soit morte, semblaient dire ces amis.

Avis que ne partageait pas Elodie, pas plus que son père. Jusqu'aux obsèques, il avait semblé tenir le coup, soutenu par un calme post-traumatique qui avait davantage inquiété sa fille, d'une certaine manière, que le terne et profond désespoir dans lequel il s'abîma ensuite. Il pensait dissimuler l'étendue de son chagrin à Elodie en fermant soigneusement la porte de sa chambre, mais les vieux murs de brique n'étaient pas si épais que cela. Mme Smith, la voisine, s'était improvisée gardienne ; tous les soirs, avec une expression de sombre compassion, elle leur préparait des œufs à la coque et du pain grillé. Elle racontait à Elodie des histoires captivantes sur son enfance dans le Londres du Blitz : oh, ces nuits ponctuées par les bombardements ! Et le jour où le facteur avait apporté ce télégramme bordé de noir qui scellait le sort d'un père absent depuis des mois.

Si bien que, dans l'esprit d'Elodie, la mort de sa mère était restée mêlée aux détonations des bombes, à l'odeur du soufre et, plus profondément encore, à la féroce nostalgie d'une enfant réclamant une histoire.

— Salut !

Margot faisait bouillir de l'eau lorsque Elodie arriva chez Stratton, Cadwell & Co. Margot sortit le mug préféré de sa collègue et le posa près du sien, avant d'y glisser un sachet de thé.

— Oyez, oyez. Il est d'une humeur de dogue, ce matin. Le type du management a rédigé une liste de « recommandations ».

— Diable !

— Exactement.

Elodie emporta son mug dans son bureau en prenant soin de ne pas attirer l'attention de M. Pendleton lorsqu'elle passa devant sa porte. Elle avait pour son vieux et irascible patron une affection toute confraternelle, mais lorsqu'il était de mauvais poil il pouvait être impitoyable. Elodie avait assez de pain sur la planche pour ne pas se retrouver avec un index à corriger en guise de punition.

Son inquiétude était exagérée : M. Pendleton, l'esprit décidément ailleurs, contemplait l'écran de son ordinateur d'un regard assassin.

Elodie s'installa à son bureau et, sans perdre une seconde, transféra le carnet à dessin de son linceul de coton à la boîte récupérée dans le vestiaire désaffecté. Son éphémère accès de folie avait pris fin. Ne restait plus maintenant qu'à cataloguer les objets que recelait la boîte et à leur trouver une place dans les archives de Stratton, Cadwell & Co.

Elle enfila ses gants avant de sortir la perforatrice, l'encrier, le vide-poches et l'étui à lunettes. Le plus superficiel des examens suffit à en déterminer la nature : accessoires de bureau des années 1950 à 1960. Les initiales de l'étui à lunettes permettaient sans grand risque d'attribuer cet ensemble à Lesley Stratton-Wood. Elodie ne fut pas mécontente de s'adonner à cette tâche rassurante : rédiger un descriptif en bonne et due forme. Elle alla chercher un carton d'archivage neuf et y rangea ces quelques objets avant de coller sa liste sur le flanc du carton.

La sacoche était plus intéressante. Elodie se livra à un examen méticuleux. Elle remarqua les marques d'usure du cuir, les quelques éraflures dans le coin inférieur droit du dos. Les coutures étaient d'une exécution parfaite. Elodie distingua sur l'une des boucles les cinq poinçons qui attestaient ses qualités : elle avait été confectionnée en argent massif de facture anglaise. La jeune femme ajusta sa loupe monoculaire à son œil gauche pour identifier les poinçons : le lion pour l'argent ; le guépard pour Londres – sans couronne, ce qui signifiait que la sacoche avait été produite après 1822 ; le *g* minuscule dans son ancienne typographie anglaise indiquait l'année (1862, lui apprit son tableau des *London Date Letters*) ; le poinçon de garantie, représentant le profil de la reine Victoria ; et, pour finir, le poinçon du maroquinier, les initiales W et S.

Elodie consulta le répertoire. Son index finit par s'arrêter sur le nom William Simms. Elle eut un sourire entendu : la sacoche venait de chez W. Simms & Fils, un fabricant renommé d'articles de maroquinerie et d'argenterie, fournisseur de la Cour, et détenteur, si sa mémoire ne la trompait pas, d'un magasin situé Bond Street.

L'histoire était loin d'être finie : les autres marques sur le cuir, les éraflures, les traces d'usure étaient d'égale importance lorsqu'il s'agissait de déterminer le passé de la sacoche. Celle-ci avait beau provenir d'un artisan du luxe, elle n'avait pas été purement décorative. Son propriétaire l'avait portée à l'épaule, à l'épaule gauche, remarqua Elodie en effleurant doucement le cuir de la bandoulière, plus usé d'un côté que de l'autre ; la sacoche avait également frotté, jour après jour, contre la cuisse droite de son propriétaire. Elodie enfila une sacoche fictive. Elle, qui était droitière, l'aurait drapée dans l'autre sens. Selon toute vraisemblance, elle avait affaire ici à un gaucher.

Ce qui excluait le droitier James Stratton, même si le porte-documents qu'Elodie avait trouvé dans la sacoche lui appartenait. Mais la sacoche, de toute façon, portait en lettres dorées un autre monogramme, « E. J. R. ». Elodie effleura le E cursif d'un doigt ganté. « E. J. R. », c'était également le monogramme du carnet de dessins. On pouvait en déduire sans trop de risques que « E. J. R. » était l'auteur des croquis et que la sacoche était sienne. Un artiste – ou *une* artiste –, donc ? James Stratton en avait fréquenté un certain nombre, mais les initiales n'évoquaient aucun nom connu à Elodie. Naturellement, elle pouvait consulter Google : mais n'avait-elle pas une source bien plus rapide en matière de beaux-arts ? Elle sortit son téléphone de son sac, réprima un pincement au cœur en constatant que Penelope avait laissé un deuxième message, et envoya un texto à Pippa.

Salut ! Un peintre, années 1860-1880, initiales EJR, ça t'évoque quoi ?

La réponse fusa immédiatement :

Edward Radcliffe. Ça marche toujours pour ce midi ? Plutôt 11 heures d'ailleurs ? T'envoie l'adresse.

Edward Radcliffe. Le nom lui était vaguement familier, même si son propriétaire ne faisait pas partie des correspondants réguliers de James Stratton. Le temps était venu d'une recherche sur le Net. La page Wikipédia, très courte, était agrémentée d'un bandeau qui en indiquait le statut d'ébauche à compléter ; Elodie en parcourut la première partie. Radcliffe était né en 1840 à Londres, ce qui en faisait un quasi-contemporain de Stratton. Il avait passé une partie de son enfance dans le Wiltshire. Aîné de trois enfants, seul fils d'un homme qui, apparemment, avait été une sorte de dilettante et d'une femme qui rêvait d'être artiste. Pendant que ses parents arpentaient l'Extrême-Orient en quête de poteries japonaises, le jeune Edward avait été élevé par ses grands-parents, lord et lady Radcliffe.

Adolescence agitée, caractère exécrable et talent précoce, découvert par hasard par un artiste beaucoup plus âgé (d'un certain renom, manifestement, même si le nom ne disait rien à Elodie) qui l'avait pris sous son aile. Edward avait exposé très jeune, ce qui promettait ; ses relations avec la Royal Academy étaient en dents de scie. Il avait pris Dickens à partie publiquement à la suite d'une critique négative. Puis la reconnaissance était venue par le biais du grand John Ruskin, qui lui avait commandé un tableau. Selon les dires de tous, la carrière d'Edward Radcliffe aurait dû dès lors le mener vers les sommets ; Elodie commençait à se demander pourquoi elle ne connaissait pas mieux son œuvre lorsqu'elle parvint au dernier paragraphe de la notice.

Edward Radcliffe était fiancé à Frances Brown, la fille d'un industriel de Sheffield. Après la mort tragique de cette dernière à l'âge de vingt ans – elle fut assassinée lors d'un cambriolage –, Radcliffe renonça à la société. De nombreuses sources se font l'écho du fait qu'il travaillait à cette époque sur une œuvre majeure, mais ni le tableau en question, ni même une étude préparatoire authentifiée n'ont pu être retrouvés. Radcliffe se noya au large de la côte sud du Portugal en 1881. Son corps fut rapatrié en Angleterre, où il est enterré. En dépit d'une œuvre quantitativement modeste, Radcliffe demeure une figure importante de l'art britannique de la mi-XIXe, en raison notamment de son rôle au sein de la fraternité Magenta, dont il était membre fondateur.

La fraternité Magenta. Ce nom-là aussi était vaguement évocateur, elle l'avait déjà lu dans le cadre de son travail. *Voir s'il n'apparaît pas dans la base de données de la correspondance Stratton*, se dit-elle. Elle relut le paragraphe, méditant sur la mort violente et prématurée de la fiancée d'Edward, sur son retrait de la vie publique, sur sa mort solitaire en pleine mer. Son esprit chercha à relier causes et conséquences, traçant bientôt le portrait d'un homme dont la carrière prometteuse avait été interrompue en plein essor par une immense peine d'amour et par un inexorable affaiblissement de la constitution.

Elodie exhuma le carnet et le feuilleta. Où avait-elle rangé la page volante sur laquelle des mots ardents avaient été griffonnés ? Ah, là : « Je l'aime, je l'aime, je l'aime et si elle ne peut pas être mienne je vais devenir fou, car quand je ne suis pas près d'elle je crains… »

Était-ce donc vrai ? Pouvait-on aimer avec une intensité telle que la perte de l'être chéri débouchait forcément sur la folie ? Était-ce chose courante ? Elle se mit à penser à Alastair et se sentit bientôt rougir : bien sûr, elle serait désespérée de le perdre. Mais de là à en devenir folle ? Pouvait-elle, honnêtement, imaginer qu'elle sombrerait sans lui dans une détresse sans guérison ?

Et si elle mourait avant lui ? Elodie se représenta son fiancé dans l'un de ces impeccables costumes confectionnés sur mesure par le tailleur paternel. Son beau visage sans aspérités, qui attirait en tous lieux les regards admiratifs, sa voix à laquelle une autorité innée conférait de la cordialité. Il avait une telle assurance, un tel vernis, un tel quant-à-soi, qu'Elodie ne parvenait pas à se l'imaginer en proie à la moindre folie, quelle qu'en fût la raison. La brèche qu'ouvrirait son absence se refermerait rapidement et sans drame. Comme la surface d'un étang, quelques minutes après qu'on eut lancé un caillou.

Rien à voir avec les lendemains chaotiques de la mort de Lauren Adler, les effusions de chagrin, le deuil quasi national, les articles de journaux agrémentés de séduisantes photographies en noir et blanc, usant et abusant de termes tels que « tragédie », « étincelante » ou « étoile foudroyée ».

Frances Brown avait-elle été une de ces femmes étincelantes ?

Une idée traversa l'esprit d'Elodie. Le porte-documents de James Stratton se trouvait encore dans la sacoche. Elle en sortit le cliché de la jeune femme. Et si c'était Frances Brown ? L'âge correspondait : ce visage sépia ne pouvait guère appartenir qu'à une très jeune femme.

Elodie la contempla longuement, fascinée par ce regard si direct. Le sang-froid, voilà ce qu'il exprimait. Cette jeune femme se fiait aux ressources de son esprit. Elle s'estimait à sa juste valeur. Elle était de celles auxquelles un garçon au tempérament artistique et exalté pouvait adresser des paroles telles que : « Si elle ne peut pas être mienne je vais devenir fou… ».

Elodie tapa « Frances Brown Radcliffe » dans Google Images, ce qui fit remonter de multiples versions du même portrait : une jeune femme en robe verte, dont la beauté indiscutable mais prévisible n'avait rien à voir avec celle de la photographie.

Elodie se sentit envahie par une sourde déception – sensation bien connue des archivistes, qui sont à leur manière des chercheurs d'or, ne cessant de tamiser les scories de la vie quotidienne de leurs sujets pour les trier, les classer méthodiquement et en extraire des chronologies, dans l'espoir de tomber sur une pépite.

En l'occurrence, la chose était risquée. Le carnet de dessins et la lamentation amoureuse avaient été trouvés dans la même sacoche que le porte-documents et le cadre : mais quelle relation réelle entretenaient ces objets ? La sacoche et le carnet avaient appartenu à Edward Radcliffe, le porte-documents à James Stratton. Ces deux hommes s'étaient-ils connus ? Elodie n'en avait pas la moindre preuve.

Elle se pencha une fois de plus sur le cliché. Le cadre était d'excellente qualité : argent massif magnifiquement gravé. Le porte-documents était daté de 1861 : ne pouvait-on supposer que la photographie appartenait elle aussi à Stratton, qu'elle avait été réalisée à une époque un peu plus tardive, et qu'elle représentait une femme qui avait sans doute une certaine importance pour lui, puisqu'il l'avait conservée ? Mais qui était la femme ? Un amour secret ? Elodie ne se souvenait pas d'avoir lu dans les journaux de Stratton la moindre allusion à une telle liaison.

Quels indices pouvait révéler ce beau visage ? Plus Elodie le scrutait, plus elle en ressentait l'attraction magnétique. Ce petit morceau de carton datait de plus de cent ans – ou cent cinquante ans, c'était plus probable – et cependant la femme qu'il offrait aux regards n'était pas le strict reflet d'une époque. Sa physionomie était étrangement contemporaine : elle aurait pu être une de ces jeunes passantes des rues ensoleillées de Londres, bavardant, hilare, avec ses amies et jouissant de la caresse de l'été sur sa peau nue. Elle avait une expression assurée, joyeuse, fixait l'objectif avec une familiarité qui finissait par mettre presque mal à l'aise. Comme si Elodie faisait intrusion dans une conversation intime.

— Qui es-tu ? marmonna-t-elle. Et que représentais-tu pour lui ?

Mais il y avait autre chose encore, qu'elle ne savait pas trop comment exprimer. Cette jeune femme était *illuminée*. Par sa beauté, bien sûr, par son expression si vive. Mais cela venait aussi de l'esthétique de la photographie : la longue chevelure sans apprêt, la robe romantique, ample, confortable, mais qui, en même temps, rehaussait la cambrure de la taille et révélait, par la grâce d'une manche relevée, la peau nimbée de soleil. Elodie sentait presque le souffle chaud venu de la rivière : il caressait le visage de la jeune femme, soulevait ses mèches folles, tiédissait l'indienne blanche de sa robe. Ah, mais son esprit lui jouait des tours : car il n'y avait pas de rivière sur la photo. C'était sa liberté d'allure, son atmosphère, qui suscitait ces fantasmes. Elle aurait bien aimé avoir une robe comme celle-ci pour son mariage…

Son mariage !

Elodie lança un coup d'œil à l'horloge. Il était déjà dix heures et quart. Elle n'avait même pas répondu au message de Pippa. Si elle voulait être à King's Cross pour onze heures, il fallait peut-être songer à partir. Elle fourra son téléphone, son carnet, son agenda et ses lunettes de soleil dans son sac à main. N'avait-elle rien oublié ? Dans l'impulsion du moment, elle se saisit du petit cadre d'argent. Après avoir lancé un regard en coulisse à Margot, aux prises avec le classeur à tiroirs, elle emballa le portrait de la jeune femme à la robe merveilleuse dans le torchon qui avait servi au carnet à dessin et le glissa dans son sac.

En remontant du frais entresol vers la tiédeur estivale de la rue, elle composa un texto destiné à Pippa.

11 heures, parfait. Je pars maintenant. Tu m'envoies l'adresse ? À toute.

Chapitre 4

Ce jour-là, Pippa travaillait dans une maison d'édition de New Wharf Road, qui lui avait commandé une installation pour son foyer. Lorsque Elodie arriva à dix heures quarante-cinq, son amie d'enfance était vertigineusement perchée sur une immense échelle, au centre de la salle d'un blanc des plus contemporains. Pippa finissait de suspendre au plafond des vêtements de femme de l'époque victorienne – robes, jupes, jupons, corsets. L'effet était enchanteur : on eût dit une salle de bal hantée par des spectres d'une pâleur d'ivoire entrés sur les ailes de la brise. Les mots de ce poème de Wilde, l'un de ses préférés, revinrent à la mémoire d'Elodie :

Nous descendions la rue éclairée par la lune
Quand, de la maison de la courtisane,
Nous parvinrent les échos d'une danse.
[…]
Nous regardions tourner les danseurs invisibles
Au son du piston et du violon,
Comme feuilles noires emportées par le vent.
[…][1]

1. Oscar Wilde, « La Maison des courtisanes » *in Poèmes*, dans la traduction de Bernard Delvaille, recueilli dans *Œuvres*.

À la vue de son amie, Pippa poussa une exclamation étouffée par la règle en bois qu'elle avait entre les dents.

Elodie lui répondit d'un signe de la main et retint son souffle tandis que Pippa se penchait pour nouer la bretelle d'une combinaison à un fil de pêche.

Après quelques secondes d'angoissantes acrobaties, Pippa se débrouilla pour regagner la terre ferme en un seul morceau.

— Je reviens dans cinq minutes, annonça-t-elle à l'employé de la réception tout en enfilant son sac à dos d'un coup d'épaules. Le temps de prendre un café.

Une fois franchie la massive porte de verre de la maison d'édition, Elodie emboîta le pas à son amie. Pippa portait une salopette de coton noir, façon Seconde Guerre mondiale, et des baskets bariolées comme celles qu'affectionnaient les ados qui se retrouvaient au *fish and chips* le vendredi soir, en bas de chez Elodie. Séparément, la salopette et les baskets n'avaient rien de remarquable : mais sur Pippa, le mariage des deux était si chic qu'Elodie se sentait décidément bien terne, avec son jean et ses ballerines.

Pippa tira sur la cigarette qu'elle avait allumée tout en composant le code d'un imposant portail qui leur donna directement accès au canal.

— C'est gentil d'être venue plus tôt, dit-elle en exhalant un nuage de fumée. Mais je vais devoir sauter le déjeuner si je veux finir à temps. L'auteur vient ce soir pour le lancement du bouquin. Je t'ai montré, non ? C'est dément. Une Américaine, qui s'est rendu compte que sa tante anglaise, qu'elle n'avait jamais connue que comme une petite vieille dans une maison de retraite, avait en fait été une des maîtresses du roi d'Angleterre et qu'elle avait amassé une quantité invraisemblable de robes sublimes, qui croupissaient dans la naphtaline d'un garde-meubles du New Jersey. C'est dingue, non ? Moi, la seule chose que j'aie héritée de ma tante, c'est un nez qui ferait pâlir Cléopâtre d'envie.

Elles traversèrent le pont vers un restaurant à la devanture vitrée, tout près de la station de métro.

Une serveuse affable leur proposa une petite table ronde au fond de la salle.

— Macchiato ? demanda-t-elle à Pippa.

— Parfait, répondit cette dernière. Et toi, Elodie ?

— Flat white, s'il vous plaît.

À peine installée, Pippa sortit de son sac à dos un album replet, bourré de notes volantes et d'échantillons divers.

— Je vais te montrer à quoi j'ai pensé, annonça-t-elle, avant de se lancer dans une description enflammée de manches et de jupes, suivie d'un exposé sur les avantages et les inconvénients des basques et d'une défense ardente des tissus bio, sautant au gré de son discours d'une illustration à l'autre et prenant à peine le temps de respirer, jusqu'à ce que la table soit recouverte de pages arrachées à des magazines, d'échantillons de tissu et de croquis de mode.

— Alors, finit-elle par demander. Tu en penses quoi ?

— J'adore. De A à Z.

Pippa éclata de rire.

— Je sais que c'est un peu le foutoir ; ça m'a donné des tonnes d'idées, cette affaire. Et toi ? Il y a des choses qui te tiennent à cœur ?

— J'ai une mantille.

— Oh là là !

— C'est papa qui l'a ressortie de ses malles.

Elodie montra l'écran de son téléphone à son amie. Le matin même, avant de partir, elle avait pris la mantille en photo.

— Celle de ta mère, non ? Tu en as, de la chance. Superbe pièce. Haute couture, à vue de nez.

— Oui, je crois. Mais je ne sais pas de quel créateur.

— Peu importe, elle est vraiment splendide. Maintenant, il faut que la robe soit à la hauteur.

— J'ai trouvé une photo d'un truc que j'aime bien.

— Ah, parfait ! Tu me fais voir ?

Elodie sortit le torchon de son sac à main et en extirpa le petit cadre.

Pippa haussa le sourcil droit, non sans amusement.

— Tiens ? J'étais sûre que tu allais exhiber une page de *Vogue*.

Elodie lui tendit le cadre et attendit la réaction de Pippa, une mystérieuse inquiétude lui nouant l'estomac.

— Oh ! Quelle beauté !

— Je l'ai trouvée au bureau. Elle vient de passer un demi-siècle dans une sacoche en cuir au fond d'une boîte en carton, sous une pile de rideaux, dans un vestiaire désaffecté.

— Voilà qui explique sa mine réjouie !

Pippa inspecta le cliché de plus près.

— Divine, cette robe. Et toute la photo, d'ailleurs. C'est davantage une photographie d'art qu'un portrait. On dirait presque du Julia Margaret Cameron, en fait.

Elle leva les yeux vers Elodie.

— Il y a un rapport avec le texto de ce matin ? Ta question sur Edward Radcliffe ?

— Je m'interroge encore, ce n'est pas certain.

— Ça ne me surprendrait pas, en tout cas. C'est du pur esthétisme. L'expression de séduction, la robe un peu ample, cette attitude qui n'a rien de guindé… Première moitié des années 1860, à mon avis.

— Je pensais aux préraphaélites…

— Oui, c'est proche, indubitablement. Et bien sûr, à cette époque, les artistes se copiaient tous les uns les autres. Ils partageaient les mêmes obsessions – la nature, la vérité, la couleur, la composition, le sens de la beauté. Mais là où les préraphaélites se souciaient surtout de réalisme, de précision, les peintres et les photographes de la fraternité Magenta étaient focalisés sur la sensualité, le mouvement.

— La texture même de la lumière a quelque chose d'émouvant, tu ne trouves pas ?

— Le photographe serait ravi de te l'entendre dire ! La lumière était une des obsessions de la fraternité. Elle tirait son nom des théories de Goethe sur la couleur – le cercle des couleurs, les interactions entre la lumière et l'obscurité, l'idée qu'il y a une nuance entre le rouge et le violet qui permet d'avoir un cercle complet, le fameux magenta. Il faut se souvenir du fait qu'on assistait à cette époque-là à un quasi big bang des arts et des sciences ! Les photographes pouvaient user de technologies auxquelles ils n'avaient encore jamais eu accès ; ils manipulaient la lumière, testaient les temps de pose pour créer des effets visuels inédits.

Elle reprit son souffle tandis que la serveuse apportait les cafés.

— Edward Radcliffe était très apprécié, mais il n'a jamais accédé à la célébrité des autres membres de la fraternité.

— Qui étaient ? J'ai oublié.

— Thurston Holmes, Felix et Adele Bernard… – ils s'étaient tous rencontrés à la Royal Academy ; leur anticonformisme les avait rapprochés. Ils étaient très liés, tous les quatre, mais avec tous les mensonges, toutes les concupiscences et tous les retournements d'alliance auxquels tu peux t'attendre dans le monde de l'art à l'époque de la reine Victoria. Un vrai jeu de massacre. Radcliffe avait un talent fou, mais il est mort jeune.

Pippa considéra de nouveau le portrait.

— Qu'est-ce qui te fait penser qu'elle et Radcliffe étaient liés ?

Elodie retraça la découverte de la sacoche et de son contenu.

— À l'intérieur, il y avait un porte-documents qui avait appartenu à James Stratton. Lequel ne contenait qu'une chose : cette photo.

— Et Radcliffe était un ami de ton Stratton ?

— Pas à ma connaissance, dut bien avouer Elodie. C'est l'une des bizarreries de la chose.

Elle but une gorgée de café tout en se demandant s'il fallait en dire plus. Elle était écartelée entre deux envies contraires : tout raconter à Pippa et profiter des vastes connaissances de son amie en matière d'histoire de l'art ou garder pour elle seule la photo et le dessin de la maison. Pulsion inexplicable et guère louable, quasi-jalousie qui l'avait déjà saisie lorsqu'elle avait remis le cliché à son amie. Elle se força à poursuivre sur sa lancée.

— J'ai trouvé autre chose dans la sacoche. Un carnet à dessin.

— Quel type ?

— Couverture en cuir, cette taille à peu près (elle traça un rectangle avec ses doigts). Bourré de croquis au crayon et à la plume, avec des annotations. J'ai l'impression qu'il a appartenu à Edward Radcliffe.

Pippa, que rien n'étonnait, en resta pourtant bouche bée. Elle se reprit aussitôt.

— Tu as pu trouver quelque chose qui te permet de dater le carnet ?

— Je n'ai pas encore tout étudié en profondeur. Ce qui est certain, c'est que le porte-documents de Stratton date de 1861. Bien sûr, je ne peux pas affirmer qu'ils étaient en relation, rappela Elodie à son amie. Sauf que le carnet et le porte-documents ont partagé la même sacoche pendant un siècle et demi.

— Et à quoi ressemblaient les dessins ? Que représentaient-ils ?

— Des personnages, des visages de profil, des paysages. Une maison. Pourquoi ?

— On a beaucoup parlé d'une œuvre inachevée de Radcliffe. Après la mort de sa fiancée, il a continué à travailler, mais il n'avait plus la même ardeur qu'autrefois. Et ses sujets étaient très différents. Puis il s'est noyé au

Portugal. Tragédie sur tragédie. L'idée de cette « œuvre abandonnée », qu'il aurait commencée avant la mort de cette jeune femme, a pris des allures de mythe dans le petit monde des historiens de l'art. Les spécialistes continuent à espérer, à spéculer, à proposer des pistes. De temps en temps, un universitaire prend la chose assez à cœur pour pondre un papier, même si, jusqu'ici, on n'a pas vraiment trouvé de quoi confirmer cette thèse. C'est l'une de ces rumeurs si séduisantes qu'elles ne peuvent que persister.

— Et le carnet à dessin pourrait être lié à cette œuvre ?

— Difficile à dire sans le voir. J'imagine que tu n'as pas d'autre divine surprise dans ton sac à main, bien emballée dans un torchon ?

Elodie sentit ses pommettes s'empourprer.

— Impossible de sortir le carnet de nos archives.

— Je pourrai peut-être passer chez vous la semaine prochaine pour y jeter un coup d'œil ?

L'estomac d'Elodie se noua d'une manière désagréable.

— Passe-moi un coup de fil avant : notre M. Pendleton a déterré la hache de guerre.

Pippa esquissa un geste désinvolte de la main, avant de se reculer sur sa chaise.

— Bien sûr ! En attendant, je vais m'attaquer à la question de la robe. Je la vois très bien : splendide, romantique. Et très contemporaine… à la manière des années 1860.

— Je n'ai jamais vraiment suivi la mode.

— Oh, tu sais, la nostalgie, c'est du dernier chic aujourd'hui.

Le ton de Pippa était affectueux mais, ce jour-là, Elodie trouva la réflexion déplacée. Elodie était effectivement d'un tempérament nostalgique, mais elle n'aimait pas qu'on le lui rappelle. L'adjectif était tellement dévoyé. Les gens l'utilisaient à tort comme synonyme de « sentimental », mais cela n'avait rien à voir. La sentimentalité était mièvre, écœurante ; la nostalgie, aiguë et douloureuse. La nostalgie, c'était le plus profond des désirs, la conscience du caractère inexorable du passage du temps. Impossible de le remonter pour retrouver un moment, un individu ; impossible de réparer ses erreurs.

Bien sûr, Pippa n'avait pas pensé à mal. Sa réflexion était sans conséquence : tout en refermant son album, elle était certainement loin de se douter de ce qui tourmentait son amie. Bon sang, se lamenta Elodie. Pourquoi était-elle aussi susceptible aujourd'hui ? Depuis qu'elle avait ouvert cette fichue sacoche, elle se sentait déstabilisée. Elle était en proie à un affolement permanent, comme si elle avait oublié d'accomplir quelque chose d'important, mais quoi, elle ne se le rappelait même pas. La nuit précédente, elle avait même refait un rêve familier. Elle se trouvait dans la maison du conte de sa mère. Soudain, la demeure se transformait en église. Elodie s'était rendu compte qu'elle était en retard pour le mariage – le sien ; elle s'était mise à courir, mais ses jambes ne la portaient pas, elles ne cessaient de se dérober sous elle, comme si elles étaient en fil de fer, et lorsqu'elle était enfin arrivée à destination elle avait compris que ce n'était plus un mariage, elle était bien trop en retard, c'était un concert, et sa mère – à jamais enfermée dans son corps de femme de trente ans – jouait du violoncelle sur scène.

— Et le reste des préparatifs du mariage, ça se passe bien ?

— Parfait. Rien à dire.

Réponse émise d'un ton un peu brusque, ce qui n'échappa pas à Pippa. La dernière chose dont Elodie avait besoin, c'était d'une conversation en profondeur sur la question. Pippa percevrait nécessairement son malaise.

— Bien sûr, pour un rapport détaillé, se hâta donc d'ajouter Elodie, il vaut mieux s'adresser à Penelope. D'après ce qu'on m'a dit, la cérémonie va être somptueuse.

— Tant qu'elle n'oublie pas de te dire où et quand tu es censée faire ton apparition…

Elles échangèrent un sourire, de nouveau complices.

— Et comment se porte le fiancé ? poursuivit Pippa avec une politesse dévastatrice.

Pippa et Alastair n'avaient pas eu le coup de foudre l'un pour l'autre, loin de là ! Rien de vraiment étonnant, pour ce qui concernait Pippa, car cette dernière avait des opinions bien arrêtées, une langue affûtée et guère de mansuétude pour les imbéciles. Non qu'Alastair en fût un (Elodie s'en voulut de cette exagération non verbalisée). Mais Pippa et lui n'avaient aucun atome crochu. Regrettant le ton quelque peu acerbe qu'elle avait pu adopter jusqu'ici, Elodie décida de renoncer provisoirement à sa loyauté pour permettre à son amie de marquer un point.

— Il est rassuré, je crois, que « maman » ait pris les choses en main.

Grand sourire de Pippa.

— Et ton père ?

— Oh, tu connais papa. Quand je suis heureuse, il l'est aussi.

— Et tu l'es ?

Le regard d'Elodie ne faiblit pas.

— Oui, bon, compris. Tu es heureuse.

— Il m'a confié les cassettes.

— C'est donc que l'idée lui convient ?

— Je crois, oui. Il ne s'est pas beaucoup exprimé sur la question. Il est d'accord avec Penelope à ce sujet, je crois. Ce sera comme si maman était parmi nous.

— C'est ton sentiment ?

Elodie n'avait aucune envie de se laisser embarquer dans cette discussion.

— Il faut bien qu'il y ait un peu de musique, répondit-elle, sur la défensive. C'est une tradition, chez nous. Il faut l'honorer.

Pippa semblait à deux doigts de réagir, mais Elodie poursuivit, lui coupant la parole :

— T'ai-je jamais dit que mes parents s'étaient mariés… un peu vite ? En juillet, et je suis née en novembre.

— Une petite passagère clandestine.

— Je déteste les assemblées, tu sais bien. Je cherche toujours un coin pour me cacher.

Sourire de Pippa.

— Tu es consciente du fait que, là, il va falloir que tu te montres ? En tout cas, c'est ce que tes invités espèrent.

— Mes invités. Tiens, puisqu'il est question d'eux… si ça ne t'ennuie pas, tu pourrais peut-être renvoyer ton carton ?

— Hein ? Par la poste ? Avec un timbre ? Un vrai ?

— Oui. Apparemment, c'est ce qui se fait. Dans le beau monde.

— Ah, si c'est ce qui se fait…

— Oui. Et je tiens de source sûre que mes amis et les membres de ma famille se montrent des plus rétifs à ses règles. Tip, par exemple.

— Tip ! Comment va-t-il ?

— Je passe le voir demain. J'imagine que tu ne peux pas venir ?

Pippa plissa le nez, en signe de contrariété.

— Eh non, j'ai un événement dans une galerie… À ce propos…

Elle fit signe à la serveuse d'apporter l'addition et sortit un billet de dix livres de son portefeuille. Puis elle tendit l'index vers la photographie qu'Elodie avait posée près de sa tasse à café.

— Si tu veux que je travaille sur cette robe, il va me falloir une copie.

Elodie fut aussitôt envahie par son étrange instinct de possession.

— Je ne peux pas te la prêter.

— Bien sûr ! Mais je vais prendre une photo avec mon téléphone.

Elle redressa le petit cadre et l'orienta de manière que l'ombre de sa main n'obscurcisse pas le cliché.

Elodie, les mains glissées sous les cuisses, adressa une prière muette à son amie.

Fais vite !

Bientôt le précieux cliché put réintégrer son linceul de coton.

— Tu sais quoi ? fit Pippa en scrutant l'image apparue sur son écran de téléphone. Je vais l'envoyer à Caroline. Elle a travaillé sur les relations entre Julia Margaret Cameron et Adele Bernard. Je suis sûre qu'elle pourra nous donner des infos sur la jeune femme. Et même identifier le ou la photographe.

Caroline était le mentor de Pippa depuis ses études dans une école d'art. Cinéaste, photographe, elle s'était fait un nom en traquant la beauté là où on ne s'attend pas à la voir émerger. Les images qu'elle créait étaient sauvages, séduisantes, pleines d'arbres décharnés, de maisons, de paysages pensifs. Caroline devait avoir une soixantaine d'années – difficile à croire, au vu de ses gestes souples, de sa folle énergie. Sans enfants, elle semblait considérer Pippa comme sa fille spirituelle. Elodie l'avait croisée deux ou trois fois, dans des réceptions. Caroline avait une splendide chevelure gris argent, abondante et compacte, coupée net au ras des épaules. Son assurance tranquille, son authenticité donnaient à Elodie l'impression d'être une intruse dans sa propre peau.

— Non, ce n'est pas la peine, répliqua-t-elle.

— Pourquoi ?

— C'est juste que…

Comment expliquer à Pippa que cette photographie avait été sa propriété exclusive – et qu'avec l'intervention de Caroline ce ne serait plus le cas – sans paraître mesquine et, il fallait bien l'avouer, un peu dérangée ?

— Non, je veux dire… Ce n'est pas la peine de l'embêter avec ça. Elle est tellement occupée…

— Tu plaisantes ? Elle adorerait se pencher sur la question.

Elodie parvint à esquisser un faible sourire et se dit qu'après tout l'avis de Caroline pourrait faire avancer ses recherches. Au-delà de ses propres sentiments et du trouble qu'elle ressentait, elle était dans l'obligation professionnelle de déterminer la provenance de la photographie et du carnet à dessin. Et si un lien était établi entre Radcliffe et Stratton, cela pouvait apporter quelques informations nouvelles sur ce dernier : une très bonne chose pour le service archives de Stratton, Cadwell & Co. Avec le temps, il était de plus en plus difficile de découvrir des éléments inédits sur les victoriens de renom.

Chapitre 5

Elodie rentra à pied, en faisant un détour par Lamb's Conduit Street, parce que la rue était particulièrement jolie et que la librairie Persephone Books – une bonbonnière gris perle – ne manquait jamais de lui remonter le moral. Elle ne put s'empêcher d'y entrer – ah, la force de l'habitude – et ce fut là, tandis qu'elle feuilletait les journaux de guerre de Vere Hodgson, aux accents d'un air de swing des années 1930, que son téléphone se mit à émettre sa désagréable sonnerie.

Encore Penelope. Une froide panique s'empara d'Elodie.

Elle sortit immédiatement de la librairie, traversa Theobalds Road au pas de charge, puis High Holborn, en passant par Lincoln's Inn Fields. Elle se pressa encore plus devant les Royal Courts of Justice, fila derrière un bus à impériale pour franchir la chaussée et remonta le Strand quasiment en courant.

Allait-elle rentrer au bureau, où M. Pendleton lui paraissait d'humeur à poursuivre les employés en train de passer des appels personnels, histoire de leur montrer de quel bois il se chauffait ? Elle préféra se frayer un chemin dans une allée pavée qui descendait vers la Tamise après avoir décrit un brusque virage et trouva un banc vide sur l'Embankment, à deux pas du quai.

Elle fouilla dans son sac, en extirpa son carnet et le feuilleta fébrilement, à la recherche du numéro de téléphone de la salle de réception du Gloucestershire. Rendez-vous fut pris pour le week-end suivant. Battant le fer de ses obligations tant qu'il était chaud, elle appela sa future belle-mère et s'excusa de ne pas lui avoir répondu, avant de se lancer dans un rapport d'étape complet, portant sur la salle de réception, la mantille, la robe et les cassettes vidéo.

Elodie resta un moment assise face au fleuve après avoir raccroché. Penelope s'était réjouie de l'avancement du dossier, surtout lorsque Elodie avait mentionné la valise de cassettes que lui avait confiée son père. Ne pouvait-on pas inclure une seconde vidéo montrant Lauren Adler en concert, avait suggéré Penelope, en plus de l'extrait déjà prévu ? Elodie avait promis de faire une liste de trois morceaux. Elles pourraient les regarder ensemble avant de prendre leur décision. « Si tu pouvais en sélectionner deux de plus, avait dit Penelope. Au cas où. »

Eh bien : au moins, elle savait comment elle allait occuper son week-end.

Le ferry qui conduisait les touristes à Greenwich se détacha du quai ; un homme qui portait une casquette ornée de la bannière étoilée braqua un appareil photo pourvu d'un énorme zoom sur Cleopatra's Needle. Une troupe de canards fondit sur la place laissée vide par l'embarcation, atterrissant avec grâce sur les flots hérissés.

Dans le sillage du ferry, des vagues blanches déferlèrent pendant quelques minutes sur le rivage. C'était marée basse et ces turbulences réveillaient l'odeur de vase et de mer du fleuve. Elodie se souvint de la Grande Puanteur de 1858, telle que James Stratton l'avait rapportée dans ses journaux. À cette époque-là, Londres dégageait une odeur difficilement imaginable pour un habitant du XXIe siècle. Les rues étaient jonchées d'étrons d'animaux divers, de légumes pourris, de carcasses de bêtes, sans parler des eaux usées qui circulaient à ciel ouvert. Tout cela – et bien d'autres choses – finissant sans exception dans la Tamise.

Pendant l'été 1858, l'odeur qu'exhalait le fleuve était si fétide qu'on avait dû fermer le palais de Westminster ; tous les Londoniens qui en avaient les moyens avaient quitté la ville. James Stratton avait décidé de mettre sur pied un Comité pour le rétablissement de l'hygiène à Londres. En 1862, il avait même publié une déclaration dans le *Builder*, exigeant une prise en compte du problème par les autorités. Les archives de Stratton, Cadwell & Co. conservaient l'échange de lettres entre Stratton et sir Joseph Bazalgette. On devait à ce dernier le système des égouts londoniens, une des plus belles réalisations urbaines de l'Angleterre victorienne. Grâce à Bazalgette, les excréments seraient désormais transférés hors du centre-ville, ce qui non seulement améliorerait grandement l'odeur des rues, mais contribuerait également à la lutte contre les maladies transmises par voie aquatique.

Cette évocation de la maison Stratton, Cadwell & Co. rappela à Elodie qu'elle n'était pas payée à ne rien faire et qu'il était temps, peut-être, de remplir ses devoirs. Elle remonta en hâte l'allée pavée : depuis combien de temps faisait-elle le bureau buissonnier ? Elle ne fut pas peu soulagée de constater à son arrivée que M. Pendleton avait été convoqué pour une affaire urgente et qu'il ne reviendrait pas avant le lendemain.

Désireuse de mettre à profit sa conscience professionnelle retrouvée, Elodie passa l'après-midi à cataloguer le contenu de la boîte perdue. Plus vite elle serait archivée et rangée, mieux cela vaudrait.

Elle commença par une recherche dans la base de données avec le mot-clé « Radcliffe ». À sa grande surprise, le système dénicha deux citations. Une de ses premières missions chez Stratton, Cadwell & Co., dix ans plus tôt, avait été l'informatisation du catalogue. Elodie, qui se targuait de posséder une mémoire quasi photographique en ce qui concernait James Stratton, ne se souvenait pourtant pas d'avoir croisé la moindre référence à Edward Radcliffe auparavant.

Tenaillée par la curiosité, elle alla chercher les deux documents référencés – une lettre, un extrait du journal – dans la salle d'archives pour les étudier dans la tranquillité de son bureau.

En 1861, James Stratton avait écrit au marchand d'art John Haverstock, avec lequel il devait dîner. La lettre se concluait sur cette demande : « Pourriez-vous transmettre les informations en votre possession sur un peintre dont le nom est venu à ma connaissance ces derniers temps – Edward Radcliffe ? On me dit que c'est un artiste d'un rare talent, même si, ayant eu l'occasion d'examiner succinctement quelques spécimens de son art, j'ai constaté que ledit "talent" consiste, en partie du moins, à inciter ses jeunes modèles féminins à révéler au spectateur plus qu'elles ne le devraient – le tout, naturellement, au nom de l'art. »

Mais James Stratton, si la mémoire d'Elodie ne la trahissait pas, n'avait jamais possédé un seul Radcliffe (elle nota quand même « Vérifier patrimoine Stratton » sur un bout de papier). Donc, en dépit de cet intérêt, il avait finalement dû abandonner l'idée d'acquérir un de ses tableaux.

Quelques années plus tard, cependant, en 1867, Stratton faisait de nouveau allusion au peintre, cette fois-ci dans son journal.

Radcliffe, le peintre, est passé me voir ce soir. Il n'avait pas annoncé sa visite, qui s'est produite à une heure très tardive. Je dois confesser que je m'étais endormi, un livre à la main, lorsque le bruit du heurtoir m'a réveillé en sursaut. La pauvre Mabel était déjà couchée et j'ai dû la sonner pour qu'elle nous apporte des rafraîchissements. J'aurais dû la laisser se remettre de ses fatigues du jour, car Radcliffe n'a pas daigné toucher une miette de la collation qu'elle nous a servie. Dès son arrivée, il s'est mis à arpenter la pièce dans un état de grande détresse dont il n'a pas été possible de l'extraire. Son comportement était celui d'un fauve enragé, le regard brûlant d'une folle lueur, la longue chevelure soumise au constant passage de ses doigts fins et pâles. Il émanait de lui une énergie captive, semblable à celle d'un possédé. Tout en se démenant sur mon tapis, il marmonnait des bribes de phrases incompréhensibles évoquant le destin et je ne sais quelles malédictions. Triste spectacle, en vérité, et d'une nature à me plonger dans la plus grande inquiétude. Je sais le deuil qui l'a frappé, mieux que bien de mes contemporains, mais son chagrin est chose poignante à considérer. Il rappelle les dégâts que les tourments du cœur peuvent causer chez les âmes les plus réceptives. Je dois avouer que j'avais entendu parler de sa grande détresse, mais n'en aurais pas cru la description si je n'en avais pas été le témoin direct. J'ai décidé d'intervenir du mieux que je le puis car, si je peux l'aider à redevenir celui qu'il fut, cela contribuera à rééquilibrer la balance. Je l'ai prié de rester sous mon toit, lui assurant qu'une chambre pourrait lui être préparée sans grande peine, mais il a refusé mon offre. Pouvais-je en revanche conserver par-devers moi quelques-uns de ses effets personnels ? J'ai bien sûr accédé à sa demande. La requête provoquait en lui une certaine nervosité ; j'ai senti qu'il n'était pas venu dans l'intention de la faire, qu'elle lui était venue dans l'élan du moment. C'est une simple sacoche en cuir qui ne contient qu'un carnet à dessin. Je n'aurais jamais trahi sa confiance en l'ouvrant, mais il a tenu avant de partir à m'en montrer le contenu. Il m'a fait jurer, le malheureux, de garder en lieu sûr cette sacoche et ce carnet. Je n'ai pas voulu lui demander à qui ces objets devaient être transmis et, lorsque j'ai voulu savoir la date de son retour, il ne m'a pas répondu, se contentant de me lancer un regard d'une infinie tristesse. Avant de partir, il m'a remercié pour la collation à laquelle il n'avait pas touché. Il a laissé dans son sillage un fumet de malheur dont je n'ai pu à cette heure me défaire, tandis que j'écris au coin du feu mourant ces quelques mots.

Quelle vision mélancolique que celle qu'esquissait le journal ! Le « fumet de malheur » évoqué par Stratton accompagna quelque temps Elodie. Le journal cependant expliquait la présence de la sacoche dans les archives de Stratton, Cadwell & Co. Restait cet étonnant détail : comment, en six ans, Radcliffe avait-il pu suffisamment se lier d'amitié avec James Stratton pour surgir chez lui à la nuit tombée, sans prévenir, alors qu'il était hanté par ses démons intimes ? Et pourquoi avait-il choisi précisément Stratton pour lui confier sa sacoche et son carnet ? Elodie nota une nouvelle tâche : chercher d'éventuelles mentions du nom de Radcliffe dans les archives d'autres amis et associés de Stratton.

Autre question épineuse, la mention par ce dernier d'un rééquilibrage de balance. Singulière expression, qui suggérait presque que Stratton avait pu jouer un rôle dans la déchéance de Radcliffe, ce qui n'avait aucun sens. Stratton et Radcliffe n'étaient certainement pas des proches : il n'y avait dans les écrits publics ou privés du premier, entre 1861 et 1867, aucune allusion au second. Et si Radcliffe avait sombré dans le désespoir, c'était, à en croire Wikipédia et Pippa, à cause de la mort de sa fiancée, Frances Brown. Ce nom non plus, Elodie ne se souvenait pas de l'avoir vu dans les archives de Stratton, mais il faudrait également vérifier ce point – troisième note.

Elodie ouvrit deux nouvelles fiches d'archivage sur son ordinateur et y rédigea des descriptions de la sacoche et du carnet à dessin, qu'elle compléta avec un résumé de la lettre et de l'extrait du journal, sans oublier les références de ces deux derniers objets.

Puis elle se carra contre le dossier de la chaise et s'étira.

La sacoche, fait. Le carnet, fait. Restait le cadre.

Et là, se dit-elle, *c'est une autre paire de manches.*

Qui était la jeune femme sur la photo ? Les indices étaient si rares ! Le cadre était un objet de prix – comme la plupart de ce que possédait James Stratton. Elodie reprit sa loupe monoculaire pour lire les poinçons, dont elle nota la liste sur une feuille volante, même si elle savait très bien que ces éléments étaient peu susceptibles de l'aider à identifier la jeune fille – sans parler de ses relations avec Stratton.

Comment la photo avait-elle pu se retrouver dans la sacoche de Radcliffe ? Était-ce par accident ou cette proximité avait-elle un sens ? Tout dépendait, se dit-elle, de l'identité de la femme. Bien sûr, il se pouvait qu'elle n'eût aucune signification aux yeux de Stratton et que le cadre eût été glissé dans la sacoche par la petite-nièce à laquelle le secrétaire avait appartenu – geste qui, effectué des dizaines d'années après la mort de Stratton, n'était qu'un pur hasard. Mais c'était peu probable. Le style vestimentaire de la jeune femme, le décor, l'apparence même de la photo semblaient indiquer que le cliché, tout comme son modèle, était contemporain de Stratton. Il était par conséquent plus plausible que Stratton eût rangé – ou peut-être même caché – la photo dans son porte-documents et qu'il eût sciemment placé ledit porte-documents dans la sacoche.

Elodie poursuivit l'inspection du cadre, notant les quelques défauts pour la fiche qu'elle rédigerait plus tard : une légère bosselure en haut, comme si le cadre était tombé, de fines éraflures sur la partie arrière. Puis elle s'absorba dans la contemplation de la photographie elle-même. Et ce mot lui revint à l'esprit : *illumination*. La nature de l'expression de la femme, la fluidité de sa chevelure, l'éclat de son regard…

Elodie se rendit compte qu'elle fixait la femme comme si elle en attendait une explication. Mais elle avait beau se torturer les méninges, elle ne put distinguer dans le visage du modèle, son costume, le décor, aucun indice, aucune piste. L'élégant travail de composition n'était signé d'aucun nom de studio. Elodie ne connaissait pas assez bien la photographie victorienne pour identifier l'origine ou l'auteur du cliché. Ah, finalement, si Caroline, le mentor de Pippa, pouvait lui donner quelques clés de lecture…

Elodie posa le cadre sur son bureau et se massa les tempes. La jeune femme en blanc lui lançait un sacré défi, mais Elodie n'avait pas l'intention de se dérober. Le frisson holmésien qui accompagnait la chasse aux indices était l'une des composantes les plus agréables de son métier ; il venait pimenter la rédaction des fiches, qui devaient être le plus précises possible : tâche satisfaisante, certes, mais bien plus répétitive.

— Je finirai par savoir qui tu es, murmura-t-elle. Ne te fais pas d'illusions.

— Oh là là, tu parles toute seule ?

Margot avait surgi près du bureau d'Elodie, fouillant d'une main dans le sac qu'elle avait enfilé à l'épaule.

— C'est le début de la fin, tu sais.

Elle produisit une boîte de pastilles à la menthe qu'elle secoua, avant de faire tomber deux ou trois bonbons dans la paume tendue d'Elodie.

— Tu fais des heures sup ?

Elodie leva les yeux vers l'horloge et constata avec surprise qu'il était déjà cinq heures et demie.

— Non, pas ce soir.

— Alastair vient te chercher ?

— Il est à New York.

— Encore ? Il doit te manquer. Je ne sais pas ce que je ferais, sans Gary qui m'attend à la maison.

Elodie reconnut que son fiancé lui manquait et Margot la gratifia d'un sourire compatissant qui se mua bien vite en salut enjoué. Extrayant ses écouteurs fluo de son sac à main, elle brancha son iPhone et s'en fut d'un pas chaloupé vers son week-end.

Les lieux retrouvèrent leur sereine atmosphère de bibliothèque. Le rayon de soleil était apparu sur le mur d'en face et entamait sa lente et quotidienne progression vers le bureau d'Elodie. Elle écrasa la pastille de menthe entre ses molaires et lança l'impression de la fiche d'archivage qu'elle venait de rédiger. Puis elle se mit à ranger son bureau, corvée dont elle s'acquittait religieusement tous les vendredis après-midi, pour le plaisir de commencer le lundi par une table rase.

Elle n'était pas prête à se l'avouer clairement – encore moins à Margot –, mais il y avait une petite partie de son être qui ne détestait pas, bien au contraire, les semaines où Alastair travaillait à New York. Bien sûr, il lui manquait. Mais il lui était également doux de penser que, pendant six nuits entières, elle pourrait dormir dans son propre foyer, dans son propre lit, avec ses livres à elle et son mug préféré, sans avoir à négocier, sans avoir à s'expliquer.

Certes, Alastair n'avait pas tort quand il disait que l'appartement d'Elodie était trop petit et que la cage d'escalier empestait l'huile de friture. Chez lui, il y avait deux salles de bains, dans lesquelles on ne manquait jamais d'eau chaude, et les murs étaient assez épais pour qu'on n'entende pas la télévision des voisins. Et pourtant Elodie adorait son petit logement. Indéniablement, il fallait une manœuvre spéciale pour que l'évier de la cuisine consente à se vider ; et lorsque la machine à laver était en marche, la douche avait du mal à produire un jet digne de ce nom. Mais c'était aussi un lieu où les gens avaient toujours pu mener de vraies vies humaines, avec leurs joies et leurs peines. Et où ils continueraient de le faire. Il y avait un parfum d'histoire dans ses placards antiques et pimpants, ses parquets qui gémissaient sous les pas, son cabinet de toilette auquel conduisaient trois marches recouvertes de moquette.

Le fait que sa fiancée eût trouvé le bonheur en des lieux si humbles suscitait en Alastair une commisération émue.

« Quand je ne suis pas là, utilise l'appartement », ne cessait-il de lui répéter. Ledit appartement, et ses deux salles de bains dernier cri, était situé dans Canary Wharf.

« Tu n'as vraiment pas besoin de rentrer dans ta tanière.

— Je m'y trouve bien.

— Ah bon ? Vraiment ? »

Cette conversation, ils l'avaient sûrement eue au moins quinze fois, sous diverses formes. C'était toujours à ce stade de son argumentation qu'il déployait son arme la plus éloquente : un regard dubitatif réservé au recoin où Elodie avait installé le fauteuil en velours de son père, surmonté d'une étagère ornée d'une guirlande lumineuse. Elle y avait disposé quelques trésors : le tableau que lui avait offert Mme Berry pour ses trente ans, la boîte magique que Tip lui avait donnée après la mort de Lauren, une bande de photomaton sous verre, souvenir d'une visite à la fête foraine en compagnie de Pippa, l'année de leurs treize ans.

Alastair avait un faible pour le design danois des années 1950 et 1960 et une méfiance marquée pour tout ce qui ne pouvait être commandé chez Conran Shop. L'appartement d'Elodie était « très cosy », il le concédait volontiers, mais ce compliment était immédiatement agrémenté de l'avertissement suivant : « Bien sûr, quand nous serons mariés, il faudra que tu déménages. Je ne me vois pas installer le lit de bébé dans la salle de bains ».

Comment ne pas être surexcitée par la perspective d'habiter dans un lieu aussi chic, aussi superbe, que l'appartement d'Alastair ? Cette réticence manquait décidément de grâce. Mais Elodie ne se sentait ni chic ni superbe ; et elle détestait le changement.

« Rien d'étonnant à cela, lui avait expliqué la psychologue qu'elle avait consultée pendant un moment, au début de ses études à Oxford. Vous avez perdu votre mère. C'est l'un des changements les plus significatifs et les plus effrayants qu'un enfant puisse subir. »

Et ce genre de deuil, lui avait appris le docteur Judith Davies (« N'hésitez pas, appelez-moi Jude ») après trois mois de séances hebdomadaires dans le salon chaleureux de sa maison édouardienne, ne pouvait que s'incruster profondément dans une personnalité d'enfant.

« Vous voulez dire que je vais continuer d'en pâtir ? avait demandé Elodie.

— Exactement.

— Jusqu'à la fin de mes jours ?

— C'est probable. »

Elle avait cessé de consulter le docteur Davies (« Jude, si, j'insiste ») peu de temps après cette révélation. À quoi bon poursuivre – même si la théière de thé à la menthe et au citron qui se matérialisait au début de chaque séance sur la vieille table en bois lui manquait ?

Le docteur n'avait pas eu tort : Elodie n'avait jamais appris à apprécier le changement. Quand elle imaginait d'autres gens vivant dans *son* appartement, accrochant leurs tableaux aux clous qu'elle avait plantés dans le mur, posant leurs mugs sur le rebord de fenêtre où elle faisait pousser ses herbes aromatiques, jouissant de la vue qu'elle avait tant aimée, Elodie était envahie de cette épouvante qu'elle éprouvait parfois en vacances, lorsqu'elle se réveillait dans une chambre qu'elle ne connaissait pas, désorientée par l'absence de tout objet identifiable.

Elle n'avait pas encore eu le courage de parler de son déménagement à sa propriétaire. Mme Berry avait quatre-vingt-quatre ans. Elle avait grandi entre ces murs, lorsque l'immeuble, une ancienne maison de famille, n'avait pas encore été tronçonné en trois logements et demi, plus le *fish and chips* du rez-de-chaussée. La vieille dame avait élu domicile dans l'appartement qui donnait sur le jardin, derrière la boutique. « C'était là que ma mère prenait le petit déjeuner, aimait-elle à se souvenir après un verre ou deux de son sherry préféré. C'était une vraie dame, ma mère.

D'une parfaite éducation. Oh, pas une dame dans le sens aristocratique du terme, non. Elle était née comme ça, c'est tout. » Quand Mme Berry s'abandonnait aux réminiscences, ses yeux prenaient un éclat singulier et elle était moins attentive à son jeu. « À quel atout jouons-nous ? demandait-elle au début de chaque partie. Pique ? Ou trèfle ? »

Il allait falloir décommander la séance de ce soir, songea Elodie. Elle avait promis à Penelope une liste des enregistrements et sa sélection de cinq d'entre eux pour lundi. Elle s'y était engagée : hors de question de se détourner du devoir à la moindre sollicitation.

Elodie éteignit son ordinateur, reboucha son stylo et le fixa sur le dos de son bloc-notes. Il n'y avait plus sur son bureau que la sacoche, le carnet à dessin et la photographie de la jeune femme. Elle pouvait dès maintenant ranger dans leur carton à archives la sacoche et le carnet. La photo, elle, devrait affronter un week-end de plus au fond de la boîte exhumée du vestiaire.

Avant de l'y replacer, Elodie prit une photographie du cadre avec son téléphone, comme Pippa le matin même. Il le fallait bien, si elle voulait réfléchir à sa robe de mariée. Et puis, elle pourrait faire des comparaisons avec la mantille.

Après un moment d'hésitation, elle se résolut à prendre en photo, de la même manière, la page du carnet à dessin où figurait la maison. Non qu'elle se berçât encore de l'illusion que ce croquis pût avoir illustré par magie le conte de sa mère. Simplement, elle le trouvait beau. Et inspirant. Elle ressentait en le regardant le lien avec sa mère, le fil qui la reliait aux années intactes de sa petite enfance.

Puis elle rangea la sacoche et le carnet à dessin dans une boîte neuve, y colla la fiche qu'elle avait imprimée et déposa le tout dans la salle des archives avant de sortir de chez Stratton, Cadwell et Co. et de retrouver le brouhaha des rues de la capitale.

III

Mme Mack le disait toujours : quand on est dans le besoin, il faut bien se débrouiller. Lorsqu'elle tenait ce genre de propos, c'était en général qu'elle voulait nous embringuer dans une nouvelle embrouille. Nous : les gamins qui vivions comme des rats dans les escaliers, les couloirs et les petites pièces au-dessus de la boutique du marchand d'oiseaux, Little White Lion Street.

J'ai souvent repensé à Mme Mack, ces derniers temps. Mais aussi à Martin, à Lily, au Capitaine. Et même à Joe, le Prince Pâle, mon premier véritable amour (le deuxième, si je pense à mon père, ce qui n'est pas toujours le cas).

Mme Mack n'était pas une mauvaise femme, à sa manière, laquelle comprenait tout de même des collections de roustes pour ceux et celles qui lui cherchaient des noises et une langue si acérée qu'elle cinglait comme un coup de fouet. Malgré tout, elle était plus juste que bien des gens. À sa manière. Elle s'est montrée bonne envers moi : elle m'a recueillie quand je désespérais de tout. Je crois même qu'elle m'a aimée. Je l'ai trahie, au bout du compte. Mais je ne pouvais pas faire autrement.

Ce n'est pas la même chose, de ce côté-ci. L'être humain est un conservateur. Chacun, chacune prend soin de ses souvenirs préférés et les assemble afin de créer un récit susceptible de plaire. Certains événements sont réparés et astiqués, pour qu'on puisse les mettre en vitrine ; d'autres, jugés sans valeur, sont laissés de côté et croupissent dans les profondeurs des entrepôts bondés de l'esprit. Avec un peu de chance, on les y oublie rapidement. Le procédé ne relève pas de la malhonnêteté : c'est la seule façon dont on peut vivre avec soi-même, avec le fardeau de ses expériences.

Il n'en va pas de même ici.

Je me souviens de tout. Les souvenirs forment, suivant l'ordre dans lequel ils me reviennent, des tableaux différents.

Le temps ne passe pas de la même façon lorsque je suis seule dans la maison. Je ne sais pas comment mesurer l'écoulement des années. Je suis consciente du fait que le soleil continue à se lever, à se coucher, que la lune décrit ses arcs : mais je ne sens plus leur passage. Le passé, le présent, le futur : rien de cela n'a plus de sens. Je ne suis plus intégrée au temps. Ici, là, ailleurs encore, en même temps.

Cela fait cinq de ses jours que le visiteur est chez moi. J'ai été surprise de le voir arriver, avec sa valise couverte d'éraflures et son sac en bandoulière – cela m'a fait penser à la sacoche d'Edward –, plus encore de le voir rester dans la maison, alors que les portes étaient fermées pour la nuit. Cela fait bien longtemps que quelqu'un n'a pas dormi sous ce toit. Depuis que l'Association des historiens d'art a décidé d'ouvrir la maison au public, je n'ai vu que des marcheurs du week-end, chaussures de randonnée aux pieds et guide dans la poche.

Les gens de l'association ont installé le jeune homme dans l'ancienne malterie, qui se trouve dans la zone interdite au public. Autrefois vivait là un gardien permanent. Bien sûr, il ne peut pas habiter dans la maison principale, car elle a été transformée en musée. Des meubles anciens, provenant pour la plupart du patrimoine d'Edward – achetés avec la maison, en fait –, ont été « disposés » dans les pièces, de manière à laisser assez de place pour que les touristes puissent venir les contempler, les samedis et dimanches. Sur les fauteuils, sur les chaises, des bouquets de lavande séchée, noués d'un ruban de velours, afin que personne n'ait l'idée de redonner à ces sièges leur fonction d'origine.

Tous les samedis matin, quand mon horloge sonne dix coups, une armée de bénévoles envahit la maison : un par pièce ! Ils portent des badges autour du cou qui proclament leur qualité de guides. Ils sont là pour rappeler aux visiteurs qu'il ne faut Pas Toucher. On leur a fait apprendre des anecdotes historiques à l'exactitude parfois douteuse ; lorsqu'ils croisent le regard d'un touriste plus ou moins intéressé, ils peuvent ainsi le prendre dans les rets de leurs récits.

L'une de ces bénévoles, Mildred Manning, aime à s'asseoir sur une chaise quaker, au sommet de l'escalier qui conduit au grenier, exhibant sa dentition dans une grimace lugubre qui se prétend sourire. Rien ne la réjouit autant que de houspiller un touriste distrait qui vient de poser son dépliant sur la table. Cette infraction au règlement lui fournit la précieuse opportunité de claironner à l'intention du coupable que « rien ne doit être déposé sur le mobilier d'Edward Radcliffe ».

Edward l'aurait exécrée. Il ne supportait pas qu'on prenne un soin zélé à trop protéger les « choses ». La beauté, disait-il, doit être chérie et non pas révérée. C'est en pensant à Edward qu'en ces jours où l'automne grignote tranquillement les derniers vestiges de l'été, je passe les après-midi sur les épaules de Mildred, comme une étole. Lorsque je suis dans les environs, aucun chandail, aucune écharpe ne peut protéger du froid.

J'ai commencé mon petit inventaire : mon visiteur a les cheveux blond foncé et sa peau est hâlée. Ses mains sont calleuses, habiles. Ce ne sont pas celles, fragiles, de l'artiste peintre : lui sait quoi faire des outils qu'il emporte dans ses tournées quotidiennes.

Il n'a pas cessé de travailler depuis qu'il est là. Il se réveille avant l'aube et, même s'il n'en semble pas ravi – il gémit et fusille du regard son téléphone lorsque ce dernier lui rappelle l'heure –, il choisit cependant de se lever plutôt que de rester au lit. Il se prépare un thé qu'il avale en hâte, se douche, s'habille. Aucune variété dans sa mise : tee-shirt et jean délavé, qu'il entrepose sur le dossier de sa chaise en bois courbé la veille au soir.

Ce qu'il fait exactement, je ne le sais pas. Mais cela implique toujours une séance où il examine le plan des parties communes et relit quelques notes rédigées à la main, les sourcils froncés. J'ai pris l'habitude de l'observer de loin, par-derrière, en essayant de voir ce qu'il fabrique. En vain. L'écriture est trop petite, trop pâlotte : je n'arrive pas à la déchiffrer, ni n'ose m'approcher. Nous ne nous connaissons pas depuis assez longtemps pour que je sache quelle distance garder. Moi qui peux être d'une compagnie encombrante, je ne veux pas l'effrayer.

Pas encore.

Si bien que j'attends.

Mais j'ai appris une chose : ce qu'il a dans son sac marron, c'est un appareil photo, un vrai, que Felix reconnaîtrait sans mal, s'il revenait se matérialiser dans l'ici et maintenant.

Felix, en revanche, ne comprendrait pas comment mon visiteur peut connecter cet appareil à un ordinateur, pour faire apparaître les images sur l'écran comme par magie. Plus besoin de chambre noire, de solutions de développement aux âcres effluves.

Hier soir, j'ai regardé mon visiteur qui étudiait ses clichés les uns après les autres. Il photographie essentiellement le cimetière, et les pierres tombales. Je ne connaissais aucun des noms, mais cela m'a quand même transportée. C'était la première fois depuis des années que je pouvais « quitter » ces lieux.

Que me disent ces clichés de ce qu'il est venu faire ici ? je me demande.

Pas grand-chose. Je suis loin du compte.

Il est encore sorti, je ne sais pas où. Depuis le petit déjeuner. Mais je suis patiente. Bien plus qu'autrefois.

Je me suis postée dans l'escalier, devant la fenêtre qui donne sur le marronnier et, au-delà, sur ma vieille amie la Tamise. Je ne m'attends pas à ce que mon jeune visiteur revienne par ce chemin : contrairement à nombre d'autres visiteurs de Birchwood, il n'a pas d'affection pour la rivière. Il la regarde de temps en temps, comme on le ferait d'un tableau, toujours à distance et sans grand plaisir, je le crois. Je ne l'ai pas encore vu emprunter une barque et voguer.

Non, c'est pour moi-même que je contemple la Tamise. Elle a traversé ma vie comme le sang qui irrigua mon corps. Aujourd'hui, mes déplacements sont limités. Au nord je ne peux plus dépasser le mur de la grange ; à l'ouest c'est le Hafodsted, un petit ruisseau ; à l'est le verger et au sud l'érable du Japon. J'ai bien essayé d'aller plus loin : en vain. Si j'insiste, j'ai l'impression d'être une barque qui tire sur son amarre. Je ne peux l'expliquer matériellement : je sais simplement que l'effet est là.

Mon visiteur n'est pas aussi jeune que je le pensais. Il est musclé, souple, avec la puissance physique, la vitalité d'un animal qu'on fait rentrer contre son gré dans un enclos. Mais quelque chose lui pèse. Les difficultés laissent leurs marques sur les corps ; mon père vieillit ainsi de dix ans dans les mois qui suivirent la mort de ma mère – au moment même où le propriétaire commença à toquer régulièrement à notre porte. S'ensuivaient des conversations de plus en plus tendues, de moins en moins polies, jusqu'à ce que le bonhomme s'écrie, par un lugubre jour d'hiver, qu'il avait montré une patience d'ange, qu'il n'était pas un philanthrope et qu'il était temps que mon père se trouve un autre emploi.

Les peines de mon visiteur ne sont pas de cet ordre. Il garde une photographie dans son portefeuille aux coins râpés. Je l'ai vu l'extraire de sa cachette, le soir, pour la regarder. Elle représente deux petites filles, presque des bébés encore. L'une d'elles sourit avec un bonheur appétissant à l'objectif, l'autre est plus méfiante.

À voir mon visiteur plisser le front devant ces enfants et passer le pouce sur le petit bout de carton comme s'il pouvait, par ce moyen, agrandir l'image, mieux en profiter, je comprends qu'il est le père de ces petites.

Et puis, hier soir, il a téléphoné à une certaine Sarah. En règle générale, sa voix est chaleureuse… Il parlait doucement, mais je voyais bien à la manière dont il serrait son stylo dans son poing, dont sa main libre fourrageait, nerveuse, dans ses cheveux, qu'il avait du mal à se contrôler.

« Mais c'est de l'histoire ancienne, a-t-il dit. Tu verras, j'ai changé. » Et ceci : « Je mérite bien une seconde chance, non ? »

En pendant tout ce temps, il ne lâchait pas des yeux la photographie, dont il s'est mis, au bout d'un moment, à tripoter le coin supérieur gauche.

C'est cette conversation qui m'a fait penser à mon propre père. Car avant Mme Mack, avant le Capitaine, j'ai eu un père, en quête éternelle d'une seconde chance. Mon père était horloger, un artisan exceptionnel au talent sans égal, dont on sollicitait fréquemment l'avis pour des réparations délicates. « Chaque horloge est une pièce unique, me disait-il souvent. Et elle a ceci de commun avec un être humain que son cadran, son visage si l'on veut, qu'il soit beau ou quelconque, n'est qu'un masque dissimulant des mécanismes complexes. »

Parfois, lorsqu'il allait réparer des horloges, je l'accompagnais. Même s'il m'appelait son assistante, je ne lui ai jamais prêté main-forte. Tandis qu'on le conduisait dans la bibliothèque ou le bureau où se trouvait la mécanique fautive, une femme de chambre consciencieuse m'emmenait dans l'une de ces immenses cuisines qui chauffent et nourrissent les grandes maisons du pays. Il s'y trouvait invariablement une cuisinière replète, qui se démenait dans sa salle des machines, les pommettes roses, le front perlé de sueur, veillant à ce que les garde-manger ne manquassent jamais de jambons moelleux ni de pain frais.

« Ta mère, me répétait mon père, a grandi dans l'une de ces maisons. » Ma mère était assise à la grande fenêtre du premier étage lorsqu'il était venu réparer l'horloge de son père. Leurs regards s'étaient croisés ; ils étaient tombés amoureux sans autre cérémonie. Rien n'avait pu les séparer. Les parents de la jeune fille avaient tout essayé ; la petite sœur l'avait suppliée de ne pas quitter la demeure familiale. Ma mère, enfant gâtée à laquelle on avait toujours cédé, était têtue comme une mule : elle décida de s'enfuir avec mon père. Les petits prennent tout au pied de la lettre : chaque fois que mon père me racontait cette histoire, je voyais ma mère courir, son ample jupe flottant derrière elle comme un sillage de satin ; à l'arrière-plan, le château, immense et menaçant, dans lequel sa sœur tant aimée se tordait les mains, tandis que ses parents tyranniques se récriaient d'horreur et de colère.

Du moins le croyais-je. Il fallait bien que mon père me raconte ces histoires, car je n'avais pas eu la possibilité de connaître ma mère. Elle mourut deux jours avant son vingt et unième anniversaire, emportée par la tuberculose ; je n'avais que quatre ans. Sur son certificat de décès, le coroner écrivit qu'elle avait succombé à une bronchite, à la demande de mon père qui trouvait cela plus élégant. Correction bien inutile car, comme elle avait quitté son aristocratique famille pour épouser mon père, elle se perdit, comme lui, dans la masse de ces gens ordinaires dont l'histoire garde rarement la trace.

Il n'avait d'elle qu'un portrait, un petit croquis qu'il conservait dans un médaillon en or – à mes yeux le plus précieux des trésors. Jusqu'à ce que nous fussions contraints de déménager dans les deux petites pièces d'un appartement plein de courants d'air au cœur d'une ruelle de l'East End. Là-bas, nos nez étaient pleins de la puanteur de la Tamise, nos tympans vibraient de la mélodie éternelle des marins et des mouettes. Le médaillon disparut bien vite chez le biffin. Quant à la miniature, je ne sais pas ce qu'elle est devenue. Elle a glissé dans une faille du temps et erre sans doute dans la vaste galaxie des objets perdus.

Mon père m'appelait Birdie.

« C'est que tu es mon petit oiseau, ma fille. »

Mon véritable nom était fort beau, ajoutait-il, mais c'était celui d'une dame, d'une femme adulte. De ces noms parés d'une jupe longue et de belles soieries, mais qui n'ont plus d'ailes pour voler.

« Mais pourquoi je dois avoir un nom qui a des ailes, papa ?

— À ta place, Birdie, je trouverais ça bien mieux.

— Alors pourquoi tu m'en as donné un qui ne vole pas ? »

Il retrouvait toujours son sérieux lorsque nous abordions le sujet de ma mère.

« Le nom que tu portes rappelle celui du père de ta mère. Elle tenait particulièrement à ce que tu puisses garder quelque chose de sa famille.

— Même s'ils n'avaient pas envie de faire ma connaissance ?

— Oui, même malgré ça », concluait-il avec un sourire, tout en m'ébouriffant les cheveux d'un geste qui ne manquait jamais de me redonner confiance, comme si son amour était la meilleure arme contre nos infortunes.

L'atelier de mon père était un lieu merveilleux. Il y avait, sous la fenêtre, un établi haut sur pieds, dont la surface était un océan de ressorts, de rivets, de balances, de fils, de clochettes, de pendules et de fines aiguilles. Souvent, je me faufilais dans la pièce – la porte n'était jamais fermée – pour m'agenouiller sur un tabouret et fouiller dans ces merveilles pendant qu'il travaillait. Je tripotais ces ingénieux mécanismes, posais les doigts sur leurs minuscules composants, exposais les pièces métalliques aux rayons du soleil pour les faire scintiller. Je n'arrêtais pas de poser des questions, auxquelles mon père répondait en me regardant par-dessus ses lunettes. Il m'avait cependant demandé de ne parler à personne de ce qu'il y avait sur son établi. Mon père en effet ne se contentait pas de réparer montres et horloges. Il était également inventeur.

Son grand projet était une Horloge Mystère dont la construction impliquait de longues séances de travail penché sur son établi et des visites discrètes à la chancellerie, où l'on pouvait déposer des brevets et des patentes. L'Horloge Mystère, une fois mise au point, m'assurait mon père, ferait notre fortune, car quel homme de la bonne société ne voudrait acquérir une horloge dont le balancier paraissait se mouvoir sans être relié au moindre mécanisme ?

Lorsque mon père parlait de l'Horloge Mystère, je hochais solennellement la tête : la gravité de son ton appelait une réaction à la hauteur. Pour tout dire, cependant, je n'étais pas moins impressionnée par les horloges ordinaires qui ornaient les murs de l'atelier, des plinthes au plafond : j'aimais leurs cœurs battants, le va-et-vient de leur balancier, leur douce et perpétuelle dissonance. Il m'avait appris à les remonter. Quand ma tâche était accomplie, je me campais au milieu de l'atelier et contemplais leurs cadrans mal assortis tandis qu'elles murmuraient en chœur leurs tic-tac décalés.

« En fait, laquelle donne la bonne heure ? demandais-je toujours.

— Ah, mon petit oiseau. La question, c'est plutôt de savoir laquelle ne donne pas la bonne heure. »

La bonne heure, m'expliquait-il, n'existait pas. Le temps était une idée, sans début ni fin, invisible, inaudible. On pouvait certes le mesurer, mais personne n'avait jamais su trouver les mots pour en expliquer la nature. Quant à la bonne heure, il fallait simplement, à un moment donné, s'accorder sur le sujet.

« Tu te souviens de ce que disait la femme sur le quai de la gare ? »

Je m'en souvenais en effet. Un matin, alors que mon père réparait la grande horloge d'une gare à l'ouest de Londres, j'avais remarqué qu'une version miniature de cette horloge trônait au mur, derrière le guichet. Je regardais ébahie les deux cadrans contradictoires quand une femme s'était approchée de moi.

« C'est la petite qui donne la bonne heure, m'expliqua-t-elle en la désignant. L'autre… »

Elle fronça les sourcils : mon père venait juste de finir de la remonter.

« … elle donne l'heure de Londres. »

J'appris ainsi que, si je ne pouvais pas être à deux endroits différents en même temps, je pouvais être au même endroit en deux temps différents.

Peu après cet incident, mon père me proposa de visiter Greenwich, « là où se trouve le méridien ».

Le méridien de Greenwich. Ces deux mots sonnaient comme une incantation.

« C'est à partir de cette ligne que le temps commence, dit mon père. Elle fend la Terre en deux du pôle Nord au pôle Sud. »

La chose semblait si incroyable et mon imagination d'enfant était si vivace que je ne pouvais qu'être déçue par la réalité.

Notre périple nous conduisit sur la pelouse bien entretenue d'un grand palais de pierre blanche. J'y cherchai en vain la trace de l'immense déchirure qui, selon moi, devait creuser la surface de la planète.

« Le voilà, dit mon père en tendant le bras. Sous tes yeux. Longitude zéro.

— Mais je ne vois rien ! Il n'y a… que de l'herbe ! »

Cela le fit éclater de rire. Il m'ébouriffa les cheveux et me demanda si je ne préférais pas voir l'observatoire royal.

Dans les mois qui précédèrent la mort de ma mère, nous fîmes maintes fois le voyage sur la Tamise pour nous rendre à Greenwich. Mon père m'apprit à lire sur le bateau, à l'aller et au retour. Lire les mots des livres, les marées du fleuve, les expressions des visages des autres passagers.

Il m'apprit aussi à lire l'heure du soleil. Depuis l'aube des temps, l'humanité est fascinée par cet astre de feu qui traverse les cieux, disait mon père, car il nous donne chaleur et lumière. Ce dont notre âme a le plus besoin.

La lumière. Je pris l'habitude de la chercher dans les arbres au printemps, où elle magnifiait le vert des jeunes feuilles délicates. Mais aussi dans les ombres qu'elle répandait sur les murs, les poussières d'étoile qu'elle jetait à la surface de l'eau, les filigranes qu'elle traçait sur le sol, à l'ombre des grillages. J'aurais voulu toucher aussi ce prodigieux outil. Le tenir entre mes doigts, comme les rouages et les ressorts de l'établi de mon père.

Je me donnai alors pour mission de capturer la lumière. J'avais trouvé dans l'atelier de mon père une petite boîte en fer-blanc pourvue d'un couvercle articulé. Après l'avoir vidée, je fis quelques trous dans le couvercle, à l'aide d'un clou et d'un marteau qui appartenaient à mon père. Armée de cette invention, je m'installai dans le coin le plus ensoleillé possible et attendis que le métal se réchauffe. Lorsqu'il fut brûlant, j'ouvris ma boîte à merveilles, le cœur battant. Hélas ! Au lieu du prisonnier scintillant que j'avais espéré, je ne vis que l'intérieur vide d'une vieille boîte rouillée.

Mme Mack disait qu'un malheur ne vient jamais seul.

Maxime que l'on peut appliquer à notre famille après la mort de ma mère.

D'abord, ce fut la fin des voyages à Greenwich

Puis nous nous mîmes à fréquenter Jeremiah plus intensément. C'était un ami de mon père, pour ainsi dire. Ils étaient originaires du même village. Du vivant de ma mère, il nous rendait parfois visite. Mon père l'emmenait de temps en temps dans les gares, pour qu'il l'aide à réparer les grandes horloges. Mais j'étais consciente, à la manière sourde et instinctive des très jeunes enfants, que Jeremiah était une cause de tension entre mes parents. Je me souviens des paroles rassurantes que mon père prodiguait alors à ma mère : « Il fait de son mieux avec ce que le bon Dieu lui a donné… Il ne pense jamais à mal… » Certes, poursuivait-il, Jeremiah n'avait pas été franchement gâté par l'existence, mais c'était « un bon garçon, vraiment », et il était doté d'un « esprit d'entreprise ».

C'était incontestable. Jeremiah n'était pas homme à laisser passer une occasion. Il avait été biffin, tanneur, et s'était même persuadé un temps qu'il allait s'enrichir en vendant au porte-à-porte les « pastilles aromatiques de Steel », dont le prospectus assurait qu'elles procuraient une « magnifique énergie masculine ».

Après la mort de ma mère, mon père sombra peu à peu dans les ténèbres infinies du chagrin. L'après-midi, Jeremiah l'emmenait… je ne savais où. Ils rentraient à la tombée de la nuit, titubants, mon père à demi assoupi, affalé sur l'épaule de son ami. Ces soirs-là, Jeremiah dormait chez nous, dans le salon, ce qui lui permettait de se mettre immédiatement « à notre service » le lendemain.

À cette époque, mon père avait davantage de temps libre. Ses mains s'étaient mises à trembler, ses facultés de concentration s'amenuisaient. Les offres de travail étaient plus rares, ce qui le rendait amer. Mais Jeremiah était toujours là pour lui remonter le moral. Il put convaincre mon père qu'aller réparer les horloges chez les gens n'était qu'une perte de temps, qu'il valait mieux se consacrer exclusivement à son Horloge Mystère. Avec Jeremiah comme agent, mon père allait faire fortune.

Lorsque notre propriétaire finit par perdre patience, ce fut Jeremiah qui nous dénicha, grâce à ses contacts, deux chambres dans un petit immeuble, à l'ombre de la flèche de St Anne. Il semblait connaître des foules de gens et avait toujours une opinion à partager, ou une « petite affaire » qui pouvait rapporter. Ce fut Jeremiah qui supervisa la cession des brevets de mon père, Jeremiah qui me rassura quand l'huissier vint frapper à notre porte à toutes les heures du jour et de la nuit, réclamant l'argent que mon père, d'après lui, lui devait. Jeremiah encore qui entraîna mon père dans une maison de jeu dans Limehouse, dirigée par l'un de ses amis. Tout ce dont mon père avait besoin, c'était un peu de chance, disait-il.

Et lorsque mon père se mit à passer toutes ses nuits dans la taverne de Narrow Street, en bas de chez nous, pour ne revenir qu'à l'aube, empestant le whisky et le tabac, et s'affaler sur l'établi désormais nu, lorsque mon père eut vendu le dernier de ses outils si fins, si délicats, pour régler ses dettes de jeu, ce fut encore Jeremiah qui secoua la tête avec un sourire désolé. « Ton paternel, il n'a vraiment pas de chance. Je n'ai jamais vu un homme aussi malchanceux que lui. »

L'huissier continua à frapper à la porte ; mon père feignait d'ignorer ses visites, préférant me parler jour et nuit de l'Amérique. Un projet justifié par sa terrible misère. Nous laisserions derrière nous le chagrin, les souvenirs malheureux, et recommencerions à zéro en un pays nouveau. « Il y a des terres là-bas, mon petit oiseau, et du soleil à revendre. Et des rivières fabuleusement propres et un sol qu'on peut labourer sans crainte de déterrer les vieux squelettes. »

Il vendit les dernières robes de ma mère – il les avait gardées pour moi – et nous acheta des billets pour la traversée en bateau au tarif le moins cher. Nous bouclâmes nos deux valises – une chacun. C'était dire l'étendue de nos possessions.

Il faisait froid, cette semaine-là. Les premières neiges de la saison étaient tombées. Mon père voulait avoir un peu plus d'argent pour notre voyage. Alors, tous les jours, nous nous rendions sur le rivage de la Tamise. Un cargo y avait récemment fait naufrage et il y avait des fortunes à extirper de la vase, pour ceux qui avaient le courage de chercher. Nous nous échinions du matin au soir, dans la pluie, la neige, ou un affreux mélange des deux.

Éprouvante corvée que cette chasse aux trésors dans le limon de la Tamise. Un soir, je me trouvai encore plus exténuée que d'ordinaire. Je m'effondrai sur mon matelas, trempée jusqu'aux os, incapable de me relever. J'étais envahie de vertiges, mes os, soudain froids et lourds, étaient percés de douleur. Je claquais des dents, et pourtant j'étais brûlante… Le monde autour de moi s'obscurcit, comme si quelqu'un avait tiré les rideaux.

J'étais à la dérive, mes sens aussi instables qu'une barque sur un océan déchaîné. Parfois j'entendais la voix de mon père, et celle de Jeremiah, mais ce n'était qu'en de brefs intermèdes suivis de longues séquences de rêves, incroyablement vivaces, riches, singuliers.

Ma fièvre s'accrut, faisant naître des ombres et des monstres hirsutes. Ils rampaient sur les murs de la chambre, écarquillaient des yeux fous, essayaient d'arracher mes draps de leurs serres griffues. Pour leur échapper, je me débattais sous les draps trempés de sueur, en bredouillant des incantations que je croyais d'une importance vitale.

Des mots transperçaient mes hallucinations comme des aiguilles chauffées au rouge, mots familiers… *docteur… fièvre… Amérique…*, mots jadis si cruciaux !

Puis j'entendis la voix de Jeremiah.

« Il faut que tu partes. L'huissier va revenir et, cette fois-ci, il t'enverra en prison, ou pire, c'est ce qu'il a dit.

— Mais l'enfant… mon petit oiseau… Elle n'est pas en état de voyager.

— Laisse-la à Londres. Quand tu seras installé, elle te rejoindra. Il y a des gens qui peuvent s'occuper d'elle, si tu leur laisses un peu d'argent. »

Mes poumons, ma gorge, mon esprit, tout brûlait d'un effort démesuré pour hurler : « Non, non ! » Mais je ne sais pas si je fus capable de parler.

« Elle n'a que moi, dit mon père.

— Tu imagines ce qui va lui arriver si le juge décide de te faire payer tes dettes au prix fort ? »

Je voulus crier, tendre les bras vers mon père, me cramponner à lui, l'étreindre si fort que rien ne pourrait nous séparer. En vain. Les monstres s'emparèrent de moi et je perdis l'ouïe. Le jour se fondit dans la nuit ; ma petite barque repartit sur les flots déchaînés.

Et c'est la dernière chose dont je me souviens de cette période de ma vie.

Lorsque je repris conscience, c'était par un matin de grand soleil. Le premier son qui me vint aux oreilles fut celui des oiseaux. Rien à voir avec ceux qui saluent l'arrivée de l'aube ici, à Birchwood Manor, ni avec ceux qui installaient leur nid sous l'appui de la fenêtre, dans notre petite maison de Fulham. Non, ce que je perçus, ce fut une cacophonie de chants, de croassements, d'appels et de pépiements – des centaines d'oiseaux s'exprimant, joyeux ou ricanant, dans des langages totalement inconnus de moi.

Une cloche sonna et je reconnus immédiatement St Anne, mais la tonalité, d'une certaine manière, n'était pas celle dont j'avais l'habitude.

J'étais un marin naufragé, abandonné sur un rivage étranger.

Puis j'entendis une voix, une voix de femme que je ne connaissais pas.

« Papa », voulus-je dire.

Mais j'avais la gorge si sèche que je ne réussis à émettre qu'un petit souffle.

« Chut... Du calme, dit la femme. Allez, rassure-toi. Mme Mack est là. Tout va bien se passer. »

J'ouvris les yeux : une silhouette massive était penchée sur moi.

Puis je vis ma petite valise posée sur une table près de la fenêtre. Quelqu'un l'avait vidée. Mes quelques vêtements étaient disposés en une pile ordonnée, juste à côté du bagage.

« Qui... qui êtes-vous ? parvins-je à prononcer.

— Mais... Mme Mack, bien sûr. Et le garçon que tu vois ici s'appelle Martin, et voici le Capitaine. »

Sa voix exprimait une autorité joviale.

Je regardai autour de moi, pressée de découvrir ces lieux, ces gens qui ne m'étaient pas familiers, et qu'elle me désignait.

« Papa ? »

Je me mis à sangloter.

« Chut... Doux Jésus, petite, inutile de pleurnicher. Tu sais très bien que ton père est parti en Amérique et que tu iras le rejoindre dès qu'il sera prêt à t'accueillir. En attendant, il t'a confiée à Mme Mack.

— Où suis-je ? »

Elle éclata de rire.

« Mais, petite ! À la maison, bien sûr. Et maintenant, gamine, arrête de pleurer, sans quoi le vent va tourner et te rendre toute vilaine, toi qui es si jolie. »

Ainsi suis-je née deux fois. D'abord chez mes parents, dans une petite chambre de notre maison de Fulham, par une nuit d'été un peu fraîche, alors que la lune était pleine, que les étoiles scintillaient et que le fleuve coulait sous la fenêtre, pareil à un serpent aux écailles d'argent.

Et une seconde fois, chez Mme Mack, alors que j'avais sept ans, dans une petite maison au-dessus du magasin qui vendait des oiseaux et des cages, au cœur de ces quelques rues de Covent Garden que l'on appelle Seven Dials.

Chapitre 6

Elodie, été 2017

Mme Berry était perdue dans les roses trémières et les delphiniums lorsque Elodie rentra du bureau. Au fond du vestibule, la porte du jardin était grande ouverte. La vieille dame était en train d'inspecter ses fleurs. Cela constituait pour Elodie une perpétuelle source d'étonnement : Mme Berry, qui portait des lunettes aux verres épais comme des culs de bouteille pour ne pas confondre les cœurs et les carreaux du jeu de cartes, retrouvait une vision parfaite lorsqu'il s'agissait de traquer les pucerons.

Plutôt que de monter discrètement chez elle, Elodie traversa l'entrée, saluant au passage la grande horloge de Mme Berry – dont le tic-tac égrenait jour après jour, avec douceur et patience, les minutes et les heures –, et s'immobilisa sur le seuil du jardin.

— Bonnes nouvelles du front ?

— Fichues canailles ! répondit Mme Berry en détachant une chenille verte et replète d'une feuille et en la soumettant de loin à l'examen d'Elodie. Des petits monstres sournois… et gloutons, avec ça. Incroyablement gloutons.

Elle fit tomber la coupable dans un vieux pot de confiture où se tortillaient déjà d'autres prisonnières.

— Je vous offre quelque chose à boire ?

— Bien volontiers.

Elodie posa son sac sur la marche de béton et s'aventura dans le jardin ensoleillé. Allez, juste une courte conversation pour conclure le vendredi, et elle irait s'occuper des enregistrements, comme elle l'avait promis à Penelope.

Mme Berry posa le pot de chenilles sur l'élégante table de fer, à l'ombre du pommier, avant de disparaître dans sa cuisine. Pour ses quatre-vingt-quatre ans bien sonnés, c'était une femme particulièrement vive, ce qu'elle attribuait à son refus obstiné de passer le permis de conduire. « Horriblement polluant ! Et la manière dont les gens vous foncent dessus dans ces bolides ! Affreux. On a des jambes, c'est pour s'en servir. »

Elle revint avec un plateau sur lequel étaient posés une carafe pleine d'un liquide orange et pétillant et deux verres. L'été précédent, Mme Berry était partie en Toscane avec son groupe d'aquarellistes ; elle y avait contracté un penchant marqué pour le spritz. Elle remplit généreusement les deux verres à pied et en tendit un à sa jeune locataire.

— *Salute !*

— À la vôtre, madame Berry.

— J'ai renvoyé l'invitation.

— Excellente nouvelle. Ça en fera déjà une de mon côté.

— Et j'ai réfléchi à ce que j'allais lire. Il y a ce joli texte de Rossetti… On dirait un de ces tissus de Morris, vous savez, tout en queues de paon, en fruits divins, en mers sereines…

— Superbe.

— Mais superficiel. Trop superficiel pour vous. J'aime mieux le Tennyson. « Si j'étais aimé, comme je désire l'être / Qu'est-il donc dans la vaste sphère de la terre / Et la succession des maux entre mort et naissance / Que je devrais craindre – si j'étais aimé de toi ? »

Mme Berry avait un sourire de ravissement, sa main menue à plat sur le cœur.

— Oh, Elodie, quelle vérité ! Quelle liberté ! Quelle joie d'être libérée de la peur de la vie par la simple connaissance de l'amour.

Elodie se surprit à hocher la tête avec un enthousiasme tout aussi soutenu.

— C'est très beau.

— Oui, n'est-ce pas ?

— Maintenant, je me demande ce que la mère d'Alastair va penser d'une lecture, dans une cérémonie de mariage, où la vie est décrite comme une « succession de maux entre mort et naissance »...

— Bah ! Qu'est-ce que ça peut lui faire ?

— Eh bien... rien, en effet.

— De toute façon, ce n'est pas le sens du poème. Ce que dit Tennyson, c'est que, quelles que soient les mauvaises surprises de l'existence, être aimé, c'est être protégé.

— C'est ce que vous pensez, vous ?

Mme Berry sourit.

— Vous ai-je jamais raconté ma rencontre avec mon mari, Elodie ?

Cette dernière secoua la tête. M. Berry était mort avant son arrivée dans l'immeuble. Elle avait vu des photos de lui, de nombreuses photos, en fait. Elles montraient toutes un homme au visage rayonnant, à la calvitie prononcée, le crâne cerclé d'une couronne de cheveux blancs. Il y en avait partout dans l'appartement de Mme Berry, accrochées aux murs, posées sur les buffets.

— Nous étions enfants. À cette époque, il s'appelait Bernstein. Il était venu en Angleterre par l'un de ces trains en provenance d'Allemagne, juste avant la Seconde Guerre mondiale. Les Kindertransport, si ça vous dit quelque chose. Mes parents s'étaient proposés pour accueillir un enfant et Tomas a été envoyé chez nous en juin 1939. Je me souviens encore du soir où il est arrivé. Nous avons ouvert la porte et nous avons vu ce garçon tout seul, avec ses jambes toutes maigres et sa vieille valise à la main. Drôle de petit être, avec ses yeux et ses cheveux si sombres. Il ne parlait pas un mot d'anglais. Il était si poli ! Il s'est assis à table avec nous, a réussi à avaler avec le sourire l'absurde tentative de choucroute préparée par ma mère. Après quoi, nous l'avons emmené dans la chambre que mes parents avaient aménagée pour lui. J'étais fascinée, j'avais si souvent réclamé un petit frère… Il y avait une fissure dans le mur, à cette époque, entre ma chambre et la sienne, un trou de souris que mon père n'avait jamais pris le temps de boucher. Je l'épiais par ce moyen. Et c'est ainsi que j'ai constaté que, tous les soirs, il se couchait sagement dans le lit que ma mère lui avait fait. Mais dès que la maison était plongée dans l'obscurité et le silence, il se levait pour s'installer avec sa couverture et son oreiller dans l'armoire. C'était là qu'il dormait. Je crois que c'est cela qui m'a fait tomber amoureuse.

« Il n'avait qu'une seule photo sur lui quand il est arrivé chez nous. Une photo qu'il avait glissée dans une lettre de ses parents. Plus tard, il m'a raconté que sa mère avait cousu le tout dans la doublure de sa veste, pour qu'il ne le perde pas. Il l'a gardée jusqu'à la fin de ses jours, cette photo. Ses parents sur leur trente et un et lui, entre eux deux, ce tout petit garçon avec un grand sourire, qui n'avait aucune idée de la catastrophe à venir. Ils sont morts à Auschwitz, son père et sa mère. C'est ce que nous avons appris par la suite. Nous nous sommes mariés dès que j'ai eu seize ans. Et nous sommes allés ensemble en Allemagne. Il y régnait encore une grande confusion, il y avait tant d'horreurs à essayer de comprendre… Il a été si courageux. J'avais tellement peur que ça ne finisse par le rattraper… Tout ce qu'il avait perdu.

« Quand nous avons appris que nous ne pourrions pas avoir d'enfants, quand son meilleur ami – lequel était aussi son associé – l'a escroqué et que nous avons frôlé la faillite, quand j'ai découvert que j'avais une grosseur au sein…

il a toujours eu la même réaction. Le courage. C'était un résilient, comme on dit aujourd'hui, je suppose. Oh, tout cela le faisait souffrir, bien sûr – combien de fois l'ai-je vu pleurer ! –, mais il finissait toujours par vaincre ses déceptions, ses coups durs, son chagrin. Chaque fois, il se relevait, il poursuivait sa route. Et ce n'était pas comme un naïf qui refuse de reconnaître le mal, non. Mais comme quelqu'un qui a compris que la vie est semée d'injustices. Et que la seule chose qui puisse rétablir l'équilibre, c'est que cette injustice frappe les gens au hasard.

Mme Berry leur resservit du spritz.

— Si je vous raconte tout cela, Elodie, ce n'est pas parce que je suis d'humeur nostalgique, ni que j'aime régaler mes jeunes amies avec des histoires tristes, par les soirées d'été ensoleillées. Non, je voulais seulement… Je voulais que vous compreniez que l'amour est un baume. Que lorsqu'on partage la vie de quelqu'un, quand on la partage vraiment, alors rien n'a plus grande importance, hors la certitude de ce foyer qu'on a construit. Car le monde est très bruyant, chère Elodie, et bien que la vie soit émerveillement et joie il y a aussi de la cruauté, du chagrin, de l'injustice.

Que pouvait répondre Elodie à cela ? Le moindre acquiescement eût semblé désinvolte. Et que savait-elle de la vie qui pût se mesurer aux méditations de sa vieille amie ? Mme Berry, de toute façon, ne semblait pas attendre le moindre commentaire. Elle sirotait son spritz, le regard perdu dans le vide derrière Elodie, laquelle s'absorba bientôt dans ses propres réflexions. Elle se rendit compte qu'elle n'avait pas eu de nouvelles d'Alastair ce jour-là. Au téléphone, Penelope avait fait allusion à la réunion qu'il devait avoir avec ses homologues de New York – tout s'était bien passé. Peut-être était-il en train de célébrer ce succès avec ses collègues ?

Elodie ne savait toujours pas exactement en quoi consistait le travail d'Alastair, dont l'entreprise était spécialiste des acquisitions. Il le lui avait expliqué plus d'une fois : ces acquisitions étaient des opérations de consolidation. En fusionnant deux entités, on en augmentait la valeur. Cela dépassait Elodie, à l'esprit de laquelle venaient des questions puériles. Dans le domaine des archives, une acquisition, c'était l'achat d'une lettre, d'un document, d'un objet. Une opération physique, réelle, dont le résultat était tangible : on se retrouvait avec quelque chose dans les mains, que l'on pouvait toucher, et dont les caractéristiques étaient autant d'indices de son histoire.

— Quand Tomas se mourait, reprit enfin Mme Berry, j'ai commencé à me faire beaucoup de souci. Il n'en avait plus pour bien longtemps et je craignais qu'il ne prenne peur de la mort. Je ne voulais pas qu'il parte seul. La nuit, je ne rêvais plus que de ce petit garçon que nous avions trouvé seul sur notre perron. Je ne lui ai rien dit, mais nous avons toujours eu des liens quasiment télépathiques, Tomas et moi. Alors, un jour, il a tourné la tête vers moi – pourtant, je ne lui avais parlé de rien – et il m'a confié que, depuis le jour de notre rencontre, il n'avait plus jamais connu la peur.

Le regard de Mme Berry s'embruma.

— Vous voyez, Elodie ? dit-elle d'une voix émerveillée. Rien dans cette vie ne pouvait plus lui faire peur, car il savait à quel point je l'aimais.

Elodie avait la gorge serrée.

— J'aurais bien aimé le connaître.

— Oh, moi aussi, j'aurais tant aimé que vous puissiez vous rencontrer. Il vous aurait appréciée.

Mme Berry but une généreuse gorgée de spritz. Un étourneau se posa tout à coup sur la table et considéra les chenilles dans le pot de confiture d'un œil intéressé, avant de se retirer sur une des branches du pommier pour poursuivre son inspection. Elodie sourit et Mme Berry éclata de rire.

— Et si vous restiez dîner, Elodie ? Je vous raconterai une histoire bien plus drôle – celle de la ferme que nous avons achetée sans le faire exprès, Tomas et moi. Après quoi, je vous écraserai aux cartes. J'ai battu le paquet ; il est prêt à l'emploi !

— Oh, madame Berry ! J'adorerais pouvoir rester, mais ce n'est pas possible ce soir.

— Même pas pour une partie de cartes ?

— Je crains que non. Je dois rendre quelque chose demain matin.

— Encore votre travail ? Vous vous surmenez, Elodie, vous savez.

— Non, cette fois-ci, ce sont les préparatifs du mariage, madame Berry.

— Les préparatifs du mariage ! Franchement, quelle époque compliquée ! De quoi a-t-on besoin pour un mariage, en dehors de deux personnes qui se disent qu'elles s'aiment et d'une troisième qui remplit le registre ? D'ailleurs, si vous voulez mon avis, même celle-là est de trop. Si je pouvais remonter le temps, je filerais en Toscane et j'accorderais ma main à mon Tomas bien-aimé sur le parapet de l'un de ces villages moyenâgeux perchés sur une colline, le visage baigné de soleil, une couronne de chèvrefeuille sur la tête. Et je déboucherais une bonne bouteille de chianti, dans la joie !

— Avec le chianti, c'est toujours le cas !

— Exactement ! Dans mes bras, Elodie.

Une fois chez elle, Elodie se débarrassa de ses ballerines et ouvrit les fenêtres. Le chèvrefeuille de Mme Berry, qui avait poussé comme du chiendent pendant l'été, tapissait désormais une bonne partie du mur de brique de l'immeuble et son parfum se répandait dans tout l'appartement, porté par la chaude brise d'été.

Elodie s'agenouilla sur le sol et ouvrit la valise que son père lui avait confiée. Cette valise, Elodie la connaissait : c'était celle que son père avait achetée douze ans plus tôt, pour un voyage à Vienne dans le sillage des grands musiciens, auquel elle l'avait convaincu de participer. Le temps ne l'avait guère épargnée et c'était un curieux choix pour une si précieuse cargaison. Personne ne se serait douté qu'elle contenait le cœur d'un homme – ce qui, en fin de compte, se dit Elodie, expliquait peut-être ce choix. Ainsi, nul ne songerait à la voler.

M. Winslow y avait entassé au moins trente cassettes, toutes soigneusement étiquetées : chaque fois, il avait indiqué de son écriture méticuleuse la date, le nom de la salle de concert et les morceaux joués. Grâce à Mme Berry, Elodie était l'heureuse propriétaire de ce qui était certainement l'un des derniers magnétoscopes de Londres. Elle le brancha avant d'y insérer une des cassettes, au hasard. Une nuée de papillons se leva dans son estomac. La cassette n'ayant pas été entièrement rembobinée, la musique jaillit dans le salon. Lauren Adler, violoncelliste virtuose de renom – et mère d'Elodie Winslow – était apparue en gros plan sur l'écran de la télévision. Elle n'était pas encore en action, mais étreignait son instrument, cou de cygne contre col de bois ; derrière elle, l'orchestre jouait. Lauren était toute jeune. Elle avait le menton levé, les yeux tournés vers le chef. Sa longue chevelure cascadait jusqu'au bas des reins. Elle attendait. Les projecteurs n'illuminaient qu'une partie de son visage ; l'autre était encore plongée dans une obscurité théâtrale. Elle portait une robe de satin noir aux fines bretelles et ses bras, trompeusement frêles, étaient nus. Pas un bijou, en dehors d'une sobre alliance en or. Les doigts de sa main gauche, reposant sur les cordes, n'attendaient plus que le signal du chef.

Celui-ci apparut à son tour à l'image. Il portait un nœud papillon blanc et une queue-de-pie noire. D'un geste, il imposa silence à l'orchestre et, quelques secondes plus tard, fit un signe de tête à Lauren. Lauren inspira profondément puis, d'un coup d'archet, commença à faire danser son violoncelle.

Dans les centaines d'articles sur sa mère qu'Elodie avait dévorés, un adjectif revenait constamment : *sublime*. Tous les critiques se retrouvaient sur ce point : le jeu d'Adler était *sublime*. Elle était venue au monde pour jouer du violoncelle et chaque œuvre qu'elle jouait, de la plus rare à la plus célèbre, ressuscitait entre ses mains.

Si le père d'Elodie avait gardé tous les articles écrits au lendemain de la mort de Lauren, c'était celui du *Times* qui l'avait le plus touché. Il l'avait fait encadrer, et l'article sous verre avait rejoint les photographies de scène de Lauren sur les murs de la maison. Elodie l'avait relu mille fois. Ce passage en particulier lui était resté en mémoire, au mot près : « Le talent de Lauren Adler ouvrait dans notre quotidien une fêlure à travers laquelle s'offraient, fugitivement, la pureté, la clarté, la vérité. Telle fut son offrande à son auditoire : par le biais de Lauren Adler, il pouvait faire l'expérience de ce que les croyants pourraient appeler Dieu. »

L'étiquette disait : Royal Albert Hall, 1987, *Concerto pour violoncelle en si mineur, opus 104*, Antonín Dvořák. Elodie nota le nom de l'œuvre sur un bout de papier.

Le son du violoncelle résonnait sans accompagnement maintenant et l'orchestre – océan confus de femmes aux visages sérieux et d'hommes portant des lunettes aux montures épaisses – se tenait parfaitement immobile dans son dos. Les notes déchirantes du violoncelle firent courir un frisson le long de la colonne vertébrale d'Elodie.

Pour Lauren, les enregistrements étaient des choses mortes, des dépouilles – elle l'avait dit au *Times*. Dans la même interview, elle décrivait le concert comme un précipice dans lequel se croisaient la peur, l'attente, la joie – expérience unique partagée entre l'auditoire et l'artiste, et qui perdait toute force quand on l'inscrivait dans la permanence. Elodie, cependant, n'avait plus que cela, des enregistrements. Elle n'avait aucun vrai souvenir de sa mère musicienne. Toute petite, elle avait dû assister à un ou deux concerts, bien sûr. Et elle l'avait entendue jouer à la maison. Mais Elodie n'avait aucun souvenir de sa mère sur scène, et ne pouvait faire la différence avec les autres musiciens, les autres concerts.

Elle n'aurait jamais fait cet aveu à son père, lequel croyait dur comme fer qu'Elodie avait pu graver ces quelques moments dans son cœur et qu'ils faisaient intrinsèquement partie de son être. « Ta mère jouait pour toi lorsqu'elle t'attendait, lui avait-il répété cent fois. Elle disait souvent que le battement du cœur est la première musique que l'enfant entend et que tout le monde naît en connaissant déjà le rythme du chant de sa mère. »

Il s'adressait fréquemment à Elodie comme s'ils partageaient les mêmes souvenirs. « Tu te rappelles le concert pour la reine Élisabeth et la standing ovation, à la fin ? Elle a duré trois minutes. Et quand elle a donné l'intégrale des suites pour violoncelle de Bach aux Proms ? »

Elodie ne se rappelait pas. Elodie n'avait pratiquement pas connu sa mère.

Elle ferma les yeux. Elle avait un problème et son père en faisait partie. Le chagrin de M. Winslow prenait tant de place ! Plutôt que de laisser cicatriser la plaie béante qu'avait causée la mort de sa femme – et même de faire en sorte qu'elle guérisse, cette plaie –, il l'avait gardée à vif, entretenue par l'intensité de sa peine, son incapacité à renoncer à elle.

Un jour, quelques semaines après l'accident, Elodie, qui se trouvait alors dans le jardin, avait surpris la conversation de deux dames bien intentionnées. Après une visite à M. Winslow, elles retournaient à leur voiture, leur mission consolatrice remplie. « C'est une bonne chose que la petite soit si jeune, avait dit l'une d'entre elles, tandis qu'elles arrivaient au portail. Elle va grandir, oublier… elle ne saura jamais ce qu'elle a perdu. »

Elles n'avaient pas tort, d'une certaine manière. Elle n'avait tout simplement pas assez de souvenirs personnels pour combler le vide que la mort de sa mère avait laissé. Et cependant, elles se trompaient sur un point : Elodie savait très bien ce qu'elle avait perdu. On ne lui avait pas permis d'oublier.

Elle rouvrit les yeux.

La nuit avait chassé le crépuscule. L'écran de la télévision n'était plus qu'une plage scintillante d'image statique. Elodie n'avait pas remarqué que la musique s'était interrompue.

Elle descendit de la banquette de la fenêtre et éjecta la cassette, pour la remplacer aussitôt par une autre.

Carnegie Hall, 1985, Mozart, *Quintette à cordes n° 3 en do majeur K 515*, indiquait l'étiquette. Elodie regarda les premières minutes ; c'était un véritable documentaire qui commençait par une biographie des jeunes virtuoses, trois femmes et deux hommes, venus jouer en quintette à New York. Ils étaient interviewés en voix off les uns après les autres tandis que défilaient des images de la répétition : Lauren Adler riant des pitreries qu'exécutait avec son archet un des violonistes, un jeune homme aux cheveux noirs et bouclés.

Elodie le reconnut : c'était l'ami américain, celui qui conduisait lorsqu'ils avaient eu leur accident mortel entre Bath et Londres. Elle avait un très vague souvenir de lui : de passage en Angleterre, il était venu avec les siens dîner une ou deux fois chez les parents d'Elodie. Et bien sûr, elle avait vu des photos de lui dans les articles qui mentionnaient l'accident. Il devait s'en trouver quelques autres dans toutes celles que son père n'avait jamais eu le courage de trier.

La caméra suivait le violoniste. Elodie le regarda un moment. Que lui inspirait cet homme qui lui avait, sans le vouloir, volé sa mère et qui resterait à jamais lié à Lauren

Adler, de par leur mort commune ? Elle ne le savait pas au juste. Elle pensa plutôt à son absurde jeunesse, à son immense talent et à ce que Mme Berry avait dit dans le jardin. La vie est cruelle – cruelle mais aveugle. C'est sa seule concession à la justice. Cet homme aussi avait laissé derrière lui une femme, de jeunes enfants.

Lauren Adler réapparut à l'écran. Un spectacle sublime, journaux et critiques ne mentaient pas. Elodie écouta le début du quintette et nota les références de la cassette : c'était peut-être un bon choix pour la cérémonie. Elle nota aussi les quelques moments qui pouvaient en être extraits.

Et lorsque la cassette fut finie, elle en inséra aussitôt une autre dans le magnétoscope.

Sa mère était en plein concerto pour violoncelle (Elgar, *opus 85*, London Symphony Orchestra, 1982) lorsque le portable se mit à sonner. Elodie lança un regard à l'écran. Il était tard et sa première réaction fut de s'inquiéter pour son père. Mais ce n'était que Pippa.

Elodie se souvint de la maison d'édition dans King's Cross et de la soirée de lancement à laquelle avait assisté Pippa. Cette dernière avait sans doute envie de discuter sur le chemin du retour.

L'index d'Elodie plana un instant au-dessus du bouton – trop tard, Pippa avait déjà raccroché.

Allait-elle la rappeler ? Après un moment de réflexion, Elodie mit le téléphone en mode silencieux, avant de le jeter sur le canapé.

Une salve de rires monta de la rue. Elodie soupira.

Elle n'était pas encore parvenue à chasser de son esprit le malaise causé par sa conversation avec Pippa, malaise qui n'était pas seulement lié à la photographie de la jeune femme en blanc, à la possessivité qu'elle avait fait naître en Elodie. Maintenant qu'elle était seule dans son salon, bercée par les accords mélancoliques du violoncelle de sa mère,

Elodie comprit ce qui l'avait troublée : c'était la question de Pippa sur les cassettes de Lauren Adler.

Ce n'était pas la première fois qu'elles en discutaient. Lorsque Penelope avait proposé d'utiliser quelques vidéos pour le mariage, Pippa s'était demandé si M. Winslow n'allait pas émettre des réserves, lui qui pouvait rarement parler de sa défunte femme sans que les larmes lui montent aux yeux. Elodie avait d'ailleurs eu les mêmes scrupules, avant de comprendre que l'idée l'avait rasséréné, comblé : tout comme Penelope, il considérait ces extraits comme le meilleur palliatif à son irréductible absence.

Pippa le savait, Elodie le lui avait rappelé dans le café de King's Cross. Et pourtant, elle avait insisté, avait même redemandé à son amie son avis sur la question.

Et tandis qu'elle écoutait sa mère mener le concerto d'Elgar à sa douloureuse conclusion, Elodie s'interrogea : quelles étaient les véritables intentions de Pippa ? Pippa était la plus dynamique, la plus visible des deux amies ; Elodie, d'une timidité innée, préférait jouer les seconds rôles. Mais dans ce cas précis où elle pouvait revendiquer une extraordinaire parenté, Pippa n'en prenait-elle pas ombrage ?

Elodie sentit aussitôt le rouge de la honte lui monter aux joues. Pippa était une amie généreuse. Elle avait offert de son temps pour concevoir et réaliser la robe de mariée d'Elodie, bon Dieu ! Et rien dans son comportement n'avait jamais indiqué qu'elle était jalouse de la parenté d'Elodie avec la prestigieuse Lauren Adler. Elle était d'ailleurs une des rares personnes qui n'eussent jamais manifesté un intérêt dévorant pour Lauren. La plupart des gens se répandaient en questions plus ou moins adroites sur la violoncelliste lorsqu'ils apprenaient que Lauren était la mère d'Elodie : comme si, par le biais de cette dernière, ils pouvaient accaparer quelques bribes du talent et de la tragédie de Lauren. Ce n'était pas le cas de Pippa. Au fil des années, elle avait souvent questionné Elodie sur sa mère – lui manquait-elle, avait-elle laissé des souvenirs ? –, mais toujours sur la facette maternelle de Lauren Adler. La musique, la célébrité : bien sûr, ça n'était pas rien. Mais pas l'essentiel non plus.

La musique finit par se taire et Elodie éteignit la télévision.

Comme Alastair n'était pas là pour lui proposer une « vraie grasse matinée de week-end », elle avait prévu de se lever tôt, pour se rendre à pied, le long de la Tamise, chez son grand-oncle Tip, auquel elle voulait parler avant l'ouverture de son magasin. Tip habitait dans l'East End.

Elle se doucha, se glissa sous les draps, ferma les yeux et appela le sommeil de ses vœux.

Il faisait encore chaud et son inquiétude ne s'était pas dissipée. Elle traçait des cercles dans les airs comme un moustique en quête de sa ration de sang.

Elodie ne cessait de se retourner.

Elle songea à Mme Berry et à son mari, Tomas : était-ce donc vrai, ce que disait la vieille dame ? L'amour d'une seule personne – y compris d'un poids plume comme Mme Berry, un mètre cinquante-deux et maigre comme un clou – pouvait-il réellement apaiser les craintes de l'être aimé ?

Elodie avait tant de peurs en elle. L'effet de l'amour était-il immédiat ? Ou lui fallait-il un certain temps pour accumuler ce pouvoir ? Allait-elle découvrir, en cours de route, que la conscience d'être aimée d'Alastair l'avait dépouillée de ses craintes ?

L'aimait-il vraiment de cette manière ? Comment pouvait-elle en être certaine ?

Son père, lui, avait certainement aimé sa mère de cette manière mais, bien loin de lui donner du courage, la mort de Lauren l'avait rendu craintif. Edward Radcliffe, lui aussi, avait aimé avec une intensité qui l'avait conduit à la vulnérabilité. « Je l'aime, je l'aime, je l'aime et si elle ne peut pas être mienne je vais devenir fou, car quand je ne suis pas près d'elle je crains.... »

Elle. La jeune femme de la photographie lui revint à l'esprit. Mais non, c'était son obsession à elle, Elodie Winslow. Rien ne lui permettait de relier la femme en blanc à Radcliffe : certes, elle avait trouvé le cadre dans la sacoche du peintre, mais il était glissé dans un porte-documents qui avait appartenu à James Stratton. Non, la femme aimée de Radcliffe, c'était bel et bien Frances Brown, la fiancée dont la mort tragique l'avait finalement conduit lui même à la mort. C'était de notoriété publique.

Si elle ne peut pas être mienne... Elodie se retourna de nouveau, sur le dos cette fois-ci. Curieuse expression lorsqu'il est question d'une fiancée. Les fiançailles célébraient un engagement réciproque : Frances Brown était *déjà* sienne.

À moins qu'il n'eût écrit cette lettre après la mort de Frances, alors qu'il faisait face au même gouffre, à la même absence que le père d'Elodie. Était-ce en ce moment de deuil qu'il avait dessiné la maison ? Ladite maison existait-elle vraiment ? Y avait-il séjourné après la mort de Frances – pour se remettre, peut-être ?

Les pensées tournoyaient dans son esprit, noirs corbeaux de plus en plus proches.

Son père, sa mère, le mariage, la femme en blanc sur la photo, la maison au bord de la rivière, Edward Radcliffe et sa fiancée, Mme Berry et son mari, le garçonnet venu d'Allemagne, attendant seul sur le perron... la vie, la peur, l'approche inexorable de la mort...

Elodie se vit entrer dans ce cycle nocturne et tant redouté des pensées obsessionnelles.

Stop, se dit-elle. Elle rejeta ses couvertures et sortit du lit. Elle avait trop souvent foulé cette route pour ignorer qu'elle n'était pas du tout disposée au sommeil. Autant se livrer à une occupation intelligente.

Par les fenêtres ouvertes, elle entendit le brouhaha réconfortant de la nuit citadine. L'immeuble d'en face était plongé dans l'obscurité.

Elle alluma une de ses lampes et se fit du thé.

Puis elle inséra une quatrième cassette dans le magnétoscope (Bach, *suite pour violoncelle n° 1 en sol majeur*, Queen Elizabeth Hall, 1984) et se percha, les jambes en tailleur, sur le vieux fauteuil en velours.

Tandis que les deux aiguilles de l'horloge se rejoignaient sur le 12 et que le chiffre d'une nouvelle journée s'affichait dans le petit cadran, Elodie appuya sur la télécommande. Sous ses yeux, une belle jeune femme, le monde à ses pieds, monta sur scène, leva la main pour remercier l'auditoire. Les applaudissements se turent et la jeune femme, archet à la main, déploya ses sortilèges.

Chapitre 7

Le grand-oncle d'Elodie habitait dans un appartement en rez-de-jardin, à l'extrémité de Columbia Road. Tip était un vieil excentrique devenu pratiquement ermite au fil du temps. Du vivant de Lauren, il venait fréquemment déjeuner chez les Winslow, le week-end. Elodie, petite fille, le trouvait assez surprenant. Il avait déjà l'air vieux ; elle était particulièrement sensible à ses énormes sourcils broussailleux, à ses grandes mains aux doigts en spatule et à la manie qu'il avait de se trémousser en tous sens lorsque la conversation ne l'intéressait plus. Fabriquer des empreintes digitales avec la cire liquide qui dégoulinait de la grosse bougie plantée au milieu de la table, quel plaisir ! Si Elodie s'y était livrée, elle aurait certainement été grondée par ses parents. Le grand-oncle Tip, lui, pouvait s'en donner à cœur joie : il effleurait la cire brûlante du bout du doigt, retirait la petite pellicule ainsi formée, la roulait en boule et recommençait cent fois, avant de disposer sur la nappe, en motifs complexes, les boulettes ainsi fabriquées et de les balayer d'un revers de main, soudain tout à fait désintéressé par la question.

Lauren, fille unique, avait une grande affection pour son oncle, depuis l'année qu'il avait passée auprès de la famille Adler. « Lauren disait souvent qu'il n'était pas un adulte comme les autres. » Ces paroles de M. Winslow revinrent à l'esprit d'Elodie. « D'après elle, ton grand-oncle était comme Peter Pan, le garçon qui ne veut pas grandir. »

Elodie en avait eu un aperçu après la mort de Lauren. Tip détonnait dans cet océan d'adultes bien intentionnés, avec sa boîte à charmes en céramique dont le couvercle était orné de coquilles et de petits galets, de bouts de porcelaine et de scintillants éclats de verre – babioles dont les enfants raffolent, mais que leurs parents ne remarquent même plus.

« Qu'est-ce que c'est, une boîte à charmes ? avait demandé Elodie à Tip.

— Un accessoire magique, avait-il répondu sans la moindre trace de cette complaisance que les adultes croient bon d'adopter quand ils abordent ce genre de sujets. Et celle-là a été faite pour toi. Tu as des trésors, Elodie ? »

Elodie avait hoché la tête en songeant à la chevalière en or que sa mère lui avait offerte pour Noël.

« Eh bien, maintenant, tu sais où les ranger, histoire que personne ne te les vole. »

Elle était reconnaissante à Tip de cette sollicitude. Il avait fait un pas vers elle quand tous les autres se repliaient sur leur propre chagrin. Ils ne s'étaient pas souvent revus depuis, mais Elodie n'avait jamais oublié la bonté dont il avait fait montre en ces circonstances. Pourvu qu'il puisse venir au mariage !

Il faisait grand soleil et, tandis qu'elle marchait sur le chemin de halage, Elodie se félicita d'avoir décidé d'en profiter. La veille au soir, elle avait fini par s'endormir dans le fauteuil de velours marron ; la nuit s'était déroulée en rêves entrecoupés d'angoisses. Elle s'était réveillée à l'aube, avec les premiers chants d'oiseaux. Tout en se rapprochant de Hammersmith Bridge, elle se rendit compte que l'inquiétude de la nuit ne s'était pas complètement dissipée : elle avait la nuque douloureuse et l'esprit hanté par la plainte du violoncelle.

Une troupe de mouettes tournoyait au-dessus d'une flaque d'eau ; au loin, vers les péniches, des rameurs profitaient eux aussi du beau temps. Elodie s'arrêta devant l'un des piliers gris-vert du pont et se pencha sur la rambarde pour contempler les flots tourbillonnants de la Tamise. C'était d'ici qu'en 1919 le lieutenant Charles Wood, de la RAF, avait plongé pour venir en aide à une femme en train de se noyer. Chaque fois qu'elle traversait le pont, Elodie pensait à lui. La femme avait survécu, mais le soldat était mort du tétanos, s'étant blessé au cours de son acte de bravoure. Quel sort cruel ! Survivre à la Première Guerre mondiale et sacrifier sa vie en temps de paix.

Le temps qu'Elodie atteigne le Chelsea Embankment, Londres avait commencé à se réveiller. Elle marcha jusqu'au pont ferroviaire de Charing Cross avant de prendre le bus 26 devant les Royal Courts of Justice. Elle put s'asseoir à l'étage, juste devant le pare-brise : plaisir d'enfance qui continuait à la combler. Le bus remonta Fleet Street jusqu'au cœur de la City, longeant le Old Bailey, St Paul, puis tourna dans Threadneedle Street avant de se diriger plein nord à Bishopsgate. Comme à son habitude, Elodie s'imagina ces rues telles qu'elles avaient été cent cinquante ans plus tôt, à l'époque de James Stratton.

Elle descendit du bus à Shoreditch High Street. Sous le pont ferroviaire, quelques gamins prenaient une leçon de hip-hop pendant que leurs parents les regardaient, enserrant des deux mains leurs gobelets de café. Elodie traversa la chaussée pour s'enfoncer dans les petites rues, débouchant enfin sur Columbia Road, où les magasins commençaient tout juste à lever le rideau.

Columbia Road était l'une de ces rues secrètes et cependant si animées dont Londres s'est fait une spécialité : une rangée de petites maisons mitoyennes en brique arborant de pimpantes devantures turquoise, jaunes, rouges, vertes, noires. On y vendait des robes vintage, des bijoux artisanaux, des céramiques d'artiste et des bibelots neufs minutieusement vieillis. Le dimanche, c'était marché aux fleurs : l'air s'emplissait de mille parfums et on avait peine à remonter la rue, entre la foule et les plantes. Mais en ce samedi matin, il n'y avait quasiment pas âme qui vive.

À gauche de l'immeuble de Tip, un portail de fer forgé s'ouvrait sur une allée envahie par les violettes. Au fond, c'était le jardin. Sur le pilier de brique blanche, on avait peint au pochoir une main dont l'index pointait vers l'allée et ces quelques mots, en lettres noires : *Appartement rez-de-jardin*. Le portail n'était pas fermé. Elodie s'engagea dans l'allée, au bout de laquelle se dressait un appentis. *L'Atelier*, proclamait l'enseigne de bois gravé suspendue au-dessus de la porte.

Comme toujours chez Tip, Elodie fut accueillie par un capharnaüm invraisemblable composé des objets les plus étonnants. Un vélo de course bleu était appuyé à une presse victorienne ; une collection de pupitres en bois bordait les murs. Ils offraient aux regards toutes sortes d'outils et d'accessoires antiques : lampes et horloges, radios et machines à écrire se disputant l'espace avec des plateaux en métal remplis de caractères en plomb, d'époque bien sûr. Les vitrines débordaient de pièces de rechange aux formes étranges et d'outils mystérieux ; les murs étaient recouverts de tableaux et de dessins à la plume qui eussent fait l'envie de n'importe quelle galerie d'art.

— Tip ? s'enhardit Elodie en pénétrant dans cet antre singulier.

Son grand-oncle trônait devant son imposant établi.

— Bonjour, Tip.

Il la regarda par-dessus ses lunettes sans manifester la moindre surprise.

— Tu arrives à point nommé. Tu peux me passer la gouge la plus fine que tu trouveras ? dit-il en tendant la main vers une série d'ustensiles accrochés au mur.

Elodie dénicha l'outil en question et le tendit à Tip.

— C'est mieux, dit-il en traçant une fine marque presque invisible dans sa plaque de lino. Alors, quelles nouvelles de ton petit monde ?

Comme si Elodie rentrait juste du marché !

— Je vais me marier.

— Te marier ? Mais tu as... dix ans ?

— Non, Tip, j'ai un peu grandi. J'aurais bien aimé que tu viennes. Je t'ai envoyé une invitation.

— Vraiment ? Et je l'aurais reçue ?

Il tendit la main vers une pile de paperasse, à l'autre bout de l'établi. Elodie y repéra assez rapidement l'enveloppe en vergé ivoire qui contenait l'invitation (conçue et envoyée par Penelope), au milieu d'un monceau de factures d'électricité et de prospectus d'agence immobilière. Tip ne l'avait même pas ouverte.

— Je peux ? dit-elle en brandissant l'enveloppe.

— Puisque tu es là, tu vas pouvoir tout me raconter en personne.

Elodie s'assit en face de Tip.

— C'est le mois prochain, le samedi 26. Et je n'attends qu'une seule chose de toi, c'est que tu viennes. Papa sera ravi de te servir de chauffeur, m'a-t-il dit.

— De chauffeur ?

— La réception aura lieu à Southrop, un petit village des Cotswolds.

— Southrop.

Tip se concentra sur le trait suivant.

— Pourquoi avoir choisi ce coin ?

— La mère de mon fiancé connaît quelqu'un qui y loue ce lieu. Je n'y suis pas encore allée, pour être honnête, mais je vais jeter un coup d'œil sur place le week-end prochain. Tu connais ?

— Joli village. Mais je n'y ai pas mis les pieds depuis des années. J'espère que le progrès l'a épargné.

Il aiguisa sa lame sur une pierre à affûter japonaise et la brandit sous le lustre, pour vérifier son travail.

— C'est toujours le même type ? David, Daniel...

— Danny. Non.

— Zut, je l'aimais bien. Il avait des idées assez originales sur le système de santé, si mes souvenirs sont exacts. Il travaille toujours à sa thèse ?

— Apparemment, oui.

— Nous étions censés adopter le même système de santé qu'au Pérou, c'est ça ?

— Brésil.

— Voilà. Et celui-là, alors ? Comment s'appelle-t-il ?

— Alastair.

— Alastair. Il est médecin, lui aussi ?

— Non, il travaille à la City.

— Banquier ?

— Acquisitions.

— Ah.

Tip essuya sa lame à l'aide d'un chiffon.

— Malgré tout c'est un type bien, j'imagine ?

— Oui.

— Gentil ?

— Oui.

— Drôle ?

— Il apprécie les blagues.

— Très bien. C'est important de choisir quelqu'un qui puisse te faire rire. C'est ce que disait ma mère, et elle était loin d'être sotte.

Tip fit courir la lame le long d'une longue courbe. La gravure représentait un paysage fluvial et cette nouvelle entaille, constata Elodie, faisait partie du mouvement des eaux.

— Tu sais, ta mère elle aussi est venue me voir juste avant son mariage. Elle était assise exactement à la même place que toi.

— Elle était venue réclamer son RSVP, elle aussi ?

Elodie plaisantait, mais cela ne fit pas rire Tip.

— Elle voulait me parler de toi. Elle venait de découvrir qu'elle était enceinte.

Il lissa sa plaque de linoléum, détachant du pouce une fine irrégularité qui hérissait le bord supérieur.

— Ça n'était pas facile, elle ne se sentait pas bien. Je me faisais du souci pour elle.

Elodie se souvenait vaguement d'avoir entendu dire que sa mère avait souffert de terribles nausées durant les premiers mois de sa grossesse. D'après son père, cela avait été une des rares circonstances dans lesquelles Lauren eût consenti à annuler un concert.

— Je crois que je n'étais pas vraiment prévue.

— C'est le moins qu'on puisse dire. Mais tu as été aimée, ce qui est, je crois, plus important.

Étrange sensation que de se figurer sa mère, toute jeune, assise, plus de trente ans auparavant, sur ce même tabouret, parlant de son enfant à venir, la future Elodie. Cette pensée éveilla en elle un sentiment de camaraderie. Elle n'avait pas l'habitude de songer à sa mère comme à une égale.

— Elle craignait que cet enfant ne mette un frein à sa carrière ?

— J'en ai bien peur. La société avait des réactions différentes. Et la situation était complexe. Heureusement pour elle, ton père, Winston, s'est montré à la hauteur.

Cette façon de considérer M. Winslow comme un bon petit soldat recruté pour l'occasion réveilla en Elodie un instinct défensif.

— Ça n'a pas été un sacrifice pour lui. Il était fier d'elle. Il était, à sa manière, un progressiste. Jamais il n'a pensé qu'elle devait forcément s'arrêter de travailler, sous prétexte qu'elle était une femme.

Tip l'observa par-dessus ses lunettes. Il allait apparemment lui répondre lorsqu'il se ravisa. Un silence gêné s'installa entre le grand-oncle et la petite-nièce.

Elodie soudain se sentait la protectrice de son père. Et sa propre protectrice, et celle de sa mère. Leur situation ne ressemblait à aucune autre parce que *Lauren Adler* ne ressemblait à aucune autre. Pour autant, le père d'Elodie n'était pas un martyr. Pourquoi s'apitoyer sur son sort ? Il adorait son métier d'enseignant. Il l'avait dit et répété à sa fille : telle était sa véritable vocation.

— Papa a toujours été lucide, reprit Elodie. C'est un excellent musicien, mais il a toujours su que le talent de maman était d'une autre nature. Qu'elle avait sa place sur une scène. Papa est son fan numéro un.

L'expression était des plus éculées, mais Tip éclata de rire, dissipant la curieuse tension que leur discussion avait fait naître.

— Ça, ça ne fait aucun doute, dit-il. Ce n'est pas là-dessus que je te chercherai des noises.

— Tout le monde ne peut pas être un génie.

Il eut un bon sourire.

— Je suis bien placé pour le savoir, Elodie.

— J'ai regardé des vidéos de ses concerts.

— Tiens donc.

— Nous allons diffuser des extraits pendant la cérémonie, à la place de l'orgue. Je suis censée faire un choix, mais ce n'est pas facile.

Tip reposa sa gouge.

— La première fois que je l'ai entendue jouer, elle avait quatre ans. Et c'était du Bach. Moi, à cet âge-là, je ne sais même pas si j'étais fichu de mettre mes chaussures aux bons pieds.

— Ah, les chaussures, ça n'est pas facile, dit Elodie avec un sourire.

Elle se mit à triturer le coin de l'enveloppe en vergé ivoire.

— C'est curieux de la voir jouer. Je pensais que je ressentirais une sorte de lien, de reconnaissance…

— Tu étais si petite quand elle est morte.

— Plus âgée qu'elle quand tu l'as entendue jouer Bach pour la première fois.

Elodie secoua la tête.

— Non, c'était ma mère, tout de même. Je devrais avoir plus de souvenirs.

— Il y a des souvenirs qui restent enterrés dans la conscience. Mon père est mort quand j'avais cinq ans et je ne me rappelle pas grand-chose. Mais même encore maintenant, soixante-dix-sept ans plus tard, je ne peux pas passer devant quelqu'un qui fume la pipe sans avoir soudain à l'esprit un bruit de machine à écrire.

— Il fumait en tapant à la machine ?

— Il fumait quand ma mère tapait à la machine.

— Bien sûr !

L'arrière-grand-mère d'Elodie était journaliste.

— Avant la guerre, les soirs où mon père ne travaillait pas, ils s'asseyaient tous les deux dans notre cuisine. On avait une table ronde en bois. Il buvait une bière, elle, un whisky, et ils parlaient, ils riaient, et elle travaillait à son article.

Tip haussa les épaules.

— Ce n'est pas un souvenir en images, comme un film. Il s'est passé trop de choses depuis : je n'ai pas assez d'espace dans mon esprit pour tout garder. Mais je ne peux pas sentir la fumée de pipe sans être envahi par une sensation viscérale, celle d'un bien-être d'enfance. Mon père et ma mère sont là, dans la maison, et je m'endors tout doucement.

Il considéra sa gouge.

— Toi aussi, tu en as, des souvenirs cachés. Il s'agit simplement de savoir comment les faire revenir.

— Je me souviens qu'elle me racontait des histoires avant de dormir, poursuivit Elodie après un instant de réflexion.

— Ah, tu vois ?

— Il y en avait une, en particulier… qui est vraiment restée gravée dans mon esprit. Je croyais qu'elle venait d'un livre, mais papa dit qu'on avait dû lui raconter quand elle était enfant, elle aussi. D'ailleurs...

Elodie se redressa.

— Il m'a expliqué que c'était une histoire qu'on se racontait dans votre famille. Il y avait une forêt, une maison au creux d'un méandre...

Tip s'essuya les mains sur son pantalon.

— Un thé ? C'est le moment.

Il trottina jusqu'au réfrigérateur et tendit le bras pour empoigner la bouilloire, toute maculée de peinture.

— Tu connais l'histoire ? Tu vois de laquelle je veux parler ?

Il lui montra un mug vide. Elle opina du chef.

— Oui, je connais l'histoire, répondit Tip en glissant un sachet dans chaque mug. C'est moi qui l'ai racontée à ta mère.

Il faisait chaud dans l'atelier, mais Elodie sentit un léger courant d'air lui caresser les bras.

— Quand ta mère était toute petite, j'ai habité pendant un temps chez eux – chez ma sœur Beatrice. J'aimais bien ta mère. Même en faisant abstraction de son talent musical, c'était du vif-argent, Lauren. À cette époque, j'étais dans un triste état. Je n'avais plus de boulot, plus d'appartement, plus de petite amie. Mais les enfants se fichent de ce genre de choses. J'aurais préféré être seul, histoire de m'abandonner au désespoir le plus noir mais, pour elle, c'était hors de question. Elle me suivait partout, comme les mauvaises odeurs. Sauf qu'elle, elle était douée de parole. Et quand je dis douée... J'ai supplié Beatrice de faire quelque chose pour m'en débarrasser, mais Bea savait ce dont j'avais besoin. Si j'ai raconté cette histoire de rivière et de forêts obscures à ta mère, c'est pour avoir un peu de répit et ne plus entendre pendant deux minutes cette petite voix pleine d'entrain qui ne cessait de faire des commentaires et de poser des questions.

Il eut un sourire attendri.

— Je suis heureux qu'elle te l'ait racontée à son tour. Les histoires meurent quand on ne les transmet pas.

— C'était ma préférée, dit Elodie. Pour moi, elle était bien réelle. Quand maman n'était pas là, j'y repensais. J'en rêvais même la nuit.

La bouilloire se mit à chanter.

— Même chose pour moi, quand j'étais petit.

— C'est ta mère qui te l'a racontée ?

— Non.

Tip alla chercher une bouteille de lait dans le frigo et en versa un peu dans chaque mug.

— J'ai fait partie des enfants qui ont été évacués de Londres, pendant la guerre. Nous l'avons tous été, d'ailleurs, dans la famille : maman, mon frère, ma sœur et moi. Dans notre cas, ce n'était pas officiel. C'est maman qui s'en est occupée. Notre immeuble avait été détruit dans un bombardement et elle s'est débrouillée pour nous trouver une maison à la campagne. Une vieille maison absolument merveilleuse, bourrée des meubles les plus incroyables, comme si ses habitants étaient sortis se promener et n'étaient jamais revenus.

Elodie repensa au croquis du carnet à dessin – n'avait-elle pas pensé un moment que le conte de sa mère venait d'un livre illustré par l'artiste auquel le carnet appartenait ? Une vieille maison meublée au fond de la campagne anglaise, c'était exactement le genre d'endroit où un petit garçon pouvait dénicher, quatre-vingts ans plus tard, un vieil album d'images. Ce fut tout juste si elle ne se représenta pas Tip, enfant, sortant l'ouvrage de la bibliothèque.

— C'est là que tu as lu cette histoire ?

— Je ne l'ai pas lue. Elle ne venait pas d'un livre.

— Quelqu'un te l'a racontée, alors ? Qui donc ?

Tip eut une infime hésitation, qui n'échappa pas à Elodie.

— Quelqu'un que j'aimais bien, répondit-il enfin.

— Quelqu'un que tu avais rencontré à la campagne ?

— Un peu de sucre ?

— Non, merci.

Elodie se souvint des clichés qu'elle avait pris avec son téléphone. Tandis que son grand-oncle finissait de préparer le thé, elle sortit l'appareil de son sac. Ah, Pippa avait de nouveau essayé de la joindre. Elle retrouva la photo du croquis et la montra à Tip alors que ce dernier lui tendait son mug.

Ses sourcils broussailleux se haussèrent. Il s'empara du téléphone.

— Où est-ce que tu as trouvé ce dessin ?

Elodie lui parla des archives Stratton, de la boîte oubliée sous une pile de rideaux dans un vieux chiffonnier, de la sacoche.

— Dès que j'ai vu ce dessin, poursuivit-elle, j'ai ressenti comme un frisson de familiarité. J'avais l'impression de connaître cet endroit. C'est alors que j'ai compris que c'était la maison du conte de maman.

Elle scruta le visage de son grand-oncle.

— C'est la maison dont tu parlais, non ?

— Exactement. C'est la maison dans laquelle nous avons vécu pendant la guerre, ma mère, mon frère, ma sœur et moi.

Quelque chose se libéra en Elodie. Elle ne s'était donc pas trompée. C'était bel et bien la maison de l'histoire de sa mère. Son grand-oncle Tip y avait vécu pendant la guerre, enfant. Un habitant des environs lui avait raconté une histoire qui avait retenu son imagination, histoire qu'il avait à son tour relatée, des années plus tard, à sa jeune nièce.

— Tu sais, dit Tip, qui n'avait pas détaché les yeux du croquis, ta mère elle aussi m'a posé des questions sur cette maison.

— Quand cela ?

— Une semaine ou deux avant sa mort. Nous avons déjeuné ensemble et nous nous sommes promenés dans les environs. En rentrant ici, elle m'a interrogé sur la maison dans laquelle nous avions habité pendant la guerre.

— Que voulait-elle savoir ?

— Au début, elle voulait simplement que je lui en parle. Elle se souvenait de l'histoire, qui avait pris des proportions magiques dans son esprit, m'a-t-elle expliqué. Ensuite, elle m'a demandé comment on pouvait s'y rendre. L'adresse, le village le plus proche.

— Elle voulait s'y rendre ? Pourquoi ?

— Aucune idée. Ma seule certitude, c'est ce que je t'ai dit. Elle est venue me voir et elle m'a posé des questions sur la maison du conte. C'est la dernière fois que je l'ai vue.

L'émotion le rendait un peu maladroit et, lorsqu'il voulut faire disparaître l'image de l'écran, il afficha le cliché précédent. Elodie le vit blêmir horriblement.

— Que se passe-t-il ? demanda-t-elle.

— Où as-tu trouvé ça ?

Il lui tendit le téléphone. L'écran montrait désormais la jeune femme victorienne en robe blanche.

— Nous avons l'original dans les archives. Il était dans la sacoche avec le carnet à dessin. Pourquoi ? Tu la reconnais ?

Tip ne répondit pas. Lorsque son regard croisa celui d'Elodie, toute franchise semblait l'avoir quitté. Il avait l'attitude d'un enfant pris la main dans le sac du mensonge.

— Ne raconte pas n'importe quoi, dit-il. Comment l'aurais-je pu ? Jamais je n'ai posé les yeux sur cette femme.

IV

Le soleil ne va pas tarder à se lever et je suis assise au pied du lit de mon visiteur. C'est un acte fort intime que de regarder quelqu'un dormir. Autrefois, j'aurais expliqué sans doute qu'il n'est pas de moment où l'être humain est plus vulnérable ; l'expérience m'a appris que ce n'est pas vrai.

Je me souviens de ma première nuit dans l'atelier d'Edward. Il avait travaillé jusqu'après minuit, les bougies s'étaient transformées en cascades de cire fondue sur les parois vertes des bouteilles dans lesquelles elles étaient fichées. Le moment était venu où il n'y avait plus assez de lumière pour continuer. Nous nous étions endormis, enlacés, sur les coussins qui jonchaient le plancher, dans un coin de la pièce, près du poêle. Je m'étais réveillée avant lui : l'aube colorait lentement de rose le toit de verre à la pente si abrupte. J'étais couchée en chien de fusil, le menton sur le poing, et je regardais ses rêves danser sous ses paupières.

Je me demande de quoi rêve mon jeune visiteur. Hier soir, quand il est rentré, j'ai senti l'énergie de la maison changer sur-le-champ. Il est allé directement à la malterie, où il a élu domicile ; je l'ai suivi. D'un mouvement ample et souple, il a retiré sa chemise et je n'ai pas pu détourner les yeux.

Il est beau, à la manière des hommes qui n'en font pas grand cas. Ses épaules sont larges, ses bras vigoureux : il a sûrement travaillé dur, manipulé des charges. Les dockers des quais de la Tamise avaient de semblables carrures.

Autrefois, si un inconnu s'était déshabillé devant moi, j'aurais quitté la pièce ou je me serais détournée. La pudeur inculquée laisse des marques profondes. Mais je ne lui vole rien à l'observer aujourd'hui. Alors, je n'ai pas fermé les yeux.

Il doit avoir un torticolis, car il s'est massé les cervicales de la paume avant de remuer la tête dans tous les sens, tout en se dirigeant vers la petite salle de bains qui jouxte sa chambre. La nuit était presque aussi chaude et humide que le jour. Mon regard s'est attardé sur sa nuque, là où sa main s'était posée – là où ses cheveux bouclent.

Comme je voudrais pouvoir toucher.

Et être touchée.

Le corps d'Edward n'était pas celui d'un docker mais, pour un homme accoutumé à lever le pinceau vers la toile et les yeux vers son modèle plutôt qu'à trimbaler des sacs de charbon sur les quais, il ne manquait pas de vigueur. Je me souviens de son visage à la lumière de la bougie : dans son atelier, à Londres, et ici, dans cette maison, la nuit de la tempête.

Mon visiteur chante sous la douche. Pas très juste, mais il ne sait pas qu'il a un auditoire. Enfant, à Covent Garden, il m'arrivait parfois de me hisser sur un appui de fenêtre pour écouter les chanteurs d'opéra en répétition. Jusqu'à ce que le directeur du théâtre surgisse, en brandissant le poing – et diverses menaces ; je filais me cacher.

Mon visiteur a beau avoir laissé la porte de la salle de bains ouverte, la pièce est si petite qu'elle s'est vite emplie de vapeur. Une fois sa douche prise, il s'est campé devant le miroir, a essuyé la buée avec sa paume. Je me tenais à une certaine distance : oh, si j'avais encore eu le moindre souffle en moi, je l'aurais retenu. Une ou deux fois, alors que la lumière remplissait les conditions adéquates, je me suis vue dans le miroir. Celui qui convient le mieux, c'est celui de la salle à manger, qui est rond : cela aide, apparemment. Ce n'est que très rarement que j'ai pu faire en sorte que les gens me voient. Mais je ne devrais pas employer le verbe « faire », car je n'ai pas l'impression d'utiliser quelque procédé que ce soit.

Mon visiteur, lui, ne m'a pas perçue. Il a frotté sa mâchoire mal rasée de son index avant d'aller chercher ses vêtements.

Je regrette de ne plus avoir de visage. Ni de voix. Une vraie voix que tous pourraient entendre.

On se sent bien seule parfois dans les limbes.

Mme Mack vivait avec un homme que je ne connaissais que sous le nom de Capitaine et dont je croyais au début qu'il était son mari. C'était en fait son frère. Il était aussi maigre qu'elle était replète et boitait en raison de sa jambe de bois, souvenir d'une altercation avec un attelage de Fleet Street.

« Y s'est fait prendre dans une roue, m'avait dit un des gosses de la rue. Y s'est fait traîner sur un bon kilomètre et ça lui a arraché la jambe ! »

Ce pilon de fabrication artisanale était attaché à son moignon, au-dessous du genou, par une série de lanières en cuir et de boucles d'argent. Il avait été confectionné par un de ses amis des docks et le Capitaine en était incroyablement fier : il prenait le plus grand soin de ce membre artificiel, astiquait régulièrement les boucles, cirait scrupuleusement les lanières et lissait le bois au papier de verre. Et le pilon était si lisse et les lanières si bien cirées qu'en plus d'une occasion la jambe reprit sa liberté, ce qui ne fut pas sans semer le désarroi parmi les passants, rarement conscients de son infirmité. En d'autres occasions, le Capitaine était même allé jusqu'à ôter sa jambe pour la brandir, en guise de menace, sous le nez de personnes dont les faits et gestes lui avaient déplu.

Je n'étais pas le seul enfant confié aux bons soins de Mme Mack. Si elle avait d'autres activités (dont on ne parlait qu'à voix basse, à grand renfort d'allusions voilées), elle tirait un petit revenu de la garde d'enfants. Toutes les semaines, elle faisait publier dans la presse l'encart publicitaire qui suit :

Veuve honorable sous tous rapports
et n'ayant pas d'enfant
RECHERCHE
enfants des deux sexes,
qu'elle pourra adopter ou dont elle pourra prendre soin.

L'auteur de cette annonce offre un foyer accueillant
et l'affection d'une mère.
Petite récompense ; enfants de moins de dix ans.

Conditions
5 shillings par semaine ; adoption complète des enfants
de moins de trois mois pour la somme forfaitaire
de 13 livres.

Je ne compris pas immédiatement ce que signifiait la mention « des enfants de moins de trois mois ». Une petite fille recueillie par Mme Mack, plus âgée que moi et bien renseignée sur un certain nombre de points, m'expliqua que Mme Mack avait déjà adopté des nourrissons par le passé. Lily Millington – c'était le nom de cette sagace enfant – me parla de plusieurs bébés : un garçon, David, une petite Bessie et des jumeaux dont personne ne se rappelait les noms. Malheureusement, ils étaient tous malades et n'avaient pas survécu. N'était-ce pas une terrible malchance ? Lily, à laquelle j'avais fait part de ce sentiment, se contenta de hausser les sourcils en me disant que le hasard n'avait joué aucun rôle dans cette affaire, bon ou mauvais.

Mme Mack m'expliqua quant à elle qu'elle m'avait prise sous son aile pour rendre service à mon père et à Jeremiah, qui se révéla être un de ses bons amis. Elle avait des espérances particulières à mon égard, que je ne décevrais pas, elle en était certaine. D'ailleurs, poursuivit-elle en me considérant d'un œil sévère, on lui avait certifié que j'étais une bonne petite, qui obéissait aux adultes et qui ferait honneur à son père. « Es-tu une bonne petite ? demanda Mme Mack. Ton père avait-il raison de le penser ? »

Je ne pus qu'acquiescer.

Voici la manière dont fonctionnait la maison Mack, précisa-t-elle. Tout le monde apportait sa contribution à l'effort commun. Elle se proposait d'envoyer le surplus de mes gains à mon père, pour l'aider dans sa nouvelle vie.

« Ainsi, il aura les moyens de me faire venir ?

— Oui, répondit Mme Mack avec un geste de la main. Oui, tout à fait. Ainsi, il aura les moyens de te faire venir. »

Lorsque je rapportai à Lily Millington que Mme Mack avait de grandes espérances me concernant, elle éclata de rire.

— Ah, pour sûr, elle saura te trouver une utilité, je n'en doute pas une seconde. Elle a de l'imagination à revendre, Mme Mack. Et puis il lui faut sa livre de chair.

— Et je pourrai rejoindre mon père en Amérique.

Lorsque je lui tenais ce genre de propos, Lily m'ébouriffait toujours les cheveux, comme mon père, ce qui me la rendait d'autant plus aimable. « Vraiment, ma poulette ? Ça, c'est de l'aventure. » Et quand elle était d'humeur particulièrement joyeuse, elle ajoutait : « Tu aurais une petite place pour moi dans ta valise ? »

Le père de Lily était, selon ses termes, un « bon à rien ». Elle était bien contente de ne plus l'avoir sur le dos. Sa mère, en revanche, était une actrice (« Façon de parler », ricanait Mme Mack lorsque cette forfanterie lui venait aux oreilles). Toute petite fille, Lily avait elle-même joué dans les tableaux historiques de la période de Noël. « On nous appelait les fées-réverbères, parce que nous étions alignées sur le devant de la scène, toutes jaunes et toutes lumineuses. »

Je voyais très bien Lily en fée, et en actrice, ce qu'elle rêvait de devenir. « Une actrice et directrice de théâtre, comme Eliza Vestris ou Sarah Lane », disait-elle en arpentant la cuisine, le menton haut et les bras écartés. Mme Mack, lorsqu'elle entendait ces discours, ne manquait jamais de lancer un torchon mouillé à l'autre bout de la pièce en grommelant : « Commence déjà par diriger ces assiettes sales dans l'évier, si tu ne veux pas tâter du fouet. »

Lily Millington avait une langue de vipère et un tempérament de feu, ainsi qu'un don spécial pour susciter la fureur de Mme Mack. Cela posé, elle avait l'esprit vif, elle était drôle et, dans les semaines qui suivirent mon réveil dans la chambre au-dessus du marchand d'oiseaux, elle fut mon ancre de miséricorde. Tout ce que touchait Lily devenait plus gai. Elle me donnait du courage. Sans elle, je n'aurais pas survécu à l'absence de mon père, j'en suis persuadée. Jusqu'alors, j'étais la fille de l'horloger. Sans lui, qui étais-je ?

Curieuse chose que l'instinct de survie chez les êtres humains… J'ai eu dans cette maison bien des occasions d'étudier in vivo la manière dont les gens supportent l'insupportable. Et j'en ai fait moi-même l'expérience. Lily Millington me prit sous son aile et le temps passa.

Mme Mack ne m'avait pas menti lorsqu'elle m'avait expliqué que chacun dans la maison contribuait aux ressources du foyer. Cependant, en raison de la nature de ses espérances à mon sujet, elle m'accorda un sursis. « Un peu de temps pour te remettre, disait-elle en adressant un hochement de tête appuyé au Capitaine, pendant que je règle un certain nombre de choses. »

En attendant, je fis de mon mieux pour éviter de me trouver sur son chemin. Pour une mère d'accueil, Mme Mack n'avait pas l'air d'apprécier les enfants, hurlant à qui voulait l'entendre que celui ou celle qui traînerait « dans ses jambes » goûterait du fouet. Les journées étaient longues et il n'y avait pas tant de recoins que cela dans la maison pour échapper aux colères de Mme Mack. Je pris donc l'habitude de suivre Lily Millington tous les matins, quand elle partait travailler. Au début, cela ne lui plut guère : j'allais la « faire prendre », craignait-elle. Puis, avec un soupir, elle se rappelait mon immense naïveté : mieux valait, disait-elle, que quelqu'un m'apprenne les rudiments du métier avant que je ne me mette dans le pétrin.

À cette époque-là, les rues de Londres n'étaient qu'un vaste chaos : omnibus à cheval, équipages de toutes les couleurs, canards et cochons que l'on conduisait au marché de Leadenhall, marchands de toutes les sortes de victuailles imaginables – cela allait des pieds de mouton jusqu'aux pâtés d'anguille, en passant par les bigorneaux marinés – vantant à tue-tête les mérites de leurs produits. En parcourant le labyrinthe des obscures allées pavées de Covent Garden, nous parvenions bientôt sur la place du marché, où des vendeurs des quatre-saisons faisaient la queue par dizaines pour acheter chez les grossistes les meilleures fraises du moment. Des porteurs du marché trimbalaient des paniers remplis de fruits et de légumes divers et des colporteurs se faufilaient dans la foule, proposant volatiles et reptiles, balais et brosses, bibles et ballades, tranches d'ananas à un penny, bibelots de porcelaine, tresses d'oignons, cannes de marche et oies vivantes.

Bientôt, j'appris à reconnaître les habitués, et Lily Millington fit en sorte que ces derniers m'identifient de même. Mon préféré était le magicien français qui s'installait un jour sur deux à l'angle sud du marché, vers le Strand. Il y avait derrière lui un étal de fermier où l'on trouvait les meilleurs œufs de Covent Garden. Par conséquent, les clients ne pouvaient pas le manquer. Ainsi, le magicien avait toujours sa part de foule. Son apparence des plus élégantes attira tout d'abord mon attention : grand, d'une minceur qu'accentuaient encore son chapeau haut de forme noir et son pantalon droit, il était vêtu d'une queue-de-pie et d'un gilet. Sa moustache traçait une double et fine boucle au-dessus de son bouc noir. Il ne parlait pas beaucoup, préférant s'exprimer d'un regard noirci par le khôl tandis qu'il faisait disparaître des pièces de monnaie de la table posée devant lui, pour les récupérer dans les capelines et les foulards de son auditoire. Il savait également subtiliser les portefeuilles et les bijoux à des spectateurs à la fois émerveillés et indignés de retrouver dans les mains de cet exotique inconnu leurs précieuses possessions.

— Tu as vu ça, Lily ? m'exclamai-je la première fois que je le vis sortir un penny de l'oreille d'un enfant. C'est de la magie !

Lily Millington se contenta de planter les dents dans une carotte qu'elle s'était procurée je ne sais où. Puis elle me conseilla de mieux observer le manège du magicien à la prochaine occasion.

— C'est de la prestidigitation, dit-elle en rejetant sa longue tresse par-dessus son épaule. La magie, c'est pour ceux qui peuvent se l'offrir, et ça, c'est pas nous.

Je n'avais toujours pas bien compris ce que signifiait ce « nous » et quelle était exactement l'occupation de Lily. Il me suffisait de savoir qu'elle était experte en la matière. Ce que j'avais compris, en revanche, c'était qu'il fallait traîner pendant des heures et que je devais parfois faire le guet pendant que Lily se plongeait quelques minutes dans la foule – intrusion quelquefois suivie d'un retour immédiat et d'une course effrénée (mais qui fuyions-nous, je n'en avais aucune idée) dans le dédale des ruelles autour du marché.

Parfois, la mission était différente. Ces jours-là, lorsque nous partions de chez Mme Mack, Lily était plus nerveuse que de coutume. On eût dit un chat affamé qui ne veut pas se laisser caresser. Je devais alors patienter en un point précis du marché, que m'assignait Lily, et l'attendre sans faillir. « Tu jures que tu bouges pas, hein ? Et tu ne parles à personne. Lily reviendra te chercher, t'en fais pas. » Je ne savais pas où elle allait, dans ces cas-là. Elle s'absentait plus longtemps que les autres fois et, lorsqu'elle réapparaissait, son visage arborait une expression énigmatique et sombre.

Je fus abordée par l'homme au manteau noir lors de l'une de ces attentes. Lily avait disparu depuis ce qui me semblait une éternité. J'avais quitté l'endroit qu'elle m'avait attribué pour m'accroupir au pied d'un mur en brique. Comme j'observais une fille qui vendait des roses, je ne remarquai l'homme au manteau noir que lorsqu'il fut à quelques centimètres de moi. Sa voix me fit sursauter.

— Oh oh ! Mais qu'avons-nous là ?

Il se pencha et me fit lever le menton d'un geste sans douceur. Les paupières plissées, il me maintint le visage tourné vers lui pour mieux l'étudier.

— Et comment t'appelles-tu, gamine ? Tu as un père ? Comment s'appelle-t-il ?

J'étais sur le point de lui répondre quand Lily, rapide comme l'éclair, s'interposa entre nous.

— Ah, te voilà, me dit-elle en m'empoignant le bras de ses doigts maigres. Je t'ai cherchée partout ! Maman attend après les œufs. Il faut qu'on les lui rapporte, maintenant.

Je n'avais pas eu le temps de dire ouf que Lily m'avait entraînée dans une folle course en zigzag dans les ruelles de Covent Garden.

Elle ne s'arrêta pas avant Seven Dials. Là, elle me fit pivoter. Son visage était marbré de plaques rouges.

— Tu lui as parlé ? Tu lui as dit quoi que ce soit, à ce type, Birdie ?

Je fis non de la tête.

— T'es sûre ?

— Il voulait savoir comment je m'appelle.

— Tu lui as dit ?

Je secouai de nouveau la tête.

Lily Millington posa les mains sur mes épaules, qui se soulevaient encore presque convulsivement – je n'avais pas retrouvé mon souffle après cette longue course.

— Ne dis jamais à personne comment tu t'appelles. Tu m'entends ? *Jamais.* Et surtout pas à ce bonhomme.

— Pourquoi ?

— Parce que c'est dangereux. Surtout ici. Ici, quand tu sors, il faut toujours être quelqu'un d'autre.

— Une illusion, en fait ?

— Exactement.

Elle me parla alors de l'asile pour pauvres dont l'homme au manteau noir était un représentant.

— S'ils apprennent la vérité, Birdie, ils t'enfermeront. Et tu ne pourras plus jamais sortir. Ils te feront travailler jusqu'à ce que tes doigts saignent et te donneront le fouet à la moindre incartade. Mme Mack, elle n'est pas toujours commode, mais il pourrait nous arriver bien pire. On m'a parlé d'une fille qui devait faire le ménage. Elle avait laissé un peu de poussière sur le plancher : eh bien, ils l'ont déshabillée et frappée avec un balai ; elle était couverte de bleus. Un autre garçon a été enfermé dans un sac et suspendu à une poutre, parce qu'il avait pissé au lit.

Les larmes m'étaient montées aux yeux ; Lily se radoucit.

— Hé, Birdie, tu ne vas pas me faire le coup des grandes eaux, quand même ? Sinon, c'est moi qui vais devoir te flanquer des claques. Mais tu dois me promettre sur ce que tu as de plus cher que jamais, ô grand jamais, tu ne donneras ton vrai nom à personne.

Je jurai le plus solennellement possible, ce qui sembla la satisfaire.

— Très bien, fit-elle en hochant la tête. Maintenant, on rentre.

Nous nous engageâmes dans Little White Lion Street. Lorsque nous fûmes arrivées à proximité du magasin de l'oiselier, Lily reprit la parole.

— Encore une chose, pendant qu'on y est. Ne va pas raconter à Mme Mack que je t'ai laissée toute seule un long moment, hein ?

De nouveau, je promis solennellement.

— Elle a ces « grandes espérances » pour toi et je pense qu'elle me couperait en deux si elle savait ce que je fabrique.

— Qu'est-ce que tu fabriques, Lily ?

Elle me transperça du regard pendant quelques secondes avant de se pencher à mon oreille, si près que je perçus l'odeur aigre de sa transpiration.

— J'économise, souffla-t-elle. Travailler pour Mme Mack, c'est très bien. Mais si tu ne mets pas un peu de côté pour toi, tu ne seras jamais libre.

— Tu vends des choses, Lily ?

Je me méfiais un peu : elle n'avait ni panier de fleurs, ni poissons, ni fruits, contrairement aux autres vendeurs de rue.

— D'une certaine façon.

Elle n'alla jamais plus loin dans ses confidences. Mme Mack disait toujours que Lily Millington n'avait pas « sa langue dans sa poche » mais, quand elle le voulait, elle savait l'y remettre, justement.

De toute façon, je n'eus pas vraiment la possibilité d'en savoir plus sur ses affaires. Nous nous connaissions depuis six semaines à peine lorsqu'elle fut tuée par un marin ivre qui ne voulait pas payer le prix auquel elle monnayait ses services. Ironie du sort, je m'étais liée pour l'éternité à une fille dont je ne connaissais presque rien. Mais elle m'est chère, Lily Millington, car elle m'a donné son nom – son bien le plus précieux.

Bien qu'elle n'eût pas un sou en poche, Mme Mack avait des manières que l'on ne peut décrire que comme pompeuses ; elle se donnait des airs. Il se racontait sous son toit des histoires ayant trait au triste sort de sa famille, laquelle, deux générations plus tôt, aurait été destinée à une brillante ascension ; hélas, une cruelle infortune l'avait privée de son vrai rang dans la société.

Et comme il convenait à une femme d'une si honorable lignée, elle gardait une pièce avec vue sur la rue qu'elle appelait son « salon » et dans laquelle elle investissait les quelques pennies qu'elle parvenait à épargner. Des coussins de toutes les couleurs, des meubles en acajou, des papillons embrochés sur fond de velours, des cloches recouvrant des écureuils empaillés pour l'éternité, des portraits signés de divers membres de la famille royale et toute une collection de verres, de coupelles et de vases en cristal très légèrement fêlés. Ce salon était un lieu sacré où les enfants n'avaient pas le droit d'entrer, à moins d'y avoir été spécifiquement convoqués. Ce qui ne se produisait jamais. De fait, hormis Mme Mack, les deux seules personnes autorisées à pénétrer dans ce sanctuaire étaient le Capitaine et Martin. Et le chien de Mme Mack, naturellement, un vautre, venu d'un bateau qui faisait escale à Londres : elle l'avait baptisé Grendel, ayant entendu ce nom dans un poème et l'ayant trouvé joli. Mme Mack avait pour ce chien une adoration béate que je ne l'ai jamais vue démontrer à l'égard d'un être humain. Après Grendel, celui qu'aimait le plus Mme Mack était son fils, Martin, qui avait trois ans de plus que moi – soit dix quand je fus envoyée chez sa mère, dans leur appartement de Little White Lion Street. Martin était grand pour son âge. On eût dit qu'il occupait plus d'espace qu'il ne fallait. C'était un garçon d'une intelligence très moyenne et d'une aptitude à la bonté plus médiocre encore. Malgré tout, il avait été doté par la nature d'une ruse considérable, qualité qui, en ces lieux et à cette époque, était une bénédiction. Sans doute aujourd'hui encore, d'ailleurs.

J'ai eu maintes occasions depuis de me demander ce qu'il serait advenu de Martin s'il s'était trouvé dans une autre situation. S'il était né, par exemple, sous le même toit que Joe, le Prince Pâle, serait-il devenu un jeune homme aux goûts raffinés, aux manières exquises ? Je suis presque sûre que la réponse est oui, car il aurait très certainement appris les méthodes et revêtu le masque nécessaires à sa survie, et même à sa prospérité, dans quelque rang que lui eût assigné la société. Tel était le principal talent de Martin : une aptitude innée à sentir la direction du vent et à orienter le gouvernail de manière à faire avancer sa barque.

Sa conception avait dû être immaculée, car personne ne mentionnait jamais son père. Mme Mack désignait toujours son fils d'un « Martin, mon garçon » plein de fierté. Leur lien de parenté était aussi manifeste qu'était semblable l'appendice nasal qui ornait leur visage. Mais tandis que Mme Mack était d'un optimisme constant, Martin considérait la vie avec beaucoup moins d'entrain. Il ne voyait que pertes, jamais profits : lorsqu'on lui offrait un cadeau, il se morfondait en pensant à ceux qu'il n'avait pas reçus. Je dois dire que ce trait de caractère lui fut fort utile dans notre quartier de la capitale.

Je vivais chez eux, au-dessus du magasin de l'oiselier, depuis deux mois déjà – Lily était morte deux semaines plus tôt – lorsqu'un soir je fus conviée dans le salon de Mme Mack.

J'approchai du seuil avec la plus grande inquiétude, car j'avais vu maintenant ce qu'il advenait des enfants qui déplaisaient à Mme Mack. La porte était entrouverte et je collai un œil à l'étroite fente, comme je l'avais vu faire à Martin lorsque Mme Mack recevait l'un de ses « partenaires en affaires ».

Le Capitaine était à la fenêtre qui donnait sur la rue et dissertait sur l'un de ses sujets de prédilection, les brouillards exceptionnels de l'hiver 1840.

— Tout n'était plus que blancheur, disait-il. Les navires, semblables à des fantômes, se cognaient les uns aux autres sur le fleuve.

Grendel était étendu sur le canapé, Martin, assis, épaules voûtées, sur un tabouret à trois pieds, se rongeait les ongles, et Mme Mack, que je ne vis qu'après les deux autres, était installée au fond de sa bergère à oreilles, près de la cheminée. Depuis quelque temps, elle poursuivait un travail d'aiguille qu'elle ne voulait montrer à personne, répondant à quiconque la questionnait de bien vouloir se mêler de ses affaires, « sans quoi j'irai mettre mon nez dans les vôtres ».

J'avais dû m'appuyer trop fort sur la porte, car elle s'ouvrit avec un brusque grincement.

— Ah, te voilà, toi, dit Mme Mack en lançant un regard avisé à Martin et au Capitaine. Les petits pichets ont de grandes oreilles.

Elle planta son aiguille dans le tissu d'un ultime et triomphal élan, puis trancha le fil d'un coup de dents et en noua le bout.

— Viens donc par ici, petite, que je voie à quoi tu ressembles.

Je me précipitai vers elle. Mme Mack déroula l'ouvrage auquel elle avait donné la dernière main : sous mes yeux apparut une robe. Jamais je n'en avais vu de si belle, depuis que j'étais trop grande pour porter celles que ma mère avait si soigneusement ravaudées de son vivant.

— Retourne-toi, petite. Lève les bras. On va voir comment elle te va.

Mme Mack défit le bouton du col de ma robe et me la tira par-dessus les bras et la tête. Il ne faisait pas froid dans son salon, mais lorsque la jolie robe me retomba le long du corps je sentis un frisson me parcourir.

Que m'arrivait-il ? Pourquoi avais-je soudain droit à un cadeau si extravagant, si magnifique ? Je savais qu'il valait mieux ne pas poser de questions. De minuscules boutons de nacre se fermèrent au creux de ma nuque ; une large ceinture en satin du bleu le plus clair me ceignit la taille.

Je sentais Mme Mack dans mon dos, son souffle chaud et lourd, tandis qu'elle s'efforçait d'ajuster sa création. Lorsqu'elle eut fini, elle me fit pivoter par les épaules et, m'ayant de nouveau sous les yeux, lança à la cantonade :

— Alors ?

— Oh, c'est qu'elle est mignonne comme tout, fit le Capitaine en toussotant, dents serrées sur sa pipe. Et avec cette jolie petite voix toute sucrée… C'est la première fois qu'on en a une de ce genre. Une vraie petite dame.

— Non, pas encore.

Telle fut la réponse de Mme Mack, non dépourvue d'excitation.

— Mais avec une bonne dose d'huile de coude, quelques leçons de maintien et deux ou trois rubans dans les cheveux, elle pourrait bien passer pour telle. Une vraie gravure ! Hein, Martin ?

Je croisai le regard de Martin : oh, que je n'aimais pas la façon dont il me lorgnait.

— Et que dis-tu des poches, petite ? Tu as pu trouver les poches ?

Je glissai les mains le long de la robe. Du bout des doigts, je finis par trouver les ouvertures. Elles étaient immenses, ces poches. Il me fallut plonger les bras jusqu'au coude pour en trouver le fond. On eût dit que Mme Mack avait cousu des sacs dans les jupons.

Cela m'intrigua, mais c'était de toute évidence volontaire, car Mme Mack éclata de rire avant d'échanger des regards avec les deux autres personnes présentes. Elle exultait.

— Alors, dit-elle avec un petit coup de langue qui trahissait une satisfaction féline. Vous avez vu ? Hein, vous avez vu ?

— Eh bien ça ! s'exclama le Capitaine. Bien joué, madame Mack. La petite est charmante et personne ne se douterait de quoi que ce soit, à la voir. Je vous prédis une excellente récolte. Les gens se battront pour aider cette pauvre petite qui a perdu son chemin.

Enfin, mon visiteur se réveille.

Je crois que je n'en ai jamais eu un qui répugne tant à se lever et à commencer sa journée. Pas même Juliet, qui se cramponnait aux dernières minutes quand ses enfants étaient déjà debout à courir dans tous les sens…

Je vais me rapprocher du chevet, voir si cela aide. Ce n'est pas plus mal d'en avoir le cœur net. Certains sont très peu sensibles ; quand je les effleure, ils n'ont pas une réaction. À l'inverse, certains sentent ma présence sans le moindre indice, comme mon jeune ami du temps des avions et des bombes, l'enfant qui me faisait tant penser à Joe, le Prince Pâle.

Eh bien, expérimentons. Je vais remonter le long du lit, doucement, et voir ce qui se passe.

Résultat : mon visiteur frissonne, se renfrogne, sort lentement du lit et décoche des regards assassins à la fenêtre, comme s'il voulait châtier la brise.

Cela rend ma tâche plus difficile mais, d'une certaine manière, cela me plaît. Ô vanité qui demeure ! C'est toujours agréable d'être remarquée.

Il ôte ses boules Quies et se dirige vers la salle de bains.

La photographie des deux fillettes trône désormais sur l'étagère, au-dessus du petit lavabo. Lorsqu'il a fini de se raser, il s'interrompt et s'empare du cliché. On lui pardonnerait n'importe quoi, à voir son visage changer d'expression quand il contemple les deux enfants.

Je l'ai entendu qui discutait de nouveau avec Sarah, hier soir. Il était moins patient que la fois précédente. « C'était il y a des lustres. L'eau a coulé sous les ponts. » Puis il a baissé la voix, adoptant un ton très lent, très calme, plus terrible que s'il avait hurlé. « Mais, Sar ! Les filles ne savent même pas qui je suis. »

Il a dû finir par la convaincre, car ils ont pris rendez-vous pour déjeuner ce jeudi.

Après avoir raccroché, il m'a paru nerveux, comme si cette victoire n'était pas de celles qu'il avait prévu de remporter. Il a pris une bouteille de bière et il est allé s'asseoir à l'une de ces tables de pique-nique en bois que l'Association des historiens d'art a fait installer dans la clairière, près du pommier sauvage, au-dessus du Hafodsted. Les samedis, l'endroit est bondé de visiteurs qui font de leur mieux pour ne pas renverser les plateaux chargés de tasses de thé, de scones et de sandwichs achetés au café aménagé dans la vieille grange, là où les petites pensionnaires, autrefois, organisaient leurs spectacles. Mais dans la semaine, l'aire de pique-nique est déserte. Qu'il avait l'air seul, les épaules tendues, courbées, tandis qu'il buvait sa bière en regardant la rivière aux flots gris acier, dans le lointain.

Il m'a rappelé Leonard, un autre été, il y a bien longtemps, juste avant que Lucy ne fasse don de la maison et de son administration à l'association. Leonard était assis exactement au même endroit, le chapeau tiré sur le front, la cigarette constamment collée au coin des lèvres. Il portait un sac de voyage, et non pas une valise. Tous ses effets y étaient soigneusement rangés, sans aucun superflu. Il avait été soldat, ce qui explique bien des choses.

Mon jeune homme est allé dans la cuisine pour faire chauffer l'eau du thé. Il va aller trop vite, en renverser un peu sur le banc, se traiter d'idiot, mais sans amertume. Puis il avalera quelques grandes gorgées, bruyamment, avant de laisser le reste refroidir au fond du mug ; il l'oubliera sur le rebord de la fenêtre le temps de se doucher.

Je veux savoir ce qu'il est venu faire ici, ce qu'il fabrique avec sa pelle, et si les photographies qu'il prend sont en rapport avec son travail. Lorsqu'il repartira, avec sa pelle et le sac marron dans lequel il entrepose son matériel photo, j'attendrai. Mais je suis moins patiente. Je me contente moins volontiers d'observer.

Quelque chose a changé. Je ne sais où. Je le sens, comme je sentais les changements de temps. On dirait une modification de la pression atmosphérique.

Je me sens *liée*.

Comme si quelqu'un ou quelque chose avait actionné un interrupteur. Je ne sais ce qui va venir, mais je sais que cela approche.

Chapitre 8

Elodie, été 2017

Elodie était assise à la fenêtre de son appartement, la mantille de sa mère sur la tête ; elle regardait le fleuve qui descendait lentement vers la mer. C'était l'un de ces rares et parfaits après-midi à l'atmosphère imprégnée d'un parfum d'herbe coupée et de linge propre ; des milliers de souvenirs d'enfance scintillaient dans la lumière languissante. Mais ce n'était pas au passé que songeait Elodie.

Pippa n'avait toujours pas fait son apparition High Street. Cela faisait une heure qu'elle avait appelé, sans fournir de détails. Elle avait quelque chose à donner à Elodie, s'était-elle contentée de dire. Sa voix était haletante – ce qui était aussi insolite que sa proposition de faire le trajet jusqu'à Barnes un samedi soir. Depuis, aucune nouvelle. Elodie n'arrivait pas à retrouver son calme.

Ce week-end-là, tout défiait la routine. La découverte de la boîte dans le vestiaire désaffecté, du carnet à dessin et de la photographie avait chamboulé les événements.

Tip avait continué de marteler qu'il ne connaissait pas la femme en blanc sur la photographie. Lorsque Elodie avait insisté, il s'était refermé comme une huître. À la première occasion, il l'avait poliment chassée de l'atelier en grommelant dans sa barbe. Il allait être en retard pour le magasin, et oui, bien sûr, il viendrait au mariage, il ne fallait pas qu'elle s'inquiète. Pourtant, impossible de se tromper sur l'expression de son visage lorsqu'il avait vu le cliché. Un éclair de reconnaissance l'avait traversé. Et cela reliait de façon cruciale cette femme au dessin de la maison, même si Elodie ne savait pas exactement comment. Car Tip connaissait la maison. Il y avait séjourné, enfant, avec sa mère, son frère et sa sœur.

En sortant de chez Tip, Elodie était repartie directement chez Stratton, Cadwell & Co. Elle avait composé le code du week-end et s'était faufilée dans les bureaux. À l'entresol, il faisait encore plus froid et plus sombre que de coutume, mais Elodie n'était pas restée très longtemps. Elle avait récupéré la photographie, qui se trouvait encore dans la boîte rangée sous son bureau, et le carnet à dessin, déjà archivé. Cette fois, elle n'avait pas ressenti la moindre culpabilité. Elle n'aurait su dire pourquoi, mais ces deux reliques lui appartenaient, d'une certaine manière. Il était écrit qu'un jour Elodie Winslow les sauverait de l'oubli.

Elle reprit le cadre dans le creux de sa main et son regard croisa celui de la jeune femme, qui ne s'était toujours pas départie de son sourire insolent. *Retrouve-moi*, semblait-elle dire. *Découvre qui je suis, si tu peux.* Elodie retourna le cadre et passa le bout du doigt sur les fines éraflures qui zébraient le métal. Il y en avait des deux côtés, presque jumelles, comme si quelqu'un s'était servi d'une épingle. Étaient-elles donc intentionnelles ?

Elodie reposa la photo sur le rebord de la fenêtre, comme James Stratton sans doute aurait pu le faire.

Stratton, Radcliffe, la jeune femme en blanc… Ces trois-là étaient liés, mais de quelle façon ?

La mère d'Elodie, le jeune Tip évacué de Londres, l'ami qui lui avait raconté l'histoire de la maison sur la Tamise…

Le regard pensif d'Elodie se porta de nouveau au loin, vers son méandre du fleuve. Combien de fois l'avait-elle ainsi contemplée, la Tamise ? Des dizaines de fois. Le souvenir lui en revint vaguement. Le fleuve était le porteur silencieux de tant d'espoirs, de souhaits – et de chaussures dépareillées, d'argenterie perdue, de réminiscences. Dont l'une jaillit brusquement dans son esprit. Une belle journée d'été, la brise lui caressant la peau… elle était toute petite et pique-niquait avec son père et sa mère au bord du fleuve…

Elle effleura du doigt les festons de la mantille, si lisses. Sa mère avait probablement eu le même geste machinal, trente ans plus tôt, sous le porche de l'église, qui sait, en attendant de remonter vers l'autel au bras de son fiancé. Quelle musique avait résonné dans l'église en cet instant ? Elle n'avait jamais songé à poser la question à son père.

Elodie avait passé l'après-midi à regarder les cassettes, ne s'interrompant que lorsque Pippa l'avait appelée. Ses pensées étaient ivres encore de la mélodie du violoncelle. « Ce sera presque comme si elle était encore parmi nous », avait dit Penelope. Erreur complète. Elodie s'en rendait bien compte à présent.

Si elle avait vécu, Lauren Adler aurait eu presque soixante ans. Adieu jeunesse et teint frais, adieu rire juvénile. Sa chevelure aurait commencé à grisonner, sa peau à se flétrir. La vie lui aurait imposé ses marques, sur le corps, sur l'esprit. L'émotion, l'exubérance des vidéos se seraient sans aucun doute apaisées. Les gens auraient continué à s'extasier à voix basse sur son *génie*, son *talent unique*, mais ils n'auraient pas, d'une voix plus sourde encore, ajouté ce mot qui sanctifie toute chose, *tragédie*.

C'était à cela que pensait Pippa quand elle s'était interrogée sur l'opportunité de diffuser ces extraits au mariage. Ce n'était pas de la jalousie, ce n'était pas de la méchanceté, bien au contraire. Elle avait pensé à son amie. Elle avait compris, avant Elodie, que cela ne ferait jamais revenir la mère auprès de sa fille au jour de son mariage. Celle qui apparaîtrait, ce serait Lauren Adler la musicienne, violoncelle à la main. Elle précéderait sa fille sur scène et cette dernière suivrait dans l'ombre immense portée par la morte.

L'interphone se mit à sonner ; Elodie se leva d'un bond pour répondre.

— Oui ?

— C'est moi !

Elodie appuya sur le bouton et ouvrit la porte de son appartement. Le léger courant d'air lui apporta les bruits familiers de la ville et le vague fumet du *fish and chips* ; du palier, elle entendit Pippa qui montait précipitamment l'escalier.

— Doux Jésus, qu'est-ce qu'il me donne faim, cet escalier. Superbe mantille ! haleta Pippa, tout essoufflée.

— Merci. J'hésite encore. Un thé, un café ?

— Un verre de vin.

Pippa fourra une bouteille de pinot noir dans les mains de son amie.

Laquelle ôta la mantille pour la disposer sur le dossier du canapé. Elle servit le vin dans des verres sans pied et en apporta un à Pippa, qui s'était perchée sur l'appui de fenêtre et étudiait, le front plissé, la photographie de la femme en blanc.

— Alors ? demanda Elodie.

L'attente avait réduit à néant toute envie de bavardage préliminaire.

— Alors..., répondit Pippa en posant le cadre, les yeux à présent tournés vers son amie. Alors j'ai croisé Caroline hier, à la soirée de lancement dont je t'ai parlé. Je lui ai montré la photo que j'avais prise ; la jeune femme lui évoque quelque chose. Rien de précis pour le moment, mais elle confirme que le style du cliché est bel et bien typique des années 1860 ; plus exactement, et comme nous le pensions, il rappelle le travail des préraphaélites ou de la fraternité Magenta. Elle me dit qu'elle a besoin de voir l'original pour pouvoir donner une date plus précise et que le papier photographique peut aider à déterminer l'identité de l'auteur. Je lui ai aussi parlé de Radcliffe. Je pensais au carnet à dessin que tu avais trouvé avec la photo, à la possibilité qu'il puisse nous renseigner sur l'œuvre perdue de Radcliffe… Et Caroline m'a dit qu'elle avait pas mal de livres sur la fraternité Magenta et que je pouvais passer les prendre, si je voulais.

— Et alors ?

Pippa se mit à fouiller dans son sac à dos. Elle en tira un vieux livre, dont la jaquette tombait en lambeaux. Elodie réprima une grimace d'effroi tandis que son amie ouvrait le volume d'un geste brusque, n'hésitant pas à casser le dos, et le feuilletait sans plus de précautions – le papier était si jauni, si fragile d'apparence.

— Elodie, regarde, dit Pippa en s'arrêtant sur une illustration pleine page, qu'elle poignarda d'un index conquérant. C'est elle. C'est la jeune femme de la photo.

Le bord de la reproduction était piqué de nombreuses rousseurs, mais le tableau était intact. *La Belle au bois dormant*, indiquait la légende. Et l'artiste n'était autre qu'Edward Radcliffe. La belle du titre était allongée sous une fabuleuse tonnelle, au sommet d'un arbre, toute en feuilles et boutons de fleurs qui semblaient attendre, figés dans la stase, le moment de leur éclosion. Des insectes et des oiseaux surgissaient çà et là des rameaux entrelacés. De longs cheveux roux flottaient autour du visage endormi, glorieux dans son immobilité. Les yeux étaient clos, mais les traits du visage – les pommettes élégantes, l'arc des lèvres – ne laissaient aucune place au doute.

— C'était donc son modèle, murmura Elodie.

— Son modèle, sa muse et, s'il faut en croire cet ouvrage (Pippa tourna les quelques pages qui la séparaient du chapitre mentionnant l'information), sa maîtresse.

— La maîtresse de Radcliffe ? Comment s'appelait-elle ?

— D'après ce que j'ai pu glaner comme informations ce matin, la réponse n'est pas si simple. Elle ne posait pas sous son vrai nom. L'auteur dit qu'elle était connue comme Lily Millington.

— Pourquoi utiliser un pseudonyme ?

Pippa haussa les épaules.

— Peut-être venait-elle d'une honorable famille qui n'approuvait pas ce type d'occupation. Ou alors c'était une actrice qui se servait déjà d'un nom de scène. Elles étaient nombreuses à poser pour les peintres.

— Qu'est-elle devenue ? L'auteur donne une réponse ?

— Je n'ai pas eu le temps de tout lire, mais j'ai quand même fait quelques incursions sérieuses dans le texte. L'auteur commence par dire qu'il est difficile d'en savoir plus sur elle, puisque son vrai nom est un mystère… Ce qui ne l'empêche pas de proposer l'hypothèse suivante : elle a brisé le cœur de Radcliffe en lui volant des bijoux, de famille qui plus est, et en s'enfuyant aux États-Unis avec un autre homme.

Elodie repensa à l'article de Wikipédia, au cambriolage raté qui avait coûté la vie à la fiancée du peintre. Elle retraça brièvement l'histoire pour Pippa.

— Tu crois que c'est le même incident ? Et que la pseudo-Lily y a été mêlée d'une façon ou d'une autre ?

— Aucune idée. C'est possible, mais il faut se méfier de toutes ces hypothèses. J'ai aussi fait une recherche rapide sur JSTOR. J'ai trouvé au moins une critique qui souligne le fait que l'auteur de cet ouvrage s'est fié à une seule et unique source, anonyme de surcroît, pour présenter des éléments complètement inédits. Ce qui peut nous servir, en revanche, c'est le tableau qui représente notre jeune femme en blanc. Là, nous avons un lien incontestable entre elle et Radcliffe.

Elodie hocha la tête, même si elle pensait désormais à la confidence inachevée qu'elle avait trouvée entre les pages du carnet à dessin, les quelques lignes désespérées qui chantaient l'amour, la folie, la peur. Radcliffe les avait-il griffonnées après la disparition de « Lily Millington », la femme en blanc, son modèle ? Était-ce elle qui lui avait brisé le cœur en fuyant en Amérique avec les bijoux de famille des Radcliffe, et non pas la petite fiancée au plaisant visage ? Et que dire de Stratton ? Quelle était la nature de sa relation avec « Lily » ? Car c'était lui qui avait conservé le cadre contenant sa photographie, soigneusement dissimulé dans la sacoche d'Edward Radcliffe.

Pippa alla récupérer la bouteille de pinot noir dans la cuisine et remplit les deux verres.

— Elodie, ce n'est pas tout. J'ai autre chose à te montrer.

— Un livre ?

— Non, pas un livre.

Elle se rassit. Il y avait maintenant dans ses gestes une hésitation discrète, bien peu naturelle, qui éveilla la méfiance d'Elodie.

— Je me suis permis de dire à Caroline que je lui posais toutes ces questions pour ton compte, qu'elles étaient relatives à tes découvertes dans les archives Stratton. Elle a toujours eu de la sympathie pour toi.

Pippa en rajoutait, songea Elodie. Caroline la connaissait à peine.

— Je lui ai raconté que je m'occupais de ta robe et nous avons discuté de ton mariage, des enregistrements de ta mère, de la musique, de ce que tu devais ressentir en regardant tous ces concerts… Et je me suis rendu compte que Caroline ne me répondait plus. Je me suis inquiétée : avais-je dit quelque chose qui l'avait heurtée ? Mais tout à coup, elle s'est excusée, elle est allée un moment dans son atelier. Elle en a rapporté…

— Quoi donc ?

Pippa fouilla de nouveau dans son sac à dos et finit par en sortir une mince chemise en plastique translucide.

— Une photographie qu'elle a prise. Elodie... c'est une photo de ta mère.

— Caroline connaissait ma mère ?

— Non, fit Pippa en secouant la tête. C'est un pur hasard. Elle m'a dit qu'elle n'avait appris que bien plus tard qui étaient les gens sur la photo.

— Les gens ?

Pippa ouvrit la bouche, puis se ravisa, préférant tendre le dossier à Elodie.

Le cliché noir et blanc qu'il contenait était plus grand que la moyenne. Les contours irréguliers, les repères de cadrage : Elodie comprit immédiatement qu'il s'agissait d'un tirage d'après négatif. On y voyait un homme et une femme plongés dans une conversation intense. Ils étaient assis tous les deux en plein air, dans la nature. Il y avait une abondance de vigne vierge avec, à l'arrière-plan, l'angle d'une grande bâtisse de pierre. Par terre, une couverture de pique-nique, un panier, quelques papiers gras, restes d'un repas. La femme portait une jupe longue et des sandales à lanières. Elle était assise jambes croisées, torse penché vers l'avant, coude posé sur le genou, visage légèrement tourné vers l'homme à son côté. Le menton levé, les commissures des lèvres retroussées sur ce qui semblait être un début de sourire. Un rayon de lumière perçait les feuillages, illuminant doucement la scène. L'image était splendide.

— Elle l'a prise en juillet 1992, dit Pippa.

Elodie ne répondit pas. Elle et son amie connaissaient fort bien l'importance de cette date : c'était le mois et l'année de la mort de Lauren Adler. En ce mois de juillet 1992, quelques semaines – quelques jours peut-être – avant sa mort, elle s'était retrouvée dans un creux de verdure, à discuter, à rire avec un homme. Le violoniste américain, celui-là même avec lequel elle devait périr dans un accident de voiture, quelque part entre Bath et Londres.

— Caroline me dit que c'est l'une de ses photos favorites. La lumière, les expressions des visages, le décor…

— Comment a-t-elle… Où a-t-elle pris ce cliché ?

— À la campagne, près d'Oxford. Un jour qu'elle se promenait, elle les a vus, au détour d'un chemin. Elle n'a même pas pris le temps de réfléchir : elle a braqué son objectif sur eux et capturé ce moment.

Ce ne fut que plus tard que les questions vinrent à Elodie. Pour l'heure, elle était trop décontenancée par cette nouvelle facette de sa mère. Sur la photo, Lauren n'avait pas l'air d'une célébrité, mais d'une jeune femme plongée dans une discussion intime. Elodie voulait simplement en absorber tous les détails. Le bord de la jupe de sa mère frôlant sa cheville nue, la manière dont le fin bracelet de sa montre lui glissait sur le poignet, l'élégante fluidité de sa main tendue vers le violoniste.

Le cliché lui en rappela un autre, découvert dans les affaires de son père lorsqu'elle avait dix-huit ans. C'était sa dernière année au lycée et la responsable du journal de l'école avait voulu joindre aux photos de classe de tous les élèves leur portrait enfant. M. Winslow, qui n'était guère ordonné, avait entassé dans des boîtes rangées en bas de l'armoire à linge des décennies de photos de famille, encore stockées dans leurs enveloppes Kodak. Il s'était toujours promis de les classer pendant l'hiver, un jour de pluie, sans jamais y parvenir.

D'une de ces boîtes, Elodie avait extrait une collection de clichés jaunis, format carré, montrant un groupe de jeunes gens qui riaient, autour d'une table constellée de bougies en berne et de bouteilles de vin aux formes élégantes. Une banderole de Nouvel An flottait au-dessus des têtes. Elodie avait parcouru la pile de photos, remarquant, émue, le pull à col roulé et les pattes d'ef de son père, la minceur et le sourire énigmatique de sa mère. Puis il y avait eu ce cliché où son père ne figurait pas : parce qu'il était derrière l'objectif, peut-être ? C'était la même table, la même banderole, mais sa mère à présent était assise près d'un homme aux yeux sombres, à l'expression intense : le violoniste, encore lui. Sa mère et lui discutaient.

La main gauche de Lauren, saisie en plein mouvement, était floue. Elle parlait toujours avec les mains – des mains que, enfant, Elodie avait toujours trouvées petites et délicates, des oiseaux voletant et virevoltant de concert avec les pensées de sa mère.

En regardant cette photo, Elodie avait tout de suite compris. Une intuition profonde, primaire. Le courant passait entre ces deux-là, cela crevait les yeux. Elodie n'en avait pas parlé à son père, lui qui avait tant perdu. Mais la photographie avait laissé sa marque d'ombre. Quelques mois plus tard, en regardant avec M. Winslow une comédie dramatique française sur l'infidélité, Elodie avait émis un commentaire acerbe sur les femmes adultères. D'un ton plus sec et plus violent qu'elle ne l'eût souhaité. C'était une forme de défi : elle souffrait pour son père tout en éprouvant de la colère contre lui, d'une certaine façon. Et contre sa mère. Mais M. Winslow n'avait pas mordu à l'hameçon. « La vie est un long fleuve, avait-il répondu d'une voix calme. Et pas toujours tranquille. » Il n'avait pas détourné les yeux de l'écran. « Ce n'est pas toujours facile d'être un humain. »

— Pippa, reprit Elodie, comment se fait-il que le cliché de Caroline n'ait jamais été publié, étant donné la célébrité du sujet, et celle de la photographe ? D'autant que tu me dis toi-même que c'est une de ses photos préférées.

— J'ai posé la question à Caroline. Elle me dit qu'elle a développé la pellicule et effectué ses tirages quelques jours plus tard ; elle trouvait les photos magnifiques. Elle se souvient qu'en voyant l'image apparaître dans le bac du révélateur elle s'est dit qu'elle avait réussi une de ces rares photographies où tout vibre au même diapason : les sujets, la composition, la lumière. Le soir même, elle a allumé la télévision. Une partie du journal était consacrée à l'enterrement de ta mère. Caroline n'avait jamais fait le lien. Mais quand le visage de Lauren est apparu à l'écran, elle a senti un frisson lui glacer les os. D'autant que l'homme sur la photo était mort dans le même accident. Et qu'elle les avait vus, tous les deux, quelques jours avant…

Pippa eut un sourire navré.

— C'est à cause de l'accident qu'elle n'a jamais publié ce cliché ?

— Au vu des circonstances, elle trouvait cela gênant. Et puis, il y avait toi.

— Moi ?

— On te voyait dans le reportage sur l'enterrement de ta mère. Tu tenais la main de ton père et vous entriez, tous les deux, dans l'église. Quand elle vous a vus, elle a compris qu'elle devait garder cette photo pour elle.

Elodie repensa aux deux jeunes gens dans leur creux de verdure. Le genou de sa mère contre celui de l'homme. L'intimité qui se dégageait de cette scène, la familiarité, l'aisance de leurs postures. Caroline avait-elle deviné ce qu'avait sans doute été leur relation ? Cela expliquait-il pour partie son désir de ne pas publier la photo ?

Pippa rompit le silence.

— Elle a souvent repensé à toi, depuis, m'a-t-elle confié. Elle se demandait ce que tu devenais. Un lien s'était noué entre elle et toi, à cause de la photo, de l'accident. Parce qu'en prenant ce cliché-là en ce jour précis, en préservant ce moment particulier entre ces deux êtres-là, elle avait intégré leur histoire. Lorsqu'elle s'est rendu compte que nous étions amies, toi et moi, puis lorsque tu es venue voir mon expo de fin de diplôme, elle m'a dit qu'elle voulait absolument te rencontrer.

— Ah, c'est donc pour cela qu'elle a dîné avec nous, ce soir-là ?

— Oui, même si, à cette époque, je ne le savais pas.

Le soir de l'expo, Elodie avait été surprise par la présence de Caroline à leur dîner. Cette artiste accomplie dont Pippa parlait si souvent et en des termes si élogieux ! Il y avait de quoi intimider la discrète Elodie. Mais l'affable Caroline l'avait vite mise à l'aise, et puis, il y avait du charme dans cette cordialité sans fard. Caroline l'avait questionnée sur James Stratton, sur son métier d'archiviste, écoutant ses réponses avec un intérêt qui n'était pas feint. Caroline avait beaucoup ri – un joli rire, musical et plein d'entrain, qui avait donné à Elodie l'impression d'être pour une fois intelligente et spirituelle.

— Elle voulait faire ma connaissance à cause de ma mère ?

— Eh bien, oui... Mais pas à la manière habituelle. Caroline aime les jeunes gens. Elle s'intéresse à leur carrière, à leurs espoirs, elle en tire aussi son inspiration. Raison pour laquelle elle continue d'enseigner. Mais toi, c'était un peu plus que cela. Elle se sentait liée à toi à cause de ce qu'elle avait vu et photographié... et à cause de ce qui s'était passé par la suite. Elle aurait voulu te parler de la photo quand elle t'a rencontrée, la première fois.

— Pourquoi ne l'a-t-elle pas fait ?

— Elle avait peur que le coup ne soit trop dur pour toi. Que cela puisse te faire du mal. Mais quand je lui ai parlé de toi ce matin – le mariage, les enregistrements, ta mère – elle m'a demandé mon avis.

Elodie se pencha de nouveau sur la photo. Caroline, disait Pippa, avait tiré le cliché sans trop attendre, le matin des funérailles de Lauren Adler. Et cependant Lauren était là, jeune femme heureuse partageant un pique-nique avec le violoniste américain. Ils s'étaient produits à Bath le

15 juillet ; ils étaient morts le lendemain. La photo, sans doute, avait été prise alors qu'ils rentraient à Londres. Ils s'étaient arrêtés en chemin pour se restaurer. Cela expliquait qu'ils aient choisi des petites routes de campagne.

— J'ai dit à Caroline que tu serais sans doute heureuse de récupérer cette photo.

Oui, Elodie en était heureuse. Sa mère avait été saisie par des milliers d'objectifs et ce cliché, elle s'en rendait compte à présent, était le dernier de cette longue série. Ce n'était pas une photo posée ; Lauren avait l'air incroyablement jeune, plus que sa fille ne l'était à présent. Caroline l'avait saisie dans un moment d'intimité. Sans violoncelle en vue, elle n'était plus tout à fait Lauren Adler.

— Tu as bien fait, dit Elodie. Remercie Caroline de ma part.

— Bien sûr.

— Merci pour la photo, Pippa.

Pippa eut un sourire.

— Et pour le livre, aussi. Merci d'avoir fait tout ce chemin pour me les apporter. Je sais que c'est une véritable expédition.

— Le fait est qu'il va me manquer, cet appart. Même si c'est le bout du monde. Comment ta proprio prend-elle la chose ?

Elodie s'empara de la bouteille.

— Je te ressers ?

— Doux Jésus. Tu ne l'as pas encore prévenue.

— J'en suis incapable. Pas avant le mariage. Je ne veux pas la perturber. Elle s'est tellement impliquée dans le choix du texte qu'elle veut lire…

— Tu préfères qu'elle découvre le pot aux roses à la fin de votre lune de miel, quand elle s'apercevra que tu ne reviens pas ?

— Je sais. Ça me rend horriblement triste.

— Ton bail dure encore… ?

— Deux mois.

— Et donc, ton idée, c'est de…

— D'aller jusqu'au bout comme si de rien n'était, en espérant qu'une idée de génie me tombera dessus dans l'intervalle, j'imagine.

— Ça, c'est de la stratégie.

— Mais je peux aussi renouveler mon bail et revenir deux fois par semaine pour récupérer mon courrier. Monter à l'appart et m'installer à la fenêtre, comme d'habitude. Je peux même laisser tous mes meubles, mon vieux fauteuil en pièces et mes mugs dépareillés.

Pippa eut un sourire compréhensif.

— Alastair va peut-être changer d'avis ?

— Peut-être.

Elodie resservit son amie. Elle n'avait aucune envie d'aborder le sujet d'Alastair. Avec Pippa, cela finissait toujours par un interrogatoire qui donnait à Elodie l'impression de céder trop facilement. Pippa n'avait aucun goût pour le compromis.

— Tu sais quoi ? J'ai faim. Tu restes pour manger un truc ?

— Sans problème, répliqua Pippa, évacuant tacitement le sujet délicat. Maintenant que tu en parles, j'ai comme une envie de *fish and chips*.

Chapitre 9

Elodie avait prévu de passer le dimanche à regarder les enregistrements de sa mère, pour pouvoir rédiger la liste promise à Penelope. Après les *fish and chips* et entre la première et la deuxième bouteille de vin rouge, cependant, elle avait pris une décision. Elle ne remonterait pas vers l'autel accompagnée d'une vidéo de sa mère jouant du violoncelle. Penelope (sans parler d'Alastair) avait beau trouver l'idée fabuleuse, Elodie avait du mal à se représenter en robe de mariée, marchant d'un pas lent vers un écran géant montrant sa mère en plein concert. Curieux spectacle, tout de même…

« Parfaitement ! » s'était exclamée Pippa tandis qu'elles traînaient le long de la Tamise en finissant leur *fish and chips*. Le soleil disparaissait lentement à l'horizon. « D'ailleurs j'ai toujours su que tu n'aimais pas la musique classique. » C'était vrai. Elodie préférait le jazz.

Ainsi, au son des premières cloches du dimanche matin – les fenêtres de l'appartement étaient grandes ouvertes –, Elodie remballa les cassettes dans la vieille valise de son père et s'installa dans son fauteuil en velours marron. Elle avait placé la photographie de Caroline sur son étagère à trésors, entre l'aquarelle de Montepulciano offerte par Mme Berry et la boîte à charmes de Tip. Ses sentiments n'étaient plus si confus. Il lui était venu toute une série de questions à poser à son grand-oncle. Sur sa mère, sur la maison dans les bois, et sur le violoniste américain. En attendant, elle allait se plonger dans le livre qu'avait déniché Caroline, pour en savoir plus sur la jeune maîtresse de Radcliffe. Et tandis qu'elle ouvrait le volume posé sur ses genoux, elle fut envahie par une immense sensation de contentement : elle rentrait à la maison. Et rien n'était plus approprié, lui sembla-t-il, que la lecture d'*Edward Radcliffe, sa vie, ses amours*.

Idiot, ce titre, songea-t-elle, avant de se reprendre : l'ouvrage ayant été publié en 1931, mieux valait ne pas le juger selon les règles de 2017. Un portrait en noir et blanc de l'auteur, le Dr Leonard Gilbert, figurait sur le rabat de la jaquette : jeune homme en costume clair, le visage grave, dont il était cependant impossible de déterminer l'âge exact.

L'ouvrage comprenait huit chapitres. Les deux premiers étaient consacrés à l'enfance de Radcliffe, à sa famille, à sa passion pour les contes de fées et à la précoce éclosion de ses talents artistiques. Le docteur Gilbert soulignait l'affection particulière du jeune Radcliffe pour les *maisons*, émettant l'hypothèse que cette focalisation thématique sur le « foyer » et les espaces clos résultait d'une enfance ballottée entre parents et grands-parents. Les chapitres trois et quatre décrivaient la création de la fraternité Magenta, fournissaient des repères biographiques sur les autres membres et se penchaient sur les premiers succès de Radcliffe à la Royal Academy. Au chapitre cinq, le docteur Gilbert s'attaquait à la vie intime de son sujet, et notamment à sa rencontre et à ses fiançailles avec Frances Brown. Enfin, au sixième chapitre, apparaissait la jeune femme connue sous le nom de Lily Millington, modèle et muse de Radcliffe, lequel produisit alors les œuvres les plus remarquables de sa carrière.

Même si cela allait contre ses principes, Elodie ne put s'empêcher de débuter sa lecture au chapitre en question, s'immergeant d'emblée dans le récit que faisait Gilbert de la rencontre inopinée entre Edward Radcliffe et « Lily », la femme dont le visage et l'allure allaient le conduire à créer les œuvres fondatrices de la fraternité Magenta – la femme dont, selon Gilbert, Radcliffe allait tomber passionnément amoureux. Pour l'auteur, Lily Millington était comparable à la Dame brune des sonnets de Shakespeare ; il faisait grand cas du mystère qui entourait sa véritable identité.

Comme l'avait mentionné Pippa, Gilbert était allé puiser nombre de ses informations, en particulier celles qui concernaient le Radcliffe intime, à une source unique et anonyme, une femme qui avait « été en relations constantes et régulières avec la famille Radcliffe ». Cette femme, très proche de Lucy, la plus jeune des sœurs d'Edward, avait fourni sur l'enfance de l'artiste et sur les événements de l'été 1862 (le meurtre de Frances Brown et la disparition de Lily Millington) des indications précieuses. Gilbert avait rendu visite à cette femme à Birchwood à l'époque où il finissait sa thèse et s'était entretenu avec elle à plusieurs reprises entre 1928 et 1930.

Même si Gilbert introduisait dans ses portraits intimes de Radcliffe et de son modèle une bonne part d'imagination – ou du moins d'extrapolation des faits, si l'on ne voulait pas se montrer trop sévère –, sa biographie était riche et détaillée. D'une plume perspicace, attentive, Gilbert tissait une histoire où les deux personnages principaux reprenaient vie, jusqu'à ce tragique été à Birchwood Manor, qui avait aussi été leur dernier mois de vie commune. Le ton de Gilbert se faisait alors plus passionné, un changement dont Elodie finit par comprendre la raison : le docteur Leonard Gilbert était tombé amoureux de Lily Millington. La description qu'il faisait de la jeune femme était si ensorcelante qu'Elodie elle-même ne put que trouver formidablement attirant cet être de lumière et de beauté, devenu fée sous la plume de Gilbert. Chaque paragraphe était une célébration, du tout premier portrait d'une jeune femme dont « la flamme brûlait avec éclat » aux dernières et poignantes pages de la tragédie de Birchwood.

Car le chapitre sept était consacré à la déchéance de Radcliffe, et Gilbert sur ce point ne partageait pas l'avis général. Ce n'était pas la mort de sa fiancée qui avait plongé l'artiste dans le désespoir, mais bel et bien la disparition de son grand amour, de sa muse, Lily Millington. Gilbert, après avoir consulté des rapports de police « restés inédits », émettait l'hypothèse suivante : Lily, complice du cambrioleur qui avait tué Frances Brown, s'était enfuie avec le malfaiteur en Amérique, raflant au passage un collier de grand prix appartenant à la famille Radcliffe.

La version officielle, expliquait Gilbert, avait été martelée pendant des années par les Radcliffe, dont l'influence à Birchwood s'étendait jusqu'aux autorités locales, et par les Brown : deux familles désireuses de faire disparaître toute mention, tout souvenir de « la femme qui avait volé le cœur d'Edward Radcliffe ». Il était bien plus convenable pour les Brown et les Radcliffe, soucieux de la postérité et préférant la tragédie au scandale, de perpétuer le récit suivant : le cambrioleur anonyme qui avait fait intrusion dans le manoir pour voler le collier avait tué Frances Brown et plongé de ce fait son fiancé dans le désespoir. Le précieux bijou n'avait jamais été retrouvé, même s'il avait fait l'objet de quelques faux signalements.

La duplicité de Lily Millington était exposée en termes détachés, presque froids, l'auteur agrémentant sa narration de longs extraits des rapports de police. Elodie, en bonne chercheuse, pouvait comprendre l'ambivalence de Gilbert : comment la jeune femme à laquelle il avait redonné vie avec tant d'ardeur dans les chapitres précédents pouvait-elle s'être rendue coupable d'une telle infamie ? Dans ces pages combattaient deux auteurs : l'universitaire ambitieux détenteur d'une hypothèse inédite, captivante, et l'être sensible qui s'était entiché d'un personnage reconstitué avec patience et amour.

Et puis il y avait le visage de « Lily ». Elodie se souvint du trouble qu'elle avait ressenti en découvrant la photographie de la jeune femme dans la sacoche de Radcliffe. Bien que consciente des dangers et des pièges inhérents à la beauté, Elodie se savait incapable, tout comme Gilbert, de penser une seconde que la lumineuse Lily eût pu commettre une telle trahison.

Malgré sa réticence à accepter que Lily Millington pût être mêlée à sa disparition, Gilbert consacrait quelques paragraphes au collier : en effet, la pierre qui en était le plus bel ornement était une gemme d'exception, un diamant bleu de vingt-trois carats, d'une eau si rare qu'il avait été affublé du nom de Radcliffe Blue. Il avait été monté pour la première fois pour la reine Marie-Antoinette, quatre siècles après être tombé dans l'escarcelle du mercenaire John Hawkwood, après le pillage de Florence. Hawkwood avait toujours refusé de s'en séparer, jusqu'à son lit de mort, sur lequel, « chargé d'honneurs et de richesses », il le détenait encore, selon les témoins. Encore quatre siècles en arrière, et un négociant de passage arrachait la gemme au mur d'un temple hindou, anecdote apocryphe, d'après le docteur Gilbert. Quoi qu'il en soit, la pierre avait fini par échoir aux Radcliffe, qui l'avaient fait sertir dans une monture d'or filigrané. Pendue à une fine chaîne, elle pouvait désormais s'exhiber au creux des plus beaux cous. Spectaculaire, sans aucun doute, mais hors de prix. Le collier avait passé l'essentiel des cinquante ans pendant lesquels il avait été en possession des Radcliffe enfermé dans le coffre familial chez Lloyd's, à Londres.

L'histoire du Radcliffe Blue ne passionnait guère Elodie, mais la dernière ligne du paragraphe la fit sursauter. D'après Gilbert, Edward Radcliffe avait « emprunté » le collier à Lloyd's en juin 1862 dans l'intention de le faire porter à son modèle, pour un grand tableau qu'il comptait finir avant l'automne. N'était-ce pas l'œuvre inachevée à laquelle les amateurs d'art et les universitaires rêvaient avec une nostalgie mythique ?

Gilbert consacrait la seconde moitié du chapitre sept à cette œuvre disparue : finie ou inachevée, avait-elle été conservée en secret ? Après avoir mentionné quelques hypothèses fondées sur ses recherches radcliffiennes, Gilbert finissait par admettre que, faute de preuves matérielles, tout cela n'était que pure spéculation. S'il y avait bien de vagues allusions à un tableau inachevé dans la correspondance des autres membres de la fraternité, rien n'avait jamais été retrouvé du côté de Radcliffe.

Elodie lança un regard au carnet à dessin exhumé des archives. Était-ce la preuve que Leonard Gilbert avait si ardemment recherchée ? L'indice après lequel le monde de l'art avait si longtemps langui gisait-il réellement dans une sacoche en cuir conservée dans le grenier de James Stratton, le grand réformateur de l'ère victorienne ? L'idée ramena Elodie à James Stratton. Elle savait maintenant que Lily Millington était le chaînon manquant entre les deux hommes. Stratton l'avait assez bien connue pour garder sa photographie dans un cadre. Radcliffe l'avait aimée. Les deux hommes ne paraissaient pas intimement liés et, cependant, c'était vers Stratton que Radcliffe, dévasté par son chagrin d'amour, s'était tourné lors d'une nuit sombre. Et c'était, semblait-il, à Stratton que Radcliffe avait confié les croquis préparatoires de sa grande œuvre. Mais pourquoi ? La véritable identité de Lily Millington était la clé de ce mystère. Le nom ne disait rien à Elodie, mais elle se promit de faire une recherche dans la base de données des archives Stratton.

Dans le huitième et dernier chapitre du livre, Gilbert se focalisait de nouveau sur les maisons dans l'œuvre d'Edward Radcliffe, et notamment sur celle que la famille de l'artiste possédait à la campagne, « sa délicieuse maison… lovée dans son méandre de rivière ». Cette fois, Gilbert n'hésitait pas à faire allusion à sa propre histoire. Car il avait, lui aussi, passé un été dans la « délicieuse maison » de Radcliffe, suivant pas à pas le peintre tout en mettant la dernière touche à sa thèse de doctorat.

Leonard Gilbert, le vétéran de la Grande Guerre, que le deuil n'avait pas épargné sur les champs de bataille de France, décrivait, élégiaque, les effets du déracinement, tout en concluant son essai sur une note d'espoir. Après une ultime méditation sur la nostalgie du foyer, il louait le bonheur d'avoir trouvé, après tant d'années d'errance, un lieu de consolation. Gilbert convoquait un contemporain de Radcliffe – Charles Dickens, le plus grand des victoriens –, pour rappeler le pouvoir immense et simple de cette notion : « Le foyer, c'est un nom, un mot, si fort ; les magiciens n'en connaissent pas de plus fort, les esprits ne répondent pas à appel plus impérieux. » Et pour Edward Radcliffe, disait Gilbert, ce foyer avait un nom : Birchwood Manor.

Elodie relut soigneusement ces deux mots. La maison du dessin ! Elle tapa « Birchwood Manor » dans le moteur de recherche de son téléphone et se mordit les lèvres. Et soudain… une photographie. Une description. Une adresse. Birchwood Manor se trouvait à la limite entre l'Oxfordshire et le Berkshire, dans la vallée du Cheval-Blanc. Elodie cliqua sur un des liens : la maison, apprit-elle, avait fait l'objet d'une donation à l'Association des historiens d'art par Lucy Radcliffe, dans le but d'offrir une résidence à de jeunes artistes. Les dépenses de fonctionnement devenant trop lourdes, il avait été question de transformer le manoir en un musée consacré à Edward Radcliffe et au vaste courant créatif qui avait entouré la fraternité Magenta. Dans un premier temps, les fonds avaient manqué et il avait fallu des années de campagne pour que l'AHA puisse enfin réaliser son rêve, après un don anonyme et particulièrement généreux. Le musée était ouvert au public le samedi.

D'une main tremblante, Elodie fit défiler la page qui indiquait les divers moyens de se rendre à Birchwood Manor. Il y avait une photo de la demeure prise selon un autre angle. Elodie l'agrandit au maximum. Puis son regard erra au-dessus du jardin, scruta la façade en brique, les lucarnes perçant le toit pointu. Ses yeux s'écarquillèrent…

L'image tout à coup fut remplacée par l'écran signalant un appel – un appel de l'étranger. Alastair. Avant même de se rendre compte de ce qu'elle faisait, Elodie appuya sur le bouton « Interrompre ». Puis, de l'index, elle chassa la fenêtre pour revenir à la photographie de la maison. Elle zooma sur le détail qui l'avait fait sursauter : la girouette astronomique ! Fidèle à son poste, perchée sur le toit.

Le croquis de Radcliffe représentait sa propre maison, « lovée dans son méandre de rivière », et cette maison était celle du récit que sa mère lui contait tous les soirs ; et c'était aussi la maison dans laquelle Tip et les siens avaient été évacués durant la Seconde Guerre mondiale. La famille d'Elodie était donc liée aux Radcliffe et à ce mystère surgi des archives de James Stratton. Tout cela était absurde ! Et cependant, le lien était plus profond encore, puisque Tip, bien qu'il n'eût pas voulu l'admettre, avait reconnu la photographie de la jeune femme en blanc, Lily Millington.

Elodie la reprit pour mieux la regarder. Qui était-elle réellement ? Quel était son vrai nom et qu'était-elle devenue ? Pour une raison inexplicable, Elodie fut envahie du désir ardent, presque désespéré, d'obtenir les réponses à ces questions.

Elle effleura le cadre d'argent de l'index, caressa les fines éraflures. Ce fut alors qu'elle remarqua que le dos du cliché était très légèrement bombé, au niveau de l'implantation du pied. Elle leva le cadre à l'horizontale pour mesurer ce phénomène avec plus d'exactitude : il y avait effectivement une petite bosse, qu'elle pressa doucement. Était-ce un effet de son imagination ; le carton ne cédait-il pas légèrement sous son doigt ?

Son cœur se mit à battre plus vite, avec l'instinct précis du chasseur de trésor. Et bien qu'elle sût qu'il était contraire aux règles de manipuler les objets archivés, elle se mit à chercher le moyen de soulever le dos sans l'endommager. Elle tira sur l'antique bande adhésive qui le fixait au cadre : le scotch se détacha sans difficulté. La colle ayant depuis longtemps séché, c'était l'habitude qui le maintenait en place. Elodie trouva une feuille de papier pliée en quatre et plaquée contre le cliché. Elle s'en saisit pour la déplier avec précaution, s'étant immédiatement rendu compte de son grand âge.

C'était une lettre rédigée d'une écriture cursive, nerveuse. « Mon très cher, mon seul, mon unique, J, ce que je vais te confier ici est mon secret le plus intime… » Elodie en eut le souffle coupé : la voix de la femme en blanc résonnait enfin à ses oreilles. Son regard erra jusqu'au bas de la page, où figurait la signature de la jeune femme, double initiale décrivant une double boucle. « Ta BB, débordante de reconnaissance et d'amour. »

DEUXIÈME PARTIE

Les élus

V

Entre l'ouverture du musée par l'Association des historiens d'art et l'arrivée de ce nouveau visiteur, il y a eu une longue période où personne n'a vécu dans la maison. J'ai dû me contenter des quelques enfants qui passaient l'après-midi, dans la semaine, pour escalader le mur jusqu'aux fenêtres du rez-de-chaussée dans le but d'impressionner leurs amis. Parfois, quand l'humeur me prenait, je leur faisais ce plaisir de claquer une porte, de secouer une fenêtre ; un truc toujours efficace : ils ne manquaient jamais de s'enfuir dans des cris perçants, trébuchant les uns sur les autres.

Ce qui m'a manqué pendant tout ce temps, c'est une compagnie digne de ce nom. Il y a eu quelques personnes au cours du premier siècle, si précieuses, tant aimées. Désormais, me voilà contrainte de supporter ce déluge ignominieux et hebdomadaire d'indiscrets et d'officiels, dont l'activité principale consiste à mettre à nu mon passé. Les touristes, quant à eux, ne cessent de parler d'Edward, qu'ils appellent « Edward Radcliffe » ou « Edward Julius Radcliffe », ce qui lui donne des airs si respectables, si rassis. Ils oublient un détail : le Radcliffe qui a vécu dans cette maison était un tout jeune homme. Il venait seulement de fêter son vingt-deuxième anniversaire quand nous avons décidé de quitter Londres. Mais ces pédants discutent d'Art sur un ton grave et respectueux, regardent par les fenêtres et désignent la rivière d'un geste ample accompagné d'un commentaire du type : « C'est exactement le paysage qui a inspiré ses tableaux de la haute Tamise ».

Fanny s'attire elle aussi nombre de remarques. Elle est devenue une héroïne de tragédie, même si la chose est difficilement concevable pour qui l'a connue. Les touristes se demandent toujours comment *ça* s'est passé. La presse n'a jamais été très précise, les articles se contredisant allègrement. Et bien qu'il y ait eu des témoins ce jour-là à Birchwood Manor, leurs déclarations sont confuses et le temps a fait de son mieux pour reléguer les détails dans l'ombre. Je n'ai pas assisté à la scène – je n'étais pas dans la pièce –, mais j'ai pu, par un caprice du destin, lire les rapports de police. L'un de mes précédents visiteurs, Leonard, s'était procuré de magnifiques copies, très lisibles, et nous avons passé de nombreuses et studieuses soirées à les examiner. Pures élucubrations, bien sûr, mais telles étaient les pratiques de la police de l'époque. C'est peut-être encore le cas, du reste.

Le portrait de Fanny par Edward, qui la représente vêtue d'une robe de velours vert, une émeraude en forme de cœur en sautoir sur son décolleté, a été rapatrié à Birchwood par l'association, lorsqu'elle a décidé d'ouvrir le musée au public. Il est exposé dans la chambre du premier étage, face à la fenêtre qui donne sur le verger et la petite allée conduisant vers le cimetière, à l'intérieur du village. De temps en temps, je me demande ce que Fanny en aurait pensé. Elle était émotive, Fanny, et ne goûtait guère l'idée qu'une chambre puisse donner sur des sépultures. « Mais ce n'est qu'une autre forme du sommeil, entends-je encore Edward lui répondre, cherchant à l'apaiser. Rien de plus. Le long sommeil des morts. »

Parfois, les gens s'arrêtent devant le portrait de Fanny et le comparent à la reproduction minuscule qui figure dans le dépliant touristique du musée. Ils font des commentaires sur son joli minois, sa vie de jeune femme privilégiée, sa fin tragique. Ils spéculent sur les diverses hypothèses qui peuvent expliquer sa mort. Mais la plupart d'entre eux se contentent de secouer la tête et de soupirer, avec une tristesse de complaisance. Après tout, y a-t-il en ce monde passe-temps plus plaisant que celui qui consiste à méditer sur les tragédies qui frappent nos frères humains ? Les visiteurs s'interrogent sur le père de Fanny et sur sa fortune, sur son fiancé et son désespoir amoureux, sur la lettre qu'elle reçut de Thurston Holmes une semaine avant de mourir. Je l'ai appris au fil du temps : la victime d'un meurtre est toujours digne d'intérêt. À moins, bien sûr, d'être une orpheline de dix ans habitant un taudis de Little White Lion Street. Ces gosses-là, le meurtre les efface tout simplement.

Les touristes parlent aussi du Radcliffe Blue. Ils se demandent, les yeux écarquillés, la voix frémissante d'excitation, où le collier peut bien se trouver maintenant. « Rien ne se perd », assènent-ils.

Parfois même, ils prononcent mon nom. Et c'est à Leonard, mon petit soldat, que je le dois. Car c'est lui qui a écrit le livre qui m'a, pour la première fois, désignée comme l'amante d'Edward. Jusqu'ici je n'étais que l'un de ses modèles. Une réédition de la biographie d'Edward est vendue à la boutique du musée, de sorte que je peux revoir de temps en temps le visage de Leonard. Oh, je me souviens de son passage à Birchwood Manor, de ses nuits sans sommeil. « Tommy, Tommy », criait-il dans la maison déserte.

Les touristes qui arpentent la maison le samedi, les mains croisées dans le dos, le visage exprimant un consciencieux effort d'éducation, ces gens-là me connaissent sous le nom de Lily Millington, ce qui se comprend étant donné la façon dont les choses se sont déroulées. Certains d'entre eux vont même jusqu'à se demander d'où je venais, où je suis partie et qui j'étais vraiment. Je les aime bien, ceux-là, en dépit de leurs suppositions bornées. J'aime bien que l'on fasse attention à moi.

J'ai beau l'avoir entendu mille fois dans la bouche de ces inconnus, le nom de « Lily Millington » me surprend toujours. J'ai bien essayé de murmurer mon vrai nom dans les airs, à portée de leurs oreilles, mais combien sont-ils à m'avoir entendue ? Deux ou trois, peut-être, dont mon jeune ami à la jolie frange. Ce qui n'a rien d'étonnant. Les enfants perçoivent mieux que les adultes ce qui a vraiment quelque importance.

Mme Mack disait toujours ceci : qui sème les ragots récolte d'horribles rumeurs. Mme Mack parlait certainement trop, mais sur ce point précis elle n'avait pas tort. On se souvient de moi comme d'une voleuse. D'un imposteur. D'une parvenue qui ne s'est pas contentée de son rang. D'une fille qui n'est pas restée chaste.

Et tout cela, je l'ai été, en effet, à divers moments, et plus encore. Mais il est une autre accusation que je ne puis que rejeter comme injuste. Je ne suis pas une meurtrière. Je n'ai pas tiré le coup de fusil qui a tué la pauvre Fanny Brown.

Mon visiteur est là depuis une semaine et demie. Le samedi, il a quitté la maison à la première heure. Oh ! Si je pouvais en faire autant ! Mais il a retrouvé dès le lundi ses habitudes de la semaine passée. Je commençais à désespérer de comprendre ce qu'était réellement sa mission, car il est peu communicatif. Il ne laisse pas traîner de papiers qui pourraient donner des réponses à mes questions, et ne me régale pas non plus de longues conversations riches en informations.

Ce soir, enfin, un appel téléphonique. Résultat : je sais maintenant ce qu'il est venu faire ici. Et je connais également son nom : Jack, Jack Rolands.

Il a passé toute la journée à l'extérieur, comme de coutume : départ le matin à l'aube, avec son appareil photo et sa pelle. Mais quand il est rentré, j'ai tout de suite compris qu'il y avait du nouveau. D'abord, il a emporté la pelle près du robinet, à côté du vieil appentis, et il l'a soigneusement nettoyée. De toute évidence, il n'avait plus besoin de creuser.

Son comportement n'était plus tout à fait le même. Ses mouvements étaient plus souples, plus résolus. Il a regagné la malterie et s'est préparé du poisson, ce qui ne lui ressemblait guère. Jusqu'ici, il s'était borné avec acharnement aux soupes en conserve.

Que célébrait-il donc ? Cela m'a mise *en garde**, à dire vrai. Il avait fini ce qu'il était venu faire, ai-je songé. Et c'est là que j'ai entendu le coup de fil, lequel est venu confirmer mes soupçons.

Jack l'attendait, cet appel. Il avait déjà lancé quelques coups d'œil à son téléphone en avalant son poisson, comme s'il vérifiait l'heure. Quand il a décroché, il savait exactement qui voulait le joindre.

Je me suis inquiétée : et si c'était Sarah, qui lui annonçait qu'elle ne pouvait pas déjeuner avec lui demain ? Non : c'était une femme du nom de Rosalind Wheeler. Elle appelait de Sydney et la discussion n'avait pas le moindre rapport avec la photo des deux petites filles que Jack regardait régulièrement.

Je les ai écoutés assise sur le banc de la cuisine, et c'est ainsi que j'ai entendu Jack prononcer deux mots que je ne connais que trop bien, hélas.

Jusqu'ici, Jack et cette femme s'étaient contentés d'échanger des plaisanteries sur un ton assez guindé. Puis Jack, qui ne me semble pas être homme à mâcher ses mots, a déclaré : « Écoutez, madame Wheeler, je suis désolé de vous décevoir. Mais j'ai passé dix jours à vérifier tous les endroits de votre liste. Pas une seule trace du caillou. »

Il n'y a qu'un seul « caillou » qu'on puisse associer avec Edward et les Radcliffe. Le Radcliffe Blue.

J'ai immédiatement saisi ce que mon visiteur cherchait. Je dois avouer que j'en ai été quelque peu déçue. C'était si prévisible ! Mais la nature humaine ne l'est-elle pas, la plupart du temps ? Ces instincts sont plus forts que nous. Et qui suis-je – surtout moi ! – pour juger un chasseur de trésor ?

Un détail, cependant, retenait mon attention. Jack s'était donc mis dans la tête que le Radcliffe Blue se trouvait peut-être encore à Birchwood. Pour avoir écouté les bavardages des visiteurs du musée, je sais que le diamant survit dans les mémoires et que nombre de légendes courent sur son destin. On s'est accordé à penser, après les articles de presse consécutifs au meurtre de Fanny, que le collier avait traversé l'Atlantique en 1862, pour se perdre ensuite dans la clandestinité. Leonard a développé l'hypothèse suivante : selon lui, c'est moi qui ai fait sortir le collier de Birchwood Manor. Il se trompait, bien sûr, et je suis certaine au fond de mon cœur qu'il s'en rendait bien compte. Il avait été impressionné par les rapports de police, par ces interrogatoires étranges et insistants menés au lendemain de la mort de Fanny. Et pourtant ! Moi qui nous pensais des âmes sœurs.

Ça m'intriguait, cette mission que cette femme, cette Mme Wheeler, avait confiée à Jack. Je méditais tout cela lorsque Jack a repris : « Mais c'est que vous êtes en train de me demander de m'introduire dans le manoir ! » J'ai retrouvé ma concentration.

« Je sais à quel point vous y tenez, a-t-il poursuivi, mais je n'irai pas jusque-là. Les administrateurs du musée m'ont fait clairement comprendre que mon séjour obéissait à certaines règles. »

Dans mon désir de ne rien rater de cette conversation, je m'étais rapprochée de Jack sans m'en apercevoir. Il a eu un brusque frisson et a posé le téléphone sur la table pour aller fermer la fenêtre. De ce fait, il a dû presser par erreur un des boutons de son appareil : soudain, j'entendais distinctement Mme Wheeler. Une voix de vieille femme à l'accent américain.

« Monsieur Rolands, je vous paie dans un but bien précis.

— J'ai fouillé dans tous les endroits que vous m'aviez indiqués. Les bois, le méandre, la petite colline dans la clairière, tout ce dont parle Ada Lovegrove dans la lettre qu'elle a écrite à ses parents. »

Ada Lovegrove.

Cela fait si longtemps que je n'ai pas entendu ce nom. Je dois l'avouer, l'émotion m'a submergée. Qui était cette femme à l'autre bout du fil ? Cette Américaine qui appelait mon visiteur de la lointaine Australie ? Et comment les lettres de la petite Ada Lovegrove étaient-elles arrivées en sa possession ?

« Pas une trace de votre caillou. Désolé.

— Lorsque nous nous sommes vus, monsieur Rolands, je vous ai dit que, si cette première liste ne donnait rien, nous appliquerions le plan B.

— Vous n'aviez pas précisé que je devrais m'introduire dans un établissement privé par des moyens illégaux.

— En ce qui me concerne, cette affaire ne peut attendre. Comme vous le savez, j'aurais fait le voyage moi-même si ma santé ne m'interdisait pas de prendre l'avion.

— Écoutez, je suis désolé, mais…

— Je n'ai certainement pas besoin de vous rappeler que je ne procéderai au second versement que si vous obtenez des résultats.

— Quand bien même…

— Je vous enverrai un mail avec de plus amples instructions.

— Je me rendrai au musée samedi, le jour d'ouverture au public, pour un premier repérage. Pas avant. »

La femme semblait furieuse, ce qui n'a pas eu l'heur d'émouvoir Jack. Il est imperturbable, Jack. Une vertu honorable, qui me donne l'envie irrésistible autant qu'inexplicable de le… perturber. Un tout petit peu. Je crains d'avoir laissé libre cours à mes tendances perverses, ces derniers temps. Ce qui est très certainement une conséquence de l'ennui et de sa pitoyable sœur jumelle, la frustration. Mais aussi de l'enseignement d'Edward. Pour lui, l'exubérance était synonyme de beauté. Il défendait ses idées avec une telle passion qu'il était impossible de ne pas être touché.

Après cette conversation, j'ai été envahie par une intense agitation. Tandis que Jack transférait ses photographies sur son ordinateur, je me suis isolée dans le recoin tiède de l'escalier pour y réfléchir à mon aise.

La cause de mon trouble était, d'un certain point de vue, assez manifeste. La mention par Mme Wheeler et Jack d'Ada Lovegrove, après si longtemps, m'avait abasourdie. Ce retour s'accompagnait d'une foule de souvenirs, de questions aussi. Il n'était pas ridicule de penser qu'Ada avait pu avoir un lien avec le Radcliffe Blue, loin de là. Mais pourquoi se mettre en quête de la pierre, plus d'un siècle après son bref passage dans cette maison ? Mystère.

Il y a une autre cause à ma détresse. Moins évidente. Plus intime. Ada n'y est pour rien. Elle provient, je l'ai compris, du refus que Jack a opposé à cette Rosalind Wheeler. Ce n'est pas Mme Wheeler qui m'inquiète, c'est Jack. Apparemment, sa mission à Birchwood Manor est finie. Elle n'a rien à voir avec les petites filles de sa photographie ; par conséquent, il va repartir.

Et cela, je ne le veux pas.

Je souhaite de toutes mes forces qu'il reste. Qu'il vienne chez moi. Pas le samedi, avec tous les autres. Non, qu'il vienne seul.

Après tout, c'est ma maison, pas la leur. Mieux encore, c'est mon *foyer*. Je les laisse en user, non sans réticence, parce qu'ils ont voulu en faire un hommage à Edward, qui méritait tellement plus que ce qui lui est échu. Mais c'est chez moi, ici, et j'inviterai qui je veux.

Cela fait si longtemps que je n'ai pas eu un visiteur à moi.

Alors, j'ai descendu l'escalier et je suis entrée dans la malterie, où nous sommes à présent assis l'un à côté de l'autre, Jack et moi – lui, l'âme en paix, regarde ses photos et moi, l'esprit troublé, je le contemple.

Il étudie les clichés les uns après les autres et j'épie les moindres changements de son visage. Tout n'est que silence et quiétude. J'entends le tic-tac de mon horloge, dans ma maison, l'horloge dont Edward m'avait fait cadeau juste avant l'été à Birchwood Manor. « Je t'aimerai jusqu'à la fin du temps », m'avait-il promis, le soir où nous lui avions choisi un emplacement.

Il y a derrière Jack une porte qui donne sur la cuisine de la maison. Dans cette cuisine, un étroit couloir mène aux quelques marches qui conduisent au premier étage. À mi-chemin, une fenêtre, assez large pour qu'une femme puisse s'installer sur le rebord et s'y reposer un moment. Je me souviens d'une journée de juillet, de l'air parfumé du jardin qui me caressait la nuque ; les manches de chemise d'Edward, remontées jusqu'aux coudes ; le dos de sa main à plat sur ma joue…

Le clavier de l'ordinateur de Jack s'est tu. Mon visiteur est désormais d'une immobilité marmoréenne, comme s'il essayait de capter une musique lointaine. Puis il finit par se pencher sur son écran.

Oh, je me souviens du regard d'Edward cherchant le mien, de mon cœur s'emballant contre mes côtes, des mots qu'il murmurait à mon oreille, de son souffle tiède contre ma peau…

Jack de nouveau s'interrompt dans son travail et se retourne vers la porte de la cuisine.

Soudain, comprenant ce qui l'anime, je me rapproche de lui.

Entre, chuchoté-je.

Ses sourcils se froncent légèrement. Le coude sur la table, le menton sur le poing, le cou tendu, il regarde la porte.

Viens chez moi.

Il se lève, fait quelques pas vers la porte, plaque une paume sur son battant. Son visage arbore l'expression perplexe de l'élève qui vient de trouver une solution inattendue à un problème d'arithmétique.

Je me précipite à son côté.

Ouvre la porte…

Ce qu'il ne fait pas. Il s'écarte. Il va quitter la pièce.

Je le suis, lui intimant l'ordre de rebrousser chemin. Au lieu de quoi il se dirige vers sa vieille valise, qu'il ouvre et fouille, avant d'en sortir une petite boîte à outils noire. Il se redresse, la secoue un peu, les yeux baissés, comme s'il voulait en deviner le poids exact. Mais ce n'est pas seulement ça qui le préoccupe, ce que je finis par comprendre lorsque, le menton volontaire, il se retourne.

Il vient !

L'AHA a fait installer une alarme à côté de la porte depuis qu'elle a renoncé à employer un gardien à plein temps. Tous les samedis après-midi, à l'heure de la fermeture du musée, le dispositif se met en route avec une régularité de coucou suisse. Fascinée, je regarde Jack neutraliser le mécanisme à l'aide d'un outil qu'il a extirpé de sa fameuse petite boîte noire. Il ouvre ensuite la porte en un coup de passe-partout, avec une aisance qui me rappelle le Capitaine : ce dernier aurait été fort impressionné par la manœuvre. Jack franchit le seuil en un clin d'œil.

Il fait noir chez moi ; Jack n'a pas pris de lampe torche. La seule lueur est celle du clair de lune qui se répand dans les pièces par les fenêtres sans volet. Mon visiteur traverse la cuisine et le vestibule avant de faire halte. Il se retourne alors d'un mouvement lent et pensif. Puis il gravit lentement l'escalier jusqu'au grenier. Là, de nouveau, une pause silencieuse.

Il finit par rebrousser chemin et réintègre la malterie. J'aurais bien aimé qu'il reste un peu, qu'il explore. Mais mon ardeur est tempérée par l'expression songeuse de son visage. J'ai la quasi-certitude, nourrie par une longue expérience, qu'il reviendra. C'est ce qu'ils font tous, dès que je m'en donne la peine.

Alors, je le laisse en paix et demeure seule dans les ténèbres de ma maison. De l'autre côté de la porte, il tire le verrou.

J'ai toujours éprouvé la plus vive admiration pour ceux – et celles, avouons-le – qui savent forcer les serrures. Ce mauvais penchant est dû à mon éducation. Mme Mack, pour laquelle les affaires intimes et publiques n'avaient que peu de mystères, disait souvent ceci : derrière une porte fermée à clé se trouve la plupart du temps quelque chose qui vaut la peine qu'on l'ouvre. Pour autant, je n'ai jamais été officiellement une experte des serrures. La petite entreprise de Mme Mack était des plus élaborées : multitâche, dirait-on aujourd'hui. Ou, comme elle l'aurait elle-même exprimé, en des termes que l'on eût pu graver sur sa tombe : « Il n'y a pas qu'une seule méthode pour écorcher les chats. »

Moi, j'étais un pickpocket de grand talent. Comme Mme Mack l'avait en effet prévu, le tour de passe-passe était parfait. À la vue d'un gosse des rues à la mine crasseuse, les bonnes gens sont sur le qui-vive. Mais les jolies fillettes aux robes immaculées et aux sages anglaises cuivrées n'éveillent pas la méfiance. Ma venue permit à l'entreprenante Mme Mack d'agrandir ses terrains de chasse au-delà de Leicester Square : son empire s'étendait désormais jusqu'à Mayfair à l'ouest, et Lincoln's Inn Fields et Bloomsbury au nord.

Une expansion territoriale dont le Capitaine se réjouit grandement. « C'est là que se trouve le gibier le plus riche, disait-il en se frottant les mains. Les poches de ces messieurs débordent de dépouilles toutes prêtes à tomber dans les nôtres ! »

Je pratiquais l'« Enfant égarée », une entourloupe des plus simples. Dans un premier temps, il me suffisait de me redresser de toute ma taille avec, sur le visage, un air de soucieuse tristesse. Je pouvais y ajouter des larmes d'inquiétude, mais ce n'était pas essentiel. Comme elles requéraient une certaine énergie et que je ne pouvais m'y livrer aisément à plus d'une reprise (ce qui pouvait s'avérer nécessaire lorsque je me trompais sur le degré de crédulité de mon gibier), je n'en usais qu'avec d'extrêmes précautions. Il ne me fallut pas longtemps pour apprendre à reconnaître ceux qui y seraient particulièrement sensibles.

Lorsqu'un monsieur de l'espèce requise s'arrêtait pour me poser des questions – et cela ne manquait jamais de se produire –, j'y répondais bien volontiers. Où habitais-je ? Étais-je donc perdue ? Je donnais, la mine affligée, une adresse respectable – en évitant les quartiers vraiment riches, cependant, par peur d'être confrontée à mes mensonges – et consentais à ce que ma victime arrête un cab, qu'elle avait toujours la bonté de payer. Rien n'était plus facile alors que de faire les poches de cette bonne âme. Il existe chez ceux qui aident leur prochain une conscience de la bonne action qui les submerge, les rend sourds à la raison et aveugles à ce qui se passe autour d'eux.

Ce nonobstant, l'Enfant égarée exigeait de longues heures d'un guet patient, ce que je trouvais fort ennuyeux et, durant les mois d'hiver, froid, humide et déplaisant. Je compris bien vite que je pouvais obtenir les mêmes résultats par une méthode bien plus confortable. De surcroît, ce nouveau dispositif réglait un autre problème, celui, sporadique, des bons Samaritains qui voulaient me raccompagner jusqu'à la porte de mon « domicile ». Mme Mack appréciait la créativité : née pour tromper, immanquablement stimulée par les idées nouvelles, elle était également excellente couturière. Lorsque je lui fis part de l'amélioration à laquelle j'avais pensé, elle ne tarda pas à me procurer une paire de gants en chevreau blanc qu'elle avait modifiés conformément à mes souhaits.

Ainsi naquit l'« Enfant des omnibus », créature d'une extrême discrétion, sa mission étant l'exact contraire de celle de l'Enfant égarée. Là où cette dernière devait attirer l'attention, l'Enfant des omnibus se repaissait d'invisibilité. Elle passait sa vie dans les transports en commun, assise contre la vitre, ses gants de chevreau blanc délicatement croisés sur les genoux. Étant petite, impeccable et d'allure parfaitement candide, elle était la compagne de trajet idéale pour les dames seules. Dès que ces dernières se détendaient un peu, l'attention détournée par une conversation, une scène, un livre ou un bouquet, les mains de l'Enfant des omnibus, qu'elle avait pris soin de dissimuler, se mettaient au travail dans les jupes de leurs victimes, traquant poches et sacs. Je me rappelle encore la sensation que me donnaient ces explorations : les doigts qui se faufilent entre les frais plis de soie des jupes des jolies dames, leurs prompts et souples mouvements, et le sage spectacle de mes gants rembourrés, innocemment cousus sur le devant de mon manteau.

Certains conducteurs de cab vous vendaient sans difficulté et au rabais des tickets pour la journée. Lorsqu'ils se montraient réticents, l'Enfant égarée reprenait vie, et allait arpenter quelque rue opulente de la capitale, avec ses grands yeux inquiets et tristes.

J'appris à cette époque bien des vérités sur l'espèce humaine. Par exemple :

1. Les privilèges rendent les individus plus confiants, particulièrement les femmes. Rien ne les prépare à l'éventualité qu'on puisse avoir envie de leur nuire.

2. Les hommes bien nés aiment à exhiber leur bonté.

3. L'art de l'illusion consiste à savoir précisément ce que les gens veulent voir, et à faire en sorte qu'ils le voient.

Le magicien français de Covent Garden me fut d'une grande utilité sur ce dernier point : suivant le conseil de Lily Millington, j'avais passé des heures à étudier ses gestes. Bientôt, j'eus disséqué le moindre de ses tours.

J'appris également qu'au cas où mes actions seraient détectées, déclenchant des stridents « Au secours, on m'a volé ! », Londres deviendrait alors ma meilleure alliée. La foule des rues était, pour une frêle enfant imprégnée de la topographie des lieux, une couverture de choix : rien de plus facile que de s'évanouir dans une forêt mouvante de jambes, surtout lorsqu'on y compte des amis. J'étais aussi redevable à Lily Millington pour cela : l'homme-sandwich qui, immanquablement, pouvait bloquer ses planches contre les tibias d'un policier inopportun, le joueur d'orgue de Barbarie dont l'instrument aimait à entraver la progression d'un poursuivant trop opiniâtre et, bien sûr, le magicien français qui, outre ses pièces de monnaie, pouvait produire le bon portefeuille au bon moment, plongeant mon limier dans l'indignation et l'impuissance tandis que je volais vers la liberté.

Et donc, voleuse j'étais. Experte. Et gagnant bien ma vie.

Tant que je pouvais rentrer à la maison avec quelques dépouilles de prix, Mme Mack et le Capitaine étaient satisfaits. Mme Mack me répéta maintes fois que ma mère avait été une vraie dame, que je n'avais rien à envier à celles auxquelles j'empruntais leurs bourses, que j'avais bien le droit de soupeser dans mes paumes le poids de la richesse. Elle voulait ainsi, j'imagine, apaiser les tiraillements de ma conscience.

Peine bien inutile. Nous commettons tous au cours de notre existence des actes regrettables. Sur ma propre liste ne figurent pas ces peccadilles volées aux possédants de Londres.

Hier soir, après que Jack est rentré chez lui, je n'ai pas trouvé le repos. Quant à lui, il a dormi d'un sommeil troublé, renonçant finalement à son lit dans la lueur mauve de l'aube. C'est aujourd'hui qu'il doit voir Sarah. Il s'est habillé trois ou quatre heures à l'avance et ne semble guère à l'aise dans ses vêtements.

Pourtant, quel soin n'a-t-il pas mis à ses préparatifs ! Je l'ai vu gratter une tache invisible sur sa manche de chemise et se regarder plus longtemps que d'habitude dans le miroir de la salle de bains. Il s'est rasé, il s'est même brossé les cheveux, juste après son shampooing. C'est la première fois qu'il se livre à un tel manège.

Sa toilette finie, il est resté un moment devant la glace, comme s'il jaugeait son propre reflet. J'ai vu son regard changer de direction : pendant un bref instant, j'ai même cru qu'il m'avait aperçue. Mon cœur s'est arrêté de battre pendant une seconde puis j'ai compris que ses yeux s'étaient posés sur la photographie de ses deux petites filles. Il a tendu la main pour leur caresser le visage du pouce, l'une après l'autre.

J'ai pensé d'abord que son trouble avait une unique raison : le rendez-vous avec Sarah. C'est en grande partie vrai, mais je me demande à présent s'il n'y a pas autre chose.

Il s'est préparé du thé, en a renversé la moitié, comme toujours, puis, une tranche de pain grillée à la main, s'est dirigé vers son ordinateur qui trône sur la petite table ronde, au centre de la pièce. Dans la nuit sont arrivés quelques mails. Rosalind Wheeler a mis sa promesse (ou sa menace) à exécution, faisant parvenir à mon visiteur une longue liste et un croquis que je n'ai pas bien vu. Jack a branché un petit objet noir dans le flanc de son portable et a tripoté quelques touches avant de retirer l'accessoire et de le glisser dans sa poche.

Je ne suis pas certaine que ce soit le mail de Rosalind Wheeler qui l'a fait revenir chez moi ce matin. Je me suis rapprochée de son ordinateur dès qu'il a tourné le dos. Le mail avait pour objet « Suite de mes instructions : les notes d'Ada Lovegrove », mais je n'ai pu le lire, car c'était le message précédent – une proposition d'abonnement au *New Yorker* – qui occupait l'écran.

Quoi qu'il en soit, c'est peu après avoir consulté sa messagerie qu'il a ressorti sa boîte à outils pour rouvrir la porte de ma maison.

Il est de mon côté, à présent.

Il n'a pas fait grand-chose depuis qu'il a franchi le seuil. Ses gestes ne trahissent pas un but déterminé. Pour l'heure, il se trouve dans la chambre violette, adossé au bureau d'acajou qui jouxte la fenêtre. Cette chambre donne sur le marronnier du jardin derrière la maison. Au-delà, c'est la grange qu'on voit. Mais le regard de Jack porte plus loin encore ; il fixe la Tamise distante, avec une inquiétude que je lui ai déjà vue. Je me rapproche de lui : il cligne des paupières et fixe désormais la prairie, la grange.

Oh, je me souviens de cette grange. Je m'y suis couchée au niveau supérieur, avec Edward, et nous avons regardé les rayons du soleil percer les tuiles de mille trous lumineux ; il me parlait à l'oreille, doucement, de tous les endroits du monde qu'il avait envie de visiter.

Mais c'est dans la pièce violette, sur la *chaise longue**, près du feu, qu'Edward m'a décrit par le menu son œuvre à venir, *La Reine des fées*, c'est là qu'un sourire aux lèvres il a glissé la main sous sa redingote pour en sortir une boîte de velours noir, qu'il a ouverte pour me montrer le trésor qu'elle contenait. Je sens encore la pression si légère de ses doigts sur ma peau lorsqu'il a posé sur ma gorge cette pierre froide et bleue.

Jack ne cherche-t-il pas seulement à se changer les idées ? Ne veut-il pas passer le temps avant l'heure de son rendez-vous avec Sarah ? Oh, il y pense, j'en suis certaine, car il consulte mon horloge à intervalles réguliers. Lorsque enfin elle lui donne l'heure qu'il attendait, il bat hâtivement en retraite, quitte ma demeure, referme la porte de la cuisine, rebranche l'alarme, le tout si vite que j'ai du mal à le suivre.

Je l'accompagne jusqu'au portail, le regarde monter dans sa voiture, démarrer.

J'espère qu'il reviendra bien vite.

Pour l'heure, je vais m'introduire dans la malterie. Rosalind Wheeler a peut-être envoyé un autre mail. Je meurs d'envie de savoir comment elle a pu avoir connaissance de la correspondance d'Ada Lovegrove.

Pauvre petite Ada. L'enfance est le plus cruel des moments de la vie. Une période où tout est extrême : le matin on vogue sans un souci au cœur entre les étoiles pour plonger le soir dans les noires forêts du désespoir.

Après la mort de Fanny et une fois l'enquête de police bouclée, ils ont tous quitté Birchwood Manor. Pendant des années, rien n'a changé. La demeure, plongée dans un silence de tombe, se reposait. Vingt ans ont passé avant le retour de Lucy. C'est alors que j'ai, par son truchement, appris la disparition d'Edward, qui avait légué sa maison, son plus cher trésor, à sa plus jeune sœur.

Ça lui ressemblait tellement, ce legs. Edward adorait ses sœurs, qui le lui rendaient bien. Je sais pourquoi il a préféré Lucy à Clare. Cette dernière, avait-il dû penser, pourrait sûrement se débrouiller : un beau mariage, ou un protecteur quelconque. Mais Lucy n'était pas de la même trempe. Je n'oublierai jamais ma première vision d'elle, visage pâle et attentif à la fenêtre du premier étage de la maison en briques sombres de Hampstead, le jour où Edward m'a conduite à l'atelier, dans le jardin de sa mère.

Lucy restera à jamais dans mon esprit comme cette enfant, cette jeune fille qui pâtissait si durement des contraintes de Londres, mais qui, dès qu'on l'emmenait à la campagne, s'épanouissait, libre enfin d'explorer, de fouiller, de cueillir, jusqu'à plus soif. Je me souviens si bien de son arrivée à Birchwood, cet été-là, du trajet de la gare à la maison, et de Lucy que nous avions distancée parce qu'elle ne voulait pas le faire en voiture.

Mais quelle n'a pas été ma surprise lorsqu'elle est venue inspecter la maison, vingt ans plus tard ! La petite Lucy était devenue austère et grave. À trente-trois ans, une femme, en ces temps victoriens, n'était plus considérée comme jeune. Et cependant, c'était bien ma Lucy, affublée d'une longue et ample jupe du vert olive le moins flatteur possible et d'un chapeau si laid que je fus envahie par une immense vague de tendresse. Ses cheveux commençaient déjà à échapper aux épingles – elle n'avait jamais su se coiffer – et ses bottines étaient maculées de boue.

Elle ne visita pas tout Birchwood ; quel besoin en aurait-elle eu ? Elle connaissait l'endroit et ses secrets aussi bien que moi. Elle se contenta d'aller jusqu'à la cuisine avant de serrer la main du notaire et de lui donner poliment congé.

« Mais, mademoiselle Radcliffe, bredouilla-t-il, la voix tremblante de perplexité, ne souhaitez-vous pas que je vous fasse visiter le reste des lieux ?

— C'est inutile, monsieur Matthews. »

Elle le vit repartir par la grande allée et attendit qu'il disparaisse pour revenir dans la cuisine, dans laquelle elle resta un moment, silencieuse, immobile. Je vins à elle et m'approchai assez pour lire les fines rides désormais inscrites sur son visage. Néanmoins, c'était bel et bien la Lucy que j'avais connue, car les gens ne changent pas. Ils restent semblables à ce qu'ils étaient dans leur jeunesse, en plus fragiles, en plus tristes. J'aurais tout donné pour la prendre dans mes bras. Lucy, mon alliée de toujours.

Soudain, elle leva les yeux et j'eus le sentiment qu'elle me fixait. Ou qu'elle me transperçait du regard. Quelque chose avait troublé sa contemplation. Elle me dépassa, traversa le vestibule et s'en fut dans l'escalier.

Allait-elle rester à Birchwood ? Je l'espérais, en dépit des probabilités. Puis les livraisons se succédèrent. D'abord la grande caisse de bois, puis des pupitres, des chaises, des petits lits en fer. Des tableaux noirs et des boîtes de craies et, pour finir, une femme à l'apparence sévère, du nom de Thornfield. « Directrice adjointe », proclamait la plaque posée sur son secrétaire.

Une école. Et j'en étais bien aise. La petite Lucy avait toujours eu soif d'apprendre. Edward aurait été content, lui aussi, car lorsque nous nous promenions tous les deux il ne cessait de me traîner dans les librairies pour acheter un ouvrage destiné à sa petite sœur, dont la curiosité était impossible à rassasier.

Ces écolières, j'entends encore leurs voix. Lointaines, ténues, chantant, discutant, riant, pleurant dans leurs oreillers, suppliant leur père ou leur mère de changer d'avis, de revenir, de les reprendre. Leurs voix prisonnières désormais de la texture de la maison.

Pendant toutes les années où j'ai vécu en compagnie de Mme Mack, du Capitaine et de Martin, j'ai toujours désiré le retour de mon père. Mais jamais je n'ai versé une larme. La lettre qu'il avait laissée à Mme Mack était explicite : je devais m'armer de courage, disait-il, et bien me conduire. Je ne devais jamais rechigner devant mon lot de corvées, me rendre utile et obéir à Mme Mack, car elle avait toute la confiance de mon père, lequel était certain qu'elle agirait toujours en accord avec mes intérêts.

« Mais quand reviendra-t-il ? demandais-je.

— Il te fera venir quand sa nouvelle situation sera plus stable. »

L'enfant abandonné a au cœur une blessure qui ne se ferme jamais. Edward en souffrait, comme moi, et je me demande parfois si ce n'est pas ce qui nous a rapprochés, les premiers temps. Car lui aussi avait été délaissé. Ses parents étaient partis explorer le vaste monde en les confiant, lui et ses sœurs, à la garde de grands-parents qui désapprouvaient ce caprice.

Et c'est cette blessure que j'ai perçue en Ada Lovegrove.

J'ai souvent pensé à elle toutes ces années. La cruauté de l'enfance. Sa tristesse croissante. Et cet après-midi au bord de la rivière.

Souvenirs si anciens, et cependant je la revois sans grand effort, comme si c'était hier. Elle est assise, les jambes en tailleur, sur son petit lit du grenier, le front rageur, les joues striées de larmes brûlantes. Elle griffonne sa supplique aussi vite que sa plume le lui permet : *Je vous en prie, chers parents, revenez me chercher, revenez, revenez.*

Chapitre 10

Ada, été 1899

Ada Lovegrove était affligée d'un père très grand et très riche et d'une mère élégante et spirituelle, qu'elle haïssait tout autant l'un que l'autre. Sentiment récent – elle les avait adorés jusqu'au 25 avril de l'année 1899 – mais, pour être nouveau, il n'en était pas moins profond. *Tu vas voir, ma chérie : ce sont des vacances, un petit voyage dans la mère patrie. Oh, Ada-l'Ourse, tu vas adorer Londres ! Les théâtres, le Parlement ! Et tu verras la campagne en été, comme elle est douce, comme elle est verte, comme elle est aimable et fleurie, croulant sous les chèvrefeuilles, les aubépines, le long des sentiers étroits, des hautes haies…*

Ces mots étranges, prononcés avec une nostalgie romantique qu'Ada ne pouvait comprendre et qu'elle trouvait vaguement douteuse, elle les avait étudiés avec le détachement d'un archéologue s'efforçant d'imaginer une civilisation lointaine. Ada était née à Bombay : l'Inde lui était aussi consubstantielle que la forme de son nez et les taches de rousseur qui le constellaient. Elle n'avait que faire d'adjectifs tels que « doux », « aimable », « étroit » : son monde à elle était immense, brusque, brûlant. C'était un pays d'une indicible beauté, de fleurs éclatantes sur la terrasse, de parfums suaves qui vous faisaient défaillir dans la nuit noire ;

c'était aussi une terre d'une vibrante cruauté. En un mot, c'était son foyer.

Sa mère avait annoncé la nouvelle de leur voyage un après-midi de mars, tandis qu'Ada dînait dans la bibliothèque. Papa et maman allaient recevoir du monde le soir et la grande table d'acajou (qu'ils avaient fait venir de Londres) était déjà dressée dans la salle à manger. La bibliothèque regorgeait de livres (également achetés à Londres), dont les dos portaient des noms tels que Dickens, Brontë, Keats. Sur le bord du bureau traînait encore un exemplaire de *La Tempête*, que sa mère lui avait lu. La chaleur était si intense que les cheveux d'Ada lui collaient au front. Une mouche, paresseusement, tournoyait dans la pièce, sa chanson bourdonnant comme une menace abstraite.

Ada pensait à Caliban et à Prospero – et se demandait pourquoi le front de maman s'était plissé, désapprobateur, quand Ada avait confié sa compassion pour Caliban – lorsque sa méditation fut interrompue par ces mots, « Un petit voyage en Angleterre ».

« Combien de temps faut-il pour y arriver ? demanda Ada tandis que les rideaux de dentelle laissaient échapper une brise moite.

— Bien moins de temps qu'avant l'ouverture du canal. Avant cela, le trajet se faisait en train. »

Ce qui paraissait préférable à Ada, qui ne savait pas nager.

« Et qu'allons-nous faire là-bas ?

— Plein de choses. Voir des amis, la famille, visiter des monuments. J'ai hâte de te faire découvrir les endroits que j'aimais, enfant, les musées, les parcs, les palais, les jardins.

— Nous avons des tas de jardins ici.

— Bien sûr.

— Et un palais.

— Oui, mais sans reine ni roi.

— Combien de temps serons-nous partis ?

— Le temps de faire ce que nous avons à faire. Ni un jour de plus ni un jour de moins. »

Cette réponse qui n'en était pas une n'était pas vraiment dans les habitudes de maman, qui d'ordinaire excellait à satisfaire la curiosité de sa fille. Ada cependant n'eut pas le temps d'analyser la réticence maternelle.

« Et maintenant, file, dit Mme Lovegrove avec un geste virevoltant de sa main élégante. Ton père ne va pas tarder à rentrer du club et il faut encore que je m'occupe des fleurs. Nous recevons lord Curzon, ce soir, comme tu le sais, et tout doit être impeccable. »

Après dîner, Ada enchaîna quelques roues languissantes sur la terrasse et regarda le monde changer, comme par le biais d'un kaléidoscope, du violet à l'orange, les lilas des Indes se fondant dans les hibiscus et réciproquement. Le jardinier balayait la pelouse et son assistant nettoyait les chaises en rotin sous l'immense porche.

D'ordinaire, Ada adorait faire des roues. Ce jour-là, le cœur n'y était pas. Elle n'avait aucun plaisir à voir le monde tournoyer autour d'elle : cela lui donnait le vertige et même une vague nausée. Au bout d'un moment, elle s'installa au bord du porche, près des lycoris.

Le père d'Ada était un personnage important à Bombay ; ils habitaient une grande maison au sommet d'une colline, en pleine ville. Du porche, le regard portait des jardins suspendus jusqu'à la mer d'Arabie, déferlant sur le rivage. Ada était occupée à détacher les longs pétales tentaculaires et blancs d'un énorme lycoris, inhalant son parfum enivrant, lorsque Shashi, son *ayah*, apparut à son côté.

« Ah, tu étais là, *pilla* ! s'exclama Shashi dans son anglais méticuleux. Viens donc. Ta mère m'a demandé d'aller chercher d'autres fruits pour le dessert. »

Ada se leva et prit la main que lui tendait Shashi.

D'habitude, elle adorait faire les courses. Il y avait là-bas un marchand ambulant qui lui offrait toujours un *chakkali* à grignoter tandis qu'elle suivait Shashi et son immense panier d'un étal de fruits ou de légumes à l'autre. Aujourd'hui, cependant, à la lumière de l'inquiétante déclaration de sa mère, elle n'avait guère envie de descendre au marché.

À l'est s'amassaient des nuages d'orage : pourvu qu'il pleuve, songea Ada. Une pluie battante, une vraie bonne averse qui s'abattrait sur les invités de ses parents. Elle eut un lourd soupir tout en retournant dans son esprit les mots dont sa mère s'était servie. Avaient-ils une signification secrète ? L'Angleterre. La terre lointaine de l'enfance de ses parents, le royaume de sa mystérieuse et légendaire grand-mère, la patrie d'un peuple que le père de Shashi surnommait « les fesses de singe »...

L'*ayah* abandonna l'anglais pour le punjabi.

« Tu es toute tranquille, *pilla* ! Ah, ne t'y trompe pas, mes oreilles apprécient la différence. Mais je me demande quand même ce qui a bien pu froisser ton petit museau. »

Ada n'avait pas tout à fait conclu sa méditation intérieure, ce qui ne l'empêcha pas de débiter un résumé rapide de la conversation qu'elle avait eue avec sa mère. Elle reprit sa respiration avant de finir sur un : « Et je refuse d'y aller ! » catégorique.

« Petite tête de mule ! Toute cette histoire pour un simple voyage en Angleterre ?

— C'est leur pays, pas le mien. Je n'ai aucune envie d'y aller et c'est ce que je dirai à maman dès que nous serons rentrées du marché.

— Mais, *pilla*... »

Le soleil couchant s'était perché sur l'horizon et tirait une longue langue d'or sur la mer, qui l'étirait jusqu'au rivage sur ses vaguelettes.

« C'est une *île*, souviens-toi ! »

Remarque fort rusée de la part de Shashi car, si Ada n'éprouvait aucune inclination pour l'« Angleterre », elle avait une passion sans limites pour les îles. Elle avait, dans son irritation, oublié que l'Angleterre faisait partie, dans son coin de mer du Nord, d'une île en bonne et due forme – étrange sablier rose planté au sommet de la carte. Il y avait une mappemonde dans le bureau de son père, une vaste sphère ivoire montée sur un socle d'acajou, qu'Ada avait parfois le droit de faire pivoter, lorsque son père la laissait pénétrer dans ce domaine qui sentait le cigare. La mappemonde produisait en tournant un merveilleux cliquètement, évoquant un chœur de cigales. Ada avait fini par repérer cette île qui avait pour nom Grande-Bretagne et commenté la chose à son père en ces termes :

« Je ne vois pas bien ce qu'elle a de grand.

— Les apparences sont parfois trompeuses, tu sais, avait répondu M. Lovegrove, amusé. Il y a dans cette petite île la machine qui fait tourner le reste du monde », avait-il ajouté avec une nuance d'orgueil personnel qui avait curieusement irrité Ada.

« Bon, certes, concéda-t-elle devant Shashi. Une île, ce n'est pas si mal. Mais c'est une île pleine de fesses de singe !

— *Pilla !* »

Shashi riait sous cape.

« Il y a des choses qu'il ne faut pas dire. En tout cas, pas devant ton père et ta mère.

— Mon père et ma mère sont des fesses de singe ! » explosa la fillette.

Oh ! Délices du risque, vertige de l'insolence, contenus dans cette épithète accolée à de si dignes individus ! Ce fut l'étincelle qui alluma la flamme, laquelle ne tarda pas à avoir raison de la bouderie d'Ada. Le rire guettait. La petite fille s'empara de la main de son *ayah* et la serra très fort.

« Tu viendras avec moi, dis, Shashi ?

— Je serai là quand tu reviendras.

— Non, tu me manquerais trop. Viens avec nous. Papa et maman seront d'accord. »

Shashi secoua doucement la tête.

« *Pilla*, je ne peux pas vous suivre là-bas. Je me fanerais comme une fleur coupée. Mes racines sont ici.

— Les miennes aussi. »

Elles avaient atteint le bas de la colline et longeaient les palmiers qui bordaient le rivage. Les *dhows* se balançaient délicatement sur la mer d'huile, les voiles ferlées, tandis que des parsis en tunique blanche se rassemblaient sur la plage pour leurs prières vespérales. Ada s'interrompit dans sa marche et se tourna vers la mer d'or fondu, les derniers rayons du soleil réchauffant son visage. Elle était pénétrée d'une sensation sans nom, intense, merveilleuse et douloureuse à la fois. D'une voix plus douce, elle répéta ces mots : « Les miennes aussi, Shashi. »

Shashi lui décocha un sourire plein de bonté, mais resta silencieuse. Ce qui n'était guère dans ses habitudes. Ada en fut troublée. En l'espace d'un seul après-midi, le monde, lui semblait-il, était sorti de son axe ; tout paraissait légèrement déréglé. Les trois adultes qu'elle connaissait avaient brisé des horloges naguère exactes : désormais, comment pourrait-elle lire l'heure ?

Ces derniers temps, elle avait souvent eu cette impression. Était-ce parce qu'elle venait d'avoir huit ans ? Peut-être les adultes avaient-ils constamment de ces sensations.

La brise du soir leur apporta un parfum de sel et de fruit trop mûr. Un mendiant aveugle leur tendit sa sébile. Shashi y fit tomber une pièce et Ada changea de tactique.

« Ils ne peuvent pas me forcer, déclara-t-elle, désinvolte.

— Oh que si.

— Ce n'est pas juste.

— Vraiment ?

— Pas juste du tout.

— Tu te souviens de l'histoire du mariage du rat ?

— Bien sûr.

— Est-il juste que le rat, qui n'avait rien fait de mal, se soit retrouvé sans rien au monde qu'un derrière tout brûlé ?

— Pas juste du tout !

— Et que dire du marché que fit l'ours ? Le pauvre, il avait accompli tout ce qu'on lui demandait : a-t-il eu le *khichri* et les poires escomptés ? Ça non plus, ça n'est pas juste.

— C'est vrai.

— Eh bien, tu vois ? »

Ada fronça les sourcils. Elle ne s'était jamais rendu compte à ce jour que la plupart des contes de Shashi finissaient sur une note décourageante.

« Mais cet ours était *bevkuph* ! Complètement idiot. Si j'avais été à sa place, je me serais vengée de la femme du forestier.

— Un bel imbécile, concéda Shashi. Je sais bien que tu te serais vengée.

— C'était une menteuse !

— C'est vrai.

— Et une gloutonne.

— Tiens, quand on parle de gloutons… »

Elles étaient maintenant presque arrivées au marché. Il y avait encore foule et Shashi conduisit Ada par la main jusqu'à son étal préféré.

« Je crois qu'il est temps que nous nourrissions ce petit museau. Je n'ai pas envie de l'entendre se plaindre quand je choisirai mes fruits. »

Comment rester en colère avec un *chakkali* tiède et salé à la main, l'oreille pleine des chants des parsis, les bougies et les fleurs d'hibiscus flottant sur les vagues, ou disposées autour des étals, dans un monde que le crépuscule imprégnait de mauve et d'orange ? Ada se sentait à présent si joyeuse qu'elle ne se rappelait même plus la cause exacte de son irritation. Ses parents voulaient l'emmener en voyage sur une île ? Très bien.

Maman avait un besoin urgent de ses fruits, si bien que Shashi n'eut pas le temps de s'attarder comme elle le faisait d'habitude devant chaque marchand, pour dénicher les meilleures papayes, les meilleurs melons. Ada n'avait pas tout à fait fini de lécher son *chakkali* lorsqu'elles reprirent le chemin de la colline.

« Tu me raconteras l'histoire de la princesse Aubergine ?

— Encore ?

— C'est ma préférée. »

Pour être honnête, Ada aimait tous les contes de Shashi. D'ailleurs, même si Shashi avait décidé de lui lire l'un des rapports diplomatiques de M. Lovegrove, elle l'aurait écoutée avec autant de plaisir. Ce qu'elle aimait, au fond, c'était rester couchée à côté de Shashi, dont le nom signifiait « lune », tandis que les dernières lueurs du jour se dissipaient, donnant naissance aux étoiles de la nuit, et entendre la voix enchanteresse de son *ayah*, le cliquètement doux et saccadé des mots en punjabi dont elle brodait ses contes.

« S'il te plaît, Shashi.

— Peut-être.

— Allez !

— Très bien. Si tu m'aides à porter les fruits jusqu'à la maison, je te raconterai ce soir l'histoire de la princesse Aubergine, qui sut, par ruse, tromper la méchante reine.

— Oh, maintenant, plutôt, pendant que nous marchons !

— *Bāndara !* s'exclama Shashi en feignant de frapper l'oreille de la fillette. Petit singe ! Pour qui me prends-tu, pour me proposer un tel marché ? »

Le visage d'Ada se fendit d'un grand sourire. Elle ne regrettait pas d'avoir tenté sa chance, même si elle savait que Shashi refuserait. Ada connaissait les règles. Les conteurs d'exception attendaient toujours la nuit. Souvent, quand il faisait trop chaud pour dormir et qu'elles restaient étendues l'une à côté de l'autre, sur la plate-forme en haut de la maison, la fenêtre grande ouverte, Shashi parlait de son enfance au Pendjab. « Quand j'avais ton âge, commençait-elle toujours, on ne racontait jamais d'histoires entre le lever et le coucher du soleil, parce qu'il fallait travailler. Je n'ai pas eu comme toi une vie de plaisirs ! Toute la journée, je fabriquais du bois de vache, pour que nous ayons quelque chose à brûler la nuit. Ma mère filait, mon père et mes frères menaient les bœufs aux champs. Au village, il y avait toujours du travail. »

Ada avait entendu cette brève conférence à maintes reprises et, bien qu'elle sût que Shashi ne la lui imposait que pour souligner l'oisiveté et les plaisirs de sa vie d'enfant gâtée, il y avait de la magie dans la manière dont Shashi évoquait son village natal, si bien que ces récits étaient aussi merveilleux que de vrais contes.

« Bon, dit Ada en s'emparant du plus petit des deux paniers. Ce soir. Mais si j'arrive avant toi à la maison, tu me raconteras l'histoire de la princesse deux fois !

— Petite guenon ! »

Ada détala et Shashi poussa un cri, avant de s'élancer à sa poursuite. Elles coururent ensemble en riant comme deux folles. Et quand Ada lançait un coup d'œil à son *ayah* au doux regard, au grand sourire, elle se rendait compte que Shashi était la personne qu'elle aimait le plus au monde. Si on lui avait demandé, comme la méchante reine à la princesse Aubergine – moyen perfide de connaître ses faiblesses –, « sur quoi reposait sa vie », Ada eût reconnu sans doute qu'elle reposait sur Shashi.

Ainsi, ce soir-là, à Bombay, la mauvaise humeur d'Ada Lovegrove disparut avec le soleil couchant. Et lorsque Shashi et elle rentrèrent à la maison, dont la terrasse avait été soigneusement balayée, le porche décoré de bougies dans de grandes jarres de verre, l'odeur de l'herbe coupée flottant dans la chaude brise du soir, le son du piano filtrant par les fenêtres ouvertes, Ada fut envahie d'une telle plénitude, d'un tel ravissement, qu'elle lâcha son panier de fruits et se précipita dans le salon pour annoncer à sa mère qu'elle acceptait de les accompagner en Angleterre, pour ce voyage dans la patrie lointaine.

Mais les parents d'Ada ne respectèrent pas leurs engagements.

Après un pénible voyage par le canal de Suez, qu'Ada passa penchée par-dessus le bastingage ou couchée dans sa cabine, un linge humide sur le front, ils restèrent une semaine à Londres et en consacrèrent une autre à visiter les beautés du Gloucestershire, maman s'enthousiasmant jusqu'à l'extase pour les splendeurs du printemps anglais – en Inde, on avait si peu de « saisons » ! Puis ils arrivèrent un jour dans une maison à deux pignons, lovée dans un méandre de la haute Tamise.

Le ciel avait commencé à s'assombrir lorsque leur équipage bifurqua vers le sud et traversa le village de Burford. Lorsqu'ils prirent la route de Lechlade, la pluie se mit à tomber. Ada avait posé le front sur la vitre et contemplait les champs détrempés qui défilaient sous ses yeux. Qu'était-ce donc qui donnait aux couleurs de ce pays cet aspect laiteux, délavé ? M. et Mme Lovegrove étaient quant à eux étrangement silencieux depuis qu'ils avaient pris congé de lady Turner, leur hôtesse. Ada cependant ne le remarqua pas tout de suite.

Ils passèrent devant une pelouse triangulaire au milieu d'un petit village, puis une taverne qui s'appelait Le Cygne. Après l'église et son cimetière, la voiture s'engagea sur une étroite route toute en virages, aux bas-côtés affaissés, ce qui rendit le trajet des plus cahotants.

Ils n'auraient guère pu poursuivre plus loin lorsque l'équipage franchit un portail de fer forgé entre deux hauts murs de pierre. À droite, une sorte de grange surplombait une vaste prairie d'un vert très vif, que bordait une rangée de saules.

Les chevaux enfin s'immobilisèrent et le cocher descendit de son siège pour ouvrir la portière du côté de Mme Lovegrove. Un grand parapluie noir à la main, il l'aida à descendre.

— Birchwood Manor, madame ! dit-il d'un ton morose.

Les parents d'Ada avaient eu de longues conversations sur les gens et les endroits qu'ils allaient voir quand ils seraient en Angleterre. Mais avaient-ils jamais mentionné des amis qui vivaient à « Birchwood Manor » ? Ce nom ne disait rien à Ada.

Ada et ses parents s'engagèrent sur une allée pavée bordée de rosiers, qui menait à la demeure, à la porte de laquelle les attendait une femme dont les épaules saillaient vers l'avant, comme si, depuis l'enfance, elle ne pouvait se déplacer qu'en courant. Elle se présenta sous le nom de Mlle Thornfield.

Ada remarqua avec une curiosité polie qu'elle était bien différente des dames auxquelles les Lovegrove avaient rendu visite la semaine précédente. Celle-ci n'était pas fardée et sa coiffure était des plus sévères. Elle finit par comprendre que cette femme devait être la gouvernante, bien qu'elle n'en portât pas l'uniforme.

Les parents d'Ada firent montre à son égard d'une politesse scrupuleuse – les vraies dames, ne cessait de rappeler maman, ne traitent jamais les domestiques avec irrespect –, ce en quoi Ada les imita. Elle gratifia Mlle Thornfield de son plus délicat sourire et étouffa, lèvres closes, un bâillement. Avec un peu de chance, on les conduirait à la maîtresse de maison, qui leur offrirait du thé et une part de gâteau (il fallait admettre la supériorité des Anglais en matière de pâtisserie) ; une heure plus tard, ils auraient repris la route.

Mlle Thornfield les précéda dans un couloir sombre, lequel traversait ensuite deux vestibules et longeait un escalier, avant de parvenir en une pièce que l'austère personnage appelait « la bibliothèque ». Trônaient au beau milieu de ladite bibliothèque un canapé et deux vieux fauteuils ; les murs étaient couverts d'étagères débordant de livres et d'une foule d'*objets d'art**. À l'extrémité de la pièce, une fenêtre donnait sur un jardin que dominait en son centre un grand marronnier. Plus loin, on distinguait une prairie et une grange en pierre. La pluie s'était interrompue. Une pâle lumière perçait des nuages sans vigueur. En Angleterre, même la pluie manquait de consistance.

Ce fut à compter de ce moment que les événements prirent un tour surprenant. Ada reçut l'ordre de patienter tandis que ses parents allaient prendre le thé dans une autre pièce.

Ada lança un regard irrité à sa mère tandis que celle-ci se retirait, accompagnée de son mari. Il était toujours préférable de faire part de ses humeurs. Mais à la vérité, elle n'était pas fâchée de cet abandon éphémère. Les adultes, avait-elle constaté au cours de ce voyage familial en Angleterre, pouvaient se montrer redoutablement ennuyeux. De plus, la bibliothèque, au premier abord, semblait regorger de curiosités qu'il serait plus agréable de découvrir sans chaperon pour lui ressasser l'éternel : « On ne touche qu'avec les yeux ! »

Dès que les adultes se furent éclipsés, Ada se mit à explorer les lieux, extrayant les ouvrages des étagères pour les feuilleter, soulevant les couvercles de fragiles *bonbonnières** ou de pots aux formes singulières, étudiant les cadres exposés aux murs, où les fleurs séchées alternaient avec les plumes et les fougères, toutes soigneusement identifiées d'une fine écriture à l'encre noire. Elle s'attarda enfin sur une collection de pierres de tailles diverses dans une vitrine, cadenassée, certes, mais Ada s'aperçut avec plaisir que le couvercle se soulevait sans peine et qu'elle pouvait ainsi toucher les pierres et les inspecter sous toutes leurs coutures. Ce dont elle ne se priva pas, remarquant leurs formes et leurs marques particulières. Mais qu'elle était bête ! Ce n'étaient pas de simples pierres mais des fossiles. Ada les avait découverts dans un ouvrage de M. Wood, intitulé *Nouvelle histoire naturelle illustrée*, que son père avait commandé à Londres pour son septième anniversaire. Les fossiles étaient les témoins de formes de vie anciennes, dont certaines avaient complètement disparu de la surface de la terre. Maman, qui, à Bombay, faisait l'école à sa fille, lui avait lu quelques extraits d'un livre de M. Charles Darwin, si bien qu'Ada savait tout désormais de l'évolution des espèces.

Elle dénicha aussi dans la vitrine, sous l'étagère des fossiles, une pierre plus petite, de forme vaguement triangulaire, gris foncé, très lisse. L'un des angles était percé d'un petit trou, et la pierre était striée de fines lignes plus ou moins parallèles. Ada s'en saisit et la retourna entre ses doigts. Le contact était froid et lui procura une étrange sensation.

— Savez-vous ce qu'est cette pierre ?

Ada sursauta et, dans sa surprise, fit de son mieux pour ne pas laisser tomber le curieux objet.

Puis elle fit volte-face pour savoir d'où venait la voix.

Elle ne vit personne dans les fauteuils ni sur le canapé. La porte était encore fermée. Quelque chose bougea à la périphérie de son champ visuel. Ada tourna la tête. Une femme surgit alors d'un recoin près de la cheminée, qu'Ada n'avait pas remarqué en entrant dans la pièce.

— Je n'avais pas l'intention de toucher à quoi que ce soit, en fait, dit-elle en serrant la petite pierre grise au creux de sa main.

— Et pourquoi donc ? Ces trésors exercent pourtant un attrait irrésistible – en tout cas, c'est ce que je pense. Mais vous ne m'avez pas répondu : savez-vous ce qu'est cette pierre ?

Ada fit non de la tête, oubliant les leçons de maman, qui lui avait maintes fois répété que cette façon de répondre était grossière.

La femme s'approcha pour lui reprendre la pierre. De près, elle semblait plus jeune qu'au premier regard. De l'âge de maman, peut-être, se dit Ada, mais c'était bien le seul point commun entre elles. Le bas des jupes de la dame était tout sale, comme lorsque Ada jouait dans la basse-cour, derrière le jardin des cuisines, à Bombay. Sa chevelure était hérissée d'épingles qu'elle avait dû planter elle-même, car elles ne tenaient pas en place. De surcroît, il n'y avait ni poudre ni fard sur son nez tavelé de taches de rousseur.

— C'est une amulette, finit par dire la femme en soupesant la pierre dans sa paume. Il y a quelques milliers d'années, quelqu'un l'a portée autour du cou pour se protéger. Ce trou (elle y introduisit le bout de son petit doigt aussi profondément qu'elle le put) était destiné à recevoir une cordelette, laquelle est tombée en poussière il y a des siècles.

— Pour se protéger de quoi ? demanda Ada.

— Du mal. Sous toutes ses formes.

Ada avait ce don particulier de percevoir le degré de sincérité des adultes. Cette femme, qui qu'elle fût, ne mentait pas.

— Et où trouve-t-on ces pierres ?

— Celle-ci, je l'ai dénichée il y a des années, dans les bois, derrière la maison.

La femme rangea l'amulette sur son étagère avant d'extraire une petite clé de sa poche, à l'aide de laquelle elle ferma le cadenas de la vitrine.

— Mais d'aucuns disent que c'est l'amulette qui vous trouve, et non l'inverse. Que la terre sait exactement avec qui et quand elle doit partager ses secrets.

Le regard de la femme croisa celui d'Ada.

— Vous devez être la jeune personne qui nous vient des Indes ?

Ce à quoi Ada répondit qu'en effet elle était venue d'Inde, de Bombay, pour visiter l'Angleterre.

— Bombay, répéta la femme, semblant se délecter de prononcer ce mot. Dites-moi : quelle est l'odeur de la mer à Bombay ? Les plages de la mer d'Arabie sont-elles de sable ou de galets ? Et la lumière, là-bas, est-elle vraiment plus vive qu'ici ?

Du geste, elle indiqua le canapé et s'installa à côté d'Ada, qui répondit à ces questions et à quelques autres avec la docilité méfiante d'une enfant qui n'est pas habituée à recevoir des marques d'intérêt sincère de la part des adultes. La femme l'écouta avec attention, émettant de temps à autre de petits sons de surprise ou de contentement, parfois même les deux.

— Parfait. Je vous remercie, finit-elle par dire. Ce que vous venez de me rapporter restera gravé dans mon esprit, mademoiselle… ?

— Lovegrove. Ada Lovegrove.

Ada serra la main que lui tendait la femme comme si elles étaient deux personnes adultes se croisant dans la rue.

— Ce fut un plaisir que de faire votre connaissance, mademoiselle Lovegrove. Je m'appelle Lucy Radcliffe et je suis la…

La porte s'ouvrit sur la mère d'Ada qui pénétra dans la bibliothèque, accompagnée de cette turbulence exubérante qui ne la quittait jamais. Le père d'Ada et Mlle Thornfield fermaient la marche, et Ada se leva d'un bond, prête à repartir. Mais…

— Non, ma chérie, déclara Mme Lovegrove avec un sourire. Il faut que tu restes ici cet après-midi.

— Toute seule ? s'étonna Ada, sourcils froncés.

Maman eut un bon rire.

— Oh, ma chérie, tu n'es pas seule du tout ! Il y a Mlle Thornfield, Mlle Radcliffe et… regarde derrière toi, toutes ces charmantes petites filles !

Ada lança un coup d'œil à la fenêtre, par-dessus son épaule. Soudain, comme obéissant à un signal, une ribambelle de petites filles – de ces jeunes Anglaises aux longues boucles blondes coiffées en queue-de-cheval – surgirent dans le jardin. Elles se dirigeaient vers la maison en petits groupes, discutant joyeusement. Quelques-unes portaient des chevalets et des boîtes de peinture.

Ce qu'Ada vivait depuis une heure était si inattendu et si mystérieux que l'apparition des fillettes ne suffit même pas à lui faire comprendre la nature du lieu où elle se trouvait. Plus tard, une fois qu'elle se fut abondamment reproché sa naïveté, une petite voix vint lui rappeler à plusieurs reprises, en guise d'excuse, qu'elle n'avait que huit ans et que c'était la première fois de sa vie qu'elle voyait une école. De fait, rien, vraiment rien de ce qu'elle avait vécu jusqu'ici ne l'avait préparée à la surprise que ses parents lui réservaient.

De sorte que ce jour-là elle laissa simplement sa mère la serrer contre elle, manifestation d'affection singulière dans une journée déjà passablement bizarre, et son père lui tapoter d'une main ferme l'épaule en lui enjoignant de « toujours faire de son mieux ». Puis elle les regarda se retourner et s'éloigner bras dessus, bras dessous, franchir la porte et disparaître dans les couloirs qui les ramenaient vers le monde extérieur et leur voiture.

Ce fut Mlle Thornfield qui finit par lui dévoiler le pot aux roses. Ada avait emboîté le pas à ses parents, auxquels elle voulait demander quelques précisions sur ce qu'elle devait faire pendant tout cet après-midi à Birchwood Manor. Mlle Thornfield l'agrippa par le poignet.

— Mademoiselle Lovegrove, annonça-t-elle avec un sourire chagrin, je vous souhaite la bienvenue au pensionnat pour jeunes filles de Mlle Radcliffe.

Pensionnat. Jeunes filles. Bienvenue. Ada aimait les mots, qu'elle collectionnait avec ferveur, mais ces quatre-là lui firent l'effet d'une douche glacée.

La panique la submergea ; elle oublia dans l'instant les bonnes manières dont maman lui intimait constamment de faire montre. Mlle Thornfield était une menteuse, un babouin, une vieille sorcière ; peut-être alla-t-elle même jusqu'à hurler « *Bevkuph !* » de toute la force de ses poumons.

Puis elle s'arracha à l'étreinte de Mlle Thornfield et s'élança dans les couloirs du manoir, tel un guépard, dépassant les pensionnaires qui s'y trouvaient encore, bousculant une grande jeune fille aux boucles d'or qui émit une exclamation sonore. Ada, avec un feulement, la repoussa contre le mur avant de reprendre sa course jusqu'à la porte d'entrée, puis le long de l'allée que l'attelage avait empruntée à peine une heure plus tôt pour les déposer, elle et ses parents, en ces lieux.

Il n'y avait plus trace du véhicule et Ada hurla de colère et de frustration.

Qu'est-ce que cela voulait dire ? Sa mère n'avait parlé que d'un après-midi, mais les quatre mots de Mlle Thornfield lui donnaient à comprendre une tout autre histoire. N'allait-elle pas rester dans cette école… un certain temps ?

Des jours, des mois peut-être, et non des heures.

Ada passa une bonne partie de l'après-midi à traîner au bord de la rivière, à extraire les roseaux de leur fourreau, se servant de leurs tiges pour abattre les longues herbes qui tapissaient la rive. Elle épia l'horrible manoir qui se dressait au loin, haïssant la moindre de ses pierres de toutes ses forces. Et quand elle pensait à Shashi, des larmes, brûlantes, rageuses, lui venaient aux yeux.

Ce ne fut que lorsque le soleil s'approcha de l'horizon qu'Ada, se rendant compte qu'elle était seule dans un bosquet de plus en plus sombre, se rapprocha de la prairie et longea le mur de pierre qui encerclait la propriété jusqu'au portail. Elle s'assit en tailleur sur l'herbe, les yeux fixés sur l'allée qui ramenait au village, pour être certaine de ne pas rater le retour de la diligence. La lumière passa du très jaune au moins jaune, et son cœur se serra au souvenir des grandes cicatrices noires que les feuilles des palmiers découpaient dans le ciel orange et violacé là-bas, à la maison, des odeurs âcres, du brouhaha de la foule, des prières scandées des parsis.

La nuit était presque tombée lorsqu'elle sentit une présence derrière elle.

— Bon, venez maintenant, mademoiselle Lovegrove.

Mlle Thornfield surgit des ténèbres.

— C'est l'heure de dîner. Vous n'allez tout de même pas vous priver de nourriture pour votre première soirée ici !

— Je dînerai avec mes parents quand ils reviendront, dit Ada. Ils vont venir me chercher.

— Non. Ils ne reviendront pas. Pas ce soir. Comme j'ai essayé de vous l'expliquer, ils vous ont confiée à notre institution.

— Je ne veux pas rester ici.

— Quoi qu'il en soit…

— Je ne veux pas.

— Mademoiselle Lovegrove !

— Je veux rentrer à la maison !

— Vous êtes ici chez vous, désormais, et plus tôt vous accepterez ce fait, mieux cela vaudra.

Mlle Thornfield se raidit visiblement en prononçant ces mots et sembla gagner dix bons centimètres, se dépliant comme une échelle, de la taille jusqu'aux épaules voûtées, si bien qu'Ada ne put s'empêcher de penser à la manière dont les crocodiles étirent leurs écailles.

— Reprenons, déclara-t-elle fermement. C'est l'heure de dîner, et quelles que soient les habitudes que vous avez prises aux colonies, mademoiselle Lovegrove, je puis vous assurer qu'il n'y a pas de second service à Birchwood Manor.

Chapitre 11

Ainsi se retrouva-t-elle, soixante-trois jours plus tard, tapie dans les ténèbres humides d'un réduit secret qu'elle avait découvert entre les boiseries et le mur d'un des couloirs du premier étage du pensionnat pour jeunes filles de Mlle Radcliffe. Ses parents, avait-elle cru comprendre, étaient de retour à Bombay : mais cette information ne lui avait pas été communiquée directement car, comme Mlle Thornfield le lui avait expliqué, ils voulaient donner le temps à leur fille de « se faire à son nouvel environnement » avant de lui écrire la moindre lettre. « Cela démontre une grande sollicitude de leur part ! » Telle fut la réaction de Mlle Thornfield. « Ils ne voulaient pas vous faire de peine. »

Ada plaqua l'oreille sur le panneau de bois et ferma les yeux, même s'il faisait déjà noir. Cela lui permettait d'aiguiser ses autres sens. Elle avait parfois l'impression de pouvoir entendre murmurer les nœuds du bois. Nœuds, cela ressemblait à vœux, et c'était une distraction bien agréable de s'imaginer ces nœuds transformés en désirs, tourbillonnant dans le grain du bois et lui parlant d'une voix enchanteresse. Cela la faisait se sentir mieux.

Du couloir lui parvinrent soudain deux autres voix, bien réelles, celles-ci, quoique étouffées. Ada ouvrit grands les yeux.

— Mais je l'ai vue passer par là !

— Impossible.

— Je te dis que si.

— Eh bien ? Si c'était le cas, elle serait devant nous. Qu'est-ce que tu crois ? Qu'elle peut se rendre invisible ?

Un silence suivit, puis l'une des deux voix reprit, furieuse :

— Je te dis que je l'ai vue passer par là. Je sais ce que je dis. Elle est là, quelque part, c'est sûr. Il n'y a qu'à attendre.

Tapie derrière la boiserie, Ada expira sans bruit. L'un de ses pieds était tout engourdi. Elle était immobilisée dans la même position depuis au moins vingt-cinq minutes maintenant mais, si elle avait un talent – sans rapport avec ce qu'on essayait de lui enseigner dans cette école *bevkuph*, couture, piano, peinture –, c'était bien l'obstination. Shashi l'appelait toujours « ma petite *khacara* », « ma petite mule ». Ces deux filles pouvaient bien l'attendre tout leur soûl dans le couloir, elle serait plus patiente qu'elles.

Ses deux persécutrices se nommaient Charlotte Rogers et May Hawkins. Elles avaient quatre ans de plus qu'elle et Charlotte était particulièrement grande pour son âge. Le père de Charlotte était membre du Parlement et celui de May un industriel de renom. Ada jusqu'ici n'avait pas eu l'occasion de se mêler aux autres enfants mais, fine observatrice, elle apprenait vite. Il ne lui avait pas fallu beaucoup de temps pour comprendre que régnait sur le pensionnat pour jeunes filles de Mlle Radcliffe une petite bande d'élèves plus âgées qui exigeaient des plus jeunes une obéissance absolue.

Ada cependant n'avait pas l'habitude de se voir dicter sa conduite par d'autres enfants. De plus, dotée d'un sens de la justice particulièrement pointilleux, elle était incapable de se conformer à un règlement inique. Si bien que, lorsque Charlotte Rogers tenta de lui extorquer les rubans que Mme Lovegrove lui avait achetés à Londres, Ada refusa net. C'étaient ses rubans, elle les aimait beaucoup et n'avait aucune envie de s'en séparer, merci bien. Lorsque Charlotte et son acolyte l'acculèrent dans un recoin de l'escalier et lui ordonnèrent de ne pas émettre le moindre cri pendant que May lui retournait les doigts pour tester la souplesse de ses articulations, Ada planta le talon sur les orteils de son aînée en hurlant : « Arrête immédiatement ! »

Lorsque May et Charlotte allèrent raconter à l'intendante que c'était Ada – pur mensonge ! – qui s'était faufilée dans le garde-manger pour goûter aux confitures nouvelles, Ada n'hésita pas à protester sur-le-champ. Non seulement elle n'y était pour rien mais, de surcroît, elle avait vu de ses propres yeux Charlotte Rogers pénétrer subrepticement dans les cuisines un soir.

Ces trois épisodes n'avaient guère contribué à la bonne entente entre Ada et les deux jeunes filles, il est vrai, mais leur inimitié datait en fait de l'arrivée d'Ada à Birchwood Manor. Car lorsque Ada était sortie en courant de la bibliothèque, mue par l'espoir de rattraper ses parents avant qu'ils ne disparussent, la pensionnaire qu'elle avait bousculée sans ménagement n'était autre que Charlotte Rogers. Cette dernière, dans sa surprise, avait poussé un cri d'orfraie qui avait déclenché les rires et les moqueries des autres pensionnaires, y compris les plus jeunes. Le feulement presque animal d'Ada n'avait pas arrangé les choses.

« Ah, voilà la petite chatte sauvage de Bombay », avait déclaré Charlotte à leur rencontre suivante.

Leurs chemins s'étaient croisés dans le jardin, devant le manoir. Ada était assise seule sous le petit érable du Japon, près du mur. Charlotte paradait au milieu d'une troupe gloussante de fillettes aux anglaises enrubannées.

Tandis que Charlotte attirait l'attention de sa cour sur la solitaire Ada, sa jolie frimousse s'était fendue d'un grand sourire avide, éclatant.

« Voilà la jeune personne dont je vous entretenais, mesdemoiselles. Ses parents sont venus exprès d'Inde pour la confier à notre établissement, dans l'espoir de lui inculquer quelque civilisation. » Une des pensionnaires ricana ; Charlotte, s'enhardissant, écarquilla des yeux au regard froid et bleu. « Ada, je voudrais que tu saches que nous sommes toutes déterminées à te venir en aide. Si tu as besoin de quoi que ce soit, vraiment quoi que ce soit, n'hésite pas à nous en parler. Ah, tant que j'y pense, il y a un cabinet de toilette à l'école. Mais si tu préfères creuser un trou dans la terre, vas-y, si ça peut te faciliter les choses. »

Un éclat de rire général avait salué cette saillie. Des larmes de honte et de rage étaient montées aux yeux d'Ada. Une image lui était venue à l'esprit, spontanément, du visage rayonnant de Shashi tandis qu'elle et Ada étaient couchées l'une contre l'autre sur la plate-forme du toit, à Bombay ; de l'immense et radieux sourire qui lui venait lorsqu'elle racontait des histoires de son enfance au Pendjab et se moquait, sans jamais se départir de sa douceur, de la vie privilégiée d'Ada. Pour Ada, les stupides plaisanteries de Charlotte sur l'Inde semblaient, de manière inexplicable, viser directement Shashi, comme si elle voulait en rendre Ada complice.

Ada, par défi, avait décidé de ne pas donner à ses persécutrices le plaisir d'une réaction. Elle avait chassé de son esprit tout souvenir de Shashi, toute considération de sa propre et terrible nostalgie, et regardé droit devant elle, feignant de ne pas voir les autres filles. Au bout d'un moment, les lazzis se poursuivant, elle avait commencé à se raconter une histoire en punjabi, cette langue si douce, de la voix le plus insouciante possible. Comportement que Charlotte n'avait guère goûté : son air réjoui avait fini par disparaître et, tandis qu'elle ordonnait le retrait général à ses troupes, elle avait fixé Ada le front plissé, la mine soucieuse, comme si la « petite chatte sauvage » était un problème à résoudre, un vrai casse-tête.

Charlotte n'avait pas tort sur un point : si les parents d'Ada l'avaient confiée au pensionnat pour jeunes filles de Mlle Radcliffe, c'était dans le vain espoir qu'elle pût être transformée par magie en une vraie demoiselle anglaise. Mais même si Ada savait très bien ce qu'était un cabinet de toilette, elle n'avait rien d'une petite fille modèle et n'avait pas la moindre ambition dans ce domaine. Elle ne savait pas coudre un bouton et posait bien trop de questions dont les réponses devaient être mûrement réfléchies. De plus, elle était incapable de tirer le moindre son harmonieux d'un quelconque instrument. Si sa mère faisait chanter le piano de la bibliothèque de mélodies qui flottaient dans la brise tiède de Bombay, Ada ne réussissait qu'à torturer le clavier d'une si terrible manière que son père, pourtant assez disposé en général à priser ses exploits enfantins, soulevait les épaules, afin que le haut de son col dur lui protège les tympans.

Les leçons dispensées au pensionnat pour jeunes filles de Mlle Radcliffe étaient donc la plupart du temps de véritables corvées pour Ada. Les seules matières qui lui apportaient un vague plaisir étaient celles que Mlle Radcliffe enseignait elle-même, les sciences et la géographie. Ada s'était également inscrite à la Société d'histoire naturelle de Mlle Radcliffe. Elle en était l'unique membre, à l'exception d'une élève du nom de Meg dont l'intelligence paraissait singulièrement limitée et qui se contentait, la plupart du temps, de suivre le mouvement en fredonnant des airs de danse à la mode et de cueillir des fleurs de trèfle dont elle tirait des couronnes ouvragées.

La Société d'histoire naturelle était le seul élément positif de l'exil forcé d'Ada à Birchwood Manor. Tous les samedis matin et tous les jeudis après-midi, Mlle Radcliffe entraînait ses deux adhérentes dans des randonnées à travers la campagne, qui pouvaient parfois durer des heures. Elles traversaient des champs boueux, des torrents gonflés d'eau, arpentaient collines et forêts. Parfois, elles se rendaient à bicyclette plus loin encore, vers Uffington pour voir le Cheval blanc, ou Barbury pour visiter le fort de l'âge du fer, et même, au-delà encore, les cercles de pierres d'Avebury. Elles apprirent rapidement à reconnaître ce que Mlle Radcliffe désignait sous le nom de « lavognes ». Selon Mlle Radcliffe, les hommes préhistoriques les avaient creusées pour emmagasiner l'eau. La directrice du pensionnat aimait à dire que les vestiges de ces communautés anciennes étaient visibles partout : il suffisait de faire bon usage de ses yeux.

Les bois qui jouxtaient le manoir regorgeaient eux-mêmes de ces secrets du passé. Mlle Radcliffe leur montra un jour un petit monticule, derrière la clairière, que l'on appelait « le mont du dragon ». « Selon toute probabilité, c'est une tombe anglo-saxonne, avait-elle expliqué aux fillettes. Le nom vient de ce que les Anglo-Saxons pensaient que leurs trésors étaient protégés par des dragons. Une idée que les Celtes auraient jugée absurde. Pour eux, ce genre d'éminence ne pouvait être qu'un "mont des fées", sous lequel se trouvait l'entrée du pays féerique. »

Ada s'était alors souvenue de l'amulette protectrice. Était-ce au mont du dragon que Mlle Radcliffe l'avait ramassée ? « Pas loin d'ici, en effet, avait répondu Mlle Radcliffe. À deux pas, vraiment. »

L'appartenance à la Société d'histoire naturelle donnait à Ada l'occasion d'exercer ses talents naissants de détective : chercher des indices, résoudre des énigmes. Chaque vestige extrait du sol racontait une histoire, une existence secrète vécue bien avant qu'il finisse par tomber entre leurs mains. Ces découvertes donnèrent lieu bientôt à une sorte de jeu, qui consistait à imaginer l'histoire la plus excitante pour ces trouvailles – sans perdre de vue la vraisemblance scientifique : elles n'étaient pas des romancières, tout de même.

Mlle Radcliffe leur permettait toujours de garder le produit de leurs fouilles. C'était une règle d'or chez elle : la terre, leur avait-elle expliqué, révèle ses secrets en temps et heure à la personne de son choix. « Et les fleuves ? » avait demandé Ada, un samedi matin où elles longeaient un cours d'eau. Question que lui avait dictée un souvenir de Shashi, qui lui avait raconté un jour qu'une inondation avait dévasté son village et emporté au passage ses trésors de petite fille. Ada se rendit compte trop tard de son effroyable manque de tact : à cette époque-là, la rumeur du pensionnat lui avait déjà appris que le frère de Mlle Radcliffe était mort par noyade. « Les fleuves, ce n'est pas la même chose, avait répondu la directrice d'une voix calme, le visage pâlissant cependant sous ses taches de rousseur. Les fleuves sont toujours en mouvement. Ils emportent leurs secrets et leurs mystères jusqu'à la mer. »

Mlle Radcliffe elle-même tenait de l'énigme. Pour quelqu'un qui avait accolé son nom à une école dont le but essentiel était de transformer ses pensionnaires en jeunes personnes civilisées, elle manquait singulièrement des qualités qui font les vraies dames. Oh, elle faisait montre de toutes les « bonnes manières » dont maman se gargarisait : elle n'ouvrait pas la bouche quand elle mâchait et ne rotait jamais à table. Mais pour le reste, elle ressemblait plutôt à papa, de l'avis d'Ada : ne fût-ce que pour son pas volontaire de randonneuse, sa détermination à aborder des sujets tels que la politique et la religion, son entêtement à considérer qu'il incombe à chacun de poursuivre et d'approfondir ses connaissances, et d'exiger les moyens de le faire dans les meilleures conditions possible. Mlle Radcliffe passait le plus clair de son temps au grand air et ne se souciait nullement de la mode. Elle était toujours vêtue de la même façon : bottines à boutons en cuir noir et costume de marche vert, dont la longue jupe était toujours festonnée de boue. Elle ne sortait jamais sans son grand panier d'osier, qui ressemblait à celui de Shashi, mais, si cette dernière s'en servait pour transporter les fruits et les légumes, celui de Mlle Radcliffe accueillait des bouts de bois, des cailloux, des œufs d'oiseaux, des plumes et tout ce qui dans la nature éveillait son intérêt.

Ada n'était pas la seule pensionnaire qui eût remarqué les idiosyncrasies de Mlle Radcliffe. Certes, l'école appartenait à cette dernière. Et pourtant, en dehors de quelques discours où elle exhortait ardemment « ses jeunes filles » à apprendre le plus de choses possible tout en leur rappelant, non sans sévérité, que « le temps est votre possession la plus précieuse, jeunes filles : il faut être bien sotte pour en gâcher la moindre minute », elle avait entièrement délégué les questions d'administration et de discipline de l'établissement à Mlle Thornfield, sa directrice adjointe. Les autres filles la soupçonnaient à voix basse d'être une sorcière. Pour commencer, Mlle Radcliffe ne collectait-elle pas des plantes et autres étranges ingrédients ? Sans parler de la pièce où elle les conservait, à savoir un réduit attenant à sa chambre à coucher, où les pensionnaires ne pouvaient pénétrer sous peine de terribles châtiments. « C'est là qu'elle prépare ses sortilèges, affirmait Angelica Barry. Je l'ai entendue à travers le mur, qui psalmodiait et qui récitait des formules. » Et Meredith Sykes jurait sur ce qu'elle avait de plus cher qu'un jour elle avait aperçu par la porte entrouverte un crâne humain trônant au milieu des pierres et des fossiles.

Une chose était certaine : Mlle Radcliffe adorait Birchwood Manor. Elle n'élevait la voix que pour admonester une élève qui s'était laissée glisser sur la rampe de l'escalier ou avait donné des coups de pied aux plinthes. Lors de l'une de leurs marches dans le Wiltshire, Mlle Radcliffe et ses cosociétaires s'étaient mises à parler de la solitude et des lieux particulièrement affectionnés. Mlle Radcliffe avait expliqué que Birchwood Manor avait appartenu à son frère, mort depuis de longues années. Bien qu'il lui manquât plus que tous ceux et tout ce qu'elle eût jamais perdus, elle sentait encore sa présence dans la maison qu'il avait habitée.

« C'était un peintre, avait un jour déclaré tout à trac Meg, en détachant quelques secondes son regard du collier de trèfles qu'elle confectionnait. Le frère de Mlle Radcliffe. Un personnage célèbre, mais sa fiancée a été abattue d'un coup de fusil et le chagrin l'a rendu fou. »

Sa méditation interrompue par l'approche de ses persécutrices, Ada s'étira prudemment dans sa cachette, en prenant soin de ne pas faire le moindre bruit. Elle ne savait pas grand-chose de l'amour ni des fiançailles, mais elle savait à quel point il est douloureux d'être séparé de ceux que l'on aime et éprouvait une compassion infinie pour Mlle Radcliffe. L'expression de profonde tristesse qui s'emparait de cette dernière lorsqu'elle se croyait à l'abri des regards s'expliquait, avait décidé Ada, par la mort de son frère artiste.

Comme si Mlle Radcliffe avait pu lire dans les pensées de la petite fille, une voix familière retentit de l'autre côté de la boiserie.

— Jeunes filles, que faites-vous dans le couloir ? Vous savez que Mlle Thornfield n'a aucune sympathie pour les gens qui traînent à ne rien faire.

— Oui, mademoiselle Radcliffe, répondirent les deux pensionnaires, en chœur.

— Je ne comprends pas ce qui peut vous attirer dans ce bout de couloir, mesdemoiselles.

— Rien, mademoiselle Radcliffe !

— J'espère que vous ne vous amusez pas à frotter ces clubs de hockey contre mon mur ?

— Non, mademoiselle Radcliffe !

— Eh bien, déguerpissez maintenant, et je m'abstiendrai peut-être de signaler cette infraction à Mlle Thornfield, afin que vous échappiez à la retenue.

Ada entendit les pas des jeunes filles s'éloigner et s'autorisa un infime soupir de soulagement.

— Vous pouvez sortir, mon enfant, murmura Mlle Radcliffe en pianotant sur la cloison. N'êtes-vous pas en train de manquer un cours, comme ces demoiselles ?

Ada glissa l'index sous le loquet secret pour le soulever, avant d'entrouvrir la porte. Mlle Radcliffe s'était déjà éclipsée et la fillette put sortir de sa cachette, s'émerveillant une fois de plus de l'ingéniosité du mécanisme. Une fois la porte refermée, elle était impossible à détecter.

C'était Mlle Radcliffe qui lui avait révélé le réduit secret. Un jour, elle avait trouvé Ada – qui eût dû être en cours de musique, avec les autres filles – cachée derrière les lourdes tentures de brocart de la bibliothèque. Mlle Radcliffe l'avait immédiatement conviée dans son bureau « pour une petite conversation ». Ada s'attendait à une sévère réprimande ; au lieu de quoi Mlle Radcliffe l'avait priée de prendre le siège de son choix et lui avait tenu le discours suivant : « Quand j'ai découvert cette maison, je n'étais pas beaucoup plus âgée que vous. Mon frère et ses amis étaient déjà adultes et ne s'intéressaient guère à moi, occupés qu'ils étaient à d'autres sujets. J'avais la bride sur le cou, comme ils disaient, et, ayant une certaine disposition à la (Mlle Radcliffe eut un instant d'hésitation) *curiosité*, je me suis livrée à des explorations sans doute plus approfondies que ce à quoi les adultes s'attendaient. »

Birchwood Manor, avait-elle expliqué, était vieux de plusieurs siècles ; la demeure avait été construite à une époque où certains de ses habitants avaient d'excellentes raisons pour fuir les autorités. Elle avait alors invité Ada à la suivre et, pendant que toutes les pensionnaires chantaient *L'Ode à la joie* de Beethoven dans la salle de musique, au rez-de-chaussée, Mlle Radcliffe avait montré la cachette secrète à sa petite élève. « Je ne sais si c'est votre cas, mademoiselle

Lovegrove, mais j'ai souvent eu dans mon existence des moments où j'avais très envie de me rendre invisible. »

Ada remonta d'un pas rapide le couloir qui conduisait au grand escalier. Mais au lieu de descendre en cours d'éducation musicale, elle se dirigea tout droit vers le dernier étage. Là, sous les toits, elle partageait avec une autre pensionnaire, Margaret Worthington, une chambre baptisée « grenier est ».

Le temps était compté : le cours allait bientôt prendre fin et ses condisciples retrouveraient leur liberté. Ada s'agenouilla sur le sol et souleva le tour de lit en coton. Sa valise n'avait pas bougé d'un pouce. Soulagée, elle l'attira précautionneusement à elle.

Dès qu'elle l'eut ouverte, la minuscule boule de fourrure qu'elle contenait cligna des yeux et ouvrit le museau pour émettre un miaulement aussi silencieux qu'insistant.

D'une main, elle s'empara du chaton et le serra contre elle.

— Oh, ne t'inquiète plus, mon chéri, murmura-t-elle tout contre son front duveteux. Je suis revenue !

Le chaton malaxa la robe d'Ada de ses coussinets de velours et se lança dans une plainte furieuse exprimant tant sa faim que son besoin d'amour. Ada, sourire aux lèvres, fourra la main dans la poche de son tablier (que sa mère lui avait trouvé chez Harrods) pour en extraire un bocal de sardines qu'elle avait volé au garde-manger le matin même.

Pendant que le chaton se dégourdissait les pattes, longeant à grandes enjambées les plinthes de la chambre comme s'il se fût agi des baobabs d'une immense savane, Ada dévissa le couvercle du bocal et en sortit une première sardine à la queue huileuse.

— Viens manger, Bilī, chaton, viens, viens, appela-t-elle d'une voix douce en balançant le poisson entre le pouce et l'index.

Bilī trotta vers la fillette et déchiqueta la sardine en un rien de temps, avant de faire subir le même sort à toutes les suivantes, jusqu'à ce que le bocal soit vide. Puis il se mit à pousser des miaulements plaintifs : Ada, complaisante, finit par poser le bocal sur le flanc pour que Bilī puisse en lécher délicatement le jus.

— Oh, le petit glouton, dit Ada, pétrie d'admiration. Mais c'est que tu as le bec tout mouillé, maintenant.

Ada avait sauvé la vie de Bilī une semaine plus tôt. Un jour qu'elle évitait de se trouver sur le chemin des terribles Charlotte et May, elle s'était aventurée à l'autre bout de la prairie, derrière le manoir, à l'endroit où le méandre de la Tamise s'engageait dans les bois pour y disparaître à la vue.

Ada avait entendu des bruits de l'autre côté de la forêt, qui lui rappelaient les jours de fête à Bombay. En remontant la rivière vers l'ouest, elle était bientôt arrivée en vue d'un campement tsigane installé dans une clairière. Il y avait des roulottes, des feux de camp, des chevaux, des chiens et des enfants qui faisaient voler un cerf-volant à la longue queue de rubans multicolores.

Un jeune garçon en haillons, qui ne jouait pas avec les autres, s'était alors approché de la rivière, un sac sur l'épaule. Il sifflait un air qui semblait presque familier à Ada. Curieuse, elle l'avait suivi et l'avait épié, accroupie derrière un arbre, tandis qu'il sortait de petits objets de son sac pour les lancer dans la rivière. Peut-être était-il en train de nettoyer des chiffons ou des mouchoirs, comme les gens de Bombay le faisaient souvent dans le Dhobi Ghat. Ce n'était que lorsqu'elle avait entendu un cri ténu, bientôt suivi de quelques autres, qu'elle avait compris le sens de ses gestes. Ce n'étaient ni des mouchoirs ni des chiffons qu'il tirait de son sac.

« Hé, toi, là-bas, qu'est-ce que tu fabriques ? » avait-elle clamé en bondissant à son côté.

Le garçon avait levé les yeux vers elle. Sa stupéfaction était aussi manifeste que sa crasse.

« Je t'ai demandé ce que tu fabriquais, avait répété Ada d'une voix que l'indignation faisait vibrer.

— Je les libère de leur triste existence. Comme on me l'a demandé.

— Oh ! Le monstre, le cruel monstre ! L'infâme lâche ! Espèce de grand sauvage ! »

Le garçon avait haussé les sourcils et Ada avait été outrée de constater qu'il semblait fort amusé par l'intensité de sa colère. Sans dire mot, il avait plongé la main dans le sac et en avait retiré le dernier chaton, qu'il avait tendu vers la fillette en le tenant par la peau du cou, de la plus brutale manière qui se pût.

« Assassin ! avait craché Ada.

— C'est moi que mon père assassinera si je ne lui obéis pas.

— Donne-moi tout de suite ce chaton. »

Le garçon avait haussé les épaules avant de laisser tomber la bestiole inerte entre les mains d'Ada. Puis il avait repris le chemin du campement avec son sac vide.

Depuis, Ada avait souvent repensé aux frères et sœurs de Bilī. Parfois, elle se réveillait en pleine nuit, incapable de chasser de son esprit la vision de leurs petites têtes noyées et de leurs corps sans vie, ballottés jusqu'à la mer par la rivière aux flots incessants.

Ada l'ayant serré un peu trop fort, Bilī laissa échapper un miaou furieux.

Elle entendit des bruits de pas dans l'escalier et se hâta de faire réintégrer la cachette de la valise au chaton, prenant soin de ne pas rabattre complètement le couvercle, afin qu'il puisse respirer. C'était un pis-aller, mais il fallait bien s'en contenter, pour l'heure. Comme il fallait s'y attendre, le règlement de Mlle Thornfield n'autorisait pas les animaux de compagnie.

La porte s'ouvrit au moment même où Ada se redressait. Elle n'avait pas eu le temps de baisser le tour de lit, constata-t-elle avec ennui.

Charlotte Rogers apparut sur le seuil.

Elle décocha un grand sourire à Ada, qui s'abstint de lui rendre la pareille, préférant rester sur ses gardes.

— Oh, mais te voilà, susurra Charlotte. Ma foi, tu es aussi fuyante qu'un petit poisson, aujourd'hui !

L'espace d'un instant, Ada, qui n'avait pas oublié la présence du bocal vide dans sa poche, se demanda si sa persécutrice n'avait pas deviné son secret.

— Je suis seulement venue te transmettre un message, poursuivit cependant Charlotte. Tu m'excuseras s'il n'a rien d'agréable. Mlle Thornfield s'est rendu compte que tu avais fait l'école buissonnière et m'a demandé de te dire qu'elle t'attend dans son bureau, où tu seras châtiée comme il se doit.

Elle accompagna cette tirade d'un sourire de compassion feinte.

— Tout irait tellement mieux pour toi, si tu apprenais à te plier au règlement, Ada. Article un : c'est toujours moi qui gagne.

Elle se retourna, prête à repartir, avant de se raviser.

— Et fais donc ton lit. Je n'ai aucune envie de signaler à Mlle Thornfield l'état déplorable de ta chambre.

Dans l'escalier, Ada serra si fort les poings que ses paumes gardèrent l'empreinte de ses ongles pendant de longues heures. De toute évidence, ce n'était pas en se contentant de les ignorer ou de les éviter qu'elle parviendrait à gagner la guerre d'usure que lui livraient Charlotte Rogers et May Hawkins. Il était hors de question qu'elle capitule, ce qui signifiait qu'elle allait devoir passer à l'attaque, avec assez de force pour qu'elles comprennent qu'il fallait la laisser en paix, une bonne fois pour toutes.

Elle écouta les réprimandes de Mlle Thornfield d'une oreille distraite et accepta sans protester la punition de ses manquements (quinze jours sans sorties avec la Société d'histoire naturelle, ce temps étant consacré à des travaux de couture pour les costumières du spectacle de fin de trimestre), tant elle avait l'esprit ailleurs.

Elle étudia jusqu'au soir les éléments du problème, les déplaçant, les forçant à former des réponses valides, mais la solution n'arriva pas avant la nuit, alors que Margaret, sa compagne de chambre, ronflait discrètement dans l'autre lit et que Bilī ronronnait tout contre elle.

Mais lorsqu'il se présenta enfin, le stratagème était aussi clair, aussi net, que si quelqu'un était entré dans la pièce, s'était approché du chevet d'Ada sur la pointe des pieds et lui avait glissé quelques mots à l'oreille.

Ada sourit dans le noir. Le plan était parfait, et si simple ! Mieux encore : c'était Charlotte Rogers qui lui fournissait le moyen de le mener à son terme.

Chapitre 12

Le spectacle de fin de trimestre était un moment capital dans la vie du pensionnat pour jeunes filles de Mlle Radcliffe. Par conséquent, les élèves commençaient à répéter dès la première semaine dudit trimestre. Mlle Byatt, une créature maigre et nerveuse qui enseignait l'expression orale et le théâtre, avait organisé une série d'auditions, sélectionnant pour finir une quinzaine de numéros : interprétations musicales, récitations et monologues de théâtre.

Ada devait apparaître sur scène dans un rôle muet, celui de la « souris numéro 2 » dans une adaptation de *Cendrillon*. Charlotte Rogers, dont la cousine issue de germain au deuxième degré n'était autre que la grande Ellen Terry, passait pour une actrice de calibre shakespearien (opinion qu'elle partageait amplement) : cela lui valait de se produire à trois reprises. Elle récitait un des célèbres sonnets du Barde, interprétait le fameux monologue de lady Macbeth, « Va-t'en, tache damnée », et chantait une mélodie de salon, accompagnée de son amie May Hawkins au piano.

Étant donné l'exiguïté des deux salles du pensionnat, le spectacle était en général présenté dans la vaste grange qui se dressait devant l'allée des calèches. Dans les jours qui précédaient la fête, chaque pensionnaire devait transporter un certain nombre de chaises jusqu'à la grange et les disposer en rangées. Celles qui n'avaient pas eu la bonne fortune d'être recrutées pour les divers numéros devaient effectuer des corvées utiles à la représentation, au nombre desquelles la construction de l'estrade et l'accrochage du fond de scène aux poutres de la grange.

Ada, en raison de la punition que lui avait infligée Mlle Thornfield, était fort occupée : elle avait rejoint le groupe des couturières, dont les membres mettaient la dernière touche aux costumes des jeunes comédiennes. Occupation qui ne lui convenait guère, car elle savait à peine manier l'aiguille, pas assez bien en tout cas pour joindre deux bouts de tissu d'un solide point arrière. Elle avait cependant manifesté une certaine habileté à couper les fils qui dépassaient, si bien qu'on lui confia des petits ciseaux d'argent et la tâche de « débroussailler les bords ».

— Elle est toujours en avance pour les séances de couture et n'ouvre quasiment pas la bouche, tant elle s'applique, expliqua le professeur de couture à Mlle Thornfield, qui l'interrogeait sur sa nouvelle recrue.

Ce rapport arracha un petit sourire à la directrice adjointe, appuyé par un « Ravie de l'apprendre ».

Le jour du spectacle, le soleil se leva sur un pensionnat en pleine ébullition. Les cours de l'après-midi furent supprimés, pour laisser place à une répétition générale. La vraie représentation devait commencer à seize heures.

Deux minutes avant que retentissent les quatre coups, Valerie Miller, qui avait proposé une interprétation à la sonnaille de *My Wild Irish Rose* (non retenue par Mlle Thornfield), fit tinter une de ses cloches pour signaler le début de la représentation officielle. Les pensionnaires, accompagnées de quelques parents, frères et sœurs, ainsi que de Personnalités Locales, s'étaient pour la plupart déjà installées dans la grange. Le clair tintement fit taire le brouhaha des bavardages. Les lampes qui éclairaient la grange furent éteintes ; les tentures de fond de scène abaissées. Le public fut plongé dans l'obscurité et les feux de la rampe purent enfin s'allumer.

Les jeunes comédiennes se succédèrent alors dans le cercle de lumière, chantant et récitant de toute la force de leurs poumons pour la plus chaleureuse satisfaction de l'auditoire. Le programme était loin d'être court, cependant, et, la première heure passée, l'attention se relâcha. Lorsque Charlotte Rogers apparut pour la troisième fois sur scène, les élèves les plus jeunes commençaient déjà à gigoter sur leur chaise tout en étouffant bâillements et gargouillements d'estomac.

Charlotte, en parfaite professionnelle, n'en avait cure. Elle se campa sur le devant de la scène et battit des paupières. Sa chevelure dorée retombait en longues et épaisses anglaises, une sur chaque épaule. May Hawkins, au piano, gardait les yeux rivés sur elle, attendant avec un grand sourire béat d'admiration le signal du départ.

Mais c'était la tenue de Charlotte qui fascinait Ada : un corsage et une jupe – imités, bien sûr, d'un des costumes de scène les plus récents d'Ellen Terry – qui faisaient paraître la jeune chanteuse plus mûre que son âge.

Ada, assise dans l'obscurité de la grange, ne quittait plus Charlotte des yeux, comme douée subitement d'un pouvoir de télékinésie. Elle avait les nerfs à vif, bien plus qu'au moment de son bref passage sur scène sous les traits de la « souris numéro 2 ». Elle serrait les poings sur les genoux, les paumes moites.

La chose se produisit alors que la voix de Charlotte s'élevait dans les aigus, performance difficile qu'elle avait passé un mois pratiquement à mettre au point. Fut-ce l'inspiration qu'elle dut prendre pour atteindre ce *do* suraigu, ou la manière dont elle tendit les bras pour implorer son auditoire ? Toujours est-il qu'au moment d'émettre son *do* Charlotte perdit sa jupe.

Et ce ne fut pas par un lent glissement. Non, la jupe tomba sans crier gare, d'un seul tenant, et s'affala aux pieds graciles de la chanteuse en une petite flaque de dentelle et de batiste.

Vision mille fois plus merveilleuse que ce qu'avait prévu Ada.

En coupant quelques-uns des points qui fixaient la ceinture de Charlotte au reste de la jupe, elle avait escompté un résultat plus modeste et quelques éclats de rire. Mais cela ! C'était proprement inimaginable. Oh, cette chute de jupe ! Et l'extraordinaire coïncidence qui avait voulu qu'elle tombât en même temps que s'élevait le *do*, comme si une force invisible contrôlée par l'esprit d'Ada avait traversé la grange et tiré d'un coup sec, à l'instant propice, sur le vêtement de la chanteuse…

C'était le spectacle le plus comique auquel Ada eût assisté depuis son arrivée en Angleterre, haut la main ! À en juger par la tempête de rires qui déferla alors sur l'auditoire pour se réverbérer pendant de longues secondes sous le toit de la grange, les autres pensionnaires partageaient largement ce sentiment.

Tandis que Charlotte, les joues pourpres, achevait son numéro et que la foule continuait d'applaudir et de hurler de joie, Ada, pour la première fois depuis son arrivée à Birchwood Manor, se rendit compte qu'elle éprouvait un certain plaisir.

Le repas qui suivait le spectacle était, dans la tradition de l'école, plus détendu que l'ordinaire des dîners. Mlle Thornfield elle-même, qui, le reste du temps, n'avait que réprobation pour la légèreté d'esprit appliquée aux événements de la vie scolaire, avait été désignée pour remettre aux pensionnaires les « prix de camaraderie ». Les élèves nommaient les élues potentielles et votaient pour ces honneurs qui venaient, en toute bonne humeur, récompenser leurs condisciples, le but étant d'entretenir l'atmosphère de fête et de réjouissance qui s'emparait du pensionnat à la fin de l'année scolaire.

Ce grand dîner était pour nombre de ces jeunes filles le dernier du trimestre. Ne restaient à l'école que les quelques éléments dont les parents habitaient trop loin, hors de portée du train et des diligences – à moins qu'ils n'aient décidé de passer l'été sur le continent sans pouvoir y emmener leurs filles. Ada était de ces infortunées.

Ce qui jetait sur ses pensées une ombre notable, en dépit du formidable succès de la chute de la jupe. Elle finissait en silence sa deuxième part de blanc-manger en considérant d'un regard vide le prix « Petite Fée de l'Aiguille » que lui avaient valu ses prouesses aux ciseaux (le diplôme avait, sans nul doute, été imprimé avant la catastrophe du spectacle). Les autres filles discutaient gaiement des vacances à venir lorsque la distribution quotidienne du courrier débuta.

Le nom d'Ada y était si rarement prononcé qu'il fallut à sa voisine lui donner deux coups de coude pour qu'elle comprenne qu'on venait de l'appeler. À l'autre bout du réfectoire, près de la table des professeurs, la grande qui se chargeait cette fois-ci de la distribution lui tendait un volumineux colis.

Ada se leva d'un bond et manqua presque de trébucher dans sa hâte à entrer en possession du paquet.

Dès qu'elle fut revenue à sa place, elle entreprit de défaire la ficelle, coupant les derniers nœuds de ses petits ciseaux d'argent.

Le colis contenait une magnifique boîte ornée de découpages – exactement ce qu'il fallait à Bilī, en lieu et place de la valise ! Dans la boîte, une enveloppe replète, dans laquelle se trouvait certainement une lettre de maman, une capeline neuve, deux robes et un paquet plus petit dont l'aspect fit bondir le cœur d'Ada. Elle avait immédiatement reconnu l'écriture de Shashi sur la carte qui l'accompagnait.

« *Pilla*, avait écrit cette dernière en punjabi, un petit cadeau pour te rappeler la maison, maintenant que tu vis parmi les fesses de singe. »

Ada ouvrit le petit paquet et y trouva un carnet relié de cuir noir. Les pages en étaient vierges, mais entre chacune d'elles se trouvait une fleur séchée : hibiscus orange, lilas d'Inde mauves, fleurs de la passion violettes, lycoris blancs, pompons de marin rouges. Toutes venaient, Ada le savait très bien, du jardin de sa maison de Bombay. Et dans la minute qui suivit, elle y fut transportée. L'air humide et brûlant lui caressait le visage, le parfum enivrant de l'été lui titillait les narines, le chant des parsis lui venait aux oreilles tandis que le soleil se couchait dans l'océan.

Ada avait été saisie d'un tel ravissement qu'elle ne se rendit compte de l'approche de Charlotte Rogers que lorsque l'ombre de cette dernière engloutit son assiette.

Ada leva les yeux. Charlotte avait l'air grave. Comme toujours, May Hawkins, en fidèle *aide de camp**, avait surgi sur ses talons. L'arrivée des deux jeunes filles avait fait taire les bavardages à la table d'Ada. Cette dernière, instinctivement, referma le carnet floral de Shashi et le glissa dans son emballage.

— J'imagine que tu as vu ce qui s'est passé pendant la représentation, dit Charlotte.

— Affreux, répondit Ada. Quelle malchance !

Charlotte eut un rictus sans joie.

— Il n'y a pas de hasard, dit-elle. J'ai toujours pensé qu'on recueillait la monnaie de sa pièce.

Que pouvait répondre Ada à cela ? En opinant, elle eût manqué de finesse stratégique.

— J'espère avoir plus de chance à l'avenir, poursuivit Charlotte en tendant la main à Ada. On dit pouce ?

Ada considéra longuement la main avant de s'en emparer.

— On dit pouce.

Leur poignée de main fut solennelle. Et lorsque Charlotte se fut fendue d'un petit sourire, Ada, après un moment de réflexion, décida de l'imiter.

Ainsi, Ada, qui jusqu'ici n'envisageait pas le pique-nique de fin d'année avec un enthousiasme exagéré, se mit, à la faveur de sa réconciliation avec Charlotte Rogers, à en attendre la venue presque impatiemment. Il y aurait des jeux de volant, du saut à la corde, du palet. Quelques-unes des filles plus âgées avaient même réussi à convaincre Mlle Radcliffe de sortir de la grange qui jouxtait le manoir la petite barque qui y était remisée. Le jardinier l'avait inspectée la semaine précédente et, après quelques menues réparations, l'avait jugée apte au service.

La journée s'annonçait chaude et belle. Les brumes matinales avaient été dissipées par le soleil : à midi, le ciel était d'un bleu azur et le jardin scintillait. Des nappes avaient été étendues sur l'herbe, entre deux saules, à quelques mètres du bord de l'eau. Déjà les professeurs s'y prélassaient, joyeuses. Certaines avaient planté de grandes ombrelles blanches en terre, tandis que d'autres portaient des capelines. Des paniers d'osier regorgeant de victuailles reposaient au frais, autour des groupes ainsi formés. Le jardinier avait, sur l'ordre de Mlle Radcliffe, transporté une des tables du manoir. Elle était couverte d'une nappe en dentelle sur laquelle trônaient un vase de fragiles roses jaunes et roses, des pichets de limonade, des verres assortis et un service à thé en porcelaine.

Shashi se moquait toujours de la gourmandise d'Ada : « Quel petit museau glouton », disait-elle souvent. À raison : Ada aimait manger et attendait le moment des repas avec impatience. Fort heureusement, elle ne fut pas déçue par le pique-nique. Elle s'était installée sur un carré de tissu près de Mlle Radcliffe, laquelle engouffra un certain nombre de copieux sandwichs au fromage en désignant le bosquet. La première fois qu'elle avait vu Birchwood Manor, raconta-t-elle, c'était avec son frère Edward et les amis de ce dernier. Edward les avait fait marcher depuis la gare de Swindon et ils avaient traversé tout un pan de forêt avant d'arriver à l'orée, où se dressait, comme dans un rêve, Birchwood Manor.

Ada ne perdait pas une miette de ce récit. Elle avait faim d'histoires et Mlle Radcliffe se montrait beaucoup plus loquace que d'ordinaire. Elle ne s'était livrée ainsi qu'en une seule occasion ; alors qu'elles revenaient d'une des expéditions de la Société d'histoire naturelle, Birchwood leur était apparu soudain comme un immense navire, sur fond de crépuscule. L'une des fenêtres de l'étage avait reflété les dernières lueurs du soleil orangé et un conte venu de nulle part avait jailli de la mémoire de Mlle Radcliffe. Il y était question d'enfants magiques et de reine des fées. Ada, ravie, avait supplié la directrice de bien vouloir lui raconter une autre histoire, ce qu'avait refusé Mlle Radcliffe. C'était, disait-elle, la seule qu'elle connût.

Les pensionnaires avaient organisé une partie de colin-maillard sur la pelouse tiédie par les rayons du soleil. Indigo Harding avait les yeux bandés par un foulard blanc. Une troupe de six ou sept filles la faisaient tourner sur elle-même en comptant. À dix tours, elles s'égaillèrent toutes à reculons, de manière à former un cercle irrégulier. Indigo, vacillante, en proie au vertige, s'avança vers elles, hilare, les bras tendus. Ada n'avait pas réellement l'intention de se joindre à ces réjouissances mais, ses pas l'ayant portée vers ses condisciples, elle se retrouva bientôt dans la mêlée, évitant les étreintes maladroites d'Indigo et lui lançant, comme les autres, d'innocentes moqueries.

Chacune à son tour devait être colin-maillard et le foulard bientôt fut tendu à Ada. Sa joie aussitôt fit place à la crainte. Il fallait de la confiance pour jouer les yeux bandés et Ada connaissait à peine les autres filles. De plus, la rivière était toute proche, et Ada avait peur de l'eau. Pensées erratiques qui lui traversèrent l'esprit, fugitivement, puis son regard croisa celui de May Hawkins. Cette dernière hocha la tête avec une expression qui sembla complice à Ada. « Pouce », avait-elle dit la veille au soir. Il était temps de mettre cette promesse à l'épreuve des faits.

Ada ne broncha pas lorsque les filles lui nouèrent le foulard sur les yeux et la firent tourner en comptant de un à dix, en chœur. Ada se sentit chanceler. Difficile de ne pas rire sous cape en s'avançant, du pas le plus ferme possible, vers les autres filles. Elle écarta les bras, tendant l'oreille pour reconnaître les voix. L'air lui filait épais et dense entre les doigts. Elle entendit le chant insolent des grillons dans les herbes sèches. Un poisson bondit hors de l'eau et retomba avec un *plouf* satisfait. Finalement, ses doigts rencontrèrent un visage ; des rires éclatèrent. Ada ôta le foulard. La transpiration perlait à sa lèvre supérieure. Sa nuque était raide de tension. Clignant des yeux dans la lumière du jour, elle se sentit envahie par un étrange triomphe, nuancé de soulagement.

— Viens, lui dit May, qui venait de réapparaître à son côté. J'ai une nouvelle idée de jeu.

Charlotte était déjà assise dans la barque lorsque Ada et May arrivèrent au bord de l'eau. Son visage s'illumina à leur apparition.

— Je vous attends depuis des siècles, dit-elle en leur faisant signe d'approcher.

— Désolée, répliqua May. On jouait à colin-maillard.

— Ça n'est pas grave. Allons-y.

Ada se figea.

— Je ne sais pas nager, dit-elle en secouant la tête.

— Moi non plus, rétorqua May en plissant les yeux dans la lumière du soleil. Qui parle de nager, de toute façon ?

— L'eau n'est pas profonde ici, assura Charlotte. Nous allons juste remonter la rivière à l'aviron puis nous nous laisserons dériver jusqu'ici. Il fait si beau !

Charlotte n'avait pas tort, songea Ada en regardant les roseaux, qui ondulaient non loin de la surface des flots. Elles auraient largement pied.

Charlotte leur montra un sac en papier.

— J'ai des bonbons.

Le visage de May se fendit d'un grand sourire et elle partit d'un pas sautillant vers la petite jetée à laquelle Charlotte avait amarré la barque. Elle s'installa sur le banc du milieu.

Ada considéra d'un œil gourmand le paquet de bonbons, les deux jeunes filles souriantes, les taches de lumière qui dansaient sur les flots. Elle entendit la voix de Shashi. *N'aie pas peur. Quand on a peur, on ne vit qu'à moitié...*

— Allez, viens ! s'écria May. On va perdre notre tour de barque.

Ce qui emporta la décision d'Ada. Elle courut vers l'embarcation et ne protesta pas lorsque May l'aida à s'installer sur le banc de poupe.

— Que dois-je faire ?

— Rien, juste rester sagement assise, dit Charlotte en dénouant l'amarre. Nous nous chargeons du reste.

Ada ne put que s'en féliciter. À dire vrai, elle était trop occupée à se soucier de sa sécurité pour pouvoir les aider. Elle ne fut que trop consciente du subtil roulis qui s'empara de l'esquif lorsque Charlotte, d'un coup d'aviron, écarta la barque de la jetée. Ada était agrippée à la coque, les phalanges blanchies.

Soudain elles se retrouvèrent au milieu de la rivière. Et... l'impression était *presque* délicieuse. Pour le moment, pas le moindre mal de mer, se réjouit Ada.

— Ça n'a rien d'étonnant, déclara Charlotte en riant. Nous ne sommes pas vraiment au large.

Charlotte ramait et la barque lentement remonta le courant. Une cane suivie de ses neuf canetons flotta tranquillement vers les jeunes filles. Des oiseaux chantaient dans les saules au bord de la rivière. Les autres pensionnaires disparurent progressivement dans le lointain. Bientôt le coude que décrivait la rivière fut franchi. Les trois jeunes filles se retrouvèrent seules au monde.

Le campement des tsiganes n'était plus bien loin. Ada se demanda si elles iraient jusque-là. Ou peut-être même jusqu'à St John's Lock ?

Mais Charlotte cessa de ramer alors qu'elles approchaient du bois.

— J'arrête, annonça-t-elle. J'ai trop mal aux bras.

Elle tendit son sac de bonbons aux deux autres.

— Vous en voulez ?

May choisit un sucre d'orge et Ada un bonbon à la menthe, noir et blanc.

Le courant n'était pas bien fort et, au lieu d'entreprendre son lent retour vers le manoir, l'embarcation resta sagement à sa place. Même si la prairie du pique-nique n'était plus visible, les deux pignons de l'école dépassaient de la cime des arbres. Ada songea à la manière dont Mlle Radcliffe parlait de sa maison – « une vision » – et se rendit compte, avec un sentiment réconfortant, que l'affection de son professeur pour Birchwood Manor commençait à déteindre sur elle.

— Quel dommage que nous ayons entamé notre relation sur de si mauvaises bases, fit Charlotte, rompant le silence. Je n'ai jamais eu qu'une idée en tête, Ada, c'est t'aider. Je sais que ce n'est pas facile d'être la petite nouvelle.

Ada, qui suçait son bonbon, hocha la tête.

— Le problème, c'est que tu n'écoutes pas. Et qu'apparemment tu ne retiens rien.

Même si Charlotte ne s'était pas départie de son sourire, Ada fut subitement saisie d'un mauvais pressentiment.

Charlotte Rogers, à l'autre bout de la barque, se pencha pour tirer quelque chose de sous son banc.

C'était la boîte ornée de découpages qu'Ada avait reçue d'Inde.

Ada se raidit. Charlotte souleva le couvercle et en sortit la petite boule de poils.

— Je te l'accorde, il est assez mignon. Mais les animaux de compagnie sont interdits à Birchwood Manor, Ada.

Ada se leva brusquement, ce qui fit tanguer la barque.

— Rends-le-moi.

— Tu vas avoir de sérieux ennuis si tu refuses mon aide, Ada.

— Rends-le-moi.

— À ton avis, comment réagira Mlle Thornfield quand je lui en parlerai ?

— Rends-le-moi !

— Je n'ai pas l'impression qu'elle comprenne, fit May Hawkins de sa petite voix.

— En effet, renchérit Charlotte. Quel dommage. Je vais être obligée de lui donner une leçon.

Elle glissa le long du banc et baissa le bras vers la rivière : le chaton n'était plus qu'à quelques centimètres de la surface de l'eau. Il était si petit ! Agrippé de toutes ses forces à son jeune bourreau, il agitait désespérément les pattes arrière pour ne pas tomber.

— Je te l'avais dit, Ada. Article un du règlement : c'est toujours moi qui gagne.

Ada fit un autre pas et la barque tangua un peu plus fort. Il fallait sauver Bilī.

Elle trébucha mais ne se rassit pas. Il allait falloir se montrer courageuse, très courageuse.

May s'accrocha à ses jambes pour l'empêcher de passer.

— Le moment des adieux est venu, susurra Charlotte.

— Non ! hurla Ada.

D'un coup de pied, elle se libéra de l'étreinte de May. Puis se rua vers Charlotte. La barque oscilla violemment et Ada s'affala de tout son long au fond de la coque.

Charlotte n'avait toujours pas lâché Bilī. Ada se redressa tant bien que mal et reprit son élan, ne réussissant qu'à tomber une seconde fois. Mais cette fois-ci, son corps ne heurta pas les planches.

L'eau était bien plus froide que ce qu'elle avait imaginé. Bien plus dense. Elle ouvrit la bouche pour respirer, haletante, battant des mains. Sa vision se brouilla.

Elle ne parvenait pas à rester à la surface. Elle ne parvenait pas à crier à l'aide. La panique s'empara d'elle.

Elle coula. Coula. Coula, battant des bras, l'eau lui entrant dans la bouche, les poumons commençant à lui brûler les côtes.

Tout était différent au fond de la rivière. Le monde n'avait plus le même son. La lumière s'obscurcissait. Le soleil n'était plus qu'un petit disque d'argent au-dessus du courant, mais Ada continuait de s'enfoncer, comme une fille perdue dans les cieux, entourée d'étoiles qui lui échappaient lorsqu'elle voulait les saisir.

Dans l'eau vaseuse, parmi les roseaux velus, elle vit Shashi sur la terrasse de la maison, un sourire éclatant sur le visage, et maman dans la bibliothèque, assise à son secrétaire, et papa dans son bureau, avec la mappemonde qui tournoyait. *Tic-tac-tic-tac*, cliquetait-elle. *Tic-tac-tic-tac.*

Quand elles seraient au marché, elle mangerait un *chakkali.*

Mais où était passée Shashi ? Disparue. Des bougies aux lueurs vacillantes…

Ada était perdue.

Pourtant, elle n'était pas seule. Il y avait quelqu'un avec elle, dans la rivière. Elle en était certaine. Elle ne voyait pas bien cette personne, mais elle sentait sa présence. Une ombre… une impression…

La dernière sensation d'Ada fut le choc de son corps contre le fond de la rivière, ses bras et ses jambes heurtant les rochers usés et les algues gluantes, tandis que ses poumons enflaient à l'intérieur de son torse, explosaient dans sa gorge et dans son crâne.

Puis cette péripétie des plus étranges : alors que son cerveau s'enflammait, elle vit quelque chose devant elle, une lumière bleu vif, éclatante, un joyau, une lune, et elle comprit – comment, elle ne le savait pas – que, si elle tendait le bras pour s'en emparer, la lumière bleue lui montrerait le chemin.

VI

Il vient de se produire un événement du plus haut intérêt. Cet après-midi, nous avons eu une autre visite.

Jack a passé la matinée dans la malterie à consulter des papiers qu'il avait rapportés la veille. J'y ai jeté un coup d'œil tandis qu'il mettait une tourte au four pour son déjeuner : visiblement, ce sont les tirages des pièces jointes que lui a envoyées Rosalind Wheeler hier. Du texte, du texte… mais aussi une carte, il me semble. En fait, non : c'est un plan, dessiné à la main, qui correspond en gros à celui de Birchwood Manor. Sans doute a-t-il été dressé par l'énigmatique Mme Wheeler. Adjoint aux autres documents, il est certainement censé mettre Jack sur la piste du Radcliffe Blue.

Jack est revenu dans la maison juste avant midi et nous avons passé un moment bien agréable, tous les deux. Il a essayé de se servir du plan : il s'arrêtait dans chaque pièce, l'étudiait un moment, avant de reprendre des mesures en arpentant les lieux. De temps en temps, il corrigeait le schéma d'un coup de crayon.

Il devait être une heure quand on a frappé à la porte. Jack a sursauté ; pas moi. Cette femme élégante et frêle, je l'avais déjà remarquée alors qu'elle se tenait au bord de l'allée qui longe le mur d'entrée de Birchwood Manor. Elle regardait la maison, les bras croisés sur le ventre, et il y avait quelque chose dans son attitude qui m'a mis la puce à l'oreille. J'avais l'impression de l'avoir déjà rencontrée quelque part. Ce n'était pas le cas, en fait ; je m'en suis rendu compte lorsqu'elle s'est approchée. Je n'oublie jamais les visages. (Je n'oublie rien, de fait. Plus maintenant.)

Les gens qui viennent ici s'arrêtent souvent dans l'allée pour contempler la maison – des gens avec des chiens, des souliers crottés, des guides de randonnée dans la poche, des gens qui montrent les choses du doigt. La présence de la femme n'avait rien d'anormal. Ce qui est plus singulier, c'est qu'elle se soit risquée dans le jardin et qu'elle ait frappé.

Jack, en dépit de sa surprise initiale, ne s'est pas ému de cette interruption. Après avoir lancé un regard par la fenêtre de la cuisine, il a foncé dans le couloir de son pas puissant et résolu avant d'ouvrir la porte avec sa brusquerie coutumière. Depuis son rendez-vous avec Sarah, il est d'une humeur exécrable. Pas furieux, non, plutôt triste et irrité. Bien sûr, je brûle de savoir ce qu'ils ont pu se dire, mais jusqu'ici il ne m'a fourni aucun indice. Hier soir, il n'a appelé qu'une personne : son père. Ce devait être pour un anniversaire quelconque car il a prononcé ces mots : « Ça fait vingt-cinq ans aujourd'hui. Incroyable, quand on y pense. »

Pour en revenir à la femme brune, elle a été surprise qu'on lui ouvre.

— Oh ! Bonjour. Je… je ne voulais pas… Je croyais que le musée était fermé pendant la semaine.

— Mais vous avez quand même frappé.

— Oui.

— La force de l'habitude ?

— J'imagine.

Elle a recouvré ses esprits avant de plonger la main dans son sac pour en retirer une carte de visite blanc cassé, qu'elle a tendue à Jack entre deux doigts frêles.

— Je m'appelle Elodie Winslow. Je suis archiviste, je m'occupe du fonds James William Stratton pour le compte de Stratton, Cadwell & Co., à Londres.

Là, oui, j'ai sursauté, et je puis vous assurer que cela ne m'arrive pas souvent. Certes, en entendant Jack, l'autre soir, prononcer le nom d'Ada Lovegrove, je me suis prémunie contre l'émotion causée par ce retour de mon passé. Mais cela n'a pas amorti ce nouveau choc. Je n'avais pas entendu le nom de James Stratton depuis des années et n'avais aucune raison de penser qu'il me reviendrait un jour aux oreilles.

— Connais pas, a répondu Jack en examinant la carte. C'est mal ?

— Pas vraiment. James Stratton est une figure de l'Angleterre victorienne, un réformateur social, connu pour sa lutte contre la pauvreté, entre autres. Avez-vous un rapport avec le musée ?

Elle n'en avait pas l'air convaincue elle-même. Ce qui n'a rien d'étonnant, car Jack ne ressemble pas aux guides qui travaillent ici le samedi et servent aux visiteurs un boniment appris par cœur et déjà débité des centaines de fois.

— D'une certaine manière. Il n'y a que moi ici.

La jeune femme semblait toujours perplexe. Ce qui ne l'a pas empêchée de poursuivre :

— Je sais que vous n'êtes pas ouverts le vendredi, mais je suis venue de Londres. Je ne m'attendais pas à ce que la maison soit occupée, je voulais juste y jeter un coup d'œil par-dessus le mur et…

— Vous voulez visiter les lieux ?

— Si ça ne vous ennuie pas ?

Fais-la entrer.

Après un moment de réflexion, Jack s'est écarté et lui a fait signe, avec son intensité et sa générosité coutumières, de bien vouloir entrer. Il a fermé la porte immédiatement derrière elle.

Le couloir était sombre. Elle a regardé autour d'elle, comme le font tous les visiteurs, et s'est penchée sur l'une des photographies que l'Association des historiens d'art a accrochées aux murs.

Parfois, pour me distraire, je hante ce même couloir et me régale des commentaires pleins de révérence que les visiteurs d'un Certain Type ne manquent jamais de faire devant cette photographie. « C'est à compter de cette époque, déclare toujours l'homme d'un certain âge, harnaché pour la randonnée, que la fraternité Magenta se lança dans un débat acharné sur la valeur artistique de la photographie. Était-ce un art ? Ou ne devait-on pas la considérer plutôt comme une science ? » Ce à quoi sa compagne, martyre à l'infinie patience, réplique invariablement : « Oh, je *comprends.* »

— Faites comme chez vous, a dit Jack. Mais sans rien casser.

La femme a souri.

— Pas d'inquiétude. Je suis archiviste. Je passe ma vie à manipuler des objets précieux.

— Si vous voulez bien m'excuser une minute… J'ai une tourte dans le four et je crois qu'elle est en train de brûler.

Il était déjà en train de battre en retraite vers la malterie, avec force jurons. J'ai préféré suivre la nouvelle venue.

Elle a visité toutes les pièces du rez-de-chaussée, une expression indéchiffrable sur le visage. Elle ne s'est arrêtée qu'une fois, a réprimé un vague frisson et a regardé par-dessus son épaule, comme si elle avait senti une présence.

Au premier étage, elle a fait halte un moment devant la fenêtre qui donne sur la forêt, pour apercevoir la rivière. Puis elle est montée au grenier. Elle a posé son sac sur la table de Mildred Manning, ce qui me l'a aussitôt rendue sympathique, et en a retiré quelque chose qui m'a de nouveau fait sursauter. C'était un des carnets de dessins d'Edward. Je l'aurais reconnu entre tous. J'en étais bouleversée. J'aurais tant voulu la prendre par les poignets et la supplier de me dire qui elle est vraiment, et comment elle est entrée en possession de ce carnet. Elle a parlé de James William Stratton, d'une société du nom de Stratton, Cadwell & Co. et d'un fonds d'archives. Est-ce donc là que ce carnet a été conservé ? Mais comment cela se peut-il ? Edward et James Stratton ne se connaissaient pas. Pour autant que je le sache, ils ne se sont jamais croisés.

Après avoir feuilleté le carnet – rapidement, comme si elle avait déjà accompli ce geste des dizaines de fois et qu'elle savait exactement ce qu'elle y cherchait, elle s'est arrêtée sur une page qu'elle a longuement étudiée. Puis elle s'est dirigée vers la fenêtre qui donne sur la prairie, à l'arrière de la maison, et s'est dressée sur la pointe des pieds, le cou tendu, pour mieux voir.

Elle avait laissé le carnet grand ouvert sur la table et je me suis hâtée d'aller le regarder.

C'est celui dont Edward s'est servi pendant l'été 1862. J'étais assise à son côté quand il a tracé ces lignes sur le papier vergé : des études pour le tableau qu'il préparait, une œuvre qui l'obsédait depuis des années. Je savais trouver plus loin des croquis de la clairière, du mont des fées, d'une petite ferme aux murs de pierre, près de la rivière ; au coin inférieur d'une autre page, un cœur griffonné de quelques traits rapides, et le navire en haute mer, dessiné tandis que nous parlions, excités, de nos projets.

Oh, comme je voudrais être capable de tourner ces pages, de voir les autres dessins, de *toucher* le souvenir de ces journées. Mais j'ai eu le temps de tester mes limites, au fil des années, et je sais qu'elles sont vite atteintes en la matière. Si je puis faire claquer une porte ou trembler un carreau, tirer sur la jupe d'une écolière désagréable, je suis incapable de gestes plus précis : tirer un fil, tourner une page. Je ne dispose pas de la maîtrise nécessaire.

Je dois savoir ce qui amène cette femme à Birchwood aujourd'hui. Est-elle simplement une amatrice d'art ? Ou sa présence a-t-elle une signification plus profonde ? Il est déjà assez remarquable qu'un de mes visiteurs ait mentionné Ada Lovegrove et qu'une autre ait parlé de James Stratton. Mais que cette dernière de surcroît ait pu exhiber le carnet de dessins qu'Edward a entamé à l'été 1862 est troublant. Je me demande si cela ne cache pas quelque influence invisible et maléfique.

Mon jeune ami Jack est intrigué, lui aussi, à sa manière car, lorsque la femme est redescendue et qu'elle a passé la tête par la porte de la malterie pour le remercier, il a levé les yeux du plat noirci qu'il récurait dans l'évier.

— Vous avez trouvé ce que vous cherchiez ? a-t-il demandé.

Sa réponse n'en a pas été une. Quelle frustration !

— Vous êtes vraiment gentil. Merci, vraiment, de m'avoir laissée entrer un vendredi.

Mais quant à ce qui l'a fait venir, pas un mot !

— Vous séjournez dans le coin ? a-t-il ajouté tandis qu'elle se dirigeait vers la porte. Ou vous rentrez à Londres aujourd'hui ?

— J'ai retenu une chambre au Cygne, l'auberge du village. Pour le week-end, seulement.

Je me suis faufilée près d'eux et me suis concentrée de toutes mes forces sur le message que je voulais transmettre à Jack. *Invite-la. Dis-lui qu'elle peut revenir.*

— Repassez quand vous voulez, a-t-il repris, tandis qu'une confusion momentanée altérait ses traits. Je suis là tous les jours.

— Oui, je repasserai sûrement.

Et, comme la sagesse populaire l'exprime très bien quand on doit faire contre mauvaise fortune bon cœur, cela vaut toujours mieux que d'attraper la scarlatine.

La visite de la jeune femme n'a pas duré longtemps, mais le trouble qu'elle a semé dans la maison ne s'est pas apaisé avant la fin de la journée. J'étais sidérée, excitée, de sorte que, lorsque Jack a repris ses recherches (il est dans le couloir du premier étage en ce moment, à palper les murs), je suis allée me réfugier dans mon coin favori, au tournant de l'escalier, et me suis remémoré le bon vieux temps. Ça change les idées.

J'ai surtout repensé à Joe, mon Prince Pâle, et à notre rencontre par un beau matin.

Car si j'étais une voleuse experte, il m'arrivait parfois de commettre des erreurs. La plupart du temps, elles étaient sans conséquence et je pouvais y remédier rapidement. Je n'avais pas choisi la bonne victime. Je devais semer un policier lancé à ma poursuite. Le portefeuille que j'avais subtilisé était plus vide que l'estomac d'un gosse des rues. Mais l'année de mes douze ans, je me rendis coupable d'une bourde dont les suites eurent des répercussions bien plus considérables.

C'était l'une de ces matinées londoniennes au cours desquelles le soleil ne se lève pas vraiment. L'épais brouillard se contente de changer de couleur, passant du noir à l'anthracite, puis à un bronze grisâtre teinté de jaune. L'air était lourd des fumées des usines et de l'odeur huileuse exhalée par le fleuve. Ce temps durait depuis des jours et mes prises de la semaine n'avaient pas été brillantes. En effet, quand ce smog morose s'abat sur Londres, les vraies dames n'aiment pas sortir seules.

Ce matin-là, j'avais joué l'Enfant des omnibus sur la ligne de Regent's Park à Holborn, espérant y trouver la femme ou la fille d'un notaire, de retour de sa promenade matinale au parc. Projet des plus raisonnables, mais ma technique, elle, souffrait d'une conversation que j'avais eue avec Mme Mack la veille au soir.

Bien que d'une disposition optimiste, Mme Mack avait une image à défendre et n'était jamais aussi heureuse que lorsqu'elle avait une raison de se plaindre. L'une de ses lamentations favorites était la suivante : j'étais en pleine croissance et je poussais comme une mauvaise herbe alors qu'elle devait sans cesse entretenir ma garde-robe. « À peine ai-je fini de reprendre tes coutures et tes ourlets que je dois tout recommencer ! » Elle était allée plus loin cette fois-ci : « Le Capitaine et moi commençons à nous dire qu'il est temps peut-être de changer de méthode. Tu deviens trop grande pour jouer l'Enfant égarée. Avant longtemps, ces messieurs bien intentionnés vont avoir des idées bien arrêtées sur la manière dont ils peuvent te porter secours. Ou plutôt sur celle dont tu peux leur venir en aide. »

Je n'avais aucune envie de modifier quoi que ce soit à ma méthode et n'appréciais guère les réflexions de Mme Mack sur le genre d'« assistance » que j'eusse pu apporter à ces messieurs bien intentionnés. J'avais constaté un changement dans la manière dont les piliers de bar de L'Ancre et le Sifflet me considéraient quand je venais chercher le Capitaine à l'heure du dîner. J'étais assez fine pour savoir que c'était certainement en lien avec « la jolie paire de boutons de rose » que Mme Mack avait remarquée sur ma poitrine lors de sa dernière séance de couture.

Martin lui aussi commençait à me regarder de plus près. Il ne cessait de traîner dans le couloir, devant la porte de la pièce où je dormais. Le matin, quand je m'habillais et que le soleil passait par le trou de la serrure, il arrivait souvent que le rai de lumière soit soudain obscurci. Il m'était très difficile d'échapper à la surveillance de Martin. Depuis longtemps, il avait un rôle précis dans l'entreprise maternelle : il devait garder l'œil sur les gens et les choses, s'assurant par exemple qu'aucune d'entre nous n'attirait de mauvaise compagnie à la maison. Mais cela, c'était autre chose.

Par conséquent, ce matin-là, dans l'omnibus, alors que je glissais la main dans la poche de la dame assise à côté de moi et palpais sa bourse, je n'étais pas aussi concentrée que je l'aurais dû. Je méditais les propos inquiétants de Mme Mack, cherchais à en deviner les implications et me demandais pour la énième fois pourquoi mon père ne m'avait toujours pas fait venir aux États-Unis. Une fois par mois, environ, Jeremiah passait réclamer à Mme Mack l'argent qu'il envoyait aux États-Unis et Mme Mack me lisait la dernière lettre en date de mon père. Mais chaque fois que je lui demandais si mon père l'avait enfin priée d'acheter un billet pour l'Amérique, elle me répondait que le temps n'était pas encore venu.

Je fus donc imprudente et ne remarquai que la dame détroussée allait descendre de l'omnibus que lorsqu'elle se leva : je sentis alors ma main s'envoler avec la passagère, et mon bras avec. « Oh ! La petite voleuse ! » s'écria la dame.

Je me préparais depuis des années à entendre ces trois mots. J'avais répété maintes fois le spectacle que je devais donner : protester de mon innocence, ouvrir de grands yeux et prétendre qu'il s'agissait d'un simple malentendu, le tout arrosé peut-être de quelques larmes attendrissantes. Mais j'avais été prise au dépourvu. Mon hésitation dura une seconde de trop. Je n'avais plus qu'une phrase en tête, que Mme Mack aimait à seriner : « Quand les puissants sont juges, l'accusation sert de preuve. » Qu'avais-je à opposer à cette dame au beau chapeau, aux manières élégantes et à l'honneur froissé ? Rien.

Le contrôleur, alerté, remontait vers nous ; un monsieur, à deux rangées de nous, s'était également levé. Un regard par-dessus l'épaule m'apprit que la voie était libre du côté de la porte arrière. Je m'élançai.

Je courais vite, mais je jouais de malchance, ce jour-là, car un policier débutant patrouillait dans les environs. Il entendit les éclats de voix, me vit prendre mes jambes à mon cou et, galvanisé, se lança à ma poursuite. « Arrêtez ! Au voleur ! » hurla-t-il en brandissant son gourdin.

Ce n'était pas ma première rencontre avec un représentant de la maréchaussée mais, ce matin-là, le brouillard m'avait menée à l'extérieur de mes quartiers habituels et je ne pouvais compter sur les amis qui, d'ordinaire, me tiraient de ce mauvais pas. Lily Millington m'avait avertie : on envoyait directement à l'asile de pauvres les jeunes délinquants de mon âge, sans espoir de retour. Je n'avais pas le choix : il me fallait retrouver au plus vite mon refuge de Covent Garden.

Tandis que je traversais au grand galop Red Lion Square, le cœur me battait contre les côtes. Le policier avait beau être un peu trop corpulent pour son bien, il était adulte et courait plus vite que moi. Il y avait du monde sur High Holborn ; l'espoir me revint. En me faufilant entre les cabriolets et les diligences, j'arriverais à lui échapper. Mais lorsque je fus parvenue sur l'autre trottoir, un bref regard en arrière m'apprit qu'il était encore à mes trousses. Il avait même gagné du terrain.

Je m'engageai dans une étroite ruelle, me rendant compte presque immédiatement de ma sottise : elle menait à Lincoln's Inn Fields, dont les vastes pelouses n'offraient pas le moindre abri. J'étais à court de possibilités, le policier n'était plus distant que de quelques mètres. J'aperçus alors une contre-allée débouchant derrière une rangée d'imposantes demeures aux façades crépies. Une échelle était appuyée contre le mur de brique de la plus proche.

Avec un sursaut d'optimisme, je me fis ce pari pour le moins risqué : en l'entraînant sur les toits, je parviendrais à semer le policier.

J'escaladai l'échelle aussi vite que possible. Les montants se mirent à trembler sous mes poings ; mon poursuivant s'y était engagé à ma suite et ses grosses semelles claquaient sur le métal. Je franchis le premier étage, puis le deuxième, puis le troisième. Enfin, parvenue au sommet de l'échelle, j'enjambai le dernier montant et me retrouvai sur le toit d'ardoises.

Je longeai la gouttière, les bras en croix pour ne pas perdre l'équilibre, escaladai les murets de partition entre les maisons et me faufilai, agile, entre les cheminées. J'avais eu raison d'opter pour la voie des airs. Car même si le policier n'avait pas abandonné la partie, je m'étais octroyé un peu de marge.

Mon soulagement fut de courte durée. J'étais presque arrivée au bout de la rangée de maisons. Et que ferais-je une fois confrontée à ce cul-de-sac ?

La solution m'apparut alors même que je me rendais compte de cette embarrassante réalité. La fenêtre d'une des lucarnes rampantes n'était pas complètement baissée. Sans la moindre hésitation, je la remontai d'un geste vigoureux et me laissai tomber dans la pièce.

La chute fut rude, mais je ne pouvais m'accorder le luxe de songer à d'éventuelles blessures. Je me recroquevillai sous le large appui de fenêtre, plaquée contre le mur, les genoux sur la poitrine. Mon cœur battait si fort que je craignis même que le policier ne l'entende. Ah, si ces martèlements pouvaient se taire pendant que l'agent passait devant la fenêtre ! Car je pourrais ensuite, en toute sécurité, sortir de ma cachette et retrouver la terre ferme et le chemin de la maison.

J'avais été si heureuse de trouver cette fenêtre miraculeusement ouverte que je ne m'étais même pas posé la question de savoir sur quelle sorte de pièce elle donnait. Maintenant que je reprenais mon souffle et mes esprits, je pouvais regarder autour de moi. Seigneur ! Je m'étais introduite dans une chambre d'enfant ! En soi, cela n'avait rien d'effroyable, hormis le fait que l'enfant était couché dans son lit et me considérait fixement.

Jamais je n'avais vu créature si pâle. Il devait avoir mon âge à peu près, le visage hâve, les cheveux couleur de paille sèche. Sa tête reposait sur une pile d'énormes oreillers de plume et ses bras à la peau cireuse étaient étendus, presque inertes, sur les draps. Je m'efforçai d'arborer un sourire rassurant et m'apprêtais à parler lorsque je compris qu'aucune explication, aucun geste ne pouvait conférer à ce moment une apparence de normalité. De plus, l'agent de police n'allait pas tarder à se manifester. Mieux valait s'abstenir de tout échange verbal.

Je posai l'index sur mes lèvres, enjoignant ainsi au garçon pâle de garder le silence, bien consciente que mon sort dépendait exclusivement de lui. Ce fut alors qu'il prit la parole.

— Si vous faites un pas de plus vers moi…

Ses voyelles étaient si limpides et si acérées qu'elles semblaient cisailler l'air confiné de la chambre.

— … j'appellerai mon père, lequel vous fera déporter en Australie avant même que vous puissiez articuler ne serait-ce que l'ombre d'une excuse.

La déportation était un sort encore plus horrible que l'asile de pauvres. Alors que je cherchais vainement à rassembler quelques mots pour lui expliquer comment j'avais pu atterrir dans sa chambre, j'entendis une autre voix, une grosse voix d'homme, juste au-dessus de moi.

— Mes excuses, monsieur… mon jeune monsieur, bredouillait-elle, non sans embarras. C'est que je poursuivais une gamine, vous voyez. Une jeune fille qui cherchait à fuir.

— Une jeune fille ? Sur le toit ? Avez-vous perdu la tête ?

— Pas du tout, mon jeune monsieur. Elle a grimpé à l'échelle, comme un vrai petit singe, et elle a détalé sur les toits…

— Êtes-vous en train de m'expliquer que vous vous êtes laissé distancer par une petite fille ?

— Eh bien, je… oui, monsieur.

— Vous qui êtes un adulte ?

Bref silence.

— Oui, monsieur.

— Veuillez disparaître de ma fenêtre à la seconde ou je me mettrai à hurler de toute la force de mes poumons. Savez-vous qui est mon père ?

— Oui, monsieur, mais… Vous comprenez, je poursuivais cette jeune fille…

— *À la seconde !*

— Monsieur, oui, monsieur. Parfait. Compris.

J'entendis un bruit de pas sur le toit, suivi par un sourd raclement, comme si quelque chose de lourd glissait le long des ardoises, puis un glapissement, de plus en plus ténu.

Le garçon se remit à m'étudier.

J'avais appris au cours de ma brève existence que, lorsqu'on n'a rien à dire, il vaut mieux se taire. Je décidai donc d'attendre en silence la direction qu'allait prendre le vent.

— Bonjour, finit par dire le garçon, perplexe.

— Bonjour.

Comme le policier n'était plus là, je n'avais guère de raison de rester accroupie sous l'appui de fenêtre. Je me relevai donc, ce qui me donna l'occasion de mieux examiner les lieux. J'avoue sans honte que le spectacle me laissa bouche bée.

Il était pour ce qui me concerne proprement inouï. Les murs de cette chambre d'enfant mansardée étaient couverts d'étagères, du sol au plafond, offrant au regard tous les jouets possibles et imaginables. Des soldats de bois, des quilles, des balles, des battes, des billes, un admirable train mécanique dont les wagons accueillaient un peuple de poupées, une arche de Noé contenant un couple de tous les animaux de la Création, une collection de toupies de toutes les tailles, un tambour rouge et blanc, un diable dans sa boîte et, dans un coin, un cheval à bascule qui contemplait la scène d'un œil désinvolte. Un petit théâtre de marionnettes. Une maison de poupée aux détails minutieux, aussi haute que moi. Un rutilant cerceau et sa baguette, qui arboraient cette apparence immaculée des jouets qui n'ont jamais servi.

Tandis que je dressais mon inventaire, je repérai un plateau, posé au pied du lit du garçon. Il offrait à la vue le type de victuailles que j'avais pu admirer dans les vitrines de Mayfair, sans jamais espérer y goûter. Mon estomac se noua et le garçon dut remarquer l'avidité subite de mon regard, car il dit :

— Vous me rendriez un sacré service en goûtant quelques-uns de ces mets. Ils ne cessent de vouloir me nourrir en dépit du fait que je leur ai dit déjà que je manquais généralement d'appétit.

Je n'eus pas besoin qu'il réitère son invitation.

Les plats étaient encore tièdes et je les engouffrai avec reconnaissance, perchée sur l'extrême bord du lit. J'étais trop occupée à manger pour lui parler. Et comme il ne semblait pas disposé à ouvrir la bouche, nous nous lorgnâmes un moment par-dessus le plateau, non sans méfiance.

Lorsque je me fus restaurée, je m'essuyai les lèvres à l'aide de la serviette, comme Mme Mack ne manquait jamais de le faire, et adressai un sourire prudent au garçon.

— Pourquoi êtes-vous au lit ?

— Je ne suis pas en bonne santé.

— De quoi souffrez-vous ?

— Il n'y a apparemment pas de réponse concluante à cette question.

— Êtes-vous en danger de mort ?

— Ce n'est pas impossible, dit-il après un instant de réflexion. Mais je n'ai pas encore succombé, ce qui me semble être un signe positif.

J'opinai du chef, tant pour approuver ses dires que pour l'encourager. Même si je ne savais rien de ce curieux et pâle garçon, j'étais heureuse d'apprendre que l'heure n'était pas encore venue pour lui de croiser la Faucheuse.

— Mais que je suis impoli ! s'exclama-t-il. Veuillez m'excuser. Il est vrai que je reçois bien peu de monde.

Il me tendit une main frêle.

— Je porte le prénom de mon père, bien sûr, mais vous pouvez, enfin, tu peux m'appeler Joe, simplement. Et toi ?

En serrant ses doigts minces, je repensai à Lily Millington. La réaction la plus sensée – et de loin – eût été de lui donner un faux nom. Je n'ai jamais compris pourquoi je ne lui mentis pas. Un désir irrépressible prit naissance au creux de mon ventre et m'envahit peu à peu, enflant comme une vague régulière et puissante, et finissant par m'emporter.

— Mon prénom est un hommage à mon grand-père maternel, mais tous mes amis m'appellent Birdie, répondis-je.

— J'en ferai de même, car c'est semblable à un oiseau que tu es entrée dans ma chambre.

— Merci de m'avoir protégée.

— Je t'en prie ! Je me suis souvent demandé, comme j'en ai un sous les yeux une bonne partie de la journée, pourquoi les architectes avaient conçu des rebords de fenêtre aussi larges dans cette maison. Il me semblait que c'était du gâchis. Mais je constate que leurs desseins ne manquaient pas de sagesse.

Il me sourit. Je fis de même.

Il y avait sur sa table de chevet un objet qui m'était inconnu. Enhardie par sa gentillesse, je m'en saisis : c'était un simple disque de carton pourvu de deux ficelles, nouées l'une à l'opposé de l'autre. Le côté pile du disque portait le dessin d'un canari, le côté face celui d'une cage.

— Qu'est-ce que c'est ?

Il me fit signe de lui remettre cet étrange article. « On appelle cela un thaumatrope. » Il prit entre le pouce et l'index l'extrémité de l'une des ficelles et fit tourner le disque jusqu'à ce que la ficelle soit bien serrée. Puis il s'empara de l'autre bout de ficelle et écarta légèrement les deux, si bien que le disque de carton se mit à tourner à toute vitesse.

L'oiseau rentrait dans la cage ! Ce spectacle m'arracha des applaudissements ravis.

— C'est magique, dit-il.

— C'est une illusion, le repris-je.

— C'est exact. Tu as raison, ce n'est qu'un truc. Mais il est joli.

Avec un dernier regard au thaumatrope, je remerciai mon jeune hôte pour le déjeuner qu'il m'avait offert et lui annonçai mon départ imminent.

— Non, répondit-il d'une voix brève. Je t'interdis de partir.

Déclaration si inattendue que je ne sus quoi riposter. Et j'eus toutes les peines du monde à ne pas éclater de rire au nez de ce jeune malade qui se pensait capable de m'interdire quoi que ce fût. Mais cette réplique, où s'exposaient si simplement ses désirs et ses infirmités, m'attrista tout autant.

Il avait sans doute perçu l'absurdité de son interdiction car son ton se fit bien moins bravache.

— S'il te plaît ! Reste encore un peu, murmura-t-il d'un ton presque désespéré.

— Je vais me faire gronder si je rentre à la nuit.

— Mais elle ne tombera pas avant deux heures ! Il te reste plein de temps.

— Je n'ai pas eu le temps de me mettre au travail. Je n'ai rien à rapporter.

Ce qui plongea le Prince Pâle dans la confusion. En quoi consistait ce travail ? Voulais-je parler de mes devoirs ? Mais alors, où étaient mes cahiers, mon ardoise ? Et où devais-je retrouver ma préceptrice ? Non, lui dis-je alors, il ne s'agit nullement de devoirs. Je n'étais jamais allée à l'école de ma vie. Je lui racontai alors le numéro de l'Enfant de l'omnibus, lui parlant même des gants et de la robe aux poches sans fond.

Il m'écouta avec des yeux de plus en plus ronds et me demanda de lui montrer les gants. Je m'installai près de lui, sur le bord du lit, sortis les gants de ma poche et les disposai sur mes genoux. Puis je lui jouai ma comédie de l'omnibus.

— Comme tu vois, mes mains sont là, dis-je en désignant les gants d'un geste du menton.

Il hocha la tête.

— Et pourtant, poursuivis-je, qu'est-ce donc que cela ?

Il eut un hoquet de surprise ; sans rien changer à ma position apparente, j'avais glissé la main sous sa couverture pour lui chatouiller le genou.

— Voilà comment ça marche ! m'exclamai-je pour finir en me relevant d'un bond et en lissant mes jupes.

— Mais... c'est merveilleux !

Un sourire joyeux lui fendit le visage, lui rendant, pour un bref instant, un air de vitalité bienvenue.

— Et tu fais cela tous les jours ?

Je m'étais approchée de la fenêtre pour évaluer les risques de la descente.

— Presque tous les jours. Parfois, je fais semblant d'être perdue et vide tranquillement les poches du premier Samaritain qui vient à ma rescousse.

— Et ces choses que tu leur prends – les bourses, les bijoux –, tu les rapportes à la maison et les donnes à ta mère ?

— Ma mère est morte.

— Une orpheline ! s'exclama-t-il, admiratif. J'ai lu des livres là-dessus.

— Non, je ne suis pas orpheline. Mon père ne vit pas à Londres en ce moment, mais j'irai le rejoindre dès qu'il pourra m'héberger.

Je me hissai sur le rebord de la fenêtre.

— Ne t'en va pas, supplia le garçon. Pas tout de suite.

— Il le faut.

— Alors promets de revenir. S'il te plaît. D'accord ?

J'eus un moment d'hésitation. Sa requête était absurde : dans ce quartier, les petites filles de mon âge ne pouvaient pas se promener sans chaperon, au risque d'éveiller les soupçons. De surcroît, le policier du bout de la rue me connaissait, maintenant. Peut-être n'avait-il pas eu le temps de me dévisager, mais il m'avait poursuivie. La prochaine fois, j'aurais peut-être moins de chance. Mais ce déjeuner… Jamais je ne m'étais régalée de cette manière. Et ces jouets, ces merveilles…

— Tiens, dit Joe en me tendant le thaumatrope. Prends-le. Il est à toi. À ta prochaine visite, je te montrerai quelque chose de bien plus remarquable, promis.

C'est ainsi que je rencontrai le Prince Pâle, une amitié qui resta secrète de son côté comme du mien.

L'humeur de la maison a changé. Il s'est passé quelque chose d'important pendant que je pensais à mon vieil ami Joe. Ah ! Voilà : Jack est dans le couloir, avec sur les lèvres le sourire d'un chat qui vient de flairer une soucoupe de lait. Je saisis vite pourquoi. Il a trouvé le réduit secret, dont la porte, dissimulée par une boiserie, est grande ouverte.

Il file aussitôt au pas de course, sans doute pour aller récupérer sa lampe torche à la malterie. Certes, il a notifié à Rosalind Wheeler son refus d'entrer dans la maison avant samedi, mais sa curiosité l'a emporté, ce que je comprends. Il va explorer le moindre centimètre de la cachette, chaque fente du parquet, dans l'espoir de retrouver le diamant vagabond. Il ne le trouvera pas. Le diamant est ailleurs. Oh, cela lui fera du bien de chercher. Je l'aime bien, Jack, quand l'irritation le rend maussade.

Je vais le laisser faire et l'attendrai dans la malterie. J'ai quelques péripéties à méditer, dont la visite d'Elodie Winslow. Quand elle est venue, cet après-midi, elle m'a rappelé quelqu'un. Mais qui ? Je ne l'ai compris que plus tard. Lorsqu'elle a pénétré dans la maison, qu'elle a arpenté les pièces, elle a poussé un soupir si ténu que moi seule, sans doute, ai pu le percevoir. Est apparue sur son visage une expression de contentement que l'on pourrait quasiment désigner sous le nom de plénitude. Elle m'a rappelé Edward. C'est l'expression qu'il avait lorsque nous sommes entrés ensemble pour la première fois dans cette demeure.

Edward, lui, avait une excellente raison de se sentir si profondément attaché à la maison. Enfant, il en avait subi les sortilèges, par le truchement d'une nuit de terreur vécue dans les champs environnants. Mais cette Elodie Winslow ? Quel est son lien avec Birchwood Manor ?

J'espère qu'elle reviendra. J'en émets le souhait avec une ferveur que je n'ai pas ressentie depuis des années. Je commence à comprendre la détresse qui s'était emparée de Joe, le jour de notre rencontre, lorsqu'il m'avait promis monts et merveilles pour que je consente à revenir. Quand on ne peut rendre visite aux autres, quelle ardeur met-on à les recevoir !

Hormis Edward, Joe est celui qui me manque le plus en ces limbes où je séjourne. Autrefois, je pensais souvent à lui, je me demandais ce qu'il était advenu de lui – il était si singulier. Il était tombé malade quelque temps avant que j'entre par effraction dans sa chambre ; sa vie solitaire dans une pièce pleine de trésors intouchés le rendait plus curieux du monde du dehors que les autres enfants. Tout ce qu'il savait lui venait de ses lectures, de sorte qu'il ne saisissait pas toujours complètement la manière dont le monde fonctionnait. Que pouvait-il comprendre au taudis exigu et humide que j'avais partagé avec mon père dans l'ombre de l'église St Anne ? Au cabinet d'aisances municipal que récurait de temps à autre une vieille femme édentée, qu'on payait en nature avec quelques poignées de cendres ? Que pouvait-il comprendre à la triste destinée de Lily Millington, assassinée par une brute ? Comment les gens pouvaient-ils choisir de vivre dans de telles conditions, me demandait-il, réclamant sans cesse des histoires du Londres que je connaissais, celui des ruelles de Covent Garden, des sombres échoppes sous les ponts de la Tamise, des nourrissons abandonnés. Il s'intéressa particulièrement aux bébés confiés à Mme Mack, et ses yeux se remplirent de larmes quand je lui eus rapporté le sort de ces enfants trop fragiles pour ce monde.

Je me demande ce qu'il a pu penser de ma volatilisation. M'a-t-il cherchée ? Pas tout de suite, j'imagine, mais un peu plus tard, quand il s'est rendu compte que rien n'expliquait logiquement un si long silence. A-t-il douté de moi, a-t-il posé des questions, a-t-il songé simplement au pire ? Joe et moi étions tous deux des enfants de l'année 1844. Pour peu qu'il ait vécu jusqu'en son vieil âge, il avait quatre-vingt-sept ans lorsque le livre de Leonard fut publié. Joe dévorait les livres – nous lisions souvent ensemble, assis l'un près de l'autre dans son nid de draps blancs. Il se tenait au courant des nouveautés du monde des lettres. Il aimait aussi la peinture, une passion que lui avait transmise son père. La maison familiale, à Lincoln's Inn Fields, était remplie de Turner. Oui, je suis certaine que Joe, mon Prince Pâle, a lu l'essai de Leonard, s'il était encore en vie. Qu'a-t-il pensé de ses hypothèses ? Croyait-il vraiment que je n'étais qu'une voleuse de bijou, une femme déloyale qui s'était enfuie en Amérique, en quête d'une vie meilleure ?

Joe, bien sûr, me savait capable de voler. Il me connaissait mieux qu'Edward, sous certains angles. Après tout, j'étais en train de fuir la maréchaussée lorsque nous nous étions rencontrés. Dès les premiers jours de notre amitié, il m'avait bombardée de questions sur Mme Mack et sa petite entreprise, et mes anecdotes – l'Enfant égarée, l'Enfant de l'omnibus et, plus tard, la Jeune Amatrice de théâtre – l'avaient ravi. Il m'avait toujours encouragée à lui raconter mes aventures, comme s'il s'agissait d'une geste audacieuse et magnifique.

Joe savait également que j'avais décidé de me rendre en Amérique pour retrouver mon père, si ce dernier persistait à ne pas me faire venir. Certes, Jeremiah nous fournissait des rapports réguliers, se campant fièrement dans le salon de Mme Mack, qui me lisait à haute voix des lettres où mon père décrivait ses efforts rédempteurs et m'enjoignait d'écouter ma protectrice et d'obéir à ses ordres. Mais j'avais le sentiment qu'on me cachait quelque chose. Si mon père retrouvait peu à peu une place dans la société, comme le disaient ses lettres, pourquoi refusait-il que je vienne le rejoindre ?

Mais Joe comprit aussi par la suite que j'aimais Edward. Il fut d'ailleurs le premier à en prendre conscience. Je me rappelle encore la soirée durant laquelle Edward m'invita au vernissage de son tableau *La Belle** – c'était en 1861, à l'exposition de la Royal Academy. Je rendis visite à Joe juste après l'événement. J'ai passé de longues heures par la suite à m'interroger sur ce que me confia Joe, une fois que je lui eus raconté le dévoilement du tableau. « Tu es amoureuse, me dit-il, car c'est exactement le type de sensations que donne l'amour. C'est un masque que l'on ôte, c'est la révélation d'une âme sincère à une autre, et l'acceptation bien malgré soi, la terrible crainte que celui ou celle qu'on aime pourrait bien ne pas éprouver la même passion. »

Pour un garçon aussi reclus, il avait de l'amour une connaissance bien profonde, mon Prince Pâle. Sa mère lui enjoignait constamment de fréquenter les bals, pour qu'il puisse rencontrer quelque jeune et désirable jeune fille de la bonne société londonienne. Souvent, lorsque je prenais congé de lui, il enfilait un habit de soirée – redingote noire et chemise blanche – pour aller dîner dans le monde. En rentrant à la hâte à Covent Garden, je pensais fréquemment à lui, mon élégant et diaphane ami, à sa démarche boiteuse, à son cœur si bon. Il avait tellement grandi, en cinq ans !

Embelli, aussi. Et je nous voyais comme d'une tour, chacun suivant son chemin dans la même et immense ville.

Sans doute dut-il rencontrer une jeune fille dans l'un de ces bals, une vraie dame dont il s'éprit avec la passion que j'éprouvais pour Edward, et qui ne lui rendit pas exactement son amour, car les mots qu'il prononça le soir du vernissage étaient parfaitement exacts.

Il n'eut jamais la possibilité de me parler d'elle. La dernière fois que je vis Joe, nous avions dix-huit ans. Je vins par la fenêtre lui dire que j'avais accepté l'invitation d'Edward à le suivre cet été-là à Birchwood Manor. Je ne lui parlai pas de ce que je comptais faire ensuite. Je le quittai comme si j'allais le revoir le lendemain. Je ne comprenais pas la nécessité de prendre vraiment congé. Un jour, pensais-jc, nous nous reverrions. C'est ce qu'on se dit toujours.

Jack est revenu à la malterie et ma maison a retrouvé la paix, reprenant son souffle après une journée d'activité inhabituelle. Cela faisait longtemps que quelqu'un ne s'était pas aventuré dans la cachette.

Jack est découragé. Cela n'a rien à voir avec le Radcliffe Blue. Sa vaine quête lui vaudra une nouvelle conversation téléphonique avec Rosalind Wheeler, sans doute assez désagréable, car la dame fera montre de sa frustration. Mais le Radcliffe Blue n'est qu'une mission professionnelle pour Jack, qui n'y investit qu'une curiosité des plus naturelles. Non, sa tristesse est liée, j'en suis sûre, à son rendez-vous d'hier avec Sarah et aux deux fillettes.

Je voudrais bien savoir ce qui s'est passé. Cela me donne du grain à moudre en dehors de mes propres souvenirs et de l'écoulement infini et sans but du temps.

Il a rangé les documents de Mme Wheeler, plan de la maison inclus, et repris son appareil photo. J'ai remarqué une constante dans son comportement. Chaque fois qu'il est malheureux ou troublé, il prend son appareil, regarde dans le viseur, braque l'objectif sur tel ou tel objet, joue avec les réglages – focale, ouverture – et le zoom. Parfois, il appuie sur l'obturateur. Le plus souvent, il s'en abstient. Peu à peu, il se rassérène et se débarrasse bientôt de l'appareil.

Aujourd'hui, cependant, le calme ne lui revient pas facilement. Il range l'appareil dans son sac, enfile celui-ci en bandoulière. Il va prendre des photos des environs.

Je vais l'attendre dans mon recoin favori, au tournant de l'escalier. J'aime regarder la Tamise qui coule entre les arbres, au-delà de la prairie. La rivière n'est pas très fréquentée : n'y passent que des péniches, vers l'aval ou l'amont, traînant dans leur sillage de vagues volutes de fumée de charbon. On entend le *ploc* délicat de l'hameçon qui plonge dans l'eau, le froissement du canard qui atterrit sur les flots, et parfois aussi des rires, en été, s'il fait assez chaud pour se baigner.

Lorsque j'ai dit plus tôt que je n'avais jamais pu aller jusqu'à la rivière, j'ai manqué de sincérité. En fait, j'en ai été capable, une seule fois. Je n'en ai pas parlé parce que je n'ai jamais pu me l'expliquer. Mais il est vrai que, l'après-midi où Ada Lovegrove passa par-dessus bord, j'étais là, dans la rivière, et je la vis couler jusqu'au fond.

Edward disait toujours que la rivière gardait un souvenir primitif de tout ce qui s'y était jamais déroulé. La pensée me vient que cette maison se comporte de la même manière. Elle se souvient. Tout comme moi. Elle se souvient de tout.

Ces méditations me ramènent à Leonard.

Leonard avait combattu sous les drapeaux mais, lorsqu'il arriva à Birchwood Manor, il avait repris ses études et travaillait sur une thèse consacrée à Edward. Il avait coutume d'étaler ses notes sur le bureau de la chambre violette, au rez-de-chaussée. C'est en grande partie par son truchement que j'ai appris ce qui s'était produit après la mort de Fanny. Il avait collecté des lettres, des coupures de presse ;

il finit même par obtenir les rapports de police. Quelle drôle d'impression j'eus en lisant, parmi les autres noms – Thurston Holmes, Felix et Adele Bernard, Frances Brown, Edward, Clare et Lucy Radcliffe –, celui de Lily Millington.

J'avais vu les policiers mener leur enquête sur la mort de Fanny. Je les avais vus fouiller les pièces, examiner la garde-robe d'Adele cintre par cintre et mettre à nu les murs de la chambre noire de Felix. J'étais là lorsque le plus petit des deux enquêteurs empocha une photographie de Clare vêtue d'un jupon de dentelle, la glissant sous un veston qu'il fermait à grand-peine. J'étais aussi présente lorsqu'ils vidèrent l'atelier d'Edward, s'emparant de tout ce qui pouvait les renseigner sur mon compte…

Leonard était accompagné d'un chien qui dormait sur le fauteuil quand son maître travaillait. Une grande créature au poil hirsute, aux pattes boueuses et aux yeux mélancoliques. J'aime les animaux : ils se rendent compte plus souvent que les humains de ma présence. Ils me donnent le sentiment d'être aimée. C'est incroyable, ce qu'un simple signe de reconnaissance peut signifier pour quelqu'un qui, comme moi, a pris l'habitude d'être ignoré.

Leonard avait apporté un phonogramme ; tard, le soir, il écoutait de la musique. Il y avait toujours sur sa table de chevet une pipe en verre – mon père avait la même à l'époque où il fréquentait le bouge chinois de Limehouse. Une femme du nom de Kitty lui rendait parfois visite : ces jours-là, il cachait la pipe.

De temps en temps, je regardais Leonard endormi, comme cela m'arrive encore avec Jack. Ses habitudes étaient celles d'un soldat, comme ce vieux major, une connaissance de Mme Mack et du Capitaine ; l'homme, capable de frapper les jeunes filles sur les parties les plus sensibles de leur anatomie, n'aurait pas supporté de se coucher sans cirer ses bottes ni les disposer au pied de son lit.

Leonard, cet homme si doux, avait des cauchemars hideux. Le jour, propre comme un sou neuf, discret comme une petite souris, poli comme un Suisse ; la nuit, hanté par les démons les plus ténébreux. Il tremblait dans son sommeil, tressautait, criait d'une voix que la peur rendait rauque. « Tom, Tommy », hurlait-il.

Je me posais des questions sur ce Tommy, que Leonard appelait comme on appelle un enfant perdu.

Les nuits où il sortait la pipe de verre, il sombrait dans une torpeur languide qui lui permettait d'échapper à Tommy. Je m'asseyais dans les ténèbres silencieuses de la maison et songeais à mon père, dont j'avais si longtemps attendu qu'il m'appelle à lui.

Lorsque Leonard laissait la pipe de côté, je restais avec lui. Je comprends le désespoir. Alors, ces soirs-là, je m'agenouillais et murmurais à l'oreille de ce jeune homme : « Tout va bien. Sois en paix. Tommy est en sécurité, c'est son message. »

Tom... Tommy... J'entends encore ce nom les soirs où le vent hérisse la rivière et fait frémir les lattes du parquet.

Chapitre 13

Leonard, été 1928

C'était la journée la plus chaude depuis le début de la saison et Leonard, au réveil, décida qu'il irait nager. Il avait pris l'habitude de se promener sur le chemin de halage, dès l'aube, y retournant parfois pendant ces après-midi qui flamboyaient interminablement avant de s'éteindre soudainement comme une chandelle que l'on mouche.

La Tamise du Wiltshire ressemblait bien peu au vaste et boueux tyran qui traverse, rageur, le cœur de Londres. Ici, elle était gracieuse, véloce et d'une remarquable légèreté d'esprit. Elle sautillait par-dessus les galets, effleurant ses berges d'une eau joyeuse, et ses flots étaient si clairs qu'on pouvait voir les roseaux ondoyer dans son lit étroit. La haute Tamise était décidément féminine, s'était dit Leonard. Car, en dépit de sa solaire transparence, elle pouvait aussi, en certains lieux, se révéler subitement insondable.

Une longue période sans pluie lui avait, en juin, permis d'explorer la campagne. Il avait à cette occasion découvert un méandre particulièrement plaisant, à deux ou trois kilomètres en amont du manoir, un peu avant le pont de Lechlade. Le temps des vacances, quelques gamins dépenaillés avaient planté leurs tentes dans un champ tout proche, mais un bosquet de bouleaux conservait toute son intimité à cette courbe accueillante.

Leonard s'y était installé ce jour-là, adossé à un saule, regrettant de n'avoir pas encore entrepris les quelques réparations qu'exigeait la vieille barque dénichée dans la grange de Birchwood. Le ciel était si calme ! Qu'y aurait-il eu de plus agréable que de se coucher dans ce petit esquif et de partir à la dérive sur la haute Tamise ?

Au loin, un garçon d'une dizaine d'années, longues jambes et genoux osseux, surgit de l'ombre d'un arbre pour se ruer vers le tronc suivant. Il traversa la clairière baignée de lumière en battant des bras comme un moulin, juste pour le plaisir, le visage fendu d'un sourire éclatant.

L'espace d'un instant, Leonard se rappela la joie pure qu'on éprouvait à être jeune, et rapide, et libre. « Viens courir, Lenny. Viens ! » Il l'entendait parfois encore, cet appel, lorsque le vent se levait d'une certaine manière ou qu'un oiseau passait dans le ciel. « Viens, on va courir tous les deux, Lenny ! »

Le jeune campeur n'avait pas vu Leonard. Lui et ses camarades avaient une mission : ramasser des branches de la taille d'une épée et les rapporter à un autre garçon, assis près d'une des tentes. Ce dernier inspectait les trouvailles, en acceptait certaines et rejetait les autres d'un non de la tête. Pour l'adulte qu'était Leonard, rien dans l'aspect de ce garçon ne dénotait une quelconque autorité. Peut-être était-il un peu plus grand, un peu plus sage que les autres – rien de bien manifeste. Mais les enfants reconnaissent d'instinct les marques du pouvoir.

Leonard s'entendait bien avec les enfants. Ils étaient dénués de cette hypocrisie qui rend les rapports entre adultes plus faciles. Les enfants disent ce qui leur passe par la tête, décrivent ce qu'ils ont sous les yeux et règlent leurs différends par des bagarres suivies de réconciliations. C'est ainsi qu'il procédait avec Tom.

Une balle de tennis jaillit de nulle part, atterrit dans l'herbe avec un choc mou et se mit à rouler vers la rive. Le chien bondit à sa suite et la rapporta au trot à son maître. Leonard accepta ce cadeau passablement humide, la soupesa un moment avant de la lancer dans la direction de laquelle elle était venue.

Les rayons du soleil avaient commencé à réchauffer la terre. Leonard ôta sa chemise et son pantalon et, vêtu de son seul caleçon, s'approcha du bord de l'eau. Il y trempa le pied tandis qu'une famille de canards dérivait sur les flots, devant lui.

Sans se donner le temps de rebrousser chemin, Leonard plongea dans la rivière.

La froideur matinale de l'eau lui contracta la peau. Il garda les yeux grands ouverts et, en quelques brasses, descendit vers le fond du lit, tendant les mains pour agripper le limon et les algues. Il s'y cramponna et se mit à compter. Tom lui sourit entre les roseaux aux tiges gluantes.

Leonard ne se souvenait pas de la vie avant Tom. Ils n'avaient que treize mois de différence. Leur mère avait perdu un enfant avant Leonard, une petite fille du nom de June, morte de la scarlatine avant son deuxième anniversaire. Elle n'avait pas voulu risquer de se trouver sans enfant une seconde fois. Un jour qu'elle prenait le thé avec sa sœur, Leonard l'avait entendue dire qu'elle aurait volontiers eu dix marmots, si ce n'avaient été ces « fichus problèmes de femme ».

« Bah, tu as quand même une pièce de rechange, avait répliqué la tante de Leonard avec son pragmatisme coutumier. Cela vaut mieux que rien. »

Leonard y avait repensé pendant des années. Était-ce lui, la pièce de rechange ? Était-ce une bonne ou une mauvaise chose ? Sa mère détestait casser les tasses ou les assiettes. « On peut tout réparer », disait-elle toujours.

Tom était le plus jeune, et aussi le plus vigoureux. À quatre ans, il avait déjà dépassé son grand frère en taille. Il était plus costaud, avait les épaules larges – des épaules de nageur, disait leur père avec un orgueil masculin et quelque peu guindé – et un caractère franc, charmant, attirant par sa simplicité. Leonard était plus introverti. Leur mère le leur racontait souvent : dans les deux cas, elle avait deviné leurs personnalités au moment où la sage-femme les avait placés entre ses bras. « Toi, Lenny, tu as plaqué tes petites jambes contre ton ventre et tu as rentré le menton contre ton torse comme si tu voulais échapper au monde. Mais Tom… il a serré les poings, levé le menton et avancé la lèvre inférieure comme s'il voulait me dire : "Allez, viens me chercher !" »

Les poumons de Leonard le faisaient souffrir. Il ne remonta pas à la surface. Il croisa le regard rieur de son frère tandis qu'un banc d'alevins les séparait provisoirement. Il continua à compter.

Les femmes appréciaient Tom. Depuis toujours. Il était beau garçon – même Leonard en était conscient –, mais ce n'était pas la seule raison. Son charme était d'une autre nature. Il était drôle, il était généreux ; lorsqu'il riait, on avait l'impression que le ciel se fendait, que le soleil vous illuminait directement la peau. Leonard avait eu le temps d'y réfléchir à maintes reprises depuis la guerre. C'était la sincérité innée de Tom qui attirait les gens. Même lorsqu'il était en colère, il y avait dans ses démonstrations une authenticité qui ne pouvait que séduire.

Un pouls brûlant lui battait contre les tympans. Son crâne tout entier fut envahi par d'insupportables martèlements. D'une vigoureuse poussée, Leonard se détacha du limon et remonta en flèche vers la surface scintillante de la rivière. Lorsqu'il retrouva l'air libre, il respirait avec bruit. Il cligna des yeux – le monde pendant une seconde lui parut entièrement blanc – puis se retourna sur le dos afin de reprendre son souffle.

Il se laissa flotter, bras et jambes en croix, avec sur le ventre la chaude caresse du soleil. Quatre-vingt-treize secondes. Il était encore loin du record de Tom, victorieusement établi en l'été 1913. Eh bien, il recommencerait le lendemain. Une alouette fit entendre un chant tout proche. Leonard ferma les yeux. Doux clapotis de la rivière ! Les garçons hurlaient autour de leur campement, ivres de soleil.

Leonard revint lentement vers la rive. Une journée de plus dans le cortège du temps.

Hora pars vitae. Son professeur de latin leur avait fait écrire cette phrase cent fois. « Chaque heure fait partie de la vie. »

Serius est quam cogitas. Cela, il l'avait lu sur un cadran solaire, en France, une construction modeste, dans le jardin d'une petite église près de laquelle l'unité de Leonard s'était repliée, morte de fatigue, crottée jusqu'aux sourcils. « Il est plus tard que tu ne le penses. »

— Allez, viens, Chien.

L'animal se leva d'un bond ; une fois de plus, sa disposition à l'optimisme impressionna Leonard. Chien était entré dans sa vie un mois plus tôt, le soir de son arrivée à Birchwood Manor. Ils s'étaient adoptés réciproquement, et tacitement. Difficile de déterminer la race de Chien : il était grand, le pelage brunâtre, et pourvu d'une queue puissante et hirsute apparemment dotée d'une vie indépendante.

Ils revinrent ensemble à la maison. La chemise de Leonard lui collait au torse. Au-dessus d'un champ de blé, un couple de milans royaux planait dans les airs, comme par magie. Leonard soudain repensa au front. À cette immense bâtisse dans laquelle ils avaient passé la nuit. Elle avait été à moitié détruite et, dans le vestibule dallé de carreaux noirs et blancs, subsistait une grande horloge dont le tic-tac était encore plus bruyant passé le coucher du soleil – égrenant les minutes, mais dans quel but ? Il ne le savait pas. Rien ne semblait avoir de fin, là-bas, en France.

L'un des soldats avait trouvé un violon dans une des pièces de l'étage, une bibliothèque poussiéreuse qui exhalait l'odeur des divertissements des temps de paix. Il avait joué dans le jardin, une mélodie lancinante que Leonard avait plus ou moins identifiée. La guerre est, par nature, surréaliste : elle brasse des incidents si choquants qu'ils ne devraient jamais être considérés comme ordinaires. C'est cependant ce qui se produit, et ce qui en bouleverse un peu plus les acteurs et les témoins. Des journées qui se succèdent dans la discordance de ces deux réalités accolées, l'ancienne et la nouvelle ; des hommes qui, quelques mois plus tôt, étaient imprimeurs, cordonniers ou employés se retrouvent à charger des fusils et à éviter les rats dans les tranchées boueuses.

Pour Leonard, il n'y avait pas eu d'ironie plus colossale en ces quatre années de front que ce soldat jouant du violon dans un jardin alors que, un kilomètre plus loin, des obus explosaient, des hommes mouraient par centaines. Ce jour-là, en France, des rapaces tournoyaient dans le ciel, des faucons pèlerins, de toute évidence guère émus par les combats qui se déroulaient à cent mètres sous eux. Ils avaient la mémoire atavique des oiseaux : la boue, le sang, le massacre, l'absurde gâchis, tout cela, ils l'avaient déjà vu.

À présent, l'espèce humaine pouvait elle aussi se pencher sur son propre passé. Il lui avait suffi d'une guerre. Autre ironie du sort : la technique de la photographie aérienne, qui avait permis aux aviateurs d'infliger les destructions les plus intenses au camp ennemi, servait maintenant aux cartographes ; ils y recouraient pour détecter des vestiges extraordinaires jusqu'ici passés inaperçus.

Les guerres avaient parfois cette utilité. Anthony Baxter, le vieil ami de Leonard – ils se connaissaient depuis l'école primaire –, le lui avait expliqué quelques mois plus tôt en sirotant sa bière. La nécessité est mère de l'invention, lui avait-il déclaré, et quelle nécessité plus puissante que celle de survivre ? Anthony travaillait pour une firme qui fabriquait un matériau apparemment destiné à remplacer le verre. Les pommettes rougies par l'alcool et l'appât du gain, il avait poursuivi : « Pour peu qu'on s'autorise une pensée productive, on peut devenir riche, très riche. »

Leonard n'avait que mépris pour l'argent. Ou plutôt, pour les moyens d'en amasser en quantité. Le seul point positif de la guerre avait été de lui faire comprendre que l'homme a besoin de peu de chose pour survivre. Le superflu n'a aucune importance. Toutes ces grandes horloges abandonnées que personne ne remontait plus ; les habitants qui avaient fermé les volets et verrouillé les portes de leur maison avant de prendre la route avec femme et enfants pour fuir la mort. La seule réalité, Leonard en était désormais conscient, c'était la terre sous les pieds des humains. La terre, la nature, qui pouvait fournir tout ce dont on avait besoin, et qui recueillait les traces de tous ceux, hommes, femmes, enfants, qui l'avaient foulée.

Avant de se rendre à Birchwood Manor, Leonard avait acheté quelques cartes d'état-major chez Stanfords, sur le Long Acre. Elles couvraient l'Oxfordshire, le Wiltshire et le Berkshire. On pouvait distinguer dans les courbes de relief les routes romaines creusées dans le calcaire par des arpenteurs vieux de deux millénaires, des cercles de culture là où les villageois avaient érigé des clôtures bordées de fossés, des stries gravées par les charrues du Moyen Âge. Plus anciens encore, les fins réseaux veineux dessinés par les sépultures du néolithique, traces datant du dernier âge glaciaire.

La terre était l'ultime musée, enregistrant et restituant les chroniques du temps. Et, cette région du Ridgeway – la craie de la plaine de Salisbury, le géant de Cerne Abbas, le

Cheval blanc d'Uffington – était particulièrement malléable. La craie résistait mieux que l'argile aux affaissements ; sa mémoire était plus fidèle. Leonard connaissait bien la craie. Sur le front, il avait été sapeur, il avait creusé maints tunnels. Il avait suivi une formation à Larkhill, dans le Wiltshire, avait appris comment installer des postes d'écoute, comment rester immobile pendant des heures, le stéthoscope plaqué sur la terre froide. Et lorsqu'il avait contribué à l'assaut des bataillons de Nouvelle-Zélande, derrière Arras, il avait pu passer de la théorie à la pratique. Des semaines dans le noir à s'éclairer à la bougie, avec pour seul chauffage en cet hiver glacial un seau transformé en brasero.

Leonard connaissait très bien la craie.

La Grande-Bretagne était une île ancienne : hantée depuis des millénaires, chaque hectare de terre revendiquant sa part d'héritage. Mais la région de Birchwood était particulièrement bien dotée. Sur une même parcelle, toutes les couches cohabitaient : préhistorique, âge de fer, médiévale – sans compter les tunnels des apprentis sapeurs de la Grande Guerre. La Tamise serpentait au beau milieu de la carte, née dans les Cotswolds de quelques sources qui crachaient leur filet d'eau, et prenant de l'ampleur quand ces ruisseaux joignaient leurs forces. Le village de Birchwood était coincé dans la fourche que formait avec cette haute Tamise un frêle affluent. Non loin, sur une crête, courait une route plus rectiligne que celles que dessine la nature – un alignement de sites. Leonard avait lu Alfred Watkins et l'essai de William Henry Black, publié par la British Archaeological Association de Hereford : ces longues lignes, théorisait Black, relient les monuments du néolithique dans toutes les îles britanniques et sur le continent. Elles tracent depuis des millénaires des itinéraires anciens, magiques, puissants, sacrés.

C'était ce passé énigmatique et mystique qui avait attiré Edward Radcliffe et ses compagnons à Birchwood à l'été 1862. Il était responsable en partie de l'achat de la demeure par l'artiste. Leonard avait lu à maintes reprises le manifeste de la fraternité et la correspondance de Radcliffe avec son ami et confrère Thurston Holmes. Contrairement à Radcliffe, tombé, après la mort de sa fiancée, dans un relatif oubli – son souvenir artistique n'était plus célébré que par un cercle restreint d'amateurs enthousiastes –, Holmes avait continué à peindre jusque dans son grand âge, se montrant encore souvent en société. Il était mort quelques années plus tôt et avait légué ses lettres et ses journaux intimes à la postérité. Leonard avait fait plusieurs fois le voyage à l'université de York pour en extraire, après des semaines de recherche, tout ce qui concernait le lien d'Edward Radcliffe avec Birchwood Manor.

Radcliffe écrivit ceci à Holmes en janvier 1861 :

J'ai acheté une maison. Une maison assez charmante et qui, sans être majestueuse, est élégante dans ses proportions. Elle se dresse tel un oiseau à la fois modeste et digne au creux de son propre méandre de la rivière, à l'orée de la forêt, non loin d'un village petit mais d'une parfaite harmonie. Mais ce n'est pas tout, Thurston. Je ne m'en ouvrirai pas ici, mais attendrai notre prochaine rencontre pour t'en parler. Qu'il me suffise de te dire qu'il y a entre ces murs quelque chose qui m'attire, quelque chose d'ancien, de primordial, quelque chose qui n'est pas tout à fait de ce monde. Sa voix m'appelle depuis longtemps, le sais-tu, car ma nouvelle maison et moi-même nous sommes déjà rencontrés.

Radcliffe n'en disait pas plus et, bien que Leonard eût appris par des recherches approfondies que l'artiste avait vécu quelque temps dans cette région lorsqu'il était enfant, le mystère demeurait : pourquoi avoir choisi Birchwood ? Et quand exactement ? Radcliffe avait à plusieurs reprises fait allusion à une expérience de jeunesse, à la fois « tournant dans son existence », disait-il, et « obsédante souffrance », mais Leonard n'avait rien trouvé de plus explicite dans les archives de Holmes. L'enfant Edward avait vécu une expérience dont l'adulte Radcliffe ne voulait pas parler, même si cet événement passé avait joué un rôle dans sa fascination pour Birchwood et son désir d'en devenir propriétaire. En décembre 1860, le jeune artiste avait vendu tous ses tableaux et avait passé un accord avec un bienfaiteur pour obtenir, contre six nouvelles toiles, les deux cents livres dont il avait encore besoin. Enfin pourvu de la somme complète, il avait pu parapher l'acte de vente de Birchwood Manor et des terres qui l'environnaient.

Chien émit un jappement d'impatience et Leonard suivit la direction de son regard. Il s'était attendu à voir une troupe de canards ou d'oies, mais ce qui avait attiré l'attention de l'animal était un couple, qui se dirigeait à présent vers eux. Un homme et une femme. Des amoureux, très visiblement.

La femme eut une réflexion qui fit rire l'homme. Un coup de cymbales dans le concert du matin ! Mais Leonard eut l'impression qu'on lui plantait un coude dans les côtes.

La femme souriait et Leonard se rendit compte qu'il en faisait de même tout en la regardant approcher, elle et son compagnon. Ils étaient si éclatants, si intacts, ces deux-là ; leurs contours étaient si purs ! Ils allaient dans ce monde comme s'ils avaient tous les droits, comme s'ils ne doutaient pas une seconde de leur appartenance au moment et au lieu.

Leonard, en comparaison, se savait fluet, translucide. Cette déficience le remplit d'une timidité soudaine. Il ne se sentit pas capable d'échanger un salut cordial avec ces inconnus. Il n'était pas certain d'être en mesure de trouver les mots, ne savait pas s'il pouvait se contenter d'un simple signe de la tête. Même avant que la guerre ne fasse de lui une âme vide, il n'avait jamais été particulièrement doué pour les relations sociales.

Il y avait à ses pieds un bâton, un joli bâton de bois clair, et Leonard le ramassa.

— Hé, Chien, dit-il après l'avoir soupesé. Vas-y, rapporte le bâton, vite !

Leonard le lança par-dessus la prairie et Chien se jeta, ravi, à sa poursuite, oubliant immédiatement les amoureux.

Leonard tourna le dos au fleuve et suivit le chien. Les pointes des deux pignons de Birchwood Manor dépassaient des faîtes des saules qui bordaient le Hafodsted. Leonard remarqua la manière dont l'une des fenêtres du grenier reflétait le soleil, de sorte que la chambre semblait éclairée de l'intérieur.

Lorsque Leonard, à dix-huit ans, commença ses études à Oxford, il ne s'imaginait pas une seconde qu'il se consacrerait un jour à Edward Radcliffe et à la maison vieille de quatre siècles que l'artiste avait achetée dans un méandre léthargique de la Tamise. Il faut dire que, dans les quinze années qui suivirent son arrivée à l'université, il se produisit des choses que son esprit juvénile n'aurait jamais pu concevoir. Ce Leonard de dix-huit ans n'avait pas d'idée très précise sur son avenir universitaire et professionnel. S'il était entré à Oxford, c'était parce qu'il venait d'une certaine classe sociale et qu'il ne manquait pas d'intelligence. C'était tout. Il avait décidé d'étudier l'histoire à Christ Church parce qu'il aimait la pelouse et l'immense bâtisse en pierre qui la dominait. Ce fut lors d'un cours préparatoire de première année qu'il rencontra le professeur Harris et découvrit l'art moderne.

Ce qui n'avait été qu'un choix laissé au hasard se transforma rapidement en une passion. Leonard s'enthousiasma pour le courage et l'insolence du *Nu descendant un escalier, n° 2*, de Marcel Duchamp, le défi torturé des *Demoiselles d'Avignon* de Picasso. Il passa de longues soirées à lire Marinetti et se rendit à Londres uniquement pour voir l'exposition Umberto Boccioni à la galerie Doré. L'ironie du ready-made – la roue de bicyclette de Duchamp installée sur son tabouret – lui fit l'effet d'une révélation. Leonard regorgeait d'optimisme. Il avait soif d'innovation, n'avait que révérence pour la vitesse et l'inventivité. Il adopta les idées nouvelles sur l'espace, le temps, leurs représentations. Il avait l'impression de partir à l'assaut du futur, juché sur la crête d'une vague colossale.

Et puis un soir de l'été 1914, son frère lui rendit visite à Christ Church. Ils avaient prévu de dîner en ville ; Tom suggéra de commencer par une promenade sur la pelouse. Il faisait chaud, le soleil n'était pas encore couché. Tom se fit nostalgique, parlant d'une voix rapide de leur enfance, de leur passé. Il cachait quelque chose, comprit immédiatement Leonard. Lorsqu'ils se furent attablés dans le restaurant, Tom vendit la mèche : « Je me suis engagé, Lenny. »

La guerre qui mijotait sur toutes les unes des journaux venait de faire son irruption dans l'existence de Leonard.

Leonard ne devança pas l'appel. Contrairement à Tom, il n'avait aucun goût pour l'aventure, enfin pas celle-ci. Même en se forçant, il ne parvint pas à réveiller en lui la moindre notion de devoir. En quoi la haine d'un fou à la gâchette facile pour ce pauvre archiduc coiffé d'un chapeau à plume pouvait-elle le concerner ? Leonard s'était abstenu de faire ce genre de commentaires devant son entourage, encore moins ses parents, auxquels la vue de Tom dans son uniforme avait tiré des larmes de fierté et d'inquiétude. Cependant, il ne pouvait s'empêcher de penser qu'il était bien fâcheux qu'une guerre pût éclater au moment où il découvrait la passion de son existence.

Néanmoins.

Il réfléchit.

Combien de temps durerait-elle ?

Ce ne serait qu'une brève récréation, une expérience nouvelle qui aiguiserait sa capacité à percevoir le monde selon des angles différents. Il pourrait étudier de près la mécanisation et la modernité…

Inutile de s'appesantir sur les comment et les pourquoi. Tom s'embarqua pour la France et Leonard ne tarda pas à lui emboîter le pas.

Cinq ans plus tard, il rentra dans un pays et dans un monde qu'il ne connaissait plus.

Chapitre 14

Le Londres d'après-guerre lui avait fait l'effet d'un coup de massue. L'histoire riait bien, qui avait ri la dernière : Leonard, de retour du front, dut faire face à des changements et à des progrès d'une ampleur inimaginable. Le monde s'était transformé, ses habitants encore plus. Des créatures aux visages ronds comme des lunes surgissaient de toutes parts. Celles-là ne voulaient que danser et faire la fête, rire comme des ânes, se défaire de leurs chignons et de leurs manières vieillottes, et plus généralement de tout ce qui les liait au passé et aux longues et sinistres années de la guerre.

Leonard s'installa dans une chambre meublée au sommet d'un immeuble, près de Holloway Road. Un cochon logeait dans le jardinet intérieur ; un train passait à intervalles réguliers dans les entrailles de la terre, sous le bâtiment. Leonard avait remarqué le cochon dès sa première visite. En revanche, il n'apprit l'existence du train qu'après avoir payé intégralement son premier mois de loyer. Il était assis à son petit bureau près du lit, un verre de bière brune à la main, une cigarette aux lèvres. Le crépuscule pointait : heure toujours inquiète pour lui, car elle semblait tout remettre en cause, y compris la lumière. Il eut l'impression soudain qu'un obus venait de s'abattre sur l'immeuble. Les journaux s'étaient trompés : la guerre n'était pas finie du tout !… Mais ce n'était que le train. Dans sa panique, il fit tomber son verre de bière, ce qui lui valut une fière sérénade au balai de la part de la femme qui habitait la chambre du dessous.

Leonard avait essayé de vivre avec son temps, mais au lieu de se sentir joyeux, sans attaches, il avait simplement l'impression d'avoir été déraciné. Tout le monde buvait trop mais, si ses congénères se soûlaient dans la joie, Leonard avait le vin triste. Lorsqu'on le conviait dans un club pour quelque soirée, il arrivait avec un costume neuf et les meilleures intentions. Il se promettait de rester affable, d'écouter les gens en hochant la tête, de se fendre parfois même d'un sourire. Mais, invariablement, Leonard, à un moment ou à un autre de la discussion dans laquelle il s'était laissé entraîner, s'entendait toujours parler de ses amis perdus, de la manière dont ils lui rendaient encore visite dans le silence de la nuit, ou dans le miroir, pendant qu'il se rasait, ou bien même dans la pénombre des rues, à la tombée de la nuit ; il les entendait marcher derrière lui.

Et dans le brouhaha du club, il sentait alors se poser sur lui des regards subreptices. Les convives se détournaient, révulsés, comme s'ils ne pouvaient comprendre la raison pour laquelle il avait décidé d'ignorer les conventions et de gâcher leur plaisir. Même lorsqu'il ne parlait pas de ses amis morts, Leonard était incapable de manier les fleurets argentés de la conversation mondaine. Il était trop sérieux. Trop direct. Le monde désormais était une bulle de savon, scintillante, toute fine. Les autres savaient comment s'y introduire sans la faire éclater. Leonard était trop lourd pour y vivre. Il était hors du temps : trop vieux pour faire partie des jeunes fêtards, trop jeune pour aller rejoindre les rangs des ivrognes désespérés du bord du fleuve. Il ne se sentait d'affinités avec rien ni personne.

Un après-midi, alors qu'il était accoudé à la rambarde du pont de Charing Cross, tandis que navires et gens ne cessaient de circuler en tous sens, il croisa par hasard l'un de ses anciens professeurs, qui se rendait à la National Gallery. Le professeur Harris invita Leonard à le suivre et l'entretint d'un ton affable des arts, de la vie et de quelques connaissances communes. Leonard l'écouta en hochant la tête. Ces anecdotes lui paraissaient comme des reliques vaguement divertissantes de son existence passée. Lorsqu'ils parvinrent dans les salles de la Renaissance et que Harris suggéra à son ancien élève de reprendre des études, Leonard eut l'impression qu'on lui parlait en grec ancien. Même si Leonard eût pu concevoir un retour au monde splendide et déconcertant d'Oxford, à quoi bon ? Le modernisme était mort. Boccioni avait été tué en 1916 et la critique française évoquait désormais un « retour à l'ordre ». La jeunesse et l'énergie du mouvement avaient reflué, comme Leonard. Elles gisaient maintenant dans la boue, parmi les ossements.

Néanmoins, Leonard avait besoin de faire quelque chose. Londres était trop rapide, trop bruyant ; une pressante envie de fuir s'empara du jeune homme. Elle monta en lui comme le baromètre avant l'orage. Ses tympans vibraient, ses jambes ne tenaient plus en place. La nuit, il se réveillait en nage tandis que les trains faisaient trembler la tête de lit et que la locataire du dessous, maigre et peinturlurée, claquait sa porte sur un client trop chahuteur. Les fins doigts noirs de la panique lui enveloppaient la gorge : oh, pourvu qu'ils serrent un bon coup et le débarrassent de son existence ! En esprit, il reprit les sentiers qu'enfant il avait empruntés avec Tom ; par-dessus le mur en brique au fond du jardin, ils traversaient la rangée d'arbustes puis suivaient l'allée qui s'enfonçait bientôt dans la prairie, vers la forêt. « Tu viens courir, Lenny ? » Il l'entendait de plus en plus souvent, cet appel. Mais lorsqu'il se retournait, il ne voyait que des vieux bonshommes dans des bars, et des jeunes gens au coin des rues, et des chats errants qui le suivaient, efflanqués, l'œil mauvais.

Sans attendre la fin du bail, il glissa deux mois de loyer sous la vitre du petit bureau et quitta le meublé, quitta Londres par l'un de ces trains qui faisaient trembler les fenêtres d'autres gens que lui. La maison de famille était plus petite que dans son souvenir, plus délabrée, mais elle avait gardé la même odeur qu'autrefois et ne lui voulait pas de mal. Sa mère rouvrit sa chambre de petit garçon, mais elle ne déménagea pas le lit vide, à l'autre bout de la pièce. Des bavardages innombrables avaient survécu dans les recoins : silencieux le jour, ils se déchaînaient la nuit, si bien que Leonard parfois se redressait dans son lit comme un diable dans sa boîte et allumait la lumière, persuadé qu'il allait surprendre un sourire sur le visage de son frère. Il entendait les ressorts du sommier grincer dans le noir tandis que le souvenir de Tom remuait dans son sommeil.

Leurs vieux jouets et leurs livres n'avaient pas quitté les étagères – la collection de soldats de bois, la toupie, le jeu « Serpents et Échelles » dans sa boîte en lambeaux. Leonard relut *La Machine à remonter le temps*, de H. G. Wells, le roman préféré de ses treize ans. Celui de Tom, aussi. Ils ne rêvaient que d'avenir à cette époque : ils auraient voulu parcourir plus vite les années pour connaître les merveilles qui les attendaient. À présent, Leonard n'était plus capable que de regarder en arrière. Parfois, il restait assis, le livre entre les mains, s'émerveillant de sa solidité, de sa forme. Quelle dignité dans cet objet ! Les livres, décidément, étaient de nobles entreprises.

Quelquefois, le soir, il dépliait le plateau de « Serpents et Échelles ». Les deux frères avaient toujours joué avec les mêmes pions : celui de Leonard était un galet gris et parfaitement sphérique qu'il avait trouvé à Salcombe, au bord de la mer (ils y étaient en vacances avec leurs parents) ; celui de Tom était une pièce de deux pence en argent que lui avait donnée un vieux monsieur qu'il avait aidé un jour à se relever dans la rue. Tom et Leonard n'auraient pas changé de pions pour un empire. Ils leur portaient chance et, naturellement, chacun défendait la valeur du sien. Leonard cependant se souvenait d'avoir envié la pièce d'argent de Tom, car son frère gagnait neuf fois sur dix. Tom avait toujours été le plus chanceux des deux. À l'exception, bien sûr, de la seule occasion où cet avantage eût pu lui sauver la vie.

Un jour, au début de l'année 1924, Leonard fut saisi d'une crise de vagabondage. Il prit son paquetage, une gourde pleine et sortit se promener, comme cela lui arrivait fréquemment. Simplement, lorsque le soleil se coucha, il ne rebroussa pas chemin, ne rentra pas à la maison. Il continua à marcher. Il ne savait pas où il allait et n'en avait d'ailleurs cure. Il dormit à l'endroit où ses forces avaient fini par l'abandonner, à la belle étoile, la demi-lune brillant au-dessus de lui dans le ciel sans nuages. Et lorsque l'alouette, dès l'aube, le réveilla, il prit ses affaires et se remit en route. Il traversa tout le Dorset et parvint dans le Devon, trouva les sentiers de Dartmoor et les suivit, conversant avec ses fantômes. Il commença à remarquer les nuances de vert qu'offraient les arbres, la manière dont les brins d'herbe verdissent à mesure qu'ils s'éloignent de leurs racines.

Sa barbe poussa, sa peau se hâla. Il attrapa des ampoules sur les talons et les orteils, qui durcirent après l'avoir fait souffrir ; ses pieds devinrent les pieds d'un autre homme, qui lui plaisait plus que celui d'avant. Il devint expert dans l'art de choisir un bâton de marche. Il apprit à faire un feu, et ses mains devinrent calleuses. Il travailla en chemin, quand il le pouvait : de petits travaux qui ne demandaient aucun engagement, ne forgeaient aucune relation. La tâche finie, il empochait sa maigre paie et reprenait la route. De temps à autre, il croisait des gens, des inconnus marchant sur le même chemin. Ils échangeaient un signe de tête, parfois même un geste de la main. Plus rare encore, il lui arrivait de parler à un autre chemineau dans une auberge de campagne. Le son de sa propre voix le surprenait.

Il vit sa première photographie aérienne d'un paysage anglais dans une de ces auberges. C'était un samedi, à l'heure du déjeuner. L'établissement était plein. Un homme était assis seul à l'une des tables disposées sur le trottoir. Un vélo noir, couvert de poussière, était posé près de lui ; l'homme n'avait pas ôté sa casquette de cycliste en cuir. Il étudiait une grande photographie étalée sur la table et prenait des notes. Il ne remarqua pas tout de suite que Leonard le regardait, puis, l'ayant repéré, fronça les sourcils et tendit le bras de manière à lui cacher ce qu'il faisait. Il était même à deux doigts de se mettre en colère lorsque son expression changea. Leonard comprit que l'homme l'avait reconnu. Non qu'ils se fussent déjà croisés. Mais ils étaient tous marqués d'un certain sceau – celui des hommes du front –, en raison de ce qu'ils avaient pu voir et faire.

L'homme s'appelait Crawford ; c'était un ancien du Royal Flying Corps. Après la guerre, il avait été recruté par le service des cartes d'état-major et arpentait désormais les comtés du Wiltshire et du Dorset, pour déterminer les positions exactes des sites archéologiques. Il en avait déjà trouvé un certain nombre que personne avant lui n'avait repérés. Leonard aimait mieux écouter que parler. Ce que lui racontait Crawford le rassura, confirmant les vagues impressions qu'il avait sur le temps et sa malléabilité. Les photographies de Crawford rassemblaient dans la même image le temps et l'espace ; le passé coexistait avec le présent. Leonard comprit qu'il se sentait plus proche des peuples anciens sur les pas desquels il marchait que des jolies filles qui passaient leurs nuits à danser dans Londres. Lorsqu'il marchait, il était conscient de son appartenance. Il se sentait, d'une manière primordiale, faire partie de la terre et à chaque pas tirait de cet élément une solidité croissante. *Appartenance.*

Le mot lui resta à l'esprit et lorsqu'il reprit sa route, cet après-midi-là, ses pieds se déplaçaient au rythme de ces quatre syllabes.

Plus tard, ce même jour, alors qu'il cherchait un endroit où passer la nuit, une pensée lui vint, un lointain souvenir de sa première année d'histoire à Oxford. Il avait lu un essai consacré à un mouvement artistique victorien dont faisait notamment partie un peintre du nom d'Edward Radcliffe. Même s'il ne représentait pas à lui tout seul la fraternité Magenta (tel était le nom que s'étaient trouvé les membres du mouvement), Radcliffe avait laissé une trace dans l'histoire de l'art, en raison de sa tragique destinée. Sa jeune fiancée ayant péri assassinée, il avait peu à peu sombré dans le désespoir. En dépit de ce drame, la fraternité n'intéressait pas Leonard à cette époque. Les victoriens l'ennuyaient. Leurs certitudes lui paraissaient insupportables ; leurs vieilles dentelles noires et leurs salons encombrés lui semblaient ridicules. Comme les modernistes, et comme les enfants, Leonard avait cherché à se définir en luttant contre l'imposante statue de granite de l'Establishment.

Mais l'« Introduction à l'histoire de l'art » du professeur Harris était exhaustive. Pour peu que ses élèves l'eussent lue en entier, ils avaient forcément pris connaissance du manifeste *L'Art d'appartenir*, rédigé en 1861 par Edward Radcliffe et abondamment cité par Harris. Le peintre s'y émerveillait des connexions qu'il distinguait entre les personnes et les lieux, les arts et les lieux. « La terre n'oublie pas, se souvenait d'avoir lu Leonard. Le lieu est un seuil que l'on franchit en traversant le temps. » L'essai mentionnait la maison qui avait obsédé le peintre et dans laquelle il disait avoir trouvé son « appartenance ». Ces considérations de Radcliffe lui avaient semblé superflues et sans intérêt à l'époque. Dix ans plus tard, il ne parvenait plus à s'en défaire.

Lorsque Leonard finit par rentrer chez ses parents, il avait maigri ; ses cheveux avaient poussé et il était barbu ; sa peau était tannée et ses vêtements usés. Il s'était attendu à ce que sa mère recule d'effroi, pousse un cri d'horreur devant cette lamentable apparition et lui intime l'ordre de monter prendre un bain sans perdre un instant. Il n'en fut rien. Elle eut une seconde d'hésitation une fois la porte ouverte, tant sa surprise était grande, puis lâcha le torchon qu'elle avait à la main et étreignit son fils avec une force telle qu'il crut sentir ses côtes se briser.

Elle le fit entrer, le fit asseoir sans un mot dans le fauteuil paternel et s'éclipsa, avant de revenir avec un seau plein d'eau chaude et savonneuse. Elle lui ôta ses chaussures et les chaussettes qui avaient fini par lui coller à la peau, et lui lava les pieds. L'avait-elle jamais fait ? Il ne s'en souvenait pas, ou alors ce devait être dans sa plus tendre enfance. Des larmes commencèrent à rouler sur les joues de sa mère. Elle baissa la tête et il contempla, comme s'il les voyait pour la première fois, les cheveux blancs qui striaient sa chevelure, leur texture si différente. Par-delà son épaule, il vit aussi les photographies de famille alignées sur la table drapée de dentelle : Tom et Leonard dans leurs tenues militaires impeccables, Tom et Leonard en culottes courtes et casquettes, Tom et Leonard bébés, portant des bonnets au crochet. Autant d'uniformes, au fil du temps. L'eau était si chaude, la tendresse de sa mère si pure, si inattendue, et Leonard si peu habitué à recevoir un tel traitement qu'il finit par se rendre compte qu'il pleurait, lui aussi.

Un peu plus tard, sa mère prépara du thé et lui demanda ce qu'il avait fait ces derniers mois.

« J'ai marché, répondit Leonard.

— Tu as marché, répéta-t-elle. Et cela t'a plu ?

— Oui », répondit Leonard.

D'une voix qui tremblait un peu, elle reprit : « J'ai eu de la visite l'autre jour. Quelqu'un que tu connais. »

Le visiteur en question n'était autre que le professeur Harris, qui avait retrouvé sa trace grâce aux informations fournies par Christ Church. Le professeur avait présenté l'un des essais de Leonard à un concours organisé par l'université et il avait remporté un prix – maigrement doté, mais cela lui permit de se racheter des chaussures de marche et quelques cartes chez Stanfords. Il lui resta même assez pour un billet de train. Durant ses vagabondages, Leonard avait développé une certaine affinité avec Radcliffe. Il alla donc à York consulter les archives de Thurston Holmes. Pour que Radcliffe écrive avec tant d'enthousiasme sur les lieux et les sentiments d'appartenance à un âge si précoce – il n'avait alors que vingt ans –, il avait fallu sans doute qu'il se produise quelque chose. Comment expliquer autrement un amour si effréné pour Birchwood Manor ? Seul un individu qui se savait fondamentalement déraciné pouvait éprouver de tels sentiments.

Leonard joua de malchance. Il y avait dans les archives Holmes de nombreuses lettres de Radcliffe, mais aucune n'avait été écrite dans la période qui l'intéressait. Ce qui était frustrant et, à la réflexion, assez curieux. De 1859 à 1861, les deux artistes avaient correspondu régulièrement, et leurs lettres, longues, disertes, témoignaient d'une amitié proche, de fréquentes visites, d'une relation dans laquelle chacun était stimulé par les pensées et les œuvres de l'autre. Mais Radcliffe rechignait à s'étendre sur l'achat de la maison. Après une brève missive datée de janvier 1862, dans laquelle il demandait assez sèchement à son ami de lui rendre un nécessaire à peinture qu'il lui avait prêté, leurs échanges épistolaires s'étaient considérablement réduits et leur ton était devenu beaucoup plus formel.

Cette évolution n'avait peut-être rien de singulier. Les deux hommes s'étaient peut-être progressivement perdus de vue. Ou s'ils avaient continué à se voir et à s'écrire, leurs lettres s'étaient perdues : flambée d'hiver, archivage déficient ou grand ménage de printemps. Impossible d'en connaître la véritable raison. Leonard à cette époque ne perdit guère de temps à se pencher sur cette énigme. Quoi qu'il en soit, Radcliffe et Holmes s'entendaient encore suffisamment à la mi-1862 pour que ce dernier fît partie de la bande d'amis – Felix et Adele Bernard, de la fraternité Magenta, et Clare Radcliffe, qui posait pour Holmes – qu'Edward réunit cet été-là à Birchwood.

Et bien que Leonard n'eût pas trouvé ce qu'il cherchait dans les archives Holmes, il ne repartit pas les mains vides. Il avait découvert une porte grande ouverte, un passage, et de l'autre côté un groupe de jeunes gens qui, par-delà les cinquante années qui les séparaient, l'avait attiré à lui.

Celui dont le charisme se manifestait avec le plus de vigueur dans la correspondance du groupe, c'était bel et bien Edward Radcliffe. Son énergie, sa franchise, son désir de se frotter à la vie et à tout ce qu'elle pouvait offrir, l'universalité de son art, toujours en évolution, toujours en mutation, traquant sans cesse l'expérience : tout cela éclatait dans ses lettres. Chaque ligne vibrait de jeunesse, de potentialité, de sensualité. Leonard n'avait aucun mal à visualiser la joyeuse bohème domestique dans laquelle vivait Edward, qui à cette époque tirait souvent le diable par la queue. Elle n'eût pas été plus tangible s'il avait eu Radcliffe sous les yeux. Il comprenait l'intimité du groupe, leur aisance, la camaraderie que d'aucuns parmi leurs contemporains prenaient pour de l'esprit de clan, tout en l'enviant. Le mot de fraternité n'était pas vain. Leonard avait éprouvé pour Tom ce même sentiment de propriété, comme s'ils étaient taillés dans la même étoffe, et qu'ils étaient donc la même personne. Ce qui leur permettait de se battre comme des sauvages avant d'éclater de rire et de s'allonger l'un à côté de l'autre, haletants, ou bien permettait à l'un d'entre eux de se pencher pour écraser un moustique sur la jambe du frère, comme si c'était la sienne. Leonard avait également apprécié dans cette correspondance la manière fraternelle dont ces hommes avaient été stimulés par leur concurrence, chacun s'évertuant à créer des œuvres qui laisseraient une marque indélébile sur l'Establishment, tout en cherchant à s'attirer les louanges de John Ruskin, les compliments critiques de Charles Dickens ou la protection d'un mécène aux poches bien remplies.

Enivrants documents ! Et à lire les lettres de ces jeunes hommes, à baigner dans le flot joyeux de leur créativité et de leurs constantes tentatives de traduire en mots leurs pensées, leurs théories, Leonard sentit se réveiller en lui quelque chose qui avait depuis longtemps sombré dans le sommeil et l'oubli. En rentrant de York, il se mit à lire, et à marcher, et à méditer sur le but de l'art, l'importance des lieux, la fluidité du temps. Edward Radcliffe s'enracina de plus en plus fermement dans sa vie, à tel point qu'un jour Leonard reprit le chemin d'Oxford pour aller frapper à la porte du professeur Harris.

Il arriva bientôt à proximité de la longue grange qui jouxtait Birchwood Manor. Chien prit les devants, filant droit vers le Hafodsted pour plonger la tête la première dans ses eaux fraîches, rêvant sans doute au petit déjeuner qui lui serait servi dès leur retour à la maison. Pour un intrus, il péchait vraiment par abus de naïveté envers les inconnus. Mais il est vrai que, inconnu, Leonard ne l'était plus vraiment pour lui.

Le jeune homme quant à lui avait traversé la prairie inondée de soleil et sa chemise était quasi sèche lorsqu'il parvint près du tronc d'arbre abattu. Puis il s'engagea dans l'allée poussiéreuse qui longeait le mur de pierre derrière lequel s'étendait le jardin du manoir. Difficile d'imaginer l'allée telle qu'elle avait été jadis, accueillant diligences et cabriolets dont les chevaux à la robe lustrée frappaient impatiemment du sabot, réclamant, après le long voyage de Londres, de l'eau et du repos. Il n'y avait plus désormais que Leonard, Chien et le bourdonnement matinal des abeilles.

La grille de fer forgé était entrouverte : il ne l'avait pas fermée en partant. Sa peinture vert clair avait pris la couleur des feuilles de lavande. Du mur bosselé et de l'arche du portail jaillissaient des vrilles de jasmin, dont les minuscules fleurs rose et blanc au parfum capiteux continuaient de tomber en averse.

Chaque fois qu'il revenait à Birchwood, Leonard devait se pincer pour y croire. Birchwood Manor, la joie et la fierté d'Edward Radcliffe ! Quelle chance extraordinaire il avait eue ! Après que sa proposition de thèse avait été acceptée, Leonard s'était, pour une fois, retrouvé presque immédiatement dans une situation idéale. Lucy Radcliffe, la sœur du peintre, s'était mise en relation avec l'Association des historiens d'art et leur avait annoncé qu'elle souhaitait leur faire un don d'une importance non négligeable. Elle avait hérité de Birchwood Manor à la mort de son frère et y avait vécu dès lors sans discontinuer. À l'approche des quatre-vingts ans, cependant, elle avait décidé de trouver un logis moins riche en escaliers et en recoins et voulait faire de Birchwood une fondation en l'honneur de son frère, un lieu qui accueillerait des artistes en quête de vérité, de beauté, de lumière, d'appartenance et de foyer. Son homme de loi lui avait suggéré de procéder à un test grandeur nature avant de mettre son projet à exécution.

Leonard avait lu l'annonce proposant cette bourse en résidence dans le *Cherwell*. Il avait sur-le-champ rédigé un dossier de candidature. Quelques mois après avoir envoyé sa lettre et son curriculum vitae, il avait reçu une réponse positive : il était l'heureux élu de la bourse Birchwood. Une lettre manuscrite l'invitait à se rendre au manoir dès l'été 1928 pour y passer ses trois mois de résidence. Il avait hésité quelques instants, le courrier spécifiant que la maison ne disposait pas de l'électricité. Il lui faudrait s'éclairer à la bougie et à la lampe à huile. Mais il avait aussitôt écarté les mauvais souvenirs des ténébreux tunnels creusés dans la craie d'Arras ; il séjournerait à Birchwood en été et n'aurait nul besoin d'affronter l'obscurité. Il se fierait à l'horloge de la nature. *Ad occasum tendimus omnes*, avait-il lu jadis sur une stèle du Dorset, dont la pierre grise était tavelée de noir. « Chacun de nous chemine vers son crépuscule. »

Leonard était venu à Birchwood le cœur déjà plein d'amour pour la maison d'Edward, mais la réalité – chose rare dans l'expérience qu'il avait de l'existence – avait très largement dépassé ses espérances. Il était parvenu au manoir par le village, plutôt que par la Tamise, empruntant la route de campagne qui, à mesure qu'elle approchait de Birchwood Manor, se faisait de plus en plus étroite. Les maisons des confins du village n'étaient plus que de lointains souvenirs et Leonard cheminait seul entre des champs parsemés de vaches qui s'ennuyaient et de veaux qui le suivaient des yeux.

Il n'avait vu d'abord de Birchwood Manor que le haut mur qui dissimulait presque aux regards les pignons jumeaux du toit d'ardoises grises. Il avait remarqué avec plaisir que les tuiles imitaient la nature : petites et bien découpées près du faîte, elles croissaient en taille au fil de la pente, comme des rémiges. Ainsi le manoir de Radcliffe figurait un oiseau solennel niché dans son méandre.

La clé attendait Leonard dans un petit creux pratiqué derrière une des pierres du mur d'enceinte, ainsi que la lettre le lui avait promis. Il n'y avait personne d'autre que lui ce jour-là et il s'était demandé qui avait bien pu glisser ce sésame dans son insolite cachette.

Lorsqu'il avait poussé la grille, il était resté un long moment pétrifié, fasciné par le spectacle qui s'offrait à lui : tant de perfection ! C'était trop beau pour être vrai. Entre les dalles de l'allée et la maison, un jardin luxuriant prospérait : les digitales se balançaient, rouges et vives, dans la brise ; les marguerites et les violettes conversaient de part et d'autre du chemin de pierre. Le jasmin qui couvrait le mur d'enceinte s'étendait jusqu'à la façade, assiégeant les fenêtres à petits carreaux pour s'allier aux fleurs écarlates et voraces du chèvrefeuille qui poussait sur l'auvent du porche. Le jardin vibrait de mille insectes, de mille oiseaux, et la maison, à l'arrière-plan, parut soudain aussi silencieuse, aussi immobile, que le château de la Belle au bois dormant. Remontant l'allée vers cette belle assoupie, Leonard eut le sentiment de remonter le temps : ne voyait-il pas Radcliffe et ses amis dressant leurs chevalets sur la pelouse, par-delà les buissons de mûres ?

Ce matin-là, au retour de la Tamise, Leonard cependant n'eut pas le temps d'évoquer ces fantômes du passé. Lorsqu'il franchit le portail, ce fut pour voir une créature de chair et d'os, négligemment adossée à l'un des piliers qui soutenaient l'auvent du porche. Créature vêtue principalement de l'une des chemises de Leonard et qui, la cigarette aux lèvres, contemplait l'érable du Japon, de l'autre côté du jardin.

Sans doute l'avait-elle entendu, car elle se tourna vers lui et ses traits retrouvèrent leur précision coutumière. Un mince sourire altéra la courbe sensuelle de sa bouche et elle leva une main soigneusement manucurée.

Il lui retourna son salut.

— Tu ne devais pas être à Londres ce midi ?

— Tu essaies de te débarrasser de moi ?

Elle ferma l'œil tout en tirant sur sa cigarette.

— Ah, mais c'est exact. Tu attends de la visite. La vieille dame, ta nouvelle amie. Tu veux que je décampe avant qu'elle arrive, c'est ça ? Je ne serais pas surprise d'apprendre que la maison interdit aux invités de rester la nuit.

— Elle ne vient pas à Birchwood. Je dois la rencontrer chez elle.

— Oh, me voilà bien jalouse.

Elle éclata de rire, ce qui attrista Leonard.

Kitty n'éprouvait aucune jalousie. C'était une plaisanterie. Kitty plaisantait en permanence. Kitty n'aimait pas Leonard, qui ne s'était jamais autorisé à penser qu'elle le pût – pas même en ces nuits où elle l'étreignait si fort qu'elle le faisait souffrir.

Il l'embrassa sur la joue en arrivant sous le porche, baiser qu'elle lui rendit avec un petit sourire spontané. Ils se connaissaient depuis des années, depuis leur adolescence. Pâques 1913 : il avait dix-sept ans et elle seize. Elle portait une robe bleu ciel, se rappela-t-il, et serrait contre elle une aumônière en satin. Un ruban était tombé d'on ne sait où, à ses pieds. Elle ne s'en était pas aperçue. Personne n'avait rien vu. Leonard, après un moment d'hésitation, s'était baissé pour le ramasser. Quels enfants ils faisaient alors.

— Tu restes pour le petit déjeuner ? demanda-t-il. Chien a décidé qu'il voulait des œufs.

Kitty le suivit dans la cuisine, qui semblait bien sombre après l'éclatante lumière du matin.

— J'ai les nerfs trop à vif pour avoir faim. Mais je veux bien du thé, histoire de me remonter le moral.

Leonard sortit une allumette de la boîte qu'il gardait sur une étagère, au-dessus de la gazinière aux feux capricieux.

— Je ne comprends pas comment tu peux rester ici tout seul.

— J'ai la paix.

Leonard alluma deux feux et prépara des œufs brouillés tandis que la bouilloire chauffait.

— Lenny, reparle-moi de cette histoire. Dans quelle pièce ça s'est vraiment passé ?

Il soupira. Jamais il n'aurait dû prononcer le nom de Frances Brown devant Kitty. Quelle mouche l'avait piqué, ce jour-là ? Mais il avait si peu l'habitude qu'on s'intéresse à ses recherches, et le fait de résider à Birchwood Manor avait rendu ces événements si tangibles… Lorsqu'il lui avait parlé du cambrioleur qui s'était introduit dans le manoir et qui avait abattu la fiancée de Radcliffe, le visage de Kitty s'était illuminé.

— Un meurtre ! avait-elle hoqueté. C'est horrible !

Et de renchérir, en ce matin ensoleillé :

— Je suis allée dans le salon, mais il n'y a aucune trace.

Leonard n'avait aucune envie de reparler du meurtre et de ses traces éventuelles. Pas maintenant, en tout cas, et pas avec Kitty.

— Tu me passerais le beurre ?

Kitty obtempéra.

— J'imagine que la police a lancé une grande enquête ? Comment le voleur a-t-il pu disparaître aussi complètement ? Sans parler du diamant : une pierre aussi fameuse ne peut pas manquer d'attirer l'attention, si ?

— Kit, je n'ai rien à t'apprendre sur le sujet.

Leonard à vrai dire n'était pas indifférent au sort du Radcliffe Blue. Et Kitty n'avait pas tort : le diamant du collier était si rare et si précieux qu'il aurait été reconnu par n'importe quel joaillier. Certes, il aurait pu changer de main, mais au prix de subterfuges sans fin. Une pierre de cette taille ne pouvait disparaître complètement : même si elle avait été retaillée en plusieurs gemmes de moindre grosseur, celles-ci devaient bien se trouver quelque part. De surcroît, s'il fallait en croire la rumeur, c'était le vol du Radcliffe Blue qui avait provoqué la mort de la fiancée du peintre, drame qui l'avait brisé et qui l'avait entraîné dans une spirale descendante. Tout cela était du plus vif intérêt pour Leonard. Ses raisons étaient multiples, la moindre n'étant pas qu'il commençait à douter sérieusement de la rumeur.

Leonard s'absorbant dans ses efforts culinaires, Kitty tripota machinalement sur la table en bois qui trônait au milieu de la cuisine les couverts du petit déjeuner. Puis elle s'éclipsa avant de réapparaître, son bagage à la main, tandis que Leonard préparait le plateau qu'il allait emporter au jardin.

Ils s'installèrent à la table de fer forgé, sous le pommier sauvage.

Kitty avait délaissé la garde-robe de Leonard et arborait à présent un tailleur qui la vieillissait un peu. Elle avait un entretien d'embauche pour devenir dactylographe dans une compagnie d'assurances de Holborn. Elle avait prévu de se rendre à pied à Lechlade, où un ami de son père devait la prendre en voiture.

Bien sûr, il lui faudrait déménager à Londres si elle décrochait ce poste, ce qu'espérait Leonard. C'était son quatrième entretien en un mois.

— … bien sûr, ce n'est pas ta vieille dame, mais il y a quelqu'un d'autre.

Leonard leva les yeux. La nervosité déliait la langue de Kitty, et il avait eu un moment de distraction.

— Je sais qu'il y a quelqu'un d'autre. Tu es encore plus absent que d'habitude. Alors… dis-moi qui c'est, Lenny.

— De quoi parles-tu ?

— D'une femme. Cette nuit, Lenny, tu parlais dans ton sommeil.

Il sentit ses pommettes s'empourprer.

— Tu rougis.

— Mais non.

— Tu es fuyant.

— J'ai beaucoup de travail, c'est tout.

— Si tu le dis.

Elle sortit une cigarette de son étui et l'alluma, puis passa la main, d'un geste distrait, dans le nuage bleuté qu'elle exhala. Le soleil se refléta fugitivement sur sa fine bague en or.

— Tu as déjà eu envie de prévoir l'avenir ?

— Non.

— C'est vrai ? Jamais ?

Chien donna un coup de museau au genou de Leonard avant de laisser tomber une balle à ses pieds. Depuis quand ce chien possédait-il donc une balle ? L'un des jeunes campeurs de la Tamise devait maudire le sort.

Leonard ramassa la balle et la lança d'un geste ample vers le ruisseau, avant de suivre des yeux le chien qui s'élançait dans les fleurs des champs et les broussailles pour retrouver son bien.

Non, il n'y avait personne d'autre, pas dans le sens où Kitty l'imaginait. Et pourtant, Leonard n'aurait pu le nier, il se passait quelque chose de singulier en lui. Cela faisait un mois qu'il vivait à Birchwood Manor, et depuis son arrivée il lui venait les rêves les plus intenses. Cela avait commencé par des visions d'une extraordinaire vivacité, mêlant tableaux, couleurs, pigments, nature, beauté, et dont il s'éveillait toujours avec la certitude fugace d'avoir entrevu des réponses capitales aux questions fondamentales de l'existence. Puis les rêves s'étaient à un certain moment modifiés : une femme lui était apparue. Pas n'importe laquelle, à dire vrai. Celle-ci était un des modèles de Radcliffe. Elle parlait en rêve à Leonard : elle se confiait à lui comme s'il ne faisait qu'un avec Radcliffe ; il ne se souvenait pas toujours de ce qu'elle avait pu lui dire.

C'était bien sûr parce qu'il vivait sous ce toit, dans la maison que Radcliffe avait investie de toute sa passion, de toute sa créativité, dans le lieu qu'il avait immortalisé dans ses écrits. Comment Leonard, obsessionnel de nature, eût pu ne pas se glisser dans la peau de cet homme, ne pas voir le monde par ses yeux, surtout lorsqu'il s'abandonnait au sommeil ?

Pas question d'en parler à Kitty, cependant. Il ne savait que trop bien le tour que prendrait la conversation. *Hmm, Kitty, je suis apparemment tombé amoureux d'une femme du nom de Lily Millington. Je ne l'ai jamais rencontrée, je ne lui ai jamais adressé la parole. Elle est soit morte, soit incroyablement âgée. Il n'est pas impossible qu'elle ait trempé dans un vol de bijou et qu'elle soit partie à l'étranger. Mais je n'arrête pas de penser à elle, qui me rend visite toutes les nuits dans mon sommeil.* Leonard savait exactement ce que Kitty répondrait à cela. *Lenny, ce ne sont pas des rêves, ce sont des hallucinations. Il est grand temps que tu passes à autre chose.*

Kitty ne faisait pas mystère des sentiments que lui inspirait la pipe. Peu importait que Leonard lui eût expliqué à de nombreuses reprises que l'opium était le seul moyen pour lui d'atténuer ses terreurs nocturnes : les visions des tranchées, si froides, si humides, la puanteur, le vacarme, les explosions qui lui déchiraient les tympans, lui écartelaient le crâne, tandis qu'il regardait, impuissant, ses amis, son frère, se précipiter dans la boue et la fumée vers une mort inévitable… Ah, si la femme du tableau bannissait Tom de ses nuits, quel mal y avait-il à cela ?

Kitty s'était levée, son sac à l'épaule. Leonard soudain éprouva une grande compassion pour elle. Elle avait fait tout ce chemin pour le voir et, bien qu'il ne l'eût pas invitée, qu'il n'eût même pas espéré sa visite, ils étaient liés, tous les deux. Il se sentait responsable.

— Tu veux que je t'accompagne à Lechlade ?

— Non, pas la peine. Je te tiendrai au courant.

— Tu es sûre ?

— Toujours.

— Bon, bien. Bonne ch…

— Surtout pas ! Ça porte malheur !

— Bon, alors je croise les doigts.

Elle lui sourit, des lèvres seulement. Son regard était lourd de ce qu'elle ne voulait ou ne pouvait dire.

Il la regarda s'engager dans l'allée qui conduisait à la grange.

Dans une ou deux minutes, elle foulerait la petite route du village, qu'elle poursuivrait jusqu'à la route de Lechlade. Elle disparaîtrait à sa vue, jusqu'à la prochaine fois.

Ne devait-il pas prendre les devants, pour le bien de Kitty comme pour le sien ? Rompre leur relation, une bonne fois pour toutes ? Ce serait rendre sa liberté à Kitty, songea-t-il. Il avait tort de se cramponner ainsi à elle.

— Kitty ?

Elle se retourna, un sourcil haussé en guise de réponse.

Il ravala son courage.

— Ça va très bien se passer. Je croise les doigts des deux mains, Kitty !

Chapitre 15

Leonard devait retrouver sa « nouvelle amie », la « vieille dame », à quatre heures, « pour le goûter », comme elle avait tenu à l'appeler. Ses manières fleuraient bon les privilèges d'une enfance bourgeoise où le « goûter », invariablement constitué de sandwichs au concombre et de gâteaux de Battenberg, venait rythmer le quotidien aussi naturellement que le lever et le coucher du soleil.

Après le départ de Kitty, Leonard reprit ses notes et établit une liste de questions aussi précises que possible. Puis il partit en avance, parce que la perspective de la visite l'excitait, et parce qu'il voulait passer par le cimetière du village, ce qui rallongeait le trajet.

C'était par le plus grand des hasards que Leonard avait remarqué la pierre tombale, deux ou trois semaines plus tôt. Il rentrait d'une longue balade dans les environs, et Chien l'avait précédé sur le chemin tandis qu'ils approchaient de la route du village. L'animal s'était faufilé dans une ouverture sous la clôture du cimetière et s'était mis à renifler le lierre qui avait, pareil à une marée verte, envahi les espaces entre les tombes. Leonard l'avait suivi, attiré par l'humble beauté de la petite église lovée dans son berceau de verdure.

Sur le côté est se dressait une construction plus petite et recouverte de lierre, sous laquelle un banc de marbre avait accueilli un moment Leonard. Il avait contemplé les lignes plaisantes de l'église du XIIe siècle pendant que Chien finissait d'explorer les lieux. La pierre tombale, comble de chance, lui faisait face ; le nom, si familier – Edward Julius Radcliffe –, lui avait sauté aux yeux. Les lettres gravées étaient élégantes et sobres.

Leonard avait pris l'habitude d'y passer pratiquement tous les jours. Pour une sépulture, elle n'était pas si mal : belle, paisible, à deux pas de la demeure que Radcliffe avait tant aimée. Ce devait être une immense consolation.

Parvenu devant le cimetière, il jeta un coup d'œil à sa montre. Il n'était que trois heures et demie : il avait largement le temps de s'y recueillir un instant avant de rebrousser chemin et de se rendre chez la vieille dame, qui habitait de l'autre côté du village. Terme qui semblait un peu exagéré pour décrire les trois rues assoupies qui rayonnaient de la pelouse centrale.

Il parcourut le trajet familier qui le conduisait à la tombe de Radcliffe et s'assit sur le banc de marbre. Chien, qui l'avait suivi, renifla le rebord de la tombe en deux ou trois lieux où la terre avait été légèrement retournée par quelque animal et, ne trouvant rien qui puisse l'intéresser, tendit le museau vers les buissons avant d'y bondir, attiré par un bruit.

Sous le nom de Radcliffe, en lettres plus petites, ces quelques lignes avaient été gravées : *Ci-gît un homme qui cherchait la vérité et la lumière et qui voyait la beauté en toutes choses, 1840-1881.* Leonard se surprit à fixer le tiret qui joignait ces deux dates. Ce n'était pas la première fois. La vie entière d'un homme reposait dans ce petit creux rongé par le lichen : son enfance, ses amours, ses deuils, ses peurs – tout cela réduit à une infime tranchée dans la pierre d'une tombe dressée dans un tranquille cimetière de campagne. L'image était-elle réconfortante ou troublante ? Leonard n'aurait su le dire. L'un ou l'autre, suivant l'humeur du jour.

Tom était enterré dans un cimetière de France, près d'un village où il n'avait jamais mis les pieds vivant. Leonard avait vu la lettre reçue par ses parents et s'était émerveillé de la manière dont le supérieur de Tom avait décrit les choses ; tout cela était si courageux, si honorable – la mort en service commandé est un sacrifice affreux, bien sûr, mais d'une telle noblesse. Question de pratique, évidemment : ces officiers en écrivaient des tombereaux, de ces lettres bordées de noir ! Ils étaient passés maîtres dans l'art de ne jamais rien dire du chaos, des atrocités, et de ne jamais faire allusion à un quelconque gâchis. Non, officiellement, il n'y avait pas de gâchis à la guerre. Et très peu d'erreurs.

Leonard avait lu la lettre deux fois après que sa mère la lui avait montrée. Elle en tirait un grand réconfort mais, sous les mots policés, la douce consolation, Leonard avait entendu gronder un chœur dissonant de voix hurlant de terreur et de souffrance, appelant leur mère, leur enfance, leur maison. Rien n'était plus éloigné du foyer que le champ de bataille, aucun mal du pays n'était plus effroyable que celui du soldat qui affrontait la mort.

C'était assis sur ce banc, et songeant à Tom, à Kitty et à Edward Radcliffe, que Leonard avait rencontré sa vieille dame quelques jours plus tôt. L'après-midi touchait à sa fin ; il avait immédiatement remarqué la visiteuse – il n'y avait ce jour-là qu'elle et lui dans le cimetière. Elle avait un petit bouquet à la main, qu'elle avait posé sur la tombe de Radcliffe. Leonard avait observé la scène avec intérêt : avait-elle connu l'artiste ou n'était-elle qu'une admiratrice parmi d'autres ?

Le temps avait strié son visage de rides et ses cheveux blancs, très fins, étaient rassemblés en un chignon qui pendait sur sa nuque. Elle était vêtue comme pour un safari en Afrique. Immobile, penchée sur une frêle canne à poignée d'argent, elle courbait les épaules, dans une communion silencieuse. Il y avait dans cette attitude une révérence qui semblait excéder celle d'une simple admiratrice. Au bout d'un moment, lorsqu'elle se pencha pour arracher une mauvaise herbe qui avait poussé près de la tombe, Leonard comprit qu'elle devait être une proche du peintre. Une amie, une parente peut-être.

Et qu'elle paraissait tentante, soudain, la possibilité de parler avec quelqu'un qui avait connu Edward Radcliffe ! C'est le graal du chercheur qu'un témoignage inédit, particulièrement lorsque le sujet de thèse appartient déjà à l'histoire. La chance de découvrir quelque chose de nouveau est pratiquement nulle dans ces cas-là.

Leonard s'approcha d'un pas précautionneux, pour ne pas effrayer la vieille dame. Lorsqu'il lui sembla être à portée de voix, il ouvrit la bouche.

« Bonjour. »

Elle leva aussitôt les yeux. Elle avait les gestes et l'allure d'un oiseau méfiant.

« Je ne voulais pas vous importuner, se hâta-t-il de poursuivre. Je viens d'arriver à Birchwood. J'habite dans la maison du méandre. »

Elle se redressa et lui jeta un regard par-dessus ses lunettes à fine monture métallique.

« Dites-moi, monsieur Gilbert, que pensez-vous de Birchwood Manor ? »

Ce fut à Leonard d'être pris au dépourvu. Elle connaissait son nom. Mais le village était petit et les nouvelles vont vite dans les campagnes, il le savait bien. Il appréciait grandement Birchwood Manor, répondit-il. Il s'était abondamment documenté sur la maison avant de venir, mais la réalité avait dépassé de beaucoup ses attentes.

Elle l'écouta en clignant deux ou trois fois des yeux. Mais approuvait-elle ou non ces paroles ? Impossible de le déterminer.

« Saviez-vous, se contenta-t-elle de dire lorsqu'il se fut interrompu, que l'endroit était un pensionnat, autrefois ? Un pensionnat de jeunes filles.

— En effet, c'est ce qu'on m'a dit.

— Puis il y a eu cette histoire. Quel dommage. L'école devait révolutionner l'éducation des jeunes femmes. Edward disait toujours que l'éducation est la clé du salut.

— Edward Radcliffe ?

— Qui d'autre ?

— Vous l'avez connu. »

La vieille dame plissa légèrement les yeux.

« En effet. »

Leonard dut faire appel à toute la modération dont il était capable pour ne pas trahir son excitation.

« J'étudie l'histoire à Oxford et il se trouve que je travaille en ce moment sur une thèse dont le sujet est Radcliffe, son environnement – le village, la maison – et son art. Seriez-vous par hasard disposée à discuter avec moi ?

— Il me semble que c'est ce que nous sommes en train de faire, monsieur Gilbert.

— Oui, bien sûr…

— Mais c'est d'Edward, j'imagine, que vous voudriez discuter avec moi. M'*interviewer*.

— Jusqu'ici, je n'ai pu m'appuyer que sur les correspondances conservées dans les fonds d'archives, les témoignages écrits laissés par ses amis, vous comprenez. Par exemple, Thurston Holmes…

— Bah ! »

La véhémence de la vieille dame fit sursauter Leonard.

« Alors, celui-là ! Un putois imbu de lui-même ! Il suffit qu'il prenne la plume pour que je me mette à douter. »

Son attention fut un instant attirée par une autre mauvaise herbe, qu'elle s'employa à déterrer du bout de sa canne.

« Je n'aime pas parler, poursuivit-elle entre deux tentatives. Je n'aime pas du tout cela. »

Elle se pencha pour arracher la plante au gravier et la secoua avec brusquerie pour débarrasser les racines de leur excédent de terre avant de la jeter dans les broussailles.

« Mais je comprends sans mal, monsieur Gilbert, que je vais devoir m'entretenir avec vous, de peur que vous ne publiiez une autre bordée de mensonges. Il s'en est bien trop dit à ce sujet, au fil du temps. »

Leonard ayant commencé à se confondre en remerciements, elle leva la main avec une impatience quelque peu péremptoire.

« Bien, bien, vous me remercierez plus tard. Il serait plus sage que je m'abstienne, mais je vous recevrai néanmoins chez moi pour goûter ce jeudi. »

La vieille dame lui ayant communiqué son adresse, Leonard était sur le point de prendre congé lorsqu'il se rendit compte qu'il ne lui avait même pas demandé son nom.

« Allons, monsieur Gilbert, répliqua-t-elle en fronçant les sourcils. Avez-vous perdu la tête ? Je m'appelle Lucy, bien sûr. Lucy Radcliffe. »

Comment ne l'avait-il pas compris ? Lucy Radcliffe, la petite sœur qui avait hérité de la maison que son frère aimait tant et qui était bien trop fidèle à sa mémoire pour vendre Birchwood Manor à quelqu'un qui, peut-être, n'en aurait pas pris autant de soin qu'Edward. Lucy Radcliffe qui était aussi la logeuse de Leonard. Après leur rencontre dans le cimetière, Leonard était rentré directement à la maison et, franchissant en trombe le seuil noyé dans la pénombre de la fin d'après-midi, il s'était précipité dans la pièce au papier peint violet, où fruits et feuilles s'entrelaçaient. Là se dressait le bureau d'acajou sur lequel il avait étalé tous ses papiers. Il allait falloir examiner des centaines de pages de notes manuscrites, de citations recueillies au fil du temps, dans des bibliothèques ou chez des personnes privées, dans des journaux intimes ou des correspondances ; des idées qu'il avait griffonnées puis entourées au crayon, agrémentées de diagrammes, de flèches en tous sens.

Il trouva ce qu'il cherchait bien plus tard dans la soirée. La lampe avait si longtemps brûlé que la chambre violette sentait le pétrole. Au cours de ses recherches, il avait eu accès à une série de documents conservés dans une maison du Shropshire. Y figurait un échange de lettres entre Lucy et Edward Radcliffe, à l'époque où il était pensionnaire. Si la correspondance avait atterri dans ces archives familiales qui n'avaient par ailleurs aucun lien avec les Radcliffe, c'était à la suite des aventures matrimoniales de leur sœur Clare, particulièrement mouvementées.

À l'époque, Leonard n'avait pas fait grand cas de ces lettres, dans lesquelles il n'était question ni de la maison ni de l'œuvre de Radcliffe. Ce n'était à ses yeux qu'une correspondance entre un frère et sa sœur de neuf ans sa cadette, et il n'en avait pris copie que parce que la famille du Shropshire lui avait fait comprendre que sa visite était tout juste tolérée et qu'il n'y en aurait pas de seconde. Mais en relisant les échanges – anecdotes comiques, contes de fées enchanteurs et terrifiants, racontars enfantins sur les autres membres de la famille – à la lumière de sa rencontre avec une vieille dame qui tenait à peine sur ses jambes, mais qui n'hésitait pas à traverser tout le village pour poser des fleurs sur la tombe d'un frère mort depuis près de cinquante ans, il découvrit une autre facette d'Edward Radcliffe.

Jusqu'ici, Leonard avait étudié l'artiste, le penseur audacieux, l'auteur du manifeste de la fraternité Magenta. Mais les longues et attachantes missives d'un garçon qui détestait l'école à sa studieuse petite sœur, qui, à cinq ans – quelle singulière précocité ! –, suppliait qu'on lui offre des livres « sur la naissance des étoiles » et sur la « possibilité du voyage dans le temps », lui avaient dévoilé un autre Edward. De surcroît, elles faisaient allusion à un mystère que Leonard n'avait pas encore été capable de tirer au clair. Les deux enfants Radcliffe, en effet, avaient évoqué à plusieurs reprises une certaine « Nuit de la Poursuite » (ils n'omettaient jamais les majuscules) ainsi que « la maison à la lumière ». S'il fallait en croire le contexte, ces deux éléments renvoyaient à une aventure vécue par le jeune Edward.

À York, Leonard s'était posé des questions sur la lettre d'Edward à Thurston Holmes dans laquelle il annonçait l'acquisition de Birchwood, tout en précisant que la maison lui était familière. Il y avait un rapport, Leonard commençait à le soupçonner, avec les mystérieux incidents de sa prime jeunesse. Ce qui s'était produit pendant la « Nuit de la Poursuite » expliquait certainement, selon Leonard, l'attachement obsessionnel de l'artiste à Birchwood Manor. Mais que s'était-il passé, au juste ? Sur la liste des questions qu'il voulait poser à Lucy, celle-ci figurait en bonne place.

Leonard se redressa et alluma une cigarette. La terre ne s'était pas encore remise de la manière dont la vieille dame, quelques jours plus tôt, l'avait grattée du bout de sa canne. Il tassa les irrégularités du bout du pied. Lorsqu'il glissa son briquet dans sa poche, ses doigts effleurèrent l'arête métallique et fraîche de la pièce porte-bonheur de Tom. Il n'était jamais allé sur la tombe de son propre frère. À quoi bon ? Tom n'y était pas. Où était-il ? Leonard se posait souvent la question. Et tous les autres ? Où étaient-ils ? Il n'arrivait toujours pas à comprendre comment ils avaient pu disparaître aussi complètement. Les espoirs, les rêves, les corps de tant de jeunes gens : comment se faisait-il, s'ils y étaient vraiment ensevelis, qu'ils n'aient pas changé la nature même de la terre ? Un transfert de matière et d'énergie aussi colossal avait forcément altéré l'équilibre du monde en un point essentiel, primitif ; tous ces gens qui avaient jadis été vivants soudain ne l'étaient plus.

Un couple d'oiseaux décampa d'un rameau d'un immense chêne pour aller se percher au sommet de la flèche de l'église. Leonard siffla Chien. Ils sortirent tous deux du cimetière et revinrent vers le socle de pierre rongé par le temps que l'on appelait, au village, « la croisée des chemins ».

Au-delà s'étendait la pelouse triangulaire, le cœur du village. Un grand chêne poussait au milieu, une jolie auberge à deux étages occupait l'un des angles. Une femme balayait autour du banc sur lequel donnaient les fenêtres de l'établissement. Elle salua Leonard d'un geste de la main, qu'il lui retourna. Il s'engagea dans la plus étroite des trois rues, passa devant le mémorial et atteignit une rangée de maisons mitoyennes en pierre jaune pâle, de la couleur du miel. Numéro six, lui avait indiqué Lucy : c'était la dernière de la série.

Chaque maison dressait au-dessus de la rue son unique pignon, flanqué d'une cheminée de chaque côté ; d'élégantes planches de rive bordaient le toit, jusqu'au faîte. Aux étages, deux fenêtres à guillotine, symétriques. Le porche était coiffé d'un auvent pointu qui faisait écho au pignon. La porte était mauve. Contrairement aux jardins des cinq autres maisons, débordant du parfait fatras que forment toujours les fleurs d'été en Angleterre, celui du numéro six présentait quelques espèces plus exotiques : des oiseaux de paradis, notamment, et quelques autres que Leonard ne connaissait ni de nom ni de vue.

Un chat vautré dans une flaque de soleil sur le gravier miaula puis se remit sur ses pattes. Après s'être étiré, il se faufila dans l'embrasure. La porte n'était pas verrouillée.

Elle l'attendait.

Leonard, qui se sentait particulièrement nerveux, ne voulut pas s'avancer tout de suite. Il s'accorda une deuxième cigarette en relisant sa liste de questions. N'en espère pas trop, se dit-il. Elle n'aura peut-être pas les réponses. Et même si tel était le cas, peut-être ne te les transmettra-t-elle pas. Elle avait été fort claire à ce sujet. « Monsieur Gilbert, lui avait-elle lancé en sortant du cimetière, j'ai deux conditions. La première est que vous me garantissiez l'anonymat le plus strict ; je n'ai aucun désir de voir mon nom dans un livre. La seconde est que notre entretien ne dure pas plus d'une heure. »

Leonard inspira profondément avant d'ouvrir le portail aux barreaux rouillés et referma soigneusement celui-ci derrière lui.

L'idée de pousser la porte et d'entrer chez Lucy Radcliffe sans être annoncé le mettait mal à l'aise, si bien qu'il frappa légèrement sur le battant.

— Mademoiselle Radcliffe, bonjour !

— Oui ? répondit une voix inquiète, de l'intérieur de la maison.

— C'est moi, Leonard Gilbert. De Birchwood Manor.

— Eh bien, par tous les diables, Leonard Gilbert de Birchwood Manor, entrez donc !

Chapitre 16

L'intérieur de la maison était plongé dans une agréable pénombre. Il fallut un moment à Leonard pour parvenir jusqu'à Lucy Radcliffe, entourée de tous ses trésors. Sans doute l'avait-elle attendu avec impatience jusqu'à la minute précédente. Mais, n'ayant jamais de temps à perdre, elle n'était pas restée à ne rien faire. Elle était absorbée par sa lecture, assise, aussi figée qu'une statue de marbre, dans un fauteuil couleur moutarde, minuscule silhouette dont Leonard ne voyait que le profil : une revue à la main, les épaules voûtées, elle déchiffrait la page à l'aide d'une loupe. Sur une petite table en forme de demi-lune, une lampe trônait, dont la lumière jaune et diffuse éclairait une théière et deux tasses.

— Mademoiselle Radcliffe, dit Leonard.

— Que dites-vous de cela, monsieur Gilbert ?

Elle ne daigna pas lever les yeux de sa revue.

— Il semble que l'univers soit en expansion.

— Ah bon ?

Leonard ôta son chapeau. Ne trouvant pas de portemanteau, il le garda entre les mains.

— C'est ce que je viens de lire ici. Un Belge – un prêtre, rendez-vous compte – a publié une théorie qui va dans ce sens. L'expansion est constante. À moins que mon français ne se soit grippé, ce dont je doute, il a même calculé la vitesse du phénomène. Vous en comprenez les conséquences, bien sûr.

— Je n'en suis pas certain.

Elle se leva, se saisit de la canne appuyée contre la table en demi-lune et se mit à arpenter le tapis persan usé jusqu'à la trame.

— Si l'univers croît à un rythme régulier, il en va ainsi depuis le début, c'est irréfutable. Depuis le *début*, monsieur Gilbert.

Elle s'immobilisa, la tête impeccablement coiffée de son blanc chignon.

— Un début, donc. Pas Adam et Ève, ce n'est pas ce que je veux dire. Non, je vous parle d'un *moment*, d'une sorte d'*action*, d'un *événement* qui a tout mis en branle. L'espace et le temps, la matière et l'énergie. Un seul atome qui d'une manière ou d'une autre… (elle ouvrit brusquement le poing, les doigts en éventail)… a explosé. Bon sang !

Son regard vif, scintillant, croisa celui de Leonard.

— Peut-être sommes-nous enfin sur le point de comprendre la naissance même des étoiles, monsieur Gilbert. La naissance des *étoiles*.

La seule lumière naturelle de la pièce provenait d'une petite fenêtre qui donnait sur la rue. Le visage qu'elle baignait se fit soudain modèle d'émerveillement, de beauté et d'ardente quête. Il n'était pas difficile, devant ce spectacle, d'imaginer la jeune fille que Lucy Radcliffe avait été.

Puis la vision se désagrégea sous les yeux de Leonard. La lumière abandonna le visage de Lucy et sa peau sembla se friper. Elle ne se poudrait pas et son teint buriné était celui d'une femme qui avait passé sa vie au grand air. Chacune de ses rides avait une histoire à raconter.

— La pire des choses quand vous prenez de l'âge, monsieur Gilbert, c'est celle-ci : vous n'avez plus de temps. Trop de choses à apprendre et pas assez de temps pour les assimiler. Parfois, la nuit, cette horrible vérité m'empêche de dormir ; je ferme les yeux et j'entends mon cœur égrener les secondes, comme une horloge. Dans ces cas-là, je m'assieds dans mon lit et je lis. Je lis, j'écris des notes, je fais travailler ma mémoire. Et puis je recommence. Et cependant, tout cela est vain, car mon temps va prendre fin. Quelles splendeurs vais-je rater ?

Leonard ne savait trop comment apaiser sa détresse. Non qu'il ne comprît pas ses regrets, mais il avait vu tant de gens mourir autour de lui, qui n'avaient pas vécu le quart du temps concédé à Lucy.

— Je sais ce que vous êtes en train de penser, monsieur Gilbert. Inutile de le dire à haute voix. Je vous donne peut-être le sentiment d'être une vieille dame égoïste et atrabilaire – et Dieu sait que c'est exact ! Depuis si longtemps, à dire vrai, que je n'ai aucune envie de changer. D'ailleurs, vous n'êtes pas venu pour que nous discutions de mes remords. Venez, prenez un siège. Le thé est infusé et je dois bien avoir un ou deux scones dans un coin de la cuisine.

Leonard lui renouvela l'expression de sa gratitude : comme il était heureux qu'elle ait accepté sa candidature à la bourse Birchwood, et comme il appréciait son séjour, et la possibilité de passer trois mois dans cette maison au sujet de laquelle il avait tant lu et tant réfléchi.

— Ce séjour est d'une aide inestimable pour ma thèse, mademoiselle Radcliffe. À Birchwood Manor, je me sens très proche de votre frère.

— Je comprends cela, monsieur Gilbert, contrairement, sans doute, à de nombreux individus. Et j'ai le même sentiment. Mon frère fait partie intégrante de cette maison d'une manière que peu de gens peuvent appréhender. Et cette maison, en retour, a fait corps avec lui. Il aimait Birchwood d'un immense amour bien avant d'en être le propriétaire.

— C'est ce que j'ai cru comprendre. Dans une de ses lettres à Holmes, où il mentionne cet achat, il donne aussi l'impression qu'il connaissait les lieux depuis un certain temps. Mais comment et pourquoi, il ne l'explique pas en détail.

— Non, mais ce n'était pas le bon interlocuteur, voyez-vous. Thurston Holmes avait un certain talent technique. Pour le reste, c'était un tartuffe d'une insupportable vanité, malheureusement pour son entourage. Je vous sers ?

— Avec plaisir.

— Thurston, poursuivit-elle pendant que le thé coulait en gargouillant doucement dans la tasse, était totalement dépourvu de la sensibilité qui caractérise l'artiste véritable. Edward ne se serait jamais confié de son plein gré à cet individu sur les circonstances de sa découverte de Birchwood Manor.

— Mais vous, vous savez, c'est cela ?

Mlle Radcliffe se mit à dévisager Leonard en penchant la tête, réveillant le souvenir d'un professeur oublié depuis des années. Ou plutôt celui du perroquet de ce professeur, lequel l'avait gardé pendant des années prisonnier d'une cage dorée dans la salle de classe.

— Monsieur Gilbert, vous avez un frère. Vous en parliez dans votre lettre de candidature.

— J'*avais* un frère. Tom est mort au front.

— J'en suis navrée. Vous étiez proches, il me semble.

— Très proches.

— Edward avait neuf ans de plus que moi, mais les circonstances de notre enfance nous avaient rendus plus intimes. Mes souvenirs les plus anciens et les plus chers sont ceux d'Edward me racontant des histoires. Si vous voulez réellement comprendre son œuvre, monsieur Gilbert, il ne faut pas le considérer comme un peintre. Edward était un conteur. C'était son don le plus profond. Il savait comment communiquer les choses, comment susciter les sentiments, les visions, les croyances. Peu importe le moyen qu'il choisissait pour cela. Ce n'est pas chose facile que d'inventer un univers cohérent : Edward cependant en était capable.

Un décor, un récit, des personnages qui agissent, qui respirent… il était capable de faire vivre ses histoires dans d'autres têtes que la sienne. Avez-vous jamais songé à ce que cela nécessite, monsieur Gilbert ? Le transfert d'une *idée* d'un cerveau à un autre ? Et d'ailleurs, une histoire ne se réduit pas à une idée. Une histoire, ce sont des milliers d'idées qui fonctionnent en harmonie.

Elle n'avait pas tort. Radcliffe, peintre et conteur, avait su transporter et transformer les gens. Bien plus que de simples spectateurs, ils participaient et conspiraient avec lui à la mise en œuvre du monde qu'il cherchait à créer.

— Ma mémoire est excellente, monsieur Gilbert. Trop fidèle, à ce qu'il me semble parfois. Je me souviens d'un temps où je n'étais guère plus qu'une toute petite créature. Mon père était encore de ce monde et nous vivions tous dans la maison de Hampstead. Ma sœur Clare, qui avait cinq ans de plus que moi, se lassait vite de jouer avec un bébé. Edward, lui, nous ensorcelait de ses contes. Ils étaient quelquefois terrifiants, mais invariablement électrisants. Certaines des heures les plus heureuses de mon existence datent de cette époque, lorsque mon frère tissait sous nos yeux la toile de ses histoires. Puis, un jour, tout a changé et les ténèbres les plus horribles ont fondu sur nous.

— Quel âge aviez-vous à la mort de votre père ? demanda Leonard, qui venait de se rappeler que M. Radcliffe père avait été renversé par une calèche sur Mayfair, un soir, et qu'il n'avait pas survécu à ses blessures.

— Mon père ?

Elle fronça les sourcils, pour éclater aussitôt d'un rire joyeux.

— Oh, monsieur Gilbert, diable non ! Je n'ai quasiment aucun souvenir de mon père. Non, la catastrophe dont je vous parle, c'est le départ d'Edward pour l'internat, à Lechmere. Cela a été une épreuve pour nous tous, et une torture de tous les instants pour lui. Il avait douze ans, une imagination incroyablement singulière, un franc-parler absolu... Comment a-t-on pu envoyer à Lechmere ce garçon passionné qui n'aimait ni le cricket, ni le rugby, ni l'aviron, mais adorait s'enfermer avec de vieux livres d'alchimie ou d'astronomie ? C'est incompréhensible.

Leonard n'eut aucun mal à sympathiser avec les souffrances du jeune Edward. Adolescent, il avait subi une épreuve similaire et ne s'était toujours pas libéré complètement de ce joug.

— Est-ce pendant qu'il était à Lechmere qu'Edward a découvert Birchwood House ?

— Monsieur Gilbert, un peu de logique. Lechmere se trouve à des centaines de kilomètres d'ici, dans la région des lacs. La chose est des plus improbables. Non, cela s'est passé lorsqu'il avait quatorze ans. Il était rentré chez nous pour les vacances. Nos parents voyageaient souvent : l'été, ce « chez-nous » était donc la propriété de nos grands-parents, Beechworth – ce n'est pas loin d'ici. Notre grand-père s'inquiétait de retrouver chez Edward certains traits de caractère de notre mère : l'esprit débridé, le mépris des conventions. Il était de sa responsabilité, décida-t-il, d'en corriger son petit-fils, de manière à faire de ce dernier un « vrai Radcliffe ». Mon frère réagit à ce traitement en se lançant dans toutes les aventures susceptibles de déplaire à grand-père. Il lui volait son whisky, sortait de la chambre par la fenêtre après le couvre-feu familial et passait une partie de la nuit à se promener dans les champs plongés dans les ténèbres, nous revenant le corps couvert de signes ésotériques tracés au charbon, le visage et les vêtements maculés de boue, des cailloux, des brindilles, des algues de la rivière dans les poches. C'était un véritable sauvageon, conclut-elle avec une expression de fierté. Pourtant, une nuit, il n'est pas revenu, poursuivit-elle en se rembrunissant. Lorsque je me suis réveillée, son lit était vide. Quand il a fini par réapparaître, il était livide, muet. Il n'a bien voulu se confier à moi que quelques jours plus tard.

Leonard brûlait d'impatience. Il l'attendait depuis si longtemps, cette révélation, après avoir lu sous la plume de Radcliffe tant d'allusions à l'événement qui avait scellé son lien avec Birchwood Manor.

Lucy le scrutait avec attention. C'est que peu de choses, songea Leonard, échappent à ce regard d'oiseau. Elle avala une longue gorgée de thé.

— Croyez-vous aux fantômes, monsieur Gilbert ?

Cette question inattendue fit sursauter Leonard.

— Je crois surtout que l'on peut être hanté, mademoiselle Radcliffe.

Sans cesser de le fixer, elle finit par sourire. Il eut l'impression troublante qu'elle lisait en lui comme dans un livre.

— Oui, dit-elle. Exactement. On peut se retrouver hanté. Mon frère l'était sans aucun doute. Cette nuit-là, quelque chose l'avait suivi. Il ne s'en est jamais complètement débarrassé.

La Nuit de la Poursuite. C'était donc cela dont les jeunes Radcliffe discutaient dans leurs échanges épistolaires.

— Qu'était-ce, mademoiselle Radcliffe ?

— Cette nuit-là, Edward était sorti car il voulait invoquer un fantôme. Il avait découvert dans la bibliothèque de Lechmere un vieux livre bourré de superstitions et d'incantations diverses. Je vous ai parlé de ses passions, de son caractère ; vous comprendrez sans peine qu'il ait voulu tester certains de ces sortilèges. Il n'en a pas eu la possibilité. Quelque chose lui est arrivé dans la forêt. Après cette nuit terrifiante, il a lu nombre d'ouvrages et en est venu à la conclusion qu'il avait été suivi par le Chien Noir[1].

— Est-ce un spectre ?

1. Spectre canin présent principalement dans le folklore britannique, dont l'apparition était considérée comme un présage de mort.

De vagues souvenirs d'enfance se firent jour dans l'esprit de Leonard : ne disait-on pas que, là où les deux mondes se rencontrent, on peut croiser de sinistres créatures ?

— Ou une sorte de chien des Baskerville ?

— Peu importe ce qu'était cette apparition, monsieur Gilbert. Ce qui compte, c'est qu'Edward, craignant pour sa vie, s'est enfui dans les champs et qu'il a vu soudain une maison surgir devant lui, à l'horizon. Une lumière brillait à l'une des fenêtres. Il a couru vers ce refuge. La porte était ouverte ; il est entré. Un feu était allumé dans la cheminée.

— Et cette maison, murmura Leonard, n'était autre que Birchwood Manor.

— Dès qu'il a franchi le seuil, il s'est senti en sécurité ; c'est ce qu'il disait, en tout cas.

— Les habitants de Birchwood ont pris soin de lui ?

— Monsieur Gilbert, vous êtes totalement à côté de la plaque.

— Mais… je pensais que…

— J'imagine que vos recherches se sont étendues à l'histoire de Birchwood Manor ?

Leonard dut faire amende honorable, tel en effet n'était pas le cas. Il n'avait pas songé une seule minute que le passé de la maison pouvait avoir la moindre importance pour ses travaux.

Lucy Radcliffe haussa les sourcils avec une expression de déception et de surprise mêlées. Si Leonard lui avait tendu ses notes en lui demandant de bien vouloir rédiger la thèse à sa place, sa réaction n'aurait pas été différente.

— Le Birchwood Manor que vous habitez aujourd'hui a été érigé au XVIe siècle, selon les plans de Nicholas Owen, dont l'un des objectifs était de garantir un refuge aux prêtres catholiques. Mais le choix du terrain n'était pas anodin en lui-même. Il est bien plus ancien que la maison, cela va de soi, et jouit d'une histoire singulière. Vous a-t-on déjà parlé des enfants fées ?

Quelque chose bougea à la périphérie du champ de vision de Leonard, qui sursauta. Jetant un coup d'œil dans le recoin le plus obscur du salon, il constata que le chat s'était frayé un chemin dans la maison et qu'il s'étirait à présent sur le tapis, son regard d'un vert lumineux rivé sur Leonard.

— C'est une vieille légende populaire, monsieur Gilbert, qui rapporte l'histoire de trois enfants fées. Un jour que les villageois brûlaient du chaume, les enfants sortirent de la forêt et furent accueillis par un couple de personnes âgées. Le village se rendit compte dès le début de leur étrangeté. Ils parlaient une langue inconnue de tous. Leurs pas ne laissaient jamais d'empreintes et parfois, disait-on, leur peau se mettait à luire.

« Dans un premier temps, le village toléra leur présence. Puis survinrent de tragiques événements. Les récoltes étaient mauvaises, une femme mit au monde un enfant sans vie, le fils du boucher se noya. Les habitants se mirent à regarder les enfants de travers. Lorsque le puits se tarit, les gens demandèrent aux vieux fermiers de leur livrer les enfants. Les vieux refusèrent et furent bannis du village.

« Ils s'installèrent avec les enfants dans une petite maison de pierre, au bord de la Tamise. Pendant un temps, tout se passa bien. Puis, une épidémie ayant frappé le village, un groupe d'hommes décida de passer à l'action. Torches à la main, les paysans s'approchèrent de la ferme. Les deux vieux et les enfants s'étaient serrés les uns contre les autres dans cette maison que la populace encerclait. Leur sort semblait être scellé. Mais tandis que les villageois en furie commençaient à enfoncer la porte, le son étrange d'un cor retentit dans la forêt, porté par le vent. Une femme apparut de nulle part, splendide, les cheveux longs, la peau lumineuse.

« La reine des fées était venue chercher ses enfants. En repartant, elle répandit sur la ferme et ses environs un sortilège de défense, pour remercier les deux vieillards d'avoir sauvé le prince et les princesses du pays des fées.

« Depuis lors, ce méandre de la Tamise au creux duquel s'élève Birchwood Manor est considéré par les paysans du cru comme un refuge. On dit même que certains élus peuvent encore percevoir le signe de cette protection : c'est, paraît-il, une lumière qui apparaît à la fenêtre du grenier de Birchwood.

Comment Lucy, esprit si rationnel, si scientifique, pouvait-elle croire à ces fariboles ? Pensait-elle qu'Edward avait pu voir la lumière à la plus haute fenêtre, signe que la maison lui accordait sa protection ? Ces questions, Leonard s'abstint de les poser. Quelle que fût la manière dont il les formulait, elles semblaient toujours impolies et dénuées de tact. Lucy, fort heureusement, les avait anticipées.

— Je crois en la science, monsieur Gilbert. Mais je suis, depuis l'enfance, une passionnée d'histoire naturelle. La terre est vaste, elle a vécu déjà des millions d'années. Nombreux sont les phénomènes que nous ne comprenons pas encore. La magie et la science ne sont pas contradictoires à mes yeux. Toutes deux sont des tentatives respectables et valables pour comprendre le fonctionnement du monde. D'autant, monsieur Gilbert, que j'ai vu certaines choses. J'ai exhumé des artefacts, je les ai tenus dans mes mains, j'ai ressenti des impressions que nos meilleurs scientifiques ne peuvent expliquer en l'état. L'histoire des enfants fées est une légende populaire. Je n'ai pas plus de raisons d'y croire qu'à celle d'Arthur, le roi qui extirpa son épée d'un rocher, ou qu'à celle des dragons qui peuplaient jadis nos cieux. Ce que je sais, c'est que mon frère a vu une lumière à la fenêtre du grenier, qu'il est entré dans Birchwood Manor et que la maison l'a protégé. Et je sais aussi qu'il disait vrai.

Leonard ne doutait pas de la sincérité de Mlle Radcliffe. Cependant, il lui fallait aussi considérer la psychologie, l'ascendant souverain que l'aîné peut prendre sur ses frères et sœurs plus jeunes. Lorsqu'ils étaient enfants, Tom et lui, il arrivait à Leonard de mentir à son petit frère ou de lui jouer un mauvais tour. Mais la confiance de Tom n'était jamais ébranlée. Lucy, qui avait presque dix ans de moins qu'Edward, avait adoré son grand frère. Puis il avait disparu de son existence. Et même si, à soixante-dix-neuf ans, elle jouait désormais les forteresses imprenables, elle resterait toujours, chaque fois qu'il était question d'Edward, sa petite sœur, sa loyale confidente.

Ce qui n'empêcha pas Leonard de noter l'histoire des enfants fées. Peu importait qu'elle fût une légende. Il lui suffisait pour sa thèse de savoir que le peintre avait été hanté par une idée, laquelle l'avait persuadé de la singularité de Birchwood, et qu'il avait pu, détail fascinant, faire le lien avec une légende locale.

Leonard se souvint soudain que le temps lui était compté. Il traça un trait sous la note et passa au sujet suivant.

— Je me demandais, mademoiselle Radcliffe, si nous pouvions maintenant aborder la question de l'été 1862.

Elle s'empara d'une boîte à cigarettes en noyer posée sur la table en demi-lune et la tendit à Leonard. Il accepta l'offrande, et Mlle Radcliffe, d'une main experte et d'un briquet d'argent, alluma la cigarette du jeune homme avant la sienne. Elle exhala un nuage de fumée, qu'elle évacua ensuite d'un geste de la main.

— Peut-être voulez-vous m'entendre dire que l'été 1862 me paraît aussi proche que « si c'était hier ». Ce n'est pas du tout le cas. L'été 1862 me semble relever d'un autre temps, d'un autre monde. Curieux, n'est-ce pas ? Lorsque je repense aux légendes qu'Edward me racontait lorsque j'étais petite fille, je sens l'odeur humide, boueuse, de notre mansarde à Hampstead. Mais lorsqu'il s'agit de cet été-là, j'ai l'impression de regarder dans un télescope et d'observer une planète lointaine. Et je m'y vois de l'extérieur. C'est systématique.

— Mais vous étiez là, donc, mademoiselle Radcliffe. Vous étiez cet été-là à Birchwood Manor.

— Oui. J'avais treize ans. Ma mère devant retrouver des amis sur le continent, elle avait suggéré que je passe l'été chez mes grands-parents, à Beechworth. Au lieu de quoi, Edward m'invita à me joindre au petit groupe d'amis qui devait passer l'été à Birchwood. J'étais si heureuse de me retrouver dans leur orbite !

— Quelles impressions en avez-vous gardées ?

— C'était l'été, il faisait chaud et les premières semaines se sont déroulées comme vous pourriez l'imaginer : promenades en barque, pique-niques, balades et peinture. Les soirées étaient longues : Edward et ses amis se racontaient des histoires et échangeaient sur les idées scientifiques, artistiques et philosophiques du moment.

— Et puis ?

Mlle Radcliffe plongea son regard dans celui de Leonard.

— Comme vous le savez, monsieur Gilbert, la tragédie a frappé.

— La fiancée d'Edward a été tuée par un cambrioleur.

— Fanny Brown. Oui.

— Et ce même cambrioleur s'est emparé du Radcliffe Blue, ou plutôt du collier dans lequel il était serti.

— Vous êtes bien renseigné.

— J'ai trouvé quelques articles sur la question à la bibliothèque.

— Je le crois sans peine. La mort de Fanny Brown a été abondamment commentée dans la presse.

— Et cependant, à ce qu'il m'a semblé, ladite presse s'intéressait plus au sort du Radcliffe Blue qu'à celui de Mlle Brown.

— Pauvre Fanny. C'était une bonne fille, mais elle avait du mal à s'imposer et, comme vous le soulignez, cela l'a poursuivie jusque dans la mort. J'espère, monsieur Gilbert, que vous n'allez pas me demander de conforter les obsessions des amateurs de presse à sensation ?

— Pas du tout. Il se trouve que je m'intéresse davantage aux réactions de l'entourage de Mlle Brown. Toute l'Angleterre ne parlait que de ce drame, mais la correspondance des amis et collègues d'Edward – Holmes, les Bernard, notamment – est quasiment muette sur la question. On a l'impression qu'il ne s'est rien passé à Birchwood Manor.

Une lueur d'approbation passa-t-elle dans le regard de Lucy ?

— Ce fut une terrible épreuve, monsieur Gilbert. À mon sens, il n'est guère surprenant que ceux qui en avaient été les malheureux témoins n'aient eu par la suite nulle envie d'en parler.

Elle le fixa tranquillement par-dessus la fumée de sa cigarette. L'explication paraissait logique, même si Leonard ne pouvait s'empêcher de la trouver insuffisante. Il y avait dans la réticence de l'entourage d'Edward quelque chose d'*anormal*. Ce n'était pas seulement une absence d'échanges sur la journée fatale ; à lire les lettres qui avaient suivi, c'était même comme si Edward et sa fiancée n'avaient jamais existé. Et ce ne fut qu'après la mort du peintre que son fantôme, peu à peu, réapparut sous la plume de Thurston Holmes.

Du reste, il y avait quelque chose d'inexplicable dans la manière dont l'amitié de Holmes et de Radcliffe avait évolué. Cela ne datait pas de la mort de Frances. Leonard repensa à la correspondance de Holmes conservée à York. Les lettres que les deux jeunes gens avaient échangées à compter de leur rencontre, en 1858, reflets de débats incessants sur l'art, la vie, la philosophie, avaient changé de ton et de fréquence au début de l'année 1862. Beaucoup plus rares, beaucoup plus courtes, plus sèches, plus formelles. Il s'était passé quelque chose entre ces deux-là fin 1861 ou début 1862, il en était certain.

La question qu'il posa à ce sujet fit se renfrogner Mlle Radcliffe.

— Ah ! Un matin, je m'en souviens, Edward est rentré dans tous ses états, furibond. Ce devait être début 1862, en effet, car il préparait sa deuxième exposition. Ses phalanges saignaient et sa chemise était en lambeaux.

— Il s'était bagarré ?

— Il ne m'a donné aucun détail, mais le fait est que, dans la semaine, j'ai croisé Thurston Holmes, dont l'œil était agrémenté d'un énorme coquard violet.

— Ils s'étaient battus ? Pourquoi ?

— Je n'en sais rien et je dois dire que la chose ne m'a pas troublée à l'époque. Certes, ils étaient très liés, mais les disputes étaient fréquentes entre eux. Thurston était d'un tempérament vaniteux, excessivement porté sur la compétition. Un taureau, un paon, un coq de basse-cour – faites votre choix. Par ailleurs, il pouvait se montrer charmant et généreux. Un peu plus âgé qu'Edward, il l'avait présenté à nombre de personnalités importantes. Il était, je crois, fier de mon frère. Il jouissait du prestige que lui conférait l'amitié d'un garçon si énergique et si talentueux. Lorsqu'ils se promenaient ensemble, tous les deux, je puis vous assurer qu'ils ne passaient pas inaperçus, avec leurs chemises sans cravate, leurs foulards, leurs cheveux en désordre, leur allure si libre. Reste que Holmes était ce qu'on appelle un dominant. Il n'a pas apprécié de voir Edward s'attirer plus de louanges que lui. Avez-vous remarqué avec quelle facilité ces amis-là peuvent devenir vos adversaires les plus féroces, monsieur Gilbert ?

Leonard prit note de ces considérations sur l'amitié des deux artistes. La fermeté avec laquelle Lucy les exprimait expliquait l'invitation qu'elle lui avait faite. Ne lui avait-elle pas affirmé devant la tombe de son frère qu'on ne pouvait se fier au témoignage de Holmes ? Qu'elle voulait remettre les pendules à l'heure, « de crainte que vous ne publiiez une autre bordée de mensonges » ? Elle était au cœur du sujet : il fallait persuader Leonard que Holmes n'était pas sans arrière-pensée, qu'il s'était conduit en envieux, uniquement soucieux de poursuivre son ascension artistique et sociale.

Mais cette jalousie professionnelle était-elle la seule explication de leur dispute apparente ? Leonard n'en était pas certain. L'étoile de Radcliffe s'était mise à monter dès l'année 1861 : cependant, l'exposition qui avait consacré sa renommée ne datait que d'avril 1862, date à laquelle les échanges entre les deux hommes s'étaient déjà sensiblement rafraîchis. Il y avait autre chose. Leonard avait sa petite idée sur la question.

— Il me semble qu'Edward avait commencé à travailler avec un nouveau modèle dans le courant de l'année 1861, non ?

Sa nonchalance feinte ne l'empêcha pas d'être envahi par quelques réminiscences des rêves qui l'avaient assailli ces derniers temps. Il se sentit rougir. Incapable de soutenir le regard de Lucy, il baissa la tête vers ses notes.

— Lily Millington, si je ne me trompe pas ?

Son émotion l'avait trahi, en dépit de ses efforts. Cela n'avait pas échappé à Lucy.

— Pourquoi cette question ? demanda-t-elle d'un ton soupçonneux.

— D'après ce que j'ai pu lire, la fraternité Magenta était un groupe très lié. Ils partageaient nombre de théories et d'influences, mais aussi leurs secrets intimes, leurs maisons, et leurs modèles. Edward et Thurston Holmes ont peint Diana Barker, et tous les trois ont peint ensuite Adele Winterson. Mais Lily Millington n'apparaît que dans les tableaux d'Edward. Ce détail a éveillé ma curiosité. J'ai envisagé deux possibilités : soit les autres ne voulaient pas l'utiliser comme modèle, soit Edward était désireux de la garder pour lui seul.

Lucy se saisit de sa canne et se leva, avant d'aller à pas lents vers la fenêtre qui donnait sur la rue. Il faisait encore jour, mais le soleil avait poursuivi sa course depuis l'arrivée de Leonard ; à présent, le visage de Mlle Radcliffe était plongé dans l'ombre.

— Le carrefour de ces trois ruelles se nomme la croisée des chemins. Autrefois se dressait là une croix qui datait du Moyen Âge. Elle a été abattue pendant la Réforme. Les hommes de la reine Élisabeth ont parcouru la région pour détruire tous les signes extérieurs du catholicisme – les églises, les œuvres d'art – et les prêtres, lorsqu'ils pouvaient leur mettre la main dessus. Il ne reste plus que le socle de la croix. Et son nom, bien sûr, qui s'est perpétué au cours des siècles. N'est-il pas remarquable, monsieur Gilbert, que ne demeure plus de ces temps tragiques qu'un simple nom ? Pour résumer ce qu'ont vécu, en d'autres temps, des gens qui ont réellement existé ? Je pense à ce passé, à ces gens, chaque fois que je passe à la croisée des chemins. Je pense à l'église, aux prêtres qui se cachaient, aux soldats qui les arrachaient à leur cachette pour les mettre à mort. Je pense à la culpabilité et au pardon. Sont-ce des pensées qui vous assaillent, parfois, monsieur Gilbert ?

Elle avait soigneusement évité de répondre à la question sur Lily Millington. Et cependant, Leonard avait de nouveau l'impression qu'elle lisait en lui à livre ouvert.

— Parfois, oui, répondit-il.

Ces mots lui restèrent dans la gorge et il fut pris d'une quinte de toux.

— Je l'imagine sans peine, si vous avez combattu. En général, monsieur Gilbert, j'évite de donner des conseils. Mais j'ai vécu assez longtemps pour apprendre que l'on doit parfois s'accorder à soi-même un pardon, de peur que le chemin qui reste à parcourir ne soit un long supplice.

Leonard se sentit envahi par un étonnement mêlé de honte. Non, ce n'était pas possible. Elle avait parlé au hasard. Elle ne pouvait rien savoir de ce qu'il avait vécu. D'ailleurs, ne l'avait-elle pas rappelé, les hommes qui étaient allés au front avaient pour la plupart vu et fait des choses qu'il était préférable d'oublier. Malgré tout, sa voix tremblait lorsqu'il répondit à la vieille dame.

— J'ai ici le texte d'une lettre d'Edward à votre cousin Hamish. Elle date d'août 1861. Puis-je vous en lire quelques lignes, mademoiselle Radcliffe ?

Elle garda les yeux fixés sur la rue, mais ne fit rien pour l'en empêcher.

— « Je l'ai trouvée, lut Leonard. C'est une femme d'une beauté si remarquable que ma main souffre de devoir poser ces mots sur la page. Je brûle de faire miens par l'art ce que je vois et ce que j'éprouve lorsque je regarde son visage, et cependant ce geste m'est insupportable. Car comment puis-je espérer lui rendre justice ? Il y a dans son maintien une immense noblesse, non pas de naissance, peut-être, mais de nature. Elle ne se pare pas ni ne cherche à attirer, elle est sans fard ; et c'est de fait son immense franchise, la manière qu'elle a d'accepter l'attention, plutôt que de détourner le regard. Il y a de l'assurance – de l'orgueil, même – dans la courbe de ses lèvres et cette certitude me coupe le souffle. *Elle* me coupe le souffle. Maintenant que je la connais, toutes les autres me semblent vivre dans l'imposture. Elle est vérité ; la vérité est beauté : et la beauté est divine. »

— Oui, reprit Lucy d'une voix douce. C'est bien d'Edward. Je reconnaîtrais cette voix n'importe où.

Elle se retourna pour revenir s'asseoir avec une lenteur infinie. Leonard fut stupéfait de voir des larmes luire sur ses joues.

— Je me souviens encore du soir de leur rencontre. Edward était allé au théâtre, il est revenu dans un état second. Nous avons compris qu'il se passait quelque chose.

Il nous a tout raconté, très vite, puis il s'est rué dans le jardin, où se trouvait son atelier, pour se mettre à dessiner. Il a travaillé pendant des jours. Sans manger, sans dormir, sans parler à quiconque. Il a rempli tout un carnet de son visage.

— Il était tombé amoureux d'elle.

— J'étais sur le point de vous expliquer, monsieur Gilbert, que mon frère était un être obsessionnel. Lorsqu'il croisait un nouveau modèle, une nouvelle technique, une nouvelle idée, il se comportait toujours de cette manière.

Sa main pianota, légère, sur le bras du fauteuil.

— Et cependant, avec Lily Millington, c'était différent. Et tout le monde l'avait compris dès le départ. Je le savais, Thurston le savait. Fanny Brown, la pauvre fille, le savait aussi. Edward aimait Lily Millington d'une passion si folle qu'elle ne pouvait qu'aboutir au malheur. L'été suivant, que nous avons passé ici, à Birchwood, a confirmé nos pires craintes.

— Lily Millington faisait donc partie de la compagnie ! Je l'avais supposé, mais rien dans les correspondances que j'ai consultées ne le corrobore. Ni dans les journaux intimes ni dans la presse, d'ailleurs.

— Et les rapports de police ? Les avez-vous consultés, monsieur Gilbert ? Ils sont bien conservés quelque part ?

— Insinuez-vous qu'ils puissent donner une autre version de la réalité ?

— Monsieur Gilbert ! Mon cher garçon ! Vous avez combattu pendant la Grande Guerre. Vous savez mieux que quiconque, peut-être, à quel point les reportages que publiait la presse à cette époque s'écartaient de la vérité. Le père de Fanny avait de l'influence. Il était très désireux que les journaux s'abstiennent de publier quoi que ce soit qui puisse donner à penser que sa fille avait été supplantée dans l'affection d'Edward.

Ce fut comme une illumination pour Leonard. Edward avait passionnément aimé Lily. Ce n'était pas la mort de

Frances Brown qui lui avait brisé le cœur, donnant le coup d'envoi à sa lente descente aux enfers. Non, c'était la disparition de Lily. Mais qu'était-il arrivé à cette dernière ?

— Ils s'aimaient, apparemment. Pourquoi Edward s'est-il retrouvé seul ? Comment l'a-t-il perdue ?

Pourquoi Lucy avait-elle parlé des rapports de police, de la mention qu'ils ne manqueraient pas de faire de la présence de Lily au moment du drame… ? Une nouvelle illumination le frappa.

— Mon Dieu. Lily a participé au vol. Elle a trahi Edward, et c'est cela qui l'a rendu fou !

Le visage de Lucy se rembrunit et Leonard fut immédiatement taraudé par un brûlant remords. Tout à sa révélation, il avait oublié l'adoration de Lucy pour son frère et sa voix avait emprunté des accents quasi triomphants.

— Mademoiselle Radcliffe ! Je suis navré, bredouilla-t-il. Quel manque de tact de ma part !

— Il n'en est rien. Mais la lassitude guette, monsieur Gilbert.

Leonard leva les yeux vers l'horloge et se rendit compte, le cœur serré, qu'il avait dépassé l'heure qui lui avait été assignée.

— Naturellement. Je n'abuserai plus de votre temps. Je vais, comme vous l'avez suggéré, étudier les rapports de police. Je suis certain qu'ils contribueront à l'élucidation des faits.

— Dans ce monde, monsieur Gilbert, les certitudes sont rares. Mais je puis vous faire part de celle-ci : la vérité dépend de la personne qui vous raconte l'histoire.

Chapitre 17

Tandis qu'il rentrait à Birchwood Manor en traversant le village par la paisible route aux bas-côtés envahis par les mauvaises herbes, Leonard songea à Lucy Radcliffe. Une chose était sûre : il n'avait jamais rencontré de femme – ou d'ailleurs d'être humain – qui lui ressemblât. Son intelligence était remarquable, de toute évidence, et l'âge n'avait pas diminué son intense curiosité intellectuelle. Ses centres d'intérêt étaient aussi nombreux que variés, et sa capacité à mémoriser et à analyser des informations complexes tout à fait singulière. De plus, elle avait su faire montre d'une ironie et d'une autodérision appréciables. En bref, se dit Leonard, une femme des plus fréquentables.

Mais qui n'était pas sans lui inspirer une certaine compassion. Juste avant de partir, il lui avait posé quelques questions sur son école. Une expression de profond regret était apparue sur le visage de Mlle Radcliffe. « J'avais fondé de grands espoirs sur cette entreprise, monsieur Gilbert. Mais elle était prématurée. Il me fallait faire des compromis, je le savais, répondre, si je voulais avoir assez de pensionnaires pour que l'école fonctionne, à certaines attentes des parents. Je me croyais capable d'honorer la promesse que je leur avais faite de transformer leurs fillettes en "jeunes filles de la bonne société" tout en leur inculquant la passion d'apprendre. » Mlle Radcliffe avait souri. « Je ne crois pas céder à l'autosatisfaction en vous disant que j'ai conduit quelques-unes de ces jeunes filles sur une voie qu'elles n'auraient peut-être pas trouvée sans moi. Mais il y a eu beaucoup plus de couture et de chant que je ne l'avais prévu. »

Et l'entendant parler de l'école, de ses jeunes pensionnaires, Leonard s'était rendu compte que Birchwood Manor n'avait guère gardé de traces de cette période. Il était difficile de croire que des troupes de jeunes filles avaient arpenté ses couloirs, même au prix d'un effort d'imagination. Birchwood n'était rien d'autre que la maison de campagne d'un artiste victorien. Lorsqu'on y entrait, on avait le sentiment de remonter le temps.

« C'est impossible, sur le plan logique, avait murmuré Lucy Radcliffe, à laquelle Leonard avait fait part de cette impression. Le voyage dans le temps – comment peut-on être en deux lieux “en même temps” ? L'expression elle-même est un paradoxe, en tout cas dans notre univers… » N'ayant nul désir de se laisser entraîner dans une nouvelle discussion scientifique, Leonard s'était enquis de la date à laquelle l'école avait fermé. « Oh, il y a presque trente ans ! Elle s'est éteinte en même temps que la reine, en 1901. Un ou deux ans plus tôt, il y avait eu un accident, un terrible drame… Une des pensionnaires s'était noyée pendant un pique-nique organisé par l'école. Petit à petit, les parents ont retiré leurs filles. Et comme nous n'avions pas de nouvelles inscriptions… eh bien, il nous a fallu accepter la triste réalité. La mort d'une élève, ce n'est jamais bon pour les affaires. »

La franchise de Lucy Radcliffe plaisait à son locataire. Elle était ouverte, captivante, et cependant, se disait-il en se remémorant leur conversation, elle n'avait rien dit qu'elle n'ait décidé au préalable de partager avec lui, il en avait la très nette impression. Sa description des événements de l'été 1862 tracassait Leonard. Ne reflétait-elle pas… une certaine culpabilité ? Lucy se tenait-elle pour responsable de la mort de Frances et du déclin d'Edward ? Et que signifiait sa digression sur la croisée des chemins ? Pourquoi parler de crimes et de pardon, pourquoi suggérer à Leonard de suivre son exemple ?

En 1862, Lucy n'était encore qu'une enfant, malgré tout, et, à en croire ses dires, elle avait participé en simple spectatrice aux joutes estivales de son frère et de ses merveilleux amis. Et puis il y avait eu ce cambriolage, le vol d'un inestimable diamant, la mort tragique de Frances Brown et la disparition de Lily Millington, le modèle dont Edward Radcliffe était follement amoureux. Les rapports de police, selon Lucy, indiquaient sans doute une complicité de Lily avec le cambrioleur. Le frère que Lucy adorait ne s'était jamais remis du drame. Qu'elle ait par la suite éprouvé du chagrin et des regrets, Leonard pouvait le comprendre. Mais du remords ? Ce n'était pas elle qui avait pressé la détente de l'arme qui avait tué Fanny. De même que ce n'était pas Leonard qui avait tiré l'obus dont l'explosion avait tué Tom.

Croyez-vous aux fantômes, monsieur Gilbert ?

Leonard avait réfléchi longuement avant de répondre. *Je crois qu'on peut se retrouver hanté.* Et songeant à la culpabilité aussi manifeste qu'irrationnelle de Lucy, il se rendit soudain compte de ce qu'elle avait voulu dire. En dépit de la légende qu'elle avait racontée, de la lumière scintillant à la plus haute fenêtre du manoir, ce n'était pas aux spectres de la nuit qu'elle avait fait allusion. Leonard était-il hanté par Tom, comme elle l'était encore par Edward ? Telle était sa véritable interrogation. Elle avait reconnu en son locataire une âme sœur, un être qui souffrait du même mal qu'elle : la culpabilité d'avoir survécu à un frère tant aimé.

En passant devant la taverne du Cygne – Chien en profita pour surgir de nulle part et emboîter, haletant, le pas à son compagnon humain –, Leonard sortit de sa poche une petite carte de visite dont il caressa longuement la tranche déjà usée. Elle lui avait été remise quelques années plus tôt dans une soirée, par une femme – c'était l'époque où il vivait dans ce meublé de Londres, au-dessus de la voie ferrée. La femme se tenait dans le coin d'une petite pièce, au fond de la maison. Elle était assise devant une table ronde recouverte d'une nappe en velours violet. Les pièces d'un jeu qu'il n'avait pas identifié étaient disposées sur la nappe. À la vue de la femme, dont le crâne était enturbanné d'un foulard orné de perles de couleurs vives, Leonard avait ouvert de grands yeux. Et que dire des cinq invités assis comme elle à la table ? Ils se tenaient par la main, les yeux fermés, écoutaient la femme marmonner. Leonard s'était immobilisé dans l'embrasure de la porte et avait contemplé la scène, embrumée par la fumée des cigarettes.

La femme soudain avait ouvert les yeux.

« Vous ! » avait-elle proféré en tournant la tête, dardant sur Leonard l'ongle long et rouge de son index.

Les convives s'étaient tous tournés vers le nouveau venu.

« Il y a quelqu'un pour vous dans cette pièce. »

Il avait feint le désintérêt alors, mais n'avait pu ensuite chasser de son esprit cette déclaration péremptoire et le regard intense qui l'avait accompagnée. Sur le point de rentrer chez lui, et comme elle partait également, il lui avait proposé de se charger de son encombrant sac de voyage – il y avait quatre étages à descendre. Au moment de prendre congé de Leonard, dans la rue, la femme lui avait tendu sa carte de visite.

« Vous êtes perdu, avait-elle affirmé d'une voix calme et détachée.

— Pardon ?

— Vous avez perdu votre chemin.

— Non, tout va bien, je vous remercie. »

Leonard s'était éloigné de la femme, la main au fond de la poche, histoire d'y enfouir la carte et le sentiment déplaisant que lui inspirait la femme.

« Il a tenté de vous retrouver. »

La voix de la femme, à présent plus sonore, le poursuivit dans la rue.

Ce ne fut qu'au lampadaire suivant, lorsqu'il se décida à lire la carte de la femme, que ses étranges déclarations prirent un sens pour Leonard.

> Madame Mina WATERS
> Voyante
> Appartement 2B / 16 Neal's Yard
> COVENT GARDEN / LONDRES

Peu après, il avait raconté cette rencontre à Kitty. Elle lui avait ri au nez : Londres était plein de cinglés qui ne cherchaient qu'à tirer profit du malheur des gens.

« Tu pèches par excès de cynisme, lui avait répliqué Leonard. Elle savait, pour Tom. Elle savait que j'avais perdu quelqu'un.

— Bon sang, Lenny ! Regarde autour de toi. Dans cette ville, tout le monde a perdu quelqu'un.

— Tu n'as pas vu le regard qu'elle m'a jeté.

— Mais si : tiens, le voilà ! »

Elle loucha et tira la langue à Leonard, avant de lui décocher un sourire et de tendre la main pour récupérer ses bas, dont, taquine, elle fit une boule qu'elle lança au jeune homme.

Leonard s'en débarrassa d'un revers de main. Il n'était pas d'humeur à badiner.

« Il me cherche, c'est ce qu'elle dit. Elle dit aussi que je suis perdu.

— Mais, Lenny ! »

Il n'y avait plus l'ombre d'un sourire dans la voix lasse de Kitty.

« Perdus, nous le sommes tous. »

Et l'entretien d'embauche de Kitty, comment s'était-il passé ? se demanda-t-il sur la route de Birchwood Manor.

Elle avait l'air très chic, ce matin. Elle n'était pas coiffée comme d'habitude.

Il se reprocha de ne pas l'avoir félicitée à ce sujet. Kitty portait son cynisme avec élégance, mais Leonard l'avait connue avant la guerre et savait très bien que le costume ne tenait que par de très nombreuses reprises.

En passant devant le cimetière pour prendre l'allée qui ramenait à Birchwood Manor, il se pencha et ramassa une poignée de gravier. Il soupesa les cailloux puis les laissa tomber entre ses doigts écartés avant de repartir. L'un d'entre eux, remarqua-t-il, était blanc et rond : une sphère de quartz, parfaitement polie.

Leonard et Kitty avaient couché ensemble pour la première fois par une douce nuit d'octobre 1916. Il était en permission et venait de passer tout un après-midi dans le salon de sa mère, à boire du thé – dûment servi dans une tasse de porcelaine – tandis que les amies de sa mère commentaient avec la même verve et la même réprobation les dernières nouvelles de la guerre et les alliances à mettre en œuvre pour la prochaine fête de Noël au village.

On avait frappé à la porte, et Rose, la femme de chambre de Mme Gilbert, était venue annoncer Mlle Barker. Cette dernière avait fait son entrée avec une boîte pleine d'écharpes tricotées au titre de l'effort de guerre. Mme Gilbert l'avait priée de rester prendre le thé, invitation déclinée par Mlle Barker : il y avait un bal dans la salle paroissiale et elle était chargée des rafraîchissements.

C'était Mme Gilbert qui avait suggéré à son fils d'assister au bal. C'était la dernière distraction à laquelle il aurait pensé en cette soirée d'automne, mais tout valait mieux que de demeurer dans le salon à écouter les amies de sa mère gloser sur les mérites comparés du vin chaud et du sherry.

— Je vais aller chercher mon manteau, avait-il dit en se levant d'un bond.

Tandis qu'ils descendaient la rue principale dans le crépuscule croissant, Kitty avait demandé des nouvelles de Tom.

Tout le monde lui demandait des nouvelles de Tom, de sorte que Leonard avait maintenant une réponse toute prête.

— Vous le connaissez, avait-il dit. Rien ni personne ne fait peur à ce fanfaron.

Ce qui avait fait sourire Kitty. Comment se fait-il, avait songé Leonard, que je n'aie jamais remarqué cette jolie fossette qu'elle a à la joue gauche ?

Il passa sa soirée à danser. Les hommes n'étaient plus si nombreux au village et il fut stupéfait (et flatté) de se trouver aussi convoité. Des jeunes filles qui n'avaient jamais fait attention à lui se disputaient la faveur d'une valse.

Il était déjà tard lorsqu'il repéra Kitty derrière la longue table que l'on avait dressée au bord de la piste de danse. Kitty n'avait pas cessé de servir des sandwichs au concombre et des tranches de *sponge cake* ; ses mèches commençaient à échapper à leurs épingles. L'orchestre était sur le point de conclure lorsqu'elle leva les yeux et, croisant le regard de Leonard, lui adressa un geste de la main. Le jeune homme s'excusa auprès de sa partenaire du moment.

— Eh bien, mademoiselle Barker, quel succès, si je ne me trompe pas, dit-il en approchant de la table recouverte d'une nappe blanche.

— Vous ne vous trompez pas. Nous avons collecté une somme bien plus importante que ce à quoi je m'attendais. Et tout ira aux troupes ! Mon seul regret est de n'avoir pu trouver une seconde pour danser.

— C'est en effet bien regrettable. J'imagine que vous ne vous sentez pas capable de finir cette soirée sans un petit fox-trot ?

Oh, la fossette de sa joue gauche !

Ils dansèrent, et Leonard, la main posée au creux du dos de Kitty, n'était pas insensible à la texture souple de sa robe, au lustre de sa chevelure, à l'éclat de la fine chaîne d'or qu'elle portait au cou.

Il lui proposa de la raccompagner chez elle. En chemin, ils eurent une conversation agréable, sans rien de guindé. Elle était contente du succès du bal, elle s'était fait du mauvais sang.

Avec la nuit, l'air s'était rafraîchi. Leonard lui offrit son manteau.

Elle lui posa des questions sur le front ; il constata qu'il était plus facile d'y répondre dans le noir. Il parla ; elle écouta. Lorsqu'il eut dit tout ce qu'il était capable de raconter, il ajouta que tout cela lui paraissait un mauvais rêve, maintenant qu'il était de retour à la maison, à se promener avec elle.

— Je ne vous poserai plus de questions, si c'est comme cela, s'excusa-t-elle.

Ils se remémorèrent tous deux leur première rencontre, en ce jour de la fête de Pâques 1913. Kitty lui rappela qu'après l'affaire du ruban ils étaient montés tous les trois – Tom, elle et lui – au sommet de la colline, derrière le village ; ils s'étaient adossés à l'immense chêne qui la couronnait. De là, on voyait tout le sud de l'Angleterre.

— J'ai même dit qu'on pouvait voir jusqu'aux côtes de France, vous vous rappelez ? Et vous m'avez corrigée. Vous avez dit : « Mais non, ce n'est pas la France, c'est Guernesey. »

— Quel pédant je faisais !

— Pas du tout.

— Mais si, un vrai cuistre.

— Bon, je vous l'accorde. Un peu prétentieux, en effet.

— Holà ?

Elle éclata de rire et lui prit la main.

— Et si nous y retournions ? Sur la colline ?

— Là, maintenant ? Dans le noir ?
— Pourquoi pas ?

Ils se mirent à courir. Une pensée traversa fugitivement l'esprit de Leonard : c'était la première fois depuis plus d'un an qu'il courait sans chercher à échapper à quelque danger mortel. Et cette pensée, cette impression, cette liberté – quel bonheur !

Sous le chêne, au sommet de la colline qui surplombait leur village, il faisait noir, mais le visage de Kitty lui était apparu dans le clair de lune. Du bout de l'index, Leonard avait délicatement suivi l'arête de son nez, jusqu'à ses lèvres. Il n'avait pu s'en empêcher. Kitty était une merveille, une perfection.

Ils se taisaient. Kitty, le manteau de Leonard sur les épaules, s'agenouilla à ses pieds et se mit à déboutonner sa chemise. Puis, glissant la main dans l'échancrure, elle la posa sur la poitrine du jeune homme. Leonard tendit la main vers le visage de Kitty, lui caressa la joue du pouce. Elle s'abandonna à sa caresse. Il l'attira à lui… Ils s'embrassèrent… Les dés étaient jetés.

Un peu plus tard, ils se rhabillèrent en silence et s'assirent l'un à côté de l'autre sous le chêne. Il lui offrit une cigarette, qu'elle fuma avant de dire, comme si de rien n'était :

— Tom ne doit rien savoir. Jamais.

Leonard hocha la tête. Bien sûr, Tom ne devait rien savoir.

— Nous n'aurions pas dû.
— Certes.
— Fichue guerre.
— C'est ma faute.
— Non, pas du tout. Mais je l'aime, Leonard. Je l'ai toujours aimé.
— Je sais.

Il lui avait pris la main et l'avait serrée dans la sienne. Il savait, oui. D'ailleurs lui aussi aimait Tom.

Ils se revirent deux fois avant son retour au front, chaque fois brièvement, et en présence d'autres personnes. Détail curieux, il s'était dit, en ces deux occasions, que Tom en effet ne devait rien savoir et que la vie continuerait comme si rien ne s'était passé entre eux.

Ce ne fut pas avant d'être revenu sur le front, une semaine plus tard, qu'il commença à y repenser, le tragique de la situation aidant. Ses méditations le menaient toujours à la même question, question de petit enfant en mal d'affection qui l'emplissait de mépris envers lui-même, tout en ne cessant de tenailler sa conscience : pour quelle raison son frère semblait-il si souvent lui être supérieur ?

Tom fut l'une des premières personnes que Leonard croisa, de retour dans les tranchées. Son visage maculé de boue se fendit d'un grand sourire tandis qu'il portait deux doigts à son casque.

— Quel plaisir de te revoir, Lenny ! Je t'ai manqué ?

Une demi-heure plus tard, tandis qu'ils se partageaient un gobelet de thé des tranchées, Tom s'enquit de Kitty.

— Je ne l'ai vue que une ou deux fois.

— Oui, elle m'en a parlé dans sa lettre. Très bonne chose. Vous n'avez pas eu de conversations sur des sujets particuliers, elle et toi ?

— Particuliers ? C'est-à-dire ?

— Des sujets intimes ?

— Quelle question idiote. Mais non, nous nous sommes à peine parlé.

— Je vois que la permission ne t'a pas amélioré le caractère. Tout ce que je veux dire…

Il ne put contenir son sourire.

— Nous sommes fiancés, Kitty et moi. J'étais certain qu'elle serait incapable de garder le secret. Nous nous étions promis de n'en parler à personne avant la fin de la guerre. À cause de son père, tu comprends ?

Tom avait l'air si fier de lui, si rayonnant d'un bonheur juvénile, que Leonard ne put s'empêcher de le serrer dans ses bras, à grand renfort de claques dans le dos.

— Bravo, Tom ! Je suis très content pour vous deux.

Trois jours plus tard, Tom était mort. Atteint de plein fouet par un éclat d'obus. Il s'était vidé de son sang au cours de la nuit, couché dans le no man's land, tandis que Leonard, de la tranchée, l'entendait gémir. (*Au secours, Leonard. Au secours.*) Tout ce qu'ils purent retrouver de Tom – Tom, le garçon perché sur le mur du jardin, Tom, le champion d'apnée, Tom, le garçon qui venait toujours en tête de liste – ce fut une lettre de Kitty, parfumée à l'eau de Cologne, et une vieille pièce de deux pence en argent.

Lucy Radcliffe n'avait pas pensé à mal lorsqu'elle avait parlé de culpabilité, de pardon qu'il fallait bien s'accorder à soi-même. Mais les parallèles qu'elle établissait entre l'expérience de Leonard et la sienne étaient erronés. La vie était compliquée et les gens faisaient des bêtises, c'était certain. Mais Leonard et Lucy n'avaient pas la même histoire. La culpabilité qu'ils éprouvaient à propos de leurs frères respectifs n'était pas similaire.

Kitty s'était mise à écrire à Leonard après la mort de Tom. Leonard, qui n'avait pas quitté le front, lui avait répondu. Une fois la guerre finie, il était rentré en Angleterre. Elle lui avait rendu visite un soir dans le meublé de Londres, avec une bouteille de gin. Leonard l'avait aidée à la vider ; ils avaient parlé de Tom. Ils avaient pleuré. Lorsqu'elle était partie, Leonard ne pensait pas la revoir. Et cependant, la mort de Tom les avait liés. Ils étaient semblables à deux lunes en orbite autour de son souvenir.

Au début, Leonard s'était persuadé qu'il avait endossé le rôle protecteur de Tom à l'égard de la fragile Kitty. Et s'il n'était pas monté sur la colline avec Kitty en cette nuit d'octobre 1916, cette impression mensongère eût pu perdurer.

La vérité néanmoins était plus complexe et moins honorable que cela, ce dont il était parfaitement conscient. Kitty et lui en étaient convaincus, leur trahison avait provoqué la mort de Tom. Sentiment irrationnel ? Sûrement. Mais il n'en était pas moins présent. Lucy Radcliffe avait raison : on ne pouvait pas progresser sur le chemin de l'existence avec un tel poids sur les épaules. Comme ils avaient besoin de justifier les effets dévastateurs de leur infidélité, Kitty et Leonard avaient décidé tacitement de croire que ce qui leur était arrivé sur la colline relevait du véritable amour.

Ils étaient donc restés ensemble. Liés par le chagrin et la culpabilité. N'ayant que mépris pour cette piètre raison, mais se sentant incapables de se rendre la liberté l'un à l'autre.

Ils ne parlaient plus de Tom ; enfin, pas directement. Mais il les accompagnait partout. Il se nichait dans la fine bague d'or sertie d'un joli petit diamant que Kitty portait à l'annulaire droit. Il se dissimulait dans la manière dont elle regardait Leonard de temps à autre, avec un vague étonnement, comme si elle s'attendait à voir quelqu'un d'autre. Il se lovait dans tous les recoins sombres de toutes les pièces, dans toutes les molécules de l'air illuminé par la lumière du jour.

Oui, Leonard croyait aux fantômes.

Leonard avait atteint le portail de la maison. Le soleil avait entamé sa descente vers l'horizon et les ombres s'allongeaient sur la pelouse. Leonard leva les yeux vers le mur du jardin et s'arrêta net. Là, allongée dans une flaque de lumière, au-delà de l'érable du Japon, une femme dormait. L'espace d'un instant, il crut reconnaître Kitty – peut-être avait-elle renoncé à son voyage à Londres ?

N'était-il pas victime d'une hallucination ? Non, la dormeuse n'avait rien à voir avec Kitty. C'était la femme qu'il avait croisée au bord de la Tamise le matin même, alors qu'elle se promenait avec un homme. Qu'il avait évitée, plutôt.

À présent, impossible de ne pas la regarder. Elle avait ôté ses souliers de marche, qu'elle avait posés à côté d'elle ; ses pieds nus dans l'herbe semblèrent à Leonard la vision la plus érotique du monde. Il alluma une cigarette. C'était le parfait abandon de la jeune femme qui le fascinait, se dit-il. Sa matérialisation en ce lieu et en cet instant.

Puis elle se réveilla, sous ses yeux, s'étira, et son visage s'imprégna d'une indicible béatitude. La manière dont elle regardait la maison ranima quelque chose en Leonard, un sentiment lointain et pourtant familier.

La pureté, la simplicité, l'amour. Il fut pris d'une envie de pleurer telle qu'il n'en avait pas éprouvé depuis l'enfance. Pleurer pour toutes les horreurs, tous les deuils, et cette certitude qu'il ne pourrait jamais remonter le temps et les annuler. Pleurer parce que, quoi qu'il fît, la guerre, la mort de son frère et les années perdues après son retour étaient à jamais gravées dans son âme.

Puis :

— Oh, je suis désolée ! s'exclama-t-elle, car elle venait de le voir. Je suis rentrée chez vous sans penser à mal. C'est que je me suis perdue.

La voix de la jeune femme avait une pureté de clochette. Il aurait voulu courir vers elle, la prendre par les épaules, la prévenir : Attention ! La vie est parfois si brutale, si cruelle, si froide, si épuisante…

Et lui dire que rien n'avait de sens, que les meilleurs d'entre nous mouraient trop jeunes, sans aucune justification, que le monde était plein de gens qui chercheraient à lui faire du mal, qu'on ne savait jamais ce qui pouvait surgir au coin de la rue – et d'ailleurs y avait-il encore un coin de la rue… ?

Et pourtant.

Il la regarda qui contemplait la maison. Il y avait quelque chose dans la manière dont le soleil jouait dans les feuilles de l'érable et nimbait la jeune femme qui serra le cœur de Leonard, avant de lui redonner force. Lui vinrent d'autres mots, d'autres conseils. Savait-elle, cette jeune femme, que par une singulière fantaisie du sort c'était l'absurdité de l'existence qui la rendait si belle, si rare, si merveilleuse ? Qu'en dépit de toute sa sauvagerie, ou peut-être *à cause* d'elle, la guerre avait ravivé toutes les couleurs du monde ? Et qu'il fallait des ténèbres pour rendre les étoiles visibles ?

Il aurait voulu lui tenir ces propos, mais les mots lui restèrent dans la gorge et il se contenta de lui faire un geste de la main ; un geste idiot, qu'elle ne vit pas, car elle venait de détourner la tête.

Il rentra et, de la fenêtre de la cuisine, vit la jeune femme rassembler ses affaires et, sur un ultime sourire rayonnant à la maison, disparaître dans la brume lumineuse de l'après-midi. Il ne connaissait pas cette femme. Il ne la reverrait jamais. Il aurait pourtant voulu lui avouer qu'il s'était perdu, lui aussi. Il s'était perdu, mais l'espoir n'était plus très loin, battant des ailes dans un lointain un peu flou, frêle oiseau, chantant doucement : Continue à marcher, un pied devant l'autre ; un jour, tu rentreras chez toi.

VII

Mon père, un jour, me dit ceci : lorsqu'il vit ma mère à la fenêtre de la maison familiale, il eut l'impression d'avoir vécu jusque-là dans la pénombre. Après l'avoir rencontrée, disait-il, toutes les couleurs, tous les parfums, toutes les sensations que le monde pouvait offrir devinrent plus brillants, plus précis, plus fidèles.

Comme j'étais une petite fille, je pris cette histoire pour un conte de fées – elle sonnait comme tel. Le soir où j'ai rencontré Edward, les paroles de mon père me sont revenues.

Ce ne fut pas un coup de foudre. Ces expressions niaises dénaturent le véritable amour.

Non, ce fut un pressentiment. L'inexplicable sensation qu'il se produisait quelque chose d'essentiel. Certains moments ont cette qualité : ils brillent comme l'or dans le tamis du mineur.

J'ai dit déjà que j'étais née deux fois : d'abord chez mes parents, puis de nouveau chez Mme Mack, me réveillant assaillie par la cacophonie des chants d'oiseaux dans une chambrette de Little White Lion Street.

Ce n'est pas entièrement vrai. Car il y a une troisième partie dans ma biographie.

Je suis née une troisième fois, Drury Lane, devant le Théâtre Royal, par une tiède soirée de 1861, un mois tout juste avant mon dix-septième anniversaire. L'âge, exactement, que ma mère avait lorsque je naquis pour la première fois, sous la voûte étoilée, dans une étroite maisonnette de Fulham, à quelques pas de la Tamise.

Bien sûr, Mme Mack n'avait pas tort de penser que les jours de l'Enfant égarée et de l'Enfant de l'omnibus étaient comptés. Une nouvelle ruse fut concoctée, un nouveau costume confectionné, une nouvelle personnalité endossée comme une seconde peau. D'une simplicité biblique : les foyers des théâtres étaient de vraies ruches humaines. Les robes des dames étaient bariolées, généreuses, la raideur coutumière des hommes assouplie par le whisky et l'impatience suscitée par le spectacle. Une jeune fille aux doigts agiles avait en ces lieux de très nombreuses chances de pouvoir délester l'un de ces messieurs de ses objets de valeur.

Je n'avais qu'un souci, c'était Martin. Bien que je ne fusse plus une jeune pousse, il refusait obstinément de renoncer au rôle de chaperon qui lui avait été assigné. Il n'avait cessé d'importuner Mme Mack, lui avait bourré le crâne d'idées absurdes sur le mal que je pouvais leur faire et, pis encore – je l'avais entendu s'exprimer à voix basse sur la question alors qu'il pensait que je n'écoutais pas –, sur la manière dont je pouvais être « utilisée contre eux ». Il proposa une méthode qui requérait sa présence. Cela, objectai-je, compliquait mon affaire ; j'aimais mieux travailler seule. Cela ne l'empêcha pas de me suivre jour et nuit en me considérant d'un air de propriétaire qui me donnait envie de le gifler.

Ce soir-là, cependant, j'avais réussi à le semer. La représentation était finie et j'avais pu traverser promptement le foyer pour me glisser par une sortie de service, qui débouchait sur une ruelle. La séance avait été fructueuse : les poches sans fond de ma robe étaient remplies ; j'étais contente. La dernière lettre en date de mon père apportait de bonnes nouvelles : après quelques déconvenues financières, l'horlogerie qu'il avait ouverte à New York commençait à prospérer. Si l'été s'avérait fécond, peut-être me donnerait-il la permission de le rejoindre en Amérique. Cela faisait presque dix ans déjà qu'il m'avait confiée à Mme Mack.

J'étais seule dans la ruelle, me demandant si j'allais rentrer par les allées tortueuses et désertes qui ramenaient à Covent Garden ou, me détournant de ce raccourci, si je me faufilerais dans la foule du Strand pour ajouter deux ou trois portefeuilles à mon butin du jour. Edward apparut dans l'embrasure de la porte pendant ce moment d'hésitation, et me surprit sans mon masque.

Et ce fut comme lorsque la brume se lève et que tout paraît limpide. Je sentis mon esprit s'éveiller, s'électriser d'impatience et d'espoir, sans pour autant éprouver de surprise : cette soirée n'eût jamais pu finir sans que je rencontre cet homme.

Il vint à moi. Et lorsqu'il tendit la main pour me caresser la joue, son toucher était aussi délicat que si j'avais été un objet de prix dans la collection du père de Joe, mon Prince Pâle. Il plongea son regard dans le mien.

Je ne sais pas combien de temps nous restâmes à nous contempler – des secondes, des minutes ? Le temps avait échappé à ses entraves.

Ce ne fut que lorsque Martin surgit en criant au voleur que l'enchantement se brisa. Je clignai des yeux et reculai d'un pas.

Martin poursuivit sur sa lancée – c'était l'une de nos ruses bien rodées – tandis que l'irritation m'envahissait. Quel piteux spectacle !

— Non ! m'écriai-je. Cet homme ne m'a rien dérobé.

Ce que confirma Edward : il était peintre, déclara-t-il, et désirait faire mon portrait.

Martin bredouilla quelques absurdités sur les jeunes filles, l'honneur, sa sœur. Edward ne l'écoutait pas. Il me parla de sa famille, me promit que sa mère l'accompagnerait chez nous, s'il fallait parler à mes parents, les rassurer.

— Je suis un individu respectable… Ma moralité est excellente… Je ne ternirai pas votre réputation.

Cette proposition était inattendue : mes parents ? Ma maison ? Étranges concepts. Je dois avouer que je fus charmée par cette idée de devenir une jeune dame dont la modestie requérait de telles précautions.

Je donnai mon accord à Edward. Lorsque, prenant congé, il me demanda mon nom, je ne pus oublier l'encombrante présence de Martin et lui répondis par le premier mensonge qui me vint à l'esprit :

— Lily, monsieur. Je m'appelle Lily Millington.

Mme Mack, qui avait un certain flair pour les affaires profitables, passa immédiatement à l'action. Elle transforma sur-le-champ son salon en une parfaite image de la respectabilité domestique. L'une de ses pensionnaires les plus récentes, Effie Granger – elle n'avait que onze ans, mais paraissait plus âgée –, fut affublée d'un uniforme noir et blanc de femme de chambre, que Martin avait volé sur une corde à linge, dans un jardin de Chelsea. Effie eut droit à une brève et brutale initiation à l'art de la domesticité, administrée par Mme Mack en personne. Martin et le Capitaine se virent attribuer des rôles de frère et de père modèles. Quant à Mme Mack, elle décida d'incarner le rôle de la mère entichée de sa fille et qui veut, en dépit de ses revers de fortune, lui assurer un avenir, rôle qu'elle interpréta avec un talent et une conviction qui auraient fait des envieuses chez les comédiennes de Drury Lane.

Lorsque le grand jour se profila, les plus jeunes furent bouclés au grenier avec interdiction totale de s'approcher du salon, ne fût-ce que pour effleurer les rideaux de dentelle de la porte de leurs fronts trop inquisiteurs – cela sous peine des châtiments les plus cruels. Le reste de la maisonnée attendit en tremblant le coup de sonnette libérateur.

Edward et sa mère, que Mme Mack décrivit par la suite comme ayant l'apparence et les manières d'une femme du continent, furent conduits dans le salon par notre soubrette improvisée. Mme Radcliffe ne put s'empêcher, tout en ôtant son épingle de chapeau, de lancer un regard circulaire au décor. Peu importe ce qu'elle pouvait penser de « M. et Mme Millington » et de leur demeure : son fils, qu'elle avait investi de ses propres aspirations artistiques, était la prunelle de ses yeux. S'il jugeait nécessaire de peindre Mlle Millington pour parfaire sa vision du monde, eh bien, on lui offrirait Mlle Millington. Et si cela nécessitait de prendre le thé chez des inconnus dans un appartement douteux de Covent Garden, ma foi, le jeu en valait la chandelle.

Je restai assise pendant toute l'entrevue tout au bout du canapé – position qui ne m'était presque jamais octroyée –, cependant qu'Edward était installé à l'autre extrémité. Mme Mack ne cessa de chanter mes louanges d'un ton qu'elle devait trouver particulièrement bienséant.

— C'est une bonne petite chrétienne, ma Lily. Aussi pure que la rosée.

— Je suis bien aise de l'entendre, répondit Mme Radcliffe avec un charmant sourire. Elle le restera, je vous le garantis. Le père de mon défunt mari n'est autre que le comte de Beechworth et mon fils est un gentilhomme du caractère le plus noble. Je vous promets qu'il prendra le plus grand soin de votre fille et qu'il vous la rendra dans l'état où il l'a trouvée.

— Broumpff, éructa le Capitaine, auquel Mme Mack avait rapidement inculqué quelques rudiments de « paternité bourrue ».

(« Si tu ne sais pas quoi dire, bougonne. Et quoi qu'il advienne, ne retire pas ta jambe de bois ! »)

La permission fut enfin accordée et le prix de ma prestation déterminé – le versement de cette somme, déclara Mme Mack, la rassurerait sur la pureté des intentions d'Edward Radcliffe.

Enfin, tandis que je m'autorisais à croiser le regard d'Edward, les parties en présence fixèrent la date de la première séance de pose.

L'atelier d'Edward se trouvait au fond du jardin de sa mère, derrière leur maison de Hampstead. La première fois, il me prit la main pour me faire parcourir le chemin glissant.

« Les fleurs de cerisier, me dit-il. C'est fort beau et fort dangereux. »

Je n'avais aucune expérience des peintres, ne connaissant de leur art que ce que j'avais lu dans les livres du Prince Pâle et contemplé sur les murs de la maison de son père. De sorte que je ne savais pas à quoi m'attendre lorsque Edward ouvrit la porte de l'atelier.

Lequel était exigu. Un tapis persan couvrait le sol ; un chevalet y était dressé, face à un fauteuil aux lignes élégantes et sobres. Le toit était de verre et les murs en bois passé à la chaux. Deux d'entre eux étaient bordés d'établis sous lesquels se trouvaient de grands tiroirs. Sur les établis avaient été disposés de petits bocaux remplis de pigments, des bouteilles et des pots contenant des pinceaux de toutes les tailles.

Edward commença par allumer le poêle qui se dressait dans un coin de l'atelier. Il ne voulait pas que je prenne froid, me dit-il.

« Si vous ressentez le moindre inconfort, mademoiselle, dites-le-moi ! »

Il m'aida à ôter ma cape ; lorsque ses doigts effleurèrent ma nuque, je sentis ma peau prendre feu. Il me fit signe de m'asseoir dans le fauteuil. Ce jour-là, annonça-t-il, il se contenterait d'études. Je remarquai alors que le mur du fond était couvert de tout un fatras de croquis au crayon et à la plume.

Aujourd'hui, dans cette singulière existence intermédiaire qui est la mienne, je puis voir, mais ne puis être vue. Je n'avais pas saisi jusqu'ici l'importance capitale des échanges de regards : contempler, les yeux dans les yeux, un autre être humain ! Je n'avais pas compris non plus à quel point il est rare de se voir offrir la possibilité d'observer si longtemps une personne sans craindre d'être pris la main dans le sac.

Tandis qu'Edward me scrutait, je lui rendis la pareille.

Je m'habituai à son attention jusqu'à ne plus pouvoir m'en passer. Et j'appris également le pouvoir conféré à la personne que l'on regarde. Si je bougeais le menton, ne serait-ce que de quelques millimètres, je voyais ce changement se refléter sur le visage d'Edward. Ses yeux qui se plissaient pour évaluer le nouveau jeu d'ombres et de lumière ainsi créé.

Je vais vous faire une autre confidence : il est difficile de ne pas tomber amoureuse d'un bel homme qui vous accorde toute son attention.

Il n'y avait pas de pendule dans l'atelier. Le temps y était aboli. Pendant que nous travaillions tous les deux, jour après jour, le monde du dehors se désagrégeait. Il y avait Edward, il y avait moi – et même ces limites en vinrent étrangement à se brouiller dans la confusion de nos efforts.

Edward me posait parfois des questions sur ma vie, mots venus de nulle part qui troublaient la quiétude profonde de l'atelier. J'y répondais du mieux que je le pouvais tandis qu'il écoutait et travaillait, la puissance de sa concentration creusant une petite ride verticale entre ses sourcils. Je pus tout d'abord contourner la vérité puis, au fil des semaines, je commençai à craindre qu'il ne puisse percer à jour mes secrets, mes embellissements. Plus que cela : je ressentais à présent une envie fort irritante de me mettre à nu.

Aussi détournai-je la conversation vers des sujets moins délicats, les arts, les sciences – ce dont nous discutions avec mon Prince Pâle –, la vie, le temps. Cela surprit Edward, car je le vis sourire – un sourire qui se doublait d'un froncement de sourcils intrigué. Il s'arrêta et me regarda par-dessus la toile. Ces sujets l'intéressaient très vivement, finit-il par me confier. Il me parla d'un essai qu'il venait d'écrire sur les liens entre les gens et les lieux, le singulier pouvoir de fascination de certains paysages, qui semblaient parler aux hommes du présent des événements du passé

Je n'avais jamais rencontré d'être tel qu'Edward. Lorsqu'il ouvrait la bouche, il était impossible de ne pas l'écouter. Il était pleinement engagé dans ce qu'il faisait, dans ce qu'il ressentait, dans ce qu'il exprimait. À présent, je me surprenais à penser à lui lorsque nous n'étions pas ensemble, me souvenant d'un sentiment qu'il avait manifesté ou de la façon dont il avait ri à gorge déployée d'une histoire que je lui avais racontée. Il me tardait de l'émouvoir à nouveau de la même manière. Je ne me souvenais plus de la teneur de mes pensées d'avant Edward. Il était pareil à ces mélodies qui vous pénètrent l'esprit et modifient les battements de votre cœur. Pareil aussi à cet instinct qui vous pousse à commettre des erreurs en toute connaissance de cause.

Nous n'étions interrompus que par l'arrivée des ravitaillements, distraction rare et de courte durée. C'était le plus souvent sa mère qui nous apportait thé et gâteaux, ce qui lui permettait de surveiller subrepticement les progrès de l'œuvre en cours. La femme de chambre prenait parfois sa place. Un matin – nos séances de pose quotidiennes avaient commencé une ou deux semaines plus tôt –, une toute jeune fille d'environ douze ans, qui portait le plateau avec un luxe de précautions, frappa à la porte et s'entendit répondre « Entrez ! » par Edward.

Sa nervosité me séduisit sur-le-champ. Elle n'était pas jolie, mais il y avait dans la forme de son menton une énergie qui me fit comprendre qu'il ne fallait pas la sous-estimer. Énergie, et curiosité : ses yeux ne cessaient d'aller d'Edward à moi, puis aux études punaisées au mur. La curiosité, c'était une qualité que je pouvais dire mienne et qui, en vérité, me semblait être une condition nécessaire à l'existence. Quel intérêt pouvait-on trouver à ce long et terrible chemin de la vie sans la curiosité qui éclaire la route ? Je compris immédiatement qui était la jeune fille.

« Ma plus jeune sœur, dit Edward en souriant, Lucy. Lucy, je te présente Lily Millington, "La Belle*". »

Je connaissais Edward depuis six mois lorsque *La Belle** fut présentée au public dans le cadre d'une exposition de la Royal Academy, en novembre 1861. On m'avait demandé d'arriver à sept heures et Mme Mack mit un point d'honneur à trouver une robe digne de cette occasion. Pour une femme d'une vanité si dénuée de vergogne, elle avait pour le beau monde une révérence que je trouvais presque touchante, surtout si cela pouvait lui procurer un gain financier.

— Voilà, dit-elle en fermant tous les boutons de nacre qui couraient de mes reins à ma nuque. Joue tes atouts, ma fille. Nous sommes peut-être au début d'une somptueuse entreprise.

Elle désigna alors d'un geste du menton la collection de *cartes de visite** disposées sur la tablette de la cheminée et provenant de membres de la famille royale et autres personnalités du moment.

— C'est peut-être là que tu finiras par arriver !

Martin, comme il fallait s'y attendre, ne partageait pas son enthousiasme. Il n'avait pas apprécié de me voir passer tant de temps dans l'atelier d'Edward, semblant prendre mon absence quotidienne comme une insulte personnelle. Je l'entendais parfois se plaindre, dans le salon de Mme Mack, de ce que nos revenus avaient en conséquence baissé. Arguments qui ne tenaient pas : ma rétribution de modèle était supérieure à ce que rapportaient mes larcins. Alors, objectait Martin, il y avait « danger » à me laisser approcher de si près « la proie ». Mais c'était Mme Mack qui tenait le gouvernail de notre petit navire de Little White Lion Street. J'avais été invitée à l'inauguration d'une exposition à la Royal Academy, l'un des événements les plus prestigieux et les plus importants de la vie mondaine à Londres ; par conséquent, j'allais m'y rendre, même si Martin ne m'y perdrait pas de vue.

La Royal Academy avait été envahie par une marée humaine, hommes en redingotes de soirée, coiffés de hauts-de-forme noirs et scintillants, femmes en ravissantes robes de soie. Leurs regards m'effleurèrent tandis que je me frayais un chemin dans cette mer épaisse et tiède. L'air, extrêmement confiné, vibrait de conversations rapides interrompues de temps à autre par des hurlements de rire.

Je commençais à désespérer d'y trouver Edward lorsque son visage se matérialisa sous mes yeux.

— Vous voilà ! dit-il. Je vous attendais à l'autre entrée, mais je vous ai manquée.

Il me prit la main et je fus traversée par une secousse électrique, brûlante, impérieuse. C'était la première fois que je le voyais ainsi en public, moi qui avais passé ces six derniers mois cloîtrée dans son atelier. Nous avions tant discuté, et je savais tant de choses à son sujet… mais l'homme qui m'était apparu dans la foule, au milieu de tous ces visages hilares, n'était plus tout à fait le même. Ce décor, s'il lui était familier, m'était complètement étranger et faisait de lui un autre Edward.

Il me conduisit à travers la cohue jusqu'à l'endroit où le tableau avait été installé. Je l'avais aperçu dans l'atelier, bien sûr, mais rien ne pouvait me préparer au spectacle qu'il offrait, magnifié par son exposition au public. Edward chercha mon regard.

— Qu'en pensez-vous ?

Les mots me manquèrent pour lui répondre, ce qui m'arrivait rarement. L'œuvre était extraordinaire. Les couleurs étaient d'une incroyable richesse et ma peau semblait lumineuse : vivante et tiède, sans nul doute, au toucher ! Je trônais au centre de la toile, les cheveux flottant en longues boucles, le regard direct. J'avais l'expression d'une femme à laquelle on vient de confier un secret qu'elle saura bien garder. Et cependant, il y avait autre chose sous cette surface triomphante. Edward avait saisi dans cette beauté – bien plus manifeste que la mienne – une vulnérabilité qui donnait son vrai charme au tableau.

Ma stupéfaction avait une autre cause que la seule représentation. *La Belle* est une capsule témoin. Sous les traits de pinceau, sous les couleurs, gisent tous les mots, tous les regards qu'Edward et moi avons échangés dans son atelier. *La Belle* est la chronique de tous ses rires, de tous les moments où il s'approcha de moi pour me toucher le visage, pour le tourner, d'un geste si léger, vers la lumière. Chacune de ses pensées y est inscrite, chaque moment où nos esprits se rencontrèrent dans cet atelier du fond du jardin. Dans le visage de *La Belle* dorment mille secrets, et ces secrets racontent une histoire qui n'est connue que d'Edward et de moi. La voir accrochée au mur dans cette salle pleine d'inconnus bruyants ne pouvait que me bouleverser.

Edward attendait encore ma réponse.

— Elle est…, commençai-je.

Il me serra très fort la main.

— Oui, je sais !

Puis il me pria de l'excuser, car il venait d'apercevoir John Ruskin.

— Je reviens immédiatement, mademoiselle !

Poursuivant ma contemplation, je me rendis bientôt compte qu'un homme de grande taille, au beau visage, s'était posté à mon côté.

— Qu'en dites-vous ? demanda-t-il.

Je crus un instant qu'il s'adressait à moi. Je peinais à lui répondre lorsqu'une autre femme, qui se tenait près de lui, me devança. Elle était de taille moyenne, jolie, avait des cheveux châtains aux reflets de miel et une petite bouche.

— Comme d'habitude, l'exécution est merveilleuse, dit-elle. Mais je me demande vraiment pourquoi il recrute toujours ses modèles dans le caniveau.

— Vous connaissez Edward, répliqua l'homme en riant. Il a toujours fait montre d'une nature perverse.

— Cette femme rabaisse l'œuvre. Voyez la façon dont elle nous toise, droit dans les yeux. Aucune vergogne, aucune élégance... Et ces lèvres ! C'est la remarque que j'ai faite à M. Ruskin.

— Et qu'a-t-il répondu à cela ?

— Il était tenté de se ranger à mon avis, bien qu'il ait fait remarquer qu'à son sens c'était l'effet désiré par Edward. Le contraste entre l'innocence de la composition et l'impudence de la femme.

Toutes les cellules de mon corps se rétractèrent. Je n'avais plus qu'une envie, disparaître sur-le-champ. Pourquoi étais-je venue ? C'était une erreur. Je le comprenais à présent. Martin n'avait pas tort. Cédant au magnétisme rayonnant d'Edward, j'avais baissé ma garde. J'avais cru que nous étions partenaires dans cette grande entreprise. Oh, quelle insondable bêtise de ma part !

Mes pommettes s'empourprèrent. Comment fuir ? Je me retournai, à la recherche de la porte la plus accessible. La salle était pleine à craquer, l'air épaissi par les effluves de cigare et d'eau de Cologne. Comment me frayer un chemin entre des corps aussi serrés ?

— Lily !

Edward était de nouveau près de moi, le visage rouge d'excitation.

Mais, lorsque ses yeux eurent fouillé mon âme :

— Qu'est-ce donc, Lily ? Que s'est-il passé ?

— Ah, te voilà, Edward, dit le bel homme avec un grand sourire. Je me demandais où tu te cachais. Nous étions en train d'admirer *La Belle*.

Edward me lança un regard d'encouragement avant de scruter le visage hilare de son ami, qui venait de lui infliger une solide bourrade. Edward posa la main au bas de mon dos et me poussa légèrement devant lui.

— Lily Millington, dit-il, je vous présente Thurston Holmes, l'un des piliers de la fraternité Magenta, et mon fidèle ami.

Thurston s'empara de ma main et l'effleura d'un baiser.

— Ah, vous êtes donc la fameuse Mlle Millington dont nous avons tant entendu parler !

Nos regards se croisèrent et je lus dans ses yeux une expression sur laquelle je ne pouvais me tromper. On ne peut passer son enfance dans les ruelles obscures de Covent Garden et les allées humides qui longent la Tamise sans apprendre à reconnaître la concupiscence.

— C'est un plaisir de faire enfin votre connaissance. Il était grand temps qu'Edward vous partage avec nous.

La femme aux cheveux de miel me tendit une petite main froide.

— Je vois qu'il faut que je me présente moi-même, dit-elle. Je m'appelle Frances Brown et suis la future Mme Edward Radcliffe.

Edward ne tardant pas à être accaparé par un autre invité, j'adressai une vague excuse à la cantonade et m'extirpai tant bien que mal de la foule.

Ah ! Quel soulagement de pouvoir enfin quitter cette salle ! Et pourtant, dès que j'eus passé la porte pour me glisser entre les plis sombres et frais de la nuit, je compris la signification exacte du seuil que je franchissais. Je laissais derrière moi un monde séduisant, lumineux, inventif, pour replonger dans les ruelles sombres et sordides de mon passé.

Et c'était justement dans l'une de ces ruelles que je cheminais, obsédée par cette image, lorsqu'une main se referma sur mon poignet. Je me retournai brusquement, m'attendant à découvrir Martin, qui avait dû passer toute la soirée à traîner sur Trafalgar Square. Non point : c'était l'ami d'Edward, Thurston Holmes, celui que j'avais croisé à l'inauguration. Le brouhaha du Strand était encore perceptible mais, hormis un vagabond couché dans le caniveau, nous étions seuls tous les deux.

— Mademoiselle Millington, dit-il. Vous êtes partie si rapidement. Me voilà inquiet : avez-vous eu un malaise ?

— Je me porte à merveille, je vous remercie. Simplement, cette chaleur… J'avais besoin de grand air.

— J'imagine que lorsqu'on n'est pas habitué à tant d'attention cela peut être excessif, oui. Mais je crains qu'il ne soit imprudent pour une jeune dame d'aller seule dans ces rues. La nuit est dangereuse à Londres.

— Je vous remercie de votre sollicitude.

— Peut-être puis-je vous offrir quelque rafraîchissement ? Mes appartements ne sont pas loin, et ma logeuse est des plus discrètes.

La nature de ces rafraîchissements ne m'échappa pas.

— Non, je vous remercie. Je m'en voudrais de vous détourner des plaisirs de votre soirée.

À ces mots, il s'approcha de moi et posa la main sur ma taille, avant de la glisser jusqu'au creux de mon dos pour m'attirer à lui. De sa main libre, il sortit deux pièces d'or de sa poche, qu'il porta à la hauteur de mes yeux.

— Je vous promets de vous en donner pour mon argent.

Je croisai son regard et ne détournai pas les yeux.

— Comme je viens de vous le dire, monsieur Holmes, je préfère le grand air.

— Comme il vous plaira.

Il souleva son haut-de-forme et s'inclina brièvement.

— Bonne soirée, mademoiselle Millington. Nous nous reverrons sans doute.

Cette rencontre était déplaisante, mais j'avais des soucis plus importants en tête. Comme je n'avais aucun désir de rentrer si tôt chez Mme Mack, je pris la seule direction qui me vint à l'esprit, tout en évitant d'attirer l'attention de Martin.

Si le Prince Pâle fut surpris de me voir, il n'en laissa presque rien paraître. Il glissa un marque-page dans le livre qu'il avait sur les genoux et referma l'ouvrage. Nous avions discuté de l'inauguration, que nous attendions avec impatience. Il se tourna vers moi, espérant entendre le récit d'un triomphe. Mais à peine avais-je ouvert la bouche que j'éclatai en sanglots, moi qui n'avais plus pleuré depuis le matin où je m'étais réveillée chez Mme Mack sans mon père.

— Qu'est-ce donc ? demanda Joe, fort inquiet. Que s'est-il passé ? On t'a fait du mal ?

Non, bredouillai-je, non, ce n'était pas cela du tout. Mais j'ignorais moi-même la raison de mes larmes.

— Alors, dit Joe, raconte-moi cette soirée en commençant par le début et en n'omettant aucun détail. Je serai peut-être en mesure de te dire pourquoi tu pleures.

Je m'exécutai donc. Je lui parlai d'abord du tableau, que j'avais regardé tout en me sentant étrangère à moi-même. L'image qu'Edward avait créée dans son atelier au toit de verre était *bien plus* que moi. Elle irradiait, elle chassait toutes les préoccupations mesquines du quotidien, elle exprimait la fragilité, l'espoir, la femme sous ses artifices.

— Alors, si tu pleures, c'est parce que la beauté du tableau t'a bouleversée.

Je secouai la tête : non, la réponse était ailleurs.

Je lui parlai alors du bel homme au haut-de-forme, qui était apparu à mon côté, et de la jolie femme aux cheveux couleur de miel et aux lèvres si nettement dessinées ; je racontai leurs remarques et leurs rires mauvais.

Le Prince Pâle eut un soupir et un hochement de tête.

— Alors, si tu pleures, c'est que cette femme a fait des commentaires désobligeants à ton sujet.

Ce qui me fit de nouveau secouer la tête : non, je m'étais toujours souciée comme d'une guigne de l'opinion des inconnus.

Je poursuivis mon récit : en les écoutant converser, je m'étais soudain rendu compte que la robe dont Mme Mack m'avait affublée était de mauvais goût. Ce que j'avais trouvé si ravissant – le velours frappé, le décolleté souligné d'un liseré de dentelle – était, je le comprenais avec une singulière acuité, vulgaire, trop voyant.

Joe fronça les sourcils.

— Je suis certain d'une chose : tes larmes n'ont rien à voir avec cette robe.

Je lui concédai ce point. Dans cette salle de la Royal Academy, c'était moi en fait, et non la robe, que j'avais trouvée vulgaire, trop voyante. Et j'avais été envahie par une vive colère dont Edward était l'objet. Je lui avais fait confiance, et il m'avait trahie, je le voyais bien. Il m'avait accueillie dans sa compagnie, dans son monde, m'avait apprivoisée, me prodiguant une attention de tous les instants, si flatteuse – oh, ces yeux sombres, observateurs, profonds, la tension de sa mâchoire lorsqu'il se concentrait, l'étincelle de désir ! Cela, je ne l'avais pas imaginé, tout de même ? Et tout cela pour me plonger dans la honte en me confrontant à ces gens qui n'étaient pas de mon monde et qui avaient compris sur-le-champ que je n'étais pas du leur. Lorsqu'il m'avait invitée personnellement, j'avais pensé… eh bien, j'avais eu tort. Et *naturellement*, il y avait la fiancée, cette jolie femme au visage de camée, si élégamment mise. Il aurait dû m'en parler, me donner les armes pour me préparer, pour m'accoutumer comme il le fallait. Il s'était joué de moi et je ne voulais plus jamais le revoir de ma vie.

Le Prince Pâle me regarda avec tristesse et affection. Je savais ce qu'il allait dire. L'accusation était injuste. J'avais été imprudente, tout était ma faute, car Edward ne me devait rien. J'avais été embauchée et payée pour accomplir ma tâche : poser pour un tableau qu'il souhaitait exposer à la Royal Academy.

Mais tel ne fut pas le discours que me tint Joe. Il me prit dans ses bras et dit d'une voix douce :

— Oh, ma pauvre Birdie. Si tu pleures, c'est parce que tu es amoureuse.

Après avoir quitté Joe, je repartis en hâte dans les rues sombres de Covent Garden. Y régnait une atmosphère poisseuse : hommes aux joues rouges sortant de leur dîner au club ; chansons d'ivrognes que vomissaient les entresols ; odeurs de cigare se mêlant aux déjections des animaux et au fumet aigre des fruits pourris.

Ma longue jupe balayait le pavé. En prenant Little White Lion Street, je levai les yeux au ciel et aperçus la lune brumeuse entre deux immeubles – pas une étoile, cependant, car le brouillard gris de Londres était bien trop épais. J'entrai par le magasin de l'oiselier en prenant soin de ne réveiller aucune des créatures ailées qui sommeillaient sous les voiles dont on avait garni leurs cages, et montai l'escalier sur la pointe des pieds. En passant devant la cuisine j'entendis soudain une voix dans le noir.

— Tiens, tiens… Regardez ce que nous rapporte le chat, ce soir.

Martin était assis à la table, une bouteille de gin devant lui. Le sourd éclat du clair de lune se frayait un chemin par la fenêtre oblique, n'illuminant qu'une moitié de son visage.

— Tu te crois maligne, hein, d'avoir réussi à me semer ? J'ai perdu ma soirée à poireauter. Je n'ai pas pu me faire un théâtre tout seul, alors j'ai dû passer le temps sous cette fichue colonne Nelson à regarder les rupins aller et venir. Qu'est-ce que je vais leur dire, à Ma et au Capitaine, quand ils voudront savoir pourquoi j'ai pas rapporté ce que j'avais promis, hein ?

— Je ne t'ai jamais demandé de me servir de chaperon, Martin. Et je te serais reconnaissante de bien vouloir arrêter de me suivre partout.

— Oh, tu me serais *reconnaissante*, hein ? C'est ça ?

Il éclata d'un rire sec et sans joie.

— Tu me serais reconnaissante. Ma parole, te voilà une vraie petite dame, maintenant.

Il recula sa chaise avec bruit et me rejoignit dans l'embrasure de la porte. Puis il me prit par le menton et se pencha vers moi.

— Je vais te répéter la première chose que Ma m'a dite quand tu es arrivée chez nous.

Son souffle tiède me caressa le cou.

— Elle m'a envoyé à l'étage, où tu dormais, et elle m'a dit : « Va voir ta nouvelle petite sœur, Martin. Elle est jolie comme un cœur, il ne faudra pas la lâcher des yeux, mon garçon. Hein, pas une seconde. » Et elle avait raison, Ma. Quand je vois comment tous ces hommes te reluquent… Je sais à quoi ils pensent.

J'étais trop fatiguée pour me lancer dans une discussion aussi sordide, d'autant que nous l'avions déjà eue un certain nombre de fois. Je n'avais qu'une envie, monter me coucher et réfléchir, seule dans ma chambre, à ma conversation avec le Prince Pâle. Martin m'enveloppa d'un regard sournois et le dégoût m'envahit. La pitié, aussi, car Martin était un individu dont la palette était entièrement dépourvue de couleurs. Les frontières de son monde avaient été tracées dans son enfance une bonne fois pour toutes : bornées elles étaient, bornées elles resteraient. Il ne m'avait toujours pas lâchée, si bien que je lui dis :

— Ne t'inquiète pas, Martin. Le tableau est fini. Je suis de retour à la maison. La Terre tourne à nouveau autour du Soleil.

Peut-être s'était-il attendu à une certaine résistance, car il ravala visiblement ce qu'il s'apprêtait à me dire. Il cligna lentement les yeux et opina du chef.

— Eh bien, n'oublie pas une chose, toi. N'oublie pas que c'est ici que tu es chez toi, avec nous. Tu n'es pas de leur monde, malgré ce que peut dire Ma quand elle flaire l'odeur de leurs lingots, à tous ces barbouilleurs. Ça, c'est pour la façade, tu comprends ? Si tu l'oublies, tu auras des soucis. Et tu ne pourras t'en prendre qu'à toi-même.

Il consentit enfin à me lâcher et je lui décochai un sourire forcé. Mais alors que je me dirigeais vers l'escalier, il m'attrapa par le poignet et me ramena à lui d'un geste brusque.

— Dis donc, c'est que tu es diablement jolie, dans cette robe. Tu as grandi, parole, tu es devenue une vraie beauté. Une belle femme.

Il y avait de la menace dans sa voix. Si Martin avait été un inconnu et si je l'avais croisé dans la rue, la peur m'eût glacé les os devant ce regard insistant, ce rictus mauvais, ces intentions qu'il avait bien du mal à cacher. Mais je côtoyais Martin depuis des années. Tant que sa mère était en vie, il n'oserait jamais me nuire. J'étais bien trop utile à la bonne marche de la maison Mack.

Et donc :

— Je suis fatiguée, Martin. Il se fait tard. J'ai tant de choses à faire demain, je dois aller me coucher. Ma n'aimerait pas nous voir gâcher une journée de travail faute de sommeil, je crois.

La mention de Mme Mack eut l'effet escompté. Il desserra son étreinte et j'en profitai pour me précipiter dans l'escalier. Je n'allumai pas ma bougie pour ôter ma robe de velours et, lorsque je la suspendis au crochet de la porte, je pris soin d'étaler la jupe de manière à recouvrir le trou de la serrure.

J'eus du mal à trouver le sommeil, cette nuit-là, me remémorant ce que m'avait dit le Prince Pâle et revisitant toutes les journées passées dans l'atelier d'Edward.

« T'aime-t-il, lui ? avait demandé Joe.

— Je ne le crois pas. Car il est fiancé à cette jeune femme. »

Ce qui avait tiré un sourire patient au Prince Pâle.

« Tu le fréquentes depuis quelques mois maintenant. Tu as discuté maintes fois avec lui. Il t'a parlé de sa vie, de ses amours, de ses passions, de ses ambitions. Et tu apprends ce soir seulement qu'il est fiancé !

— Oui.

— Birdie, si j'étais fiancé à une femme que j'aime, eh bien, je parlerais d'elle à l'homme qui sable les trottoirs les jours de forte neige. Je chanterais son nom à la moindre occasion à l'intention de tous ceux qui vivent de ce côté du monde. Je ne peux te dire ce qu'il ressent pour toi mais, ce dont je suis certain, c'est qu'il n'aime pas la femme que tu as croisée ce soir. »

Le soleil venait tout juste de se lever lorsque j'entendis frapper à la porte de l'immeuble. Dans la rue se croisaient déjà voitures à bras, charrettes, femmes portant des paniers sur la tête et avançant d'un pas traînant vers le marché. Sans doute était-ce le veilleur de nuit du quartier. Au terme d'un accord passé avec Mme Mack, il frappait toujours à notre porte pour nous réveiller avant de poursuivre sa patrouille, pendant laquelle il faisait retentir sa crécelle toutes les trente minutes, pour indiquer l'heure aux habitants de Covent Garden.

Le coup était plus léger que d'habitude. Lorsqu'il retentit une seconde fois, je sortis du lit et écartai discrètement le rideau pour jeter un coup d'œil en contrebas.

Ce n'était pas le veilleur avec son feutre mou et son pardessus, mais Edward, qui arborait le même veston et le même foulard que la veille au soir. Mon cœur fit un bond dans ma poitrine et, après une très brève hésitation, j'ouvris la fenêtre et l'appelai à voix basse :

— Que faites-vous ?

Il recula puis leva les yeux pour voir d'où venait ma voix, et manqua de se faire écraser par la charrette d'un fleuriste qui passait dans la rue.

— Lily, dit-il, et son visage s'illumina à ma vue. Descendez.

— Que faites-vous ici ?

— Descendez, Lily, j'ai quelque chose à vous dire.

— Mais le jour commence à peine !

— Je sais bien, mais je ne peux rien faire pour accélérer la course du soleil. J'ai passé toute la nuit dehors. Vous voyez ce kiosque de rue, là-bas ? J'y ai bu plus de café qu'il ne devrait être permis à un homme. Maintenant, je n'en puis plus d'attendre.

Il posa une main sur son cœur.

— Descendez, Lily, ou je vais être forcé d'escalader la façade.

Je hochai rapidement la tête et m'habillai le plus vite possible, mes doigts peinant à boutonner ma robe et finissant par déchirer l'un de mes bas. Sans prendre le temps de me relever les cheveux, je descendis l'escalier quatre à quatre, fort désireuse de rejoindre Edward avant que les autres ne le remarquent.

Je tirai le verrou, ouvris la porte et, dans le moment qui suivit, lorsque nous nous dévisageâmes de chaque côté du seuil, je compris que Joe avait raison. Et… j'avais tant de choses à confier à Edward ! Je voulais lui parler de mon père, de Mme Mack, de l'Enfant égarée et du Prince Pâle. Je voulais lui dire que je l'aimais, que tout ce que j'avais vécu jusqu'ici n'avait été qu'un vague croquis préparatoire, un simple prélude à notre rencontre. Je voulais lui dire mon vrai nom.

Mais c'était trop de mots à trouver, à prononcer, et je ne savais par quoi commencer. Soudain Mme Mack surgit à mon côté, sa robe de chambre nouée de travers sur son ventre rebondi, les marques des draps froissés encore visibles sur sa joue.

— Qu'est-ce que c'est que ce vacarme ? Que faites-vous ici à pareille heure de la journée ?

— Bonjour, madame Millington, dit Edward. Je vous demande pardon pour cette intrusion matinale.

— Matinale ! Il fait encore nuit !

— Je le comprends bien, madame Millington, mais l'affaire est urgente. Je dois vous faire part de mon admiration la plus intense pour votre fille. Mon tableau, *La Belle*, a trouvé acquéreur hier soir et je voudrais vous entretenir du projet que j'ai de faire poser votre fille pour une nouvelle œuvre.

— Je crains de ne pouvoir me passer d'elle, répliqua Mme Mack en reniflant. Je me repose pour bien des choses sur cette jeune personne. Sans son aide, il me faudra payer davantage ma femme de chambre, et bien que je sois une honorable femme, monsieur Radcliffe, je ne suis, hélas, pas riche.

— Je ferai en sorte de compenser vos dépenses, madame Millington. Mon prochain tableau me prendra plus de temps. Je vous propose de payer votre fille le double de ce que je vous ai versé pour *La Belle*.

— Le double ?

— Si cela vous agrée.

Mme Mack n'était pas femme à refuser des espèces sonnantes et trébuchantes, mais nul mieux qu'elle ne connaissait la valeur des choses.

— Je ne pense pas que cela suffise, le double. Non, je crois que nous sommes loin du compte. Maintenant, si vous me suggériez de tripler la somme…

Je m'aperçus alors que Martin était descendu, lui aussi, et qu'il nous épiait du couloir noyé d'ombre qui conduisait chez l'oiselier.

— Madame Millington, répondit Edward en plongeant résolument son regard dans le mien, votre fille est ma muse, ma destinée. Je vous paierai la somme que vous estimez juste.

— Eh bien ! À quatre fois le prix de notre première transaction, nous pouvons, je crois, conclure un marché.

— Cela me convient.

Il se risqua alors à me sourire.

— Lily, avez-vous besoin d'emporter quoi que ce soit de chez vos parents ?

— Non, rien.

Je pris congé de Mme Mack. Après quoi, Edward me prit la main et m'entraîna par les rues de Seven Dials vers le nord de la ville. Nous n'échangeâmes pas un mot, mais quelque chose avait changé entre nous. Ou plutôt, le sentiment qui nous avait toujours liés était désormais accepté.

Tandis que nous quittions Covent Garden et qu'Edward se retournait pour me lancer un regard par-dessus son épaule, je compris que je m'étais engagée ce jour-là sur un chemin sans retour.

Jack est rentré, et cela vaut mieux : les petits os du passé ont leur charme et je risque fort de passer la nuit à les picorer.

Oh, le souvenir de l'amour, comme il est fort !

Jack était parti depuis un bon moment avec son humeur mélancolique et son appareil photo. Le crépuscule est tombé et les rumeurs mauves de la nuit nous assaillent.

Pour l'heure, il est dans la grande pièce de la malterie, où il a branché l'appareil photo à son ordinateur : les clichés se téléchargent rapidement. Je les vois défiler les uns après les autres. Il n'a pas chômé : le cimetière, de nouveau, les bois, les prairies, la croisée des chemins, au village. Et d'autres qui ne sont que texture et couleurs – difficile de voir ce qu'ils représentent. Il n'a pas photographié la Tamise, cependant.

Il prend sa douche à présent. Ses vêtements sont en tas sur le carrelage, la salle de bains déborde de vapeur. Il doit déjà se demander quoi préparer pour le dîner.

Pourtant, une fois douché, ce n'est pas dans la cuisine qu'il se rend. La serviette sur les hanches, il s'empare de son téléphone et le soupèse, le visage songeur. Je le regarde, assise sur le bord du lit. Va-t-il infliger une nouvelle déception à Rosalind Wheeler en lui parlant de la cachette et du diamant qui n'a toujours pas réapparu ?

Il souffle, et ses épaules s'abaissent de deux ou trois bons centimètres. Puis il compose un numéro et attend, l'appareil contre son oreille. Il se tapote les lèvres d'un index inquiet, un tic pensif, nerveux, qui lui vient souvent.

— Sarah, c'est moi.

Très bien ! Cela vaut mille fois mieux qu'un rapport d'étape à Mme Wheeler.

— Écoute, ce que tu disais hier, c'est faux. Je ne vais pas changer d'avis. Je ne vais pas me contenter de rebrousser chemin et de rentrer à la maison. Je veux faire leur connaissance. Il le faut.

Leur connaissance. Elles : les filles, les jumelles. Dont il est le père, et dont Sarah est la mère. (Une chose est certaine : la société a évolué. À mon époque, c'était à la femme que l'on refusait la garde des enfants lorsqu'elle avait osé rompre avec le géniteur.)

Sarah lui répond. Sans doute lui rappelle-t-elle que le rôle d'un père ne se définit pas par ses seuls désirs, car Jack réplique :

— Je sais. Mais ce n'est pas ce que je voulais dire. J'aurais dû dire qu'elles aussi elles ont besoin de moi. Elles ont besoin d'un père, Sar. Pas maintenant peut-être, mais un jour c'est sûr.

Nouveau silence. Et au ton de la voix de Sarah, dont on perçoit de là où je suis les accents, sans deviner les paroles, je comprends qu'elle n'est pas d'accord.

— Oui, dit Jack, oui. Je sais. J'ai été un mari déplorable… oui, tu as raison, et je l'assume. Mais ça fait si longtemps, Sar. Sept ans. J'ai changé du tout au tout, une vraie métamorphose… Non, je n'essaie pas de faire des blagues idiotes. C'est vraiment ce que je pense. J'ai changé. Je me suis même trouvé un passe-temps. Tu te souviens de ce vieil appareil photo…

Elle répond. Il hoche la tête, émet de temps à autre des grognements d'assentiment, le regard fixé sur un coin de la pièce, là où les murs se joignent au plafond, suivant des yeux la ligne que trace la solive pendant qu'elle parle, qu'elle explique.

Il n'est plus si bravache.

— Écoute, Sar, tout ce que je te demande, c'est de me laisser une seconde chance. Une possibilité de visite, de temps en temps, pour les emmener à Legoland ou aux studios Harry Potter, n'importe quel endroit qui les tente. C'est toi qui définis les limites, comme tu le sens. Moi, ce que je veux, c'est cette seconde chance.

La conversation s'achève sans qu'ils soient parvenus à un accord. Il laisse tomber le téléphone sur le lit et se masse la nuque avant d'aller d'un pas lent dans la salle de bains pour y contempler la photo des petites filles.

Ce soir, nous sommes dans le même bateau, lui et moi. Séparés de ceux que nous aimons, pataugeant dans les souvenirs du passé, cherchant une solution à nos problèmes.

Tous les représentants du genre humain, y compris les plus timides, ont besoin d'un lien. La solitude est trop effrayante.

Le monde, l'univers, la vie, tout cela est trop immense, trop écrasant. À quel point, ils ne le savent même pas, et cela vaut mieux pour eux. Je songe parfois à Lucy et me demande comment elle aurait réagi à tout cela.

Jack est dans la kitchenette. Il avale une sorte de soupe immonde où nagent quelques haricots, à même la casserole. Il n'essaie même pas de la réchauffer. Et lorsque le téléphone se met à sonner, il se rue vers le lit pour regarder l'écran, mais le résultat visiblement le déçoit. Il ne décroche pas.

Tous ceux qui m'attirent ont une histoire bien à eux.

Ils sont tous différents les uns des autres, mais il y a dans le cœur de tous ces visiteurs un deuil qui les rapproche. J'ai fini par comprendre que le deuil crée un vide chez les gens et que ce vide aspire à être rempli. C'est dans l'ordre naturel des choses.

Ceux-là sont les plus susceptibles de m'entendre lorsque je leur parle… et parfois, quand la chance me sourit, de me répondre.

Chapitre 18

Juliet, été 1940

Ils finirent par trouver les allumettes dans une vieille boîte en fer-blanc verte qui traînait sur une étagère derrière la cuisinière. Ce fut Freddy en fait qui les dénicha. Ravi, il se lança dans une danse effrénée, bras écartés.

— J'ai gagné ! J'ai gagné !

Ces célébrations enthousiastes déclenchèrent chez Tip une nouvelle crise de larmes, dans laquelle la fatigue avait sa part. Juliet marmonna quelques jurons tout en livrant bataille avec le feu sur lequel elle avait posé la bouilloire.

— Allons, dit-elle lorsque enfin l'allumette eut consenti à s'enflammer. Ce sont des broutilles, Tippy, mon chéri, rien de grave.

Elle se retourna vers Freddy, qui continuait à se trémousser comme un possédé.

— Red, enfin ! Tu as quatre ans de plus que lui.

Mais Freddy, diaboliquement imperturbable, poursuivit son manège tandis que Juliet essuyait le visage de Tip.

— Je veux rentrer à la maison, gémit ce dernier.

Juliet allait lui répondre lorsque Beatrice lui brûla la politesse.

— Impossible, lança-t-elle de l'autre côté du mur. Nous n'avons plus de maison.

Juliet se cramponna aux derniers lambeaux de sa patience. Elle s'était débrouillée pour conserver sa bonne humeur pendant tout le voyage de Londres à Birchwood mais, si elle voulait tenir le coup, il allait falloir trouver de plus amples réserves d'entrain. La réprimande que nécessitait la réplique acerbe de sa fille – adolescente, certes, mais n'était-ce pas un peu prématuré ? – attendrait. Juliet baissa la tête vers Tip, dont le visage menu enflait de manière inquiétante, et prit conscience, soudain effarée, de l'état de son fils – souffle entrecoupé, épaules de moineau, toutes recroquevillées.

— Tip, viens m'aider. J'ai besoin de quelqu'un pour préparer le dîner. Et peut-être qu'en cherchant bien je te trouverai un peu de chocolat.

Le panier d'accueil était une touchante attention. C'était Mme Hammett, la femme du tenancier du Cygne, qui l'avait préparé : une miche de pain frais, un morceau de fromage, une plaquette de beurre, des fraises et des groseilles dans un mouchoir de mousseline, un pichet de lait bien épais et, sous ces victuailles – victoire ! –, une tablette de chocolat.

Tandis que Tip s'emparait de son carré et battait en retraite pour aller, comme un chat errant, lécher ses plaies dans la solitude, Juliet confectionna des sandwichs au fromage pour toute la famille. Elle n'avait jamais excellé aux fourneaux : avant de rencontrer Alan, elle savait tout juste faire bouillir un œuf dur. En douze ans de mariage, elle n'avait pas ajouté grand-chose à son répertoire. Mais il y avait quelque chose de réconfortant dans ces tâches simples : couper le pain en tranches, y étaler du beurre, y ajouter le fromage, recommencer.

Elle relut le petit mot qui accompagnait le panier. Mme Hammett, de son écriture nette et lisible, leur souhaitait la bienvenue et les conviait à dîner au Cygne le vendredi qui venait. C'était Bea qui avait ouvert l'enveloppe et déniché la carte ; elle avait été si ravie à l'idée de voir l'endroit où ses parents avaient passé leur voyage de noces qu'il aurait été bien imprudent de la part de Juliet de décliner cette invitation. Et cependant, y revenir sans Alan... cela lui paraissait étrange. Douze ans s'étaient écoulés depuis leur séjour dans cette toute petite chambre, avec son papier peint rayé de jaune pâle et sa fenêtre en vitrail qui donnait sur les champs, le long de la Tamise. Il y avait, se souvint-elle, deux belles hampes de cardère dans un vase ébréché, posé sur l'âtre de la cheminée, et des ajoncs, qui répandaient un parfum de noix de coco.

La bouilloire se mit à siffler et Juliet appela Bea : consentirait-elle à délaisser sa flûte à bec pour venir préparer le thé ?

Après maints soupirs et haussements d'épaules, la jeune fille posa une théière pleine sur la table autour de laquelle sa mère et ses deux frères s'étaient assemblés.

Juliet était morte de fatigue. Les enfants aussi. Ils avaient passé la journée entassés dans un train qui avançait à la vitesse d'un escargot. Leurs quelques provisions n'avaient pas tenu jusqu'à Reading, si bien que le reste du voyage leur avait semblé interminable.

Pauvre petit Tip, assis à son côté – les yeux creux, cernés de violet, il avait à peine touché à son sandwich. Il s'affaissa légèrement, la joue posée sur sa paume.

Juliet se pencha vers lui, si près qu'elle sentait l'odeur huileuse de son cuir chevelu de petit garçon.

— Comment ça va, Tippy Toes ?

Il ouvrit la bouche pour lui répondre et ne réussit à émettre qu'un bâillement.

— Il est temps d'aller prendre le thé dans le jardin de Mme Merveille, je crois ?

Il hocha lentement la tête. Ses cheveux raides, coupés en frange, lui dansèrent sur le front.

— Alors viens, mon Tippy, dit-elle. Je vais te mettre au lit.

Il s'endormit avant même qu'elle commence à décrire le jardin de Mme Merveille. À peine avaient-ils aperçu le portail que le petit garçon s'affaissa contre l'épaule de sa mère. Juliet comprit qu'il ne l'entendait plus.

Elle s'autorisa à fermer les yeux un instant, à respirer au rythme de l'enfant, jouissant de la proximité de son petit corps tiède, de son existence tout simplement. Le souffle tremblant de Tip lui caressait la joue.

Une brise légère entrait par la fenêtre et elle se serait assoupie sans difficulté, sans les joyeux éclats de rire et les bruyants raclements de chaises qui montaient du rez-de-chaussée. Juliet parvint à les chasser de son esprit pendant un moment. Bientôt, cependant, ces jeux d'enfants se transformèrent, comme elle s'y attendait, en dispute. Alors, elle fut bien forcée de se détacher de Tip pour redescendre à la cuisine. Une fois les deux aînés couchés à leur tour, elle put, enfin seule, faire le point sur leur situation.

Le représentant de l'Association des historiens d'art qui lui avait remis les clés de Birchwood avait arboré une expression de contrition destinée sans doute à parer les critiques. La maison était inhabitée depuis plus d'un an ; personne n'y avait séjourné depuis le début de la guerre. Malgré un ménage superficiel, la demeure offrait quelques signes inquiétants de décrépitude. Du conduit de la cheminée pendait une troublante quantité de brindilles : les pépiements qui avaient résonné dans ses sombres hauteurs lorsqu'elle avait tiré sur les verts tendrons avaient fait comprendre à Juliet que l'endroit était occupé. On était en plein été : pour l'heure, cette invasion n'avait guère d'importance. Et comme l'avait bredouillé le représentant de l'association lorsqu'une hirondelle s'était enfuie à tire-d'aile du buffet de la cuisine : « En temps de guerre, madame, on fait avec ce qu'on a. »

La salle de bains du premier étage manquait de confort, mais Juliet se promit de récurer la baignoire et le carrelage passablement noircis. Mme Hammett ne l'avait-elle pas prévenue lors de leur conversation téléphonique ? Birchwood Manor avait appartenu à une dame âgée qui, bien qu'adorant cette maison, n'avait plus les moyens de l'entretenir à la fin de sa vie. De plus, elle avait toujours choisi ses locataires avec « le plus grand soin ». Par conséquent, la maison n'avait été habitée que par intermittence. Alors, oui, Juliet allait avoir du pain sur la planche, mais ce n'était pas inutile. Prendre soin d'une maison, c'est en prendre possession, d'une certaine manière. Les enfants se sentiraient plus à leur aise.

Les enfants : ils s'étaient tous endormis, en dépit de la lumière encore intense de la fin du jour. Juliet s'adossa au chambranle de la porte qui donnait sur la grande chambre à l'arrière de la maison. Le pli qui marquait le front de Bea depuis quelques mois avait disparu. Ses longs bras minces reposaient à ses côtés, sur les draps. Le jour de sa naissance, l'infirmière avait déplié les longs membres du bébé en déclarant : « Elle sera coureuse de fond, cette petite ! » Juliet avait baissé les yeux vers les doigts déliés de sa fille, d'une perfection à couper le souffle. Non, avait-elle compris. Elle serait musicienne.

Un souvenir fugitif lui revint. Bea et Juliet, traversant Russell Square main dans la main. Bea avait quatre ans et bavardait d'un ton sérieux, les yeux écarquillés, le regard avide, bondissant de son élégant pas de faon pour ne pas se laisser distancer par sa mère. Bea avait été une adorable fillette, charmante, curieuse de tout, calme cependant, sans être timide. Le changelin véhément qui s'était substitué à elle depuis quelques mois était une parfaite inconnue.

Freddy, en revanche, offrait un spectacle familier et rassurant. Son solide petit torse était nu ; sa chemise avait atterri au pied du lit. Il était étendu jambes écartées, comme s'il avait lutté avec les draps avant de s'endormir. Inutile de les remettre en place : le combat était perdu d'avance. Si Bea à la naissance était déjà gracieuse comme une danseuse, Fred, lui, ressemblait à une petite boule toute rouge. « Doux Jésus ! tu as accouché d'un mini-père Noël, avait déclaré Alan en considérant, perplexe, le paquet qui gigotait dans les bras de sa femme. Un mini-père Noël qui n'a pas l'air content. » Ainsi Fred avait-il acquis son surnom de Red et ses insatiables passions. Il lui suffisait d'éprouver un sentiment pour le partager avec le reste du monde. Fred était théâtral, charmant, drôle, singulier. Des mètres de fil à retordre, un rayon de soleil fait garçon, un coup de tonnerre permanent.

Enfin Juliet se pencha sur le petit Tip, lové dans un nid d'oreillers qu'il s'était fabriqué en bout de lit (c'était une de ses manies du moment). Ses cheveux trempés de sueur, fines mèches blondes collées à ses tempes, avaient laissé une tache humide sur la taie blanche (tous les enfants de Juliet transpiraient abondamment, cela leur venait d'Alan).

Juliet ôta le drap du lit et en recouvrit le torse menu de Tip, avant de le border avec soin. Puis, elle lissa la toile sur la poitrine de l'enfant, sa paume s'attardant quelques secondes sur le cœur battant.

Était-ce parce que Tip était son dernier-né que Juliet s'inquiétait davantage pour lui ? Ou sa sollicitude avait-elle une autre cause ? La fragilité innée de cet enfant qu'on eût dit de gaze, ou de fine porcelaine, la crainte qu'elle ne puisse le protéger, qu'elle soit incapable de le réparer s'il se faisait du mal ?

La voix d'Alan résonna dans sa tête. « Juliet, attention ! Méfie-toi de la pente qui conduit dans le terrier du lapin blanc ! La descente est facile, mais quand tu voudras remonter… »

Il avait raison. Assez de lamentations. Tip était en pleine forme. Il se portait comme un charme.

Après un dernier regard à ses trois dormeurs, elle sortit et ferma la porte derrière elle.

Juliet avait choisi la petite chambre du milieu. Elle avait toujours apprécié les espaces exigus – ce n'était pas sans rapport avec la matrice, sans doute. Il n'y avait pas de secrétaire à proprement parler, seulement une coiffeuse en noyer, sous la fenêtre. Juliet l'avait réquisitionnée pour sa machine à écrire. Rien de très sophistiqué, mais c'était pratique. Pas besoin de plus.

Juliet se percha sur le bord du lit de fer recouvert d'une couverture en patchwork aux couleurs fanées, les yeux fixés sur le tableau accroché au mur d'en face – une forêt profonde avec, au premier plan, un rhododendron aux fleurs rose néon. Le cadre ne tenait plus à son clou que par un fil de fer rouillé sur le point de rompre. Un bruit discret se fit entendre dans le faux plafond. Le tableau bougea légèrement.

Le silence revint. Le cadre s'immobilisa. Juliet exhala un souffle qu'elle n'avait pas même eu l'impression de retenir. Bien sûr, elle n'avait eu de cesse de mettre les enfants au lit, pour se garder un peu de temps. Mais la certitude de leurs jeux bruyants lui manquait, de même que leur assurance, essentielle, primordiale. La maison avait sombré dans le silence. Dans l'inconnu.

Juliet était tout à fait seule.

Elle ouvrit sa valise, posée au pied du lit. C'était une vieille compagne aux coins usés, qu'elle avait traînée dans tous les théâtres. Elle n'était pas mécontente de l'avoir conservée. Ses doigts pensifs plongèrent entre les piles de robes et de chemisiers soigneusement pliés. Pourquoi ne pas prendre le temps de les ranger dans l'armoire de la chambre ?

Non. Elle préféra extraire de sa cachette entre deux chemises de nuit la mince flasque qui s'y dissimulait et l'emporta au rez-de-chaussée.

Elle trouva un verre dans la cuisine et sortit dans le jardin.

L'air était tiède entre ses murs et la lumière bleutée. C'était l'une de ces longues soirées d'été où le jour se fige dans le crépuscule.

Un portail donnait sur le sentier poussiéreux que le représentant de l'association avait baptisé « allée des calèches ». Juliet le suivit un moment et aperçut une table de jardin dressée entre deux saules. En contrebas, un ruisseau chantonnait gaiement dans la ravine. Pas aussi large que la Tamise – un affluent, se dit-elle. Elle posa le verre sur la table, se versa un peu de whisky d'une main précautionneuse, l'œil sur la ligne médiane. Lorsqu'elle l'eut atteinte, elle versa une dernière et généreuse rasade.

— Allez, cul sec ! lança-t-elle au crépuscule.

Quel nectar que cette longue et lente gorgée ! Elle ferma les yeux et, pour la première fois depuis des heures, laissa son esprit dériver vers Alan.

Qu'aurait-il pensé de ce retour en famille à Birchwood, avec les enfants ? Il avait apprécié l'escapade, mais pas autant qu'elle. L'affection de Juliet pour le village de la haute Tamise, et surtout pour cette maison aux deux pignons qui le jouxtait, avait toujours fait sourire Alan. « Tu es une romantique avec un R majuscule », disait-il.

Peut-être avait-il raison. Juliet n'était pas du genre à faire les choses en petit. Alan avait beau être sur le front, en France, Juliet n'avait pas cédé à la tentation de le noyer sous les déclarations d'amour éperdues. Ce n'était pas la peine, il connaissait très bien la force de ses sentiments. Permettre à l'absence et à la guerre de la contraindre à l'exagération et à une sentimentalité qui lui eût fait honte si Alan avait été à son côté, c'était renoncer à la foi qui les liait. L'aimait-elle davantage depuis que l'Allemagne était en guerre contre la Grande-Bretagne ? Non. L'avait-elle moins aimé lorsqu'il sifflotait dans la cuisine, les cordons de son tablier noués sur le ventre tandis qu'il faisait frire le poisson du dîner ?

Non. Un non obstiné, résolu et franc.

Ils ne se mentaient jamais, Alan et Juliet. Avec eux, jamais de déclarations pompeuses, de vaines promesses de temps de guerre.

Juliet avait toujours sur elle la dernière lettre d'Alan. Elle s'abstint de la sortir de sa poche. Elle prit la flasque, le verre, et s'engagea sur le sentier envahi de mauvaises herbes qui longeait le ruisseau.

Cette lettre était devenue une sorte de totem, un élément constitutif du périple que Juliet avait entrepris. Elle l'avait avec elle lorsqu'ils étaient descendus dans l'abri, tous les quatre – l'enveloppe était glissée dans son exemplaire de *David Copperfield* (elle était en train de le relire). Pendant que la vieille dame du 34 faisait cliqueter ses aiguilles en fredonnant *We'll Meet Again* et que les quatre garçons Whitfield piétinaient les orteils de leurs voisins en cancanant comme des oies, Juliet avait relu la description qu'Alan avait dressée de Dunkerque, lourdement censurée mais néanmoins frappante. Alan parlait des soldats sur la plage, de la difficulté de parvenir au rivage, des villageois qu'il avait croisés en chemin : gamins, vieilles femmes aux jambes torses, charrettes ployant sous les valises, les cages à oiseaux, les couvertures au tricot. Tous ces gens qui fuyaient le malheur et la destruction, mais pour aller où ? Personne n'était plus en lieu sûr.

« J'ai croisé un gamin dont la jambe était en sang, écrivait Alan. Il était assis sur une clôture à moitié défoncée ; oh, ce regard, Juliet ! Il n'avait même plus peur. Il était résigné à son destin, ce que j'ai trouvé horrible. Je lui ai demandé comment il s'appelait, où se trouvait sa famille. Après un long silence, il m'a répondu en français, d'une voix douce. Il nc savait pas, disait-il, il ne savait pas. Le pauvre gosse ! Avec sa jambe blessée, il ne pouvait pas marcher. Il pleurait sans discontinuer. Comment voulais-tu que je l'abandonne ? Il me rappelait Tip. Un peu plus âgé, mais il avait cette même profondeur dans le regard, ce même sérieux que notre petit. Pour finir, il m'a sauté sur le dos, sans poser de questions, sans se plaindre, et je l'ai porté jusqu'à la plage. »

Juliet parvint à la jetée. Le temps ne l'avait pas épargnée, ce que la pénombre ne pouvait dissimuler. Douze ans s'étaient écoulés depuis qu'Alan et elle s'étaient assis sur ses planches pour boire le thé qu'ils avaient emporté dans la thermos de Mme Hammett. Juliet ferma les yeux et le bruissement de la rivière l'envahit. Sa constance était revigorante. Les hommes pouvaient sombrer dans la folie, la guerre et le chaos ; la rivière, elle, ne cesserait jamais de couler.

Juliet rouvrit les yeux. Son regard se posa sur l'épais bosquet de l'autre rive, les arbres aux branches courbes, prêts à s'endormir, eux aussi. Elle n'irait pas plus loin. Il fallait rentrer : et si les enfants se réveillaient, s'ils prenaient peur en constatant l'absence de leur mère ?

Elle se retourna, leva les yeux. Au-delà du tranquille et sombre ovale du jardin, on apercevait les lignes plus précises de la maison, les deux pignons, les huit hautes cheminées qui hérissaient le toit.

Juliet s'assit contre un saule et posa la bouteille à ses pieds, dans l'herbe.

Elle sentit monter en elle une vague d'excitation, aussitôt tempérée par le souvenir des circonstances qui les avaient conduits à Birchwood Manor.

L'idée d'y revenir douze ans après sa lune de miel lui était venue toute faite et sans crier gare. Lorsque Juliet et les petits avaient entendu la sirène signaler la fin de l'alerte, ils étaient sortis de l'abri. Elle était alors bien loin de songer à Birchwood.

L'odeur leur avait mis la puce à l'oreille : fumée, gravats, poussière et malheur. Ils avaient émergé dans la lumière du jour, une lumière trouble, d'une intensité inconnue, dont ils avaient fini par comprendre qu'elle venait de la brèche ouverte dans la rue par la destruction intégrale de leur maison.

Juliet avait lâché son sac à main, ce dont elle ne s'était rendu compte qu'en voyant ses possessions étalées dans les décombres. Les pages de son *David Copperfield* voletaient dans la brise ; la vieille carte postale qui lui servait de marque-page gisait à côté du livre. Plus tard, bien sûr, il lui faudrait prendre soin d'un millier de détails, s'inquiéter pour un millier de raisons. Mais sur le moment, elle s'était penchée et avait ramassé la carte postale, qui représentait l'auberge du Cygne. Et cette image soudain lui était apparue avec une netteté incroyable. Tandis que les voix affolées de ses enfants lui parvenaient aux oreilles et que l'énormité de ce qui venait de leur arriver tournoyait autour d'elle en une brûlante nuée, la vision, tranquille et fraîche, s'était gravée dans son esprit.

Un sentiment d'une immense puissance était monté de ce lieu intime où les souvenirs sommeillent – et, avec lui, une idée qui semblait subitement parfaitement raisonnable. Oui, claire comme de l'eau de roche. Les enfants devaient être mis en lieu sûr. Nécessité instinctive, animale. Juliet ne pouvait plus penser à autre chose. Et la carte postale sépia – un cadeau d'Alan, en souvenir de leur lune de miel – lui avait donné soudain l'impression qu'il était là, à son côté, qu'il lui tenait la main. Qu'il pouvait lui venir en aide, en dépit de son éloignement. Quel soulagement ! Alan était parti depuis si longtemps, lui avait tant manqué… Oh, ce mauvais sang qu'elle s'était fait pour lui. Pourtant, lorsqu'elle était montée sur les gravats pour prendre Tip dans ses bras, elle avait été saisie par une profonde exultation. Maintenant, elle savait exactement ce qui lui restait à faire.

Plus tard, elle en vint à penser que cette épiphanie n'était peut-être qu'une manifestation d'aberration mentale consécutive au choc qu'elle avait subi. Mais dans les jours qui suivirent la destruction de la maison, tandis qu'elle couchait avec les enfants à même le sol chez des amis et qu'elle faisait l'acquisition de quelques objets essentiels de provenances diverses, l'idée prit racine. L'école était fermée ; les enfants par centaines fuyaient Londres. Impossible cependant d'imaginer que ses trois petits partent sans elle. Les deux aînés auraient peut-être apprécié l'aventure – Bea, en particulier, si désireuse de conquérir son indépendance, loin de sa mère –, mais Tip, son moineau ? Hors de question.

Des semaines après le bombardement, il ne supportait toujours pas de perdre de vue sa mère, ne serait-ce que cinq minutes. Il la couvait constamment du regard, les yeux écarquillés, inquiets. Juliet, le soir, en avait des crampes aux mâchoires, tant il lui fallait montrer à toute heure un visage réjoui en dépit des circonstances. À force d'amour, elle avait pu le rassurer suffisamment pour s'octroyer une heure ou deux de liberté (stratagème renforcé par l'habile acquisition de quelques spécimens pour sa collection de pierres).

Elle avait confié les trois enfants à la garde de Jeremy, le meilleur ami d'Alan. Jeremy était un auteur de théâtre de quelque renom et c'était dans son appartement de Bloomsbury qu'ils campaient pour le moment. Juliet avait appelé Le Cygne d'une cabine téléphonique de Gower Street. Mme Hammett en personne avait décroché, à l'autre extrémité d'une ligne crachotante. Mme Hammett s'était souvenue avec une joie sincère de la visite douze ans plus tôt des jeunes mariés, et lui avait promis de se renseigner au village, lorsque Juliet lui avait fait part de son intention de s'installer à Birchwood avec les enfants. Le lendemain, Juliet rappela. Il y avait effectivement une maison à louer au village, confirma Mme Hammett. « Un peu délabrée, mais cela pourrait être pire. Il n'y a pas l'électricité, mais avec le black-out j'imagine que ça n'a pas grande importance. Le loyer est correct. Malheureusement, je n'ai rien d'autre à vous proposer, avec tous les évacués qu'on a par chez nous. Il n'y a plus une chambre de libre ! »

Où se situait cette maison par rapport au Cygne ? demanda Juliet. Et lorsque Mme Hammett la lui eut décrite, elle fut prise d'un grand frisson. Elle n'eut pas besoin de réfléchir longtemps : elle avait parfaitement reconnu les lieux. « Je la prends », dit-elle. Il suffisait de faire parvenir par virement télégraphique un mois de loyer à l'association qui en était propriétaire. Après avoir raccroché, Juliet resta quelques secondes dans la cabine, le regard fixé sur la vitre. Les nuages rapides du matin s'étaient agglomérés et assombris. Les passants marchaient plus vite qu'à l'ordinaire, bras serrés sur le ventre, épaules voûtées, pour affronter cette soudaine baisse de température.

Jusque-là Juliet n'avait fait part de ses plans à personne. Il n'aurait pas été difficile de l'en dissuader, ce dont elle n'avait aucune envie. Mais au point où en étaient les choses, il allait bien falloir régler un certain nombre de détails. Entre autres : en parler à M. Tallisker. Son patron, le rédacteur en chef du journal pour lequel elle travaillait. Son déménagement ne passerait pas inaperçu.

Juliet fila immédiatement Fleet Street et entra dans les locaux du journal quelques minutes après le début de l'averse. Elle tenta de redonner forme à sa chevelure dégoulinante dans les toilettes du premier étage, secoua son corsage pour le faire sécher. Le miroir lui renvoyait l'image d'une femme blême aux traits tirés. Faute de rouge, elle se mordit les lèvres, les frotta l'une contre l'autre quelques secondes et sourit à son reflet. Ce n'était guère convaincant.

D'ailleurs :

— Bonté divine ! s'exclama M. Tallisker lorsque sa secrétaire les eut laissés en tête à tête. Ce n'est pas la grande forme, Jules.

Les sourcils de cet auguste personnage se froncèrent lentement tandis que Juliet lui dévoilait ses intentions. Il se carra contre le dossier de son fauteuil en cuir, les bras croisés.

— Birchwood, finit-il par prononcer, de l'autre côté de son immense bureau recouvert de paperasse. C'est dans le Wiltshire, ça, non ?

— Oui.

— Il n'y a pas des centaines de théâtres là-bas.

— Effectivement, mais je compte revenir à Londres tous les quinze jours, toutes les semaines si besoin, pour enchaîner les représentations.

Il répondit par un borborygme qui n'avait rien d'un encouragement. Juliet vit son avenir lui filer entre les doigts.

— J'ai été navré d'apprendre ce qui vous est arrivé, reprit-il d'un ton indéchiffrable.

— Je vous remercie.

— Bombardiers de malheur.

— Oui.

— Fichue guerre.

Il s'empara de son stylo et le laissa tomber deux ou trois fois, comme une bombe incendiaire, sur son bureau. Derrière les stores aux lames tordues, à demi rabattus sur les carreaux poussiéreux, une mouche se débattait dans les affres de l'agonie.

Une horloge égrenait les secondes.

Un rire retentit dans le couloir.

Puis, d'un geste vif et agile – chose inattendue pour un homme aussi corpulent –, M. Tallisker se débarrassa de son stylo et s'empara d'une cigarette.

— Birchwood, répéta-t-il dans un flot de fumée. Ça pourrait marcher.

— Je ferai ce qu'il faut pour que ça marche. Je peux rentrer à Londres…

Suggestion qui fut balayée d'un geste de la main.

— Non. Plus de Londres. Plus de théâtre.

— C'est-à-dire ?

La cigarette se fit accusatrice.

— Jules, on a du cran, nous autres Londoniens, mais on commence à fatiguer. Les gens ont besoin de prendre l'air. La plupart d'entre eux n'auront pas cette chance. Le théâtre, c'est bien gentil, mais la vie au grand air dans un joli petit village au fin fond de la campagne ? C'est ça qu'il leur faut. C'est ça que les gens ont envie de lire.

— Monsieur Tallisker, je…

— Une chronique hebdomadaire.

Il écarta les mains, comme pour exhiber une banderole.

— « Les lettres de mon chemin ». Le genre de trucs que vous pourriez écrire à votre mère si elle vivait à Londres. Du quotidien, vous, vos gosses. Les gens du village. Des anecdotes sur le soleil, le vent et les poules qui pondent. Des anecdotes cocasses.

— Cocasses ?

— Oui, sur les fermiers, les maîtresses de maison, les pasteurs, les voisins, les commérages.

— Les commérages ?

— Oui, et plus ce sera drôle, mieux ça vaudra.

L'écorce du saule lui grattait le dos. Les sourcils froncés, elle finit par trouver une position plus agréable. Tallisker la surestimait. Elle était incapable d'être drôle, en tout cas pas à l'écrit, et pas pour des gens qu'elle ne connaissait pas. Elle pouvait être acerbe – mordante, lui avait-on dit –, mais drôle, non, ça n'était pas dans ses cordes. Considérations qui n'avaient guère ému son patron. Il avait fini par la contraindre à ce pacte faustien. Elle allait pouvoir s'installer à Birchwood, en échange de… quoi donc ? « Mais, ma chère, ton intégrité professionnelle, ni plus ni moins », susurra Alan, rieur – oh, cette voix qui ne la quittait jamais…

Juliet baissa les yeux. Le corsage qu'elle portait ne lui appartenait pas ; elle l'arborait comme une excuse. Quelle gentillesse de la part de ces bénévoles qui leur avaient trouvé tous ces vêtements. Il y avait quelque chose de remarquable dans la manière dont ces groupes surgissaient de nulle part pour répondre aux nécessités du moment. Juliet se rappela un voyage en Italie, quelques années plus tôt. Ils étaient sortis de Saint-Pierre sous une pluie battante, et les gitans qui, une heure avant, vendaient des chapeaux et des lunettes de soleil avaient tout à coup les bras chargés de parapluies.

Souvenir qui la fit frissonner – ou la raison était-elle simplement atmosphérique ? Les dernières lueurs du jour se dissolvaient dans une nuit qui serait sans doute fraîche. Ici, la chaleur partait avec la lumière. Cela les avait surpris, Alan et elle, l'année de leur lune de miel : le contact froid de la nuit sur la peau, dans la petite chambre au-dessus du bar de l'auberge, avec son papier à rayures jaune citron et le siège de fenêtre pour une personne qu'ils avaient réussi à se partager. Ils étaient différents à cette époque : versions plus légères, plus minces, de ce qu'ils étaient devenus. Leurs couches de chair et de souvenirs étaient moins épaisses alors.

Juliet baissa les yeux vers sa montre : il faisait trop sombre pour distinguer les aiguilles. Elle n'avait pas besoin de cela cependant pour comprendre qu'il était temps de rentrer à Birchwood.

La paume sur le tronc, elle se releva.

La tête lui tournait. Bon sang, la flasque de whisky était plus légère qu'escompté. Il lui fallut un moment pour retrouver son équilibre.

Ce faisant, son regard revint vers la maison. Quelque chose l'y avait attiré, une vague lueur, à la fenêtre d'un des pignons jumeaux ; c'était le grenier, ça, non ?

Juliet cligna des yeux et secoua la tête. Son imagination lui jouait des tours. Il n'y avait pas l'électricité à Birchwood Manor. Elle n'était pas encore montée sous les toits. Comment aurait-il pu y avoir de la lumière là-haut ?

Du reste, lorsqu'elle regarda de nouveau le pignon, il n'y avait plus rien.

Chapitre 19

Le lendemain, ils se levèrent dès l'aube. Juliet resta couchée pendant que les enfants, au comble de l'excitation, couraient d'une pièce à l'autre, poussant des cris de joie en découvrant le spectacle du matin : la lumière, le chant des oiseaux. Puis ils se disputèrent le droit d'arriver le premier au jardin. Juliet, le cerveau encore chamboulé par le whisky, feignit le sommeil aussi longtemps qu'elle le put. Ce ne fut que lorsqu'elle sentit une présence de l'autre côté de ses paupières qu'elle consentit à renoncer à cette innocente comédie. L'intrus était Freddy, penché juste au-dessus du lit, la proximité exagérant les traits déjà vigoureux de son visage.

Visage que vint fendre un sourire ravi, auquel il manquait deux ou trois dents. Ses taches de rousseur dansèrent, ses yeux sombres se mirent à briller. Mais d'où venaient ces miettes collées à ses lèvres ?

— Elle est réveillée ! hurla-t-il, ce qui fit grimacer sa mère. Allez, maman, debout ! Il faut qu'on aille au bord de la rivière.

La rivière. Bien sûr. Juliet tourna très lentement la tête ; les rideaux laissaient entrevoir un triangle de ciel bleu vitrail. Freddy lui tira le bras ; elle trouva la force de lui répondre par un hochement de tête et un vague sourire qu'elle voulait courageux. Ce qui suffit à le faire bondir dans le couloir avec un « Hourra ! » surexcité.

Impossible de faire comprendre à Red, dont la croyance en un monde éternellement prodigue de jeux et de réjouissances était inébranlable, que sa mère, elle, n'était pas en vacances. À onze heures, elle devait rencontrer la représentante locale des Women's Voluntary Services pour obtenir, peut-être, quelques idées pour sa première « Lettre de mon chemin ». Il n'y avait qu'un avantage à avoir été arrachée au sommeil à une heure aussi obscène (toujours voir le bon côté des choses, se répétait-elle) : avant que le devoir ne l'appelle, elle allait pouvoir jouir d'une belle et longue matinée.

Elle enfila un pantalon et un chemisier à pois – le premier qui lui fût tombé sous la main – et se passa les doigts dans les cheveux. Un bref passage à la salle de bains pour faire une toilette de chat et elle était prête. Préparatifs sommaires, mais il faudrait s'en contenter. Elle alla à la cuisine chercher le panier de Mme Hammett avec le fromage et le pain et, suivie des trois petits, elle sortit de la maison par le sentier dallé qu'elle avait emprunté la veille au soir.

Tip, vêtu d'une salopette trop courte de deux bons centimètres, propulsait ses petites jambes à la manière d'une poupée mécanique, courant dans la prairie derrière son frère et sa sœur, vers le chemin qui conduisait à la rivière. Beatrice s'arrêta au bout de l'allée des calèches, près de la vaste grange aux murs de pierre, et écarta les bras. Tip s'y jeta dès qu'il fut à proximité de sa sœur et elle l'aida à s'installer sur son dos. Ah, quel bonheur d'être le petit dernier, quelle chance d'être venu au monde dans cette famille de créatures immenses, bruyantes et chahuteuses qui vous aimaient tant.

Un troupeau d'oies prit la fuite, affolé, au passage des enfants. Red riait de la joie simple de courir au grand air, le soleil sur la peau, le vent dans les cheveux. Étaient-ce bien ses enfants, ces trois trublions ? Le contraste entre Birchwood et Londres – le seul monde que les enfants eussent jamais connu – la frappa de nouveau. Londres était leur berceau et celui, revendiqué haut et fort, de leur père. Juliet se rappela sa première rencontre avec Alan, ce grand type maigre qui mordillait sa pipe de bruyère de la plus arrogante des manières. Quel paon, celui-là, avait-elle songé. Talentueux, sans aucun doute, mais insupportablement content de lui, pompeux même, avec son élocution pédante et ses avis sur tout. Il lui avait fallu un bon moment – et cette malheureuse affaire de la porte tournante du Claridge – pour voir qu'un cœur battait sous cette armure d'ironie.

Juliet rattrapa les enfants ; ils jouèrent un instant sur un échalier de bois envahi par le lierre, l'escaladant tour à tour, avant de remonter vers la rivière, à l'ouest. Une péniche rouge avait jeté l'ancre près de la berge. Un vague souvenir revint à Juliet : n'y avait-il pas une écluse, ou un barrage, non loin ? Elle se promit d'y emmener les enfants, un de ces jours. Si Alan les avait accompagnés à Birchwood, il l'aurait certainement suggéré : pour un enfant, il n'y a guère de spectacle plus merveilleux que celui d'une écluse en fonctionnement.

Debout à la poupe de la péniche, un individu barbu à l'apparence rustique, coiffé d'une casquette à visière, les salua d'un signe de tête. Juliet lui rendit la pareille. Non, elle ne s'était pas trompée en venant ici, à Birchwood Manor. Ce changement de décor leur ferait l'effet d'un baume après leurs terribles épreuves. Ils s'en remettraient tous.

Tandis que les deux garçons couraient au-devant, Bea revint vers sa mère.

— Pendant votre lune de miel, vous vous êtes baladés au bord de la rivière, avec papa ?

— Bien sûr.

— C'est bien par là qu'on va à la jetée ?

— Mais oui.
— Ma jetée.
Juliet sourit.
— Oui, ta jetée.
— Pourquoi ce coin-là ?
Juliet lança un regard oblique à sa fille.
— Ce village, je veux dire, maman. Pour votre lune de miel. En général, les gens vont au bord de la mer, non ?
— Ah, je vois. Eh bien, je ne sais pas. C'est difficile à dire, avec le recul.
— Quelqu'un avait dû vous en parler.
— Ça doit être ça, oui.
Juliet plissa le front, pensive. Étrange : elle avait tant de souvenirs de cette époque, et pourtant certains détails s'étaient complètement effacés de sa mémoire. Bea avait sans doute raison : quelqu'un, un ami d'ami sans doute, avait dû leur suggérer Birchwood, peut-être même leur donner le nom de l'auberge. C'est ainsi que les choses se passent dans le milieu du théâtre. Une conversation de loge, ou dans les coulisses, pendant une répétition, ou plus vraisemblablement autour d'une bière, chez Berardo's, après la représentation.

Quoi qu'il en soit, ils avaient téléphoné au Cygne pour réserver une chambre et ils étaient partis de Londres dans l'après-midi, juste après leur repas de noces. Juliet avait perdu son stylo préféré dans le train entre Reading et Swindon – lorsqu'elle parlait de ces souvenirs que l'on a parfois, aussi vivaces, aussi détaillés que des films, c'était ce voyage qu'elle avait à l'esprit, entre autres. Elle se le rappelait dans le moindre détail. La dernière chose qu'elle ait pu noter avec le fameux stylo, c'était quelques lignes griffonnées à la diable, décrivant le West Highland terrier d'un des passagers, assis de l'autre côté de l'allée centrale. Alan, qui avait toujours adoré les chiens, discutait avec son maître, un monsieur affublé d'une cravate verte et qui leur avait raconté en long, en large et en travers le diabète dont souffrait M. Percival – le terrier – et son traitement à l'insuline. Juliet prenait des notes, comme elle en avait coutume, parce que l'homme à la cravate l'intéressait et qu'elle pourrait l'utiliser, elle en était certaine, dans une pièce qu'elle comptait écrire. Puis elle avait été saisie d'une nausée subite et avait dû filer aux toilettes (non sans devoir rassurer Alan, inquiet et surpris). Et c'était à ce moment qu'avec toutes ces péripéties, et l'arrivée à Swindon, elle avait oublié son stylo.

Juliet donna un coup de pied à une pierre toute ronde, qu'elle regarda rouler dans l'herbe et tomber dans l'eau. Elles avaient presque atteint la jetée. Dans la lumière éclatante du matin, les dégradations remarquées la veille étaient plus manifestes encore. C'était là qu'Alan et elle s'étaient assis, effleurant des orteils la surface de l'eau. Douze ans plus tard, il n'était pas certain que les planches puissent encore supporter le poids de Juliet.

— C'est là ?

— C'est bien là.

— Répète-moi ce qu'il t'a dit.

— Il était fou de joie. Il m'a dit qu'il allait enfin avoir la petite fille dont il rêvait depuis toujours.

— Mais non.

— Mais si.

— Tu inventes.

— Je t'assure que non.

— Quel temps faisait-il ?

— Grand soleil.

— Qu'aviez-vous à manger ?

— Des scones.

— Et comment savait-il que ce serait une fille ?

— Ah !

Juliet sourit.

— La dernière fois que je t'ai raconté cette histoire, tu étais plus naïve.

Beatrice baissa le menton pour dissimuler sa satisfaction et Juliet dut lutter contre l'envie de serrer dans ses bras ce petit porc-épic, cette femme-enfant qui lui servait de fille, tant qu'elle en avait encore la possibilité. Mais le geste, elle le savait, ne serait guère apprécié par l'intéressée.

Elles poursuivirent leur chemin et Beatrice cueillit un fruit de pissenlit, sur lequel elle souffla doucement pour envoyer les spores cotonneuses dans toutes les directions. L'image était si pure, si idéale, que Juliet eut immédiatement envie d'imiter sa fille. Elle repéra un fruit intact et l'arracha délicatement à la terre.

— Comment a réagi papa quand tu lui as dit qu'on s'installait ici ? demanda Beatrice.

Juliet s'accorda un instant de réflexion. Elle s'était toujours juré de ne jamais mentir aux enfants.

— Je ne lui en ai pas encore parlé.

— À ton avis, que dira-t-il ?

Qu'elle avait de toute évidence perdu la tête ? Que les gosses étaient de purs citadins, comme leur père ? Qu'elle avait toujours été une indécrottable romantique… ? Un trille fit vibrer l'air, presque oublié et pourtant familier. Juliet fit halte et tendit le bras pour inciter Bea à en faire autant.

— Écoute !

— Qu'est-ce que c'est ?

— Chut… Une alouette.

Elles restèrent immobiles pendant quelques secondes, Bea scrutant le ciel bleu, les yeux mi-clos, en quête de l'oiseau qui battait des ailes dans les hauteurs, et Juliet contemplant le visage de sa fille. Sa physionomie rappelait singulièrement celle de son père lorsqu'elle se concentrait : le léger sillon surmontant le nez aquilin, le front profondément plissé.

— Là !

Bea tendit la main, les yeux écarquillés. L'alouette piquait vers elles à la vitesse d'un bombardier de Herr Hitler.

— Red, Tippy, regardez !

Les garçons se retournèrent pour suivre du regard l'index de leur sœur décrivant le plongeon de l'alouette.

Difficile d'imaginer que cette gamine de onze ans et demi, toute en jambes, avait un quelconque rapport avec la scène qui, douze ans plus tôt, avait fait trembler la jetée.

Après son malaise dans le train, Juliet avait réussi à apaiser son mari. Elle avait trop mangé à midi ; il y avait ce perpétuel roulis ; ajoutez à cela le fait qu'elle était concentrée sur ses notes et non pas sur le paysage qui défilait par les fenêtres... Malgré tout, elle avait compris qu'il faudrait bientôt avouer la vérité à Alan.

Mme Hammett, la tenancière du Cygne, avait donné un coup d'accélérateur à la procédure avec la question pourtant bien intentionnée qu'elle avait posée dès le premier matin. « Alors, c'est pour quand, cette affaire ? » avait-elle demandé avec un sourire rayonnant, tout en posant le pichet de lait sur la table du petit déjeuner. Juliet avait dû arborer une expression des plus éloquentes, car la bonne dame s'était tapoté le nez en clignant de l'œil. Avec elle, avait-elle promis, le secret était bien gardé.

L'après-midi même, Mme Hammett les ayant envoyés se promener avec un panier de pique-nique – « C'est compris dans l'offre spéciale lune de miel » –, ils avaient découvert la jetée.

« Un bébé ? »

Alan, perplexe, avait baissé les yeux vers le ventre de Juliet.

« Tu veux dire... Ici, vraiment ? Là, en ce moment ?

— Je crois bien.

— Bonté divine.

— Assurément. »

La réaction n'était pas négative, il fallait bien le reconnaître. Juliet s'était même surprise à se détendre. La bienveillance d'Alan donnait un peu de chair à la fragile représentation qu'elle avait commencé à se faire de leur avenir après que l'infirmière avait confirmé ses soupçons. Mais Alan n'en était pas resté là.

« Je vais trouver du boulot quelque part, Jules.

— Quoi ?

— J'en suis capable, tu sais.

— Mais oui, je le sais. Tu es le meilleur Macbeth de ce côté-ci du mur d'Hadrien.

— Un vrai travail, Jules. Un travail de jour, je veux dire. Normal. Avec un vrai salaire.

— Un vrai salaire ?

— Comme ça, tu pourras rester à la maison, t'occuper du bébé, te consacrer pleinement à ta maternité. Je pourrais... vendre des chaussures, par exemple. »

Qu'avait-elle répondu ? Elle ne s'en souvenait plus vraiment. Mais la thermos s'était renversée, Juliet s'était ébouillanté la cuisse avec un jet de thé brûlant... Et soudain elle était campée sur ses pieds, au bout de la jetée, gesticulant comme une folle et lui expliquant qu'elle n'avait aucune intention de devenir femme au foyer, qu'il ne pouvait pas l'y forcer, qu'elle partirait avec son enfant sous le bras s'il le fallait, qu'il serait plus heureux comme ça, qu'elle arriverait toujours à se débrouiller. (Inutile de préciser qu'Alan et elle s'étaient toujours abstenus de raconter cette version de l'histoire à leur fille.)

Juliet s'était entendue répondre à son mari comme si elle était une simple spectatrice de la scène. Son discours lui avait semblé cohérent, assuré. Alan avait tendu la main vers elle. « Pour l'amour de Dieu, Juliet. Assieds-toi. »

Elle l'avait envisagé et s'était avancée d'un pas, avant qu'il ne s'autorise un fatal : « Dans ton état, il faut faire attention. »

La réaction de Juliet avait été explosive. Quelle insupportable tentative de mainmise ! Sa respiration s'était accélérée. Elle n'avait qu'une envie : fuir. Fuir ce lieu, fuir Alan – partir à la recherche d'un air qui ne fût pas souillé.

Elle avait arpenté la berge d'un pas rageur, vers l'ouest, toujours plus loin du village, ignorant les appels d'Alan. « Mais reviens, Jules ! Allez, reviens ! » Elle s'était dirigée vers un bosquet qui couronnait l'horizon.

En règle générale, Juliet ne pleurait jamais. Ou plutôt, elle ne pleurait plus depuis ses six ans, âge auquel elle avait perdu son père et avait dû quitter Londres pour aller vivre à Sheffield avec sa mère et sa grand-mère. Ce jour-là, pourtant, dans l'ardeur de sa colère, elle avait senti tout son être s'effondrer. Elle n'était plus qu'une colonne de fumée que la brise désagrège. Comment Alan pouvait-il envisager les choses d'une manière aussi absurde ? Comment pouvait-il penser une seconde qu'elle allait abandonner son travail et rester tous les jours à la maison pendant qu'il sortirait jouer les… qu'avait-il dit ? Les vendeurs de chaussures ?

Juliet était parvenue au bosquet avant même de s'en rendre compte. Saisie par une violente envie de disparaître à la vue du monde, elle s'était immédiatement engouffrée dans les sous-bois. Il y avait un petit chemin qui s'écartait de la rivière, simple sentier tracé dans l'herbe par des passages répétés. Sans doute la conduirait-il jusqu'à l'autre côté du village, non loin du Cygne, mais Juliet n'avait pas un grand sens de l'orientation. Tout entière à sa colère, elle avait poursuivi sa route dans une forêt de plus en plus profonde. Lorsqu'elle avait retrouvé le plein air, cela avait été pour constater l'absence de toute habitation. Où se trouvait-elle ? Elle n'en avait pas la moindre idée. Et pour ajouter à ses malheurs, elle avait été saisie d'une nausée si intense qu'elle avait dû s'appuyer contre l'arbre le plus proche et vomir tout ce qu'elle avait dans l'estomac…

— Ouiiiiiii !

Elle sursauta. Red fonçait sur elle, les bras déployés.

— Maman ! Je suis un Spitfire et toi un Junkers.

Elle s'écarta machinalement pour éviter la collision.

— Maman ! Ce n'est pas du tout patriotique de ta part.

— Désolée, Red, je…

Mais ses excuses furent interrompues par le départ en trombe du Spitfire humain vers de nouvelles aventures.

Bea était déjà loin devant ; elle avait presque atteint le bosquet.

Ce qui attrista Juliet. La jetée faisait partie de la légende familiale depuis des années ; elle avait toujours voulu y emmener sa fille. Quelle réaction avait-elle attendue de Bea ? De la révérence ? Non, tout de même pas. Mais cette désinvolture ?

— Tu es triste, maman ?

Tip avait surgi à son côté et la dévisageait avec insistance.

— Quand nous sommes dans la même pièce, c'est impossible, mon cœur, répondit-elle en souriant.

— Nous sommes dehors, maman.

— Eh oui, tu as raison. Que je suis bête.

Il glissa sa petite main dans celle de sa mère et ils se remirent à marcher vers les deux aînés. Juliet était toujours stupéfaite de la manière dont les mains de ses enfants se logeaient si parfaitement dans la sienne et du réconfort que ce simple geste faisait naître en son cœur.

De l'autre côté de la rivière, un champ d'orge scintillait, jaune vif. Comment croire, au bord de cette Tamise parcourue de vaguelettes, alors que les abeilles bourdonnaient dans l'herbe en quête de fleurs de trèfle, que le monde était en guerre ? Bien sûr, le village arborait quelques marques du conflit : les plaques des rues étaient occultées, des bandes adhésives étaient collées en X sur les fenêtres, et Juliet avait vu une affiche sur une boîte aux lettres enjoignant aux passants de « creuser pour la victoire ». On était même allé jusqu'à recouvrir le Cheval blanc d'Uffington, de peur que les pilotes ennemis ne s'en servent comme d'un repère. Mais ici, dans ce doux méandre de la haute Tamise, ces choses-là semblaient impossibles.

Tip émit un soupir ténu et Juliet se rendit compte qu'il était plus silencieux que d'ordinaire. Il ne s'était pas encore débarrassé des cernes sombres du voyage.

— Tu as bien dormi, ma petite souris ?

Un hochement de tête.

— Ça n'est jamais facile d'étrenner un nouveau lit.

— C'est vrai ?

— Oui, mais on s'habitue, après.

Tip parut méditer cette affirmation.

— C'est difficile pour toi aussi, maman ?

— Mais oui. C'est que je suis une grande personne, tu sais, et tout est difficile pour nous.

— Mais juste au début.

— Oui, juste au début.

Ce qui visiblement le soulagea. Touchant, songea Juliet, mais un peu déconcertant, tout de même. Jamais elle n'aurait pensé que Tip soit aussi soucieux de son bien-être. Elle leva les yeux vers ses deux aînés qui marchaient à grands pas, loin devant. Elle ne se rappelait pas que l'un d'eux se soit jamais préoccupé de la qualité de son sommeil.

— Oh ! Un bâton, maman.

Tip dégagea sa petite main de celle de sa mère et ramassa une fine branche argentée que l'herbe dissimulait presque complètement.

— Mais oui. Quelle belle trouvaille ! Il est drôlement joli.

— L'écorce est toute lisse, maman.

— Je crois que c'est du saule. Ou peut-être du bouleau.

— Je vais voir s'il flotte.

— Fais attention de ne pas trop te pencher sur l'eau, dit-elle en lui ébouriffant les cheveux.

— Je sais. Je vais faire attention. La rivière est très profonde à cet endroit.
— Oui, effectivement.
— C'est là que la petite fille s'est noyée.
Juliet sursauta.
— Mon chéri, non.
— Mais si, maman.
— Je suis sûre que non.
— Mais si. Elle est tombée d'une barque.
— Qui, elle ? Comment le sais-tu ?
— C'est Birdie qui me l'a dit.
Puis un sourire de petit garçon, grave et solennel, apparut sur ses lèvres et, changeant d'avis à la vitesse de l'éclair, il s'élança sur le chemin en brandissant victorieusement sa branche argentée vers le coin d'herbe où son frère et sa sœur se battaient en duel avec des bâtons.
Juliet le suivit des yeux.
Puis elle se rendit compte qu'elle était en train de torturer l'un de ses ongles, ébréché.
Qu'est-ce qui était le plus alarmant ? Que son petit garçon lui parle d'enfants noyées, ou que l'anecdote lui eût été rapportée par un oiseau ? « C'est que son imagination est fertile, rien de bien grave », murmura la voix d'Alan.
— Alan, il parle aux oiseaux, marmonna-t-elle, sourcils froncés.
Elle se frotta les yeux, le front, les tempes. Elle ne s'était pas complètement débarrassée de son mal de crâne de la nuit et aurait donné n'importe quoi pour se blottir sous ses couvertures quelques heures. Ou quelques jours.
Elle poussa un long et lent soupir et décida de chasser ces pensées de son esprit. Elle aurait certainement le temps d'y revenir. Tip avait rejoint son frère et sa sœur. Red le pourchassait « pour rire », son bâton à la main ; le petit hurlait de pur bonheur. Comme n'importe quel petit

garçon. (« Jules, il *est* comme n'importe quel petit garçon », susurra Alan.)

Juliet regarda sa montre : il était presque huit heures. Elle haussa les épaules avant de se diriger vers les enfants, qui l'attendaient à l'orée du bosquet.

Elle leva les bras à leur approche pour leur faire signe de la suivre dans le sous-bois. Tandis qu'ils poursuivaient leurs joutes trépidantes, elle repensa à Alan et à cette journée, douze ans plus tôt, qui l'avait vue s'enfuir, furieuse, sur ce chemin qu'elle ne connaissait pas…

Elle n'était pas du tout revenue au village ; ça, au moins, c'était manifeste. Elle se trouvait en fait au bord d'un champ parsemé de grosses meules de foin. Plus loin, à l'extrémité du champ voisin, se dressait une grange aux murs de pierre ; plus loin encore, Juliet distingua un toit pointu. Un toit à deux pignons hérissé d'une forêt de cheminées.

Avec un lourd soupir – il faisait si chaud sous ce soleil au zénith ! Et puis, le feu originel de sa colère s'était réduit à quelques braises qui lui pesaient douloureusement sur l'estomac –, Juliet partit d'un pas lent en direction de la maison.

Mais comment Alan avait-il pu se tromper à ce point sur son compte ? Comment avait-il pu penser une seconde qu'elle laisserait tomber son travail ? L'écriture n'était pas qu'une profession pour elle : c'était son âme, son identité. Comment pouvait-il ne pas le comprendre, cet homme auprès duquel elle s'était solennellement engagée à passer sa vie, à l'oreille duquel elle avait murmuré ses plus chers secrets ?

Elle s'était trompée. Ça crevait les yeux. Ce mariage n'était qu'une vaste erreur. Maintenant, il allait falloir assumer ce bébé, leur enfant, à elle et à Alan. Un bébé, être forcément petit, faible, hurlant ; qu'en ferait-elle dans les théâtres ? Elle suivrait la même pente que sa mère, en fin de compte, sa mère prisonnière des vestiges de ses rêves de grandeur.

Il n'était peut-être pas trop tard pour annuler le mariage ? Il datait de la veille. Vingt-quatre heures à peine. S'ils rentraient immédiatement à Londres et se présentaient au plus vite devant l'officier d'état civil qui les avait mariés, peut-être pourraient-ils obtenir une annulation ; d'ailleurs, avait-il même eu le temps d'inscrire leur union au registre ? Ce serait comme s'ils n'avaient jamais apposé leur nom au bas de la page.

Soupçonnant peut-être que son avenir était remis en cause, la vie qui bourgeonnait en elle lui fit cadeau d'une nouvelle nausée, comme pour lui dire : *Je suis là !*

Et elle n'avait pas tort, la petite chose. Elle était là, en effet. Elle ou lui, cette petite personne, croissant en elle jour après jour ; dans un futur qui n'était plus si distant, elle viendrait au monde. Et ce n'était pas en se démariant d'Alan que Juliet y changerait quoi que ce soit.

Elle parvint au bout du premier champ et poussa la rudimentaire barrière de bois qui donnait sur le suivant. Elle mourait de soif. Zut, elle aurait dû emporter la thermos.

Parvenue à mi-chemin du second champ, elle passa devant la grange. La grande porte à deux battants était ouverte : il y avait une machine agricole à l'intérieur – une batteuse, le mot lui revint –, puis, suspendue aux poutres, une barque qui ne devait pas avoir servi depuis des années.

Au bout du champ, le jaune de l'orge laissait place avec une intensité presque dramatique au vert fruité, estival et vibrant d'un jardin anglais. Jardin qui se trouvait à l'arrière de la maison aux pignons jumeaux. Si ses limites étaient marquées par une haie de prunelliers, épaisse et haute, Juliet distingua cependant un petit portail par-delà lequel s'étendait une cour de gravier avec, en son milieu, un châtaignier. Tout autour de l'arbre, des massifs débordaient de feuillages et de fleurs pimpantes.

Elle longea la haie jusqu'à l'angle du champ et parvint à un chemin de terre. Deux choix s'offraient à elle : à droite, elle repartait dans la direction d'où elle était venue. À gauche, c'était l'inconnu. Qu'elle choisit. La haie de prunelliers continuait à longer le jardin avant d'aboutir à un mur de pierre qui devenait le côté de la maison. Au-delà de celle-ci se trouvait un autre portail, de fer forgé, celui-là, et coiffé d'un auvent d'ardoises.

De l'autre côté de la grille, une allée dallée remontait jusqu'à la porte de cette élégante demeure. Juliet se régala un moment de ses formes harmonieuses, de ses charmants détails. Elle avait toujours eu le coup d'œil pour les belles choses, surtout dans le domaine de l'architecture. Parfois, en fin de semaine, Alan et elle prenaient le train ou une automobile empruntée à quelque ami pour aller à la campagne, et ils parcouraient des routes tortueuses à la recherche des villages les plus reculés. Juliet avait un carnet spécial dans lequel elle décrivait en quelques mots telle toiture ou tel motif dallé remarquable. Cette manie suscitait chez Alan d'affectueuses moqueries ; il s'était mis à la surnommer Madame Mosaïque, amusé par la fréquence avec laquelle elle attirait son attention sur la disposition des tuiles.

La maison qu'elle avait sous les yeux avait deux étages ; la pierre des murs était couleur de lichen. Le toit, également de pierre, d'un gris un peu plus sombre, avait été conçu d'une manière particulièrement satisfaisante : les ardoises croissaient en taille à mesure que le toit descendait vers les gouttières. À la lumière éclatante du jour, elles semblaient mouchetées et mouvantes, comme les écailles d'un poisson nageant très lentement. Chaque pignon avait sa fenêtre, et Juliet posa le front sur la grille du portail pour mieux les étudier. Elle crut même voir quelque chose bouger derrière l'une d'entre elles, mais il n'y avait personne derrière la vitre. Ce n'était que l'ombre d'un oiseau.

Tandis qu'elle était plongée dans sa contemplation, la grille oscilla sous sa pression. Ce fut comme une invitation.

Juliet l'accepta immédiatement. Elle s'engagea dans l'allée et fut aussitôt saisie par une sensation de profonde félicité. Le jardin était magnifique : ses proportions, sa flore, le sentiment de protection que donnaient ses hauts murs, tout concourait à sa beauté. Et ses parfums étaient enivrants : une nuance de jasmin à floraison tardive, mêlée à la lavande et au chèvrefeuille. Des oiseaux s'égaillaient dans les feuillages ; abeilles et papillons voletaient autour des grands massifs de fleurs.

Le portail de fer forgé qu'elle avait poussé n'était qu'une entrée secondaire. Une allée plus large menait de la maison à un portail de bois massif, dont les gonds étaient enchâssés dans le mur de pierre. Il était bordé de part et d'autre par des rosiers tiges aux fleurs d'un rose aimable. En son extrémité se dressait un érable du Japon, dont les branches désormais atteignaient la porte d'entrée.

La pelouse était d'un vert éclatant et profond. Sans même réfléchir à son geste, Juliet ôta ses gros souliers et s'y aventura. L'herbe était fraîche et douce sous ses pieds nus. Paradisiaque, c'était le mot juste.

Il y avait sous l'érable du Japon un petit carré d'ombre moucheté de lumière particulièrement tentant. Juliet y prit place. Elle violait une propriété privée, elle en était consciente, mais un si beau domaine ne pouvait appartenir qu'à une personne pleine de bonté.

Le soleil était chaud, la brise légère. Juliet bâilla sans retenue. Elle était soudain aux prises avec une fatigue si intense qu'elle n'eut d'autre choix que de s'y abandonner. Cela lui arrivait souvent ces derniers temps, aux moments les plus inopportuns. Depuis qu'elle se savait enceinte, en fait.

Son chandail roulé en boule en guise d'oreiller, elle se coucha sur le dos, les yeux tournés vers la maison.

Allez, une petite pause de quelques minutes, se dit-elle, mais le soleil caressait si délicieusement ses pieds que ses paupières se firent de plomb avant même qu'elle s'en rende compte.

Lorsqu'elle se réveilla, il lui fallut un moment pour comprendre où elle se trouvait. Elle avait dormi si profondément : un sommeil dense et sans rêves, tel qu'elle n'en avait pas goûté depuis des semaines.

Elle se redressa sur son séant et s'étira. Et remarqua alors qu'elle n'était plus seule.

Un homme se tenait au coin de la maison, près du portail. Plus âgé qu'elle. Pas tant que cela en années, mais elle comprit immédiatement que son âme lui pesait insupportablement. Il avait combattu, cela crevait les yeux. Les pauvres hommes que la guerre avait brisés portaient encore cet uniforme de tristesse – une génération à eux seuls.

L'homme la considérait gravement, sans sévérité pourtant.

— Je suis désolée ! s'exclama-t-elle. Je suis rentrée dans votre jardin sans penser à mal. C'est que je me suis perdue…

Il continua de l'examiner en silence puis répondit d'un simple geste de la main. Éloquent, cependant : Juliet sut que tout allait bien, qu'il ne la considérait pas comme un danger, qu'il comprenait très bien le pouvoir d'attraction de ce jardin, de cette maison, leur sortilège, irrésistible pour le passant qui, par une chaude journée, apercevait par la grille ce coin d'ombre sous l'érable.

Sans plus lui accorder la moindre attention, l'homme rentra dans la maison en fermant la porte derrière lui. Juliet le regarda disparaître puis avisa ses gros souliers dans l'herbe. Depuis son arrivée, les ombres s'étaient lentement allongées. Elle consulta sa montre : cela faisait quatre heures qu'elle avait abandonné Alan sur la jetée.

Elle remit ses souliers et les laça soigneusement, avant de se relever d'une ferme poussée.

Il fallait repartir, maintenant, d'autant qu'elle ne savait même pas où se trouvait le village, mais quel déchirement ! Elle sentit une douleur lui étreindre la poitrine, comme si quelque chose l'empêchait d'avancer. Debout au milieu de la pelouse si douce, si verte, elle scruta la maison. Soudain, dans cette étrange effusion de lumière, tout lui sembla d'une infinie clarté.

L'amour – c'était cela, la sensation qui l'avait envahie –, un amour étrange, puissant, universel, qui paraissait émaner de tout ce qu'elle voyait, de tout ce qu'elle entendait. Le feuillage caressé par la lumière du jour, les trous d'ombre entre les arbres, les pierres de la maison, les oiseaux qui chantaient en survolant les toits. Et dans cet éclat radieux, elle ressentit un bref instant ce dont les croyants font probablement l'expérience à l'église : l'impression de baigner dans la lumière de la certitude qui vous vient d'être identifié corps et âme, d'appartenir à un lieu, d'appartenir à quelqu'un. C'était d'une grande simplicité. C'était lumineux, beau, sincère.

Lorsqu'elle finit par retrouver le chemin du Cygne, Alan l'attendait. Elle monta les marches deux à deux et ouvrit la porte d'un geste brusque, le visage enflammé par la chaleur du jour, par la révélation du jour.

Alan était debout près de la fenêtre en vitrail, à laquelle on devait se pencher pour entrevoir la Tamise. Son attitude était raide, compassée, comme s'il ne l'avait adoptée qu'en l'entendant monter – un vrai rôle de composition. Son visage avait une expression méfiante et Juliet dut réfléchir un instant pour en comprendre la raison. Ah, oui, la dispute sur la jetée, son explosion de colère.

— Avant que tu n'ouvres la bouche, commença Alan, je voudrais que tu saches que je n'ai jamais eu l'intention de…

Elle secouait la tête.

— Rien de tout ça n'a plus aucune importance, tu ne vois pas ? Plus aucune.

— Pourquoi ? Que s'est-il passé ?

Elle portait cela en elle – la clarté, l'illumination –, mais ne trouvait pas les mots pour en parler à Alan. Elle n'avait plus à lui offrir que l'énergie nimbée d'or qui l'avait traversée et qu'elle ne pouvait plus contenir. Elle se rua vers lui, ardente, impatiente, lui enserra le visage entre ses deux mains et l'embrassa avec tant de fougue que les quelques bribes d'aigreur et de réserve qui subsistaient s'évanouirent. Lorsqu'il ouvrit la bouche pour réagir, stupéfait, elle secoua de nouveau la tête et lui posa l'index sur les lèvres. Il n'y avait pas de mots. Les mots ne feraient que gâcher les choses.

Ce moment.

Ce maintenant.

Chapitre 20

Le jardin n'avait pas beaucoup changé en douze ans. Un peu plus sauvage, peut-être, mais Mme Hammett n'avait-elle pas expliqué que la propriétaire de la maison avait dû, dans les dernières années de sa vie, en céder les rênes à d'autres personnes ?

— Figurez-vous qu'elle est morte à quatre-vingt-dix ans l'an dernier !

Le jardinier venait encore une fois par mois, mais il travaillait à la va-comme-je-te-pousse et, ajouta Mme Hammett avec une moue dédaigneuse, n'était même pas du coin. Oh ! La pauvre Lucy se serait retournée dans sa tombe si elle avait pu voir la brutalité avec laquelle il avait taillé les rosiers, cet hiver !

Se remémorant la beauté parfaite du jardin dans lequel elle avait fait la sieste, douze ans plus tôt, Juliet demanda si la vieille dame habitait encore la maison à l'époque. Non, Mlle Radcliffe avait déjà passé son accord avec l'Association des historiens d'art, répondit Mme Hammett.

— Du coup, elle a déménagé dans une petite maison, pas loin. Il y en a toute une rangée. Vous êtes peut-être passée devant ? C'étaient des écuries, autrefois. « Il y a moins d'escaliers » : c'est ce que disait toujours Lucy. À mon avis, ce qu'elle voulait dire, c'est « moins de souvenirs ».

— Elle avait de mauvais souvenirs de Birchwood ?

— Non, non, ce n'est pas vraiment ça. Elle adorait la maison. Vous êtres trop jeune pour comprendre ce genre de choses, j'imagine, mais quand on prend de l'âge tous les souvenirs deviennent pesants, même les plus joyeux.

Juliet n'était que trop familière de ces considérations, mais elle n'avait aucune envie d'en discuter avec Mme Hammett.

L'accord passé avec l'AHA, d'après ce qu'elle put comprendre, mettait la demeure à la disposition des étudiants récipiendaires d'une bourse instituée par Mlle Radcliffe. Juliet se rappela l'homme qui leur avait donné les clés de Birchwood à leur arrivée de Londres. « Ce n'est pas le plus moderne des logements, avait-il expliqué en repoussant ses lunettes sur l'arête de son nez. En général, nous logeons des personnes seules, pas des familles, et les gens ne restent jamais longtemps. Il n'y a pas l'électricité, j'en ai bien peur, mais… avec la guerre, vous savez… J'espère que le reste vous conviendra. » À peine avait-il prononcé ces mots qu'une hirondelle s'était élancée à tire-d'aile du buffet, piquant droit sur eux. L'homme avait levé les bras devant son visage, pour se protéger ; Juliet l'avait remercié de sa venue et raccompagné à la porte. Chacun avait dû pousser un soupir de soulagement simultané : lui dans l'allée dallée, elle sur le seuil, en refermant la porte. Et lorsqu'elle s'était retournée la dévisageaient trois paires d'yeux affamés – ses petits exilés, attendant leur pitance.

Depuis, ils avaient trouvé leurs marques. Ils étaient là depuis quatre jours, déjà, quatre jours de grand soleil, et ils avaient pris l'habitude de descendre dès le matin au jardin. Bea s'était entichée du mur de pierre grise : elle s'asseyait sur son faîte, en son point le plus ensoleillé, pour jouer de la flûte à bec. Red, moins agile (ce qui pouvait être inquiétant), mais bien décidé à ne pas se laisser distancer, pratiquait l'art de la joute à l'endroit le plus étroit de ce même mur, ayant hissé tout son arsenal de bâtons soigneusement sélectionnés. Juliet avait beau essayer de leur démontrer qu'il y avait dans le jardin de très jolis coins de pelouse où ils auraient pu s'amuser de la même manière, les deux aînés restaient sourds à ses prières. Tip, fort heureusement, n'avait aucun goût pour les sommets et se satisfaisait apparemment de n'importe quel coin de buisson, pourvu qu'il puisse y aligner les petits soldats qu'une gentille dame avait offerts à Juliet lors de son premier rendez-vous avec les Women's Voluntary Services du village. « Pour votre nouveau foyer. »

Foyer. Curieux, cette facilité avec laquelle le mot s'était introduit dans ses pensées quand elle évoquait Birchwood. Le mot avait plus d'un sens : il désignait tant le bâtiment dans lequel on résidait que le lieu, quel qu'il soit, dont on tirait le vrai réconfort, la vraie sécurité. Le foyer, c'était aussi la voix d'Alan à la fin d'une longue et rude journée, ses bras autour d'elle, la profondeur mesurable de son amour pour Juliet, et de l'amour que Juliet lui portait.

Bon Dieu, comme il lui manquait.

Les enfants et le travail lui procuraient des distractions bienvenues. Juliet avait rencontré les femmes du chapitre local des WVS le lundi matin à onze heures, comme prévu. La réunion s'était déroulée dans la salle des fêtes du village, de l'autre côté de la pelouse qui en constituait le cœur, juste en face du Cygne. Lorsque Juliet était arrivée, elle avait entendu un joyeux brouhaha – de la musique, des rires, des bavardages, des chansons. Était-ce donc une matinée dansante ? Elle s'était immobilisée sur le perron. Ne s'était-elle pas trompée d'adresse ? Mais lorsqu'elle avait passé la tête par la porte entrouverte, Mme Hammett lui avait fait signe d'entrer. Les dames avaient réquisitionné des chaises disposées en rond au centre de la pièce, toute décorée de drapeaux britanniques et d'affiches représentant un Churchill aux joues gonflées et au regard fulminant.

Juliet avait bien vite mis de côté sa liste de questions pour noter en sténo les conversations à bâtons rompus qui fusaient çà et là. La veille au soir, elle avait longuement réfléchi à la manière dont elle allait présenter sa chronique. Néanmoins, la réalité vécue par ces femmes dépassait largement ce qu'elle avait pu en imaginer et elle se surprit à rire et à frémir avec elles de leurs excentricités, de leur charme, de leur sagesse. Avec Marjorie Stubbs, elle obtint un aperçu des épreuves et des péripéties qui guettaient les éleveurs de cochons. Milly Macklemore proposa un exposé révélateur sur les bas troués et leurs divers usages. Quant à Imogen Stephens, elle fit sortir tous les mouchoirs alentour en racontant le retour du fiancé de sa fille, un pilote de la RAF disparu en mission et présumé mort pendant quelques semaines.

Toutes ces femmes se connaissaient fort bien : mères et filles, tantes et nièces, amies depuis l'enfance. Cela ne les empêcha pas d'accueillir la nouvelle venue avec une immense générosité. Juliet eut l'impression qu'elles éprouvaient pour ses expériences de Londonienne en temps de guerre un intérêt tout réciproque. Lorsqu'elle quitta la salle des fêtes, non sans s'être engagée à revenir à la prochaine réunion, Juliet avait pris assez de notes pour régaler les lecteurs de son journal jusqu'en l'an 2000. Si la Grande-Bretagne finissait par gagner la guerre, se dit-elle en rentrant à Birchwood Manor – la promenade n'était pas bien longue –, ce serait en partie grâce à des salles comme celles-ci où, dans tout le pays, des femmes astucieuses et tenaces gardaient la tête haute et refusaient de baisser les bras.

Et c'était dans cet esprit de résistance que Juliet avait passé l'essentiel des trois jours qui avaient suivi installée devant sa machine à écrire, devant la fenêtre de sa chambre. Ce n'était peut-être pas l'endroit le plus commode pour travailler – la coiffeuse sur laquelle elle avait posé la machine était jolie, mais guère confortable pour qui avait de longues jambes à loger –, mais Juliet l'aimait beaucoup. De fins tendrons de chèvrefeuille à l'odeur sucrée et de clématite s'insinuaient par la fenêtre ouverte pour s'agripper aux anneaux des tentures, et la vue du verger, qui donnait sur le village puis sur le cimetière au bout de son allée, était revigorante. L'église aux murs de pierre était très ancienne et le petit cimetière absolument magnifique, envahi qu'il était par le lierre et les stèles mangées par les mousses. Juliet n'avait pas encore eu le temps de s'y rendre, mais l'avait déjà inscrit sur sa liste de lieux à visiter.

Parfois, lorsque le ciel était trop glorieusement bleu pour passer la journée entre quatre murs, Juliet emportait son carnet de notes dans le jardin. Là, elle travaillait à l'ombre, couchée sur le ventre, la tête appuyée sur sa paume, alternant brèves notations et mâchonnements de crayon, tout en observant ses enfants à la dérobée. Ils avaient tout l'air de s'adapter à Birchwood : ils jouaient, ils riaient, ils mangeaient de bon appétit, ils se disputaient, se battaient, tempêtaient, et la rendaient un peu chèvre, ce qui était loin d'être une nouveauté.

Tout comme eux, et pour eux, Juliet était bien décidée à rester forte. Elle était désormais le pilote du petit avion familial. Quelles que puissent être ses hésitations, les questions qui l'assaillaient dès qu'elle éteignait la lampe et cherchait en vain le sommeil au creux des heures lentes de la nuit, la crainte de faire le mauvais choix, de gâcher leur avenir sans rémission possible, elle était responsable de ses enfants. Elle devait leur assurer sécurité et réconfort, au jour le jour. Et sans Alan, cette responsabilité était bien plus lourde. Ce n'était pas facile d'être le seul adulte de la famille.

La plupart du temps, elle parvenait à faire bonne figure. Malgré tout, le mercredi précédent, il y avait eu un moment délicat. Pendant que les enfants jouaient – ou du moins le croyait-elle – dans la prairie derrière la maison, elle essayait de finir sa première chronique avant l'heure du dîner, assise à son bureau improvisé. La réunion du lundi l'avait convaincue de la sagesse de son rédacteur en chef : les dames des chapitres de Birchwood et de Lechlade lui avaient, dans leur diversité et leur charme, fourni une précieuse inspiration et Juliet était bien résolue à leur rendre justice.

Elle était en train de décrire le moment où la fille d'Imogen Stephens regardait par la fenêtre de la cuisine et apercevait l'homme qu'elle aimait – l'homme dont on lui avait annoncé la disparition et la mort probable – remontant l'allée du jardin vers sa fiancée. Les doigts de Juliet étaient si furieusement véloces que les barres à caractères de la machine à écrire avaient eu du mal à suivre. Elle vivait la scène tout en l'écrivant, ôtait son tablier, courait vers la porte, se ravisait – « Non, c'est ton imagination qui te joue des tours ! » –, répugnait à affronter une éventuelle confirmation de ses doutes. Et puis… la clé tournait dans la serrure. Et tandis que la fille d'Imogen tombait dans les bras de son bien-aimé, le cœur de Juliet avait cédé sous le poids des mois d'inquiétude et d'attente, de fatigue, sans parler de l'horreur des bombardements et de l'évacuation. Elle avait baissé la garde pendant un bref instant.

« Maman ? » La voix avait retenti derrière elle. Puis toute proche, à son oreille. « Maman, tu pleures ? »

Juliet, les coudes sur la coiffeuse, le visage enfoui dans les mains, s'était figée en plein sanglot. Elle avait retrouvé sa respiration aussi calmement qu'elle l'avait pu.

« Ne dis pas de bêtises.

— Mais alors, qu'est-ce que tu fais ?

— Je réfléchis, bien sûr. Pourquoi ? Comment fais-tu, toi, quand tu réfléchis ? »

Puis elle s'était retournée, le sourire aux lèvres, et avait, d'un geste aérien, lancé son crayon sur sa fille. « Mon petit ours ! Tu le sais bien, je ne pleure jamais. »

Et puis il y avait Tip. Tip lui causait des soucis, mais n'avait-ce pas toujours été le cas ? Avait-elle réellement de nouvelles raisons d'être inquiète à son sujet ? Elle l'aimait tant ! Pas plus que les autres, mais d'une autre façon. Ces derniers temps, il s'était mis à parler tout seul. (« Épatant, avait susurré la voix de son Alan. Il est son propre monde. C'est comme ça qu'on est le mieux. C'est un esprit créatif. Tu verras, il deviendra artiste. ») Cela ne se produisait pas uniquement dans ses jeux avec ses petits soldats, qu'il alignait pour les abattre un à un, ou les envoyer en mission secrète dans le jardin ou les recoins perdus de la maison. Juliet était certaine de l'avoir entendu parler seul à d'autres moments. Juliet avait fouillé les arbres du regard : pas un oiseau. Apparemment, cela lui arrivait également dans la maison. Il y avait à mi-chemin de l'escalier un petit coin très chaud que Tip semblait affectionner particulièrement. Une ou deux fois, Juliet s'était surprise à épier son fils, du palier.

Un jour qu'il était à genoux sous un pommier, dans le jardin derrière la maison, elle s'approcha sur la pointe des pieds et s'assit à côté de son fils.

— À qui parles-tu ? demanda-t-elle d'un ton qu'elle aurait voulu désinvolte, mais qui lui parut crispé.

— À Birdie.

Juliet leva les yeux vers le pommier.

— Elle est là-haut ? Sur une des branches ?

Tip la regarda comme si elle venait de perdre la tête.

— Ou bien s'est-elle déjà envolée ? Maman lui a fait peur ?

— Birdie ne vole pas, maman.

— Ah bon ?

Il secoua la tête.

— Non, elle marche, comme toi et moi.

— Je vois.

Un oiseau sans ailes. Ça existe. Oui ; bien sûr.

— Elle chante ?

— Des fois.

— Et où l'as-tu rencontrée ? Elle était dans un arbre ?

Tip considéra ses soldats, sourcils froncés, comme s'il essayait d'analyser la question. Puis il désigna la maison d'un mouvement d'épaules.

— Dans la maison ?

Il hocha la tête sans lever les yeux.

— Qu'est-ce qu'elle faisait dans la maison ?

— C'est là qu'elle habite. Et dans le jardin, des fois.

— Je vois.

Tip releva vivement la tête.

— C'est vrai ? Tu la vois, maman ?

Juliet ne sut que répondre. Pourquoi ne pas le rassurer sur ce point, lui dire qu'elle aussi pouvait voir son amie imaginaire ? Mais autant elle pouvait comprendre qu'il se fût inventé un compagnon pour se réconforter en ces temps si chaotiques, autant elle ne se sentait pas prête à le conforter dans ses illusions.

— Non, mon chéri. Birdie est ton amie, pas celle de maman.

— Et pourtant, elle t'aime bien, maman. Elle me l'a dit.

Le cœur de Juliet se serra.

— C'est très gentil de sa part, mon chéri. Je suis contente.

— Elle veut t'aider. Elle m'a dit que je devais t'aider.

Juliet n'y tint plus. Elle serra son petit homme très fort contre elle – Seigneur, qu'ils étaient fragiles, ses membres, comme il était frêle, comme il avait la peau tiède, qu'il était long, le chemin qu'il lui restait à parcourir, et qu'il avait encore besoin d'elle, *elle*, ah ! Quelle farce. Le pauvre enfant.

— Maman, tu pleures ?

Ah zut ! Deuxième faux pas !

— Non, mon chéri.

— Mais tu trembles, maman. Je le sens.

— Tu as raison. Mais ce ne sont pas des larmes de tristesse. J'ai tellement de chance d'avoir un petit garçon comme toi.

Ce soir-là, quand les enfants furent profondément endormis, le sommeil leur sculptant des visages qui étaient des versions plus jeunes et plus boudeuses d'eux-mêmes, Juliet sortit dans l'air fraîchissant pour se promener le long de la rivière, jusqu'à la jetée. Elle s'y assit un instant et regarda la maison.

Puis elle se servit un whisky qu'elle avala cul sec.

Elle se souvenait parfaitement de la colère qui l'avait envahie douze ans plus tôt en cet endroit, lorsqu'elle avait annoncé sa grossesse à Alan.

De la colère, vraiment ? Pourquoi ? Parce que Alan ne la comprenait pas ? Non, ce n'était pas de la colère, mais de la peur, comprit-elle. Une sensation soudaine, épuisante, de solitude, qui ressemblait beaucoup au sentiment d'abandon qui peut s'emparer des enfants. Ce qui expliquait probablement sa réaction immature, son départ en trombe.

Oh, revenir douze ans en arrière, revivre cette scène. Et cette journée. Et la suivante. Et ainsi de suite. L'arrivée de Bea dans leur vie. Puis de Red, puis de Tip. Qui grandissaient jour après jour, dans le monde des hommes et non plus en elle.

Juliet se resservit un verre. Impossible de revenir en arrière. Le temps ne connaît qu'une direction. Le temps ne s'arrête jamais. Il coule, fleuve inlassable, et ne laisse à personne le temps de réfléchir. La seule manière de le remonter est de se souvenir.

Lorsqu'elle était rentrée au Cygne, ce jour de 1928, ils s'étaient embrassés, ils avaient fait la paix. Et puis ils s'étaient couchés côte à côte dans le petit lit aux jolis barreaux de fer. Alan avait pris le visage de Juliet entre ses mains, avait plongé son regard dans le sien, et avait promis sur ce qu'il avait de plus cher de ne plus jamais attenter à son honneur en suggérant ne serait-ce qu'une seconde qu'elle puisse cesser de travailler.

Et Juliet, après lui avoir baisé le bout du nez, avait promis sur ce qu'elle avait de plus cher de ne jamais plus l'empêcher de renoncer aux planches, s'il préférait vendre des chaussures.

Le vendredi, avant toute chose, Juliet relut sa « Lettre de mon chemin » inaugurale pour la dernière fois et la télégraphia à M. Tallisker. Elle avait donné à son article un titre provisoire (« Conseil de guerre au féminin. Ou : Un après-midi avec le ministre de la Défense nationale ») et marmonna une vague prière : pourvu que le rédacteur en chef veuille bien le conserver !

Plutôt satisfaite du résultat de ses efforts, Juliet décida de s'accorder une matinée de congé et, cédant à l'insistance de ses deux aînés – Tip jouait avec ses soldats dans le jardin –, se rendit avec eux dans la grange. Il s'y trouvait quelque chose qu'ils voulaient absolument lui montrer.

— Regarde ! Une barque.

— Eh bien, eh bien, fit Juliet en riant.

Elle la connaissait sans doute, cette barque, leur expliqua-t-elle. Elle l'avait aperçue douze ans plus tôt, suspendue aux poutres de cette même grange.

— C'est la même, tu penses ?

— C'est plus que probable.

Red, qui avait déjà atteint le sommet de l'échelle de corde, y resta accroché par un bras dans un état d'excitation presque alarmant.

— Maman, on peut la faire descendre ? Dis oui, allez, maman !

— Fais attention, Red.

— Mais on sait ramer, maman, dit Bea. Et d'ailleurs, la rivière n'est pas du tout profonde par ici.

Juliet se rappela la déclaration de Tip, la fillette noyée, les dangers de ce monde.

— Maman, s'il te plaît ! Allez, maman !

— Red, répliqua-t-elle d'un ton sec, si tu continues, tu vas tomber, te casser une jambe et finir l'été dans un plâtre.

Ce à quoi, bien sûr, il répondit par de nouvelles acrobaties.

— Descends, Red, fit Bea avec un regard réprobateur. Comment veux-tu que maman voie la barque si tu fais le singe devant ?

Tandis que Red se laissait glisser le long de l'échelle, Juliet leva les yeux vers la coque. Alan, juste derrière elle, lui parlait doucement à l'oreille. « Ça ne sert à rien de les protéger de tout. C'est mal augurer de l'avenir. L'excès de précaution peut en faire de vraies poules mouillées, et tu sais ce qui se passera ? Nous ne nous en débarrasserons jamais, de ces pauvres enfants ! Nous atermoierons, nous nous inquiéterons et nous gâcherons notre propre plaisir jusqu'à la fin de nos jours ! »

— Bien, finit par concéder Juliet. Si nous pouvons la détacher et vérifier qu'elle ne prend pas l'eau, je ne vois pas pourquoi vous ne pourriez pas la transporter jusqu'à la jetée, tous les deux.

S'ensuivit une explosion de joie ; Red se jeta sur la frêle Bea et la serra dans ses bras tandis que Juliet prenait sa place sur l'échelle. La barque était maintenue dans les hauteurs de la grange par un système de cordes et de poulies qui, quoique légèrement rouillé, paraissait encore fonctionnel. Juliet détacha la corde du crochet par lequel elle était fixée à la poutre, la laissa pendre jusqu'au sol puis, redescendant de l'échelle, s'en saisit à nouveau pour ramener la barque vers le sol.

Pour l'avoir vue douze ans plus tôt suspendue à ces mêmes poutres, Juliet s'était figuré, non sans désinvolture, que la petite embarcation se révélerait trop endommagée pour naviguer. Mais bien qu'elle fût recouverte de toiles d'araignée et d'une épaisse couche de poussière, la barque, après un examen méticuleux, ne montra aucune faiblesse rédhibitoire. Le bois était parfaitement sec, sans aucune trace de pourriture. La coque avait visiblement été réparée avec le plus grand soin au moins une fois au cours de son existence.

Juliet passait le doigt le long d'un joint lorsque son regard fut attiré par un vague scintillement.

— Alors, maman ?

Red la tirait par la manche.

— On peut la transporter jusqu'à la rivière ? Allez, s'il te plaît ! On peut ?

L'objet était coincé entre deux planches, au fond de la coque, mais Juliet réussit à l'extraire.

— Qu'est-ce que c'est ? demanda Bea, qui s'était dressée sur la pointe des pieds pour regarder par-dessus l'épaule de sa mère.

— Une pièce de monnaie. Pas toute neuve. Une pièce de deux pence, je pense.

— Une pièce précieuse ?

— Je ne crois pas.

Elle frotta le disque d'argent de son pouce.

— Mais elle est bien jolie, tu ne trouves pas ?

— On s'en fiche !

Red trépignait d'impatience.

— Maman, on peut mettre la barque à l'eau ? Hein, on peut ?

Chassant de son esprit ses dernières réticences maternelles et ses « Et si jamais ils... », Juliet accorda au petit esquif un certificat de navigabilité et aida les deux enfants à le porter jusqu'au bout du champ. Là, elle les abandonna à leur tâche et les suivit un moment du regard tandis qu'ils s'éloignaient, vacillant chacun de son côté sous le poids de leur encombrant fardeau.

Tip était encore dans le jardin devant la maison lorsque Juliet revint. Les rayons du soleil transperçaient le feuillage de l'érable, dénichant des flocons d'or et d'argent dans la chevelure soyeuse et raide du garçonnet. En compagnie de ses soldats de bois, il avait disposé en cercle une impressionnante collection de bâtons, de cailloux, de plumes et autres trouvailles, et s'était absorbé dans une campagne des plus complexes.

Elle entendit sa voix ; il se parlait tout seul. Puis il se mit à rire tandis qu'elle approchait. Un rire de clochette qui donnait à la journée, au soleil, à l'avenir, encore plus d'éclat. Jusqu'au moment où il pencha la tête sur le côté. Elle se rendit compte alors qu'il écoutait quelqu'un que Juliet n'entendait pas. De la lumière à l'obscurité en une seconde.

— Il y a quelque chose qui te fait rire, mon Tippy Toes ? lui demanda-t-elle en s'asseyant à son côté.

Il hocha la tête et ramassa l'une de ses plumes pour la faire pivoter entre ses doigts.

Juliet s'empara d'une feuille morte qui lui était tombée sur le genou.

— Raconte-moi, mon chéri. J'aime bien les blagues.

— Ça n'était pas une blague.

— Ah bon ?

— Non, c'était seulement Birdie.

Ce à quoi Juliet s'attendait. Néanmoins, son estomac se noua.

— Elle me fait rire, poursuivit le garçonnet.

Juliet garda son soupir désolé pour elle-même.

— Ah, c'est une excellente chose, Tippy. Quand tu dois passer du temps avec les gens, mieux vaut choisir des personnes qui te font rire.

— Est-ce que papa te fait rire, maman ?

— Plus que tout autre. Sauf vous trois, peut-être.

— Birdie dit que…

Il s'interrompit.

— Quoi donc, Tippy ? Que dit-elle ?

Il secoua la tête et se mit à scruter avec intensité le caillou qu'il manipulait sur ses genoux.

Juliet changea de tactique.

— Birdie est avec nous en ce moment, Tip ?

Un hochement de tête.

— Ici même ? Elle est assise par terre, avec nous ?

Même réponse.

— À quoi ressemble-t-elle ?

— Elle a les cheveux longs.

— Vraiment ?

Il releva légèrement la tête. Son regard était fixé droit devant lui.

— Tout roux. Et elle a une robe longue.

Juliet suivit la direction de son regard et se redressa sur son séant, un grand sourire forcé sur les lèvres.

— Bonjour, Birdie, dit-elle. Je suis ravie de pouvoir enfin vous rencontrer. Je m'appelle Juliet et je suis la maman de Tip. Je voulais vous remercier depuis longtemps. Tippy m'a dit que vous lui aviez conseillé de m'aider : et c'est ce qu'il a fait, le gentil garçon. Je voulais que vous le sachiez. Il m'aide à faire la vaisselle, le soir, et à ranger les vêtements, pendant que son frère et sa sœur se comportent en petits sauvages. J'en suis tellement fière !

La menotte de Tip se glissa dans celle de sa mère, qui la serra doucement.

La voix d'Alan résonna dans la brise, chaleureuse. « Être parent, c'est si facile ! Pas plus compliqué que de piloter un avion sans ailes les yeux bandés. »

Chapitre 21

Le vendredi en fin de journée, à six heures, les quatre locataires de Birchwood Manor prirent ensemble le chemin du village. Pour des enfants dont la garde-robe provenait exclusivement des associations de bienfaisance, ils avaient belle allure. À six heures et demie, après avoir contemplé les vaches aux longs cils dans leur pâturage et laissé à Tip le temps de ramasser deux cailloux qui avaient retenu son attention, ils traversèrent la pelouse triangulaire du village et parvinrent au Cygne.

Mme Hammett leur avait conseillé de passer par l'entrée principale pour pénétrer dans la salle à manger, qui se trouvait à droite du vestibule. La porte de gauche donnait sur le bar.

La bonne dame était déjà là, à siroter un cocktail en compagnie d'une dame de haute taille, d'une cinquantaine d'années, arborant la paire de lunettes en écaille de tortue la plus extraordinaire qu'ait jamais vue Juliet. Quand Juliet et les enfants firent irruption, Mme Hammett et la dame aux lunettes se retournèrent.

— Bienvenue ! Entrez, entrez ! Je suis si contente que vous ayez pu venir !

— Désolée de ce retard !

Juliet désigna Tip d'un mouvement affectueux du menton.

— C'est qu'il y avait sur le chemin des pierres qu'il fallait absolument ramasser.

— Voici un jeune homme selon mon cœur, dit la dame aux lunettes d'une voix teintée d'accent américain.

Les enfants déclinèrent dans un calme relatif leurs identités respectives – Juliet leur avait indiqué la marche à suivre – puis ils furent reconduits dans le vestibule, où deux fauteuils de cuir offraient selon toutes les apparences un refuge idéal pour attendre le dîner.

Après quoi Juliet revint auprès des deux dames.

— Madame Wright, annonça Mme Hammett, je vous présente le docteur Lovegrove. Le docteur loge au Cygne, à l'étage ; elle est, comme vous, de retour au village. Dame, c'est l'année des revenantes, on dirait !

Le docteur Lovegrove tendit la main à Juliet.

— Ravie de faire votre connaissance. Et appelez-moi Ada, je vous en prie !

— Merci, Ada. Je me prénomme Juliet.

— Mme Hammett me disait à l'instant que vous aviez emménagé à Birchwood Manor avec vos enfants ?

— Nous sommes arrivés dimanche soir.

— J'ai été pensionnaire à Birchwood Manor, il y a bien longtemps.

— J'ai entendu dire, en effet, que la maison avait fait office de pensionnat, autrefois.

— Autrefois, comme vous dites. L'école a fermé il y a presque quarante ans, peu après mon départ. C'était l'un de ces bastions où l'on éduquait les filles à l'ancienne manière. Couture, chant et, d'après mes souvenirs, pas mal de punitions qui consistaient à rester debout avec un livre en équilibre sur la tête, plutôt que de le lire.

— Allons, allons, dit Mme Hammett. La pauvre Lucy, elle faisait de son mieux. Et cela vous a plutôt réussi, docteur Lovegrove.

— C'est exact, reprit Ada en riant. Et vous avez raison en ce qui concerne Lucy. Comme j'aurais aimé pouvoir la revoir !

— Oui, quel dommage.

— C'est entièrement ma faute. J'ai trop tergiversé. L'âge nous rattrape tous, y compris Lucy, à ce que je vois. Assez curieusement, c'est au pensionnat de Birchwood, avec toutes ses bizarreries, que je dois ma vocation. Je suis archéologue, Juliet. J'enseigne à l'université de New York. Mais bien avant cela, j'avais été un membre très actif de la Société d'histoire naturelle, à Birchwood Manor. Mlle Radcliffe – Lucy – était une enthousiaste en la matière. J'ai rencontré de grands universitaires qui avaient moins d'instinct qu'elle sur le terrain. Lucy avait amassé une splendide collection de fossiles et de vestiges divers. Son cabinet d'exposition était un vrai musée. Pas bien grand, c'est un fait... mais vous savez sans doute de quelle pièce je parle. Elle est au premier étage, en haut de l'escalier.

— C'est devenu ma chambre, précisa Juliet avec un sourire.

— Vous pouvez sans doute imaginer à quoi ressemblait cet antre avec des étagères sur tous les murs et des artefacts occupant tout l'espace possible.

— Sans aucune difficulté, répondit Juliet en sortant son carnet de notes, qui n'était jamais bien loin. Et j'aime énormément l'idée que cette maison ait eu des vies si différentes.

Elle nota quelques mots, expliquant à ses deux compagnes en quoi consistaient les « Lettres de mon chemin », description que Mme Hammett ne put s'empêcher de compléter :

— Les dames des WVS et moi, nous y sommes déjà portraiturées, docteur Lovegrove, et dans la chronique inaugurale, pas moins ! Chère madame Wright, vous allez nous avoir quelques exemplaires, j'espère ?

— J'en ai fait la demande expresse à mon rédacteur en chef, madame Hammett. Il les envoie lundi matin.

— Merveilleux ! Les dames sont tellement impatientes ! Ah, madame Wright. Si vous voulez parler de Lucy, il ne faut pas oublier ce détail : c'était la sœur d'Edward Radcliffe.

Lucy plissa légèrement le front. Ce nom lui disait vaguement quelque chose.

— Radcliffe, le peintre. Un des membres de la fraternité Magenta, qui a pas mal fait parler d'elle. Edward est mort jeune, si bien qu'il n'est pas aussi célèbre que les autres. Mais c'était lui qui avait acheté cette demeure au bord de la Tamise. Et il y a eu un horrible drame. Ce monsieur et ses amis passaient l'été dans la maison, il y a bien longtemps. Ma mère n'était qu'une mioche, mais elle s'est rappelé cette histoire jusqu'à son dernier souffle. Une belle et jeune héritière a été abattue par un cambrioleur dans cette maison. C'était la fiancée de Radcliffe ; sa mort a brisé le cœur de ce malheureux et il n'a plus jamais remis les pieds à Birchwood Manor. D'ailleurs, il l'a légué à sa sœur.

La porte s'ouvrit sur M. Hammett, qui venait de se libérer de son devoir de barman ; il accompagnait une toute jeune fille de cuisine au visage soucieux, portant à deux mains un immense plateau où s'alignaient des assiettes fumantes.

— Ah ! s'exclama Mme Hammett, rayonnante. Le dîner est servi. Vous allez voir ce dont notre cuisinière est capable avec quelques friands !

Ce dont la cuisinière était capable relevait tout simplement du miracle. Juliet en temps normal n'avait guère de prédilection pour les bas morceaux cuits à la vapeur mais, nappée d'une sauce d'il-est-préférable-de-ne-pas-savoir-quels-ingrédients, la viande avait un goût délicieux. Les enfants se montrèrent à la hauteur, ne révélant à table que leurs facettes les plus affables, réagissant à toutes les requêtes des adultes par des réponses charmantes, si ce n'est parfois un peu franches pour certaines oreilles. Ils allèrent même jusqu'à poser des questions sensées. Tip s'était quand même débrouillé pour fourrer ses petits doigts dans toutes les bougies, semant un peu partout de minuscules empreintes digitales fossilisées, mais ses deux aînés et lui-même n'oublièrent pas de remercier Mme Hammett quand le repas fut terminé. Aucun d'entre eux ne se moucha dans la nappe et, lorsque Bea demanda poliment s'ils pouvaient retourner dans le vestibule pour y poursuivre leur partie de cartes, Juliet accepta avec soulagement.

— Vos enfants se plaisent-ils à Birchwood Manor ? demanda Ada tandis que la petite servante de Mme Hammett procédait, inquiète, au service du thé et du café. Après Londres, ce doit être un tel changement !

— Dieu merci, un changement qui semble leur réussir.

— Mais naturellement, dit Mme Hammett. La campagne, c'est une aubaine pour les petits. Il faudrait être un curieux enfant pour ne pas se délecter de notre coin du monde.

— J'étais une curieuse enfant, dit Ada en riant.

— Vous n'avez pas aimé Birchwood ?

— C'est venu plus tard. Au début, pas du tout. Je suis née en Inde et j'y ai vécu très heureuse jusqu'à ce qu'on m'expédie en pensionnat. Je n'avais aucune envie d'aimer Birchwood, de ce fait, et je l'ai détesté. Je trouvais la campagne sans goût ni couleur, trop lisse. Je ne m'y sentais pas chez moi, pour dire les choses civilement.

— Combien de temps êtes-vous restée au pensionnat ?

— Un peu plus de deux ans. L'école a fermé l'année de mes dix ans et mes parents m'ont inscrite dans un établissement plus grand, près d'Oxford.

— Il y a eu un drame affreux, dit Mme Hammett. Une des jeunes pensionnaires s'est noyée pendant un pique-nique de fin d'année. L'école ne s'en est pas vraiment remise.

Elle considéra Ada, les sourcils froncés.

— D'ailleurs, docteur, vous étiez là sans doute quand cela s'est passé.

— Effectivement, dit Ada en ôtant ses lunettes pour essuyer les verres.

— Vous connaissiez cette élève ?

— Très peu. Elle était plus âgée que moi.

Mme Hammett et Ada poursuivirent la conversation tandis que Juliet, silencieuse, pensait à Tip. Il le lui avait dit : une jeune fille s'était noyée dans la Tamise. En avait-il entendu parler par quelqu'un du village ? Mais il avait évoqué la noyée le premier matin de leur arrivée à Birchwood, comment aurait-il eu le temps d'entendre le moindre racontar ? N'était-ce pas le jeune employé de l'AHA aux mains tremblantes qui le lui avait glissé à l'oreille ? Maintenant qu'elle repensait à ce jeune homme, elle lui trouvait quelque chose de sournois.

Il se pouvait aussi que Tip eût simplement donné forme à ses propres craintes, nombreuses et profondes. Ne le prévenait-elle pas constamment de tel ou tel danger, lui encore plus que les autres ? « Je te l'avais bien dit, aurait ricané Alan. Avec ces éternelles peurs de mère, tu es en train d'en faire des poules mouillées. » Hypothèse plus simple encore, n'était-ce pas une coïncidence ? Qui dit rivière dit souvent noyés ; il était plus que probable que la haute Tamise en ait eu sa part à cet endroit. Juliet faisait une montagne d'une taupinière. D'ailleurs, c'était toujours le cas avec Tip.

— Madame Wright ?

Juliet cligna des yeux.

— Oh, désolée, madame Hammett. J'étais complètement dans la lune.

— Tout va bien, j'espère ? Vous voulez un peu de café ?

Juliet, le sourire aux lèvres, poussa sa tasse vers le centre de la table et, comme il arrive souvent aux gens qui doivent se dépêtrer seuls d'un problème préoccupant, elle se surprit à parler à Mme Hammett et au docteur Lovegrove du jeune Tip et de son amie imaginaire.

— Oh, le pauvre bouchon ! dit Mme Hammett. Ça n'a rien d'étonnant, avec tous ces changements. Il s'en sortira, vous allez voir. Un de ces jours, vous vous rendrez compte qu'il n'a pas parlé de cette « personne » depuis une semaine.

— Vous avez peut-être raison, dit Juliet. Moi-même, je n'ai jamais eu d'ami imaginaire et cela me paraît si incroyable de parvenir à créer une vraie personne avec du vent.

— Cette amie imaginaire l'incite-t-elle à faire des bêtises ?

— Non, Dieu merci, madame Hammett. Je suis ravie de vous apprendre qu'elle a une influence plutôt bénéfique.

— Ah, dans votre malheur…

Mme Hammett frappa dans ses mains.

— Est-elle des nôtres ce soir ? Je n'ai jamais eu d'invitée imaginaire.

— Fort heureusement, non. Elle est restée à la maison, ce soir.

— Eh bien, c'est une bonne chose. Et n'est-ce pas un bon signe ? Cela veut dire qu'il n'en a pas besoin en permanence.

— Peut-être. Même s'il m'a dit qu'elle avait bien envie de nous accompagner. Mais elle lui a expliqué qu'elle ne pouvait pas aller si loin.

— Une amie imaginaire *et* invalide ? C'est surprenant ! Vous a-t-il donné d'autres détails sur cette enfant ?

— Ce n'est pas une enfant, pour commencer. C'est une dame. Je ne sais pas ce que cela veut dire sur mon compte, le fait qu'il ait choisi de se créer une femme adulte en guise d'amie imaginaire.

— C'est peut-être une autre version de vous, suggéra Mme Hammett.

— Non, je ne crois pas. D'après ce que Tip raconte, c'est plutôt mon exact opposé. Elle a de longs cheveux roux et une longue robe blanche. La description de Tip est très précise.

— Il y a une autre possibilité, Juliet, dit Ada, jusqu'ici restée muette. C'est qu'elle existe vraiment.

Il y eut un bref silence, que Mme Hammett rompit d'un rire nerveux.

— Eh bien, docteur Lovegrove, vous êtes d'humeur bien taquine. Mais Mme Wright se fait du mauvais sang pour son petit.

— À votre place, je ne craindrais rien, dit Ada. Je suis certaine que ce n'est qu'un moyen bien à lui que votre petit garçon à l'esprit très créatif a inventé pour supporter les bouleversements de son existence.

— Vous en parlez comme mon mari, dit Juliet, souriante. Et je suis certaine que vous avez raison.

Mme Hammett manifestant l'envie d'aller voir où en était le dessert, Ada fit part quant à elle de son intention d'aller « prendre l'air ». Juliet profita de l'occasion pour aller dans le vestibule jeter un coup d'œil aux enfants. Il ne fut pas difficile de mettre la main sur Red et sur Bea, lovés comme ils l'étaient sous l'escalier, dans une plaisante pénombre qu'ils troublaient par les hurlements et les rires que leur arrachait leur partie de gin-rummy.

Juliet balaya le vestibule du regard.

— Qu'avez-vous fait de Tip ?

Aucun de ses aînés ne leva le nez de son jeu.

— Sais pas.

— Doit être quelque part.

Juliet resta un moment la main sur le départ de rampe, au pied de l'escalier, à scruter les recoins. Tandis que son regard s'élevait le long du tapis qui recouvrait les marches, elle vit, l'espace d'un éclair, Alan campé sur le palier du premier étage, sa fichue pipe entre les dents.

C'était cet escalier qu'elle avait remonté en trombe douze ans plus tôt pour le trouver dans la chambre, bien décidé à reprendre la discussion là où ils l'avaient laissée.

Elle ne put résister à la tentation de le gravir de nouveau.

Le contact de la rampe était familier sous sa main. Elle ferma les yeux en approchant du palier, imaginant qu'elle pourrait ainsi remonter dans le temps. Un écho du souvenir fit vibrer l'air autour d'elle. Alan était si proche qu'elle sentait son odeur. Mais lorsqu'elle rouvrit les yeux, ils étaient partis, lui et son rictus aimable et ironique.

Le palier du premier étage n'avait absolument pas changé. Immaculé, net, avec maints détails qui trahissaient un certain soin, si ce n'était un talent de décorateur *dans le vent**. Des fleurs fraîchement cueillies dans le vase qui trônait sur le guéridon, des petits tableaux représentant des paysages de la région sur les murs, des traces de balayette sur le tapis d'escalier moucheté. L'odeur était la même : lessive, cire, ainsi qu'une discrète et réconfortante fragrance de bière vieille d'un jour.

Mais toujours aucun signe d'un enfant au pied léger.

En redescendant, Juliet perçut une voix familière qui venait du trottoir, devant Le Cygne. Lorsqu'ils étaient arrivés, elle avait bien remarqué un banc sous la fenêtre. Elle s'approcha, se pencha pour glisser un regard entre les rideaux de black-out, par-dessus le rebord de la fenêtre. Et c'était là qu'il était, avec dans les mains ses précieux bâtons et cailloux, en grande conversation avec Ada Lovegrove, assise à côté de lui.

Juliet sourit sous cape et se retira aussitôt, désireuse de ne pas les importuner. Quel que soit le sujet de leur discussion, Tip était sous le charme, enthousiaste.

— Ah, vous voilà, madame Wright !

C'était Mme Hammett, tout affairée derrière la fille de cuisine, laquelle se débattait avec un nouveau plateau trop chargé.

— Prête à affronter le dessert ? J'ai le plaisir de vous annoncer que c'est une génoise sans œufs à la confiture de fraises.

Le dimanche matin, pour la première fois depuis leur arrivée, Juliet se réveilla avant les enfants. Ses pieds étaient aussi impatients que son esprit, si bien qu'elle enfila quelques vêtements à la hâte et qu'elle sortit se promener. Elle n'alla pas vers la Tamise, préférant prendre l'allée qui ramenait au village. En approchant de l'église, elle vit quelques paroissiens devant le porche, attendant le début de l'office du matin. Mme Hammett, l'ayant aperçue, lui fit un signe de la main ; Juliet répondit d'un sourire.

Les enfants étant restés à la maison, elle n'entra pas dans l'église, mais écouta pendant quelques minutes, assise sur le banc du porche, le pasteur parler de deuil et d'amour et de l'invincibilité de l'esprit humain lorsqu'il marchait main dans la main avec le Seigneur. Chaque mot du sermon était pesé et le pasteur parlait fort bien : mais sans doute aurait-elle l'occasion d'en entendre maintes fois de semblables avant la fin de la guerre, c'était à craindre.

Elle explora d'un regard pensif le charmant cimetière. Si paisible ! Regorgeant de lierre débordant et d'âmes ensommeillées. Les stèles parlaient de vieillesse et d'années trop courtes, et de la justice aveugle de la mort. Un ange superbe et triste baissait la tête sur un livre ouvert, sa chevelure de pierre, noircie par le temps, dégringolant sur la si froide page. Il y avait dans ces endroits un silence qui ne pouvait qu'inspirer le respect.

Aux accents du *Nimrod* d'Elgar, Juliet erra un moment entre les tombes, scrutant les monuments mouchetés de lichen et déchiffrant les noms et les dates, les messages affectueux d'éternité et de repos. N'était-il pas singulier que l'espèce humaine ait assez de considération pour ses membres pour commémorer le bref passage de chacun d'entre eux en cette terre ancienne, et puisse, dans le même temps, s'adonner aux massacres de la plus absurde et de la plus massive des sortes ?

Au fond du cimetière, Juliet fit halte devant une stèle qui portait un nom familier. *Lucy Eliza Radcliffe, 1849-1939.* Tout à côté se dressait une pierre plus ancienne, celle du frère dont Mme Hammett avait parlé, Edward. Sous le nom de Lucy étaient gravés ces quelques mots, *Tout passé est présent*, une épitaphe qui fit réfléchir Juliet. Elle ne ressemblait guère aux inscriptions habituelles.

Le passé, le présent, le futur… que signifiaient ces mots, de toute façon ? Il fallait tirer le meilleur parti de ce que le sort vous offrait – temps passé sur terre, circonstances de l'existence. C'était tout.

Juliet sortit du cimetière et rentra à Birchwood Manor par l'allée bordée d'herbes folles. Le soleil levant avait dissipé les dernières fraîcheurs de la nuit et le ciel prétendait au bleu le plus spectaculaire. Il y aurait à n'en pas douter d'autres demandes de promenade en barque. Peut-être iraient-ils tous les quatre pique-niquer sur les rives de la Tamise.

La maison semblait, même à distance, habitée par des êtres vivants et bien éveillés. C'était curieux, d'ailleurs, cette impression. Du reste, dès que Juliet eut posé le pied dans l'allée des calèches, elle fut accueillie par la mélodie aiguë de la flûte de Bea.

Mme Hammett leur avait donné le vendredi quatre jolis œufs et Juliet caressait le plan de les faire à la coque ; elle avait même l'intention d'utiliser du vrai beurre pour les mouillettes ! Mais elle commença par remonter dans sa chambre pour y laisser son chapeau. Elle jeta un coup d'œil dans la chambre des enfants au passage : Bea jouait de la flûte assise les jambes croisées sur son lit, comme une charmeuse de serpents. Freddy était étendu sur le dos, en travers de son matelas, la tête touchant le sol. Apparemment, il s'exerçait à retenir sa respiration. Pas de traces de Tip.

— Où est passé votre frère ? demanda Juliet.

Beatrice haussa les épaules sans manquer une seule note.

Red, en un souffle brûlant :

— En haut ?

Il y avait dans l'air une odeur de dispute sur laquelle on ne pouvait guère se tromper. Juliet savait à quel point il était préférable de ne pas s'en mêler. Les disputes entre frères et sœurs sont, elle l'avait appris au fil du temps, comme la fumée dans le vent : elles vous aveuglent, puis disparaissent.

— Petit déjeuner dans dix minutes ! annonça-t-elle avant de battre en retraite.

Elle lança son chapeau sur le lit de sa chambre, puis alla passer la tête par l'embrasure de la pièce au bout du couloir, un salon dont ils ne se servaient que rarement. Les meubles y étaient recouverts de draps et d'une certaine quantité de poussière, mais ces pièces inutilisées ne manquent jamais d'attirer les enfants.

Tip cependant ne s'y trouvait pas. Red recommanda le grenier. Juliet monta les marches deux à deux en appelant son benjamin.

— Petit déjeuner, Tip, mon amour. Tu viens m'aider à faire les mouillettes ?

Pas de réponse.

— Tip ?

Elle fouilla les pièces du grenier dans tous leurs recoins puis se pencha à la fenêtre qui donnait sur le champ, le long de la rivière.

La rivière.

Tip n'avait pas de goût pour le vagabondage. C'était un enfant timide, il ne serait jamais allé si loin sans sa mère.

Cela ne la rassura pas. Tip était un enfant. Tip était parfois distrait. Les enfants se noient dans les rivières.

— Tip !

Il y avait désormais dans la voix de Juliet une angoisse sur laquelle on ne pouvait se méprendre. Elle dévala l'escalier et faillit bien louper le « Maman ! » étouffé qui se fit entendre dans le couloir.

Elle s'arrêta net et tendit l'oreille. Il n'était pas facile de surmonter le vacarme intérieur de sa panique.

— Tip ?

— Je suis ici.

On aurait dit que le mur parlait, qu'il avait englouti Tip et que ce dernier était désormais prisonnier de ses entrailles.

Puis, sous les yeux de Juliet, une longue fente apparut dans le mur : il y avait un panneau !

Ou plutôt une porte secrète, et derrière cette porte un Tip rayonnant.

Elle le prit dans ses bras et le serra contre elle. Cela devait lui faire mal, mais elle ne put s'en empêcher.

— Tippy. Oh, Tippy, mon amour !

— Je m'étais caché.

— Je vois bien.

— C'est Ada qui m'a dit où était la cachette.

— Vraiment ?

— Oui, fit Tip en hochant la tête. C'est un secret.

— Et quel secret ! Drôlement intéressant. Merci d'avoir bien voulu m'en parler.

Incroyable, cette capacité qu'elle avait à s'exprimer sans chevroter alors que son cœur martelait encore ses côtes. Elle fut prise de vertige.

— Tippy Toes, tu veux bien t'asseoir avec moi une minute ?

Elle le reposa par terre et la porte de la cachette se referma derrière lui. Une seconde plus tard, le mur avait retrouvé son aspect ordinaire.

— Ada a bien aimé mes pierres. Elle m'a dit qu'elle aussi, autrefois, elle faisait des collections de pierres. Et de fossiles. Et maintenant, elle est akré… arké…

— … ologue. Archéologue.

— Oui, voilà. Comme tu dis.

Juliet emmena Tip en haut de l'escalier et le prit sur ses genoux. Elle l'étreignit, la joue appuyée sur le sommet du crâne tiède de l'enfant. Des trois petits, c'était Tip qui tolérait le mieux ces débordements d'amour maternel. Ce ne fut que lorsqu'elle sentit qu'elle abusait d'une patience pourtant infinie dans le cas de Tip qu'elle déclara :

— Bon. Petit déjeuner, maintenant. Et c'est aussi le moment d'essayer de comprendre pourquoi ton frère et ta sœur se sont disputés.

— Bea disait que papa ne pourrait pas nous retrouver quand il rentrerait à la maison.

— C'est vrai ?

— Et Red a répondu que papa était un magicien et qu'il saurait toujours où nous sommes.

— Je comprends.

— Et moi, je suis monté parce que je ne voulais pas leur dire.

— Leur dire quoi ?

— Que papa ne rentrera pas à la maison.

Juliet eut l'impression que le monde s'écroulait autour d'elle.

— Qu'est-ce que ça veut dire ?

Sans un mot, il tendit la main vers la joue de sa mère et la lui pressa doucement. Son petit visage en forme de cœur avait revêtu une expression solennelle et Juliet comprit immédiatement qu'il savait.

Elle avait toujours la lettre dans sa poche. La dernière lettre d'Alan. Elle la gardait sur elle depuis qu'elle l'avait reçue. Raison pour laquelle elle était encore en sa possession, du reste. Le télégramme bordé de noir du War Office, reçu le même jour, avait disparu. Juliet eût voulu le brûler de sa main, mais elle n'avait pas eu à se donner cette peine. L'un des aviateurs de Herr Hitler avait fait le travail en lâchant l'une de ses bombes incendiaires directement sur Queen's Head Street, dans Islington, bombe qui avait détruit leur maison et tout ce qu'elle contenait.

Sur le coup, elle avait voulu en parler aux enfants, bien sûr. Le seul problème – et Juliet n'avait eu que cela en tête – était qu'elle ne savait absolument pas par quels mots apprendre à ses trois enfants que leur père, ce sublime et merveilleux idiot, ce clown lunaire, avait perdu la vie.

— Maman ?

Tip glissa sa main dans celle de Juliet.

— Qu'est-ce qui va se passer, maintenant ?

Juliet avait tant de choses à lui répondre. Ce n'est pas si fréquent qu'un parent prenne conscience que ce qu'il va dire à son enfant restera gravé à jamais dans l'esprit de ce dernier. Elle voulait se montrer à la hauteur de ce défi. À elle, l'écrivaine, les mots justes pourtant se refusèrent. Chaque explication pesée et rejetée ajoutait un moment de silence entre le temps idéal de la réponse et celui dans lequel elle continuait d'avancer. Alan n'avait pas tort, quand il disait que la vie ressemblait à un immense pot de colle, un bocal de farine et d'eau dans lequel on essayait de surnager aussi élégamment que possible.

— Je ne sais pas trop, Tippy, dit-elle, ce qui n'était ni rassurant ni très sage, tout en ayant le mérite d'être sincère. Mais ce que je sais, c'est que nous nous en sortirons.

Elle savait très bien quelle serait la prochaine question : pourquoi une telle certitude ? Et que pourrait-elle répondre à cela ? Parce que c'était ainsi, un point c'est tout ? Parce que, de toute façon, il le faudrait bien ? Parce que c'était son avion, qu'elle était aux commandes, et que, les yeux bandés ou non, elle allait faire tout ce qu'il fallait, nom d'un chien, pour le ramener à bon port ?

De toute façon, elle n'eut pas besoin d'user de toutes ces raisons. Elle s'était trompée : Tip ne lui posa aucune question. Avec une confiance qui donna envie à Juliet de se coucher en chien de fusil et de fondre en larmes, il la prit au mot et passa à un tout autre sujet.

— Birdie dit toujours que même dans la boîte la plus sombre il y a de petites lumières grosses comme des têtes d'épingle.

Juliet se sentit soudain vidée.

— Vraiment, mon chéri ?

Hochement de tête déterminé de Tip.

— Et elle a raison, maman ! Je les ai vues dans la cachette. On les voit uniquement quand on est dedans. Au début, quand j'ai refermé le panneau, j'ai eu peur, mais ce n'était pas la peine parce qu'il y avait des centaines de petites lumières dedans, qui clignotaient dans le noir.

VIII

C'est samedi, le jour des touristes. Je suis dans la petite pièce, celle du portrait de Fanny. Ou, comme je préfère l'appeler, la chambre de Juliet. Après tout, Fanny n'y a passé qu'une nuit. Quand Juliet tapait à la machine, ses papiers éparpillés sur la coiffeuse, près de la fenêtre, je lui tenais compagnie. De même tard le soir, quand les enfants étaient endormis et qu'elle sortait de sa poche la lettre d'Alan. Ce n'était pas pour la lire, elle ne le faisait qu'en de rares occasions. Non, elle la gardait à la main, assise, les yeux tournés vers la fenêtre ouverte et vers la longue et sombre nuit, sans rien voir.

C'est dans cette même chambre qu'Ada avait été transportée, après qu'on l'eut extraite à demi morte de la Tamise. Autrefois, il y avait là une magnifique collection de fossiles et de spécimens, juste à côté de la chambre de Lucy. Les murs étaient couverts d'étagères, du sol au plafond. Lucy avait insisté pour se charger personnellement d'Ada. Elle avait tant et si bien accablé l'infirmière de conseils sur la manière de s'occuper de la jeune malade que la bonne dame avait rendu sa blouse. Une fois le lit d'Ada installé dans le cabinet de curiosités, il n'y avait plus beaucoup de place, mais Lucy s'était débrouillée pour caser un fauteuil dans un coin. C'est là qu'elle avait passé une bonne partie de ses soirées, parfois des heures d'affilée, à regarder la fillette endormie.

Touchant spectacle. Lucy prenait si grand soin d'Ada. Oui, la petite Lucy qui, après Edward, avait eu tant de mal à frayer avec les humains. Elle mettait un point d'honneur à ce que le lit soit toujours tiédi le soir, au moyen d'une chaufferette en cuivre remplie de braise. Elle avait même donné à Ada la permission de garder son chaton, en dépit de la réprobation manifeste de la femme Thornfield.

L'une des touristes du jour s'est approchée de la fenêtre et tend le cou pour regarder par-dessus le mur, jusqu'au verger ; le soleil lui blanchit le visage. Cela me rappelle le lendemain du pique-nique, lorsque Ada s'était sentie assez bien pour pouvoir se redresser sur son séant, adossée à une pile d'oreillers. Le soleil dessinait quatre jolis rectangles de lumière sur le bout du lit.

Lucy lui avait apporté un plateau pour le petit déjeuner et, tandis qu'elle le posait sur la coiffeuse, Ada, plus pâle encore que les draps, lui avait dit ceci :

« Je suis tombée à l'eau.

— Effectivement.

— Et je ne sais pas nager.

— C'est l'évidence. »

Ada était demeurée silencieuse un bon moment. Mais je voyais bien qu'elle n'avait pas tout dit. Et du reste :

« Mademoiselle Radcliffe ?

— Oui, mon enfant ?

— Il y avait quelqu'un avec moi dans la rivière.

— Oui. »

Lucy s'était assise sur le bord du lit et elle avait pris la main d'Ada dans la sienne.

« Je suis navrée de te l'apprendre, mais May Hawkins est tombée à l'eau, elle aussi. Elle a eu moins de chance que toi. Elle ne savait pas nager non plus et s'est noyée, la malheureuse. »

Ada l'avait écoutée patiemment puis, d'une voix qui n'était plus qu'un murmure, elle avait répondu :

« Ce n'est pas May Hawkins que j'ai vue. »

J'ai patienté : qu'allait-elle révéler de plus à Lucy, allait-elle lui confier ce qui lui était réellement arrivé au fond de la rivière ?

Mais Ada n'avait pas donné d'autres précisions sur « la personne » qu'elle avait vue au fond de l'eau.

« Il y avait une lueur bleue, avait-elle préféré poursuivre. J'ai tendu la main pour l'attraper ; ce n'était pas une lumière, mais une pierre, toute scintillante. »

Elle a ouvert la main et j'y ai vu briller le Radcliffe Blue. Elle l'avait arraché au lit de la Tamise où il attendait parmi les galets depuis des années.

« Je l'ai vue briller et je m'y suis accrochée parce que je savais qu'elle me sauverait. Et c'est bien ce qui s'est produit. Mon amulette a su me trouver au moment même où j'en avais besoin et elle m'a protégée du mal. Exactement comme vous me l'aviez dit. »

Aujourd'hui, le ciel est bleu, le temps est doux : Birchwood Manor ne désemplit pas, un flot continu de touristes qui vont ensuite déjeuner dans l'un des pubs des environs. Ils vont par petits groupes de pièce en pièce d'un pas traînant, et le guide – Seigneur, c'est insupportable – recommande à son énième troupe de fermer les yeux dans la « chambre de Fanny » : « Ne sentez-vous pas comme une suggestion fantomatique de cette eau de Cologne à la rose qu'affectionnait Mlle Brown ? » Je les ai donc abandonnés pour revenir à la malterie, où Jack essaie de se faire discret. Plus tôt dans la matinée, j'ai vu quelques-uns des mails de Mme Wheeler, qu'il avait imprimés. Et notamment, une lettre de Lucy à Ada, datée de mars 1939. Hélas, la feuille disparaissait en grande partie sous un autre document et je n'ai toujours pas pu lire le texte. J'espère qu'il a disposé ses papiers d'une autre manière, ce qui me permettra de savoir enfin ce que raconte cette lettre.

Dans le vestibule du rez-de-chaussée, un autre groupe s'est amassé autour du grand tableau exposé sur le mur sud. C'est la première œuvre d'Edward à avoir reçu les honneurs de la Royal Academy. L'œuvre fait partie de ce que l'on appelle globalement les « tableaux de la Haute Tamise ». La vue correspond à celle que l'on a de la plus haute fenêtre de Birchwood. Panorama ravissant, avec ses étendues champêtres, sa forêt dense, les montagnes dans le lointain. Mais sous le pinceau d'Edward la scène pastorale se métamorphose par la grâce des magentas et des gris sombres en une vision d'une déconcertante beauté. Le tableau a été maintes fois cité comme exemple du passage de l'art de la représentation à « l'art de l'atmosphère ».

Quoi qu'il en soit, l'œuvre est ensorcelante ; les touristes du jour la commentent dans les termes habituels. « Les couleurs sont merveilleuses ! » « Ça n'engendre pas la gaieté, hein ? » Ou bien : « Mais quelle incroyable technique ! » Mais peu d'entre eux choisissent cette affiche à la boutique du musée.

L'un des talents d'Edward était de s'emparer de ses propres émotions et, par le choix du pigment ou du pinceau approprié, de les traduire visuellement avec une virtuosité sans compromis, nourrie par son propre besoin de communiquer et d'être compris. Si l'affiche de *Vue de la fenêtre du grenier* se vend mal, c'est que la toile qu'elle reproduit est une œuvre alimentée par la peur et que, en dépit de sa beauté, les gens, sans connaître l'histoire de sa création, en ressentent le caractère menaçant.

Le paysage qu'elle représente s'est imposé à Edward lorsqu'il n'avait que quatorze ans. Âge fragile auquel les perceptions changent, de même que les émotions ; Edward de surcroît était un garçon à la sensibilité particulièrement intense. Je ne l'ai jamais vu réagir sans s'engager pleinement. Enfant, il avait éprouvé toutes sortes de passions et pratiqué toutes sortes de passe-temps plus obsessionnels les uns que les autres, dont chacun, à son tour, avait exercé sur lui un empire absolu. Il s'était enflammé pour des mondes féeriques, des théories occultes, avait même eu un temps l'idée d'invoquer un fantôme. Cette étrange fantaisie lui était venue des livres qu'il lisait en cachette à l'internat, où il passait de longues heures à étudier, à la lueur de la bougie, d'antiques traités découverts dans les profondeurs de la bibliothèque.

C'est à cette époque que ses parents étaient partis pendant un an en Extrême-Orient pour y collecter des objets d'art. Les vacances d'été venues, Edward n'avait donc pas été envoyé à Londres, où il avait grandi, mais dans la propriété de son grand-père. Le Wiltshire est un comté ancien, riche en sortilèges : lorsque la pleine lune régnait, sphère d'argent dans la voûte étoilée, on pouvait encore les ressentir, disait Edward. Malheureux d'avoir été abandonné par ses parents et supportant mal la tyrannie de son grand-père, il avait pourtant trouvé de quoi nourrir son goût des esprits et du folklore des fées dans son exil en ce comté de craie.

Où pouvait-il aller pour invoquer son spectre ? Son choix se porta d'abord sur quelques églises des environs. Puis, après une conversation avec le jardinier de son grand-père, il décida plutôt de suivre la Cole jusqu'à sa confluence avec la Tamise. Il y avait non loin de là un endroit singulier, lui avait raconté le vieil homme, une clairière dans les bois sertie dans un des méandres de la rivière. Là, fées et fantômes côtoyaient encore les vivants. La grand-mère du jardinier, qui était née dans le Nord, à l'heure des fées, savait ces choses-là. C'était elle qui lui avait parlé de ce lieu secret.

Edward m'a confié les détails de sa quête par une soirée de bruine à Londres à la lumière de la bougie, alors que nous étions seuls dans son atelier. J'ai si souvent revécu les circonstances de sa narration que j'ai l'impression d'entendre sa voix en cet instant, comme s'il se tenait tout près de moi. Et je me souviens de cette nuit dans les bois comme si je l'avais accompagné.

Après avoir marché pendant de longues heures, il trouva le méandre et s'aventura dans la forêt, semant sur son chemin des silex qu'il avait ramassés en route pour ne pas se perdre. Il parvint à la clairière au moment où la lune s'élevait dans le ciel.

La nuit était claire et chaude ; il était très légèrement vêtu. En s'accroupissant derrière un tronc d'arbre, il sentit cependant quelque chose de très froid lui frôler la peau. Il haussa les épaules, chassa cette impression de son esprit, lequel était occupé par un spectacle bien plus intéressant.

Un rayon de lune illumina la clairière et Edward fut saisi par un sentiment de prémonition. Il allait se produire quelque chose, il en était certain. Un vent étrange se leva ; les feuilles des arbres se mirent à frissonner comme autant de fines lamelles d'argent. Ne venait-il pas d'entrevoir des yeux dans le feuillage, des yeux qui, comme les siens, épiaient la clairière déserte ? Et ces yeux attendaient, attendaient...

Puis soudain l'obscurité se fit.

Il leva les yeux : un nuage sorti de nulle part venait peut-être de passer devant la lune. Et tandis qu'il se redressait, une terreur ignoble enfonça ses griffes en lui.

Son sang se glaça et, sans savoir pourquoi, il fit volte-face et se mit à courir dans les bois, retrouvant tant bien que mal sa route grâce aux petits cailloux qu'il avait semés. Enfin il parvint à l'orée de la forêt.

Il poursuivit sa route à travers champs vers les terres de ses grands-parents – ou du moins le pensait-il. Il y avait quelque chose derrière lui, quelque chose qui l'avait pris en chasse ; il l'entendait distinctement malgré le son de sa propre et haletante respiration. Mais lorsqu'il eut la possibilité de lancer un coup d'œil par-dessus son épaule, il ne vit rien.

Le moindre de ses nerfs n'était plus qu'une flamme. Sa peau se soulevait, glacée, comme cherchant à fuir le contact de sa chair.

Il continua sa course dans ce paysage ténébreux, inconnu, sautant par-dessus les clôtures, traversant les broussailles hérissées d'épines, cavalant à travers les champs.

La créature ne l'avait pas lâché d'un pouce. Alors qu'il se pensait à bout de forces, Edward aperçut une maison à l'horizon. Une lumière scintillait à la plus haute de ses fenêtres, comme un phare dans la tempête : là se trouvait le refuge.

Le cœur battant à tout rompre, il se dirigea vers la maison, escalada le mur d'enceinte et se laissa tomber dans un jardin, que le clair de lune teintait d'argent. Un sentier dallé conduisait à la porte d'entrée. Elle n'était pas fermée à clé ; il l'ouvrit, se hâta de franchir le seuil et ferma la porte derrière lui, sans oublier de tirer le verrou.

D'instinct, il se précipita vers l'escalier, grimpa les marches, échappant à ce qui l'avait poursuivi par les champs et les bois. Il ne s'arrêta pas avant d'être parvenu au dernier étage, sous les toits. Il ne pouvait monter plus haut.

Il alla droit à la fenêtre et se mit à scruter l'obscurité.

Et il resta là, aux aguets, l'esprit en alerte, absorbant dans ses moindres détails la vision qui s'offrait à lui jusqu'à ce que l'aube se lève petit à petit, vrai miracle, et que le monde revienne enfin à son état normal.

Edward m'a avoué que, en dépit de toutes les histoires fantastiques et horrifiques qu'il avait lues ou inventées pour ses sœurs, il lui avait fallu attendre cette nuit dans la clairière et cette fuite devant un péril mortel pour comprendre ce qu'était réellement la peur. Cette expérience l'avait changé, disait-il : la terreur avait ouvert en lui quelque chose qui ne serait jamais plus complètement scellé.

Aujourd'hui, je sais exactement ce qu'il voulait dire. La vraie peur est indélébile : la sensation ne s'atténue jamais, si ancienne qu'en soit la cause. C'est une nouvelle manière de voir le monde : cette porte ouverte sur l'inconnu, qu'on ne peut plus refermer.

Si bien que, lorsque je regarde *Vue de la fenêtre d'un grenier*, je ne l'associe pas aux champs à l'extérieur du manoir, même si la ressemblance est singulière. Le tableau m'évoque bien davantage des espaces exigus et sombres où l'air stagne et où la gorge brûle et se contracte, à la recherche de l'oxygène qu'il lui faudra pour son prochain souffle.

Et si les touristes n'achètent pas *Vue de la fenêtre d'un grenier*, ils se ruent sur *La Belle*.

Ne devrais-je pas me sentir flattée de savoir que mes yeux les contemplent au-dessus de si nombreux canapés ? C'est une fierté bien mesquine, je le concède, mais je dois dire que *La Belle* se vend largement plus qu'aucune autre affiche de la boutique, y compris les œuvres de Thurston Holmes. J'en suis venue à comprendre que les clients se repaissent du parfum d'ignominie que répand dans leur charmant intérieur le portrait d'une voleuse de diamant, peut-être doublée d'une meurtrière.

Certains d'entre eux, qui ont lu l'essai de Leonard, comparent *La Belle* au *Portrait de Mlle Frances Brown, à l'occasion de son dix-huitième anniversaire*, et déclarent à qui veut les entendre : « Bien sûr, il était amoureux de son modèle, cela se voit comme le nez au milieu de la figure. »

C'est chose curieuse que de figurer sur autant de murs inconnus, plus de cent cinquante ans après avoir rencontré Edward Radcliffe et avoir posé pour lui dans le minuscule atelier du fond du jardin de sa mère.

Poser pour un artiste est l'une des expériences les plus intimes que l'on puisse vivre. C'est sentir le poids de l'attention pleine et entière d'une autre personne et l'affronter, les yeux dans les yeux.

La chose me semblait déjà assez envahissante lorsque Edward eut achevé le tableau, et qu'il fut temps pour *La Belle* de quitter l'atelier et de prendre place sur l'un des murs de la Royal Academy. Et cela, c'était bien avant qu'il soit possible de la multiplier à l'infini, de la vendre, de l'encadrer et de la reproduire sous des formes dérivées ; car mon visage, tel qu'Edward l'interpréta en 1861, apparaît au XXIe siècle sur des sacs de courses, des torchons, des porte-clés, des tasses et des couvertures d'agendas de bureau.

Je me demande ce que Felix, qui portait à la boutonnière un insigne représentant Abraham Lincoln et qui professait les idées les plus extraordinaires sur l'avenir, aurait pensé de tout cela. Sa prédiction s'est réalisée : l'appareil photographique est partout. Tous en possèdent au moins un maintenant. Au moment même où je vous parle, ils se traînent d'une pièce à l'autre du musée, braquant leur objectif vers tel ou tel fauteuil, tel ou tel carreau de faïence. Faisant l'expérience du monde par ce filtre, par les écrans de leurs téléphones, fabriquant des images pour le lendemain de manière à ne pas prendre la peine de voir ni de sentir les choses dans l'instant.

Les choses changèrent après qu'Edward fut venu me chercher chez Mme Mack, me soustrayant à notre repaire de Little White Lion Street. Edward et moi conférâmes tacitement à notre relation une constance qu'elle n'avait pas eue jusqu'ici. Edward commença à travailler sur un nouveau tableau intitulé *La Belle au bois dormant*. Peintre et modèle avions-nous été pour *La Belle*. Pour l'œuvre à venir, les rôles évoluèrent. Le sang de l'œuvre coulait dans les veines de la vie, le sang de la vie coulait dans celles de l'œuvre. Nous devînmes inséparables.

Les premières semaines de 1862 furent terriblement froides, mais le poêle de son atelier nous tenait chaud. Je me souviens, couchée sur le lit de coussins rouges que m'avait confectionné Edward, d'avoir souvent levé les yeux vers le plafond de verre couvert de buée, et vu luire le ciel d'un gris menaçant. Edward disposait mes cheveux en couronne autour de ma tête, longues mèches serpentant sur mes épaules et sur mon décolleté.

Nous passions toutes nos journées ensemble, et la plupart de nos nuits. Et lorsque enfin il reposait ses pinceaux, il me ramenait à Seven Dials et revenait me chercher à l'aube. Il n'y avait plus aucune limite à notre conversation : comme une aiguille entre les mains les plus expertes qui soient, elle tissait entre eux les divers fils de nos existences, si bien que nous nous trouvâmes bientôt liés par les histoires que nous nous racontions. Je lui ai fait part de la véritable identité de mes parents, lui ai parlé de l'horlogerie et de ses mille merveilles, des voyages à Greenwich, de la boîte en fer-blanc dans laquelle je voulais attraper la lumière ; je lui ai narré ma rencontre avec le Prince Pâle et notre amitié insolite ; Mme Mack et le Capitaine ; l'Enfant de l'omnibus et sa paire de faux gants en chevreau blanc. Je lui ai révélé mon vrai nom.

Les amis d'Edward ont remarqué son absence. Il avait toujours été sujet à des disparitions temporaires pendant lesquelles, consumé par son art, il quittait Londres, parfois des semaines durant, et s'embarquait dans des périples créatifs que sa famille, affectueusement, surnommait ses « lointains ». Mais la retraite absolue qu'il observa au début de l'année 1862 était d'un autre type. Il ne prit pas même le temps de leur écrire une lettre et ne se rendit à aucune des réunions hebdomadaires que la fraternité Magenta organisait en public à la taverne du Garde-Manger de la Reine.

En mars, *La Belle au bois dormant* presque achevée, il me présenta à ses amis. Je les rencontrai chez Felix et Adele Bernard, Tottenham Court Road – une maison dont la simple façade de brique dissimulait tout un monde bohème aux audaces débraillées. Les murs étaient du bordeaux ou du bleu le plus profond, recouverts d'immenses photographies et tableaux aux cadres dorés. Sur les chandeliers aux formes élégantes et complexes, des bougies brûlaient, par centaines, aurait-on dit, projetant sur les murs d'innombrables ombres ; l'air était saturé de fumée et de débats enflammés.

— C'était donc bien vous, l'élue, fit Thurston Holmes sans me quitter des yeux lorsque Edward nous présenta de nouveau.

Il porta ma main à ses lèvres, comme il l'avait fait dans les salles de la Royal Academy. Et je sentis de nouveau mon estomac se nouer en guise de sombre avertissement.

Je n'avais pas peur de grand-chose, à cette époque. Mon enfance à Seven Dials m'avait guérie de la plupart de mes craintes. Pourtant, Thurston Holmes me paralysait. Cet homme-là avait toujours eu toute licence d'agir, il ne manquait de rien, mais s'attachait démesurément à ce qu'il ne pouvait avoir. Il y avait en lui une certaine cruauté, à la fois désinvolte et préméditée ; il était passé maître dans l'art d'en user. Un soir, par exemple, après avoir ironisé fort méchamment sur l'une des premières photographies d'Adele Bernard, il se rassit, un sourire flottant sur les lèvres, et se délecta tranquillement du spectacle de son humiliation.

Thurston ne s'intéressait à moi que parce que je représentais un défi. J'étais une possession chérie qu'il fallait arracher à Edward. J'en étais bien consciente mais, je le confesse volontiers, je ne savais pas à l'époque de quoi il était capable, toujours prêt à blesser autrui pourvu qu'il en retire du plaisir.

Je me demande parfois quel tour aurait pris notre été 1862 si j'avais consenti à suivre Thurston après la soirée de novembre et notre rencontre à l'exposition de la Royal Academy, ou si j'avais su le flatter avec habileté. Ah ! Nous faisons tous des choix, pour le meilleur et pour le pire.

Les miens étaient catégoriques. Thurston me suggéra à plusieurs reprises de poser pour lui ; je refusai avec constance. J'évitais toujours de me trouver seule avec lui, j'ignorais les marques d'intérêt qu'il n'avait pas tout à fait cessé de me prodiguer. Fort discrètement, la plupart du temps, car il préférait me harceler en secret. Il ne s'autorisa qu'une fois à franchir les limites devant Edward ; je ne sais ce qu'il lui dit, mais il en résulta un œil au beurre noir qui orna son visage durant une bonne semaine.

Pendant ce temps-là, la satisfaction de Mme Mack était assurée par les fréquents paiements de mes services de modèle ; Martin n'avait d'autre choix que d'accepter, quoique avec réticence, la nouvelle direction qu'avait prise mon existence. Chaque fois qu'il le pouvait, il exprimait son désaccord. Parfois, le soir, lorsque nous quittions l'atelier d'Edward, je remarquais du coin de l'œil quelque vague mouvement qui trahissait sa présence de l'autre côté de la rue. J'étais en mesure cependant de tolérer les attentions déraisonnables de Martin tant qu'il restait à bonne distance.

La mère d'Edward quant à elle nous incitait à poursuivre notre association. *La Belle au bois dormant* fut exposée et très largement admirée en avril 1862 ; les commandes se multiplièrent. Mme Radcliffe rêvait pour son fils de la gloire conférée par la Royal Academy et des folles richesses engendrées par le succès – ce qui n'empêchait pas une certaine inquiétude. D'ordinaire, Edward se mettait immédiatement à travailler sur une nouvelle œuvre. Après l'exposition de *La Belle au bois dormant*, néanmoins, il n'en fut rien. Lorsqu'il ne sombrait pas dans un accès d'hébétude, le regard dans le lointain, il passait son temps à griffonner fébrilement dans l'un de ses carnets. Stimulée par la qualité de ses deux œuvres précédentes et par la confiance qu'elle avait en son avenir, la mère d'Edward nous rendait visite nuit et jour à l'atelier, ne cessant de m'offrir thé et gâteaux comme si elle craignait qu'en l'absence de ces nourritures je n'en vinsse à disparaître, à réintégrer le lieu étrange où ils m'avaient trouvée.

Quant à Fanny, hormis le bref hochement de tête qu'elle m'accorda non sans dédain lors de l'exposition de *La Belle au bois dormant*, je ne la revis qu'une fois. Elle vint avec sa mère prendre le thé chez Mme Radcliffe, qui les accompagna jusqu'à l'atelier pour qu'elles puissent voir l'artiste au travail. Elles franchirent le seuil, se collèrent à l'épaule d'Edward, Fanny paradant dans sa robe de satin toute neuve. « Mon Dieu, minaudait-elle, que de jolies couleurs ! » Le regard d'Edward croisa alors le mien et je vis s'épanouir dans ses prunelles un sourire d'une telle tendresse, d'une telle ardeur, que j'en eus le souffle coupé.

Me croirez-vous si je vous dis qu'Edward et moi, pendant ces longs mois, ne discutâmes pas une seule fois de Fanny ? Et ce n'était pas par un effort conscient. La chose peut paraître d'une naïveté désespérante eu égard aux événements qui suivirent, mais Fanny était tout simplement absente de nos préoccupations. Nous avions tant d'autres sujets de conversation ! Elle n'avait pas d'intérêt pour nous. Que ceux qui s'aiment sont égoïstes !

C'est l'un de mes plus grands regrets et j'y reviens constamment dans mes ruminations. Comment avais-je pu être si sotte ? Comment avais-je pu penser une seconde que Fanny renoncerait à Edward sans protester ? Ce manque de lucidité vient de ce que nous n'avions pas le choix : il nous fallait être ensemble. Aucun de nous deux ne pouvait envisager que le reste du monde ne pût reconnaître ni accepter cette vérité première.

Elle est revenue !

Elodie Winslow, l'archiviste de Londres, la gardienne du souvenir de James Stratton et du carnet de dessins d'Edward !

Je l'ai vue devant le guichet du musée : elle essaie d'acheter un billet pour la maison et le jardin. Mais quelque chose cloche, je le devine à l'expression d'irritation polie dont son visage est empreint et au geste par lequel elle désigne sa montre. Il me suffit d'un regard à mon horloge, exposée dans la chambre violette, et je comprends ce qui se passe.

Je ne me suis pas trompée. Voici ce qu'elle dit lorsque je la rejoins devant le guichet :

— J'aurais dû arriver plus tôt, mais j'ai eu un autre rendez-vous. Je suis partie dès que j'ai pu, mais mon taxi s'est retrouvé coincé derrière un véhicule agricole, et les routes sont si étroites ici qu'il n'a pas pu le dépasser.

— Malheureusement, répond le bénévole (un certain Roger Westbury, si j'en crois son badge), le nombre de visiteurs est limité et nous avons déjà atteint notre quota journalier. Il va falloir que vous reveniez le week-end prochain, hélas.

— Mais je dois rentrer à Londres ! Je ne serai pas là le week-end prochain.

— Je suis désolé, mais je suis sûr que vous comprenez la situation. C'est dans l'intérêt des lieux. Nous ne pouvons accepter qu'un nombre limité de visiteurs dans les appartements, pour protéger les pièces exposées.

Elodie lève les yeux vers le mur d'enceinte de Birchwood, que surmontent les pignons jumeaux. Il y a une telle expression de nostalgie sur son visage que je me promets de procurer à ce Roger Westbury un hiver particulièrement froid et désagréable. Elle se retourne vers le guichet.

— Je peux quand même aller prendre un thé ?

— Mais bien sûr. Le café est juste derrière nous. Vous voyez cette grange, là-bas, près du ruisseau, le Hafodsted ? C'est là. Vous y trouverez également la boutique. Peut-être vous laisserez-vous tenter par une affiche ou par un joli sac en toile.

Elodie se dirige vers la grange. À mi-chemin, et sans le moindre soupçon de duplicité, elle tourne sur sa gauche – la grange est à droite – et franchit le portail de fer forgé qui mène au jardin de Birchwood.

Elle s'y promène un moment et je la suis. Son attitude a changé. Elle ne sort pas le carnet d'Edward de son sac et son visage n'arbore pas l'air de plénitude rêveuse qu'elle avait hier. Son front est légèrement plissé, j'ai l'impression assez nette qu'elle cherche quelque chose de précis. Elle n'est pas seulement là pour admirer les roses.

Elle s'écarte de fait des massifs les plus élégants, préférant longer le mur couvert de lierre et d'autres plantes grimpantes. Elle fait halte, glisse la main dans son sac – va-t-elle en extraire le carnet ?

Non, c'est une photographie. Une photographie en noir et blanc d'un homme et d'une femme assis côte à côte au grand air, dans un creux de verdure.

Elle tend le cliché droit devant elle et le compare avec le spectacle qu'elle a sous les yeux. De toute évidence, cela ne lui plaît guère, car elle laisse retomber son bras et poursuit son chemin, tourne au coin de la maison et passe devant le marronnier. Elle n'est plus très loin de la malterie à présent et je suis bien décidée à ne pas la laisser partir sans en apprendre davantage. Je la vois lever les yeux vers la fenêtre de la cuisine : hier, c'était là que Jack récurait le plat dans lequel il avait fait cuire sa tourte. Elodie est en proie à l'hésitation. J'en reconnais les signes. Elle n'a besoin que d'un petit encouragement, que je suis trop heureuse de lui prodiguer.

Allez, lui susurré-je. *Qu'as-tu à perdre ? Avec un peu de chance, il te redonnera accès à la maison.*

Elodie s'avance vers la porte de la malterie et frappe au battant.

Jack, qui s'est couché au petit matin et n'a pas bien dormi, s'est assoupi et ne l'entend pas.

Mais je ne veux pas qu'elle parte. Je m'agenouille tout près de Jack et lui souffle dans l'oreille de toutes mes forces. Il se redresse sur son séant comme un diable dans sa boîte, tout frissonnant – à temps pour entendre Elodie frapper de nouveau.

Il se lève et, d'un pas vacillant, va lui ouvrir.

— Je suis revenue, lui dit-elle.

Il lui est difficile de ne pas remarquer qu'il vient de sortir du lit.

— Je suis navrée de vous déranger, ajoute-t-elle en conséquence. Vous habitez ici ?

— De manière temporaire.

Il ne donne pas plus d'explications ; elle est trop bien élevée pour en réclamer.

— Je suis vraiment désolée de vous embêter encore, mais vous avez été si serviable hier. Je me demandais si vous seriez disposé à me permettre de visiter la maison une deuxième fois.

— C'est jour d'ouverture.

Du menton il désigne la porte de derrière. Une bordée de touristes vient tout juste d'en émerger.

— Oui, mais votre collègue de la billetterie m'a expliqué que j'arrivais trop tard pour la dernière tranche horaire.

— Il vous a dit ça ? Quel cuistre.

Elle a un sourire étonné.

— Eh bien… en effet, c'est ce que j'ai pensé. Mais vous semblez… moins à cheval sur les conventions.

— Écoutez… En d'autres circonstances, cela ne poserait aucun problème. Mais ce soir, c'est impossible. Mon… mon collègue m'a prévenu dans la journée de ce qu'il allait rester un peu plus longtemps pour surveiller des travaux qui doivent être effectués dans le musée. Hélas, il semble qu'il sera là aussi demain matin pour veiller à ce que les meubles soient réinstallés comme il le faut.

— Ah.
— Si vous revenez vers midi, il aura fini, je pense.
— Midi.
Elle hoche la tête, songeuse.
— J'ai un autre rendez-vous à onze heures, mais je devrais pouvoir passer juste après.
— Parfait.
— Parfait.
Elle sourit de nouveau. Il la rend un peu nerveuse, je vois cela.
— C'est gentil, en tout cas. Je vais profiter un peu plus longtemps du jardin, jusqu'à ce qu'ils me fichent à la porte.
— Prenez votre temps, répond-il. Si j'étais vous, je ne me laisserais pas faire.

Il est presque six heures. Les derniers visiteurs de la journée sont refoulés vers le portail lorsque Jack retrouve Elodie dans le jardin. Elle s'est installée sur une chaise de jardin, contre le mur en pierre qui sépare la pelouse du verger. Il a réparti le contenu d'une canette de bière entre deux gobelets et lui en propose un.
— J'ai dit à mon collègue que ma cousine était passée me saluer.
— C'est très gentil de votre part.
— Vous aviez l'air d'avoir besoin d'un petit peu plus de temps.
Il s'assied sur l'herbe.
— Santé !
— Santé.
Elle sourit et avale une gorgée de bière. Ils restent muets un bon moment et je me demande lequel des deux je vais titiller lorsque enfin elle ouvre la bouche.
— C'est un endroit magnifique. Je ne m'étais pas trompée.
Jack ne répondant pas, elle reprend après un silence :
— Je ne suis pas toujours aussi…

Elle hausse les épaules.

— Quelle journée curieuse, en fait. J'ai eu un rendez-vous en début d'après-midi et ça me trotte dans la tête. Je rentre à Londres demain dans la journée et je n'ai pas l'impression d'avoir pu faire ce que j'espérais pendant cette brève visite.

Mais pourquoi Jack ne lui pose-t-il pas davantage de questions ? Qu'espérait-elle accomplir ? Il résiste à mes prières et il fait bien, car elle n'est que trop disposée à s'expliquer.

— Il y a quelques jours, on m'a donné ceci, dit-elle en lui tendant la photographie.

— C'est très joli, dit-il. C'est quelqu'un que vous connaissez ?

— Ma mère. Lauren Adler.

Jack secoue la tête, sans savoir que dire.

— C'était une violoncelliste assez connue.

— Et ce jeune homme est votre père ?

— Non, c'était un violoniste, un Américain. Ils avaient donné un concert ensemble, à Bath, et rentraient à Londres quand ils se sont arrêtés en chemin pour déjeuner. J'aurais bien aimé retrouver l'endroit où ils s'étaient installés.

Il lui rend le cliché.

— Ils auraient déjeuné ici ?

— Je crois. Et je voudrais bien en être certaine. Ma grand-mère a vécu quelques années dans cette maison, à partir de 1940 – elle avait onze ans. Elle avait dû quitter Londres avec sa mère et ses frères, leur maison ayant été bombardée pendant le Blitz. Ma grand-mère Bea n'est plus de ce monde, mais son frère – mon grand-oncle – m'a raconté que, quelques jours avant le concert de Bath, ma mère est venue le voir pour lui demander l'adresse de cette demeure.

— Et pourquoi ?

— C'est ce que j'essaie de comprendre, en fait. Dans la famille, il y a une histoire, ou plutôt un conte de fées, qu'on se transmet d'une génération à l'autre. Je n'ai compris qu'il y a quelques jours que cette histoire avait pour décor Birchwood Manor. Mon grand-oncle m'a révélé que, quand il était petit, il avait eu une bonne amie ici, quelqu'un du coin : c'était elle qui lui avait raconté cette histoire. Il l'a transmise à ma mère, qui à son tour me l'a racontée quand j'étais petite. Nous sommes très attachés à ce conte – et à cette maison aussi, du coup. Et même encore aujourd'hui, assise dans ce jardin, je ne peux pas m'empêcher de ressentir une sorte de sentiment de propriété. Et je peux comprendre pourquoi ma mère avait envie de venir ici, mais pourquoi après ce concert ? Pourquoi a-t-elle rendu visite à son oncle, pourquoi est-elle passée avec le violoniste à Birchwood Manor ?

Ah. Voilà : Elodie est la petite-nièce de Tip, le petit Tip. Il n'est pas mort et il se souvient de l'histoire que je lui ai racontée. Si j'avais un cœur, il en serait réchauffé. Et je sens les ondes d'autres souvenirs se propager en moi lorsqu'elle parle de sa mère, la violoncelliste, de la photographie des deux jeunes gens assis dans leur nid de lierre. Je me souviens d'eux. Je me souviens de tout. Des souvenirs qui ressemblent aux pierres précieuses du kaléidoscope que mon Prince Pâle gardait sur son étagère à jouets : des gemmes discrètes qui inventent de nouvelles positions lorsqu'elles se joignent, ne cessant de créer des motifs différents et cependant liés.

Elodie ressort le cliché de son sac.

— Ma mère est morte quelques heures après cette visite à Birchwood.

— Je suis navré.

— Oh, il y a des années, vous savez.

— Ça n'empêche. La vie m'a enseigné que le chagrin n'avait pas de date limite.

— C'est vrai. Et j'ai de la chance d'avoir cette photo. La personne qui l'a prise est une artiste réputée, aujourd'hui, mais ce n'était pas le cas il y a vingt-cinq ans. Elle avait repéré ces deux jeunes gens par le plus grand des hasards. Elle ne les avait pas reconnus. Elle les trouvait charmants, c'est tout.

— C'est une très belle photo.

— J'étais persuadée qu'en explorant chaque centimètre carré du jardin je finirais par voir surgir ce coin tapissé de lierre et, qu'en m'y arrêtant un moment je pourrais d'une certaine manière savoir ce à quoi ma mère pensait ce jour-là. D'où lui venait ce désir urgent d'avoir l'adresse de Birchwood. De venir ici.

« Avec lui » : ces deux mots, qu'elle a tus, s'enfuient sur la brise qui fraîchit, et disparaissent.

Le téléphone d'Elodie se manifeste à cet instant précis – une sonnerie artificielle, désagréable. Elle jette un coup d'œil à l'écran, mais ne répond pas.

— Je suis désolée, dit-elle en secouant brièvement la tête. D'habitude, je ne suis pas aussi… bavarde.

— Hé. Il faut bien que les cousins servent à quelque chose.

Elle sourit, finit sa bière et lui tend le verre.

— Je reviens demain.

— Au fait ! Je m'appelle Jack.

— Elodie, répond-elle.

Puis elle range la photographie dans son sac et s'en va.

Depuis qu'elle est partie, Jack est d'humeur songeuse. Le charpentier a passé toute la soirée dans la maison, à manier sans ménagement son marteau et ses clous. Au bout de une heure ou deux, Jack, qui n'arrivait à rien, est allé faire un tour dans le musée demander s'il pouvait donner un coup de main. Il est habile de ses dix doigts, visiblement. Le charpentier n'était pas mécontent d'avoir un assistant de cette qualité et ils ont travaillé deux bonnes heures, pendant lesquelles ils n'ont échangé que des banalités. Jack a ajouté à cette maison quelque chose qui demeurera après son départ ; cette idée me plaît.

Le soir, au dîner, il a mangé du pain beurré avant d'appeler son père, en Australie. Cette fois-ci, aucun anniversaire ne lui a servi de prétexte. La conversation a langui pendant les cinq premières minutes et, soudain, Jack a repris :

« Papa, tu te souviens comme il escaladait les arbres ? Un vrai chef. Tu te souviens du jour où Tiger est resté coincé dans le manguier ? Il est monté jusqu'en haut et il est redescendu avec lui. »

Qui est ce « il » et pourquoi Jack en parle-t-il avec un tel chagrin ? Pourquoi sa voix se tend-elle, pourquoi y a-t-il dans son maintien quelque chose qui s'affaisse et qui lui donne l'apparence d'un enfant abandonné ?

Voilà les rêveries qui m'occupent l'esprit.

Il est allé se coucher. La maison a sombré dans le silence. Il n'y a plus que moi qui erre dans les couloirs, et donc je suis montée dans la chambre de Juliet, où est exposé le portrait de Fanny.

Vêtue d'une robe verte toute neuve, la jeune femme fixe, rêveuse, le peintre. Le portrait la saisit pour l'éternité, telle qu'elle était en ce printemps où elle rencontra Edward. La pièce où elle se tient est richement décorée, dans le style prisé par son industriel de père. La fenêtre à guillotine est ouverte, et la précision du regard d'Edward est telle que l'on sent la fraîche caresse de l'air sur le bras de Fanny. De chaque côté de la vitre, des tentures de brocart retombent en vagues ivoire et bordeaux, encadrant un paysage de campagne hors du temps.

Mais c'est la lumière – la lumière, toujours la lumière – qui fait chanter ses tableaux.

Les critiques disent que cette œuvre-ci n'est pas qu'un portrait de Fanny, qu'elle parle de la confrontation de la jeunesse et de la permanence, de la société et de la nature.

Edward affectionnait les allusions et il est fort possible qu'il ait eu ces deux oppositions à l'esprit lorsqu'il dressa son chevalet. Il n'est pas faux de dire que le portrait de Fanny a deux objectifs. Car le paysage entrevu par la fenêtre, un champ d'été jauni par le soleil, n'a rien de notable, jusqu'à ce que l'on remarque dans le lointain, presque dissimulée par un bosquet, une locomotive tractant quatre wagons.

Ce n'est pas un hasard. Le portrait de Fanny dans sa robe de velours vert est une commande de son père, à l'occasion des dix-huit ans de sa fille. La locomotive sans nul doute est un détail destiné à lui plaire. La mère d'Edward aurait encouragé de telles flatteries ; elle ne cachait pas ses ambitions pour son fils et Richard Brown était l'un des « barons du rail » de l'époque. Il avait fait fortune dans la production d'acier et se préparait à développer son activité au moment même où les chemins de fer étendaient leur empire dans tout le pays.

M. Brown adorait sa fille. J'ai lu une retranscription de l'entretien qu'il a eu avec les autorités après le drame – Leonard l'avait obtenue dans le cadre de sa thèse. M. Brown, dévasté par la mort de Fanny, ne voulait pas que le souvenir de cette dernière soit terni par des rumeurs de fiançailles rompues ou, pis encore, de la présence d'une autre femme dans la vie du peintre. Le père de Fanny avait de l'influence. Jusqu'à ce que Leonard entreprenne son enquête, M. Brown avait réussi à arracher du grand livre de l'histoire la page qui me concernait. Un père aimant est prêt à tout pour ses enfants.

Parents, enfants. La relation la plus simple du monde, et la plus compliquée. Chaque génération transmet à la suivante une valise pleine de pièces prises à d'innombrables puzzles accumulés depuis des siècles, avec cette prière : « Eh bien, à vous d'en faire quelque chose, maintenant. »

C'est dans cet esprit que je pense à Elodie en ce moment. Il y a quelque chose en elle qui m'évoque le Prince Pâle. Je l'ai remarqué hier : c'est la manière dont elle s'est présentée à Jack et dont elle a répondu à ses questions. Elle est réfléchie, précautionneuse, elle est attentive aux autres, en partie – cela se voit – parce qu'elle respecte son interlocuteur, mais aussi, je pense, parce qu'elle craint toujours de ne pas être à sa hauteur. Mon Prince Pâle procédait de même. Dans son cas, cela était dû à la personnalité de son père. J'imagine que la chose était courante dans ces familles où la primogéniture avait du sens : les fils sont prénommés comme les pères et l'on attend d'eux qu'ils se conforment au moule familial, car il faudra tôt ou tard prendre la place du patriarche et perpétuer la dynastie.

Le Prince Pâle était fier de son père, figure importante du gouvernement et de la vie politique du pays, et de surcroît collectionneur émérite. Souvent, lorsque je lui rendais visite dans sa chambre sous les toits en l'absence de sa famille, le Prince Pâle m'invitait à explorer les pièces de leur grande maison, dont les fenêtres donnaient sur Lincoln's Inn Fields. Un vrai palais des merveilles ! Son père avait parcouru le monde et rapporté toutes sortes d'antiquités : un tigre empaillé côtoyait un sarcophage égyptien, que surmontait un masque de bronze retrouvé dans les décombres de Pompéi, ricanant parmi une armée de minuscules sculptures japonaises. Il y avait des fragments de frises grecques, des tableaux de la Renaissance italienne, des Turner, des Hogarth, et même une collection de manuscrits du Moyen Âge, dont un des *Contes de Canterbury*, peut-être plus ancien que celui qui trône dans la bibliothèque du comte d'Ellesmere. Parfois, lorsque son père recevait un grand nom des arts ou des sciences, le Prince Pâle et moi nous faufilions au rez-de-chaussée pour écouter, l'oreille collée à la porte, la conférence improvisée.

La maison avait été réaménagée pour laisser place à de longs couloirs que le Prince Pâle appelait « les galeries ». Entre les arches et les colonnes, les murs immenses étaient couverts de tableaux aux riches cadres et d'étagères regorgeant de trésors divers. Parfois, lorsque le Prince Pâle et moi nous amusions trop pour envisager mon retour forcé aux larcins du jour, il m'introduisait discrètement dans les galeries pour y chiper une babiole que je pusse rapporter à Mme Mack. Certes, j'aurais pu me sentir coupable de voler de si précieux et si rares objets : mais, comme Joe le faisait remarquer, la plupart d'entre eux avaient été dérobés à leurs vrais propriétaires bien avant que je ne contribue à leur circulation.

J'aurais tant voulu savoir ce qui est arrivé par la suite au Prince Pâle. S'est-il marié à celle à laquelle il avait fait allusion, un soir, dans sa chambre, tandis qu'il me parlait d'amour non réciproque ? A-t-il trouvé le moyen de gagner son affection et de lui faire comprendre qu'elle ne trouverait pas d'homme meilleur que lui ? Oh, je donnerais tout ce que j'ai pour le savoir. Et qu'est-il devenu, lui ? Vers quel domaine a-t-il dirigé son infatigable énergie, sa curiosité, sa bonté ? Car si le Prince Pâle était fier de son père, il n'avait peut-être pas envie de suivre ses traces. Oh, qu'on ne s'y trompe pas : si Joe me laissa me servir dans les collections paternelles, c'est en partie parce qu'il voulait que je reste plus longtemps à son côté, mais aussi parce qu'il avait un mépris en somme assez moderne pour l'excès de richesse et de trésors en tout genre. Il y avait une troisième raison. Le Prince Pâle m'ouvrait les vitrines de son père comme il avait refusé, plus jeune, d'user de son nom de famille : il ne lui déplaisait pas d'égratigner un petit peu la statue du commandeur.

Le Prince Pâle, Ada, Juliet, Tip… Il y avait un homme qui venait régulièrement chez l'oiselier de Little White Lion Street acheter des pigeons, pour son service de messagerie. Ces oiseaux étaient répartis au loin chez ses clients, lesquels, en cas de message urgent, les renvoyaient à Londres – car les pigeons rentrent toujours chez eux. Oui, lorsqu'on expédie les bons messagers dans le grand monde, ils finissent toujours par revenir les bras chargés.

C'est ainsi. Mes oiseaux aussi sont revenus et je me sens irrésistiblement attirée vers le paroxysme de mon récit. À partir duquel tout se dénoue si vite…

Chapitre 22

Elodie, été 2017

La chambre qu'Elodie avait réservée au Cygne se trouvait au premier étage, tout au fond du couloir. Il y avait une fenêtre en vitrail et un banc pour une personne, duquel on pouvait apercevoir la Tamise. Elle s'y était installée avec une pile de livres et ses dossiers, et mangeait en cet instant le sandwich qu'elle s'était acheté pour le déjeuner, mais qui, avait-elle décidé, pouvait aussi bien lui servir de dîner. Il ne lui avait pas échappé qu'une semaine exactement s'était écoulée depuis le moment où elle s'était perchée sur l'appui de fenêtre de son appartement de Londres, la mantille de sa mère sur la tête, les yeux fixés sur cette même Tamise coulant, silencieuse, vers la Manche.

Il s'était passé tant de choses depuis. Raison pour laquelle elle se retrouvait confortablement installée dans une chambre bien à elle, quelque part dans le petit village de Birchwood, après être allée non pas une seule fois mais deux déjà au manoir lui-même depuis son arrivée. La journée avait commencé par une certaine frustration. Tandis qu'elle visitait l'élégante ferme réaménagée de l'amie de Penelope à Southrop, admirant poliment ses armées de canapés et de tentures arborant les cinquante gris les plus raffinés du nuancier Pantone, Elodie n'avait eu qu'une envie : rentrer à Birchwood Manor. Elle s'était libérée des griffes de l'amie le plus vite possible, après lui avoir solennellement promis de revenir le lendemain à onze heures, avait appelé un taxi et avait dû se mordre le poing pour s'empêcher de hurler de rage lorsque la voiture s'était malencontreusement retrouvée coincée derrière un véhicule de ferme qui roulait à quinze kilomètres-heure.

Si elle n'avait pas pu entrer dans la maison avant la fermeture du guichet, Elodie avait pu au moins accéder au jardin. Grâce à Jack, lequel, visiblement, ne travaillait pas pour le musée, mais était sans doute chargé d'une tâche en rapport avec Birchwood Manor. Elle l'avait rencontré la veille et il l'avait fait entrer ; il lui avait suffi de franchir le seuil pour comprendre que, pour la première fois depuis des mois, elle se trouvait exactement là où elle devait être. Elle avait ressenti une étrange incitation à pénétrer plus avant dans les recoins de la maison, comme si la maison elle-même l'y invitait – pensée grotesque qu'elle n'aurait pas osé verbaliser et qu'elle ne devait avoir conçue que pour justifier une visite que rien n'autorisait.

Tandis qu'Elodie finissait son sandwich, son téléphone portable sonna. Le nom d'Alastair apparut sur l'écran. Elle ne décrocha pas. La sonnerie ne s'interrompit pas immédiatement. Il ne l'appelait probablement que pour lui redire à quel point Penelope était déçue par cette histoire de musique. Lorsque Elodie lui avait fait part de son intention de ne pas utiliser les enregistrements de Lauren Adler, le silence avait duré si longtemps qu'elle était certaine d'avoir perdu la ligne. Puis :

« Tu plaisantes ? » avait demandé Alastair.

Tu plaisantes ?

« Non, je...

— Écoute. »

Il avait émis un petit rire étouffé, comme s'il était sûr que tout cela résultait d'un simple malentendu qu'il se faisait fort de régler.

« Je ne crois pas que tu puisses reculer sur cette question à l'heure qu'il est. Ce n'est pas très sympa.

— *Sympa* ?

— Par rapport à mère. Elle s'est investie à fond dans cette histoire d'enregistrements. Elle en a parlé à toutes ses amies. Ça la mettrait sens dessus dessous, et franchement pour quelle raison ?

— Parce que… cela me met mal à l'aise.

— Bon, écoute, de toute façon, on ne trouvera jamais de meilleure interprète. »

Un bruit s'était fait entendre à l'autre bout de la ligne, côté Alastair.

« J'arrive dans la seconde, avait-il dit à une tierce personne avant de revenir à Elodie. Écoute, il faut que j'y aille. Pour l'instant, on ne fait rien, mais on en reparlera quand je serai de retour à Londres, d'accord ? »

Et avant même qu'elle puisse lui dire que, non, elle n'était pas d'accord, qu'elle avait pris sa décision et qu'il n'y avait pas matière à débat, il avait raccroché.

Et dans sa chambre du Cygne, Elodie se rendit compte qu'un cercle d'acier lui enserrait la poitrine. Était-ce seulement la fatigue, le trouble du moment ? Sans doute. Elle aurait bien aimé en discuter avec quelqu'un qui aurait pu la rassurer sur la question – « Bien sûr, Elodie, ce n'est que cela, tout va bien. » Pippa naturellement était la meilleure des confidentes, mais Elodie avait le sentiment que son amie ne lui dirait rien de ce qu'elle voulait entendre. Et qu'en résulterait-il ? Le désordre. Le chaos le plus complet. Or, Elodie détestait le désordre. Toute sa vie avait consisté en un exercice de contournement, de répression et d'éradication du désordre.

Elle chassa donc Alastair de son esprit et se plongea dans la lecture des articles. Ils lui avaient été transmis le jeudi précédent par un Tip surgi de nulle part. Lorsqu'elle était rentrée du bureau, il se tenait devant chez elle, avec son vieux vélo bleu, et une musette en bandoulière qu'il avait ôtée avant de la lui tendre. « Les articles de ma mère, lui avait-il annoncé. Ceux qu'elle écrivait quand nous habitions Birchwood Manor. »

La musette contenait une chemise en carton passablement écornée dans laquelle Elodie trouva quelques feuillets dactylographiés et une abondante collection de coupures de presse. Elles étaient toutes signées du nom de Juliet Wright, l'arrière-grand-mère d'Elodie. « Lettres de mon chemin », déchiffra cette dernière.

« C'est que maman écrivait pendant la guerre. Quand elle est morte, c'est ta grand-mère Bea qui a récupéré ce dossier. Puis j'en ai hérité. Il me semble qu'il est temps que je te le confie. »

Ce geste avait bouleversé Elodie. Elle se rappelait très vaguement son arrière-grand-mère, une très vieille dame à laquelle Elodie avait rendu visite dans une maison de retraite quand elle avait cinq ans. Lui en restait une image inaltérable : la chevelure de la vieille dame, blanche comme une feuille de papier. Et Tip ? Quel souvenir en avait-il gardé ?

« C'était une femme merveilleuse. Brillante, très drôle, parfois même acerbe, mais jamais avec ses enfants. Elle ressemblait à Lauren Bacall, une Lauren Bacall qui aurait été journaliste à Londres dans les années 1940, plutôt qu'actrice à Hollywood. Elle était toujours en pantalon. Elle adorait mon père. Elle nous adorait tous les trois, Red, Bea et moi.

— Elle ne s'est jamais remariée ?

— Non, mais elle avait des tonnes d'amis. Des gens qui l'avaient connu, lui, des gens de théâtre. Et Juliet était une épistolière de première classe. Elle passait son temps à recevoir des lettres et à y répondre. Quand je pense à elle, maintenant, c'est ainsi que je la vois : assise à son bureau et noircissant des blocs de correspondance les uns après les autres. »

Elodie lui avait proposé de monter prendre un thé chez elle. Depuis la visite à l'atelier de Tip, un certain nombre de questions s'étaient formées dans son esprit, surtout après avoir récupéré la photo de sa mère. Elle l'avait montrée à Tip et lui avait expliqué quand et où elle avait été prise, ne le quittant pas une seconde des yeux, tant elle était désireuse de décrypter l'expression de son visage.

« Tu reconnais ce paysage ?

— Ça n'est pas très détaillé, avait-il répondu en secouant la tête. Ça pourrait être n'importe où. »

Tip lui cachait la vérité, elle en était convaincue.

« Je crois qu'en rentrant de Bath elle est allée à Birchwood Manor avec cet homme. Je crois que la maison avait une signification particulière pour elle, de même que cet homme », avait-elle fini par dire.

Tip lui avait rendu le cliché, le regard fuyant.

« Tu devrais en parler à ton père.

— Et lui briser le cœur ? Tu sais très bien qu'il ne peut pas prononcer son nom sans se mettre à pleurer.

— Il l'aimait. Et c'était réciproque. C'étaient les meilleurs amis du monde, ces deux-là.

— Mais elle l'a trompé.

— Tu n'en sais rien.

— Je ne suis pas née de la dernière pluie, Tip.

— Dans ce cas-là, tu as déjà assez vécu pour savoir à quel point la vie est compliquée. Les apparences sont parfois trompeuses. »

Déclaration qui avait étrangement fait écho à celle du père d'Elodie, des années plus tôt. « La vie est un long fleuve. Et pas toujours tranquille. »

Ils avaient parlé d'autre chose. Avant de repartir, cependant, Tip lui avait donné ce conseil : « Tu devrais en parler à ton père, lui avait-il dit d'un ton grave, presque autoritaire. Sa réaction te surprendra peut-être. »

Elodie n'en était pas si sûre, même si elle avait la ferme intention de retourner voir Tip dès son retour à Londres. Elle s'était abstenue le jeudi de lui reparler de la femme en blanc, songeant qu'elle avait déjà abusé de leur amitié. Tout de même, le matin, en lisant les articles de Juliet, elle avait remarqué un curieux détail.

Elle feuilleta de nouveau son dossier pour retrouver l'article qui l'avait troublée. Si la plupart des « Lettres de mon chemin » se présentaient comme des chroniques de la vie locale en temps de guerre, d'autres évoquaient la petite famille de Juliet. Le ton était parfois touchant, voire triste, ou bien, à l'inverse, d'une intense cocasserie. Juliet était de celles qui ne s'effacent pas complètement derrière leur plume. Chaque expression portait sa marque.

L'une des chroniques décrivait l'adoption d'un chien abandonné par Juliet et ses enfants. « Nous sommes cinq dans cette maison, écrivait Juliet. Moi, mes trois enfants et une créature imaginaire à la chevelure de cuivre, vêtue d'une robe blanche ; elle est sortie tout droit du cerveau fertile de mon jeune fils, qui s'y est si vivement attaché que nous devons la consulter chaque fois que nous prenons une décision collective. La créature se nomme Birdie et, fort heureusement, elle partage le penchant de mon petit garçon pour les chiens, même si elle lui a soufflé qu'elle préférait un animal un peu âgé et si possible d'un tempérament paisible. C'est un conseil que je ne suis que trop heureuse d'accepter, si bien que Birdie et M. Rufus, notre nouvel et arthritique ami – il a neuf ans en années humaines –, peuvent, aussi longtemps qu'ils le désirent, continuer à faire partie du cercle familial. »

Elodie relut ces quelques lignes. La jeune fille aux cheveux roux était l'amie imaginaire du jeune Tip, mais sa description ne correspondait-elle pas de manière insolite à la femme de la photographie, donc au modèle d'Edward Radcliffe ? La « créature imaginaire » avait pour nom Birdie, selon le petit garçon : or, la lettre qu'Elodie avait trouvée entre le cadre et la photographie du modèle de Radcliffe, lettre adressée à James Stratton, était signée des initiales BB.

Bien sûr, il n'était pas vraiment question de voir en cette amie imaginaire une piste bien consistante, mais Elodie avait déjà lu deux fois l'essai de Leonard Gilbert depuis que Pippa le lui avait prêté et elle se demandait à présent si l'explication n'était pas ailleurs. Tip avait peut-être vu un portrait de cette femme, peut-être même le fameux tableau perdu. Le carnet de dessins d'Edward contenait suffisamment d'études préparatoires pour confirmer la théorie d'un nouveau tableau représentant son modèle de prédilection, « Lily Millington ». Et si ce tableau n'avait jamais quitté Birchwood Manor ? Si Tip, enfant, l'avait découvert par hasard ?

Inutile de l'appeler pour lui en parler : il détestait le téléphone et, d'ailleurs, son numéro le plus récent n'était même plus utilisable – l'indicatif n'était plus le bon. Ce qui n'empêcherait pas Elodie d'aller lui rendre visite dès son retour à Londres.

Elle bâilla puis descendit de son perchoir sous la fenêtre pour aller se coucher, le livre de Leonard sous le bras. Faute de Birchwood Manor, elle pouvait se plonger dans le précieux ouvrage. L'amour que Leonard portait à la maison était tangible, surtout lorsqu'il parlait de la passion dévorante d'Edward pour cette même demeure.

Figurait parmi les illustrations de l'essai une photographie de l'intérieur de la maison, prise à l'été 1928, lorsque Gilbert vivait à Birchwood. Le jardin était mieux entretenu à cette époque, les arbres plus petits, même le ciel semblait plus étroit, en raison, sans doute, de la surexposition du cliché. Il y avait d'autres photographies plus anciennes, datant d'un autre été – 1862 – et évoquant le séjour d'Edward et de ses amis artistes. Elles ne ressemblaient guère aux clichés que l'on associe généralement à l'époque victorienne. Les regards saisis semblaient dévisager Elodie par-delà le temps, la mettaient mal à l'aise. Ne la surveillaient-ils pas ? Elle avait eu cette sensation plusieurs fois dans la maison elle-même, s'était retournée furtivement, s'attendant à voir surgir Jack.

Elle s'absorba un moment dans la lecture du chapitre qui évoquait le Radcliffe Blue et le rôle supposé de « Lily Millington » dans sa disparition. Elle avait déniché peu après sa première lecture un article de 1938 dans lequel Leonard Gilbert, dix ans plus tard, revenait sur sa théorie initiale, après des entretiens plus approfondis avec sa source anonyme. Ledit article n'était que rarement cité par les chercheurs, faute de pistes sûres.

Elodie n'avait guère de connaissances en gemmologie : elle aurait eu du mal à faire la différence entre un diamant exceptionnel et une vulgaire copie. Son œil fut bientôt attiré par le spectacle de sa propre main, posée sur la page. Alastair avait glissé à l'annulaire de cette main le solitaire de leurs fiançailles en lui conseillant de ne jamais l'ôter. Ce qu'elle avait trouvé immensément romantique, avant qu'il n'ajoute : « C'est qu'un diamant de cette taille ça coûte trop cher à assurer. »

Ce bijou si coûteux était un souci permanent. Parfois, en dépit de la recommandation d'Alastair, elle ôtait le solitaire et le laissait à la maison avant de partir au bureau. Les griffes accrochaient le fin coton de ses gants d'archiviste et elle répugnait à s'en défaire au travail – et si la bague tombait dans l'un de ses cartons pour ne plus jamais réapparaître ? Elle avait dans la douleur tergiversé entre diverses cachettes avant de se décider à ranger le solitaire dans la boîte à charmes que lui avait offerte Tip lorsqu'elle avait perdu sa mère. Il pouvait y prendre place au milieu des joyeux petits trésors de sa prime jeunesse. Choix non dépourvu d'ironie, l'exposition aux yeux de tous étant encore la meilleure des cachettes.

Elodie éteignit la lampe de chevet et, tout en contemplant les chiffres de l'horloge numérique, qui évoluaient à la vitesse de l'escargot, elle songea à sa visite à Southrop. Elle se sentait incapable d'affronter une deuxième salve de bavardages ineptes sur « le plus beau jour de sa vie ». Il lui fallait reprendre le train à quatre heures de l'après-midi. L'idée d'être à nouveau retenue trop longtemps contre son gré, de manquer la visite de Birchwood pour des histoires de nappe et de nombre de fourchettes, lui était insupportable. Mieux valait annuler le rendez-vous dès son réveil, le lendemain, au risque de provoquer le courroux de Penelope.

Elle finit par s'endormir au son apaisant de la rivière toute proche et rêva de Leonard et de Juliet, d'Edward et de Lily Millington. Le mystérieux Jack – mais que faisait-il donc dans cette maison ? – lui apparut également, lui qui avait su comprendre son désir de visiter Birchwood Manor, lui qui avait avec une surprenante empathie réagi à l'histoire de Lauren Adler. Lui qui exerçait sur Elodie une inexplicable attraction, qu'elle ne se serait jamais avouée à la lumière du jour.

Chapitre 23

Elodie et Jack, été 2017

Le vent avait tourné depuis une demi-heure. Il n'était pas encore midi, mais le ciel déjà s'assombrissait et Jack avait l'impression que la pluie n'allait plus tarder. Campé en bordure de prairie, il avait l'œil sur le viseur de son appareil photo et regardait la rive lointaine. Le zoom, énorme, lui permit de se focaliser sur les roseaux qui bordaient la rivière. Il fit le point et, dans sa concentration, parvint à exclure de son esprit le bruit du courant.

Il ne prit pas le cliché. Le silence, bien que temporaire, lui suffisait.

Il savait bien qu'il y avait une rivière. Dans la description que Mme Wheeler lui avait envoyée, il y avait un plan de la propriété. Mais il n'avait pas imaginé qu'il l'entendrait la nuit lorsque, les yeux fermés, il cherchait le sommeil.

La Tamise était paisible en ces régions. Il avait discuté avec le propriétaire d'une péniche, qui lui avait dit qu'après les orages le courant pouvait être méchant. Il avait opiné du chef sans y croire vraiment. Il y avait trop d'écluses, trop de barrages sur cette portion de la haute Tamise pour qu'elle pût réellement couler librement. Peut-être avait-elle été violente autrefois, mais elle était depuis longtemps enchaînée, apprivoisée.

Jack avait une certaine connaissance en matière de rivières. D'eau en général. Il avait grandi non loin d'un ruisseau, qui n'était séparé de leur maison que par une simple route. La plupart du temps le lit était à sec, mais quand la saison des pluies arrivait enfin il débordait en quelques heures. Alors le filet d'eau se faisait torrent rageur, avide, rapide, chaotique, et grondait jour et nuit.

Son frère Ben et lui ne perdaient pas une seconde. Dès l'apparition de ces rapides éphémères, ils sortaient leur raft gonflable. Il suffirait d'une semaine à peine pour que le ruisseau retrouve son aspect habituel de filet d'eau au fond d'un lit aride.

Leur père les avait toujours alertés sur les dangers du rafting. D'autres gamins s'étaient retrouvés coincés dans les canaux d'évacuation pendant les pluies. Mais les deux frères levaient les yeux au ciel en haussant les épaules et prenaient soin de ne gonfler le raft que lorsqu'ils s'étaient glissés de l'autre côté de la route. Le torrent ne leur faisait pas peur. Ils savaient dompter les flots. Jusqu'aux neuf ans de Jack. Ben en avait deux de plus. Cet été-là, la science du ruisseau les abandonna.

Le ciel dans le lointain s'était enluminé d'or et un grondement de tonnerre descendit doucement le long du courant, jusqu'à Jack. Il consulta sa montre : il était presque midi. L'atmosphère s'était chargée d'étrangeté : régnait à présent ce crépuscule surnaturel qui s'installe toujours avant l'orage.

Jack revint vers Birchwood Manor. Le charpentier avait oublié d'éteindre une des lumières, remarqua-t-il avant de traverser la prairie. Elle brillait à la plus haute fenêtre.

Il faudra que je l'éteigne lorsque je ferai entrer Elodie dans la maison.

Elodie qui l'attendait devant le portail. Il la vit une fois qu'il eut atteint l'allée des calèches. Elle leva la main en guise de salut puis lui sourit ; Jack ressentit le *frisson** d'intérêt qu'elle avait déjà suscité la veille au soir.

C'était la faute de la maison. Son sommeil était agité, ces derniers temps, et ce n'était pas seulement à cause de l'horrible matelas de la malterie. Ses rêves étaient particulièrement bizarres depuis son arrivée à Birchwood ; et même s'il n'aurait pas eu l'idée d'en parler à la taverne du village, il y avait quelque chose de singulier dans cette maison. Il avait parfois l'impression d'être suivi.

Effectivement, crétin, se dit-il. *Par les souris.*

Mais cela ne correspondait pas à ce qu'il éprouvait. Cette impression d'être épié lui rappelait les premiers jours d'une aventure amoureuse, lorsque le moindre des regards est chargé de sens. Lorsqu'un demi-sourire apparu sur le visage aimé suffit à remuer quelque chose au fond de vos entrailles.

Il s'adressa des reproches muets. Qu'avait-il besoin de se compliquer l'existence ? Il était venu à Birchwood pour convaincre Sarah de lui donner une nouvelle chance, de lui permettre enfin de faire la connaissance de leurs filles. Rien de plus. Et, accessoirement, pour retrouver un diamant. Si tant est que ledit diamant existât. Il était loin d'en être sûr.

Elodie avait une valise, il s'en rendit compte à son approche.

— Vous emménagez ?

Elle s'empourpra immédiatement. Dieu, comme il aimait ce joli mouvement du sang vers ses joues.

— Je dois rentrer à Londres en fin de journée.

— Où vous êtes-vous garée ?

— Je voyage en train. Mon train repart d'ici quatre heures, à peu près.

— J'en déduis que la visite ne doit pas attendre.

Il passa la tête par les barreaux du portail.

— Venez. Je vais vous ouvrir la maison.

Jack était censé faire ses bagages mais, après avoir fait entrer Elodie à Birchwood Manor, il avait décidé de relire pour la dernière fois toutes les pièces que lui avait fait parvenir Rosalind Wheeler. Il avait peut-être omis un détail important. Rosalind Wheeler n'était pas une personne des plus sympathiques et sa quête semblait sans espoir, mais elle le rémunérait pour effectuer un travail et Jack n'était pas homme à laisser tomber ses clients.

Sarah n'avait eu cesse de le lui répéter, avant leur séparation : « Il faut que tu arrêtes de jouer les héros vingt-quatre heures sur vingt-quatre, Jack. Ce n'est pas ça qui fera revenir Ben. »

Il détestait ce genre de remarques, mais le fait est qu'elle n'avait pas tort, il s'en rendait compte à présent. Toute sa carrière, toute sa vie d'adulte même n'avait eu qu'un seul but : lui faire oublier ces photos que tous les quotidiens avaient publiées après l'inondation. La grande, c'était l'enfant Jack, les yeux écarquillés de peur, une couverture de survie sur les épaules, que l'on emmenait vers une ambulance toute proche. La petite, c'était Ben, à l'école, les cheveux bien peignés. La photo que papa avait insisté pour commander… Dans la vraie vie, Ben avait toujours les cheveux en pétard. Les journaux leur avaient assigné des rôles aussi écrasants qu'une chape de béton : Jack était l'enfant miraculé. Et Ben, le héros de onze ans qui avait supplié le sauveteur de s'occuper d'abord de son petit frère avant d'être entraîné par le courant.

Jack lança un regard vers la porte. Cela faisait une demi-heure déjà qu'Elodie vagabondait dans Birchwood Manor et cela le troublait. Lorsqu'il avait débranché l'alarme et tiré le verrou, elle s'était tenue à son côté. Il avait poussé le battant ; elle l'avait remercié et, juste avant de franchir le seuil, avait semblé hésiter.

« Vous ne travaillez pas pour le musée, en fait ?

— Non.

— Vous êtes chercheur ?

— Je suis enquêteur.

— Vous êtes de la police ?

— Je l'ai été. Ce n'est plus le cas. »

Il n'avait pas fourni de plus amples explications – à quoi bon lui raconter que ce changement de vocation résultait d'une rupture conjugale ? –, elle n'en avait réclamé aucune. Après un bref silence, elle avait hoché la tête, pensive, avant de disparaître dans les couloirs de Birchwood Manor.

Jack avait dû dès cette minute lutter contre une envie presque irrésistible de la suivre. Il eut beau reprendre ses notes à dix bonnes reprises, il se surprit chaque fois à penser à Elodie, de l'autre côté du mur – que faisait-elle, dans quelle pièce déambulait-elle ? Il était même allé jusqu'à se planter juste devant la porte de la maison avant de se rendre compte de la signification de son attitude.

Il décida de faire du thé, histoire d'accomplir une tâche de A à Z, et venait à peine d'immerger le sachet dans le mug d'un geste énergique lorsqu'il sentit une présence derrière lui.

Elodie. Sans doute était-elle venue prendre congé. Avant qu'elle ne puisse ouvrir la bouche, il la devança d'une simple question :

— Vous en voulez aussi ? L'eau vient juste de bouillir.

— Pourquoi pas ?

Elle avait l'air surprise : mais était-ce à cause de l'invitation ou parce qu'elle l'avait acceptée ? Difficile à dire.

— Je prendrai un peu de lait, s'il vous plaît, mais pas de sucre.

Jack sortit un autre mug, le plus joli qu'il puisse trouver, et sans traces de tannin, si possible. Lorsque les deux mugs furent prêts, il les porta dans le jardin. Elodie l'attendait dans l'allée dallée qui faisait le tour de la maison.

— Merci ! Il y a peu de parfums plus séduisants que ceux de l'orage qui couve.

Il hocha la tête. Ils s'assirent côte à côte au bord de l'allée.

— Alors, dit-elle après avoir avalé une première gorgée de thé, comment se fait-il qu'un enquêteur puisse forcer des serrures dans un musée ?

— J'ai été commandité pour remettre la main sur un certain objet.

— Vous cherchez un trésor ? Et vous avez une carte, et tout ce qui va avec ? La petite croix, la boussole ?

— C'est à peu près ça. Mais sans la croix. C'est ce qui rend la recherche un peu pénible.

— Et en quoi consiste-t-il, ce trésor ?

Il eut un moment d'hésitation. Il y avait une clause de confidentialité dans le contrat que lui avait fait signer Rosalind Wheeler. Si Jack ne rechignait pas à défier les règles, il n'aimait pas renoncer à ses promesses. Mais il avait vraiment de l'affection pour Elodie, et le plus vif désir de se confier à elle.

— Il faut que vous sachiez que la femme qui m'emploie n'hésiterait pas à me tuer si je vous répondais.

— Vous m'intriguez.

— Je vois que ma vie a peu de prix à vos yeux.

— Si je vous promets de ne pas le répéter à âme qui vive ? Je suis une femme de parole.

Oublie Rosalind Wheeler, se dit-il. Il mourait d'envie de lui répondre.

— Je cherche une pierre précieuse. Un diamant bleu.

Elle ouvrit des yeux ronds.

— Pas le Radcliffe Blue, quand même ?

— Le quoi ?

Elle ouvrit son sac à dos et en sortit un vieux bouquin aux pages jaunies.

— *Edward Radcliffe, sa vie, ses amours*, déchiffra Jack. Edward Radcliffe… j'ai vu ce nom dans le cimetière.

— Cette maison lui appartenait, autrefois. Et le Radcliffe Blue, comme son nom l'indique, appartenait à sa famille.

— C'est la première fois que j'entends ce nom accolé à mon diamant. Ma cliente me dit qu'il appartenait à sa grand-mère, une certaine Ada Lovegrove.

Elodie secoua la tête. De toute évidence, le nom ne lui évoquait rien.

— En mai 1862, Edward Radcliffe a retiré du coffre-fort familial ce diamant bleu pour le faire porter à Lily Millington, son modèle, qui posait pour un tableau. Il semble qu'elle l'ait volé et qu'elle se soit enfuie avec aux États-Unis, brisant au passage le cœur du peintre.

Elodie feuilleta l'ouvrage avec précaution, à la recherche d'une des planches en couleurs.

— Voilà ! *La Belle.* C'est elle, c'est Lily Millington. Le modèle d'Edward Radcliffe. Et la femme dont il était amoureux.

Bon sang, il la connaissait, cette femme ! Il éprouva un frisson de familiarité, suivi aussitôt d'un retour à la raison. *La Belle*, c'était le tableau qui ornait une bonne moitié des sacs avec lesquels les touristes repartaient après leur passage par la boutique du musée, le samedi.

Elodie lui tendit une photographie qu'elle extirpa d'un geste cérémonieux de son sac à main. Le visage était celui de *La Belle* : mais comme il s'agissait d'une photo, elle avait l'air d'une femme, tout simplement, et non plus d'une déesse. Belle en effet, mais plus que cela. Elle rayonnait d'un charme lié à la franchise avec laquelle elle considérait le photographe. Une étrange émotion s'empara de Jack, comme s'il contemplait un visage qui lui était à la fois familier et cher.

— Où l'avez-vous dénichée, cette photo ?

Il y avait dans son ton une impatience qui prit clairement Elodie par surprise. Un léger pli vint creuser son front.

— Au bureau. Elle se trouvait dans un porte-documents qui avait appartenu à James Stratton. Je m'occupe de ses archives professionnelles et familiales.

James Stratton : ce nom-là ne disait rien non plus à Jack et cependant la question fusa avant même qu'il s'en rende compte :

— Parlez-moi de ce Stratton. Que faisait-il ? Que contiennent ses archives, pour qu'on ait cru utile de les conserver ?

Elodie eut un moment d'hésitation.

— On ne me pose pratiquement jamais aucune question à son sujet.

— Ah ? Moi, ça m'intéresse.

Et tel était le cas, même s'il n'aurait pas su dire exactement d'où venait cet engouement.

Elle eut une expression de contentement, sans se départir entièrement de sa perplexité.

— C'était un homme d'affaires des plus accomplis ; il venait d'une famille extrêmement riche et influente, ce qui ne l'a pas empêché de devenir un réformateur social de premier plan.

— C'est-à-dire ?

— Il a dirigé nombre de comités d'aide aux indigents, si répandus à l'époque victorienne, mais le fait est qu'il a pu réellement influer sur le sort des pauvres. Il avait des relations, il était logique, patient et résolu. C'était aussi un homme bon et généreux. Il a pesé de manière décisive sur l'abolition des lois sur la pauvreté, il a donné logement et protection à des enfants abandonnés. Il a multiplié tous les canaux d'action : le lobbying auprès des membres du Parlement, l'incitation aux dons auprès de ses amis les plus riches… Il a même travaillé dans la rue : il a distribué de la nourriture à des gens qui en avaient besoin. Il a consacré sa vie aux autres.

— C'est héroïque, ce que vous me racontez là.

— Le terme lui convient très bien.

Une autre question vint s'imposer à Jack.

— Pour quelle raison l'héritier d'une si grande fortune s'est-il investi avec tant de force dans cette cause ?

— Enfant, il s'était lié d'amitié avec une petite fille qui vivait dans des conditions très précaires.

— Comment est-ce possible ?

— Pendant longtemps, personne ne l'a vraiment su. Dans ses journaux, par exemple, il n'en parle jamais. Nous ne connaissons l'existence de cette relation que par deux ou trois discours dans lesquels il y fait allusion.

— Vous dites « pendant longtemps ». Il y a du nouveau ?

De toute évidence, elle était sur le point de lui donner une explication fort excitante – elle était tout sourire et ses yeux s'étaient mis à briller.

— Oui ! J'ai découvert un indice, l'autre jour. Vous êtes le premier auquel j'en parle. Je ne savais qu'en penser au premier abord, mais au fil de la lecture j'ai fini par comprendre.

Elle plongea de nouveau la main dans son sac à dos pour en sortir une chemise transparente, laquelle contenait une lettre écrite sur un papier très fin, une vieille lettre dont les plis témoignaient qu'elle avait passé le plus clair de son temps coincée entre deux objets lourds.

Jack commença à lire :

Mon très cher, mon seul, mon unique, J, ce que je vais te confier ici est mon secret le plus intime... Je vais partir pour quelque temps en Amérique et ne sais pas encore quand je reviendrai. Je n'en ai parlé à personne, pour des raisons qui te seront évidentes. Mais j'approche du moment de ce voyage avec une excitation et un espoir immenses.

Je ne peux t'en dire plus, mais je t'en prie, ne t'inquiète pas – je t'écrirai dès qu'il me sera possible de le faire en toute sécurité.

Mais comme tu vas me manquer, mon plus cher ami ! Et comme je suis reconnaissante au ciel de m'avoir fait vivre ce jour où je suis entrée chez toi par la fenêtre, le policier à mes trousses. Tu m'avais offert ton thaumatrope. Jamais nous n'aurions pu imaginer ce jour-là le tour qu'ont pris les événements.

Mon très cher Joe, je te joins une photographie, qui t'aidera à te souvenir de moi. Tu me manqueras plus que n'importe quel être au monde. Comme tu le sais, cela n'a rien d'une flatterie futile.

Jusqu'à nos retrouvailles, je reste

Ta BB la plus reconnaissante, la plus aimante.

Jack leva les yeux.

— Et pourquoi l'appelle-t-elle Joe et non James ?

— Personne ne l'appelait James, hormis dans un contexte officiel.

— Et ces deux lettres, BB ? Que signifient-elles ?

— Aucune idée, répondit-elle en secouant la tête. Mais quel qu'en soit le sens, je crois que celle qui a écrit cette lettre, l'amie d'enfance de James Stratton, est aussi celle qui figure sur cette photographie. Et qu'elle est donc aussi le modèle d'Edward Radcliffe.

— Qu'est-ce qui vous permet de l'affirmer ?

— Le fait tout d'abord que cette lettre se trouvait derrière le portrait, dissimulée entre celui-ci et le dos du cadre. Deuxième indice, Leonard Gilbert a pu démontrer que le vrai nom du modèle de *La Belle* n'était pas Lily Millington. Et enfin…

— J'aime assez votre hypothèse. Elle se tient.

— J'avais un autre problème. J'ai découvert récemment qu'Edward Radcliffe avait rendu visite à James Stratton en 1867. Et que, de surcroît, il lui avait confié une sacoche à laquelle il tenait particulièrement et qui contenait un carnet à dessin. Ces deux hommes ne se connaissaient pas particulièrement, que je sache, et je n'avais aucune idée de ce qui pouvait les lier.

— Et vous vous dites maintenant que c'est cette jeune femme.

— Je sais que c'est elle. J'en mettrais ma main au feu. Je le sens. Vous connaissez ce sentiment, j'imagine ?

Jack hocha la tête. Oui, il le connaissait.

— Qui que soit cette jeune femme, elle est la clé du problème.

Jack regarda la photographie.

— Je ne crois pas que ce soit elle... Qui ait volé le diamant, je veux dire. Et quand je dis « je ne crois pas »... j'en suis certain, en fait.

— Rien qu'à la voir en photo ?

Comment expliquer la certitude qui l'avait envahi au moment où il avait croisé le regard de la jeune femme en blanc ? Jack en avait presque la nausée. Fort heureusement, Elodie poursuivit sa démonstration.

— Moi non plus, cela dit, je ne le crois pas. Et Leonard Gilbert a fini par se ranger à notre avis, apparemment. En lisant son livre, j'avais l'impression qu'il n'était pas très convaincu par cette histoire de vol. J'ai trouvé par la suite un article qu'il a publié en 1938 et dans lequel il révèle qu'il a posé la question directement à son informatrice anonyme. Pensait-elle vraiment Lily Millington coupable de vol ? Elle lui a répondu qu'elle avait la preuve du contraire...

— Il est donc possible que le diamant soit resté dans la maison, comme la grand-mère de ma cliente le lui avait affirmé ?

— Tout est possible, j'imagine. Même si cette histoire a plus de cent cinquante ans. Que vous a dit votre cliente ?

— Que sa grand-mère avait perdu quelque chose de précieux et qu'elle avait toutes les raisons de croire que la chose en question se trouvait dans une propriété du Wiltshire.

— Sa grand-mère lui a dit cela ?

— D'une certaine manière, oui. Cette vieille dame, Ada Lovegrove, a été victime d'un AVC. Pendant sa convalescence, elle s'est mise à parler d'un tas de choses. Elle a commencé à parler de sa vie, de son enfance, de son passé, comme si le temps lui était compté. Elle a mentionné ce diamant qui avait une grande valeur pour elle ; elle avait dû le laisser au pensionnat qu'elle avait fréquenté enfant. Tout cela était un peu décousu, si j'ai bien compris. Après la mort de sa grand-mère, ma cliente a découvert dans ses affaires un certain nombre de lettres et d'indices qui, selon elle, étaient des instructions que la vieille dame avait laissées à sa petite-fille pour qu'elle remonte la piste du diamant.

— Mais pourquoi n'avait-elle jamais cherché à récupérer elle-même ce fameux diamant ? Cela paraît un peu tiré par les cheveux.

— En effet. Et jusqu'ici je n'ai rien trouvé. Tout ce que je peux dire, c'est que la grand-mère a réellement vécu ici. À sa mort, elle a légué une somme non négligeable à l'association qui gère Birchwood Manor. En fait, c'est ce qui lui a permis de créer le musée. C'est pour cette raison que je peux résider dans la propriété, à la demande expresse de ma cliente.

— Que leur a-t-elle raconté ?

— Que je suis un journaliste photo et que je me suis installé quinze jours pour un reportage.

— Votre cliente n'est pas très à cheval sur l'honnêteté.

Jack songea à sa cliente, dont les manières tenaient plus du bull-terrier que de la colombe.

— Je suis certain qu'elle ne m'a pas menti, dit-il, le visage fendu d'un large sourire. Et pour ne rien vous cacher, j'ai une preuve matérielle de sa sincérité.

Il sortit de sa poche une feuille de papier pliée en quatre, la reproduction d'un des documents que Rosalind Wheeler lui avait envoyés par mail.

— Une lettre de Lucy Radcliffe, qui devait donc être…

— … la sœur d'Edward.

— Très bien. Adressée à la fameuse grand-mère de ma cliente en 1939.

Elodie la parcourut rapidement avant d'arriver au paragraphe suivant :

J'ai été fort troublée par votre lettre. Je ne sais ce que vous avez pu lire dans le journal, ni l'impression que cela a pu vous donner. Je vous demande instamment de ne pas faire ce dont vous me parlez. Pour ce qui est de me rendre visite, oui, absolument. Mais ne me l'apportez pas. Je n'en veux pas. Je ne veux plus le revoir de ma vie. Il a causé de grands malheurs aux miens et à moi-même. Il vous appartient désormais. Il est arrivé entre vos mains, souvenez-vous, en dépit de tout : et je tenais à ce que vous le gardiez. S'il le faut, considérez-le comme un don.

Elodie haussa les épaules.

— Il n'est pas question d'un diamant dans cette lettre.

— En effet.

— Il pourrait s'agir de n'importe quoi.

— C'est vrai.

— Qu'est-elle censée avoir lu dans le journal ?

— Un article consacré au Radcliffe Blue, peut-être ?

— Peut-être, oui, et il faudrait sans doute que nous procédions à de plus amples recherches, mais pour le moment nous devons nous contenter de simples conjectures. Jack, vous avez parlé d'un plan. C'était sérieux ?

L'usage qu'Elodie faisait du « nous » n'échappa pas à Jack – et ne lui déplut pas. Il s'éclipsa un instant pour aller chercher le plan, qu'il avait laissé sur son lit, dans la malterie.

— Tenez, dit-il en le lui tendant. Ma cliente l'a dessiné à partir des indications laissées par Ada Lovegrove et de ce qu'elle a pu dire après son attaque.

Elodie étudia le document les sourcils froncés, le regard concentré, avant d'émettre un petit rire étouffé.

— Oh, Jack ! Je suis navrée, mais je vais devoir endosser le rôle du rabat-joie. Ce document n'a rien d'une carte au trésor. Il illustre en fait un conte de fées.

— Que voulez-vous dire ?

— Vous vous souvenez de ce que je vous ai dit hier ? De l'histoire que mon grand-oncle avait entendue ici quand il était enfant, pendant la guerre, et qu'il avait répétée à ma mère… laquelle me l'a racontée ?

— Et… ?

— Tous les endroits qui figurent sur cette carte – la clairière dans les bois, le mont des fées, le méandre de la ferme… –, ce sont les lieux dont le conte parle.

Le sourire aux lèvres, elle replia la carte et la rendit à Jack.

— La grand-mère de votre cliente avait eu une attaque, dites-vous. Cela a peut-être causé une résurgence de ses souvenirs d'enfance, et rien de plus ?

Elle haussa les épaules avec une grimace d'excuse.

— Malheureusement, je n'ai que cela à vous proposer comme explication. Rien qui fasse avancer les choses… Il y a cependant un détail fascinant dans cette affaire : la grand-mère de votre cliente connaissait la légende qui court dans notre famille.

— Quelque chose me dit que ma cliente aura du mal à trouver cela aussi fascinant, comme vous dites, qu'un vrai diamant.

— Désolée, Jack !

— Oh, vous n'y êtes pour rien ! Je suis certain que vous n'aviez nullement l'intention de détruire les illusions d'une vieille héritière acariâtre.

Le sourire revint sur les lèvres d'Elodie.

— Sur ce…

Elle commença à ranger ses papiers et ses livres dans le sac à dos.

— Mais vous avez encore deux ou trois heures devant vous avant le départ de votre train, non ?

— Certes. Mais je vais y aller. Je vous ai assez fait perdre votre temps. Vous êtes très occupé.

— C'est un fait. Une fois que j'aurai maîtrisé les éléments de cette carte, je me mettrai illico en quête du chemin de Narnia, qui se trouve derrière la grande armoire du premier étage.

Elodie éclata de rire. Une petite victoire, pour Jack.

— Vous savez, dit-il, désireux de marquer un nouveau point. J'ai pensé à vous hier soir.

Elle rougit.

— Oh ? Vraiment ?

— Vous avez gardé la photographie que vous m'aviez montrée ? Celle de votre maman ?

La jeune femme retrouva aussitôt une expression de sérieux.

— Vous avez trouvé l'endroit où elle a pu être prise ?

— Ça vaut le coup de retourner voir. Vous savez, j'ai passé pas mal de temps dans le jardin à chercher la porte qui donne sur le pays des fées.

Elle sortit la photographie de son sac et la lui tendit. Une petite contraction lui tirailla la commissure des lèvres, signe touchant de la confiance qu'elle investissait soudain en ce quasi-inconnu, en dépit de tout.

Et Jack voulait être digne de cette confiance. (*Il faut que tu arrêtes de jouer les héros vingt-quatre heures sur vingt-quatre, Jack.*)

Lorsqu'il avait demandé à revoir le cliché, il n'avait qu'une idée : atermoyer, la faire rester encore un moment. Mais en étudiant la forme du lierre, les pierres très vaguement visibles sous la végétation, la qualité de la lumière, il lui vint une révélation, comme si quelqu'un lui avait murmuré à l'oreille.

— Jack ? Que se passe-t-il ?

Il lui rendit le cliché avec un grand sourire.

— Prête pour une petite balade ?

Ils traversèrent le cimetière. Elodie marchait derrière Jack, qui fit tout à coup halte et se retourna vers elle avec un petit sourire d'encouragement avant de s'écarter tranquillement, feignant un intérêt subit pour les autres tombes.

Elle exhala longuement ; il ne s'était pas trompé. C'était effectivement le décor de la photographie. C'était là que sa mère s'était installée avec le violoniste. Ce trou de verdure n'avait presque pas changé en vingt-cinq ans.

Elle s'était attendue à éprouver un grand chagrin, et aussi une sorte de ressentiment.

Rien de tout cela ne lui vint. L'endroit était beau et paisible, et elle eut plaisir à penser qu'il avait accueilli les derniers moments d'une jeune femme fauchée dans la fleur de l'âge.

Et pour la première fois, tandis qu'elle se tenait dans ce recoin luxuriant que le cimetière enserrait dans son murmure serein, Elodie comprit qu'elle et sa mère n'étaient pas la même personne. Elle n'avait plus besoin de rester dans son ombre. Lauren avait été une femme talentueuse et belle, une musicienne mondialement connue. Mais ce n'était pas dans ces qualités que résidait sa différence essentielle avec sa fille. Non, le gouffre venait de leur attitude vis-à-vis de l'existence. Lauren n'avait jamais connu la peur, alors qu'Elodie n'avait cessé de se protéger de l'échec.

Et pourquoi ne pas se dépouiller de son armure maintenant ? Pourquoi ne pas s'aventurer davantage, au risque, parfois, d'échouer ? Pourquoi ne pas accepter le désordre fondamental de l'existence, les erreurs ? Qui, du reste, n'en étaient pas nécessairement. La vie n'avait rien de linéaire.

Chaque jour, on prenait d'innombrables décisions, petites et grandes, qui pouvaient en modifier le cours.

Ce qui ne signifiait pas pour autant qu'il fallait renoncer à la loyauté, car Elodie y était farouchement attachée. Simplement, les choses, au fond, n'étaient pas aussi nettement tranchées qu'elle l'avait toujours pensé, en dépit de ce que lui répétaient Tip et son père. La vie n'était pas un long fleuve tranquille. Il n'était pas toujours facile d'être un humain.

Du reste, quel droit avait-elle de juger les autres ? N'avait-elle pas passé des heures, la veille, à visiter des salles de réception en hochant poliment la tête tandis qu'une bienveillante hôtesse la bombardait d'informations sur la taille des *bonbonnières** et se récriait devant ses réticences (« Vous êtes sûre que vous ne voulez pas… »), alors qu'elle n'avait qu'une idée en tête, retourner à Birchwood Manor et retrouver ce curieux et naïf Australien, ce type qui croyait l'avoir convaincue qu'il travaillait pour le musée.

En lui montrant la photographie prise par Caroline, la veille, elle s'était demandé pourquoi elle se mettait soudain à partager tant de choses avec un inconnu ; cela ne lui ressemblait pas. N'était-ce pas un simple effet de la fatigue et des émotions du jour ? Oui, sûrement. Mais cette hypothèse des plus raisonnables ne survécut pas à la réapparition de Jack.

— Ça va aller ?

Il s'empressa de revenir à son côté.

— Oui, bien mieux que je ne l'aurais imaginé.

— Très bien, répondit-il avec un sourire. À en juger par l'état du ciel, il va sans doute falloir battre en retraite assez rapidement.

Les premières gouttes – lourdes, énormes, humides – tombèrent alors qu'ils sortaient du cimetière.

— Jamais je n'aurais pensé qu'il pouvait pleuvoir aussi dru en Angleterre ! s'écria Jack.

— Vous plaisantez ? La pluie, c'est notre spécialité nationale.

Il éclata de rire, ce qui déclencha chez Elodie un frisson très agréable. Les bras de Jack étaient trempés, et elle fut submergée par l'envie irrésistible – le besoin, même – de tendre la main, de toucher sa peau nue.

Sans un mot, et bien que la chose lui paraisse absurde, elle lui prit la main et ils se mirent à courir vers la maison.

IX

Il pleut. Ils sont rentrés. Ce n'est pas une averse, mais les premières gouttes d'un orage. J'ai vu les nuages s'amasser depuis la fin de la matinée, en amont de la rivière, au-dessus des lointaines montagnes. Depuis que j'habite Birchwood Manor il y en a eu, des orages. Je me suis accoutumée à leur effet sur l'atmosphère – elle change, se charge, tandis que l'air est aspiré vers les nuées.

Cet orage-là me donne une impression un peu différente.

Il me donne l'impression qu'il va se passer quelque chose.

Je suis nerveuse, tenaillée par l'attente. Mon esprit ne reste pas en place, sautille d'une conversation remémorée à l'autre, explore les phrases les unes après les autres.

J'ai repensé à Lucy, qui avait tellement souffert de la mort d'Edward. Cela me réjouit le cœur de songer qu'elle a fini par dire à Leonard que je n'étais pas une amante sans foi. Je me fiche des opinons de ceux que je ne connais pas, mais Leonard m'était cher, en un sens, et je suis soulagée qu'il ait pu apprendre la vérité.

Et le Prince Pâle me revient aussi. J'ai si longtemps regretté de ne pas savoir ce qu'il était devenu après mon départ ; comme je suis heureuse et fière de découvrir son destin ! Il s'est servi de sa bonté, de son influence, de son sens si strict de la justice pour les plus nobles des combats. Oh, mais quelle cruauté d'avoir dû si prématurément disparaître de son existence !

Et j'ai songé à Edward, comme toujours, et à cette nuit d'orage passée ici, sous ce toit, il y a si longtemps.

C'est par les nuits d'orage qu'Edward me manque le plus.

L'idée de passer l'été à Birchwood Manor avant de partir pour l'Amérique est née dans son esprit. Birchwood Manor, la maison à deux pignons qu'il aimait tant, son refuge au bord de la haute Tamise... Il m'a fait part de ce projet le soir de son vingt-deuxième anniversaire. La lumière des bougies dansait sur les murs obscurs de l'atelier.

« J'ai quelque chose pour toi », me dit-il, ce qui me fit rire, car c'était son anniversaire, et non le mien. « Ah, poursuivit-il, le tien est le mois prochain, c'est tout de même assez proche ! » Et d'un geste de la main, il écarta mes protestations, il est vrai peu sérieuses. « Et puis, nous n'avons pas besoin de ce genre de choses pour nous surprendre, toi et moi. »

J'insistai cependant pour qu'il soit le premier à recevoir son cadeau et je retins mon souffle tandis qu'il ôtait l'emballage de papier brun.

J'avais, depuis dix ans, suivi à la lettre le conseil de la vraie Lily Millington et caché une petite partie de mes larcins dans un endroit connu de moi seule. Au début, je ne savais pas exactement pourquoi je prenais cette précaution. Lily me l'avait conseillé et peu importait l'objectif : on acquiert avec ce type d'économies une sécurité qui en dépasse la raison. Puis je grandis. Mon père continuait à m'écrire de prendre patience, si bien que je finis par me promettre ceci : si, à mon dix-huitième anniversaire, il ne me demandait toujours pas de le rejoindre, je m'achèterais un billet pour l'Amérique et partirais à sa recherche.

Ces dix-huit ans, je devais les fêter en juin 1862. J'avais épargné presque assez pour un aller simple. Mais depuis ma rencontre avec Edward, mes projets d'avenir avaient quelque peu changé. En avril, je demandai à mon Prince Pâle l'adresse du meilleur maroquinier de Londres ; il m'envoya chez celui de son père, M. Simms, sur Bond Street. Ce fut dans sa boutique, aux parfums de mystère et d'épices, que je passai commande.

Lorsqu'il découvrit la sacoche, Edward eut une expression de bonheur qui compensa jusqu'au dernier tous les shillings mal acquis et accumulés depuis dix ans dans le secret de ma mansarde de Little White Lion Street. Il caressa du bout des doigts le cuir si joliment cousu dans les ateliers de M. Simms, les initiales gravées à chaud, puis il ouvrit le sac et y glissa son carnet à dessin. La dimension convenait parfaitement ! Il passa la lanière par-dessus sa tête et de ce jour jusqu'au dernier je ne le vis jamais sans la sacoche que M. Simms avait confectionnée conformément à mes instructions.

Edward s'approcha de l'établi chargé de couleurs et de matériel de dessin près duquel j'étais assise et cette proximité me coupa le souffle. Il tira de la poche de son veston une enveloppe, qu'il me tendit. « Et maintenant, me dit-il d'une voix douce, la première partie de mon cadeau. »

Comme il me connaissait, comme il m'aimait, mon Edward, car cette enveloppe contenait deux billets pour une traversée de l'Atlantique en août de cette même année 1862.

« Mais, Edward… tu as dû te ruiner ! »

Il secoua la tête.

« *La Belle au bois dormant* a charmé les foules, Birdie ! L'exposition a été un immense succès, et c'est grâce à toi.

— Je n'y suis pratiquement pour rien.

— Tu plaisantes ? répliqua-t-il, soudain fort grave. Je ne pourrais plus peindre sans toi désormais. Je ne le ferai plus. »

Les billets avaient été établis au nom de M. et Mme Radcliffe.

« Rien ne nous séparera, lui promis-je.

— Et lorsque nous serons en Amérique, nous retrouverons ton père. »

Mon esprit s'élança sur les routes de l'avenir, élaborant des plans, choisissant parmi ces possibilités magnifiques une direction, un motif, méditant sur la meilleure manière de m'extraire des griffes de Mme Mack et du Capitaine, et de laisser Martin dans l'ignorance jusqu'au dernier moment. Et puis… l'écueil. « Mais, Edward ! Que vas-tu faire de Fanny ? »

Un léger pli apparut entre ses sourcils. « Je vais rompre nos fiançailles, avec toute la douceur requise. Elle s'en remettra. Elle est jeune, elle est jolie, elle est riche. Elle retrouvera aussitôt des prétendants. Avec le temps, elle comprendra. Raison de plus pour nous de partir en Amérique : c'est mieux pour elle aussi. Avec la distance, les blessures se refermeront plus vite. Et elle pourra donner de cette rupture l'interprétation qui lui convient le mieux. »

Jamais Edward n'aurait prononcé une parole qui ne fût pas sincère, et je suis certaine que ce discours était en tout point conforme à sa pensée. Il me prit la main et la baisa, et lorsque, les yeux levés vers moi, il m'eut décoché un sourire son pouvoir de conviction était si puissant que je ne doutai pas une seconde de ses dires.

« À présent, dit-il, et son sourire se fit plus franc encore tandis qu'il tendait la main vers un gros paquet posé sur l'établi, voici la seconde partie de ton cadeau. »

Il s'empara du colis et, de sa main libre, m'entraîna vers quelques coussins disposés par terre. Je m'y assis et il posa ce paquet, étrangement pesant, sur mes genoux. L'ardeur de son regard, la nervosité de ses mouvements trahissaient son impatience à me voir déballer son offrande.

Lorsque j'eus enfin ôté la dernière couche de papier je découvris, dans ce fragile linceul, la plus belle pendule qu'il m'ait jamais été donné de contempler. Le boîtier et le cadran étaient en bois précieux, finement ouvragé. Y étaient enchâssés des chiffres romains d'or fin vers lesquels les deux aiguilles pointaient leurs flèches délicates.

J'effleurai de la paume la surface si douce, la lueur de la bougie mettant en valeur le grain subtil du bois. Ce présent me bouleversait. Jamais, sous le toit de Mme Mack, je n'avais pu acquérir la moindre possession personnelle, sans parler d'un objet aussi somptueux que cette pendule. Elle m'était précieuse bien au-delà de sa valeur matérielle. Ce cadeau d'Edward me démontrait à quel point il me connaissait, à quel point il comprenait ma vraie personnalité.

« Elle te plaît ?

— Je l'adore.

— Et moi, c'est toi que j'adore. »

Il m'embrassa, puis ses sourcils se froncèrent tandis qu'il s'écartait. « Que se passe-t-il ? On dirait que je viens d'ajouter à tes soucis. »

Et tel était précisément l'état dans lequel je me trouvais. À peine avais-je ressenti le frisson de plaisir extrême causé par le cadeau d'Edward qu'il avait été chassé par un besoin impérieux, égoïste, de protéger cette merveille. Jamais je ne pourrais la rapporter à Seven Dials sans que Mme Mack la mette à prix.

« Me permets-tu de la laisser dans ton atelier ?

— J'ai une autre idée, répondit Edward. D'ailleurs, j'ai quelque chose d'important à te dire. »

Ce n'était pas la première fois qu'Edward me parlait de sa maison au bord de la Tamise et l'expression qui avait envahi son visage ne m'avait pas échappé. La nostalgie que ses traits affichaient maintenant m'eût rendue folle de jalousie si cette demeure avait été une femme. « Il faut que tu viennes à Birchwood, que tu voies la maison », me confia-t-il. Et je lus soudain un autre sentiment sur son visage, une fragilité qui me donna envie de le prendre dans mes bras et d'apaiser les lointaines souffrances que notre conversation réveillait.

« Il m'est venu une idée pour mon nouveau tableau, finit-il par me dire.

— Raconte-moi. »

Et ce fut alors qu'il me parla de ce qui lui était arrivé l'année de ses quatorze ans : la nuit dans les bois, la lumière à la plus haute fenêtre, sa certitude d'avoir été sauvé par le manoir. Lorsque je lui demandai comment une maison pouvait protéger un enfant, il me répondit par une allusion à la légende des enfants fées, que le jardinier de son grand-père lui avait racontée : la reine des fées avait béni la terre du méandre et laissé une lumière dans toutes les maisons qui s'y trouvaient.

« Et donc, dans ta maison, murmurai-je.

— Qui est la tienne aussi, désormais. Nous y accrocherons ta pendule pour qu'elle y égrène les jours, les semaines et les mois d'avant notre retour. En fait, ajouta-t-il avec un sourire, je crois que nous devrions inviter tous nos amis à Birchwood avant de partir en Amérique. Cela sera notre manière d'en prendre congé, même s'ils ne sauront rien de notre départ. Qu'en penses-tu ? »

Qu'en pensais-je ? Je ne pouvais qu'accepter.

On frappa alors à la porte de l'atelier.

« Oui ? » fit Edward.

C'était Lucy, la plus jeune de ses deux sœurs. Elle balaya immédiatement la pièce du regard – Edward, moi, la sacoche toute neuve qu'il avait à l'épaule, le papier brun sur le sol, la pendule. Mais pas les billets, cependant, car Edward, au cours de notre conversation, les avait fait disparaître sans que je m'en rende compte.

J'avais déjà remarqué l'acuité de Lucy. Elle passait son temps à observer, à analyser. Ce qui irritait certaines personnes dans son entourage – Clare, par exemple, sa sœur aînée, la traitait toujours avec une sorte d'impatience. Mais il y avait en Lucy quelque chose qui me rappelait Lily Millington – la vraie Lily –, une intelligence profonde qui me la rendait chère. Edward l'adorait, lui aussi, et ne cessait d'alimenter son esprit avide de lectures nouvelles.

« Et toi, Lucy, qu'en dis-tu ? reprit-il avec un grand sourire. Aimerais-tu passer l'été à la campagne ? Dans une maison au bord de la Tamise… avec, peut-être, une barque ?

— Un été… dans *la* maison ? »

Son visage s'illumina tandis qu'elle lançait un bref regard dans ma direction. Elle avait prononcé ces mots avec un accent singulier, comme si elle faisait allusion à quelque secret.

« Oui, dans *la* maison, répondit-il en riant.

— Mais si mère… ?

— Ne t'inquiète pas de cela. Je me charge de mère. »

Lorsqu'elle sourit à son frère, ce fut avec un tel ravissement que ses traits en furent métamorphosés.

Je me souviens de tout.

Le temps ne me lie plus ; mon expérience du temps n'est plus rattachée à rien. Le passé, le présent, le futur pour moi ne font plus qu'un. Je puis ralentir les souvenirs. Je puis les revivre en un éclair.

Mais les mois de 1862 sont différents. Ils ne cessent de gagner en vitesse, en dépit de tous mes efforts pour les ralentir. Ils roulent comme une pierre lâchée au sommet d'une colline, accélérant l'allure à mesure qu'ils avancent vers la fin.

Lorsque Edward me parla de la Nuit de la Poursuite, les arbres de Hampstead avaient à peine commencé à bourgeonner. Leurs branches étaient presque nues, et le ciel était bas et gris. Quand son récit s'acheva, le long été de Birchwood Manor put débuter.

TROISIÈME PARTIE

L'été de Birchwood Manor

Chapitre 24

Lucy, été 1862

C'était la première fois que Lucy prenait le train. La locomotive roulait depuis une demi-heure et Lucy, figée sur son siège, réfléchissait à l'impact éventuel de la vélocité sur ses viscères. Lorsqu'elle en avait parlé à Edward, il s'était contenté de rire.

« Ce n'était qu'une plaisanterie, avait-elle menti.

— Le train ne met nullement nos viscères en danger, lui avait-il affirmé en lui serrant la main. C'est pour la campagne que les conséquences seront sans doute plus rudes, tu sais.

— Mieux vaut que Fanny ne t'entende pas raconter ce genre de fariboles », avait dit Clare, avec son horrible habitude de se mêler des conversations qui ne la concernaient pas.

Edward avait froncé les sourcils, sans rien répondre. Il voyait d'un mauvais œil le rôle du père de sa fiancée dans la propagation des lignes de chemin de fer en Grande-Bretagne. La nature, estimait Edward, devait être appréciée pour elle-même et non pas pour les richesses qu'elle procurait à ceux qui ne visaient qu'à l'exploiter. Opinion difficile à défendre, comme Thurston se plaisait à le souligner, pour un homme qui se préparait à jouir par le mariage d'une fortune amassée dans l'acier et les chemins de fer. L'ami de sa mère, M. John Ruskin, avait émis un avis plus sévère encore sur la question : la multiplication des chemins de fer dans les régions les plus reculées du monde était une folie bien digne des hommes. « Il faut être un idiot pour aimer à raccourcir le temps et l'espace, avait déclaré le grand homme en quittant la maison de Hampstead, quelques jours plus tôt. Le sage, lui, incline à les faire durer. »

Bientôt Lucy cessa de penser à ses viscères et à la destruction du paysage anglais pour se laisser séduire par le caractère merveilleux de ce nouveau moyen de transport. Le train côtoya pendant un moment un autre convoi qui roulait sur une ligne parallèle dans la même direction, convoi qui sembla immobile pendant ce laps de temps. Il y avait un homme assis près de la fenêtre de l'autre wagon et son regard croisa celui de Lucy, qui se mit à songer au temps, au mouvement, à la vitesse. Pouvait-on envisager que ces trains parallèles fussent immobiles et que ce fût la terre qui défilât à toute allure sous eux ? Les lois de la physique, ou du moins ce qu'elle en savait, perdirent toute solidité, et l'esprit de Lucy s'embrasa à la pensée des mondes possibles qui s'offraient à elle.

Elle fut envahie par un puissant désir de partager ces questionnements avec ses compagnons. Son enthousiasme l'abandonna lorsqu'elle eut lancé un coup d'œil par-dessus la table de leur compartiment. Lucy connaissait vaguement Adele Bernard, assise en face d'elle en compagnie de son mari Felix. Avant d'épouser ce dernier, elle était souvent venue poser pour Edward dans l'atelier de Hampstead ; elle figurait dans quatre de ses tableaux, ayant été pendant quelques mois l'un de ses modèles favoris. Ces derniers temps, elle s'était découvert un goût pour la photographie. Adele et Felix s'étaient disputés à Paddington pour une raison inconnue de Lucy et boudaient depuis lors. La photographe en herbe feignait d'être absorbée dans la lecture du *English Woman's Journal* tandis que Felix s'était, plus sincèrement, absorbé dans une méticuleuse inspection de son nouvel appareil.

De l'autre côté de l'allée centrale, Clare considérait Thurston d'un regard aguicheur ; c'était chose courante depuis qu'il lui avait demandé de poser pour son œuvre en cours. Thurston passait aux yeux de tous pour un très bel homme, mais Lucy lui trouvait une ressemblance avec les étalons de course de son grand-père, sans doute à cause de sa démarche virile et de ses cuisses musculeuses. Thurston, indifférent aux œillades de Clare, ne quittait pas du regard Edward et son modèle du moment, Lily Millington. Lucy les observa un instant, elle aussi, comprenant la fascination de Thurston. Il y avait dans leur proximité, dans leur intimité presque exclusive, quelque chose qui ne pouvait qu'attirer l'attention.

Faute d'interlocuteur approprié, Lucy garda ses réflexions pour elle. Ce qui valait mieux, en somme. Clare l'avait prévenue, elle qui était si désireuse de faire bonne impression sur les amis d'Edward : ses élucubrations sur l'énergie, la matière, l'espace et le temps relevaient plus de l'asile d'aliénés que de la conversation mondaine. Edward naturellement n'était pas du tout de cet avis. « Tu as l'esprit si vif, Lucy. N'hésite jamais à en faire usage : c'est important. » Par quel orgueil imbécile l'humanité pouvait-elle décider de se priver de la moitié de son intelligence en déniant aux femmes la possibilité de se servir de leur tête et de leur langue ?

Lucy avait supplié mère de lui donner une gouvernante ou, mieux encore, de l'envoyer à l'école. Mais mère l'avait enveloppée d'un regard soucieux en lui plaquant une paume inquiète sur le front – « Te sens-tu fiévreuse, ma chérie ? » – avant de lui déclarer qu'elle était une étrange enfant et qu'il valait mieux renoncer à ces idées absurdes. Un jour que M. Ruskin prenait le thé avec elle, elle avait même fait venir Lucy. Restée dans l'embrasure de la porte, elle s'était entendu dire par le célèbre critique que l'esprit féminin n'était pas destiné à « l'invention ni à la création » mais « aux tâches aimables du rangement, de la disposition et du choix ».

Dieu merci, il y avait Edward, qui ne cessait de lui offrir des livres. Elle était d'ailleurs en train de lire l'un de ses cadeaux, *Histoire chimique d'une bougie*. L'ouvrage regroupait six des conférences de Noël données par Michael Faraday à la Royal Institution, à l'intention du jeune public. Le savant y fournissait une description intéressante de la flamme des bougies, de leur combustion, des particules de carbone et de la zone de luminescence et, comme il s'agissait d'un cadeau de son frère chéri, Lucy aurait voulu en savourer le moindre mot. Mais le fait était que l'ouvrage était trop simple à son goût. Depuis le départ de Paddington, il gisait fermé sur ses genoux. Plutôt que d'en reprendre la lecture, elle s'était perdue dans une réflexion sur les quatre semaines à venir.

Quatre semaines complètes à Birchwood Manor avec Edward en guise de chaperon ! Depuis que mère avait donné son accord, Lucy avait compté les jours qui la séparaient du départ, les biffant tous les matins sur le calendrier de sa chambre. D'autres mères que la sienne, elle le savait, eussent hésité à confier leur fille de treize ans à un frère artiste, surtout si ce dernier était accompagné d'amis et de modèles. Mais Bettina Radcliffe n'avait rien d'une mère de famille ordinaire. C'était une créature « bohème », à en croire ses beaux-parents. Depuis qu'elle avait perdu son mari, elle était devenue experte dans l'art de se joindre aux voyages de ses connaissances. Elle passerait donc son mois de juillet à parcourir la côte amalfitaine avant de rejoindre Naples, où ses amis les Potter avaient élu domicile. Loin de penser que sa fille puisse être corrompue par le cercle d'Edward, mère avait accueilli avec reconnaissance la proposition qu'avait faite son fils d'emmener sa petite sœur à Birchwood Manor, ce qui signifiait également qu'elle n'aurait pas à supporter la générosité réticente de lord et lady Radcliffe, ses beaux-parents. « Cela me fera un souci de moins ! » s'était-elle exclamée, désinvolte, avant de reprendre non sans excitation ses préparatifs.

Ce n'était pas la seule raison de la présence de Lucy à Birchwood Manor. Elle était la première personne à laquelle Edward avait confié son achat de la maison, achat qui remontait à janvier 1861. Il était parti dans l'un de ses « lointains » depuis trois semaines, quatre jours et deux heures, et Lucy était couchée sur son lit dans sa chambre de Hampstead, dont les lucarnes rampantes donnaient sur la rue. Elle était plongée dans la lecture de *L'Origine des espèces* lorsqu'elle entendit résonner dehors le bruit familier du pas de son frère. Lucy était une experte en matière de bruits de pas : elle identifiait immédiatement la démarche traînante du laitier, le tic-tic-heu-heu du ramoneur, créature maigrichonne et catarrheuse, le trot léger de Clare et le cliquètement précis des talons de mère. Mais sa musique préférée était le martèlement riche en promesses des bottines d'Edward.

Elle n'eut pas besoin de se pencher à la lucarne pour confirmer son intuition. Elle mit son Darwin de côté, descendit au pas de course les quatre étages et sauta dans les bras d'Edward au moment même où ce dernier franchissait le seuil. À douze ans, elle était trop vieille pour se permettre de tels enfantillages. Cependant, elle était encore petite pour son âge : Edward n'eut aucune difficulté à la soulever. Lucy adorait Edward depuis sa plus tendre enfance. Elle n'aimait pas qu'il parte en la laissant à la seule garde de Clare et de mère. Il ne s'absentait jamais plus de un mois à la suite mais, sans lui, le temps passait si lentement ! Et la liste des choses dont elle voulait discuter avec lui s'allongeait interminablement.

Dès qu'il l'eut serrée contre lui, elle entreprit de débiter son rapport avec une telle précipitation que les mots se bousculaient à sa bouche – il fallait qu'il sache ce qui s'était passé en son absence ! En général, son grand frère écoutait ces récits avec la plus grande attention avant de lui offrir un des trésors qu'il s'était procurés pour elle – un livre, bien sûr, traitant invariablement de science, d'histoire ou de mathématiques. Mais cette fois-ci, il porta le doigt à ses lèvres pour lui signifier le silence. La chronique familiale attendrait. Pour une fois, c'était à lui de prendre la parole. Il avait accompli quelque chose d'incroyable qu'il devait lui annoncer sans délai.

Ce préambule avait intrigué et honoré Lucy à parts égales. Clare et mère étaient dans la maison et, pourtant, c'était à la petite Lucy qu'il voulait se confier ! L'attention d'Edward était comme une lumière et Lucy se délectait de sa chaleur. Ils descendirent tous deux à la cuisine, le seul endroit de la maison où ils se savaient à l'abri des indiscrétions, et là, les coudes sur la table patinée par l'usage et la cire, Edward lui parla de la demeure dont il avait fait l'acquisition. Les pignons jumeaux, le jardin de campagne, la haute Tamise et le bosquet. Description qu'elle reconnut avant même qu'il ajoute : « Ce n'est pas n'importe quelle maison, Lucy, c'est celle de la Nuit de la Poursuite ! »

Elle en avait eu le souffle coupé. Les étoiles du souvenir fourmillaient sous sa peau. Elle savait exactement de quelle maison il voulait parler. La Nuit de la Poursuite était leur légende personnelle. Lucy n'avait que cinq ans l'année où Edward l'avait vécue, mais le récit qu'en avait livré son frère était gravé dans l'esprit de la fillette. Elle n'oublierait jamais l'état dans lequel il était revenu le lendemain, les cheveux en bataille et l'œil affolé. Il lui avait fallu plus d'une journée complète pour trouver la force d'en parler : l'aveu était venu tandis qu'ils étaient assis tous les deux dans la vieille armoire du grenier de Beechworth, chez lord et lady Radcliffe. Il ne l'avait raconté à personne d'autre. C'était à elle qu'il avait confié son secret le plus cher, désormais symbole de la force de leur lien.

« Tu vas y habiter, maintenant ? » lui demanda-t-elle, son esprit s'inquiétant immédiatement de la possibilité d'un départ définitif d'Edward à la campagne.

Il éclata de rire et passa la main dans ses mèches sombres.

« Je n'ai pour le moment que le dessein de la posséder. On parlera un jour de folie, Lucy, et on aura raison. Mais je sais que tu me comprends, toi : il fallait que cette maison soit mienne. Elle m'appelle depuis la nuit où je l'ai vue pour la première fois. J'ai enfin cédé à ses avances. »

Le train poursuivait sa route et Lily Millington répondit par un rire à une observation d'Edward – le regard de Lucy fut de nouveau attiré vers le modèle qu'affectionnait Edward ces derniers temps. Belle femme mais, à quel point, Lucy sans doute ne s'en serait pas rendu compte si Edward ne le lui avait pas fait remarquer. C'était son immense talent, à ce que tous disaient. Il percevait des choses auxquelles les autres restaient aveugles et, par le truchement de son art, pouvait changer les perceptions ; à la fin, tous voyaient. M. Ruskin, dans ses *Academy Notes* les plus récentes, avait donné un nom à ce procédé : l'« escroquerie sensorielle de M. Radcliffe ».

Sous les yeux de sa sœur, Edward chassa une mèche rousse du front de Lily. Il la fit passer d'un geste léger derrière son oreille et Lily sourit. Sourire chargé du souvenir de conversations précédentes, de sorte que Lucy sentit vibrer en elle des sensations inattendues.

La première fois qu'elles s'étaient croisées, Lily Millington n'était guère plus qu'une brume de rousseur derrière les murs de verre de l'atelier de Hampstead, au fond du jardin.

On était en mai 1861 et Lucy, qui était légèrement myope, avait pensé avoir sous les yeux le feuillage d'un érable du Japon en pot. Edward, qui adorait les plantes exotiques, fréquentait assidûment le magasin de M. Romano, à l'angle de Willow Street. Il échangeait des portraits au crayon de la fille du fleuriste contre des spécimens de quelque nouveauté venue des Amériques ou même des antipodes. C'était l'une des passions qu'il partageait avec Lucy, laquelle se délectait également de la présence de ces visiteurs verdoyants de pays lointains, offrant à qui le voulait un aperçu de mondes si différents du leur.

Ce ne fut que lorsque mère lui demanda d'emporter deux tasses avec la théière destinée à l'atelier que Lucy comprit que son frère, ce jour-là, travaillait avec un modèle. Sa curiosité fut immédiatement en éveil : elle savait qui était la jeune femme. On ne pouvait pas vivre sous le même toit qu'Edward et ignorer ses engouements, pour le meilleur et pour le pire.

Quelques mois plus tôt, il avait succombé à une dépression dont il avait eu bien du mal à sortir. À cette époque, il peignait Adele, dont les traits fins et précis ne lui fournissaient visiblement plus aucune inspiration. « Ce n'est pas que son visage soit laid, avait-il expliqué à Lucy en faisant les cent pas dans l'atelier – la petite fille s'était lovée dans le fauteuil de bois de rose, près du poêle. Mais l'espace qui sépare ses deux oreilles est un immense néant. »

Edward avait des idées bien arrêtées sur la beauté. La forme d'un nez, d'une joue, d'une bouche, la couleur d'un iris, la manière dont une mèche boucle au creux d'une nuque : tout cela était parfait, disait-il, mais ce qui donnait de l'éclat à un être humain, que ce fût sur une toile ou sur une plaque photographique, c'était l'intelligence. « Par intelligence, Lucy, je ne veux pas dire la capacité à expliquer le principe d'un moteur à combustion interne ou le télégraphe de M. Chappe. Je veux parler de la lumière qui brille dans l'esprit de certaines personnes, qui leur ouvre les yeux, leur fait poser des questions, s'intéresser, participer ; une lumière qui ne peut être fabriquée ou contrefaite par l'artiste, quel que soit son talent. »

Un matin, pourtant, Edward rentra à l'aube d'un pas où vibrait l'excitation. La maisonnée commençait à peine à sortir du sommeil mais, comme toujours, les murs eux-mêmes réagirent à son arrivée. Le silence qui régnait dans le vestibule, toujours sensible à sa présence, se mit à frémir tandis qu'il suspendait sa redingote au portemanteau. Et lorsque Lucy, Clare et mère apparurent sur le palier du premier étage, toutes les trois en chemise de nuit, il écarta les bras et déclara, un sourire joyeux sur les lèvres, qu'il l'avait enfin trouvée, celle qu'il avait tant cherchée.

Et quel ne fut pas le soulagement familial lorsque Mme Radcliffe et ses enfants se furent rassemblés autour de la table du petit déjeuner pour entendre le récit d'Edward.

Le sort, commença-t-il, l'avait, dans son infinie sagesse, mise sur son chemin à Drury Lane. Il venait de passer la soirée au théâtre en compagnie de Thurston Holmes, et c'était dans le foyer enfumé où se pressait la foule qu'il l'avait vue (Lucy devait par la suite comprendre, au cours d'une discussion animée et alcoolisée entre Edward et Thurston concernant un tout autre sujet, que c'était Thurston qui avait le premier repéré cette beauté rousse aux longs membres, lui qui avait remarqué la manière dont sa chevelure reflétait la lumière et éveillait l'éclat d'albâtre de sa peau, lui qui s'était rendu compte qu'elle ressemblait exactement au personnage du tableau qu'Edward préparait, lui qui avait pris Edward par la manche pour le faire pivoter, l'arrachant ainsi à une conversation avec un créancier, afin que ses yeux puissent se repaître du spectacle de la jeune femme rousse à la robe de velours bleu marine).

Edward était tombé sous le charme. Il avait vu dans l'instant son tableau terminé. Tandis qu'il succombait à cette épiphanie, la jeune fille s'était retournée et dirigée vers la sortie. Sans réfléchir une seconde à ses actes, il s'était frayé un chemin dans la foule, poussé par un instinct qui le dépassait. Il devait la rattraper, c'était tout. Il avait traversé le foyer à sa suite, avait franchi la porte de service, s'était retrouvé dans la rue. Et comme il avait eu raison de la suivre ! Il regarda les trois femmes assises avec lui à la table du petit déjeuner. En effet, lorsqu'il était enfin arrivé à sa hauteur, cela avait été pour la sauver d'un péril certain. Un homme vêtu de noir des pieds à la tête, l'un de ces scélérats qui abondent dans le quartier des théâtres, l'avait vue marchant seule dans la ruelle juste avant qu'Edward ne sorte du foyer et lui avait dérobé le bracelet de prix qu'elle portait au poignet.

Clare et mère poussèrent un petit cri.

« Tu as vu le voleur ? demanda Lucy.

— Je suis arrivé trop tard. Son frère l'avait déjà pris en chasse, mais n'avait pu le rattraper. Il est revenu vers nous au moment même où je rejoignais la jeune femme. Il a pensé tout d'abord que j'étais le ruffian en question et a couru vers moi en criant : "Au voleur ! Arrêtez-le !" Mais la jeune femme s'est hâtée de lui expliquer que je n'avais aucun rapport avec le criminel. Il est devenu fort aimable. »

La jeune femme alors s'était retournée, poursuivit Edward, et le clair de lune avait illuminé ses traits. Oui, c'était bien celle qu'il attendait.

« Que vas-tu faire, maintenant ? s'enquit Lucy alors que la femme de chambre leur rapportait du thé.

— Je crains de n'avoir aucun talent pour les demandes polies, répondit Edward. Je lui ai dit que j'avais absolument besoin de la peindre. »

Clare haussa les sourcils.

« Et qu'a-t-elle répondu ?

— La réaction de son frère est sans doute plus importante, s'interposa mère.

— Le frère paraissait interdit. Il m'a demandé ce que cette requête signifiait et je me suis expliqué du mieux que je le pouvais. J'ai bien peur de n'avoir guère été analytique dans mes arguments. J'étais encore dans un tel éblouissement.

— Lui as-tu précisé que tu avais déjà exposé à la Royal Academy ? reprit mère. Que M. Ruskin te tient en haute estime ? Que ton grand-père est un lord ? »

Edward avait mentionné tout cela et bien plus. Sans doute avait-il même brossé de leur position sociale un tableau exagérément favorable, dressant la liste de toutes les terres et tous les titres qu'il s'était jusqu'ici efforcé d'ignorer. Il avait même proposé que sa propre mère, « lady Radcliffe », rende visite aux parents de la jeune femme et de son frère pour les rassurer sur la pureté de ses intentions.

« Il m'a semblé que la chose était importante, mère, car le frère a insisté sur ce point : il fallait absolument qu'il en parle à leurs parents avant d'arriver au moindre accord, car poser pour un artiste peut nuire à la réputation d'une respectable jeune fille. »

Le frère avait donné son consentement pour la visite en question et les protagonistes de cette rencontre s'étaient séparés.

Edward avait longé la Tamise avant de s'aventurer dans les ruelles ténébreuses de la ville, redessinant en esprit le visage de la jeune femme. Il s'en était si violemment épris qu'il ne parvint pas à retrouver son portefeuille et dut rentrer à pied à Hampstead – une longue marche.

Lorsque Edward était de bonne humeur, il était difficile de ne pas se laisser entraîner dans son orbite. Ses deux sœurs et sa mère l'avaient écouté avec la plus avide curiosité. Et lorsqu'il eut conclu, mère prit sa décision : naturellement, elle rendrait visite à M. et Mme Millington pour se porter garante d'Edward. Elle envoya immédiatement sa femme de chambre ravauder les quelques trous de mite de sa plus belle robe et retenir une calèche pour l'emmener à Seven Dials.

Un grincement métallique, un tourbillon de vapeur et la locomotive commença à ralentir. Lucy colla son front à la vitre : ils entraient en gare de Swindon, s'il fallait en croire les pancartes. Telle était leur destination. Un homme à l'apparence pincée et à l'uniforme impeccable arpentait le quai avec, aux lèvres, un sifflet étincelant dont il usait sans retenue. Une troupe de porteurs attendait l'arrivée des voyageurs.

Ils descendirent du train. Edward et les autres messieurs se rendirent aussitôt au compartiment des bagages pour y récupérer malles et nécessaires de peinture, le tout devant être transporté par carriole jusqu'au village de Birchwood. Lucy pensait qu'ils suivraient en calèche, mais Edward décréta que le temps était bien trop beau pour ne pas profiter du grand air. Et puis, il valait mieux arriver à Birchwood Manor par le bord de la rivière que par la route.

Il n'avait pas tort, Edward. Le temps était splendide. Le ciel était d'un bleu éclatant et d'une limpidité bien peu londonienne ; dans l'air flottaient des odeurs de campagne, graminées germées, âcre senteur du purin chauffé par les rayons du soleil.

Edward conduisit sa procession d'amis hors les chemins, par des prairies étoilées de boutons-d'or, de digitales rose sombre et de myosotis bleus. Partout fleurissait, en délicates vagues blanches, le cerfeuil sauvage. Parfois, lorsque le sentier était interrompu par le cours serpentin d'un ruisseau, il fallait chercher du regard les pierres pour le traverser.

Le trajet était long, mais ils ne se hâtèrent pas. Les quatre heures passèrent comme le flot d'un torrent, tout juste ponctuées par la pause du déjeuner, quelques minutes à patauger au bord de la Tamise, à Lechlade, et quelques autres à dessiner. L'atmosphère était au rire, aux plaisanteries frivoles. Felix avait dans ses affaires un petit paquet de fraises emballé dans un torchon ; il en fit profiter la compagnie. Adele fabriqua des couronnes de fleurs pour toutes les jeunes femmes, y compris Lucy. Thurston Holmes s'éclipsa – il fut retrouvé par la troupe, le chapeau sur le visage, dormant comme un loir dans l'herbe douce et verte sous un immense saule pleureur. Alors que la journée approchait de son heure la plus chaude, Lily Millington, dont la longue chevelure lui tombait jusqu'aux reins, la releva en un scintillant chignon qu'elle fixa sur le haut de sa tête avec le foulard en soie d'Edward. La peau de sa nuque, ainsi découverte, était si blanche et si lisse que Lucy détourna le regard.

Près du Halfpenny Bridge, ils descendirent l'escalier qui menait au bord de l'eau et longèrent la Tamise vers l'est, traversant une prairie où paissait un grand troupeau de vaches et poursuivant leur route après St John's Lock. Lorsqu'ils arrivèrent à l'orée du bois, le soleil, s'il donnait encore une abondante lumière, était devenu plus avare de chaleur. Lucy le savait : Edward, qui parlait toujours de lumière, n'allait pas tarder à dire que le soleil avait « perdu son jaune ». Lucy aimait l'effet ainsi produit. Sans cette teinte jaune, le monde semblait bleu.

Edward leur annonça que la maison se trouvait de l'autre côté de la forêt. C'était, affirmait-il, la meilleure manière de la découvrir pour la première fois. Le chemin de la rivière était le seul à rendre justice à ses vraies proportions. Explication en apparence raisonnable, qui sembla convaincre ses compagnons. Lucy cependant savait qu'elle en cachait une autre. La clairière de la Nuit de la Poursuite se trouvait dans la forêt. Edward les conduisait à Birchwood par le même chemin qui l'y avait mené, une nuit, lorsqu'il avait dû courir entre les arbres et par les champs, sous la voûte étoilée, attentive, pour distinguer enfin, à la plus haute fenêtre, la lumière dans le grenier.

Dans les bois, ils marchèrent en file indienne, silencieux. Lucy entendait distinctement les brindilles qui craquaient sous les pas, les feuilles qui bruissaient, d'autres bruits aussi, étranges, dans la verdure luxuriante que longeait ce sentier isolé. Les branches des arbres n'étaient pas droites. Elles croissaient vers la canopée en rubans ondulés. Les troncs étaient couverts de fougères et de lichens ; il y avait là des chênes, mêlés à quelques bouleaux et noisetiers. La lumière striait le sous-bois et l'air semblait vibrer de quelque attente.

Lorsqu'ils atteignirent la clairière, Lucy croyait presque entendre la respiration des feuilles.

Il n'était pas difficile d'imaginer la terreur que l'endroit pouvait inspirer la nuit.

Lucy se souviendrait jusqu'à son dernier souffle de l'aspect de son frère lorsqu'il était revenu chez ses grands-parents, le lendemain de la Nuit de la Poursuite. Elle leva les yeux : comment réagissait-il au retour en ces lieux ? Son geste la surprit : il tendit la main pour s'emparer de celle de Lily Millington.

Ils traversèrent la clairière, tous autant qu'ils étaient, puis reprirent leur lente avancée de l'autre côté de la forêt.

Le sous-bois se fit soudain plus clair et, après un dernier effort pour escalader la pente broussailleuse, ils retrouvèrent le grand air.

Une prairie de fleurs s'étendait sous leurs yeux. Plus loin se dressait une maison aux pignons jumeaux, coiffée d'une splendide armée de cheminées.

Edward se retourna, une expression de joie triomphante sur les traits, et Lucy se surprit à sourire, elle aussi.

L'étrange charme de la forêt s'était évanoui ; ils se mirent tous à discuter avec enthousiasme, comme si, ayant la demeure devant eux, ils pouvaient enfin goûter à l'excitante promesse de l'été qui les attendait.

Était-ce bien vrai qu'il y avait une barque ? s'enquirent-ils. Oui, répondit Edward. Elle était au sec, dans la grange qu'ils voyaient là-bas. Il avait fait construire une jetée tout exprès au bord de la rivière.

Était-il également propriétaire des terres ? Oui, leur dit-il, aussi loin que leur regard portait.

Y avait-il dans la maison des chambres qui donnaient sur la Tamise ? En abondance ! Le premier étage en regorgeait, ainsi que les combles.

Rameutant d'un cri strident ses troupes, Thurston s'élança vers Birchwood et Felix lui emboîta promptement le pas. Adele et Clare, bras dessus, bras dessous, s'engagèrent dans la prairie. Edward croisa le regard de Lucy.

— Dépêche-toi, petite sœur, lui dit-il. Va, file et garde-toi la meilleure chambre !

Lucy hocha la tête, un grand sourire aux lèvres, et partit en courant à la poursuite des autres. Elle se sentait plus libre, plus vivante qu'à Londres, consciente de l'air de la campagne qui lui caressait le visage, de la tiédeur encore sensible de la fin d'après-midi, de la joie de partager avec Edward ce moment si capital. Lorsqu'elle eut atteint le bout de la prairie, ce fut dans cet esprit qu'elle se retourna pour lui faire signe.

Mais Edward ne la regardait pas. Il marchait vers la maison au côté de Lily Millington. Tous deux allaient lentement, tête baissée, absorbés dans une conversation intime. Lucy patienta un instant dans l'espoir d'attirer leur attention. Elle leva même le bras – rien à faire.

Elle finit par reprendre sa progression vers Birchwood, déçue.

Et pour la première fois depuis le départ de Paddington, aux premières heures de la journée, Lucy se demanda où pouvait bien se trouver la fiancée d'Edward, Fanny Brown.

Chapitre 25

Birchwood était l'un de ces lieux où les fils du temps se relâchent et se dénouent. La rapidité avec laquelle ses compagnons succombèrent tous à la routine, comme s'ils avaient toujours vécu dans la maison, n'échappa pas à Lucy, qui se demanda s'il s'agissait d'une conséquence de la saison – oh, ces journées d'été qui semblaient ne jamais finir ! –, de la composition du groupe d'amis rassemblé par Edward ou de la maison elle-même. La réponse d'Edward, elle la connaissait déjà. Depuis qu'enfant il avait entendu la légende des enfants fées, il était persuadé que les terres enserrées dans le méandre de la Tamise possédaient des propriétés singulières. Lucy avait beau se considérer comme un esprit rationnel, elle ne pouvait pas s'empêcher de penser que la demeure, en effet, n'était pas tout à fait comme les autres.

Edward s'était attaché avant même le séjour les services d'une jeune fille du village, Emma Stearnes. Bonne à tout faire, elle devait se présenter dès le matin et rentrer chez elle après le dîner. Lorsqu'ils arrivèrent, le premier soir, après leur traversée de la prairie de fleurs, Emma les attendait. Elle avait suivi les instructions d'Edward à la lettre et dressé la grande table en fer forgé du jardin : sur la nappe blanche, un splendide festin leur était destiné. Des lumignons avaient été suspendus aux branches basses du marronnier. À la nuit tombante, on alluma les bougies aux flammes frémissantes. Leur lumière se renforça avec les ténèbres et, tandis que le vin coulait à flots, Felix sortit sa guitare. Adele se mit à danser alors qu'un chœur de rouges-gorges accompagnait le départ des dernières lueurs du jour. Edward enfin monta sur la table pour réciter la « Brillante Étoile » de John Keats.

La maisonnée sombra après cela dans un sommeil de plomb et, le lendemain matin, se réveilla dans la plus joyeuse des humeurs. La veille au soir, ils étaient si fatigués qu'ils n'avaient pas eu le temps d'inspecter Birchwood dans tous ses recoins. Ils en eurent alors tout le loisir et coururent d'une pièce à l'autre en se récriant d'admiration devant tel détail, telle vue sur la rivière. La maison, déclara Edward, qui suivait les pérégrinations de ses amis d'un œil aussi fier que ravi, avait été bâtie par un architecte de génie : aucun point n'avait été négligé. C'était, dans son esprit, ce qui lui conférait sa « sincérité ». Tout trouvait grâce à ses yeux : le moindre meuble, la moindre tenture, le moindre nœud dans les planches du parquet, lesquelles provenaient de la forêt toute proche. Son détail préféré était une devise gravée dans le linteau d'une porte qui donnait sur une chambre tapissée d'un papier violet représentant des fruits et des feuilles. Cette chambre se trouvait au rez-de-chaussée et ses grandes fenêtres s'ouvraient sur le jardin, si bien qu'elle semblait presque en faire partie. « Vérité, beauté, lumière », telle était la devise qui enchantait tant Edward, qui ne pouvait s'empêcher d'y revenir toujours, émerveillé : « Vous voyez bien que cette maison m'était *destinée* ! »

Edward passa ses premières journées à Birchwood à dessiner le manoir sous tous ses angles. Sa nouvelle sacoche ne le quittait jamais ; il allait çà et là, bandoulière à l'épaule, et ses compagnons l'apercevaient souvent assis dans les hautes herbes de la prairie, le chapeau sur la tête, contemplant la demeure avec une expression de joie profonde quelques instants avant de revenir à son croquis. Lily Millington, remarqua Lucy, l'accompagnait toujours.

Lucy s'était enquise du sort de Fanny auprès de son frère. Le premier matin à Birchwood Manor, le peintre avait conduit sa petite sœur par les couloirs pour lui montrer la bibliothèque.

« Lorsque j'ai vu ces étagères, j'ai tout de suite pensé à toi, lui avait-il dit. Regarde tous ces livres, Lucy. Il y en a sur tous les sujets possibles et imaginables. À toi maintenant de te remplir la tête de toute la connaissance du monde, de tout ce que les érudits les plus remarquables ont pu accumuler et publier. Il viendra une époque où les femmes jouiront des opportunités que l'on n'offre aujourd'hui qu'aux représentants du sexe fort. Cela va de soi : les femmes sont plus intelligentes, et plus nombreuses que les hommes. En attendant, Lucy, c'est à toi de prendre ton destin en main. En lisant, en absorbant, en réfléchissant. »

Les injonctions d'Edward n'étaient pas hypocrites ; Lucy promit de suivre ses conseils.

« Tu peux me faire confiance, lui avait-elle répondu, solennelle. Avant que l'été soit fini, j'aurai lu tous les livres de cette bibliothèque, jusqu'au dernier. »

Orgueilleuse déclaration qui fit rire Edward.

« Ah, peut-être ne faut-il pas aller si vite en besogne. Il y aura d'autres étés. Essaie de te garder un peu de temps pour te promener dans les jardins et le long de la rivière.

— Bien sûr ! »

Et c'est alors, la conversation semblant s'éteindre d'elle-même, qu'elle demanda :

« Fanny sera-t-elle des nôtres ? »

Edward ne parut guère s'émouvoir de cette question, même s'il y répondit ainsi :

« Non, elle ne viendra pas. »

Puis il montra à sa sœur un recoin derrière la cheminée, parfait refuge pour un lecteur ou une lectrice, suggéra-t-il.

« Personne ne te remarquera. Et je sais de source sûre que lire sans que personne te voie améliore considérablement l'expérience. »

Lucy décida de ne pas reparler de Fanny.

Plus tard, elle s'en voulut de n'avoir pas insisté, posé plus de questions. Mais, en vérité, elle n'avait pas spécialement d'affection pour Fanny et se réjouissait même de son absence. Sur le moment, la réponse d'Edward, si brève, presque dédaigneuse, lui avait paru particulièrement adaptée. Fanny était ennuyeuse. Elle monopolisait l'attention d'Edward et voulait lui imposer une personnalité qui n'était pas la sienne. Fiancée, elle était bien plus dangereuse aux yeux de Lucy qu'un simple modèle. Si les modèles allaient et venaient, le mariage était synonyme de durée. Et il signifiait une nouvelle maison pour Edward, un déménagement. Lucy n'imaginait pas la vie sans son frère, non plus que la vie qu'il pourrait mener avec une épouse telle que Fanny.

Lucy n'avait aucune envie de se marier, sauf à rencontrer le partenaire idéal. Le parfait mari, se disait-elle, ce serait quelqu'un comme elle. Ou comme Edward. Et ils vivraient heureux, tous les deux dans la solitude, jusqu'à la fin de leurs jours.

Edward avait vu juste : la bibliothèque semblait avoir été conçue et remplie pour Lucy. Les murs étaient tapissés d'étagères où l'on avait rassemblé de vrais livres, contrairement à ceux qui se trouvaient chez les grands-parents Radcliffe – épais pamphlets religieux et brochures destinées à garder leurs lecteurs des pièges de la société. Les précédents propriétaires de Birchwood avaient amassé une incroyable collection d'ouvrages sur les sujets les plus divers et les plus fascinants ; Edward comblait les lacunes par des commandes régulières à Londres. Lucy, à la moindre occasion, allait se percher sur l'échelle coulissante pour déchiffrer les titres gravés sur les dos de cuir et planifier ses lectures de l'été. À vrai dire, ces occasions étaient fréquentes car, hormis le jour de leur arrivée, elle fut en général laissée à elle-même.

Dès l'instant où ils avaient exploré la maison, les artistes n'avaient eu de cesse qu'ils ne trouvent l'endroit idéal où installer qui leur chevalet, qui leur chambre noire. Quête d'autant plus urgente que, quelques jours avant leur séjour à Birchwood, M. Ruskin avait accepté de soutenir une exposition collective de la fraternité Magenta en automne. Chaque frère, chaque sœur avait une nouvelle œuvre à l'esprit – la maison vibrait de créativité, de défis, de possibilités. Une fois les chambres attribuées, chaque artiste s'y réfugia pour déballer aussitôt le matériel que la carriole avait apporté de la gare.

Thurston choisit le grand salon sur le devant de la maison, expliquant que l'exposition plein sud lui procurait la lumière dont il avait besoin. Lucy s'efforçait de l'éviter, d'une part parce qu'elle le trouvait inexplicablement déconcertant, mais aussi parce que les œillades énamourées de sa sœur la mettaient mal à l'aise. Lucy, un jour, avait vu Clare poser pour Thurston par l'embrasure de la porte et il lui avait fallu traverser la prairie de fleurs sauvages au grand galop pour se débarrasser de la révulsion qu'elle avait ressentie. Avant de détaler, cependant, elle avait lancé un regard au tableau. Une œuvre respectable, bien sûr, bien qu'encore loin d'être finie : Thurston était un excellent technicien. Un détail l'avait pourtant frappée. La femme du tableau, même si l'artiste lui avait donné la pose alanguie de Clare sur la chaise longue, drapée dans son *ennui**, avait été affublée d'une bouche qui appartenait sans doute possible à Lily Millington.

Felix s'était emparé d'un réduit qui donnait sur le salon à boiseries du rez-de-chaussée. Edward lui ayant fait remarquer que le lieu manquait de lumière, Felix avait hoché la tête avec force. « Mais c'est bien pour cela ! »

Felix, qui jusqu'ici s'adonnait essentiellement à la peinture de scènes mythologiques ou légendaires, sises dans des paysages lugubres, avait fait état de son désir d'utiliser la photographie pour ces mêmes sujets. « Je vais créer une représentation de la dame de Shalott qui va pouvoir rivaliser avec celle de M. Robinson et rendre hommage à Tennyson. Ta rivière est exactement ce qu'il me faut. Elle a même les saules et les trembles du poème. Ce sera véritablement Camelot, tu vas voir. »

Le débat faisait rage depuis quelques mois au sein de la fraternité : pouvait-on atteindre aux mêmes effets artistiques avec ce nouveau médium ? Un soir, à dîner, Thurston relança les hostilités.

— La photographie n'est guère plus qu'un procédé. Un truc de bas étage. Pour se souvenir des êtres aimés que l'on a perdus, c'est parfait. Mais pas pour exprimer quoi que ce soit sur un sujet sérieux.

Felix sortit alors un bouton de sa poche, ou plutôt un petit disque de fer-blanc qu'il retourna du bout des doigts.

— Va donc tenir ce discours à Abraham Lincoln, dit-il. Des dizaines de milliers de ces boutons ont été distribués dans toute l'Amérique, si bien que son visage apparaît à des dizaines de milliers d'exemplaires sur les vestons et les manteaux des gens. Son vrai visage. Naguère, nous ne savions pas à quoi Lincoln ressemblait, encore moins ce qu'il pensait. Aujourd'hui, il réunit quarante pour cent des suffrages.

— Comment se fait-il que son adversaire n'ait pas eu recours à la même technique ? demanda Adele.

— Il l'a bien tenté, mais c'était trop tard. C'est celui qui fait le premier pas qui a l'avantage. Mais je puis vous promettre une chose : désormais, les candidats feront toujours usage de leur image au moment des élections.

Thurston s'empara du bouton métallique et le retourna d'une pichenette, comme une pièce de monnaie.

— Je ne nie pas que cela constitue un outil électoral des plus efficaces, dit-il en plaquant le bouton sur le dos de sa main. Mais ne me dis pas que cela a le moindre rapport avec l'art.

Il tendit la main, révélant le visage de Lincoln.

— Pour ce qui concerne ce bouton, tu as raison, évidemment. Mais pense aux œuvres de Roger Fenton.

— Les photographies de Crimée sont extraordinaires, affirma Edward. De plus, elles abordent un sujet dont on ne peut nier la gravité.

— Mais ce n'est pas de l'art !

Thurston vida ce qui restait de bordeaux dans son verre.

— Je suis prêt à reconnaître que la photographie peut avoir une certaine utilité dans la presse, pour illustrer telle nouvelle, tel événement, peut tenir lieu de… de…

— … de regard de l'histoire, proposa Lily Millington.

— Oui, c'est cela même. Merci, Lily. Le regard de l'histoire – mais cela n'a rien à voir avec l'art.

Lucy, qui, assise en bout de table, se délectait de sa seconde part de dessert, apprécia grandement ce concept de photographie comme regard de l'histoire. Elle qui lisait tant d'essais sur le passé – en plus des fouilles qu'elle avait entamées dans les bois, derrière la maison, ce qui lui avait déjà valu de découvrir de curieux et antiques artefacts – se trouvait souvent frustrée par la nécessité de pallier l'absence de vestiges par l'extrapolation et l'imagination. Quel bonheur pour les générations futures que l'avènement de la photographie, qui permettait d'enregistrer la vérité. Lucy avait lu dans la *London Review* un article qui évoquait « la preuve irréfutable de la photographie » et expliquait qu'aucun événement dorénavant ne pourrait se passer sans que la photographie le fige dans le temps et crée…

— Un souvenir tangible et que l'on peut partager.

Lucy leva si brusquement la tête qu'une boule de crème s'échappa de sa cuiller. Lily Millington venait de lui ôter les mots de la bouche ! Des mots qui n'étaient pas les siens, mais ceux de la *London Review*.

— Exactement, Lily, renchérissait Felix. Le jour viendra où l'image photographique sera partout. Et les appareils qui la fabriquent seront si petits, si compacts, que l'on pourra les transporter autour du cou.

— Ah, rétorqua Thurston, et j'imagine qu'ils auront des cous de taureau, ces habitants du futur ? De vrais Amazoniens. Mais, Felix, quand tu dis que l'image photographique sera partout, tu sers mon propos. Ce n'est pas parce que tu manies un appareil photographique que tu deviens artiste. L'artiste, c'est l'homme qui voit la beauté dans un nuage de brouillard sulfurique, là où d'autres ne voient que pollution.

— Ou bien une femme, dit Lily Millington.

— Pourquoi devrait-on voir une femme dans un nuage de pollution, Lily ?

Puis, comprenant ce qu'elle avait voulu dire, Thurston se ravisa aussitôt.

— Oh ! Je vois. Oui, très juste, Lily, très juste. Une *dame* peut aussi voir la beauté.

Clare s'engagea alors dans le débat avec ce truisme : mais la photographie était dépourvue de couleur ! Ce à quoi Felix répondit en lui expliquant qu'il lui fallait faire usage de la lumière et de l'ombre, du cadrage et de la composition pour suggérer les émotions de la couleur. Mais Lucy ne les écoutait plus que d'une oreille.

Elle ne parvenait pas à quitter Lily Millington des yeux. C'était la première fois, dans son souvenir, qu'elle entendait une parole intelligente sortir de la bouche d'un modèle – sans parler de tenir la dragée haute à Thurston Holmes. Elle n'avait pas réellement réfléchi à la question, mais Edward n'aurait-il pas dû à un moment ou à un autre se lasser de Lily, ayant tiré d'elle toute l'inspiration possible ? Lucy se rendait à présent compte que Lily n'était pas comme les autres modèles. Qu'elle donnait au mot un sens tout à fait différent.

Lily Millington et Edward passaient leur temps dans la chambre violette, loin des autres ; c'était là qu'Edward avait élu domicile. Il travaillait avec ardeur – Lucy connaissait fort bien cette expression d'égarement qui lui figeait les traits lorsqu'il se trouvait en plein processus créatif –, tout en restant des plus circonspects quant à la nature de l'œuvre en gestation. Peut-être était-ce un effet de son désaccord avec M. Ruskin, avait d'abord songé Lucy : le grand homme n'avait pas réellement apprécié *La Belle*, exposée l'année précédente, ce qui, ajouté à l'article de M. Charles Dickens, avait plongé Edward dans la fureur (à la lecture dudit article, Edward s'était rué dans son atelier, au fond du jardin, pour y brûler tous les ouvrages de M. Dickens en sa possession, ainsi que son précieux exemplaire des *Peintres modernes* de M. Ruskin ; Lucy, qui avait patiemment fait la queue toutes les semaines chez W. H. Smith & Fils entre décembre 1860 et août 1861 pour acheter le dernier numéro de *All the Year Round*, qui publiait *Les Grandes Espérances* en feuilleton, avait dû dissimuler soigneusement ses exemplaires de la revue, de peur qu'ils ne succombent eux aussi à la rage d'Edward).

Mais la réticence de M. Ruskin ne justifiait pas tout, se disait-elle. Il était difficile d'expliquer la chose avec précision mais, lorsque Edward et Lily Millington étaient ensemble, ils semblaient environnés d'une aura de mystère. Et d'ailleurs, quelques jours plus tôt, Lucy s'était approchée de son frère alors qu'il dessinait dans son carnet. Dès qu'il avait constaté sa présence à son côté, il l'avait brusquement refermé, mais la jeune fille avait eu le temps d'apercevoir une étude approfondie du visage de Lily Millington. Edward n'aimait pas qu'on le regarde lorsqu'il travaillait ; pour autant, il ne se conduisait jamais de manière aussi subreptice. En l'occurrence, qu'avait-il à cacher ? Ce n'était qu'un croquis représentant le visage de son modèle du moment. Il ressemblait aux cent autres qu'il avait punaisés aux murs de son atelier. À un détail près, le collier que portait Lily. Hormis cela, aucune différence.

Quoi qu'il en soit, Edward était absorbé par son nouveau projet. Ses amis étaient tout aussi occupés et Emma sollicitée par d'innombrables corvées. Si bien que Lucy prit possession de la bibliothèque. Elle avait annoncé à Edward qu'elle saurait se restreindre : à dire vrai, elle n'en avait nullement l'intention. Elle sélectionnait tous les jours une pile de livres à lire. Elle lisait parfois dans la grange, ou au-delà des fougères, dans le jardin. Lorsqu'il y avait trop de vent, ce qui contrariait Felix, désireux de reconstituer la scène de la dame de Shalott pour son appareil photographique – ces jours-là, il sortait dès l'aube, arpentant la prairie, l'index levé pour évaluer la vitesse du vent : et si celui-ci était trop puissant, s'en retournait dans la maison, les poings dans les poches, accablé –, lorsqu'il y avait trop de vent, donc, elle s'installait dans la petite barque, amarrée à la jetée qu'Edward avait fait construire.

Ils étaient depuis presque deux semaines à Birchwood lorsqu'elle découvrit un volume particulièrement ancien et poussiéreux dont la couverture ne tenait plus que par quelques fils. Il avait été remisé sur le rayonnage le plus haut, derrière une autre rangée de livres, si bien qu'on ne le voyait pas. Lucy s'immobilisa sur l'échelle et l'ouvrit à la page de garde. Y était imprimé, dans une typographie soigneusement ornementée, le titre suivant : *La Démonologie, ou traité sous forme de dialogue et divisé en trois volumes*. Le livre avait été publié à « Edimbovrg » par « Robert Waldegrave, imprimeur de sa Majefté le Roy », en l'année 1597. Un ouvrage sur la nécromancie et la magie noire, rédigé par Jacques VI, le roi qui avait également offert à son peuple la Bible en anglais ! Cela ne pouvait que passionner Lucy. Elle le glissa sous son bras et descendit de l'échelle.

Ce jour-là, elle emprunta, en plus de cette antiquité, un certain nombre de livres qu'elle emporta au bord de la rivière, sans oublier son déjeuner dans un petit baluchon. La matinée était aussi brûlante et aussi claire que du verre ; l'air sentait le blé séché, mais d'autres choses aussi, secrètes, boueuses et souterraines. Lucy grimpa dans la barque et, à coups de rames, remonta le courant. Bien que le temps ne soit pas assez calme pour que Felix puisse procéder à ses prises de vue, le vent ne s'était pas vraiment levé et Lucy projetait de se laisser dériver vers la jetée. Elle cessa de ramer à hauteur de St John's Lock et ouvrit *De la liberté*. Le temps de tout lire, il était déjà une heure de l'après-midi. Cette fois-ci, elle s'empara de *La Démonologie*. Elle n'alla pas bien loin dans les explications que le roi Jacques donnait sur la nécessaire persécution des sorcières dans une société chrétienne, car au bout de quelques pages elle constata que le livre avait été truqué. Une cavité avait été pratiquée dans l'épaisseur des pages. Il s'y trouvait une petite liasse de feuilles pliées en quatre, retenue par une ficelle. Elle défit le nœud et déplia ces quelques pages. La première était une lettre extrêmement ancienne, datant de 1586. L'écriture était si illisible, l'encre si pâlie, qu'elle n'essaya même pas de la déchiffrer. Les autres pages étaient couvertes de dessins : Lucy venait de retrouver les plans de Birchwood Manor. Edward ne disait-il pas que la maison datait du règne d'Élisabeth Ire ?

Cette découverte plongea la jeune fille dans la plus grande exaltation. Non qu'elle fût férue d'architecture, mais elle n'avait aucun mal à imaginer le ravissement d'Edward. Lui faire plaisir la rendait toujours heureuse. En examinant les croquis, elle remarqua une anomalie. Il y avait maints dessins représentant la maison : ses pignons jumeaux, ses cheminées, ses diverses pièces, que Lucy put même identifier. Mais figurait dans la liasse une feuille de papier plus fine que les autres, presque translucide, que la jeune fille ajusta sur l'un des plans : elle constata alors que ce plan montrait deux pièces que les autres omettaient. Elles étaient trop petites pour servir de chambre ou même de vestibule. Et Lucy ne les avait pas repérées lors de ses nombreuses explorations.

Elle fronça les sourcils, souleva la feuille et la replaça dans une position légèrement différente. Que signifiaient ces deux ajouts ? La barque se trouvait à présent dans une crique, la proue enfoncée dans les hautes herbes de la rive. Lucy replia le plan et revint à la lettre, qui contenait peut-être quelque explication. Elle était signée du nom de Nicholas Owen, qui évoquait en elle un vague souvenir. Mais lequel ? L'écriture était difficile à lire, en raison de ses ornementations d'époque, mais Lucy put tout de même déchiffrer quelques mots : *protéger... prêtres... cachettes...*

Elle laissa échapper un cri de surprise. Mais bien sûr ! Elle savait, par ses lectures, que la reine Élisabeth avait fait traquer les prêtres de l'Église catholique. Elle n'ignorait pas qu'un grand nombre de maisons comprenaient des cachettes où l'on pouvait abriter ces persécutés, que ce soit dans l'épaisseur d'un mur ou sous un plancher. Mais découvrir qu'une de ces cachettes – deux peut-être – avait été ménagée à Birchwood Manor ! Cela l'excitait incroyablement. Encore mieux : Edward, c'était probable, ne savait rien de ces spécificités. Il aurait été le premier à s'en enorgueillir auprès de ses invités. Ce qui signifiait que Lucy allait pouvoir partager avec son frère cette splendide caractéristique de la maison qu'il aimait tant. La demeure « sincère » d'Edward avait un secret.

Le retour à la jetée lui parut interminable. Lorsqu'elle put enfin débarquer, elle amarra l'esquif, prit ses livres sous le bras et se rua vers la maison. Lucy ne s'adonnait pas fréquemment à la jubilation et ne chantait que rarement : mais ce jour-là elle se surprit à fredonner un des airs de danse préférés de mère, une excentricité qu'elle assuma avec enthousiasme. Une fois à Birchwood, elle se rendit dans la chambre violette ; même si Edward n'aimait pas qu'on l'interrompe dans son travail, il ferait certainement une exception au vu des circonstances. Mais la pièce était déserte. Le chevalet était recouvert d'une étoffe de soie. Lucy hésita un bref instant avant de décider qu'elle n'avait pas de temps à perdre. Puis elle monta au premier étage dans la chambre qu'Edward s'était attribuée et dont les fenêtres donnaient sur la forêt. Pas âme qui vive. Elle reprit sa course dans les couloirs, passant la tête à toutes les portes, osant même jeter un œil dans le grand salon du rez-de-chaussée, au risque de devoir subir la vision des minauderies de Clare.

Emma, dans la cuisine, préparait le repas du soir. Savait-elle où se trouvait Edward ? La bonne se contenta de soulever l'épaule gauche avant de se lancer dans une mise en accusation de Thurston, qui avait, ces derniers temps, contracté la désagréable habitude d'escalader le toit dès le matin, armé du mousquet des guerres napoléoniennes qu'il avait apporté de Londres, pour tirer sur les oiseaux.

— Quel boucan, mademoiselle, disait Emma. Ah, si au moins il pouvait m'avoir un canard, que je puisse vous le préparer… mais il ne sait pas viser et, de toute façon, ne tire que sur de petits oiseaux que je ne peux pas cuisiner.

Cette revendication n'était pas nouvelle et Edward avait, à maintes reprises, demandé à Thurston de s'abstenir de ces acrobaties, car il se pouvait fort qu'il tire un jour par mégarde sur un fermier et se retrouve accusé de meurtre.

— J'en parlerai à Edward dès que je le reverrai, promit Lucy, dans un bel effort pour rasséréner Emma.

Elles avaient, depuis leur arrivée à Birchwood Manor, conclu une sorte d'alliance. Lucy avait l'impression que la bonne l'avait identifiée comme étant la seule personne « normale » de la maisonnée. Les artistes et leurs modèles entraient et sortaient de la cuisine dans des tenues plus ou moins négligées, pinceau sur l'oreille ; Emma semblait réserver à Lucy tous ses signes de tête réprobateurs, tous ses soupirs, comme si elles étaient des âmes sœurs, seuls sages sur cette nef des fous. Mais ce jour-là, Lucy ne pouvait guère accorder d'attention à Emma.

— Je vous promets de lui en parler, dit-elle du seuil de la cuisine, avant de trotter vers la porte qui donnait sur le jardin.

Mais nulle trace d'Edward dans ses coins préférés du jardin. Lucy était sur le point de succomber à la frustration lorsqu'elle aperçut enfin Lily Millington, qui sortait de la propriété par le portail desservant l'allée. Le soleil conférait à sa chevelure un éclat d'incendie.

— Lily ! s'écria-t-elle.

La jeune femme semblant ne pas l'avoir entendue, elle réitéra son appel, d'une voix encore plus forte.

— Li-ly !

Lily Millington se retourna. Sans doute s'était-elle un instant perdue dans ses pensées car son visage arborait une expression de surprise, comme si d'entendre son nom l'avait étonnée.

— Ah ! Mais c'est Lucy, constata-t-elle avec un sourire.

— Je cherche Edward. L'avez-vous vu par ici ?

— Il est parti dans la forêt. Voir quelqu'un qui doit lui vendre un chien.

— Et vous allez le retrouver ?

Lily portait des chaussures de marche et un petit sac à l'épaule.

— Non, je vais au village. Voir quelqu'un qui doit me vendre un timbre.

Elle brandit une enveloppe sur laquelle était inscrite une adresse.

— Vous m'accompagnez ?

Mieux valait, faute de pouvoir informer Edward de sa découverte, consacrer son après-midi à une activité intelligente, plutôt que d'attendre à ne rien faire.

Les deux jeunes filles prirent l'allée, longèrent l'église et arrivèrent au village. Le minuscule bureau de poste se trouvait près du Cygne, l'auberge de Birchwood.

Je vous attends ici, dit Lucy, qui, venant d'apercevoir une structure intéressante à la croisée des rues, voulait l'inspecter de plus près.

Il ne fallut à Lily que quelques secondes pour effectuer son achat. Elle sortit du bureau la lettre à la main, dûment timbrée. Lucy remarqua que le pli était assez lourd pour nécessiter un timbre bleu à deux pence, et qu'il était destiné à Londres.

Lily le glissa dans la boîte et elles se remirent en route vers Birchwood Manor.

Contrairement à Clare et à mère, Lucy n'avait aucun talent pour les discussions futiles. Elle se demanda comment meubler le silence dans des circonstances comme celles-ci. Non que tous les silences doivent être meublés, mais il y avait chez Lily Millington quelque chose qui donnait à Lucy l'envie d'apparaître plus mûre qu'elle n'était, plus intelligente, plus remarquable que d'ordinaire. Pour une raison qu'il allait lui falloir analyser, elle souhaitait que le modèle pût voir en elle autre chose que « la petite sœur d'Edward ».

— Quel beau temps, dit-elle, ce qui fit courir un frisson désagréable sur sa nuque.

— Mieux vaut en profiter, tant qu'il dure, répondit Lily. Il y aura de l'orage ce soir.

— Comment le savez-vous ?

— J'ai la capacité aussi rare que merveilleuse de prévoir l'avenir.

Lucy lui adressa un regard perplexe. Ce à quoi Lily Millington répondit par un sourire. Puis :

— Non, Lucy, j'ai simplement un intérêt marqué pour les cartes météorologiques. De surcroît, et par le plus grand des hasards, j'ai aperçu celle du jour dans l'exemplaire du *Times* que l'employé des postes avait sur son bureau.

— Vous avez des connaissances en matière de prévisions météorologiques ?

— Non, je n'y connais rien, sauf ce que Robert FitzRoy a pu en dire.

— Vous avez rencontré Robert FitzRoy ?

Cet ami de Darwin, commandant du HMS *Beagle*, était l'inventeur du baromètre et le premier météorologue officiel de la commission du commerce.

— Je l'ai entendu s'exprimer. C'est l'ami d'un ami. Il est en train d'écrire un livre sur la météorologie qui me paraît très prometteur.

— Vous l'avez entendu parler du naufrage du *Royal Charter* ? Et de l'invention du baromètre de tempête ?

— Bien sûr. Remarquables anecdotes…

Et Lily Millington se lança dans une fascinante explication des hypothèses scientifiques qui nourrissaient les cartes météorologiques de FitzRoy et sa bouteille tempête. Lucy lui consacra quatre-vingt-dix-sept pour cent de son attention, tandis que les trois pour cent restants formulaient cette réflexion : lorsque Edward se lasserait de son modèle, Lucy pouvait-elle espérer récupérer Lily pour elle seule ?

Comme l'avait prédit Lily Millington, l'orage éclata dans l'après-midi, et sonna brutalement le glas de l'été parfait qui avait jusque-là régné. Le soleil disparut du ciel aussi subitement, aussi complètement, que si quelque bouche géante avait éteint la flamme de la lampe du monde. Lucy n'en sut rien, elle qui s'était déjà réfugiée dans les ténèbres, assise tranquillement dans une cavité creusée en secret sous la croûte de la maison d'Edward.

L'après-midi avait été riche en péripéties. En rentrant du village, Lily Millington avait décidé de repartir en forêt pour y retrouver Edward. Emma, qui s'affairait encore en cuisine, fut ravie d'apprendre à Lucy que Thurston, Clare, Adele et Felix avaient emporté de quoi organiser un goûter au bord de la rivière, préalable à la baignade. Quant à elle-même, elle était en avance sur ses préparatifs de cuisine et, si Lucy n'avait aucune demande particulière, était prête à « filer un moment à la maison pour mettre les pieds sous la table ».

Lucy avait donc les lieux pour elle seule et savait exactement comment mettre cette occasion à profit. Le frisson de la découverte s'était atténué ; Lucy comprit dans son sillage qu'il serait terriblement absurde de faire immédiatement part à Edward de la singularité de Birchwood Manor. Les plans qui indiquaient les cachettes de prêtres étaient vieux de plusieurs siècles. Il était fort possible que ces deux réduits eussent depuis été murés ou bien même jamais réalisés. Ah, le ridicule d'une révélation qui ne serait suivie d'aucune vraie trouvaille ! Lucy n'aimait pas se tromper. Il était infiniment préférable de se mettre en quête de ces cachettes avant d'en parler.

Une fois Emma partie vers le village et Lily Millington réduite à la taille d'un grain de sable couleur de feu à l'autre bout de la prairie, Lucy ressortit les plans découverts dans *La Démonologie*. La première des deux cachettes semblait faire partie du grand escalier. Impossible, songea Lucy, elle avait dû lire le plan de travers. Depuis son arrivée à Birchwood, elle l'avait emprunté cent fois, sans doute, et s'était assise maintes fois dans l'élégant fauteuil en bois courbé, sous la fenêtre. Hormis le plaisant sentiment de chaleur que l'on ressentait toujours au tournant de l'escalier, il n'y avait rien là qui sorte de l'ordinaire.

Il lui fallut s'emparer de la loupe de la bibliothèque et examiner plus soigneusement la lettre de Nicholas Owen pour trouver l'indice qui lui manquait. L'escalier comportait une marche truquée, expliquait Owen. La première contremarche après le palier médian avait été conçue de manière à pouvoir s'incliner sous l'effet d'une certaine pression. Il suffisait alors de la pousser pour dévoiler la cachette. Prudence, cependant, poursuivait la lettre, car le mécanisme de cette trappe ne pouvait être manipulé que de l'extérieur.

Un vrai feuilleton destiné à la jeunesse, dont Lucy eût joué le rôle principal ! Elle se précipita dans l'escalier, grimpa jusqu'au premier palier et repoussa le fauteuil, avant de s'agenouiller sur le plancher.

Là, nulle trace du moindre mécanisme. Lucy, sourcils froncés, se pencha sur les plans. Un croquis complémentaire décrivait un verrou à ressort et Lucy sourit sous cape. Elle pressa sur les quatre coins de la contremarche, les uns après les autres, et retint son souffle. Un cliquètement se fit enfin entendre. Le panneau s'était imperceptiblement décalé. Lucy glissa le bout des doigts dans la fente ainsi pratiquée et souleva la trappe, qui s'enchâssa sous la marche supérieure. La discrète ouverture ainsi révélée était juste assez grande pour laisser passer un homme relativement mince.

Lucy, sans même réfléchir, se faufila dans le trou.

L'espace était des plus exigus : impossible de s'y asseoir, à moins de baisser la tête à un point tel que le menton écrasait la poitrine. Elle préféra donc rester couchée. L'air était confiné, renfermé ; le sol si tiède que Lucy en conclut que le conduit de la cheminée de la cuisine devait décrire un angle sous la cavité. Elle resta allongée un long moment, sans faire de bruit. Le silence était stupéfiant. Elle se tortilla sur le côté pour plaquer l'oreille au mur. Oui, un silence de mort, absolu. Massif, comme s'il n'y avait de l'autre côté qu'un très épais mur de brique.

Comment est-ce possible ? se demanda Lucy tout en reconstituant mentalement le plan de la maison.

Et ce faisant, elle prit conscience de sa situation : couchée dans une cavité dont nul ne connaissait l'existence, destinée à dissimuler un homme traqué par de féroces ennemis, cachette munie d'une trappe qui pouvait à tout moment se fermer ; dès lors, elle se retrouverait prisonnière des ténèbres les plus complètes et se noierait lentement dans un air épais, surchauffé, sans que personne sache ce qu'elle avait découvert et où elle se trouvait. Et cette pensée terrible se mit à l'assaillir de tous côtés. Une panique soudaine contracta ses poumons ; sa respiration se fit plus brève, plus bruyante ; elle retrouva aussi vite qu'elle le put une position accroupie et, dans sa hâte de sortir, se cogna le crâne au plafond de la cavité.

La seconde cachette se trouvait dans le couloir. C'était là qu'elle avait trouvé refuge. Les deux réduits ne se ressemblaient en rien : celui-ci était pratiqué derrière les boiseries et l'ingénieux panneau coulissant qui y donnait accès pouvait également être manipulé de l'intérieur – ô soulagement. Si l'espace disponible n'était pas bien grand, il ne dégageait pas la même impression que la cellule de l'escalier. Il y avait même quelque chose de réconfortant dans la cachette du couloir. Tout d'abord, l'obscurité n'était pas complète, ce qui n'échappa pas à Lucy. Et le panneau était assez mince pour qu'on puisse capter ce qui se passait de l'autre côté.

Elle avait entendu la joyeuse confrérie rentrer de sa promenade au bord de la Tamise : ils se pourchassaient en riant dans les couloirs. Puis avait suivi une discussion rageuse entre Adele et Felix, au sujet d'une plaisanterie (grommelait Felix) qui avait mal tourné (sifflait Adele). Lucy avait également entendu le premier grand grondement de tonnerre qui, remontant de la rivière, avait fait trembler la maison. Elle venait tout juste de se décider à sortir de son trou et, l'oreille plaquée au panneau, s'assurait que le silence régnait aux alentours – elle ne voulait surtout pas trahir son secret en sortant de la cachette devant témoins – lorsqu'un bruit de pas familier retentit. Edward !

Pourquoi ne pas surgir sous ses yeux et le surprendre ? N'était-ce pas la manière idéale de lui faire part de sa découverte ? Mais :

— Mon épouse, viens par ici, fit la voix d'Edward.

Lucy se figea, la main sur le panneau.

— Qu'est-ce donc, mon époux ?

La voix de Lily Millington.

— Plus proche, ô femme.

— Comme ceci, ô mari ?

Lucy se pencha un peu plus, l'oreille tendue. Ils n'échangèrent pas d'autres paroles, mais Edward eut un petit rire, non dénué de surprise, comme si quelqu'un venait de lui révéler une nouvelle aussi agréable qu'inattendue. Il y eut une profonde inhalation puis…

Le silence.

Lucy se rendit compte qu'elle retenait sa respiration.

Elle exhala.

Deux secondes plus tard, les ténèbres se firent et un colossal coup de tonnerre secoua la maison et la terre ancestrale sur laquelle elle reposait.

La compagnie était déjà rassemblée dans la salle à manger lorsque Lucy la rejoignit. Un candélabre trônait au centre de la table, qui n'avait pas été dressée. Neuf longs cierges blancs y brûlaient. Dehors, le vent s'était levé et la nuit était fraîche pour la saison. Les flammes d'un maigre feu devant lequel s'étaient installés Edward et Lily Millington dansaient en crépitant dans la cheminée. Lucy se dirigea vers le fauteuil d'acajou qui se trouvait de l'autre côté de la salle à manger.

— Pour moi, je n'ai aucunement peur des fantômes, déclarait Adele, perchée au côté de Clare sur le grand canapé en tapisserie.

C'était un sujet de conversation fréquent entre les deux jeunes femmes.

— Il me paraît que ce ne sont que des âmes en peine prisonnières d'un monde dont elles veulent être libérées. Je crois que nous devrions essayer de faire tourner les tables pour voir si l'une d'entre elles veut nous rendre visite.

— As-tu ta planchette ?

— Hélas non, répondit Adele en se renfrognant.

Edward s'était penché vers Lily Millington. Ses lèvres bougeaient. Lily quant à elle hochait la tête de temps en temps et, sous le regard attentif de Lucy, elle tendit la main vers Edward, effleura le foulard de soie bleue qu'il portait en guise de cravate.

— Je meurs de faim, annonça Thurston, qui faisait les cent pas devant la table. Où est donc passée cette fichue soubrette ?

Emma n'avait-elle pas décidé de rentrer chez elle pour se reposer une heure ou deux ? se souvint Lucy.

— Elle a prévu de revenir à temps pour s'occuper du dîner.

— Eh bien, elle est en retard.

— Il se peut que l'orage l'ait arrêtée, dit Felix.

Il se plaqua contre la fenêtre striée de pluie et tendit le cou vers le bord du toit.

— Il pleut des cordes. Les gouttières sont déjà pleines.

Le regard de Lucy se dirigea de nouveau vers Edward et Lily. Que penser de leur échange dans le couloir ? Elle avait peut-être mal entendu. Ou bien elle s'était trompée sur le sens des mots employés. Les membres de la fraternité Magenta se trouvaient constamment de nouveaux surnoms. Par exemple, Adele avait été un temps appelée « Chaton », Edward l'ayant représentée au côté d'un tigre dans l'un de ses tableaux. Clare avait été rebaptisée « Rosie » quelques jours, après que Thurston, victime d'un malencontreux mélange de pigments, l'avait affublée de rougeurs peu seyantes.

— De nos jours, il n'est pas de bonne maison qui n'ait son fantôme.

Clare haussa les épaules.

— Je n'en ai pas encore vu.

— *Vu* ? se moqua Adele. Ne sois pas si vieux jeu, Clare. Les vrais fantômes sont invisibles, tout le monde le sait.

— Ou translucides !

Felix se retourna vers les jeunes femmes.

— Comme dans les photographies de Mumler.

Et dans *Un conte de Noël*. Lucy se rappela la description du spectre de Marley traînant ses chaînes et son cadenas. Scrooge avait même vu les boutons de sa martingale.

— On pourrait peut-être fabriquer notre propre planchette, suggéra Clare. Il nous faut juste des lettres et un verre.

— C'est exact. Le fantôme se chargera du reste.

— Non, s'interposa Edward en levant les yeux. Pas de planchette. Pas de tables qui tournent.

— Oh, Edward, fit Clare avec une moue, ne gâche pas notre plaisir. Tu n'es pas curieux du résultat ? Il y a peut-être un fantôme dans ces murs, qui n'attend que cette occasion pour se présenter à nous.

— Je n'ai pas besoin de ces trucs pour savoir qu'il y a une présence à Birchwood Manor.

— Que veux-tu dire par là ?

— Oui, Edward !

Clare s'était levée.

— Que veux-tu dire ?

Une peur fulgurante s'empara de Lucy. Il allait leur parler de la Nuit de la Poursuite. Des larmes lui brûlèrent les paupières. Non ! C'était *leur* secret.

Il n'en fit rien, cependant. Et s'il leur raconta une histoire, ce fut celle des enfants fées, la légende des trois mystérieux enfants qui étaient apparus dans le champ, près des bois. Ceux dont la peau vaguement luisante et les longs cheveux scintillants emplissaient les fermiers de confusion.

Lucy faillit éclater de rire tant son soulagement était grand.

Les autres écoutèrent, fascinés, le conte auquel Edward redonnait vie : les villageois si désireux d'attribuer aux étranges petits inconnus les maladies de leurs proches ou la perte de leurs récoltes. Le vieux couple qui, dans sa bonté, avait pris les enfants sous son aile et les avait emmenés, pour les protéger, dans une petite ferme au creux du méandre de la rivière. Les villageois enragés qui avaient, un soir, encerclé la ferme, torches à la main, le ventre rempli de feu. Puis, au dernier moment, le son surnaturel du cor porté par le vent, l'apparition de la lumineuse reine des fées.

— C'est ce que je veux peindre pour l'exposition. La reine des fées, protectrice de son royaume, sauvant les enfants en ce lieu même qui sert de seuil entre les deux mondes.

Il sourit tendrement à Lily Millington.

— Cela fait des années que je veux la peindre et, maintenant que je l'ai trouvée, je peux me mettre au travail.

Cette confidence fut accueillie avec le plus grand enthousiasme par la confrérie.

— Tu viens de me donner la plus merveilleuse des idées, dit alors Felix. Ces deux dernières semaines m'ont prouvé à l'envi que le jour est encore lointain où le vent ne se lèvera pas sur ta fichue rivière.

Comme pour souligner cette évidence, une énorme bourrasque fit trembler les carreaux des fenêtres et siffler le feu dans l'âtre.

— Je suis prêt à renoncer provisoirement à la dame de Shalott. Pourquoi ne pas mettre en scène une photographie où nous interpréterions les personnages qu'Edward vient de nous décrire, la reine des fées et ses trois enfants ?

— Mais il y a quatre personnages et seulement trois modèles ici, objecta Clare. Insinues-tu qu'Edward devrait se déguiser en enfant fée ?

— Ou bien Thurston ? ajouta Adele avec un petit rire.

— Mais non. Je pense à Lucy.

— Mais Lucy n'est pas un modèle.

— Lucy est mieux que cela, c'est une vraie petite fille.

L'intéressée sentit ses joues s'empourprer à l'idée de pouvoir poser pour Felix. Il les avait tous photographiés depuis leur arrivée à Birchwood, Lucy comprise, mais c'était histoire de se faire la main. Il ne s'agissait pas d'œuvres destinées à l'exposition de M. Ruskin.

Clare fit une remarque que nul n'entendit : sa voix fut noyée par un coup de tonnerre si retentissant que la maison en frémit.

— Très bien, dit alors Felix. L'affaire est réglée.

La confrérie se mit alors à discuter des détails techniques de la mise en scène : comment confectionner des guirlandes, pouvait-on utiliser des morceaux de gaze pour donner aux enfants fées l'éclat magique de la légende ?

Thurston s'approcha d'Edward.

— Tu prétends qu'il y a des fantômes à Birchwood Manor, mais tu nous racontes une histoire de reine des fées qui sauve sa progéniture !

— Je n'ai pas parlé de fantômes mais de présence. De surcroît, mon histoire n'était pas finie.

— Eh bien, et si tu la continuais ?

— Lorsque la reine décida de ramener ses enfants au royaume des fées, elle ressentit une telle gratitude envers le vieux couple qui avait sauvé les petits qu'elle lança un sortilège sur leur maison et leurs terres. Il se dit encore qu'une lumière apparaît parfois à la plus haute fenêtre de toutes les maisons construites en ces lieux enchantés. Elle manifeste la présence des fées.

— Une lumière.

— C'est ce qui se dit.

— L'as-tu déjà vue ?

Edward ne répondit pas immédiatement. Lucy comprit qu'il pensait à la Nuit de la Poursuite.

— Quand tu as acheté Birchwood Manor, insista Thurston, tu m'as écrit que la maison t'appelait depuis des années. Je ne savais pas ce que tu voulais dire par cet appel ; tu m'as répondu que tu m'en parlerais à notre prochaine rencontre. Lorsque nous nous sommes revus, tes préoccupations avaient changé.

Il adressa un regard en coin à Lily Millington, qui le soutint avec franchise et sans l'ombre d'un sourire.

— C'est vrai, Edward ? dit Clare, de l'autre côté de la table. Tu as vraiment vu une lumière à la fenêtre ?

Nouveau silence d'Edward. Oh, Lucy aurait volontiers flanqué un coup de pied dans le tibia de sa sœur. Quelle idée de traîner Edward sur le devant de la scène de cette manière ! Elle se rappelait encore son retour après la Nuit de la Poursuite, son visage blême, les cernes sombres sous ses yeux. Il était resté toute la nuit tapi dans le grenier, les sens en alerte, s'attendant à tout moment à voir surgir dans la maison ce qui l'avait suivi.

Lucy essaya de croiser le regard de son frère, pour lui signifier sa sympathie. Il n'avait d'yeux que pour Lily Millington, scrutant son visage comme s'ils étaient seuls dans la salle à manger.

— Dois-je leur en parler ? demanda-t-il.

Lily Millington s'empara de sa main.

— Cela ne dépend que de toi.

Avec un léger signe de tête et un sourire presque enfantin, il se lança.

— Il y a de nombreuses années, quand je n'étais qu'un jeune garçon, je me suis aventuré dans la forêt de Birchwood, seul, une nuit. Et quelque chose de terrifiant…

On frappa soudain avec force à la porte d'entrée.

Clare poussa un petit cri et enfonça les doigts dans le bras d'Adele.

— Ce doit être Emma, dit Felix.

— Ce n'est pas trop tôt, rétorqua Thurston.

On frappa de nouveau, plus fort encore. Puis retentit le son d'une porte qui grince violemment sur ses gonds.

Dans la lueur vacillante des bougies, ils échangèrent tous des regards, attentifs aux bruits de pas dans le couloir.

Tandis qu'un éclair donnait au monde extérieur l'éclat de l'argent, la porte de la salle à manger s'ouvrit, livrant passage à une bourrasque qui fit se lever sur les murs des ombres en dents de scie.

Sur le seuil, vêtue de la robe de velours vert qu'elle portait pour le portrait de ses dix-huit ans, se tenait la fiancée d'Edward.

— Je suis désolée d'arriver si tard, dit-elle alors que le tonnerre entrait à la suite du vent. J'espère que je n'ai rien manqué d'important ?

Chapitre 26

Fanny entra dans la salle à manger et ôta ses gants de voyage. Il s'opéra alors dans la compagnie un changement aussi considérable que discret. Après un long moment de sidération, les membres de la confrérie se remirent simultanément en action sous le regard perplexe de Lucy, comme si leurs mouvements répondaient à une chorégraphie fixée à l'avance. Adele et Clare se penchèrent avec exagération l'une vers l'autre sur le canapé et reprirent leur conversation, l'oreille cependant attentive à ce qui pouvait se produire alentour. Felix se consacra de nouveau à l'examen de la gouttière qui débordait, Thurston se plaignit à la cantonade de sa faim extrême et de la difficulté à trouver désormais des domestiques dignes de ce nom. Lily Millington prit congé de l'assistance en marmonnant les mots de pain, de fromage et de dîner, et partit à la cuisine. Pendant ce temps-là, Edward allait au-devant de sa fiancée, qu'il aida à ôter sa cape trempée de pluie.

Lucy, elle, n'entra pas dans la danse. Affaissée sur sa chaise, elle regardait en tous sens : à qui pouvait-elle se joindre ? Ne trouvant dans le spectacle de la confrérie aucune consolation, elle se leva et se dirigea vers la porte, les membres gourds, clignant des paupières. En passant devant Fanny, elle l'entendit dire :

— Un peu de vin, Edward. Du vin rouge. Le voyage a été un véritable calvaire.

Lucy se retrouva dans le couloir qui conduisait à la cuisine. Lily Millington, assise sur la chaise qu'occupait ordinairement Emma, découpait en fines tranches une meule de cheddar. Elle leva les yeux vers Lucy, qui venait d'apparaître sur le seuil.

— Un peu faim ?

Lucy se rendit compte que son estomac criait famine, en effet. Avec les péripéties de la journée – la découverte des plans, la quête de l'invisible Edward, l'exploration des deux cachettes de prêtres –, elle avait complètement oublié de goûter. Elle s'empara d'un couteau et d'une miche de pain.

Lily avait allumé la lampe à suif avec laquelle Emma aimait à s'éclairer. Impossible d'échapper à l'odeur de graisse de bœuf qui imprégnait les lieux. Si déplaisante qu'elle fût, néanmoins, elle était d'une familiarité bienvenue, en cette soirée de déluge hors les murs, auquel répondait le sournois bouleversement qui s'était introduit dans les murs. Lucy en eut le cœur serré de nostalgie.

Elle se sentait soudain extrêmement jeune et n'avait plus qu'une seule envie, revenir à la petite enfance, au temps où tout était noir et blanc, et où l'attendait un lit préparé par Nounou, qui glissait toujours sous les draps une chaufferette de cuivre, pour chasser le froid et l'humidité.

— Veux-tu que je te montre un tour ?

Lily Millington avait continué à débiter sa meule de cheddar et Lucy était si perdue dans ses pensées qu'elle crut avoir mal entendu.

Lily leva les yeux vers Lucy, le regard fixe. Puis, le front marqué d'un pli de vague perplexité, elle tendit la main et glissa le pouce et l'index derrière l'oreille de Lucy pour en retirer quelque chose. Elle ouvrit la main, montra sa paume à Lucy. Une pièce d'argent y était apparue.

— Un shilling ! Quelle chance. Il faudra que je t'inspecte plus souvent.

— Comment as-tu fait ?

— Tour de magie.

Lucy leva promptement la main vers le haut de son cou, derrière son oreille.

— Peux-tu me dire comment tu as fait ?

— Ça mérite réflexion.

Lily ramassa quelques-unes des tranches épaisses que Lucy avait taillées dans la miche.

— Sandwich ?

Elle en confectionna deux – un pour elle, un pour Lucy – avant de s'installer au bout de la table, près de la grande fenêtre.

— C'est le privilège de la cuisinière, dit-elle en surprenant le regard attentif de Lucy. Je ne vois pas pourquoi nous devrions nous presser de retourner à la salle à manger. Ils ont de quoi s'occuper. Ils ne mourront pas de faim.

— Thurston prétend que si.

— Vraiment ?

Lily Millington mordit dans son sandwich avec une profonde volupté.

Lucy vint s'asseoir près d'elle.

Dehors, une trouée entre les nuages révélait un peu de ciel par-delà l'orage. Quelques lointaines étoiles y scintillaient.

— Tu penses qu'un jour nous saurons comment les étoiles sont nées ? demanda Lucy.

— Mais oui.

— Vraiment ? D'où te vient cette certitude ?

— Il se trouve qu'un chimiste du nom de Bunsen et un physicien du nom de Kirchhoff ont travaillé sur le spectre que produit la lumière du soleil vue par un prisme et que cela leur permet d'identifier les éléments chimiques contenus dans le soleil.

— Et les étoiles ?

— Ils disent que c'est la même chose.

Lily Millington avait elle aussi les yeux tournés vers le ciel distant et son profil était illuminé par la clarté brumeuse de la lampe.

— Mon père me disait toujours que j'étais née sous une bonne étoile.

— Une bonne étoile ?

— C'est une vieille superstition de marin.

— Ton père était marin ?

— Non. Il a été horloger, à une époque. Un excellent artisan. Il réparait les pendules de collection d'un capitaine à la retraite, lequel habitait Greenwich : c'est là qu'il a contracté toute cette fièvre de superstitions maritimes. C'est à Greenwich que j'ai, pour la première fois, pu regarder le ciel au télescope.

— Oh ! Qu'as-tu vu ?

— De nouveau ma bonne étoile m'a suivie, car l'on venait de découvrir Neptune, cette planète à la fois nouvelle et ancienne.

Lucy eût bien aimé que son père fût horloger, pour l'emmener à l'observatoire royal.

— Mon père est mort quand j'étais petite. Il a été renversé par un attelage.

Lily Millington se retourna vers Lucy et lui sourit.

— Alors, espérons avoir plus de chance qu'eux.

Elle se pencha vers la table.

— En attendant, je crois qu'il est temps que nous nourrissions nos fauves.

Tandis que Lucy finissait son sandwich, Lily Millington en confectionna d'autres avec ce qui restait de pain et de fromage et les disposa sur un grand plat de porcelaine.

Non, Lily Millington n'avait rien à voir avec les modèles qui l'avaient précédée, ces jeunes femmes aux jolis minois qui rappelaient à Lucy les feuilles perdues par les grands tilleuls à l'automne, du vert le plus luxuriant pendant l'été, mais ne durant qu'une saison et tombant pour être remplacées, l'année suivante, par une nouvelle génération. Lily Millington s'intéressait à la science, elle avait vu Neptune au télescope. Il y avait en elle quelque chose que les tableaux d'Edward parvenaient à montrer. C'était à cause de ce quelque chose qu'il avait raconté l'histoire de la Nuit de la Poursuite à cette jeune femme. Lucy eût dû bouillir de jalousie à son égard, mais c'était loin d'être le cas.

— Où as-tu appris à faire des tours de magie ? demanda-t-elle.

— Je les ai appris auprès d'un magicien de rue français qui officiait à Covent Garden.

— Je ne te crois pas.

— Il le faut, pourtant.

— C'est quand tu étais enfant ?

— Oui, une toute petite fille.

— Et que faisais-tu à Covent Garden ?

— Je vidais les poches des gens, la plupart du temps.

Lucy se rendit alors compte que Lily la faisait marcher. Edward utilisait la même technique lorsqu'il voulait mettre fin à une conversation. En finissant son sandwich, elle vit que les nuages s'étaient refermés sur l'éclaircie et que les étoiles avaient disparu.

Edward était sur le point de sortir lorsqu'elles réintégrèrent la salle à manger. Il avait un chandelier dans une main et soutenait Fanny de l'autre.

— Ce voyage a épuisé Mlle Brown, annonça-t-il avec une prudente courtoisie. Je vais la conduire à sa chambre.

— Bien sûr, répondit Lily Millington. Je ferai en sorte de vous garder quelque chose à manger.

— Je sais que tu ne pensais pas à mal, Edward, dit Fanny en s'éloignant lentement dans le couloir.

Sa voix était plus pâteuse que d'ordinaire.

— Je n'en ai pas parlé à qui que ce soit. Tu n'y voyais pas clair, c'est tout. Avant un mariage, c'est chose courante.

— Chut. Plus un mot, maintenant !

Edward l'aida à gravir les premières marches de l'escalier.

— Nous en reparlerons demain.

Lucy ne franchit pas le seuil de la salle à manger. Elle regarda son frère et la fiancée de ce dernier s'éloigner. Au bout d'un moment, elle leur emboîta discrètement le pas. Edward avait conduit Fanny dans une chambre qui jouxtait celle de Lucy – petite mais fort jolie, pourvue d'un lit à baldaquin et d'une coiffeuse en noyer, juste sous la fenêtre.

Le silence régna un instant puis Lucy perçut la voix de Fanny. La fenêtre de la chambre donnait à l'est, se plaignait-elle. Sur le cimetière du village.

— Mais ce n'est qu'une autre forme du sommeil, répliqua Edward. Rien de plus. Le long sommeil des morts.

— Seulement, Edward…

La voix de Fanny résonnait jusque dans le couloir.

— Cela porte malheur de dormir avec les pieds dirigés vers les morts.

Edward répondit d'une voix si basse que Lucy ne l'entendit pas. De nouveau, Fanny parla :

— Ta chambre n'est pas loin, j'espère ? Sinon, j'aurai trop peur.

Lucy se déshabilla, enfila sa chemise de nuit et se planta devant la fenêtre de sa chambre. La clématite qui croissait, affamée, sur la façade de la maison avait fait pénétrer ses tendrons dans la chambre et quelques fleurs gisaient sur l'appui de la fenêtre. Lucy les cueillit les unes après les autres avant d'arracher leurs pétales et de les jeter dans le jardin, où ils tombèrent en neige mauve.

Que devenait Fanny, de l'autre côté du mur ? se demanda-t-elle.

Puis elle entendit la voix d'Edward. Il était sur la pelouse en contrebas.

— C'est à toi, j'imagine, que je dois cette péripétie ?

En prenant soin de ne pas se montrer, Lucy tendit le cou pour inspecter le jardin. À qui parlait son frère ? Ah, à Thurston. La pluie s'était interrompue. L'air n'était plus si froid. Une lune épaissie avait émergé dans un ciel nettoyé, rendue plus claire encore par les ténèbres qui l'avaient précédée. Les deux jeunes gens se tenaient près de la charmille de glycine, non loin du verger.

— Tu lui as, m'a-t-elle dit, envoyé une lettre où tu lui expliquais où me trouver.

Thurston, une cigarette au coin des lèvres, brandissait son vieux tromblon des guerres napoléoniennes, visant, désinvolte, des ennemis imaginaires tapis dans le marronnier, derrière la maison. Puis il fit pivoter son arme d'un index glissé dans le pont et, comme un bandit de mélodrame, et écarta les bras.

— Mais pas du tout ! Je lui ai écrit pour lui proposer un rendez-vous et ne lui ai dit où te trouver qu'au cours de notre entretien.

— Tu n'es qu'un scélérat, Thurston.

— Qu'aurais-je dû faire ? La pauvre fille s'en remettait entièrement à ma bonté.

— Ta bonté ? Ces situations te donnent de la jouissance.

— Edward, ces paroles me blessent. Je me conduis en ami, rien de plus. Elle m'a supplié de te faire revenir à la raison. Tu as perdu l'esprit, selon elle, et te comportes de manière infâme.

— Je lui ai parlé. Je lui ai écrit. Je lui ai tout expliqué.

— Tout ? Permets-moi d'en douter. « Je n'en crois pas un mot », me répétait-elle. « Ne connaît-il pas mon père ? Ne sait-il pas ce que mon père va lui faire subir ? Et la peine que tout cela va me causer ? » Et puis : « Mais pourquoi ce comportement ? Quelle raison peut donc le pousser à ne pas honorer sa promesse ? »

Thurston éclata de rire.

— Non, mon cher Edward, je ne crois pas que tu lui aies tout expliqué.

— Je lui ai dit ou écrit ce qu'elle avait besoin de savoir tout en évitant de la blesser lorsque la chose était possible. C'est tellement inutile ! rétorqua Edward d'une voix basse, rageuse.

— Ce que tu as pu ou non lui écrire n'est guère plus qu'une pincée de cendres dans la cheminée de son père, à l'heure qu'il est. Elle refuse d'en tenir compte. Elle m'a dit qu'elle avait besoin de te voir pour remettre les choses d'aplomb. Comment aurais-je pu lui refuser cette occasion ? Tu devrais me remercier, Edward. Tout le monde sait que vous autres Radcliffe avez besoin de ce que les Brown ont en abondance.

Ses lèvres s'incurvèrent en un sourire froid.

— Sinon, tes pauvres sœurettes n'auraient pas beaucoup d'espérances.

— Ne te mêle pas de ce qui concerne mes sœurs.

— Je t'en prie, va donc tenir ce discours à Clare. Elle se donne tellement de peine pour que je m'en mêle, justement. J'ai bien envie de lui accorder ce privilège, tiens. Sinon, elle finira par gâcher mon tableau de ses fichus soupirs. Et si je pouvais me mêler de la même façon des affaires de Lily, une fois que Fanny et toi aurez enterré la hache de guerre, mon bonheur serait à son comble.

À cause de la charmille, Lucy ne vit pas partir le coup de poing. Mais Thurston apparut soudain sur la pelouse, vacillant, la main sur la joue, une expression de surprise amusée dans le regard.

— Radcliffe, je ne veux que ton bien. Fanny, toute rasoir qu'elle est, t'assurera le toit, le couvert et toute liberté de peindre. Et qui sait ? Avec le temps et un peu de chance, elle apprendra peut-être à te laisser batifoler.

Lucy méditait dans son lit. La dispute entre Edward et Thurston n'avait pas duré longtemps. Ils s'étaient séparés sur ce dernier échange. Lucy avait tourné le dos à la fenêtre pour se glisser entre les draps glacés. Elle avait toujours eu du goût pour la solitude. Pourtant, en cet instant, prenant conscience de la sensation qui lui rongeait l'estomac, elle comprit qu'elle se sentait vraiment seule. Bien plus terrible encore : elle avait perdu ses certitudes.

La pendulette de bronze sur la table de chevet indiquait minuit cinq, ce qui signifiait qu'elle était couchée dans son lit dans l'attente d'un sommeil qui ne venait pas depuis plus d'une heure. Rien ne bougeait plus dans la maison. Au-dehors, le temps, brumeux, était plus calme. Quelques oiseaux de nuit étaient sortis de leur cachette pour réintégrer les branches du marronnier, blanchies par le clair de lune. Elle les entendait s'éclaircir la voix. Pourquoi, se demanda-t-elle, les minutes et les heures semblent-elles si longues quand il fait noir ?

Elle se redressa sur son séant.

Elle était incapable de fermer l'œil, inutile de prétendre le contraire.

Et comment céder au sommeil avec ce qui lui taraudait l'esprit ? Il lui fallait savoir ce qui se tramait. Fanny Brown, lui avait dit Edward, ne devait pas venir à Birchwood Manor. Et cependant elle était désormais des leurs. Tous les autres semblaient en savoir assez sur la question pour se comporter d'étrange manière. Sans parler des coups échangés entre Thurston et Edward sous sa fenêtre !

Lorsque Lucy était plus jeune et que son esprit trop agile l'empêchait de s'endormir, c'était toujours vers son grand frère qu'elle allait. Il lui racontait une histoire et répondait à toutes les questions qui pouvaient la tourmenter. Il la rassérénait et, souvent, parvenait à la faire rire. L'effet était immanquable : elle repartait toujours réconfortée.

Était-il rentré dans sa chambre ? Elle décida de lui rendre visite ; il était tard, bien sûr, mais Edward n'en avait cure. C'était un oiseau de nuit, qui pouvait fort bien rester dans son atelier passé minuit, les bougies finissant de couler le long de ces bouteilles vertes dont il faisait la collection.

Lucy se faufila dans le couloir. Aucune lumière ne filtrait sous les portes.

Elle se figea, les sens aux aguets.

Ah ! Un son ténu émanait du rez-de-chaussée. Le doux et bref frottement d'un pied de chaise sur le plancher.

Elle sourit. Bien sûr : il était probablement dans la chambre violette, avec son chevalet et ses pinceaux. Elle aurait dû s'en douter. Edward le disait toujours : peindre lui rendait sa lucidité. Le jour où il arrêterait de peindre, il deviendrait sûrement fou.

Elle descendit sur la pointe des pieds, passant ce faisant par-dessus la trappe de la cachette. Comme elle s'y attendait, la lueur vacillante d'une bougie filtrait sous la dernière porte du couloir.

Laquelle était entrouverte. Une fois près du seuil, Lucy eut un moment d'hésitation. Edward n'aimait pas qu'on le dérange pendant qu'il peignait mais, après ce qui s'était produit ce soir – l'arrivée de Fanny, la bagarre avec Thurston –, il avait certainement besoin de compagnie, comme sa sœur. Lucy poussa la porte d'une main précautionneuse, juste assez pour pouvoir passer la tête.

La première chose qu'elle vit fut le tableau. Le visage de Lily Millington, royal, surnaturel, la fixait, couronné de sa flamboyante chevelure. Lily Millington, la reine des fées, irradiait.

Lucy remarqua presque aussitôt le diamant qui reposait au creux du cou de Lily : c'était la pierre précieuse qu'elle avait aperçue en feuilletant subrepticement le carnet de dessins d'Edward. La gemme ici avait retrouvé sa couleur : un bleu intense, irisé. Ce bleu ne pouvait signifier qu'une seule chose pour Lucy – elle avait entendu parler plus d'une fois du Radcliffe Blue, même si elle ne l'avait jamais vu en vrai. Ce qui était d'ailleurs toujours le cas, dut-elle se raisonner, puisque ce qu'elle avait devant elle était l'interprétation qu'en donnait Edward : une pierre réimaginée, un talisman ornant la gorge de sa reine des fées.

Un bruit retentit à l'intérieur de la chambre et Lucy se pencha un peu plus. Elle était sur le point d'appeler Edward pour lui signaler sa présence lorsqu'elle le vit. Sur le canapé. Il n'était pas seul. Il était allongé au-dessus de Lily Millington, sa chevelure retombant en mèches humides sur son front. Celle de Lily était étalée, scintillante, sur le coussin de velours. Il s'était dépouillé de tous ses vêtements ; elle avait fait de même. À la lueur de la bougie, leurs peaux semblaient lisses, lumineuses. Ils se contemplaient l'un l'autre, enfermés dans un moment qui n'appartenait qu'à eux.

Lucy parvint à sortir de la chambre violette sans être repérée. Elle s'élança dans le couloir, monta deux à deux les marches qui conduisaient à sa chambre et se jeta sur son lit. Elle aurait voulu disparaître, exploser comme une étoile en des millions de particules de poussière, lesquelles à leur tour se consumeraient et retourneraient au néant.

Elle ne comprenait pas la nature de son désarroi, de sa blessure. Elle se mit à pleurer, son oreiller serré contre elle.

C'était une gêne immense, comprit-elle. Non pas à leur égard, car ils étaient beaux dans leur étreinte. L'embarras ne venait que d'elle. Elle se vit comme elle était : une enfant. Une enfant gauche, les deux pieds dans le même sabot, ni belle ni désirable. Intelligente, cela ne faisait pas de doute, mais au physique des plus quelconque. Et qui n'était pour personne, elle s'en rendait bien compte à présent, ni la plus aimée ni la plus extraordinaire des créatures.

La manière dont Edward contemplait Lily Millington, la manière dont ils s'embrassaient du regard… jamais il ne dévisagerait Lucy de cette façon. D'ailleurs, ce n'aurait pas été approprié et Lucy ne le souhaitait pas. Et pourtant, en même temps, tandis qu'elle revoyait en esprit ce regard, Lucy sentit en elle quelque chose qu'elle avait soigneusement élaboré, quelque chose qui lui était essentiel, s'affaisser lentement puis se désagréger. Elle venait de comprendre que le temps de l'enfance à deux, frère et sœur, était révolu et qu'ils se trouvaient maintenant sur deux rives opposées du même fleuve.

Elle fut réveillée par un terrible fracas et songea un instant que l'orage, n'ayant pas eu assez d'une seule journée, était revenu. Lorsqu'elle souleva les paupières, elle constata cependant que le soleil brillait dans un ciel matinal étincelant.

Le bruit retentit de nouveau. Ah ! Ce n'était que Thurston qui tirait sur les oiseaux. Les événements de la veille lui traversèrent l'esprit en une chevauchée nerveuse.

Elle avait mal à la tête. Cela lui arrivait parfois lorsqu'elle n'avait pas assez dormi. Elle descendit à la cuisine pour prendre un verre d'eau. Elle avait espéré y trouver Emma, ce qui lui aurait permis de se lover dans le fauteuil en osier, près du fourneau, et d'écouter les aimables racontars de voisinage de la bonne, rythmés par les soupirs gentiment réprobateurs qu'elle réservait aux louches agissements du reste de la confrérie. Emma, hélas, n'était pas là. La cuisine était déserte et nul apparemment n'y avait mis les pieds depuis que Lucy et Lily s'y étaient retrouvées pour confectionner des sandwichs, la veille au soir.

La veille au soir. Lucy secoua la tête en une vaine tentative pour se débarrasser du trouble causé par la vision de la chambre violette. Cela expliquait sans aucun doute la dispute entre Thurston et Edward, sous les fenêtres de Lucy. Et le fait que Fanny Brown n'eût pas été conviée par

Edward à Birchwood Manor. Mais qu'est-ce que tout cela voulait dire ? Et qu'allait-il se passer ?

Elle se servit un verre d'eau puis, apercevant le rai de lumière qui s'allongeait sur les carreaux du sol, au pied de la porte donnant sur le jardin, décida d'aller le boire dehors.

Tout semblait plus beau sous le ciel immense et bleu. Lucy marcha pieds nus dans l'herbe perlée de rosée. Lorsqu'elle eut atteint l'angle de la maison, elle ferma les yeux et tendit son visage vers le soleil du matin. Il n'était que neuf heures mais l'astre, déjà, faisait promesse de grande chaleur.

— Bonjour, petite Radcliffe.

Lucy ouvrit les yeux. Thurston était juché sur la chaise de fer forgé d'Edward et souriait, une cigarette aux lèvres. Le motif du dossier, en queue de paon, lui faisait une couronne.

— Viens t'asseoir près de tonton Thurston. Si tu es très très sage, tu pourras même tenir mon fusil.

Lucy secoua la tête et ne bougea pas d'un pouce.

Il éclata de rire, leva le canon du fusil pour viser un moineau qui s'était posé un bref instant sur la charmille de glycine et feignit d'appuyer sur la détente.

— Ce n'est pas bien de tirer sur les oiseaux.

— Le monde est plein de choses qui ne sont pas bien, jeune Lucy. En général, ce sont celles qui réjouissent le plus les gens qui les font.

Il baissa son arme.

— Tu vas pouvoir marquer la journée à venir d'une pierre blanche, Lucy.

Lucy n'avait aucune idée de la signification de cette prédiction, mais ne voulait pas offrir à Thurston le plaisir de cet aveu. Elle lui lança un regard hautain et le laissa poursuivre.

— Je parie que tu ne t'attendais pas à poser pour un artiste cet été-ci ?

Avec tous les événements de la soirée, Lucy avait tout oublié du projet de Felix de réaliser une photographie illustrant la légende des trois enfants fées.

— « Lucette : la révélation ». Tu t'es exercée à prendre la pose ?

— Non.

— La bonne fille ! Mieux vaut rester naturelle. Il faut que j'en touche un mot à Clare. Les plus belles créatures du monde sont celles qui ne font aucun effort pour l'être.

— Felix veut donc prendre cette photographie aujourd'hui ?

— J'ai entendu des échanges surexcités sur la nécessité de profiter de la lumière, il y a une petite demi-heure.

— Où sont les autres ?

Thurston se leva et indiqua le grenier de son tromblon.

— Ils fouillent les malles à costumes.

Il glissa le fusil sous son bras et se dirigea vers la cuisine, frôlant Lucy au passage.

— Emma n'est pas arrivée.

— C'est ce qu'on m'a dit.

Et que lui avait-on dit d'autre ?

— Vous savez où elle est ? cria-t-elle dans le dos de Thurston.

— Au fond de son lit, malade. Quelqu'un du village nous a porté le message ce matin. Elle ne viendra pas aujourd'hui et nous devrons nous débrouiller seuls.

Lucy retrouva les autres dans le grenier où, comme l'avait annoncé Thurston, ils avaient sorti des costumes d'une grande malle. Les femmes essayaient des robes amples qu'elles ceignaient de rubans et débattaient de la meilleure manière de fabriquer des couronnes de fleurs. Son statut de recrue tardive rendait Lucy timide. Elle resta un moment sur le palier en attendant qu'on la prie d'approcher.

— Il faudrait s'assurer que tout cela est assorti, disait Clare à Adele.

— Mais pas exactement. Chacun des enfants fées devrait disposer d'un pouvoir spécifique.

— Vraiment ?

— Et nous pourrions le montrer en utilisant des fleurs différentes pour chaque enfant. Je serai une rose, tu peux prendre le chèvrefeuille.

— Et Lucy ?

— Ce qu'elle veut. Je ne sais pas, moi… une marguerite ? Quelque chose qui lui aille. Qu'en penses-tu, chéri ?

— Ah mais oui, formidable !

Felix, qui ne les avait écoutées que d'une oreille, avait cependant répondu d'un ton extatique. Il se tenait près de la fenêtre, tendant un carré de fine gaze devant la lumière pour en vérifier l'effet, clignant l'œil gauche puis le droit.

Lucy constata alors l'absence de Lily Millington. Et celle de Fanny et d'Edward.

Adele prit Clare par la main et s'élança vers l'escalier, frôlant Lucy au passage dans sa hâte irréfléchie.

— Allez, l'escargot ! lança Clare à sa sœur, à mi-chemin de l'escalier. Toi aussi, il faut que tu te fasses une guirlande !

Quelques roses avaient souffert de l'averse nocturne ; leurs pétales délicats parsemaient la pelouse. Mais le jardin en était si prodigue que les jeunes femmes n'eurent que l'embarras du choix.

Le long du muret qui longeait le verger poussaient quelques massifs de marguerites. Lucy en cueillit des jaunes, des blanches et des roses, prenant soin de garder de longues tiges pour pouvoir les tresser, installée à son aise sur un coin d'herbe bien sèche. La guirlande n'était pas destinée à durer, mais Lucy n'était pas mécontente de son travail. C'était la première fois, dans son souvenir, qu'elle s'adonnait à une telle activité. Dans n'importe quel autre contexte, elle l'aurait jugée frivole. Quelle perte de temps ! Mais l'occasion était particulière. Lucy n'avait su que penser tout d'abord de la proposition de Felix. Elle se rendait à présent compte de son excitation. Même si elle ne l'eût avoué sous aucun prétexte à qui que ce soit (elle avait d'ailleurs du mal à s'en expliquer la raison), la perspective de poser pour la photographie lui donnait l'impression d'être devenue plus *réelle*.

Lily Millington avait rejoint les autres jeunes filles dans le jardin et confectionnait en silence sa propre guirlande. Lucy, qui l'épiait du buisson de marguerites, remarqua qu'un léger pli barrait son front. Thurston, qui avait rassemblé son carnet et ses crayons, aidait désormais Felix à préparer ses plaques de verre et son collodion, qu'il faudrait transporter avec l'appareil photographique et sa tente dans la forêt. Ne manquaient plus à l'appel qu'Edward et Fanny. Étaient-ils retenus par cette « discussion » qu'Edward avait promise à sa fiancée en la conduisant dans sa chambre, la veille au soir ?

La lumière, avait expliqué Felix, atteindrait son intensité idéale à midi, lorsque le soleil serait à son zénith. Et le jour en effet sembla se conformer à ce décret.

Lucy se souviendrait jusqu'à son dernier souffle du spectacle qu'offraient ses compagnes, vêtues de leurs costumes et coiffées de leurs guirlandes de fleurs, tandis qu'elles foulaient les hautes herbes de la prairie, dirigeant leurs pas vers la forêt. Des nuées de fleurs des champs parsemaient la verdure et bruissaient au contact léger et tiède de la brise.

Le cortège passa devant la grange, avec sa batteuse. Il était presque parvenu au bord de la rivière lorsqu'un cri retentit derrière la compagnie.

— Attendez-moi ! Je veux faire partie de la photographie.

Ils se retournèrent pour voir Fanny avancer à grands pas vers eux. Edward suivait sur ses talons, ses yeux lançant des éclairs.

— Je veux faire partie de la photographie, répéta Fanny en approchant du groupe. Je veux être la reine des fées.

Felix, le tripode en bois sur l'épaule, secoua la tête.

— Mais, fit-il, confus, c'est Lily qu'il me faut pour la reine des fées. Ce doit être le même modèle que pour le tableau d'Edward. Le tableau et la photographie doivent former un diptyque. Comment puis-je démontrer de manière plus éclatante que ces deux arts sont au même niveau ? Fanny n'a qu'à jouer le rôle de l'un des trois enfants.

— Edward, nous sommes fiancés. Je devrais par conséquent être la reine de ton histoire.

Lily jeta un regard à Edward.

— Bien sûr, dit-elle.

— Vous, on ne vous a rien demandé, rétorqua Fanny, avec un rictus mauvais. On vous paie pour prendre la pose et avoir l'air idiot. C'est à mon fiancé que je parlais.

— Fanny, s'interposa Edward, avec dans la voix une menace soigneusement contenue. Je t'avais demandé de…

— Je vais perdre ce moment de lumière parfaite ! s'écria Felix, non sans désespoir. Il me faut Lily en reine, mais si tu veux, Fanny, tu peux être l'enfant que l'on verra le mieux. Clare et Adele t'encadreront.

— Mais, Felix…

— Adele, il suffit ! La lumière… !!!

— Lucy, dit Clare, donne ta guirlande à Fanny, que nous puissions nous mettre au travail.

Il ne fallut à Lucy qu'une seconde pour passer d'un visage à l'autre – Clare, Adele, Edward, Lily Millington, Felix et Fanny. Puis, sans dire un mot, elle se mit à courir.

— Lucy, attends !

Mais Lucy n'attendit pas. Elle jeta sa guirlande à terre et continua à courir, comme une petite fille, sans reprendre sa respiration, jusqu'à la maison.

Lucy n'alla pas dans sa chambre, ni dans la bibliothèque, ni dans la cuisine, où elle aurait pu se consoler avec la génoise qu'Emma avait confectionnée le vendredi. Mais elle préféra se réfugier dans la chambre violette – l'atelier d'Edward. Pourquoi ce choix ? Alors même qu'elle en franchissait le seuil, elle n'aurait pu répondre à cette question. L'atelier lui paraissait le seul endroit où elle pût se retirer, c'était tout. Lucy avait compris ces dernières heures qu'elle en savait beaucoup moins sur le fonctionnement de son esprit que sur celui d'un moteur à combustion interne.

Mais que faire dans l'atelier ? Elle n'en avait pas la moindre idée. Elle n'avait pas encore retrouvé son souffle, après cette longue course, ni sa dignité. Elle s'était sentie rejetée, bien sûr, mais était furieuse contre elle-même. Quelle faiblesse que d'avoir montré à ces gens l'étendue de sa déception ! Et puis elle était lasse. Épuisée. Il s'était passé tant de choses, tant d'événements qu'elle ne parvenait pas à analyser.

Faute d'une inspiration moins instinctive, elle se laissa glisser à terre pour pleurer sur son propre sort, roulée en boule comme un chat.

Il ne fallut pas plus de deux minutes et demie pour que son regard, qui avait erré sur le plancher de la chambre, tombe sur la sacoche d'Edward, qui reposait contre le pied de son chevalet.

La sacoche était toute neuve. Lily Millington l'avait offerte à Edward pour son anniversaire. Lucy avait été jalouse de l'affection que son frère portait à cet objet. Perplexe, aussi, car jamais aucun de ses modèles n'avait fait au jeune peintre de cadeau, sans parler d'un objet aussi raffiné, aussi coûteux. La vision de la veille au soir avait dissipé cet étonnement.

Lucy décida qu'elle n'avait plus la concentration nécessaire pour se lamenter sur son sort. Ce moment de faiblesse avait laissé place à une curiosité plus impérieuse. Elle se releva et alla chercher la sacoche.

Elle défit la boucle et souleva le rabat. À l'intérieur se trouvaient le carnet à dessin d'Edward et son porte-plume en bois. Mais aussi un objet plus inhabituel, une boîte recouverte de velours noir qui ressemblait à celles que mère serrait dans sa coiffeuse, à Hampstead, pour y ranger les perles et les broches que père lui avait offertes.

Elle tira l'écrin de la sacoche et, la nuque parcourue d'un frisson, l'ouvrit. Elle aperçut tout d'abord deux rectangles de papier, pliés en deux : lorsque le couvercle se souleva, ils se déplièrent. C'était deux billets de la compagnie Cunard établis au nom de M. et Mme Radcliffe, départ le 1er août pour New York. Lucy méditait encore sur les implications de cette découverte lorsque les billets, échappant à la boîte, tombèrent sur le sol.

Dès qu'elle aperçut l'énorme pierre bleue qu'ils dissimulaient, Lucy se rendit compte qu'elle avait compris, dès le premier regard, que l'écrin contenait le Radcliffe Blue. Edward n'avait pas eu besoin d'un effort d'imagination pour peindre le collier au cou de sa reine : il était tout simplement allé le retirer du coffre de banque où la famille le conservait. Et sans autorisation, Lucy en était certaine : jamais grand-père n'aurait permis qu'on prenne de telles libertés avec le protocole familial.

Lucy extirpa le collier de son écrin et posa le diamant sur sa paume, faisant glisser la chaîne au creux de sa main. Laquelle tremblait un peu, elle le constata.

Elle examina de nouveau le portrait de Lily Millington.

Lucy n'avait jamais eu de goût pour les fanfreluches, les dentelles et les pierres qui brillent. Mais ces deux dernières semaines, elle avait pris conscience de manière plus aiguë que naguère de la distance qui la séparait de la beauté.

Elle se dirigea, le collier en main, vers le miroir de la cheminée.

Elle scruta d'un regard sans complaisance son petit visage, ses traits ordinaires, puis, les lèvres légèrement pincées, leva des deux mains la chaîne d'or et l'attacha dans sa nuque.

Le collier, si frais contre sa peau, était plus lourd qu'elle ne l'avait pensé.

Quelle merveille !

Elle tourna la tête vers la droite, puis la gauche, lentement, étudiant la manière dont la lumière se prenait dans les facettes du diamant et mouchetait sa peau d'infimes reflets. Elle inspecta son profil droit, puis le gauche, puis fit prendre à son visage toutes les positions possibles entre ces deux angles, sans jamais quitter des yeux la danse scintillante.

Ah, c'est donc cela, se dit-elle, *que d'être parée.*

Elle décocha un timide sourire à la jeune fille qui lui faisait face. Celle-ci le lui rendit.

Puis le sourire s'effaça. Derrière elle, dans le miroir, Lily Millington venait de faire son apparition.

Lily resta imperturbable. Elle ne se mit pas en colère, elle n'éclata pas de rire.

— C'est Felix qui m'envoie. Il veut absolument que tu fasses partie de la scène.

Lucy répondit sans se retourner :

— Il n'a pas besoin de moi, puisque Fanny est là, dit-elle au miroir. Vous êtes déjà quatre.

— Non, *vous* êtes déjà quatre. J'ai décidé de ne pas figurer sur cette photographie.

— Parce que tu as pitié de moi.

— Je mets un point d'honneur à ne jamais avoir pitié de qui que ce soit.

Lily était juste derrière elle, désormais, et l'observait attentivement, les sourcils froncés.

— Nom d'un chien.

Lucy retint sa respiration, attendant la suite des événements, dont elle n'était que trop certaine. Et Lily Millington, conformément à ses craintes, tendit la main et lui effleura la nuque.

— Allons donc. Qu'est-ce que c'est que ça ? murmura-t-elle en ouvrant le poing.

Un shilling d'argent brillait sur sa paume.

— Je savais bien que tu étais une amie en or.

Lucy sentit des larmes pointer dangereusement à ses paupières. Toute une partie de son être aurait soudain voulu serrer Lily contre elle. Elle porta les mains à son cou pour défaire le fermoir du collier.

— Tu as peut-être envie de me révéler le truc, depuis l'autre jour, si tu y as réfléchi.

— Le truc dépend de cette partie de ta main, dit Lily en désignant le pli de peau entre son pouce et son index. Regarde, il faut y coincer la pièce, sans la montrer.

— Comment peut-on y arriver ?

— Ah, ça, c'est le coup de main, l'art de la prestidigitation.

Elles échangèrent un sourire empli d'une profonde compréhension mutuelle.

— Bien, dit Lily. Maintenant, si tu ne souhaites pas la mort de Felix, dont le désespoir augmente à chaque minute, je te conseille de repartir immédiatement dans la forêt.

— Ma guirlande… je l'ai jetée…

— Et je l'ai ramassée. Elle est accrochée à la poignée de la porte, côté couloir.

Lucy baissa les yeux vers le Radcliffe Blue, qu'elle avait gardé au creux de sa paume.

— Il faut que je le range.

— Assurément.

Puis, un bruit de pas précipités se faisant entendre dans le couloir, Lily poursuivit :

— Mon Dieu… Felix, je le crains.

Mais l'homme qui apparut à la porte de la chambre violette n'avait rien à voir avec Felix. Lucy ne le connaissait pas, ne l'avait jamais vu nulle part. Il était brun et ses lèvres arboraient un rictus humide qui, dès le départ, suscita en Lucy une aversion radicale.

— La porte d'entrée n'était pas fermée. Je me suis dit que ça ne te dérangerait pas.

— Que fais-tu ici ? murmura Lily d'une voix chargée d'angoisse.

— Je prends de tes nouvelles, bien sûr !

Lucy regarda Lily puis l'homme. Pourquoi Lily ne les présentait-elle pas l'un à l'autre ?

L'homme s'était campé devant le tableau d'Edward.

— Très joli. Ça, oui, très très joli. Il est loin d'être mauvais, je te l'accorde.

— Martin, tu ne peux pas rester ici. Les autres ne vont pas tarder. Ta présence est susceptible de créer un certain trouble.

— « Susceptible de créer un certain trouble. »

Il éclata de rire.

— Que de manières ! Il faut se pincer pour y croire.

Soudain son visage se dépouilla de toute joie.

— Je ne repartirai pas, ma jolie. Pas sans toi.

Il se pencha pour toucher la toile et Lucy manqua s'étrangler devant ce sacrilège.

— C'est le Blue ? Tu avais vu juste. Elle va être drôlement contente. Ah oui, elle va danser de joie.

— J'avais dit un mois.

— Je sais. Mais tu travailles si vite. Tu es l'une des meilleures. Qui peut résister à ton charme ?

Il désigna le tableau d'un hochement de tête.

— Et j'ai l'impression que tu as pris une sacrée longueur d'avance, sœurette.

Sœurette ? Lucy se souvint du récit qu'Edward avait donné de sa rencontre avec Lily Millington. Le frère qui l'avait accompagnée au théâtre, les parents qu'il avait fallu convaincre que leur fille ne risquait pas le déshonneur en posant pour Edward. Cet horrible individu était-il réellement le frère de Lily ? Pourquoi celle-ci ne l'avait-elle pas dit ? Pourquoi ne l'avait-elle pas présenté comme tel à Lucy ? Et pourquoi le cœur de cette dernière se remplissait-il en cet instant d'un sentiment d'épouvante ?

L'homme baissa les yeux sur les billets et les ramassa d'un geste vif.

— Oh-oh, l'Amérique ! Le pays où l'on peut refaire sa vie. Ça me plaît, ça. Très futé. Très, très futé. Et vous partez bientôt, à ce que je vois.

— File, Lucy, dit Lily Millington. Va retrouver les autres. Allez, vite. Avant qu'on vienne te chercher.

— Je ne veux pas vous…

— Lucy, s'il te plaît.

Il y avait une telle insistance dans la voix de Lily que Lucy, à regret, sortit de la chambre violette. Pour autant, elle ne quitta pas la maison. Elle resta dans le couloir, l'oreille plaquée sur la porte. La voix de Lily Millington n'était qu'un murmure, mais Lucy entendit quelques mots.

— … un peu de répit… l'Amérique… mon père…

L'homme partit d'un grand rire. Puis il murmura quelque chose que Lucy ne comprit pas.

Lily Millington émit alors un son curieux, comme si l'homme l'avait frappée, lui coupant le souffle. Lucy était sur le point de voler à son secours quand la porte s'ouvrit violemment ; l'homme – celui que Lily avait appelé Martin – surgit, traînant sa sœur par le poignet et grommelant dans sa barbe :

— Bleu… l'Amérique… là où on peut refaire sa vie…

Le regard de Lily croisa celui de Lucy. Le modèle secoua la tête, comme pour lui faire comprendre qu'il valait mieux fuir.

Mais Lucy ne céda pas. Elle suivit l'étrange couple dans le couloir. Lorsqu'ils furent parvenus dans le salon et que l'homme constata qu'elle était encore sur leurs talons, il éclata de rire.

— Ah ! Voilà la cavalerie ! Le petit chevalier dans sa belle armure !

— Lucy, je t'en supplie, fit Lily Millington. Laisse-nous.

— Je te conseille d'écouter la dame, fit l'homme avec un grand sourire. Les petites filles qui ne savent pas se faire discrètes finissent toujours par avoir des ennuis.

— Je t'en supplie, Lucy. File.

Il y avait de la peur dans le regard de Lily.

Mais Lucy fut soudain submergée par une vague qui résumait toutes les indécisions de ces jours passés, ajoutées au sentiment de sa propre inutilité, conséquence de sa jeunesse, de son incapacité à s'intégrer à la confrérie, du fait que les décisions étaient prises par-dessus sa tête, sans jamais l'inclure… Et cet homme maintenant qui voulait s'emparer de Lily Millington ! Sans bien savoir pourquoi, Lucy ne voulait pas le laisser faire. Elle avait enfin la possibilité d'intervenir dans une affaire qui lui tenait à cœur.

Elle repéra le vieux fusil de Thurston, qu'il avait laissé sur une des chaises du salon après le petit déjeuner, le matin même. Elle plongea vers l'arme, qu'elle saisit par le canon, avant de l'abattre avec toute la vigueur nécessaire sur la trogne ricanante de l'horrible inconnu.

Il porta la main à sa joue, ébahi. Le fusil de nouveau s'abattit sur son crâne, Lucy agrémentant ce geste d'un grand coup dans le tibia de l'homme.

Il chancela, trébucha contre un pied de la table et s'affala de tout son long.

— Vite, siffla Lucy, le sang lui battant dans les oreilles. Il ne va pas tarder à se relever. Cachons-nous !

Elle prit Lily Millington par la main et l'emmena dans l'escalier. Parvenue à mi-chemin, elle déplaça le fauteuil et, sous les yeux de Lily, appuya sur la contremarche pour ouvrir la trappe de la cachette. La panique avait beau s'être emparée d'elle, Lucy ne put contenir le frisson d'orgueil qui la saisit devant le regard abasourdi de Lily.

— Vite, répéta-t-elle. Entre là-dedans. Il ne te retrouvera jamais.

— Comment as-tu… ?

— Vite !

— Lucy, viens avec moi. Cet homme n'est pas gentil, tu sais. Ce n'est pas quelqu'un de bien. Il te fera du mal. Surtout après le tour que tu viens de lui jouer.

— Il n'y a pas la place pour deux ici, mais j'ai une autre cachette. Ne t'inquiète pas.

— Pas trop loin ?

Lucy hocha la tête.

— Alors cours-y vite, Lucy. Et n'en sors pas. Tu m'entends ? Quoi qu'il advienne, Lucy, reste cachée. Reste à l'abri jusqu'à ce qu'Edward vienne te chercher.

— Je te le promets.

Après quoi, Lucy rabattit la trappe sur la cavité qu'occupait Lily Millington.

Sans perdre un seul instant – l'homme, dans le salon du rez-de-chaussée, était en train de se relever – elle se précipita vers le palier du premier étage et fit quelques pas dans le couloir avant de retrouver la boiserie et son panneau coulissant. Panneau qu'elle referma derrière elle, se confiant à l'obscurité.

Le temps passait curieusement dans la cachette. Lucy entendit l'homme appeler Lily Millington. Puis d'autres bruits, plus lointains. Mais elle n'avait pas peur. Ses yeux avaient commencé à se faire aux ténèbres ; elle avait constaté au bout d'un certain temps qu'elle n'était pas vraiment seule et qu'il ne faisait pas vraiment noir. Il y avait dans le grain du bois des milliers de petites lumières de la taille d'une pointe d'épingle et ces lumières scintillaient. Pour elle.

Les genoux serrés contre la poitrine, Lucy, patientant dans le noir, se sentit soudain étrangement en sécurité. En fin de compte, il y avait peut-être du vrai dans le conte de fées d'Edward.

X

Il m'arrive encore d'entendre sa voix qui murmure à mon oreille. Je me souviens de l'odeur de tabac et de fromage de son haleine. « Ma pauvre Birdie, ton père n'est pas en Amérique. Il n'y a jamais fichu les pieds. Le jour où vous deviez embarquer, il s'est fait écraser par un cheval. C'est Jeremiah qui t'a amenée chez nous. Il t'a ramassée par terre et t'a transportée chez maman. Tu n'avais plus de forces. Ton père, c'est l'asile des pauvres qui l'a enterré. T'as eu une sacrée chance ce jour-là. Et Jeremiah aussi. Depuis, tout lui sourit. Il nous a dit que tu étais une petite sacrément futée, et il faut dire que tu l'as bien récompensé, Jeremiah. Tu ne pensais pas qu'il envoyait tout le fric que tu lui donnais en Amérique, quand même ? »

Si Martin m'avait assené un coup de genou dans la poitrine, l'effet n'aurait pas été différent. Je n'avais plus de souffle. Et pas un seul instant je n'ai remis en cause cette révélation. Je n'ai pas douté de lui une seconde. Je savais qu'il disait vrai. C'était la seule explication rationnelle pour ce que j'avais vécu chez Mme Mack. Ma vie prenait soudain tout son sens. Pour quelle autre raison mon père m'eût-il abandonnée à Mme Mack ? Onze ans avaient passé depuis que j'avais ouvert les yeux dans l'appartement au-dessus de la boutique de l'oiselier, Mme Mack et ses comparses à mon chevet. Mon père était mort. Mon père était mort depuis le début.

Martin me prit par le poignet et m'entraîna vers la chambre violette. Il murmurait des paroles rassurantes. Tout allait bien se passer, il allait arranger tout cela, il ne fallait pas pleurer, il avait une idée. Nous allions voler le Radcliffe Blue, lui et moi, et au lieu de le remettre à Mme Mack nous l'emporterions en Amérique. Avec les billets. N'était-ce pas le pays où on refait sa vie, comme le disaient les lettres que Jeremiah m'apportait tous les mois ?

Il voulait parler, bien sûr, des lettres que Mme Mack me lisait à haute voix, les nouvelles d'Amérique, les nouvelles de mon père. Tout était inventé. Un mensonge d'une ampleur sidérante. Mais de quelle morale supérieure pouvais-je me targuer ? J'étais une petite voleuse, une usurpatrice qui avait sans l'ombre d'une hésitation adopté le nom d'une morte.

Et d'ailleurs, n'avais-je pas roulé Mme Mack dans la farine, deux semaines plus tôt, en lui affirmant que je devais partir à la campagne avec Edward ? Mme Mack ne m'eût jamais laissée partir volontairement, ni à Birchwood Manor pour l'été ni en Amérique avec Edward. Au fil des ans, j'étais devenue sa meilleure recrue. En dépit de mon jeune âge, j'avais très bien compris avec quelle facilité on s'habitue à la richesse, même lorsqu'on ne fait rien pour l'acquérir. Une fois qu'on s'y est accoutumé, on la considère comme un dû.

Mme Mack était persuadée qu'elle avait droit à tout ce que j'étais, à tout ce que je possédais. Pour pouvoir quitter Londres, je lui avais expliqué que le séjour à Birchwood faisait partie de mon plan. Il me suffirait d'un mois avec Edward pour revenir avec un butin dont ils n'avaient pas même idée.

« Un butin ? De quelle espèce ? » avait demandé Mme Mack, qui ne se contentait jamais de généralités.

En vertu du principe que les meilleurs mensonges sont ceux qui flirtent avec la réalité, je leur avais parlé du tableau de la reine des fées et de l'idée qu'avait eue Edward d'y inclure l'inestimable Radcliffe Blue.

Il faisait noir dans la cachette et j'avais du mal à respirer. Le silence était presque anormal.

Je songeai à Edward, à ce qui avait pu se passer avec Fanny, dans la forêt.

Je songeai au Prince Pâle et à la lettre que je lui avais envoyée du village. Je lui disais que j'allais partir en Amérique, qu'il n'aurait peut-être pas de mes nouvelles pendant un moment, mais qu'il ne faudrait pas qu'il s'en inquiète. J'avais joint à la lettre une photographie, « pour qu'il se souvienne de moi » – c'était un cliché réalisé par Edward avec l'appareil de Felix.

Je songeai à mon père et au poids de sa main sur la mienne, à la joie suprême que j'avais éprouvée enfant à prendre le train avec lui pour aller réparer des horloges.

Et je songeai à ma mère, qui était comme la lumière du soleil à la surface de mes souvenirs : étincelante, chaude et si changeante. Je me rappelai un jour avec elle, au bord du fleuve qui passait derrière notre maison, à Londres. J'avais laissé tomber un ruban dans l'eau, un de mes trésors, et avais été obligée de le regarder s'éloigner au fil du courant, sans pouvoir le rattraper. J'avais eu beau pleurer, ma mère m'avait expliqué que telle était la nature du fleuve. Le fleuve, disait-elle, rassemble tout : sans âge, sans distinction, il emporte ses fardeaux en un voyage sans retour vers la mer insondable. Le fleuve ne te doit nulle bonté, mon petit oiseau, me disait-elle. C'est pourquoi il faut être prudente.

Et dans ce trou de ténèbres, je me rendis compte que j'entendais le fleuve, que je sentais ses flots me bercer jusqu'au sommeil…

Puis j'entendis autre chose, un bruit de pas lourds, pesant sur le parquet au-dessus de ma tête. Une voix étouffée :

— J'ai les billets !

C'était Martin, debout sur la trappe.

— Où t'es passée ? Il ne nous manque que le caillou et on pourra prendre la poudre d'escampette.

Un autre bruit. Une porte qui claquait au rez-de-chaussée. Quelqu'un était entré dans la maison.

Les pas de Martin redescendant, vite.

Des éclats de voix. Un cri.

Puis une détonation.

Quelques minutes plus tard, d'autres cris – Edward, appelant mon nom.

Je cherchai à tâtons un verrou, un mécanisme qui me permît d'ouvrir la trappe, mais où que mes doigts s'aventurent ils ne trouvèrent que néant. Je ne pouvais pas me redresser, je ne pouvais pas me retourner. La peur s'insinua en moi. Plus elle croissait, plus mon souffle se faisait court, épais, comme collé au fond de ma gorge. Je voulus répondre… ma voix ne portait presque plus.

Il faisait chaud, si chaud.

Edward, de nouveau. Criant mon nom, la voix aiguisée par l'angoisse. Criant le nom de Lucy. Il semblait très lointain.

Des bruits de pas au-dessus de ma tête, plus légers que ceux de Martin, venant du premier étage. Puis un immense fracas qui fit trembler les planches.

Le chaos. Mais pas pour moi.

J'étais sur un bateau que portait une marée lente et douce, le fleuve enflant mollement sous moi. Alors que je fermais les yeux, il me vint un autre souvenir. J'étais encore un bébé, j'avais moins d'un an. J'étais couchée dans mon berceau, dans une chambre à l'étage de la petite maison que nous habitions à Fulham, au bord du fleuve. Une brise tiède soufflait par la fenêtre, entraînant avec elle les chants matinaux des oiseaux, les parfums secrets du lilas et du limon. La lumière tournait en rond sur le plafond, de concert avec les ombres ; je les regardais danser. Je levais les mains pour les attraper, mais elles ne cessaient de me filer entre les doigts…

Chapitre 27

Lucy, printemps 1882

— Jolie maison. L'intérieur n'a pas été bien entretenu, mais l'ossature est bonne. Je vais vous ouvrir la porte, vous comprendrez ce que je veux dire.

Lucy refusa de s'infliger, aussi bien qu'au notaire d'Edward, l'impolitesse de prétendre qu'elle n'avait jamais mis les pieds à Birchwood Manor. Pour autant, elle n'en fit pas l'aveu. Lèvres closes, elle attendit que l'homme eût glissé la clé dans la serrure.

C'était par un matin du début du printemps ; l'air était frais et clair. Quelqu'un avait dû s'occuper du jardin, sans souci de la perfection, mais avec assez de soin pour que les tendrons des buissons n'eussent pas envahi les allées. Le chèvrefeuille arborait une belle collection de bourgeons et les jasmins du mur et du pourtour de la fenêtre de la cuisine commençaient à fleurir. Ils étaient en retard. À Londres, les ruelles en étaient déjà embaumées. Mais comme Edward le disait souvent, les plantes de la ville sont toujours plus précoces que leurs cousines de la campagne.

— Et voilà, déclara M. Matthews, de Holbert, Matthews & Fils.

La serrure céda à ses avances avec un profond claquement des plus gratifiants.

— Cette fois-ci, c'est bon.

La porte s'ouvrit. Lucy sentit des remous lui agiter l'estomac.

Après vingt ans d'absence, d'interrogations, de vaine lutte contre ces interrogations, le moment était enfin venu.

La lettre était arrivée cinq mois plus tôt, quelques jours à peine après que la nouvelle de la mort d'Edward au Portugal leur fut parvenue. Lucy avait passé la matinée au musée de Bloomsbury ; elle avait proposé son aide bénévole pour le catalogage des donations. Elle avait à peine eu le temps de s'installer pour prendre le thé lorsque sa femme de chambre, Jane, lui avait apporté le courrier de l'après-midi. Sous un en-tête gravé à l'or fin, l'aimable correspondant commençait par exprimer ses condoléances les plus sincères pour le deuil de « Mademoiselle Radcliffe », avant de lui annoncer, au deuxième paragraphe, qu'elle avait été désignée comme héritière dans le dernier testament de son frère, Edward Julius Radcliffe. La lettre enjoignait ensuite à « Mademoiselle Radcliffe » de bien vouloir convenir d'un rendez-vous chez Holbert, Matthews & Fils pour discuter de son legs.

Lucy avait relu la lettre et trébuché sur la même expression. « Votre frère, Edward Julius Radcliffe. » *Votre frère.* Combien de légataires, se demanda-t-elle, se voyaient ainsi rappeler la nature de leur relation avec le défunt ?

Lucy n'avait pas besoin de cette précision. Certes, sa dernière rencontre avec Edward – brève, frustrante, dans un appartement sordide à Paris – remontait à des années, mais elle vivait entourée de constants souvenirs de son frère. Les murs de la maison étaient tapissés de ses œuvres. Nulle ne devait en être retirée, insistait mère, qui avait espéré jusqu'au dernier moment qu'il reviendrait et reprendrait sa carrière là où il l'avait abandonnée. Il n'était peut-être pas trop tard pour se « faire un nom », comme Thurston Holmes ou Felix Bernard y étaient parvenus. Ainsi, en tous lieux de la maison, les beaux visages d'Adele, de Fanny et de Lily Millington fixaient Lucy – au repos, en pied, en costume –, la suivant dans le moindre de ses déplacements, la moindre de ses tâches. Ces yeux qui suivaient un être de chair et d'os. Lucy prenait toujours soin de ne pas les croiser.

Elle répondit par retour de la poste à la lettre de Holbert, Matthews & Fils, leur proposant un rendez-vous le vendredi qui suivait, à midi. Et tandis que les premières neiges de décembre, aériennes, tombaient sur Londres, elle se retrouva assise devant un immense et sombre bureau, celui de M. Matthews père, dans son étude de Mayfair, à écouter le vieil avoué lui expliquer que Birchwood Manor, « une ferme d'un petit village près de Lechlade-on-Thames », lui appartenait désormais.

Pour conclure leur entretien, il la pria de les informer de la date à laquelle elle souhaitait visiter la maison : M. Matthews fils l'accompagnerait dans le Wiltshire. Lucy, qui n'avait alors pas la moindre intention de se rendre dans le Wiltshire, lui répondit que c'était bien trop demander à l'étude. Mais : « Cela fait partie du service, mademoiselle Radcliffe ! » Et M. Matthews tendit la main vers un panneau de bois accroché derrière lui, sur lequel étaient peints, en belles cursives d'or, les mots suivants :

Holbert, Matthews & Fils
Nous exécutons les souhaits de nos clients
dans la mort et dans la vie.

Lucy avait quitté l'étude dans un état de confusion qui lui ressemblait bien peu.

Birchwood Manor.

Quel généreux cadeau.

Dans les jours et les semaines qui suivirent, lors des longues et sombres nuits de solstice, Lucy se demanda à maintes reprises ce qui avait pu motiver ce legs. Se pouvait-il qu'en raison de l'intimité de leur relation il eût pu deviner ? Mais Lucy était bien trop rationnelle pour laisser s'enraciner une telle idée en elle. D'une part, qu'eût-il pu deviner ? Rien n'était certain. Pas même aux yeux de Lucy. D'autre part, Edward avait sur ce legs un avis bien arrêté. Il avait joint au testament une lettre manuscrite précisant que Birchwood Manor devrait accueillir une école dirigée par Lucy et dont le but serait d'offrir une solide éducation à des jeunes filles aussi douées qu'elle. Des jeunes filles en quête d'un savoir qui leur était généralement refusé.

Si Edward avait, de son vivant, possédé un charme qui lui permettait invariablement de convaincre les gens, il conservait dans la mort une certaine influence. Bien que Lucy se fût juré, dans le bureau de M. Matthews père, de vendre la maison et de ne jamais y remettre les pieds de son propre chef, la vision d'Edward ne tarda pas à s'insinuer dans ses pensées, sapant peu à peu des réticences on ne peut plus justifiées.

Lucy était rentrée chez elle par Regent's Park et son regard s'était posé sur chaque fillette qu'elle croisait – toutes flanquées d'une gouvernante, toutes plus dociles les unes que les autres. Ne brûlaient-elles pas, ces fillettes, de faire plus de choses, de voir plus de choses, de savoir plus de choses qu'elles n'y étaient autorisées ? Lucy se vit mener une petite troupe de filles aux joues roses, l'esprit en quête, la voix vibrante, petites guerrières qui ne rentraient pas dans les moules qu'on leur avait attribués, qui ne désiraient qu'apprendre, s'instruire, grandir. Elle ne pensa guère qu'à cela pendant des semaines. L'idée que tout dans sa vie l'avait conduite en ce point précis s'empara d'elle pour ne plus la lâcher. Il n'y avait en fait rien de plus « juste » dans l'existence que ce projet d'école pour jeunes filles dans la maison aux pignons jumeaux, au bord de la haute Tamise.

Ce qui la ramena enfin à Birchwood Manor. Il lui avait fallu cinq mois pour en arriver là, mais elle se sentait prête.

— Avez-vous besoin d'une signature ? demanda-t-elle tandis que M. Matthews fils la faisait entrer dans la cuisine, où la table carrée en bois de pin trônait encore.

Lucy s'attendait presque à voir surgir Emma Stearnes par la porte du petit salon, secouant la tête, perplexe, après avoir été témoin d'on ne sait quelle excentricité de la confrérie.

— Que voulez-vous signer, mademoiselle Radcliffe ?

L'avoué semblait surpris.

— Je ne sais pas. C'est la première fois qu'on me lègue une maison, voyez-vous. N'ai-je pas droit à un acte de propriété ?

— Vous n'avez rien à signer, mademoiselle. L'acte est acté, si je puis dire. Tout a été établi dans les règles de l'art. La maison vous appartient.

— Eh bien, en ce cas…

Lucy tendit la main.

— … je vous remercie de votre présence, monsieur Matthews. J'ai été ravie de faire votre connaissance.

— Mademoiselle Radcliffe… Ne souhaitez-vous pas que je vous fasse visiter le reste des lieux ?

— Ce ne sera pas nécessaire, monsieur Matthews.

— Après avoir fait tout ce chemin… ?

— J'imagine, monsieur Matthews, que je puis y demeurer dès aujourd'hui ?

— Eh bien, comme je vous l'ai dit, la maison vous appartient désormais…

— En ce cas, permettez-moi, monsieur, de vous remercier d'avoir bien voulu m'accompagner. Maintenant, si vous voulez bien m'excuser… j'ai beaucoup à faire. Une école à construire, en fait. Vous avez eu connaissance du projet, je crois. Je vais ouvrir une école à Birchwood, destinée aux jeunes filles à l'intelligence prometteuse.

Lucy pourtant ne se lança pas immédiatement dans ses préparatifs pédagogiques. Elle devait accomplir avant cela une tâche plus pressante. Et aussi effroyable que nécessaire. Elle y pensait depuis cinq mois. Ou, pour être honnête, depuis plus longtemps que cela. Cela faisait presque vingt ans qu'elle attendait ce moment. Et la révélation de la vérité.

Une fois M. Matthews fils parti, la voussure de ses épaules ne faisant pas mystère de son découragement, elle referma la porte et le regarda battre en retraite de la fenêtre de la cuisine. Ce ne fut que lorsqu'il eut traversé le jardin et tiré le verrou de la clôture de bois que Lucy put enfin exhaler le soupir qu'elle avait jusqu'ici retenu. Elle tourna le dos à la fenêtre et resta un moment contre la vitre, inspectant la pièce du regard. Si étrange que cela puisse paraître, ce qu'elle avait sous les yeux correspondait exactement à son souvenir. Comme si, vingt ans plus tôt, elle était partie au village pour une course et, s'étant égarée en chemin, venait seulement de rentrer.

La maison était plongée dans le silence, sans donner pour autant une impression d'immobilité. Lucy se souvint d'un des contes de Perrault qu'Edward aimait lui lire, *La Belle au bois dormant* – il lui avait par ailleurs inspiré son tableau éponyme. Une princesse dormait dans son château depuis un siècle sous l'effet d'un sortilège. Lucy n'inclinait guère au romanesque, mais elle finit pratiquement par se persuader, debout contre la fenêtre de la cuisine, que la maison avait conscience de son retour.

Et qu'elle l'avait attendue.

Assurément, Lucy éprouvait la singulière sensation de ne pas être seule dans la pièce.

Elle se rappela cependant, même si les poils de ses bras commençaient à se hérisser subtilement, qu'elle était, par nature, peu influençable et qu'il serait profondément déplorable de céder en ce lieu et en cet instant aux sirènes de la superstition. Son esprit lui jouait des tours, et ce pour une raison évidente.

Tout en se redonnant du courage, elle traversa le vestibule et s'engagea dans le grand escalier.

Le fauteuil de bois courbé n'avait pas bougé d'un centimètre. Il se trouvait encore à l'angle du palier où l'escalier décrivait un tournant. Le siège était orienté vers la grande fenêtre qui donnait sur le jardin de derrière, puis, au-delà, sur la prairie. La lumière du jour entrait à flots dans la cage d'escalier et des myriades de grains de poussière dérivaient dans des courants invisibles.

Lucy se laissa doucement tomber au bord du fauteuil. Le bois était tiède. De même les planches du palier. Sensation déjà ressentie vingt ans plus tôt, elle venait de s'en souvenir. Vingt ans plus tôt, la maison était pleine de rires, de passion, l'air vibrait de créativité.

Rien de cela désormais. Il n'y avait plus que Lucy, et la maison. Sa maison.

Elle laissa l'air se reposer tout autour d'elle.

Dehors, quelque part dans le grand au-delà verdoyant, un chien aboya.

Plus près d'elle, dans la chambre violette du rez-de-chaussée, la pendule égrenait les minutes. La pendule de Lily Millington, qui marchait encore. L'avoué, M. Matthews, avait dû faire en sorte de l'entretenir. Elle se souvenait encore des circonstances de son achat.

« Le père de Lily était horloger, avait annoncé Edward en pénétrant dans le vestibule de la maison de Hampstead, un paquet sous le bras. J'ai vu cette merveille sur le mur d'une boutique, à Mayfair, et je l'ai échangée contre un tableau. Cela va la surprendre. »

Edward aimait offrir des cadeaux. Rien n'était plus excitant pour lui que de savoir qu'il était tombé juste. Des livres pour Lucy, une pendule pour Lily, et c'était lui encore qui avait offert le vieux tromblon à Thurston. « Un authentique Baker, qui a appartenu à un soldat du cinquième bataillon du soixantième régiment pendant les guerres napoléoniennes ! »

Il lui était impossible de croire qu'elle se trouvait à présent maîtresse de ces lieux parce que Edward était mort. Qu'elle ne le reverrait jamais. Elle avait toujours espéré qu'il finirait par rentrer, d'une manière ou d'une autre.

Après l'été passé à Birchwood Manor, ils ne s'étaient pas beaucoup revus : Lucy cependant le savait vivant, présent. De temps à autre, elle recevait un message, en général griffonné au verso d'un bout de carton ; le plus souvent, c'était pour lui demander les quelques livres ou shillings nécessaires à rembourser les dettes qu'il avait amassées en chemin. Ou bien la rumeur annonçait qu'il avait été vu à Rome, à Vienne, à Paris. Il ne tenait pas en place. Il était parti pour fuir son chagrin, Lucy en était consciente, mais elle se demandait aussi s'il n'était pas persuadé de pouvoir retrouver Lily Millington. Qui sait ? À force de courir de par le monde…

En effet, il n'avait jamais abandonné cet espoir. Si convaincantes que fussent les preuves de l'implication de Lily, Edward n'avait jamais pu accepter l'idée qu'elle eût participé à cette tromperie, qu'elle ne l'eût pas aimé avec la dévotion dont lui-même avait constamment fait montre.

« Elle est encore de ce monde, lui avait-il dit lorsqu'ils s'étaient croisés une dernière fois à Paris. Je le sais. Je le *sens*. Pas toi ? »

Lucy, qui n'éprouvait rien de tel, s'était contentée de prendre la main de son frère dans la sienne et de la serrer très fort.

Après qu'elle s'était réfugiée dans la cachette du couloir, la première chose dont Lucy se souvenait était un réveil dans une chambre lumineuse qu'elle ne reconnut pas. Elle était couchée dans un lit qui n'était pas le sien. Elle avait mal.

Elle cligna des yeux et considéra les rayures jaunes du papier peint, la fenêtre en vitrail, les rideaux pastel de chaque côté de la fenêtre. Une odeur un peu sucrée flottait dans la chambre – du chèvrefeuille, assurément, et peut-être des ajoncs. Elle avait la gorge très sèche.

Sans doute avait-elle réussi à émettre un son car Edward, soudain, apparut à son chevet et, une petite carafe en cristal à la main, lui servit un verre d'eau. Il avait une mine terrible : encore plus débraillé que d'habitude, les joues creuses, les traits tirés par l'angoisse. Son ample chemise de coton pendait mollement sur son torse, comme s'il ne s'était pas changé depuis des jours.

Mais où était-elle ? Et combien de temps avait-elle perdu connaissance ?

Lucy n'avait pas l'impression d'avoir prononcé le moindre mot. Edward, cependant, tout en l'aidant à boire, lui expliqua qu'il leur avait pris des chambres au Cygne, l'auberge du village.

— Quel village ?

Il la dévisagea longuement.

— Mais… Birchwood, Lucy. Tu ne te souviens vraiment de rien ?

Le nom éveillait de vagues réminiscences.

Edward s'efforça de la rassurer d'un sourire peu convaincant.

— Je vais rappeler le médecin, dit-il. Il sera content d'apprendre que tu as ouvert les yeux.

Il alla à la porte, l'ouvrit et s'entretint à voix basse avec quelqu'un qui resta dans le couloir. Puis il revint s'asseoir sur le lit, près de Lucy, s'empara de sa main et lui caressa gentiment le front.

— Lucy, murmura-t-il, une étincelle de douleur dans le regard. Il faut que je te pose une question. Lily. L'as-tu vue ? Elle est revenue dans la maison pour te chercher. Ensuite, plus personne ne l'a jamais revue.

Les pensées de Lucy flottaient dans son esprit. Quelle maison ? Pourquoi s'inquiétait-il de Lily ? Était-ce de Lily Millington qu'il voulait parler ? Son modèle, se souvint Lucy. La jeune femme rousse à la longue robe blanche.

— Oh, ma tête, bredouilla-t-elle, se rendant soudain compte de la douleur qui lui martelait le crâne.

— Ma pauvre chère petite. Tu as fait une chute, tu as perdu connaissance, et me voilà qui te harcèle de mes questions. Je suis désolé, je voulais seulement…

Il se passa la main dans les cheveux.

— Elle a disparu. Je n'arrive pas à la retrouver, Lucy, et cela me rend follement inquiet. Elle n'a pas pu partir comme ça.

Un souvenir traversa alors l'esprit de Lucy. Une détonation dans la nuit. Sonore. Suivie d'un cri. Elle avait couru puis…

Elle hoqueta.

— Qu'est-ce donc ? As-tu été témoin de quoi que ce soit ?

— Fanny !

Le visage d'Edward se rembrunit.

— Ah, cela, cet horrible drame… Pauvre Fanny. Un homme, un bandit entré par effraction… je ne sais rien de plus sur lui… Fanny s'était enfuie vers la maison et j'ai couru après elle. J'ai entendu la détonation alors que je passais devant le marronnier. Je me suis rué dans la maison, Lucy, mais il était trop tard. Fanny était déjà… J'ai vu l'homme de dos. Il avait franchi la porte d'entrée et courait vers l'allée.

— Lily Millington le connaissait.

— Que dis-tu ?

Lucy n'était pas certaine du sens de ses paroles, mais elle était sûre d'avoir raison. Cet homme, elle l'avait vu. Il lui avait fait peur. Lily Millington était là, elle aussi.

— Il est entré dans la maison. Je l'ai vu. Quand je suis revenue. Il est entré. Il a parlé à Lily Millington.

— De quoi ? De quoi, Lucy ?

Il n'y avait plus que confusion dans son esprit. Des souvenirs, des rêves, des produits de son imagination. Edward lui avait posé une question : Lucy aimait à donner les réponses le plus précises possible. Alors, elle ferma les yeux et se plongea dans un tourbillon de sons et de couleurs.

— Ils ont parlé de l'Amérique… d'un bateau. Et d'un… bleu.

— Je vois, je vois.

Lorsqu'elle rouvrit les yeux, ce fut pour constater qu'elle n'était plus seule avec Edward. Deux hommes avaient fait leur apparition tandis qu'elle essayait de répondre à la question de son frère. L'un des nouveaux venus portait un costume gris, des favoris roux et une moustache en croc ; il tenait son chapeau melon noir des deux mains. L'autre portait un pardessus bleu marine, bardé de boutons de cuivre, une ceinture noire comprimant sa bedaine. Il avait gardé son couvre-chef, un casque orné d'un médaillon argenté. L'homme était en uniforme. Un policier.

De fait, l'autre l'était aussi. L'homme au manteau bleu, le plus petit des deux, appartenait à la police du Wiltshire, et les crimes commis à Birchwood Manor tombaient sous sa juridiction. L'individu en costume de ville gris était un inspecteur de la police métropolitaine de Londres et avait été envoyé en renfort auprès de son collègue à la demande de M. Brown, le père de Fanny, un homme riche et influent.

C'était l'inspecteur Wesley de la police de Londres qui avait prononcé ce « Je vois, je vois… » ; mots qu'il réitéra lorsque son regard croisa celui de Lucy, avec un ajout de taille :

— C'est bien ce que je soupçonnais.

Ce qu'il soupçonnait, comme il l'expliqua à Lucy dans les jours qui suivirent, après que la maison eut été fouillée de fond en comble et que le Radcliffe Blue, conformément au témoignage de Lucy, fut déclaré perdu, ce qu'il soupçonnait, donc, c'était que Lily Millington était complice de ce vol longuement prémédité.

— Une escroquerie de taille, déclara-t-il dans sa moustache, les pouces fichés dans les poches de son gilet. Un complot d'une scandaleuse audace. Ces deux-là l'avaient préparé de longue date, vous comprenez ? Tout d'abord, il fallait que Mlle Lily Millington puisse devenir modèle pour votre frère, ce qui lui assurait un possible accès au Radcliffe Blue. Une fois la confiance de votre frère gagnée, les deux malandrins n'avaient plus qu'à filer avec leur prise. Et les choses auraient pu en rester là si Mlle Brown ne les avait pas surpris la main dans le sac, ce qu'elle a payé, la pauvre enfant, de sa jeune et innocente vie.

Lucy écouta l'inspecteur débiter son scénario, essayant d'en démêler les fils. Non, elle n'avait pas menti à Edward : elle avait bel et bien entendu Lily Millington et l'intrus parler de l'Amérique et du Radcliffe Blue. Elle se rappelait maintenant les deux billets pour une traversée. Et le collier, naturellement, un diamant bleu de toute beauté qui appartenait à sa famille. Lily Millington le portait. Lucy revoyait très bien en esprit Lily Millington dans une robe blanche, le collier au cou, la pierre scintillant au creux de sa gorge. À présent, plus rien : ni billets, ni diamant, ni Lily. Ils devaient tous se retrouver au même endroit – simple logique. Il n'y avait qu'un problème.

— Mon frère, protesta-t-elle, a rencontré Lily Millington au théâtre. Ce n'est pas elle qui lui a proposé ses services de modèle. Il est venu à sa rescousse alors qu'on lui volait un bracelet.

La lèvre supérieure de l'inspecteur se mit à frémir de plaisir : il était temps que cette jeune demoiselle prenne conscience du côté obscur de l'humanité.

— C'est un autre de leurs subterfuges, mademoiselle Radcliffe, dit-il en levant un index docte et solitaire. Aussi rusé que fructueux. Une autre escroquerie en duo, impliquant les deux mêmes canailles. Nous savons comment ces gens travaillent et, s'il est une chose qui attire à coup sûr l'attention d'un monsieur aussi honorable que votre frère, c'est la vue d'une jolie femme en détresse. Il ne pouvait pas ne pas intervenir, voyez-vous ? Quel homme bien né ne l'aurait pas fait ? Et tandis qu'il s'affairait à remédier au crime dont cette femme avait prétendu être victime, distrait par les soins qu'il lui prodiguait et par son inquiétude, l'autre homme – le complice de la femme – revint sur les lieux du crime et accusa votre frère d'être le vil pickpocket qui venait de s'emparer du bracelet de sa sœur. Dans la confusion qui s'ensuivit (il écarta les bras, ajoutant à sa narration une bonne dose de tension dramatique), il glissa la main sous le gilet de votre frère et lui subtilisa son portefeuille !

Lucy se souvint du récit qu'avait fait Edward de sa première rencontre avec Lily Millington. Lucy, Clare et mère – ainsi que Jenny, la femme de chambre, qui servait le thé l'oreille dressée – avaient échangé des regards affectueux et sagaces lorsqu'il avait précisé ce détail : il avait été si bouleversé par le visage de la jeune fille, si excité par la place qu'elle allait peut-être prendre dans son œuvre, qu'incapable de remettre la main sur son portefeuille il avait dû rentrer à pied. La distraction comme conséquence d'un accès d'inspiration : c'était si conforme à la nature d'Edward qu'aucune des femmes présentes n'avait remis cette explication en cause. De toute façon, le portefeuille d'Edward étant aussi vide que de coutume, il lui importait peu de le retrouver. Et voilà qu'au dire de l'inspecteur Wesley l'objet n'avait pas été perdu, mais volé, subtilisé par cet homme, ce Martin, au moment même où Edward pensait sauver Lily Millington d'un autre criminel !

— Croyez-m'en, reprit l'inspecteur, et si je me trompe je veux bien manger mon chapeau. On ne passe pas trente ans de sa vie à patauger dans toute la crasse et la pourriture des rues de Londres sans apprendre deux ou trois choses sur les aspects les plus infâmes de la nature humaine.

Et pourtant. Lucy avait surpris les regards de Lily Millington pour Edward, leur intimité si profonde. Elle ne parvenait pas à croire que ce fût un mensonge. Ce dont elle fit part à l'inspecteur.

— Les voleurs, les actrices, les illusionnistes, mademoiselle, lui répondit-il en se tapotant la narine, ils sortent tous du même tonneau. Des imposteurs, des escrocs, tous autant qu'ils sont.

Vus sous l'angle de l'inspecteur, les faits et gestes de Lily Millington prenaient un tour quelque peu différent, songea Lucy. Laquelle avait vu Lily parler à l'intrus. Martin. C'était ainsi qu'elle l'avait appelé.

« Qu'est-ce que tu fais là ? lui avait-elle demandé. Va-t'en, Martin. Je t'avais dit un mois. »

Et l'intrus, ce Martin, avait répondu :

« Je sais, mais tu travailles si vite et si bien… »

Il avait alors brandi les deux billets :

« L'Amérique… le pays où on peut refaire sa vie. »

Pourtant Lily n'était pas repartie avec Martin. Lucy en était sûre, puisqu'elle avait enfermé Lily Millington dans la cachette de l'escalier. Elle se souvenait de la fierté qu'elle avait ressentie en révélant son secret.

Elle voulut en parler à l'inspecteur, qui l'interrompit immédiatement :

— Je suis parfaitement au courant ! La cachette de prêtre : mais c'est vous, mademoiselle Radcliffe, qui y étiez cachée, pas Mlle Millington.

Et de lui rappeler la bosse qu'elle avait sur le crâne et la nécessité qu'elle avait de s'accorder un peu de repos.

— Docteur ? La petite tient de nouveau des propos incohérents. Je crains de l'avoir fatiguée, avec toutes mes questions.

Lucy effectivement avait l'esprit confus. Comment Lily Millington avait-elle pu rester cachée sous l'escalier pendant tout ce temps ? Quatre jours s'étaient écoulés depuis l'intrusion de Martin dans la maison. Lucy se souvenait très bien de son bref séjour dans cette même cachette, de sa difficulté à respirer cet air qui se corrompait si rapidement, de son désir intense d'échapper à cette prison. Lily Millington aurait appelé au secours dans les heures qui avaient suivi. Personne ne pouvait rester si longtemps dans ce trou.

Et si Lucy se trompait ? Si elle n'avait pas enfermé Lily Millington sous l'escalier ? Ou si Martin l'avait libérée, s'ils s'étaient enfuis tous les deux, comme l'inspecteur l'affirmait ? Lily n'avait-elle pas raconté à Lucy son enfance à Covent Garden ? N'avait-elle pas appris des tours de magie d'un illusionniste de rue ? N'avait-elle pas prétendu exercer le métier de pickpocket ? Lucy avait pris cela pour une plaisanterie mais si, en fin de compte, Lily Millington avait de tout temps comploté de voler le collier, avec Martin comme complice ? « Je t'ai demandé un mois », lui avait-elle dit : cela ne confirmait-il pas l'hypothèse de l'inspecteur ? D'où, peut-être, son insistance à vouloir que Lucy rejoigne les autres dans la forêt, pour qu'elle puisse accomplir tranquillement son larcin…

Lucy avait mal à la tête. Elle ferma les yeux, paupières serrées. La contusion lui avait sûrement brouillé les idées, comme le suggérait l'inspecteur. Lucy avait toujours accordé le plus grand prix à la précision. Elle détestait les approximations, les raccourcis – au diable ceux qui pensent que cela n'est pas grave, que le résultat est le même. En conséquence, elle prit la décision solennelle de ne rien dire à la police dont elle ne fût pas absolument certaine.

Edward, ce qui était compréhensible, refusa d'admettre l'hypothèse de l'inspecteur.

— Jamais Lily ne m'aurait volé quoi que ce soit, jamais elle ne m'aurait quitté de son propre chef. Nous allions devenir mari et femme, confia-t-il à l'inspecteur. Je lui avais demandé sa main et elle venait de me l'accorder. J'avais rompu mes fiançailles avec Mlle Brown une semaine avant notre départ pour Birchwood.

Ce fut au tour du père de Fanny d'intervenir dans les débats.

— Le pauvre Edward ne s'est pas encore remis, déclara M. Brown. Il n'a pas retrouvé toute sa raison. Ma fille attendait le jour des noces avec joie ; elle en discutait encore avec sa mère et moi-même le matin de son départ pour Birchwood. Elle n'aurait pas hésité à m'annoncer la rupture de ses fiançailles si tel avait été le cas. Elle ne m'a rien dit de tel. Si j'en avais été informé, j'aurais mis mes avocats sur l'affaire, je vous le garantis. La réputation de ma fille était pure et sans tache. Nombre de jeunes hommes bien plus fortunés que M. Radcliffe s'étaient disputé la main de ma Frances, mais elle tenait plus que tout à son peintre. Jamais je n'aurais accepté qu'une rupture de fiançailles vienne ternir sa réputation.

Le colosse avait alors éclaté en sanglots.

— Ma Frances était une jeune fille respectable, inspecteur. Elle m'a dit qu'elle souhaitait passer la fin de la semaine à la campagne, chez son fiancé, qui recevait quelques amis dans la maison qu'il venait d'acheter. J'étais heureux de pouvoir mettre mon cocher à sa disposition. Jamais je n'aurais donné mon accord pour ce séjour si elle n'avait pas été fiancée à Radcliffe. Et d'ailleurs, elle ne l'aurait pas sollicité.

Cette logique n'eut aucun mal à convaincre l'inspecteur Wesley et son collègue du Wiltshire, d'autant qu'elle fut confirmée par Thurston. Ce dernier prit l'inspecteur à part pour lui déclarer qu'il était l'ami et le confident le plus proche d'Edward et que jamais son ami n'avait fait allusion à la rupture de ses fiançailles, sans parler d'un mariage avec Lily Millington, son modèle.

— Je l'aurais fait changer d'avis, si tel avait été le cas, poursuivit Thurston. Fanny était une merveilleuse jeune femme ; elle contrebalançait ses exaltations. Ce n'est un secret pour personne, Edward a toujours eu la tête dans les nuages. Elle lui permettait de garder les pieds sur terre.

— C'est, si je ne me trompe, monsieur Holmes, votre fusil qui a servi au meurtrier ? demanda l'inspecteur.

— Hélas, oui. Une pièce de collection, d'ailleurs, qui ne me servait pas. Et, par un malheureux hasard, un cadeau de M. Radcliffe. Je suis tout aussi bouleversé que le reste de la maisonnée à l'idée qu'il ait pu être chargé et utilisé de cette manière.

Le grand-père de Lucy, apprenant la disparition du Radcliffe Blue, avait quitté précipitamment sa propriété de Beechworth et ne fut que trop heureux de contribuer au portrait d'Edward en tête folle.

— Enfant, déjà, raconta le vieil homme à l'inspecteur, il avait le crâne fourré d'idées absurdes et de penchants plus aberrants encore. Alors que d'enfant il devenait adulte, j'ai souvent désespéré de lui. Aucune nouvelle ne pouvait me rassurer davantage que celle de ses fiançailles avec Mlle Brown. Il me semblait enfin avoir choisi la voie de la raison. Il devait l'épouser, cela ne fait aucun doute : s'il prétend le contraire, cela ne peut signifier qu'une triste dégradation de son état mental. La chose est compréhensible, au regard de ce qu'il vient de subir, surtout pour un garçon d'un tempérament aussi artistique.

Le grand-père et l'ex-futur beau-père avaient raison, confirma sobrement Thurston Holmes : Edward était encore sous le choc. Non seulement il avait perdu la femme qu'il aimait, Fanny Brown, mais encore il prenait probablement conscience de sa responsabilité dans ce drame affreux, ayant introduit dans le cercle de ses amis Lily Millington et ses acolytes.

— Et pourtant, je l'avais prévenu, en toute amitié, ajouta Thurston. Je lui avais dit quelques mois plus tôt que j'avais constaté, après qu'il m'eut rendu visite en compagnie de son modèle, que certains objets de valeur avaient disparu de l'atelier. Figurez-vous que cette simple suggestion m'a valu un œil au beurre noir.

— Des objets de valeur, dites-vous. Lesquels ?

— Oh, de simples bricoles, eu égard à la marche du monde, inspecteur. Inutile de vous soucier de cela. Je sais que vous êtes un homme fort occupé. Simplement, je suis ravi d'avoir pu vous venir en aide, ne serait-ce que modestement, dans l'élucidation de cette douloureuse affaire. Penser que mon ami ait pu être manipulé par ce couple d'imposteurs... oh, mon sang ne fait qu'un tour ! Je m'en veux de ne pas avoir mis fin plus tôt à cette relation. Quelle chance nous avons de vous avoir, grâce à M. Brown, il est vrai.

L'ultime clou dans le cercueil fut planté par l'inspecteur lui-même, un matin. Il vint annoncer à Lucy et à son frère que Lily Millington n'était pas le vrai nom du modèle.

— Mes hommes ont enquêté sur le terrain, à Londres ; ils ont consulté les registres d'état civil – naissances, mariages, morts. La seule Lily Millington qu'ils aient pu trouver est une malheureuse enfant qui fut battue à mort dans un débit de boissons de Covent Garden en 1851. Vendue par son père quand elle était toute petite à deux individus qui faisaient commerce d'adoption et pratiquaient également le vol par effraction. Rien d'étonnant à ce qu'elle n'eût pas fait de vieux os.

Ce qui régla la question. Lucy elle-même dut bien admettre que l'inspecteur avait raison. Ils avaient tous été manipulés et escroqués. Lily Millington était une menteuse et une voleuse, qui ne s'appelait même pas Lily Millington. Et cette femme sans nom se trouvait maintenant en Amérique avec le Radcliffe Blue et l'homme qui avait tué Fanny.

L'enquête fut bouclée ; l'inspecteur et le policier local quittèrent Birchwood, non sans avoir serré les mains de M. Brown et de grand-père et promis qu'ils contacteraient leurs homologues à New York, dans l'espoir de récupérer ne serait-ce que la gemme.

Ne sachant trop que faire, condamnés à cette campagne où la longue période de beau temps s'était brusquement interrompue dans les averses, les membres de la confrérie retournèrent à Birchwood Manor. Mais Edward n'était plus que l'ombre de lui-même ; son désespoir et sa colère contaminaient l'air de la maison. Ils ne faisaient qu'un, l'artiste et sa demeure, si bien que chambres et couloirs exhalaient désormais les effluves subtils et cependant fétides de son chagrin. Impuissante à lui venir en aide, Lucy l'évitait. Son désarroi était contagieux, néanmoins, et elle se trouva incapable d'entreprendre quoi que ce fût de sérieux. Elle avait de surcroît contracté une aversion bien peu logique pour l'escalier où une partie du drame s'était produit et se mit à emprunter celui, plus petit, qui desservait l'autre extrémité de la maison.

Edward enfin n'y tint plus. Il fit ses bagages et commanda une voiture. Deux semaines après le meurtre de Fanny, les rideaux furent tirés, les portes verrouillées, et deux calèches s'élancèrent avec fracas dans l'allée qui conduisait au village, emmenant toute la confrérie.

Lucy, installée sur la banquette arrière de la seconde voiture, se retourna une dernière fois vers la maison pour la voir rapetisser dans le lointain. Elle crut, l'espace d'un instant, qu'un rideau avait bougé à l'une des fenêtres du grenier. Mais ce n'était que le souvenir du conte d'Edward, elle le savait bien. La Nuit de la Poursuite lui faisait imaginer des choses.

Chapitre 28

Au retour à Londres, la vie ne reprit pas son cours ordinaire. Edward partit presque immédiatement pour le continent, sans laisser d'adresse. Lucy ne sut jamais ce qu'il était advenu du dernier portrait de Lily Millington. Elle déterra la clé de l'atelier, enfouie dans le jardin : pas de traces de *La Reine des fées* sous le toit de verre. D'ailleurs, toutes les études, tous les croquis de Lily punaisés aux murs – il y en avait eu des centaines – avaient disparu. C'était comme si Edward avait déjà compris qu'il ne reviendrait plus jamais travailler dans son atelier de Hampstead, au fond du jardin.

Clare ne tarda pas à quitter le foyer familial, elle aussi. Ayant renoncé à Thurston Holmes, elle épousa le premier parti un tant soit peu fortuné qui demanda sa main et se retrouva bientôt installée dans la joie et le confort d'une immense demeure sans âme au fin fond de la campagne. Grand-mère s'en enticha, comme on pouvait s'y attendre. Clare eut deux bébés coup sur coup, des chérubins rebondis aux grosses joues et aux babines laiteuses. Lorsque, par la suite, Lucy lui rendait visite, elle faisait toujours vaguement allusion à la possibilité d'avoir un troisième enfant, si seulement son mari daignait passer plus d'une semaine par mois avec elle.

L'année de ses quatorze ans, Lucy se retrouva donc seule à Hampstead avec sa mère. Cette transformation s'était produite si rapidement qu'elles en étaient aussi ébahies l'une que l'autre. Lorsqu'elles se croisaient dans la même pièce, elles levaient les yeux, surprises, avant que l'une d'entre elles – Lucy, en général – trouve une vague excuse pour s'éclipser, s'épargnant ainsi à toutes deux l'épreuve d'avoir à inventer une explication pour leur incapacité à converser.

En cheminant vers l'âge adulte, Lucy évita les écueils de l'amour. Elle en avait constaté les périls. Lily Millington avait quitté Edward et cela avait fait de lui une ruine. Elle décida donc de s'en détourner. C'est-à-dire qu'elle se détourna des complications qu'impliquait une relation intime avec un être vivant. Car Lucy était quand même tombée amoureuse – du savoir. Elle était avide d'apprendre et furieuse de sa lenteur à assimiler certaines lectures. Le monde était si incroyablement riche ! Pour chaque livre lu, chaque hypothèse scientifique qu'elle avait pu appréhender, il s'en offrait dix qu'elle ne pouvait pas aborder. Parfois, la nuit, elle se demandait comment tirer le meilleur profit de son temps ; il n'y en avait tout simplement pas assez pour lui garantir qu'elle pourrait apprendre tout ce qu'elle voulait savoir.

Un jour, l'année de ses seize ans, alors qu'elle rangeait sa chambre pour y installer une étagère qui se trouvait auparavant dans la bibliothèque, elle redécouvrit la petite valise qu'elle avait emportée à Birchwood Manor à l'été 1862. Elle l'avait fourrée au fond d'un tiroir de la banquette de fenêtre, désireuse d'effacer cet épisode de son esprit, et n'y avait plus pensé depuis. Mais Lucy était une fille sensée : même si elle ne s'était pas attendue à pareille découverte, autant mettre à profit ce retour du passé.

Elle ouvrit la serrure de la valise et fut ravie de voir resurgir son vieil exemplaire de l'*Histoire chimique d'une bougie*. Deux autres livres suivaient, dont l'un provenait du rayonnage le plus élevé de la bibliothèque de Birchwood Manor. Lucy l'ouvrit doucement, le dos ne tenait toujours que par quelques fils. Mais la lettre se trouvait encore dans le trou pratiqué dans les pages de *La Démonologie*. La lettre et les plans qui expliquaient le fonctionnement des cachettes de prêtres.

Elle remisa les livres et sortit la robe qui occupait le fond du bagage. Le souvenir lui revint, si vivace. C'était la robe blanche qu'elle portait ce jour-là, le costume qu'elle avait enfilé pour la photographie que Felix devait prendre au bord de la Tamise. Quelqu'un avait dû la lui ôter après sa chute, car lorsqu'elle s'était réveillée dans la chambre tapissée de jaune, au Cygne, elle portait sa chemise de nuit. Lucy se souvint vaguement d'avoir fourré la robe roulée en boule dans la valise. Ce bout de tissu lui avait causé un frisson désagréable à l'époque. La sensation avait-elle toujours cours ? Elle tendit la robe à bout de bras, droit devant elle. Alors ? Non, elle ne lui faisait plus rien. Elle en était sûre. Sa peau ne s'enflammait pas, son cœur ne battait pas plus vite. Elle n'avait pourtant aucune envie de conserver le vêtement. Elle le donnerait à Jenny, pour que cette dernière s'en fasse des chiffons. Au préalable – c'était une précaution qu'on lui avait enseignée quand elle était enfant – elle vérifia le contenu des poches, ne s'attendant à trouver que quelques peluches prises dans la doublure.

Mais qu'était-ce donc que cet objet rond et dur ?

Un caillou, se dit-elle, *l'un de ceux qu'elle avait ramassés au bord de la rivière.*

Elle savait cependant qu'il n'en était rien. Son estomac se noua. Une onde de terreur la submergea. Elle n'avait même pas besoin de regarder dans la poche. En touchant la pierre, elle avait tiré sur la corde qui faisait remonter le rideau. La lumière coulait à flots sur la scène poussiéreuse de sa mémoire.

Le Radcliffe Blue.

Elle se souvenait, maintenant.

Le Radcliffe Blue, c'était elle qui l'avait porté. Elle était rentrée dans la maison, furieuse, puisqu'on ne voulait plus d'elle pour la photo. En explorant l'atelier d'Edward, elle avait trouvé le diamant. Depuis qu'elles étaient allées toutes deux au village, Lucy n'avait cessé de penser à Lily Millington, la contemplant par les yeux d'Edward et souhaitant avec tant d'ardeur lui ressembler davantage. En prenant le collier entre ses mains, elle avait découvert la manière dont elle pouvait, ne fût-ce que quelques minutes, se mettre dans la peau de Lily Millington. Être contemplée par Edward, adorée par lui.

Lucy avait encore les yeux rivés sur le miroir quand Lily Millington était apparue derrière son reflet. Lucy avait dégrafé le bijou, qu'elle était sur le point de remettre dans son écrin lorsque l'homme, ce Martin, avait fait irruption. Et lorsqu'il s'était emparé de Lily Millington, Lucy avait glissé le collier dans sa poche. Il n'en avait plus jamais bougé.

Lucy avait fini par croire la version de l'inspecteur Wesley mais, lorsqu'elle eut retrouvé le Radcliffe Blue, le point central de la tapisserie se trouva découpé et le reste de la toile, si soigneusement brodé, commença à s'effilocher. Ce n'était pas bien compliqué : si le diamant n'avait pas été volé, Lily Millington n'avait plus de motif. Certes, la police de New York avait confirmé l'arrivée par un paquebot Cunard d'un couple nommé Radcliffe, mais n'importe qui pouvait avoir utilisé ces billets. La dernière personne dans les mains de laquelle Lucy les avait vus était cet horrible Martin. Martin qui s'était enfui de la maison sous les yeux d'Edward. Il avait pu utiliser un billet et vendre l'autre. Ou les deux.

Restait la cachette de l'escalier. Pour que Lily Millington ait pu suivre Martin, il eût fallu qu'elle explique à ce dernier où elle était, et comment manier le mécanisme. Lucy avait eu besoin de la lettre d'Owen pour ce faire, et cela n'avait pas été chose facile. Il eût fallu du temps à Martin pour trouver Lily et ouvrir la trappe. Or, Fanny était arrivée presque immédiatement, Edward sur ses talons. Martin n'avait tout simplement pas eu le temps matériel de libérer Lily Millington.

De surcroît, Lucy avait vu la peur dans les yeux de Lily lorsqu'elle regardait Martin. Elle avait vu aussi la manière dont cette même Lily considérait Edward. Edward, qui l'avait aimée de toute son âme. Comment en douter ? Depuis sa disparition, il n'était plus que l'ombre de lui-même.

Lily Millington avait disparu ; cela, c'était certain. Personne ne l'avait plus vue après le drame de Birchwood Manor. Lucy était la dernière à lui avoir parlé lorsqu'elle l'avait aidée à se glisser sous l'escalier.

Lucy se redressa, les doigts joints, et se tordit les mains, comme une enfant inquiète. Une enfant qu'elle n'était plus depuis vingt ans. Puis elle laissa retomber ses bras sur les côtés.

Il n'y avait plus qu'à y aller, maintenant. Assez d'atermoiements. Si Birchwood Manor était destiné à héberger une école – et Lucy tenait fermement à ce projet –, il fallait affronter la vérité. Cela ne changerait rien à ses plans. Elle ne pouvait pas remonter le temps. Et il ne servait à rien de souhaiter que les événements aient pu prendre un autre tour.

Lucy plaqua le fauteuil contre le mur et s'agenouilla, les yeux fixés sur la contremarche.

Le mécanisme était vraiment très astucieux. Nul ne pouvait soupçonner la présence de la trappe. Pendant la Réforme, lorsque les prêtres catholiques étaient traqués par les soldats d'Élisabeth, ces cachettes leur avaient sans doute procuré sécurité et réconfort. En effectuant quelques recherches sur Birchwood Manor, elle avait appris que la cavité sous l'escalier avait sauvé la vie de six hommes.

Elle inspira profondément et appuya sur les coins de la planchette. La trappe s'ouvrit.

Chapitre 29

Après avoir regardé au fond de la cachette, Lucy referma la trappe. Les émotions qu'elle avait si longtemps réprimées la submergèrent ; elle laissa échapper un immense et unique hoquet de chagrin : pour toutes les années, depuis la découverte du diamant, durant lesquelles elle avait porté seule le secret de ce qu'elle avait commis ; pour Lily Millington, qui lui avait témoigné de la bonté et qui avait tant aimé Edward ; et surtout pour Edward, qu'elle avait trahi et qu'elle avait, en prenant pour argent comptant la version de l'inspecteur, laissé seul au monde.

Lorsqu'elle eut retrouvé son souffle, Lucy redescendit au rez-de-chaussée. Au fond de son cœur, elle avait toujours su ce qu'elle allait trouver sous l'escalier. Son esprit l'avait également anticipé. Lucy, en femme de raison qu'elle prétendait être, avait donc pris quelques dispositions. De Londres, à bonne distance de ses émotions, elle avait pu étudier toutes les probabilités et mettre au point un plan d'action. Elle s'estimait donc préparée. Sur place, cependant, les gestes ne s'enchaînaient pas si facilement. Lorsqu'elle voulut écrire la lettre déjà prévue à M. Rich Middleton, de Duke Street, Chelsea, sa main se mit à trembler. Coupable, traîtresse faiblesse !

Pour apaiser sa tension, elle alla se promener au bord de la Tamise. Elle parvint à la jetée plus vite qu'elle ne l'avait prévu et se dirigea vers la forêt. Sans le vouloir, elle empruntait à rebours le chemin par lequel elle était remontée ce jour-là à Birchwood Manor, fuyant Felix et la confrérie.

Elle atteignit la clairière où le photographe avait voulu reconstituer la scène des enfants fées. Elle se revoyait presque – une fillette de treize ans, le cœur mordu par la brûlure de l'injustice, filant à la vitesse du vent parmi les fleurs des champs. Filant vers la chambre violette, l'écrin de velours, le collier au diamant qu'elle s'était passé autour du cou, la cachette qu'elle avait montrée à Lily Millington, enclenchant ainsi une horrible série de catastrophes. Ah non, non. Elle refusait de voir le fantôme de ses treize ans courir dans les bois. Elle revint vers la Tamise.

Lorsqu'elle avait retrouvé le Radcliffe Blue dans la poche de sa robe, elle avait compris immédiatement qu'elle devait le cacher. Mais où ? Elle avait songé à l'enterrer à Hampstead Heath, à le jeter dans une bouche d'égout ou dans la mare aux canards du Vale of Health. Sa conscience éliminait ces idées les unes après les autres. Bien sûr, il était absurde d'imaginer qu'un chien rusé pourrait d'une manière ou d'une autre se mettre à fouiner à l'endroit même où elle avait enseveli le précieux caillou, puis l'exhumer, le rapporter à ses maîtres. Ou bien qu'un canard pourrait l'avaler, le digérer et le déposer sur la berge, où un enfant au regard d'aigle saurait s'en emparer. Absurde aussi d'imaginer qu'on pourrait alors remonter jusqu'à elle. Mais elle avait constaté depuis quelque temps que la culpabilité est la plus irrationnelle des émotions.

En vérité, elle se souciait assez peu de l'éventuelle attention que lui vaudrait la découverte du joyau de famille. Ce qui lui importait davantage – et qui lui pesait de plus en plus à mesure que les années s'écoulaient –, c'était de savoir que, si l'inspecteur avait eu tort d'incriminer Lily, ils avaient tous souffert en vain. Penser une seconde qu'Edward eût pu demeurer parmi les siens, que si elle lui avait avoué plus rapidement ce qu'elle savait il eût pu enfin porter le deuil de Lily Millington et recommencer à vivre : voilà qui était insupportable.

Il fallait que le diamant reste dissimulé, que la version de l'inspecteur continue à faire foi. Avec le passage du temps, c'était la seule acceptable. Mais Lucy, elle, saurait. Il lui faudrait continuer de vivre avec cette vérité. Comme elle ne pouvait remonter le temps pour remédier au drame, la solitude et cette culpabilité à laquelle elle ne pouvait échapper lui semblaient un châtiment approprié.

Elle avait souhaité au départ déposer le diamant dans la boîte, avec tout le reste. Pourtant, alors qu'elle se tenait au bord de la haute Tamise, si différente du vaste fleuve qui traversait Londres, elle ressentit soudain le besoin de s'en débarrasser au plus vite. La rivière était le lieu idéal. Si la terre régurgite assez facilement les secrets, les rivières et les fleuves les emportent jusqu'à la mer, où nul ne les retrouve.

Lucy plongea la main dans sa poche et en sortit le Radcliffe Blue. Un diamant si éclatant. Si rare.

Elle le regarda une dernière fois scintiller dans la lumière du jour. Puis elle le jeta dans la Tamise avant de repartir vers la maison.

La boîte fut livrée quatre jours plus tard. Lucy l'avait commandée avant de partir, prévenant cependant M. Middleton qu'elle lui enverrait une seconde missive pour lui indiquer la date et le lieu de l'expédition. Il se pouvait bien sûr que la commande fût inutile, l'argent dépensé en vain, mais les pronostics n'étaient pas en faveur de cette possibilité.

L'entreprise de pompes funèbres qu'elle avait choisie était dirigée par un M. Rich Middleton, de Duke Street, à Chelsea. Elle lui avait donné des instructions précises quant aux caractéristiques du cercueil à confectionner, sa petite taille notamment. Et son doublage.

« Trois épaisseurs de plomb ? avait-il bredouillé en grattant sa chevelure blonde sous un haut-de-forme en piètre état. Mais pour un cercueil de petit enfant, ce n'est pas nécessaire.

— Vous ai-je parlé d'un petit enfant, monsieur Middleton ? Et je ne me souviens pas d'avoir sollicité votre avis sur mes exigences. Je vous en ai fait part. Si vous êtes incapable de les respecter, je m'adresserai à l'un de vos concurrents. »

Il avait levé des paumes roses et tendres vers le ciel, perplexe.

« C'est votre affaire. Si vous voulez une triple couche de plomb, je vous mettrai une triple couche de plomb, mademoiselle…

— … Millington. Mademoiselle L. Millington. »

Choix audacieux, reflétant un sentimentalisme qui lui ressemblait peu. Mais elle pouvait difficilement donner son vrai nom. Et puis Edward était mort, et vingt ans avaient passé depuis le meurtre de Fanny. Lily Millington n'était plus une personne recherchée.

Lorsque M. Middleton avait eu fini de consigner tous les détails de la commande, Lucy lui avait fait relire ses notes. Le résultat lui convenant, elle lui avait demandé de lui établir un compte, afin qu'elle pût effectuer son paiement.

« Avez-vous besoin d'un cortège, mademoiselle Millington ? Quelques figurants, peut-être ? »

Lucy avait répondu par la négative.

Un porteur de la compagnie des chemins de fer livra, sans grand enthousiasme, le petit cercueil, qu'il eut le plus grand mal à soulever de la charrette. L'objet avait été emballé dans une caisse de voyage en bois dont rien n'indiquait le contenu. L'homme cependant fut assez maladroit pour poser la question.

— Un bassin pour oiseaux, lui répondit Lucy. En marbre, hélas !

Un généreux pourboire fut versé au manutentionnaire, dont l'humeur s'améliora considérablement. Il accepta même de transporter la caisse près de l'endroit où son contenu devait être installé : le massif de fleurs qui jouxtait le portail principal. C'était là que Lucy avait croisé Lily Millington, le jour où elle avait voulu parler des cachettes de prêtres à Edward.

— Je veux pouvoir voir ce bassin du plus grand nombre de chambres possible, expliqua-t-elle au porteur, bien que celui-ci, cette fois-ci, se fût abstenu de la questionner.

Lorsqu'il fut reparti, elle ouvrit la caisse pour inspecter sa commande. Au premier abord, elle constata que M. Rich Middleton, de Duke Street, Chelsea, avait fourni un travail de toute beauté. Le plomb était un élément indispensable. Impossible de savoir à l'avance combien de temps le cercueil resterait enseveli. Ayant dévoré des centaines d'ouvrages sur les vestiges du passé, elle savait que le plomb ne se corrode pas. Elle avait des choses à cacher, bien sûr. Elle souhaitait qu'elles restent dissimulées le plus longtemps possible, assurément. Pour autant, elle ne voulait pas qu'elles disparaissent. Elle avait donc demandé à M. Middleton un couvercle qui puisse être parfaitement scellé. Trop souvent, les archéologues exhumaient des poteries qui avaient survécu des millénaires. Hélas, leur contenu avait été depuis longtemps réduit en poussière, ce dont ils se rendaient compte en les ouvrant. Lucy ne voulait pas que l'air ou l'eau puisse s'insinuer dans son petit sépulcre. Il devait être étanche, il ne devait pas rouiller, il ne devait pas se fendre sous le poids du temps. Car un jour, quelqu'un le découvrirait, elle en était certaine.

Elle passa les heures qui suivirent à creuser. Elle avait trouvé une pelle dans la grange et l'avait apportée dans le jardin. Les muscles de ses bras la faisaient souffrir, peu accoutumés qu'ils étaient à ce mouvement répétitif. Il lui fallait s'interrompre régulièrement pour se reposer. Lorsqu'elle se rendit compte qu'il était plus difficile de reprendre la pelle après la pause, elle décida de travailler sans s'arrêter jusqu'à ce que le trou fût assez profond.

Puis il fut temps de remplir le cercueil. Elle y déposa d'abord l'exemplaire évidé de *La Démonologie*, qui renfermait encore la lettre de Nicholas Owen et les plans de Birchwood mentionnant les cachettes de prêtres. Elle était montée au grenier : par bonheur, la malle aux costumes se trouvait exactement là où ils l'avaient laissée, recelant, entre autres oripeaux, la robe blanche qu'avait portée Lily Millington pour le tableau de la reine des fées. Lucy s'en était servie pour envelopper, avec précaution, les ossements retrouvés dans la cachette de l'escalier. Elle les coucha d'un geste délicat dans le cercueil. Il ne restait plus grand-chose, après vingt ans.

Enfin – et ce n'était pas un détail –, elle y inséra une lettre qu'elle avait rédigée sur un papier de coton, matière réputée indestructible. Elle y exposait le peu qu'elle savait sur la femme dont les restes mortels reposaient maintenant dans le petit cercueil. Il n'avait pas été facile de rassembler ces éléments, mais Lucy était une excellente détective. Opiniâtre, de surcroît. Elle s'était appuyée sur tous les éléments que Lily Millington elle-même lui avait livrés, sur ce qu'Edward lui avait rapporté et sur ce dont elle s'était souvenue, avec le temps, des propos du dénommé Martin.

Petit à petit, fragment par fragment, elle avait reconstitué le passé de « Lily » : l'appartement au-dessus de la boutique de l'oiselier, Little White Lion Street ; les deux chambres à l'ombre de l'église St Anne ; les jeunes années passées au bord de la Tamise ; jusqu'à la naissance, en juin 1844, d'une petite fille dont la mère, Antonia, était la fille aînée de lord Albert Stanley et le père, Peter Bell, un horloger qui vivait alors au 43, Wheatsheaf Lane, à Fulham.

Lucy scella le couvercle du cercueil au moment où le soleil disparaissait sous les pignons. Son visage ruisselait de larmes. Larmes pour Edward et pour Lily ; pour elle aussi, pour la culpabilité dont elle ne serait plus jamais libérée.

Le porteur n'avait pas tort, le cercueil était très lourd. Lucy, cependant, était forte, ses longues marches dans la campagne aidant. Et sa résolution était sans égale. Elle parvint à descendre le petit cercueil dans son trou. Puis elle remplit celui-ci de terre qu'elle tassa avec soin.

Les quelques bribes de religion que M. Darwin n'avait pas étouffées en elle avaient été définitivement éradiquées par les épreuves qu'elle avait pu vivre. Elle ne prononça aucune prière sur cette tombe. Cela n'excluait pas une cérémonie d'un autre ordre, à laquelle elle avait longuement réfléchi. Comment marquer ce lieu de la manière la plus appropriée ?

Elle allait planter un érable du Japon sur la tombe de Lily Millington. Elle avait déjà fait l'acquisition du spécimen : un magnifique arbrisseau à l'écorce pâle, aux branches élégantes, longues, régulières, aussi minces que puissantes. C'était l'une des essences préférées d'Edward. Les feuilles étaient rouges au printemps et viraient à l'automne au roux cuivré le plus éclatant : la couleur des cheveux de Lily Millington. Non, pas Lily Millington, rectifia Lucy. Lily Millington n'avait été qu'un nom d'emprunt.

— Albertine, murmura Lucy en songeant à ce doux après-midi de Hampstead où, les bras chargés d'un plateau sur lequel mère avait déposé deux tasses à thé « de la porcelaine la plus fine », elle avait pour la première fois aperçu la masse cuivrée des cheveux de la jeune femme dans l'atelier du fond du jardin. Tu t'appelais Albertine Bell.

Birdie, pour ceux qui l'avaient aimée.

Le regard de Lucy était fixé sur le carré de terre qu'elle venait de tasser, près du portail, si bien qu'elle ne remarqua pas qu'au moment même où elle prononçait ces quelques mots la plus haute fenêtre de Birchwood Manor sembla, par quelque étrange effet du crépuscule, s'illuminer quelques secondes. Comme si l'on avait allumé une lampe à l'intérieur de la maison.

XI

Je vous l'ai dit déjà. Je n'ai aucune idée des lois physiques qui régissent mon état. Et nul ne peut me renseigner.

À un certain moment, sans bien comprendre le pourquoi ni le comment, je suis sortie de la cachette et me suis retrouvée dans la maison. Parmi les humains, comme avant. Ou plutôt non, sans aucun rapport avec ce que j'étais avant.

Combien de jours s'étaient écoulés ? Je ne sais. Deux ou trois. Ils ne couchaient plus dans la maison quand je suis revenue.

Les chambres, la nuit, étaient vides. Pendant la journée, ils venaient chercher des vêtements, des effets personnels.

Fanny était morte. J'ai entendu les policiers parler de « la pauvre Mlle Brown », ce qui expliquait la détonation, mais pas l'autre vacarme.

Les policiers ont également parlé de moi. Ils ont rassemblé tous les éléments qu'ils pouvaient sur mon compte. Sur le compte de Lily Millington.

Lorsque j'ai compris où les menaient leurs déductions, j'en ai été consternée, bouleversée.

Qu'en pensait Edward ? Lui avait-on fait part de ces effroyables hypothèses ? Les avait-il prises pour argent comptant ?

Lorsqu'il est revenu à Birchwood Manor, il était blême, en plein désarroi. Il s'est installé devant le bureau de la chambre violette, a longuement regardé la Tamise. Il se retournait de temps en temps pour contempler ma pendule, les minutes qu'elle égrenait. Il ne mangeait rien. Il dormait encore moins.

Il n'a jamais ouvert son carnet à dessin. Il semblait avoir perdu tout intérêt pour son art.

Je suis restée près de lui. Je l'ai suivi partout. J'ai pleuré, j'ai crié, j'ai prié, j'ai supplié. Je me suis couchée à son côté, j'ai essayé de lui faire comprendre où j'étais. Ces capacités se sont améliorées avec le temps. À l'époque, ces manifestations ne servaient qu'à m'épuiser.

Et puis le pire est advenu. Ils sont tous partis. Je n'ai pas pu les retenir.

Les calèches ont pris le chemin du village et je me suis retrouvée seule. Pendant si longtemps, seule. Je me suis évaporée, je suis retournée à la chaleur et au silence de la maison, je me suis faufilée entre les planches, me suis apaisée, comme la poussière, disparaissant dans une longue et obscure quiétude.

Et puis, vingt ans plus tard, l'arrivée de ma première visiteuse m'a reconstituée.

Et tandis qu'elle enterrait mon nom, ma vie et mon histoire, moi, qui avais rêvé jadis de capturer la lumière, me suis rendu compte que j'étais devenue cette lumière capturée.

QUATRIÈME PARTIE

La lumière capturée

Chapitre 30

Elodie et Jack, été 2017

Le soleil se leva avec cette clarté électrique qui semble réservée aux lendemains d'orage.

La première chose que Jack remarqua : il n'avait pas dormi dans l'infect plumard de la malterie. Cela dit, il était couché sur un support encore plus inconfortable, ce qui ne l'empêchait pas de se sentir beaucoup mieux que d'ordinaire.

Les entrelacs luxuriants du papier peint le renseignèrent sur sa situation exacte : mûres mûres sur les murs et ces quelques mots au-dessus du seuil, « Vérité, beauté, lumière ». Il avait dormi à même le sol dans la chambre violette.

Un ressort grinça dans le canapé tout proche et il se rendit compte qu'il n'était pas seul.

Comme un kaléidoscope qui se fixe en un motif précis, les détails de la nuit précédente lui revinrent. L'orage, le taxi qui n'était pas venu chercher Elodie, la bouteille de vin qu'il avait achetée sur un coup de tête.

Elle était encore assoupie : visage délicat, ses courts cheveux bruns encadrant ses oreilles. Elle ressemblait à l'une de ces jolies tasses dont on se sert dans les salons de thé chic – en général, Jack avait le don de les casser.

Il retourna sur la pointe des pieds dans la cuisine de la malterie et alluma la bouilloire.

Lorsqu'il revint avec ses deux mugs remplis de thé brûlant, elle était réveillée. Assise sur le canapé, la couverture sur les épaules.

— Bonjour, dit-elle.

— Bonjour.

— Je ne suis pas rentrée à Londres.

— Je vois ça.

Ils avaient discuté toute la nuit. Vérité, beauté et lumière – la pièce, la maison : il y avait quelque chose de magique dans ce lieu. Jack lui avait parlé des deux petites et de Sarah. Et de ce qui s'était passé dans l'agence bancaire, juste avant qu'il ne quitte la police. Défiant les ordres de sa hiérarchie, il s'était introduit dans l'agence, avait récupéré les sept otages. Ce qui lui avait valu une blessure à l'épaule. Un héros, proclamaient tous les journaux. Mais pour Sarah, la goutte d'eau qui avait fait déborder le vase.

« Comment as-tu osé, Jack ? Tu as pensé une seconde à nos bébés ? À nos filles ? Tu aurais pu y passer.

— Il y avait aussi des gosses dans l'agence, Sar.

— Mais pas les tiens. Quel genre de père seras-tu pour nos filles si tu n'es pas fichu de faire la différence ? »

Que répondre à cela ? Quelques semaines plus tard, elle avait pris les filles sous le bras et annoncé à Jack qu'elle repartait en Angleterre pour se rapprocher de ses parents.

Il avait parlé de Ben aussi. Le vendredi de la semaine précédente marquait le vingt-cinquième anniversaire de sa mort, laquelle avait brisé le cœur de leur père. Elodie à son tour avait évoqué Lauren, dont la vie s'était arrêtée à la même époque et dont la mort avait, de la même façon, accablé son père d'un éternel chagrin. Un drame dont elle voulait, en rentrant à Londres, discuter avec lui une bonne fois pour toutes.

Elle avait parlé de Pippa, aussi, et de son travail d'archiviste qui, se disait-elle parfois, la rendait peut-être un peu bizarre – elle s'y était habituée.

Et puis, comme ils semblaient avoir parlé de tout sauf de cela et que l'omission avait quelque chose d'insolite, Jack avait désigné le solitaire sur la main d'Elodie.

Elle était fiancée, lui avait-elle dit.

La déception qu'il avait ressentie dépassait largement les bornes du raisonnable : après tout, il ne la connaissait guère que depuis quarante heures. Il s'était efforcé de prendre la chose avec philosophie.

« Félicitations, lui avait-il dit. À quoi ressemble l'heureux élu ? »

Alastair – Jack ne connaissait pas un seul Alastair qui soit un tant soit peu sympathique – travaillait dans une banque. Il était gentil. Il savait mener sa barque. Il était parfois même assez drôle.

« Le seul problème, avait ajouté Elodie, sourcils froncés, c'est que je ne pense pas qu'il soit amoureux.

— Ah bon ? Comment est-ce possible ?

— Je crois qu'il en aime une autre. Je le soupçonne d'être amoureux de ma mère.

— Ah. Vu les circonstances, c'est… étrange. »

Elle avait souri, malgré elle.

« Mais toi, tu l'aimes ? » avait repris Jack.

Elle avait eu un moment d'hésitation.

« Non. »

Et ce « Non » avait semblé la prendre elle-même au dépourvu.

« Non, vraiment, je ne crois pas.

— Et donc, tu ne l'aimes pas et tu le soupçonnes d'être amoureux de ta mère. Pourquoi ce mariage, en ce cas ?

— Tout est planifié. Les fleurs, la papeterie…

— Ah, oui, je comprends. C'est important, ça. Surtout la papeterie. C'est difficile à recycler. »

Il lui tendit un des deux mugs.

— Une petite balade dans le jardin avant le petit déjeuner ?

— Tu vas préparer le petit déjeuner ?

— C'est l'un de mes talents. Enfin, c'est ce qu'on m'a dit.

Ils sortirent par la porte qui jouxtait la malterie, passèrent sous le marronnier et traversèrent la pelouse. Jack regretta de ne pas avoir pris ses lunettes de soleil. Le monde avait subi un nettoyage en profondeur et ressemblait à une photographie surexposée. Lorsqu'ils atteignirent le jardin devant la maison, Elodie eut un hoquet de surprise.

Jack suivit la direction de son regard. Le vieil érable du Japon avait été déraciné par l'orage et gisait en travers de l'allée, ses racines difformes pointant vers le ciel.

— Mes collègues du musée ne vont pas être très heureux, dit-il.

Ils se dirigèrent vers l'arbre pour l'examiner de près.

— Regarde, Jack, dit Elodie. Je crois qu'il y a quelque chose au fond du trou.

Jack s'agenouilla près de la souche et tendit la main vers la terre, qu'il effleura du bout des doigts.

— Tu l'as peut-être trouvé, en fin de compte, ton trésor, dit-elle, le sourire aux lèvres. Après l'avoir eu sous les yeux tout le temps.

— Je croyais que ce n'était qu'un conte de fées, selon toi ?

— Je n'ai pas toujours raison, tu sais.

— Je pense qu'on va devoir le déterrer, maintenant.

— Je pense que tu as raison.

— Mais pas avant notre petit déjeuner.

— Ah, ça non, pas avant, renchérit-elle. D'autant que le bruit court que c'est l'un de tes talents, Jack Rolands. Et que je fonde les plus grands espoirs sur toi.

Chapitre 31

Tip, été 1992

Tip était dans son atelier quand il apprit la nouvelle. Par la voisine des Winslow, au téléphone. Lauren était morte. Elle avait perdu la vie dans un accident de voiture près de Reading. Winston était effondré. La petite tenait le coup.

Il avait réfléchi à cette expression, par la suite. *Tenir le coup.* Drôle de manière de parler d'une fillette de six ans qui vient de perdre sa mère. Et pourtant il savait ce que voulait dire Mme Smith, la voisine. Tip ne la voyait pas souvent, la petite Elodie. Pour lui, c'était une jeune personne assise en face de lui, de temps à autre, le dimanche, pendant le repas de famille. Épiant discrètement les adultes de ses grands yeux curieux, par-dessus la nappe. Mais la différence avec sa mère au même âge n'avait pas échappé à Tip. Elodie était bien plus introvertie. Lauren avait dégagé une énergie contenue dès le premier le jour de sa naissance. Comme si tout en elle fonctionnait un peu plus vite que chez les autres. Ce qui avait fait d'elle une enfant fascinante – elle avait du succès, c'était indéniable –, mais dont la compagnie n'avait rien de confortable. La lumière était toujours allumée chez Lauren.

Après avoir raccroché, Tip se rassit devant son établi. Son regard se posa sur le tabouret, de l'autre côté du plateau.

Là où, une semaine plus tôt, Lauren avait pris place. Elle était venue parler de Birchwood Manor. Elle voulait savoir où se situait exactement la maison.

« C'est l'adresse que tu veux ? »

Il la lui avait donnée. Puis il lui avait demandé pourquoi elle voulait s'y rendre, si telle était son intention. Elle avait hoché la tête. Oui : elle irait à Birchwood Manor. Elle avait quelque chose d'important à faire et le choix du lieu comptait.

« Je sais, ce n'est qu'un conte de fées, avait poursuivi Lauren. Mais pour une raison que j'ai du mal à expliquer, il a contribué à faire de moi celle que je suis. »

Elle n'avait pas voulu en dire plus ; ils avaient parlé d'autre chose. Elle était repartie cependant sur ces mots : « Tu avais raison, Tip. Le temps rend possibles des choses qui ne l'étaient pas. »

Quelques jours plus tard, Tip avait lu un article sur le concert qu'elle s'apprêtait à donner à Bath. Les noms des autres solistes lui avaient fait comprendre ce que Lauren avait à l'esprit. Elle avait choisi Birchwood Manor pour prendre congé de quelqu'un qui avait eu, jadis, une importance capitale pour elle.

Six ans plus tôt, elle s'était juchée sur ce même tabouret en rentrant de New York. Tip revoyait très bien la scène : il avait su aussitôt qu'elle avait une grande nouvelle à lui annoncer.

Il ne s'était pas trompé. Elle était amoureuse, lui avait-elle dit. Et elle allait se marier.

« Félicitations ! »

Mais l'expression du visage de Lauren lui avait fait comprendre que l'annonce n'avait rien de banal. Les deux éléments qui la composaient se combinaient d'une manière plus insolite qu'il ne l'aurait pensé.

Celui qu'elle aimait, c'était un des jeunes musiciens du quintette, l'un des deux violonistes.

« Un vrai coup de foudre, avait dit Lauren. Absolu, intense, digne de tous les risques et de tous les sacrifices. Et j'ai compris sur-le-champ que je n'éprouverais jamais les mêmes sentiments pour un autre que lui.

— Et lui, il... ?

— Il m'aime comme je l'aime.

— Mais ?

— Il est marié.

— Ah.

— À une femme charmante du nom de Susan, une adorable personne qu'il connaît depuis qu'ils sont gamins et à laquelle il ne veut pas faire de mal. Elle le connaît par cœur. Elle est maîtresse d'école, elle fait le meilleur gâteau au chocolat et au beurre de cacahuète du monde, elle nous en a apporté pendant une répétition, elle nous en a coupé des tranches avant de s'installer sur une chaise pliante pour nous écouter. Et quand nous avons eu fini de jouer, Tip, elle pleurait, parce que la musique l'avait touchée. Comment pourrais-je la détester ? Jamais je ne pourrai haïr une femme que la musique fait pleurer, Tip. »

L'histoire aurait pu s'arrêter là, mais il y avait une troisième annonce.

« J'attends un bébé.

— Je vois.

— Ce n'était pas prévu.

— Que vas-tu faire ?

— Je vais me marier. »

Et c'est là qu'intervenait Winston. Il lui avait demandé sa main. Tip l'avait croisé deux ou trois fois. Un musicien professionnel, d'un calibre nettement inférieur à celui de Lauren. Un chic type, désespérément amoureux de la violoncelliste.

« Ça ne l'embête pas de...

— Pour le bébé ? Non.

— J'allais dire, que tu sois amoureuse de quelqu'un d'autre ?

— Je ne lui ai rien caché. Il m'a dit que cela ne lui posait aucun problème, qu'il n'y a pas qu'une seule sorte d'amour et que le cœur humain ne connaît pas de limites. Il a même ajouté qu'avec le temps mes sentiments évolueraient peut-être.

— C'est une éventualité.

— Oh que non.

— Le temps est un étrange et puissant animal, Lauren. Il rend l'impossible possible. »

Non, elle n'en avait pas démordu. Elle ne pourrait jamais aimer personne comme elle avait aimé le violoniste américain.

« Mais j'aime aussi Winston, Tip. C'est un homme si bon. Si gentil. C'est l'un de mes meilleurs amis. Je sais que ce n'est pas commun.

— Oui, c'est une première, en ce qui me concerne. »

Elle avait pris la main de son oncle dans la sienne.

« Que diras-tu à votre enfant ?

— La vérité, si elle nous la réclame. Winston est d'accord.

— Elle ? »

Lauren avait souri.

« Oh, une intuition, comme ça. »

Elle. La petite, Elodie. Tip s'était parfois surpris à la regarder, pendant les déjeuners dominicaux, vaguement déconcerté par ce qu'il percevait en elle – une qualité qu'il n'aurait su nommer et qui lui rappelait quelqu'un. Il se rendait compte à présent, dans la concentration soudaine provoquée par la nouvelle de la mort de Lauren, qu'Elodie lui rappelait l'enfant qu'il avait été. Elle était comme lui un être dont la tranquillité apparente dissimulait la profondeur.

Tip s'approcha de l'étagère sur laquelle il gardait un bocal rempli de babioles diverses et en sortit la pierre. Il la soupesa un instant dans le creux de sa paume. Il se souvenait encore de cette soirée où l'archéologue, Ada, lui avait parlé de sa collection. Ils étaient assis devant l'auberge du Cygne, à Birchwood. Le crépuscule approchait, un crépuscule d'été. Il n'y avait plus beaucoup de lumière, suffisamment pourtant pour qu'il puisse lui montrer quelques-uns des cailloux et des branches qu'il collectionnait. À cette époque-là, ses poches étaient toujours pleines.

Elle avait tout inspecté, les bâtons et les cailloux, un par un. Quand elle avait son âge, lui avait-elle confié, elle aussi aimait ramasser des objets. À présent, elle était archéologue : la version adulte de cette passion d'enfant.

« Lequel préfères-tu ? » avait-elle demandé.

Il lui avait montré un bout de quartz ovale particulièrement lisse.

« Vous avez déjà trouvé quelque chose d'aussi joli ? »

Ada avait hoché la tête.

« Oui, une fois. Je n'étais pas beaucoup plus vieille que toi.

— J'ai cinq ans.

— J'en avais huit. J'ai eu un accident. Je suis tombée d'une barque et il se trouve que je ne savais pas nager. »

Tip était soudain devenu très vigilant. Il avait l'impression d'avoir déjà entendu ce récit quelque part.

« Alors j'ai coulé, coulé jusqu'au fond de l'eau.

— Est-ce que vous avez eu peur de vous noyer ?

— Oui.

— Une petite fille s'est vraiment noyée dans la rivière d'ici.

— Oui, répondit-elle d'un ton grave. Mais pas moi.

— C'est *elle* qui vous a sauvée.

— Oui. Alors que je sentais que mes poumons ne pouvaient plus retenir mon souffle, je l'ai vue. Oh, très vaguement, et très brièvement. Et quand elle a disparu, j'ai vu une pierre, scintillante, comme auréolée de lumière. Et j'ai compris alors, comme si une voix me le murmurait à l'oreille, que si j'arrivais à l'attraper je survivrais.

— Et c'est ce qui s'est passé.

— Comme tu peux le constater. Une femme très sage m'a dit un jour que certains objets pouvaient porter chance aux gens. »

Ce détail avait plu à Tip. Il lui avait demandé où dénicher un objet de cette sorte. Il avait expliqué à Ada que son père venait de mourir à la guerre et qu'il s'inquiétait pour sa mère. Il était responsable d'elle à présent, mais ne savait pas trop comment s'en occuper.

Ada avait hoché la tête d'un air sagace.

« Demain, avait-elle promis, je viendrai te voir. Ça te convient ? J'ai quelque chose à te donner. Je crois en fait que cet objet doit te revenir. Qu'il savait d'une certaine manière que tu étais là et qu'il a trouvé le moyen de te parvenir. »

Il faudrait n'en parler à personne, avait-elle ajouté. Puis elle lui avait demandé s'il avait découvert la chambre secrète. Il avait secoué la tête. Elle s'était penchée à son oreille pour lui expliquer comment faire glisser le panneau dans le couloir. Tip, au comble de l'excitation, avait ouvert de grands yeux.

Le lendemain, elle lui avait donné la pierre bleue.

« Qu'est-ce que je dois faire avec ? lui avait-il demandé tandis qu'ils étaient assis l'un à côté de l'autre dans le jardin de Birchwood Manor.

— Garde-la bien au chaud et elle te rendra la pareille. »

Birdie, assise près de Tip, avait souri en signe d'assentiment.

Tip, après toutes ces années, ne croyait plus aux amulettes ou à la bonne fortune, mais il ne croyait pas non plus à l'inverse. Le plus souvent, il lui avait suffi de s'accrocher à l'*idée* du diamant. En nombre d'occasions, enfant – à Birchwood, mais plus encore après leur départ –, il avait serré la pierre dans sa main tout en fermant les yeux. Les paroles de Birdie lui revenaient alors en mémoire. Il se souvenait des lueurs dans l'obscurité et de ce qu'il ressentait invariablement lorsqu'il était dans la maison : une grande sécurité, le sentiment que tout allait bien se passer.

Il songea à Lauren, à la petite fille qui n'avait plus de mère, et une idée germa dans son esprit. Il avait toute une collection de chariots dans son atelier, remplis d'objets qu'il trouvait au cours de ses promenades. Des choses qui l'attiraient, pour une raison ou une autre, parce qu'elles étaient sincères, ou belles, ou intéressantes. Il choisit les plus jolies et les disposa sur l'établi. Il en rangea certaines pour les remplacer par d'autres, jusqu'à ce que la sélection lui semble parfaite. Puis il commença à malaxer un bloc de glaise.

Les petites filles aiment les boîtes à charmes. Il les voyait, les fillettes, au marché, le samedi, s'amassant devant les stands des artisans à la recherche de petites boîtes où déposer leurs trésors. Il allait en fabriquer une pour la petite, la fille de Lauren ; il l'ornerait de tous les objets qui avaient du sens pour lui, y compris le caillou bleu, qui venait de trouver un autre enfant à protéger. Ça n'était pas grand-chose, mais il n'avait pas de meilleure idée.

Et peut-être bien que… oui, peut-être qu'en se débrouillant bien il serait capable, en offrant la boîte à l'enfant, de l'imprégner du pouvoir, de la lumière et de l'amour dont ce caillou était porteur lorsque Ada l'avait posé dans sa paume.

Chapitre 32

Juliet, été 1962

Elle gara la voiture sur le bord de la route et coupa le contact, sans pour autant sortir. Elle était en avance. Toute la journée, la vague du passé avait enflé derrière elle, menaçant de déferler sur elle à tout moment. Puis elle s'était arrêtée et la vague s'était fracassée sur elle en une cascade scintillante. Juliet fut envahie par le souvenir viscéral de la soirée où ils avaient débarqué du train, tous les quatre, affamés, fatigués et sans doute traumatisés par leur exil de Londres.

Cela avait été une des périodes les plus sombres de sa vie – la destruction de la maison, la mort d'Alan – et pourtant, d'une certaine manière, Juliet aurait tout donné pour retrouver ces années-là. Pour franchir le portail qui menait au jardin de Birchwood Manor, sachant qu'elle y retrouverait ses petits : Tip, avec sa frange qui ressemblait à un rideau ; Bea, la préadolescente orgueilleuse et maussade, qui ne voulait pas être embrassée par sa mère ; et Red, Red tout court, avec ses taches de rousseur qui ne cédaient à rien et son sourire édenté. Leur vacarme, leurs bagarres, leurs questions incessantes. Le laps de temps qui s'était écoulé depuis, l'impossibilité de revenir vers ces années-là, ne serait-ce qu'une seconde, provoquaient en elle une souffrance physique.

Elle ne s'y était pas attendue. Elle ne s'était pas attendue à ce que son lien avec la maison lui torture à ce point la poitrine. Ce n'était pas un poids, c'était une pression subite, impérieuse, qui venait du cœur et poussait sur ses côtes dans son désir de fuite.

Alan était mort depuis vingt-deux ans. Vingt-deux ans sans qu'Alan soit vivant, vingt-deux ans pendant lesquels il avait fallu faire sans lui.

Elle ne l'entendait plus parler dans sa tête.

À présent donc elle se trouvait dans sa voiture, garée sur un bord de route non loin de Birchwood Manor. La maison n'était plus habitée, elle s'en était immédiatement rendu compte. Le toit, les murs, le jardin : tout respirait l'abandon. Cependant, Juliet n'aurait pu l'aimer davantage.

Assise au volant de son véhicule, elle sortit la lettre de son sac et la relut rapidement. Missive courte et sans détour, ce qui n'était pas dans les habitudes de l'expéditeur. Elle mentionnait essentiellement la date – ce jour-là – et l'heure – plus tardive.

Juliet avait gardé toutes ses lettres. Elle aimait se souvenir qu'elles étaient rassemblées dans des boîtes à chapeau qu'elle gardait au fond de son armoire. Beatrice avait coutume de la taquiner sur son « correspondant » mais, depuis la naissance de Lauren, elle n'avait plus autant d'énergie pour ces piques.

L'horloge de bord avança d'une minute. Le temps passait à la vitesse d'une limace.

Juliet n'avait pas grande envie de rester assise quarante minutes encore dans l'espace confiné de la Triumph. Elle se regarda dans le rétroviseur, vérifia l'état de son rouge à lèvres et, après avoir inspiré avec détermination, sortit de la voiture.

Elle suivit la petite route sinueuse qui menait au cimetière, chassa d'un battement de paupières l'image fantomatique de Tip s'arrêtant tout au long du chemin pour ramasser des bouts de quartz et du gravier. Elle tourna à gauche vers le village et, après avoir dépassé la croisée des routes, fut ravie de constater que Le Cygne n'avait pas disparu.

Après un moment d'hésitation, elle rassembla assez de courage pour entrer dans l'auberge. Trente-quatre ans depuis qu'Alan et elle étaient descendus du train, Juliet faisant de son mieux pour cacher sa grossesse. Elle s'attendait presque à voir Mme Hammett apparaître sur le seuil pour l'accueillir et reprendre une discussion qu'elles auraient pu avoir la veille. Pourtant la jeune femme derrière le bar était une inconnue.

— Oh, ils ont vendu il y a quelques années, dit-elle. Pour ce qui me concerne, je suis Mme Lamb. Rachel Lamb.

— Mme Hammett n'est pas... ?

— Absolument pas. Elle s'est installée chez son fils et sa belle-fille, plus bas dans la rue.

— Pas loin d'ici ?

— Pas assez loin ! Elle n'arrête pas de venir me voir pour me donner des conseils.

Mais le sourire de la jeune femme trahissait l'affection.

— Si vous vous dépêchez, vous arriverez avant sa sieste de l'après-midi. Pour ça, elle est réglée comme du papier à musique !

Juliet n'avait pas pensé à de telles retrouvailles, mais elle suivit tout de même les instructions de Rachel Lamb et parvint bientôt devant la petite maison « avec la porte d'entrée rouge et la boîte aux lettres noire ». Elle frappa à la porte et retint son souffle.

— Oh, je suis navrée, vous l'avez ratée de quelques minutes, dit la femme qui lui ouvrit. Elle en a pour un moment et je n'ose pas la réveiller. Quand elle n'a pas fait sa sieste, elle n'est pas toujours agréable.

— Peut-être pourrez-vous lui dire que je suis passée ? suggéra Juliet. Il se peut qu'elle ne se souvienne pas de moi. Elle a dû en voir passer, des clients. Mais elle s'était montrée si gentille avec mes enfants et moi. J'ai écrit un article sur elle. Et sur ses amies des WVS.

— Mais vous auriez dû commencer par ça ! La Juliet des « Lettres de mon chemin » ! Elle a toujours la coupure de presse encadrée au-dessus de son lit. « C'est la preuve de ma célébrité », répète-t-elle.

Les deux femmes devisèrent gaiement pendant quelque temps, avant que Juliet ne prenne congé. Elle ne pouvait pas rester, dit-elle, elle avait un rendez-vous ; oh, répliqua la belle-fille de Mme Hammett, inutile de vous excuser. Elle-même avait du rangement à faire.

En se retournant pour partir, Juliet repéra le tableau accroché au-dessus du canapé. Il représentait une femme à la remarquable physionomie.

— Elle est belle, hein ? fit la belle-fille de Mme Hammett.

— Enivrante.

— Elle me vient de chez mon grand-père. On l'a trouvée dans son grenier après sa mort.

— Quelle trouvaille !

— Oh, il gardait tout, une horreur. Ça nous a pris des semaines pour tout nettoyer. Il n'y avait que des cochonneries à moitié rongées par les rats. La maison avait appartenu à son propre père.

— Un artiste ?

— Un policier, dans l'ancien temps. Quand il a pris sa retraite, il a monté ses vieux dossiers au grenier et n'y a plus pensé. Je ne sais pas d'où elle vient. Elle n'est pas finie : ça se voit aux bords. La couleur est un peu curieuse et les coups de pinceau sont grossiers. Mais il y a vraiment quelque chose dans son expression, hein ? On ne peut pas s'empêcher de la regarder.

La vision de ce si beau visage accompagnait encore Juliet lorsqu'elle revint vers Birchwood Manor. Il ne lui était pas familier, non, pas vraiment, mais l'âme du tableau, en quelque sorte, lui rappelait quelque chose. Tout dans le visage de cette jeune femme rayonnait d'amour et de lumière. Pourquoi Juliet pensait-elle à Tip, à Birchwood Manor et à ce bel après-midi de 1928, lorsqu'elle s'était disputée avec Alan, puis perdue, puis retrouvée, dans un jardin, à l'ombre d'un érable du Japon ?

Ah, ce n'était pas si surprenant. Juliet et Leonard correspondaient depuis presque vingt ans. Un jour, elle lui avait écrit pour lui demander de contribuer à un article des « Lettres de mon chemin », qu'elle n'avait finalement jamais pu rédiger – elle voulait y parler des vies si diverses vécues dans la maison. Il avait en fait reçu la lettre bien trop tard : lorsqu'il répondit, elle était déjà rentrée à Londres et la guerre touchait péniblement à sa fin. Ils étaient malgré tout restés en relation. Il aimait bien écrire, lui aussi. Il s'entendait mieux avec les gens par le biais du papier et de l'encre.

Ils avaient tout partagé par ce truchement. Tout ce qu'elle ne pouvait pas écrire dans ses chroniques, la colère, le chagrin, le deuil. Mais aussi, car tout n'était pas que ténèbres : le beau, le drôle, le vrai.

Ils ne s'étaient plus jamais rencontrés en personne depuis cet après-midi de l'été 1928. Ce serait leurs premières retrouvailles.

Juliet n'en avait parlé à personne. Ses enfants ne cessaient de l'encourager à sortir au restaurant avec tel ou tel parti intéressant, mais ce rendez-vous, en ce lieu, avec lui… elle n'aurait pu l'expliquer. Comment aurait-elle pu faire comprendre à ses enfants ce dont Leonard et elle avaient fait l'expérience en cet après-midi lointain, dans le jardin de Birchwood Manor ?

Leonard resta le secret de Juliet. Et ce retour à Birchwood, leur secret à tous deux.

Les pignons jumeaux apparurent devant elle. Juliet se surprit à marcher plus vite, comme si quelque chose la poussait vers la maison. Elle glissa la main dans sa poche pour vérifier que la pièce de deux pence s'y trouvait toujours.

Elle ne s'en était jamais défaite. Aujourd'hui, elle pouvait enfin la rendre à son propriétaire.

XII

Elodie et Jack sont allés se promener ensemble.

Elle lui a dit qu'elle voulait voir la clairière dans la forêt de ses propres yeux et il n'a été que trop heureux de lui proposer ses services de guide.

Et je suis donc restée dans la maison, dans l'escalier, là où les marches tournent : il y fait toujours plus chaud qu'ailleurs.

Une chose est sûre : j'y serai encore lorsqu'ils reviendront.

J'y serai aussi quand ils partiront et que mes prochains visiteurs arriveront.

Il se peut même que je puisse de nouveau raconter mon histoire, comme je l'ai fait avec le jeune Tip et avant lui avec Ada, tressant les fils venus de la Nuit de la Poursuite, narrée par Edward, avec ceux du récit de la fuite de ma mère, telle que mon père la racontait, et ceux du conte des enfants fées et de leur reine.

C'est une bonne histoire, qui parle de vérité, d'honneur, d'enfants courageux qui accomplissent des actes justes. C'est une histoire qui a de la force.

Les gens accordent de la valeur aux pierres qui scintillent et aux porte-bonheur, mais ils oublient que les talismans les plus puissants sont les histoires que nous racontons, à nous-mêmes ou aux autres.

Et donc, j'attendrai.

Lorsque j'étais de ce monde et que cette grande folie s'empara de la société – le spiritisme, le désir de communiquer avec les morts –, les gens pensèrent que les fantômes et les apparitions soupiraient après leur libération. En un mot, que nous vous hantons parce que nous sommes prisonniers.

Ce n'est pas le cas. Je n'ai nul désir d'être libérée. Je suis de cette maison – cette maison qu'Edward aima. Je *suis* cette maison.

Je suis le moindre nœud dans le moindre bout de bois.

Je suis le moindre clou.

Je suis la mèche dans la lampe, le portemanteau.

Je suis le verrou difficile à fermer de la porte d'entrée.

Je suis le robinet qui fuit, le cercle de rouille sur la porcelaine de l'évier.

Je suis la fissure dans le carreau de la salle de bains.

Je suis la cheminée et la gouttière qui serpente, noire, le long du toit.

Je suis l'air dans toutes les pièces.

Je suis les aiguilles de la pendule et ce qu'elles parcourent.

Je suis le bruit que vous entendez quand vous croyez ne rien entendre.

Je suis la lumière à la fenêtre dont vous savez fort bien qu'elle ne peut y briller.

Je suis les étoiles dans le noir quand vous ressentez votre propre solitude.

Note de l'auteur

Je suis, comme Lucy Radcliffe, affolée par le nombre de sujets que l'on peut étudier et appréhender au cours d'une existence, raison pour laquelle je considère que l'un des aspects les plus plaisants du métier d'écrivain est la possibilité qu'il donne d'explorer des domaines fascinants. *La Fille de l'horloger* traite, entre autres, du temps et de son absence, de la vérité et de la beauté, des cartes et des cartographes, de la photographie, des sciences naturelles, des bienfaits de la marche, des fratries (le fait d'avoir trois garçons me fait classer ce sujet-là en tête de liste), des maisons et de la notion de foyer, des rivières, des fleuves et de la force du lieu. Il se nourrit d'inspirations diverses : celles que m'ont apportées les arts et les artistes, en particulier les poètes romantiques anglais, les peintres préraphaélites, les pionniers de la photographie tels que Julia Margaret Cameron, Charles Dodgson et Mathew Brady (le premier à décrire l'appareil du photographe sous les termes d'« œil de l'histoire »), les créateurs tels que William Morris, dont je partage la passion des maisons, et qui a attiré mon attention sur la manière unique dont les maisons des Cotswolds imitent la nature.

Parmi les lieux qui ont alimenté de leur fil la tapisserie de ce roman, je puis mentionner Avebury Manor, Kelmscott Manor, Great Chalfield Manor, Abbey House Gardens à Malmesbury, Lacock Abbey, le Cheval blanc d'Uffington, le fort de Barbury Hill, le Ridgeway, les campagnes du Wiltshire, du Berkshire et de l'Oxfordshire, les villages de Southrop, Eastleach, Kelmscott, Buscot et Lechlade, la Tamise et bien sûr Londres. Si vous souhaitez visiter une maison pourvue d'authentiques cachettes de prêtres, choisissez Harvington Hall, dans le Worcestershire, qui n'en compte pas moins de sept, conçues par saint Nicholas Owen. Le manoir de surcroît est érigé sur une île encerclée par les douves.

Si vous souhaitez approfondir vos connaissances sur Londres au XIXe siècle et les rues où vivaient Birdie Bell et James Stratton, les ouvrages suivants pourront vous être utiles : *London Labour and the London Poor*, de Henry Mayhew (qui vous fera découvrir des métiers oubliés, tels que « les colporteurs aveugles qui vendent des aiguilles à coudre » et les « escrivailleurs, ou rédacteurs de lettres de demande de fonds ou de faveur ») ; *Victorian London: The Life of a City 1840-1870*, de Liza Picard ; *The Victorian City: Everyday Life in Dickens' London*, de Judith Flanders ; *The Victorians*, de A. N. Wilson ; *Inventing the Victorians*, de Matthew Sweet et *Charles Dickens*, de Simon Callow, biographie profondément affectueuse d'un des plus grands victoriens – et Londoniens – qui soit (aucun de ces ouvrages n'a malheureusement été traduit en français). Seven Dials est resté à ce jour un recoin très animé de Covent Garden : mais si vous y passez un jour, vous y trouverez plus de restaurants et moins de boutiques d'oiseliers que du temps de Mme Mack et de sa petite entreprise. Little White Lion Street a été rebaptisée Mercer Street en 1938.

La Fille de l'horloger tire aussi une partie de sa substance d'un certain nombre de musées, ce qui n'est que justice si l'on considère l'accent que le livre met sur la conservation et l'utilisation des structures narratives pour raconter des histoires cohérentes sur un passé désarticulé. Quelques-uns de mes musées préférés : le musée Charles Dickens de Londres, Limnerslease et la Watts Gallery, le musée

Soane, le musée Fox Talbot, le Victoria & Albert, le British Museum et le Royal Observatory à Greenwich. Ces trois expositions, très récentes, m'ont profondément stimulée et je remercie les musées et les conservateurs qui rendent ces œuvres accessibles au public : *Julia Margaret Cameron* (Victoria & Albert, 2015-2016) ; *Painting with Light: Art and Photography from the Pre-Raphaelites to the Modern Age* (Tate Britain, 2016) et *Victorian Giants: The Birth of Art Photography* (The National Portrait Gallery, 2018).

Et je remercie tout particulièrement Lizzy Kremer et toute l'équipe de DHA ; mes éditrices Maria Rejt et Annette Barlow ; Lisa Keim et Carolyn Reidy chez Simon & Schuster et Anna Bond chez Pan Macmillan. Merci aussi à Frédérique Polet et à l'équipe des Presses de la Cité : elles ont su transformer mon histoire en ce livre superbe qui s'apprête désormais à découvrir le monde. Isobel Long a généreusement partagé ce qu'elle savait du monde des archivistes ; Nitin Chaudhary et ses parents m'ont été d'une aide précieuse pour l'histoire d'Ada et ses nombreux termes et expressions en punjabi. Je suis seule responsable des erreurs que peut receler le volume, qu'elles soient volontaires ou non… J'ai, par exemple, pris la liberté de changer la date du vernissage de l'exposition de la Royal Academy : celle où Edward expose *La Belle* se tient en novembre 1861, alors qu'au XIXe siècle cette institution organisait toujours son exposition annuelle en mai.

Et puis, au nombre de ceux qui m'ont aidée de manière moins précise mais tout aussi essentielle tandis que j'écrivais cette *Fille de l'horloger* figurent Herbert et Rita, amis chéris et disparus, auxquels je ne cesse de penser ; mes parents, mes sœurs, mes amis – et surtout les Kretchies, les Patto, les Steinies et les Brown ; tous ceux qui ont lu et apprécié ne serait-ce qu'un de mes romans ; mes trois lumières dans les ténèbres, Oliver, Louis et Henry ; et, plus que tous, et pour d'innombrables raisons, mon copilote à vie, Davin.

Composition et mise en pages
Nord Compo à Villeneuve-d'Ascq

MIXTE
Papier
FSC FSC® C003309

Imprimé en France par CPI
en mars 2019

N° d'impression : 3032611